Für Erik

Natürlich ist das auch Sids Geschichte.

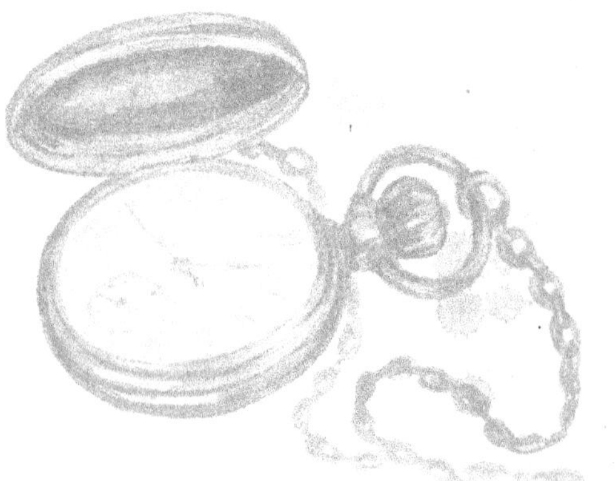

I. Introitus: Requiem aeternam

Die Schatten werden länger. Um ihnen zu entkommen, werden wir unser eigenes Licht brauchen. Oder unsere eigene Dunkelheit.

April 1999
In den verlassenen Industrievierteln, Detroit, Michigan

Es wird Morgen über dem alten Fabrikgelände. Die ersten Sonnenstrahlen tasten sich über den gesprungenen Asphalt, erhellen Mauerschutt und Kletterpflanzen und sickern durch die Löcher im Dach der ehemaligen Großdruckerei. In der Ferne erwacht mit gedämpftem Rauschen die Stadt.

Durch eines der geborstenen Fenster schießt ein Mauersegler auf dem Weg zu seinem Nest. Fast drei Wochen hat das Vogelpaar oben am Schornstein gebrütet. An diesem Morgen dringt endlich mehrstimmiges Zirpen hinunter in die Halle. Dorthin, wo zwei Särge aus Kirschholz nebeneinanderstehen und darauf warten, dass ihre Bewohner endlich zur Ruhe kommen.

Dieses Leben, denkt Cedric und beobachtet die winzigen Schnäbel, die sich dem Muttervogel entgegenrecken. *Es beginnt einfach immer wieder neu.* Bemerkenswert, dass er nach mehr als hundertfünfzig Jahren immer noch darüber staunen kann.

Eine Bewegung zwischen seinen Fingern erregt seine Aufmerksamkeit – ein Zucken nur, aber Cedric ist sofort in Alarmbereitschaft. Sein Blick springt zurück zu dem Sarg, neben dem er sitzt. Jene viel zu große Kiste, in die das Vampirkind, das ihm anvertraut wurde, erst noch hineinwachsen muss. Ist es doch noch nicht vorbei für heute, hat der Körper des Jungen nach den zähen Stunden der vergangenen Nacht immer noch keine Ruhe gefunden?

Aber Sid hat nur versucht sich umzudrehen, ohne dabei Cedrics Hand loszulassen.

Cedric atmet bewusst langsam aus. »Warum schläfst du nicht?«

Sid antwortet nicht sofort. Die dunklen Augen unter dem Zottelhaar sind groß und verängstigt, als horche er noch immer in sich hinein; als traue er seinem Körper nicht, dass der nun wirklich für ein paar Stunden nicht gegen die viel zu starken Vampirkräfte ankämpfen wird.

»Erzählen Sie mir eine Geschichte, Doc?«

Doc. Wie immer schleicht sich ein Lächeln auf Cedrics Lippen, das sich mehr wie ein Seufzen anfühlt. Sid lässt sich nicht davon abbringen, ihn so zu nennen, und auch nach drei gemeinsamen Jahren in diesem Versteck weiß er nicht recht, was er dabei fühlen soll. Aber wenn es dem Jungen hilft zu glauben, dass er eines Tages einen ausgewachsenen, gesunden Körper haben kann, ist das zweitrangig. »Sicher. Was möchtest du hören?«

Die Antwort kommt prompt. »Wie Sie zum Vampir geworden sind.«

Cedric runzelt die Stirn. »Danach fragst du immer.«

»Aber Sie erzählen es nie.«

Damit hat er recht. Und Cedric hat seine Gründe dafür. Vor allem, warum er ausgerechnet Sid gegenüber damit zögert.

»Es ist eine lange Geschichte. Du könntest niemals wach bleiben, bis ich sie zu Ende erzählt hätte. Und du sollst es auch nicht versuchen«, fügt er streng hinzu.

Das rebellische Funkeln in Sids Augen verschwindet. »Okay, aber … dann könnten Sie ja einfach morgen weitererzählen. Wir sehen uns doch morgen wieder, oder? Und übermorgen auch. Und …« Sid verstummt, doch Cedric hat die plötzliche Angst in seiner Stimme schon gehört. Angst vor dem, was es bedeuten würde, wenn Cedric auf diese Frage mit Nein antwortete.

Behutsam drückt er die kleine Hand. »Natürlich, Sid. Natürlich sehen wir uns wieder.«

Sid entspannt sich ein wenig. Es ist jetzt still in der Druckerei. Nur die frisch geschlüpften Mauersegler schreien immer noch nach Futter.

»Hatten Sie schon mal Kinder, Doc? Als Sie noch ein Mensch waren, meine ich?«

Die Frage trifft ihn unerwartet. Cedric weicht Sids Blick aus und fühlt sein Herz ungewohnt heftig in seiner Brust schlagen. Dieser Junge hat ein Talent, an Dingen zu rühren, an die er lieber so selten wie möglich denken möchte. Bestenfalls nie. Kann man sich selbst Absolution erteilen? Er glaubt nicht daran.

»Doc?« Sid wirkt jetzt immerhin weniger ängstlich als zuvor. Die vergangenen Monate und Jahre haben gezeigt, dass es ihm hilft, sich auf Geschichten zu konzentrieren, die nicht seine eigenen sind. Deshalb weiß er inzwischen mehr über Cedric als irgendjemand sonst. Doch die *anderen* Geschichten gehen Cedric allmählich aus. Wenn er sich heute darauf einlässt, wo wird ihn das hinführen? Es ist schwer vorauszusehen.

»Ja.« Das Zögern schnürt ihm beinahe die Luft ab. »Zwei Töchter. Und einen Sohn.«

Sids Gesicht hellt sich sichtbar auf. »Ehrlich? Wie hießen sie?«

Cedric atmet tief ein und sehr langsam wieder aus. »Lass mich von vorn anfangen, Sid, in Ordnung? Es ist wirklich eine lange Geschichte.«

II. Kyrie eleison

Es heißt, man lernt sein Glück erst zu schätzen, nachdem man es verloren hat. Das ist ebenso abgegriffen wie wahr.
Bei mir war es allerdings umgekehrt.

November 1873

Kapitel Eins

»Pathétique«; Piano Sonata No. 8, Op. 13; Ludwig van Beethoven

Havencourt Stadtresidenz, 23 Oxford Street, West End, London

»Stopp! Fehler!«

Der weiche Klang des Flügels verstummte. Aus großen Rehaugen sah Miss Elaine Rimbaur of Havencourt zu Cedric auf. Das Nachmittagslicht, vielfarbig gebrochen durch die Buntglasfenster im Salon von Havencourt House, leuchtete auf ihren braunen Locken wie ein Heiligenschein. »Bitte um Verzeihung, Maestro. Können Sie mir das näher erklären?«

Cedric ließ den Taktstock gegen die Seitennaht seiner Hose schlagen. »Sie können nicht einfach spielen, wie es Ihnen passt, *Miss*. Glauben Sie, ein Komponist wie Beethoven hätte sich nicht bei jeder Note etwas gedacht? Was hätte er wohl gesagt, wenn er gehört hätte, wie Sie ständig nach Lust und Laune gleich zwei oder drei davon auslassen oder dazuerfinden? *Pathétique* bedeutet Leidenschaft, nicht Ignoranz. Noch mal von vorn. Nein, warten Sie.« Ein grimmiges Lächeln zuckte in seinen Mundwinkeln. »Spielen Sie im zweiten Satz ab Zeile drei, das modulierte Thema bis zur Coda. *Con brio*, freudestrahlend, auf, auf, Miss!«

Elaines Unschuldsmiene verrutschte sichtlich. Sie beugte sich vor und blätterte fahrig durch die Seiten, ehe sie sich mit glühenden Wangen wieder zu ihm umwandte. »Das ist unfair, Cedric. Ich finde diese Stelle nicht.«

Cedric atmete angestrengt durch und schob sich die schwarzen Strähnen aus den Augen, die sich schon wieder aus dem Schleifenband gelöst hatten. »Natürlich nicht. Weil *nichts davon* in dieser Partitur steht. Und hättest du dir in den letzten Wochen die Mühe gemacht, endlich Noten lesen zu lernen, statt dich nur auf dein formidables Gehör zu verlassen, wüsstest du das auch.« Mit einem scharfen Klacken legte er den Taktstock auf dem Rahmen des Flügels ab. »Ich habe genug. Wir setzen den Unterricht fort, wenn du vorhast, ihn ernst zu nehmen.« Er begann, die Notenblätter einzusammeln und in seiner Tasche zu verstauen.

Elaine erhob sich mit hastigem Kleiderrascheln und sah Hilfe suchend zu ihrem Bruder, der im Lehnstuhl am Fenster saß, eine Meerschaumpfeife paffte und die Szene mit unübersehbarer Belustigung verfolgte. »Das kann nicht dein Ernst sein. Rob, sag ihm, dass er das nicht darf. Wir haben ihn doch schon für die nächsten Monate bezahlt!«

Cedric warf ihr einen finsteren Blick zu. »Auf diesem Niveau unterhalten wir uns jetzt also. Ohne mich.« Er klemmte seine Tasche unter den Arm und verließ den Salon, ohne sich noch einmal umzusehen.

»Cedric!« Elaine klang nun ernsthaft verzweifelt, weil sie nicht schnell genug aus der Rolle herausfand, die sie an diesem Tag für den Klavierunterricht eingenommen hatte – und auch ein wenig verletzt, weil er darauf keine Rücksicht nahm. Natürlich kannte er sie eigentlich besser. Das war ja das Schlimme daran. Die Tür zum Salon fiel geräuschvoll hinter Cedric ins Schloss.

Erst auf der Straße blieb er stehen, legte den Kopf in den Nacken und sah in den Himmel. Es war viel weniger sonnig hier draußen, als es das Lichtspiel der Buntglasfenster im Salon ihn hatte glauben machen wollen. Der Novembernebel zog bereits schwer von der Themse herüber. Jenseits der feuerfarbenen Ahornblätter am Hanover Square ragten Fabrikschlote düster in den beginnenden Abend und trieben ihre Rußschwaden über die Londoner Innenstadt.

Hinter Cedric ging erneut die Haustür. Er seufzte leise. Natürlich hatte er nicht damit gerechnet, dass Robert ihn einfach ziehen lassen würde. Der junge Baron of Havencourt hatte an dem Auftritt gerade sicher seinen Spaß gehabt. Aber mit einem hatte Elaine recht: Dass Cedric seinen Lohn für die nächsten Klavierstunden, inklusive des heutigen Desasters, bereits erhalten hatte. Freundschaft war eine Sache. Geld eine andere. Und zwar selbst dann, wenn diese Freundschaft bis in ihre Kindertage zurückreichte, als Cedrics Vater Robs Klavierlehrer gewesen war und sie beide gemeinsam unterrichtet hatte. Gerade *weil* es schon immer dieses Machtgefälle gegeben hatte, war es Cedric wichtig, dass Geld nie zu einem Argument zwischen ihnen wurde.

»Willst du das Honorar zurück?«, fragte er, als Rob neben ihm stehen blieb, in der einen Hand noch immer die Pfeife, die andere locker unter dem zurückgeschlagenen Sakko in die Hosentasche gesteckt. Cedric wusste nie, ob Rob sein Bild des kultivierten jungen Upperclass-Gentleman besonders gewissenhaft pflegte oder es doch eher zu karikieren versuchte. Vielleicht etwas von beidem.

»Natürlich nicht.« Rob nahm einen Zug von seiner Pfeife, fuhr sich durch die dunkelbraunen Locken und sah dem Rauch hinterher, wie er durch die nasse Luft davontrieb. »Ich hätte mir für deine Performance heute allerdings etwas mehr Contenance gewünscht, mein Freund.«

»Es ist eine Farce.« Cedric rieb sich erschöpft über die Augen. »Hör zu, ich verstehe, dass eure Familie Elaine am Konservatorium sehen möchte, und ich bin dir dankbar, dass du auf der Suche nach einem Lehrer an mich gedacht hast. Aber wozu plötzlich dieses Theater?«

Robert grinste sein jungenhaftes Grinsen. »Weil es ihr gefällt, wenn du dein strenges Gesicht machst. Und weil es mir gefällt zu sehen, wie du dich ihr annäherst.«

»Ich nähere mich ihr nicht an«, erklärte Cedric ärgerlich. »Ich bin verheiratet.«

Rob hob eine Braue. »Du *warst* verheiratet.«

Ein dumpfer Schmerz regte sich bei den so leicht dahingeworfenen Worten in Cedrics Brust. Er überging es. Diesmal. »Und ich bin es wieder.«

Rob zuckte die Schultern. »Mit einer Frau, die du nicht ausstehen kannst. Was spricht also dagegen, euch beide davon zu befreien? Eine Ehe mehr oder weniger macht doch wirklich keinen Unterschied.«

Das machte Cedric für einen Moment wirklich sprachlos. »Ich denke, wir beenden diese Unterhaltung besser«, brachte er nach einigen mühevollen Atemzügen hervor. »Wir sehen uns am Freitag.«

»Warte.« Robert legte ihm die Hand auf die Schulter, ehe er sich ganz abwenden konnte. Auf seinen Zügen lag aufrichtige Reue. »Ich bin zu weit gegangen. Bitte verzeih.«

Cedric furchte die Stirn, aber er sagte nichts. Robert redete schneller, als er dachte, das war schon immer so gewesen. Als ältester Sohn aus reichem Hause hatte er schließlich nie ernsthafte Konsequenzen für sein Handeln erfahren und deshalb auch nicht gelernt, sich zurückzunehmen. Auf der anderen Seite saß Cedric selbst zweifelsohne im Glashaus, was schonungslose Direktheit betraf. Ihre Freundschaft beruhte auf vielen Werten – übermäßiges Taktgefühl war keiner davon. Einen verbalen Tiefschlag wie diesen einfach wegzustecken, erforderte dennoch mehr Versöhnlichkeit, als er in diesem Moment in sich hatte.

»Bitte, Cedward. Lass uns so nicht auseinandergehen. Komm wieder mit rein und trink einen Portwein mit mir. Ich habe gestern erst eine neue Lieferung erhalten, einfach wunderbar, sage ich dir.«

Endlich entschied sich Cedric, den Kopf zu schütteln. »Danke, heute nicht. Ich werde es dir nicht nachtragen, keine Sorge. Und Elaine auch nicht. Aber meine Familie erwartet mich zum Tee, und ich möchte vorher noch bei der Post vorbeischauen. Dr Shaw hatte …« Er räusperte sich, weil seine Stimme unwillkürlich belegt klang. »Er hatte mir ein neues Buch bestellt. Über Schwindsucht.«

Darauf erwiderte Robert eine Weile nichts. Er sah Cedric nur sehr nachdenklich an, und Cedric fragte sich, ob sein ältester und bester

Freund seine monatelangen Lügen trotz aller Mühen wohl inzwischen durchschaute. Ob er ahnte, dass es Cedric längst nicht mehr darum ging, die Trauer um seine verstorbene Frau zu verarbeiten, indem er weiterhin regelmäßig die Arztpraxis aufsuchte und alles über die Krankheit lernte, die Adele getötet hatte. Falls dem so war, entschied sich Rob allerdings auch heute dagegen, es anzusprechen.

»Komm zurück ins Leben, mein Freund«, sagte er schließlich bloß und klopfte Cedric auf die Schulter. »Elaine und ich erwarten dich Freitag zum Tee. Einen guten Tag dann noch.«

Die Tür schloss sich mit einem hohlen Laut hinter ihm. Und oben im ersten Stock fiel ein dicker Vorhang zurück an seinen Platz.

Cedric blieb noch einen Moment stehen und sah zum Fenster hinauf. Zu allem Überfluss begann es nun auch noch zu regnen. Warum nur war er nicht überrascht?

Er zog seine Taschenuhr aus der Westentasche und ließ den Deckel aufspringen. Sieben Minuten nach vier. Gerade genug Zeit, um bis nach Camden Town zum Postbüro zu laufen und von dort zurück ins West End, um pünktlich zum Tee daheim zu sein. Der Doktor hatte ihm immerhin zu viel Bewegung an frischer Luft geraten. Bei dem Gedanken entwischte Cedric tatsächlich ein zynisches Lachen, dem ein unangenehmer Husten folgte. Frische Luft. Ausgerechnet hier.

Wie mechanisch strich er mit dem Daumen über den Schriftzug, der in die Innenseite des Uhrendeckels geprägt war. *In Liebe. Adele.*

Noch ein Husten. Einatmen, ausatmen. Bis sich das Brennen und Stechen in seiner Kehle wenigstens etwas gelegt hatte.

Cedric schloss den Uhrendeckel und rang sich einen letzten tiefen Atemzug ab, ehe er sich auf den Weg machte.

»Komm zurück ins Leben, mein Freund.«

Leichter gesagt als getan.

Kapitel Zwei

Allegretto für vier Hände in C-Dur; Joseph Schuster

11 Hanover Street, West End, London

Sein Haus empfing Cedric mit Licht und Musik, als er später an diesem Nachmittag die Vordertür hinter sich ins Schloss zog. Oder zumindest mit etwas, das Musik hätte sein können, wäre sie nicht von hüpfenden Disharmonien und wechselweise schimpfenden und kichernden Kinderstimmen unterbrochen worden. Er war weniger pünktlich daheim, als er sich vorgenommen hatte, und die Herbstkälte war auf dem Heimweg bis in seine Knochen vorgedrungen. Aber mehr noch als die Wärme des Kohleofens in der Diele oder der Geruch nach Yorkshire Pudding, Bohnen und brauner Soße vertrieb das Lachen seiner Töchter das klamme Gefühl von seiner Haut und aus seinen Gedanken.

»Willkommen zu Hause, Mr Edwards.« Martha, das Dienstmädchen, kam aus der Stube geeilt, als sie die Haustür gehen hörte.

»Guten Abend, Martha.« Er reichte ihr seinen feuchten Mantel und das versiegelte Paket, das tatsächlich bei der Post auf ihn gewartet hatte. »Was soll das sein, das die Mädchen da verbrechen?«

Martha knickste. »Schusters Allegretto«, antwortete sie artig, doch Cedric sah das Lachen in ihren Augenwinkeln. Martha war bei den Edwards beschäftigt, seit Cedric und Adele geheiratet und das Haus in der Hanover Street bezogen hatten. Sie war definitiv Teil der Familie, ihre passive musikalische Bildung war inzwischen in der Tat bemerkenswert, und sie hatte den Haushalt auf ihre eigene Weise fest im Griff. Ganz davon abgesehen, dass sie natürlich über alles Bescheid wusste, was den Tag über im Haus geschah – und Cedric niemals unvorgewarnt in gewisse Begegnungen laufen ließ.

»Ihre Mutter ist zu Besuch«, berichtete sie jetzt in tadellos respektvollem Ton. »Sie bleibt nicht zum Tee, aber sie wollte noch auf Sie warten, ehe sie aufbricht.«

Wie üblich bei dieser Nachricht versteifte Cedric sich sofort. Das Verhältnis zu seiner Mutter war … schwierig, um es milde auszudrücken, und es schien mit jedem Jahr schwieriger zu werden. Besonders kompliziert war es allerdings, seit er auf ihr Drängen hin nur wenige Monate nach Adeles Tod eine neue Frau geheiratet hatte: Ruth Pia Elise Winterfield, inzwischen Edwards, Tochter eines Leinenfabrikanten, der sogar den spanischen Hof belieferte. Auch ihre Stimme hörte Cedric aus dem Musikzimmer dringen. Verzweifelt. Mahnend. Resigniert.

Cedric seufzte leise. Besuche seiner Mutter waren auch deshalb so kräftezehrend, weil Ruth sich dann offenbar verpflichtet sah, ihrer Schwiegermutter zu beweisen, dass sie das Haus und die Familie unter Kontrolle hatte. Sie hatte an diesen Tagen auch weniger Geduld mit den Kindern. Und die Kinder mit ihr.

»Danke«, sagte er zu Martha. »Ich fürchte, ich werde ein ernstes Wort mit den Mädchen reden müssen. Wünsch mir Glück, dass ich vor dem Essen damit fertig bin.«

Martha verzog keine Miene, während sie seinen Mantel aufhängte und das Paket auf der Hutablage verstaute. »Ich stelle den Pudding im Ofen warm, Mr Edwards.« Damit verschwand sie auch schon in die Küche.

Cedric fuhr sich notdürftig durch die noch nebelfeuchten Haare, obwohl er wusste, dass er damit nichts richtete, sondern lediglich zerstörte, was immer von dem Zopf geblieben war, mit dem er die schwarzen Locken am Morgen gebändigt hatte. Dann öffnete er die Tür zum Musikzimmer, wo gerade wieder einmal die ersten Töne von Joseph Schusters *Allegretto für vier Hände* erklangen.

Seine Töchter saßen nebeneinander auf der breiten Klavierbank. Ericas schmales Gesicht war angestrengt konzentriert, wie immer, wenn sie Klavier spielte. Ada indes gab sich sichtlich wenig Mühe, die Basslinie des Stücks im Tempo ihrer Schwester zu halten, und hatte ihr bereits vorwitzig in die Akkorde gegriffen, ehe sie auch nur den sechsten Takt erreichten.

»Ada!«, heulte Erica protestierend auf. »Lass das, ich kann so nicht spielen! Frau Mutter, sie …«

»Ada, Liebes!« Ruth, die neben dem Flügel stand, hob ebenfalls die Stimme, in einem vergeblichen Versuch, streng zu klingen. Immer wieder huschte ihr Blick zum Sessel am Fenster, in dem – wie von Martha angekündigt – Cedrics Mutter saß. Gewohnt aufrecht und wortkarg, mit perfekt frisierten eisengrauen Locken, ihre ganze Haltung ein Urteil in sich. *Das ist Adeles Sessel,* dachte Cedric. *Niemand sollte so darin sitzen.*

»Bitte nimm das Üben ernst.« Ruths Stimme fiel wieder ab, als hätte sie nicht genug Kraft, um mehr als zwei laute Worte zu sprechen. Vermutlich dauerte dieser Kampf schon eine ganze Weile. »Ihr wolltet eurer Großmutter doch zeigen, wie ihr euch verbessert habt.«

An diesem Punkt hielt Cedric es für ratsam, sich bemerkbar zu machen. Er klopfte vernehmlich an den Türrahmen und räusperte sich. »Guten Abend, die Damen.«

Alle vier drehten sich augenblicklich zu ihm um.

»Papa!« Ada, die eben hatte anfangen wollen zu schmollen, bekam leuchtende Augen. »Du bist schon zurück!«

Schon? Cedric lächelte müde. *Es fühlt sich an, als wäre ich Wochen von hier fort gewesen.*

»Wo liegt das Problem?« Er trat an den Flügel heran, ignorierte den stechenden Blick seiner Mutter, der sich sofort auf ihn richtete, und widmete auch seiner Frau ein Lächeln, obwohl es etwas angestrengt geriet. »Danke, Mrs Edwards. Sie können das von hier an mir überlassen.«

Ruth presste einen Moment die Lippen zusammen. Erneut huschte ihr Blick zu Cedrics Mutter, weiter zu den Kindern, und kehrte schließlich zu ihm zurück. Der Widerstreit zwischen der Erschöpfung, der sie gern nachgeben wollte, und dem dringenden Wunsch, die Situation doch noch selbst in den Griff zu bekommen, war ihr deutlich am Gesicht abzulesen. Die Erschöpfung gewann. Der Preis war ein Gefühl der Demütigung, das Cedric leider sehr gut verstand.

»Danke. Ich gehe Martha in der Küche zur Hand.« Das Tempo, mit dem Ruth den Raum verließ, glich einer Flucht. Die Tür fiel etwas zu laut hinter ihr ins Schloss. Beklemmende Stille blieb zurück.

»Siezt du sie etwa immer noch?«

Betont langsam wandte Cedric sich zu seiner Mutter um, die genauso unbeugsam in Adeles Sessel saß wie zuvor. »Und hast du nichts Besseres zu tun, als dazusitzen und allen im Haus das Gefühl zu geben, versagt zu haben?« Er furchte ärgerlich die Stirn und legte eine Hand auf Ericas Schulter, weil er wusste, dass solche Situationen sie sehr mitnahmen. Ada verwand solche Dinge leichter, trotzdem war auch sie jetzt ungewöhnlich still. Genau deshalb hasste Cedric es, diese Art Gespräche vor den Kindern zu führen. Seiner Mutter, das wusste er leider, war das allerdings egal. Die harten Linien in ihren Mundwinkeln vertieften sich. Bittere Belustigung war schon immer ihre schärfste Waffe gewesen.

»An dir zu versagen ist nun wirklich keine Schande. Das habe ich selbst schon hinter mir. Auch wenn ich Ruth gewünscht hätte, dass du zu ihr gnädiger bist und ihr gelingt, was ich nicht konnte. Eine fromme Hoffnung ohne Zukunft, wie es scheint.« Sie schnaubte leise und faltete die Hände im Schoß ihres smaragdgrünen Kleides. »Sieh dich doch an. Kommst hier zu einer Unzeit herein wie ein Landstreicher und hältst es nicht einmal für nötig, deine Mutter zu begrüßen. Denkst du nicht, deine Familie hat etwas mehr Respekt verdient?«

Erica sprang auf. Sie hatte schon immer einen feinen Sinn für Gerechtigkeit gehabt – und sehr viel Mut für eine Achtjährige. »Papa ist kein Landstreicher!«

Cedric drückte sanft ihre Schulter, obwohl er sich selbst nur schwer davon abhalten konnte, seine Mutter grob anzufahren. »Schon gut, Erica. Selbst wenn es so wäre, wäre das nicht halb so schlimm, wie deine Großmutter es uns weismachen will. Landstreicher sind ja nicht von Natur aus schlechte Leute.«

Seine Mutter lachte kurz und trocken auf. »Sag das noch mal, wenn du auf der Straße sitzt.«

Cedric schloss die Augen und zählte bis fünf. Es brachte doch nichts. Es brachte einfach nichts. »Was willst du, Mutter? Martha sagte, du hast auf mich gewartet. Wie ich dich kenne, tust du das nicht ohne Grund.«

Seine Mutter verengte leicht die Augen. »Ob du es glaubst oder nicht, Cedric, ich wollte meinen Sohn sehen – da er sich freiwillig ja nie bei mir blicken lässt.«

Cedric sagte nichts darauf. Die Enttäuschung war gut platziert, und sie wirkte: Ein altbekanntes Gefühl von Schuld stieg in ihm auf, gegen das er sich nicht wehren konnte. Es stimmte, er besuchte sie so gut wie nie, und das schon seit der Heirat mit Adele. Es war außerdem schwer, seiner Mutter vorzuwerfen, dass sie sich für ihren einzigen Sohn und dessen Sprösslinge ein Leben wünschte, das nach den gesellschaftlichen Normen, mit denen sie aufgewachsen war, als *gut* und *sicher* bezeichnet werden konnte. Nur waren diese Normen einfach nicht, woran Cedric glaubte, und schon gar nicht passten sie zu dem Leben, das er sich mit Adele aufgebaut hatte. Er wollte nicht ausgeschlossen werden von der Kindererziehung und der Gestaltung ihres Heims, weil das keine Männersache war. Adele wiederum hatte es sich auch als Mutter und Ehefrau nicht nehmen lassen wollen, weiter als Goldschmiedin zu arbeiten und Literatur zu studieren. Und das war nur der Anfang einer langen Liste von Dingen, die sie anders gehandhabt hatten als andere junge Ehepaare. Sie waren eigenbrötlerisch gewesen im Blick der Öffentlichkeit, verschroben und dabei ausgesprochen glücklich, und Cedric war es leid, das immer wieder rechtfertigen und diskutieren zu müssen. Umso mehr – und schmerzlicher –, seit Adele nicht mehr da war. Seine Mutter und er konnten sich nicht einig werden. Es war ebenso bitter wie unmöglich.

»Also gut«, sagte er beherrscht. »Du hast mich gesehen, ich lebe noch. Jetzt würde ich gern mit meinen Töchtern Klavier spielen. Allein. Bitte geh.«

Die Augen seiner Mutter weiteten sich, als könne sie nicht glauben, was er gerade gesagt hatte. Aber diesen Blick bekam Cedric oft von ihr, und natürlich glaubte sie es. Weil das schlicht die Art war, wie sie seit Jahren miteinander sprachen.

»Sei wenigstens anständig zu der Frau, die du geheiratet hast. Es geht nicht an, dass du sie nach einem Jahr Ehe immer noch wie eine Fremde behandelst.« Sie erhob sich steif. »Ruth ist dir eine gute Gattin. Sie bewahrt dich vor dem endgültigen Verfall, Cedric. Fang endlich an, dankbar dafür zu sein, was dir geschenkt wurde.« Sie wandte sich an Erica und Ada. »Mädchen? Werdet nicht wie euer Vater, ich rate es euch im Guten.« Und ohne noch eine Antwort abzuwarten, rauschte sie aus dem Zimmer.

Cedric sah ihr wortlos nach. Er war sich bewusst, dass Ada und Erica ihn verunsichert und eingeschüchtert ansahen, und dass es jetzt in seiner Verantwortung lag, sie irgendwie zu Normalität und Alltag zurückzuführen. Doch das musste warten, bis sein Puls sich beruhigt hatte und ihm das Lächeln wieder leichterfiel.

Musik. Musik wird helfen. Sie hilft immer.

»Also.« Er verschränkte die Hände hinter dem Rücken und beugte sich über die Köpfe seiner Töchter hinweg zur Partitur. »Jetzt zu euch. Was haben wir hier *für ein Problem*?«

»Ada spielt immer falsch!«, beschwerte sich Erica prompt – und endlich wieder so forsch, wie Cedric es von ihr gewohnt war. Auch sie musste unfassbar erleichtert sein, dass die beklemmende Situation vorbei war. »Mit Absicht!«

Ada zog einen Flunsch. »Aber du spielst zu schnell! Ich kann nicht so schnell. Meine Hände sind zu klein. Papa, sie wartet einfach nicht auf mich, das ist so gemein!«

»Ach, jetzt bin ich auf einmal schuld!« Erica stemmte eine Hand in die Hüfte und richtete die andere anklagend auf ihre Schwester. »Du ärgerst mich schon die ganze Zeit!«

»Weil ich keine Lust habe, wenn du so schnell spielst, wie ich nicht kann!«

»Mädchen! Genug jetzt. Mir fallen noch die Ohren ab.« Cedric musterte Erica streng und hoffte, sie würde nicht merken, wie wohltuend und heilsam er diesen ganz normalen Kinderstreit nach dem gerade überstandenen Zusammenstoß mit seiner Mutter empfand. »Du möchtest also schneller spielen und glaubst deiner Schwester nicht, dass ihre Hände zu klein dafür sind?«

Erica holte tief Luft. »Ja, aber …«

»Also glaubst du dann vielleicht auch, dass du es mit *meinen Händen* aufnehmen kannst?«

Ericas Augen wurden groß. »Oh. Ich …« Entschlossen reckte sie das spitze Kinn vor. »Jederzeit.«

Ada stieß ein entzücktes Quietschen aus, und Cedric hob eine Braue. »Ach, so ist das? Nun denn. Ada, würdest du für mich den Platz räumen?«

Ada rutschte augenblicklich vom Hocker – nur um umgehend auf Cedrics Schoß zu klettern, kaum dass er Platz genommen hatte. Die feinen hellroten Locken kitzelten seine Wange, und eine Flut von Liebe stieg hinter Cedrics Nasenbein hinauf, um sich kribbelnd hinter seinen Augenlidern zu sammeln.

Es ist gut. Es wird alles gut. Wir schaffen das schon irgendwie.

Er räusperte sich belegt und griff um Ada herum, um seine Hemdsärmel zu den Ellbogen hochzukrempeln. »Nun gut, Miss Erica. Wollen wir dann?«

Erica sagte nichts, vermutlich konnte sie nicht, weil sie die Lippen so angespannt aufeinandergepresst hatte, die Finger schon auf den Tasten und den Oberkörper vorgebeugt.

Ein Lächeln schlich sich auf Cedrics Gesicht. »Also bereit. Eins-und-zwei-und …«

Sie begannen in moderatem Tempo. Cedric ließ Erica zuerst selbst bestimmen, wie rasch sie sich steigern wollte. Doch schon im zweiten Durchgang begann er ihr ein wenig davonzuziehen; zunächst nur eine Winzigkeit voraus, dann in größeren Schritten, bis ihre Finger förmlich über die Tasten flogen, um ihn wieder ein- und dann zu überholen. Ada auf seinem Schoß jauchzte begeistert, als Cedric den nächsten Durchgang noch ein bisschen schneller spielte, um sie noch mehr anzustacheln – nur um dann kurz vor Schluss die Hände von den Tasten zu nehmen, während Erica die letzten Töne in die Klaviatur hämmerte, als wollte sie sie zertrümmern. »Ich gebe auf! Ich gebe auf!«

Schwer atmend saß seine ältere Tochter neben ihm. »Ehrlich?«

»Ich komme nicht mehr mit. Du hast gewonnen.«

Erica zog misstrauisch die dunklen Brauen zusammen. »Du hast mich doch nicht gewinnen *lassen*, oder?«

Cedric hob die Hände und lachte. »Niemals, Miss, sehe ich aus, als würde ich das wagen?« Das Lachen verklang. Es hielt sich dieser Tage niemals lange. Das *Lächeln blieb, immerhin – selbst wenn er jetzt* trotzdem noch eine kleine Moral weitergeben musste. »Aber sieh mal, Erica. Da du sogar für meine großen Hände zu schnell spielst, denkst du nicht, du solltest etwas mehr auf deine Schwester warten? Wenn du dich ein bisschen an sie anpasst, kann sie noch viel von dir lernen. Und du, Ada«, fuhr er fort, ehe sich seine jüngere Tochter triumphierend in die Brust werfen konnte, »du versuchst es in Zukunft bitte mindestens fünfmal ernsthaft, ehe du anfängst, Unfug zu machen. Ich zwinge dich nicht zum Üben, aber wenn Erica mit ihren Stücken vorankommen möchte, ist es nicht in Ordnung, wenn du sie störst.«

Erica schnaufte. Ihre Wangen hatten sich vor Verlegenheit gerötet. »Tut mir leid.«

Auch Adas Mundwinkel sanken nach unten. »Entschuldigung, Papa.«

»Entschuldigt euch nicht bei mir, sondern beieinander. Oder lasst es, und versprecht, dass ihr beim nächsten Mal besser zueinander seid. Hand drauf.«

Einige Sekunden lang drucksten Ada und Erica noch betreten herum. Dann reichten sie sich tatsächlich die Hände.

»Spielst du jetzt was für uns?« Ada drehte sich auf seinem Schoß zu ihm um. Die Verstimmung war so schnell von ihrem Gesicht verschwunden, wie sie gekommen war.

Cedric schmunzelte und strich ihr eine vorwitzige Locke aus der Stirn. »Und was schwebt euch da vor?«

Ein schelmisches Funkeln leuchtete in Adas Augen auf, und Cedric wusste sofort, was sie fordern würde. »Soler!«

»O nein.«

Jetzt leuchtete Adas ganzes Gesicht. »Sonate Nr. 90!«

Cedric schüttelte energisch den Kopf. »Kein Soler in diesem Haus!« Er verabscheute dieses Stück. Zu verspielt und zu viel Schnickschnack für sein Empfinden. Das änderte allerdings nichts daran, dass seine Töchter es liebten.

»Dann Tschaikowsky!«, warf Erica triumphierend ein. »Wenn du Soler nicht willst, musst du Tschaikowsky spielen.«

»Tschaikowsky?! Dieser neumodische Krempel?«

»Papa!« Ada legte ihre kleinen Hände an seine Wangen und sah ihm streng in die Augen. »F-Dur. Jetzt.«

Cedric seufzte ergeben, als sich ein weiteres Lächeln auf seine Lippen stahl. Wenn sie ihm mit Tschaikowsky drohten, was sollte er dann noch tun? Dann doch lieber Soler. Sie hatten es sich außerdem verdient. An diesem Tag noch mehr als sonst. Also legte er die Finger auf die Tasten und spielte, was seine Töchter sich von ihm wünschten.

Kapitel Drei

»Unjust Life«; Ai Kamachi, Tatsuo Nagami; Arr. Jeremy Ng

11 Hanover Street, West End, London

Später am Abend saßen Cedric und seine Frau vor dem Kamin im Salon. Martha hatte ihnen Tee und Gebäck gebracht und sich dann zurückgezogen. Die Mädchen schliefen schon, und das Haus war still bis auf das Knistern der Flammen in den Holzscheiten. Es war ein Ritual, an dem sie festhielten, Cedric und die neue Mrs Edwards – diese zweisame Stunde am Abend, nur für sie beide, obwohl sie sich im Grunde nie etwas zu sagen hatten. Ruth stickte und Cedric las die Tageszeitung, und wie gewöhnlich schwiegen sie sich an.

Allerdings glaubte Cedric an diesem Abend zu erkennen, dass seiner Frau etwas auf der Seele lag, das schwerer wog als die übliche Stille. Sie stickte langsamer als sonst und hatte sich schon dreimal mit einem leisen Schmerzenslaut in den Finger gestochen. Wann immer Cedric zu ihr hinsah, spürte er geradezu körperlich, wie das Unausgesprochene aus ihr herausdrängte. Trotzdem schwieg sie weiter, während die Uhr auf dem Kaminsims die verbleibenden Minuten ihrer Abendstunde herunterzählte.

Cedric machte sich nichts vor. Dass sie nicht miteinander sprachen, war in erster Linie, wenn nicht vollständig, seine Schuld. In den bisherigen Monaten ihrer Ehe hatte er jedenfalls wenig bis nichts dafür getan, ein Klima zu schaffen, in dem sie einander persönliche Dinge anvertrauen konnten. Gründe dafür gab es viele: Weil es viel zu früh für eine neue Ehe war und er Adeles Tod noch nicht annähernd verwunden hatte. Weil er in Wahrheit *überhaupt nicht wieder* hatte heiraten wollen. Weil er bereute, es trotzdem getan zu haben. Und nicht zuletzt, weil seine Mutter Ruth für ihn ausgesucht hatte und er ihr deshalb unterstellte, dieselben Wertvorstellungen zumindest in Grundzügen zu teilen. Dabei wusste er nicht einmal mit Sicherheit, ob das zutraf.

Ruth gegenüber war all das fraglos ungerecht, nur wusste Cedric auch nicht, wie er es ändern sollte. Er hatte unfassbar falsch eingeschätzt, wie schwer es ihm fallen würde, mit einer Frau zusammenzuleben, die nicht Adele war. Und das Gefühl, nun ohne Ausweg in dieser neuen Ehe gefangen zu sein, machte es noch schwerer, sich seiner eigenen Ungerechtigkeit zu stellen.

Heute allerdings hatte Ruth offenbar ebenso unter dem Zusammenprall im Musikzimmer gelitten wie er. Womöglich war dies also der Tag, endlich einen Schritt auf sie zu zu tun. *Anständig* zu ihr zu sein. Seine Mutter hatte ja leider bei Weitem nicht mit allem unrecht, was sie ihm vorwarf. Daher faltete Cedric die Zeitung schon weit vor Ablauf ihrer gemeinsamen Stunde zusammen und legte sie auf den Beistelltisch.

Ruth sah *überrascht* von ihrer Stickerei auf.

»Was haben Sie auf dem Herzen, Mrs Edwards?«

Ruths Lippen zuckten kurz. Dann senkte sie den Blick wieder auf ihre Hände. »Nichts«, erklärte sie mit verräterisch dünner Stimme.

Cedric räusperte sich. Er hätte es an dieser Stelle gut sein lassen können. Es wäre der einfachste Ausweg für sie beide gewesen, aber es *fühlte sich* nicht richtig an.

»Geht es um den Besuch meiner Mutter? Hat sie Ihnen das Gefühl gegeben, Sie würden etwas falsch machen?«

Einige Herzschläge lang war Ruth sehr still. Cedric sah ihre Finger weiß werden, weil sie die Nadel viel zu fest hielt. »Nein«, sagte sie endlich. »Darum geht es nicht.«

Cedric runzelte die Stirn. »Worum dann? War es die Klavierstunde der Mädchen? Es tut mir leid, dass Sie es heute so schwer mit ihnen hatten. Ich werde noch einmal mit ihnen darüber sprechen.«

Ruths Kopf ruckte in die Höhe. Sie starrte ihn aus ihren hellen Augen an, als könne sie nicht fassen, dass er ausgerechnet *das für den Grund ihrer Anspannung hielt.* »Natürlich nicht.«

Nein, dachte Cedric, um ehrlich zu sein, hätte ihn das auch gewundert. Bei allem, was sonst schieflief, hatte es nie Grund zu Bedenken gegeben, was das Verhältnis zwischen Ruth und den Kindern betraf.

»Also schön. Dann sagen Sie mir bitte, was los ist.« Allmählich wurde er ungeduldig, und auch das war natürlich schon wieder ungerecht. Doch er fand es wirklich schwer auszuhalten, dass sie nicht mit der Sprache herausrückte. »*Reden* Sie mit mir, Mrs Edwards.«

Ein wütendes Funkeln trat bei seinen Worten in Ruths Augen – und in diesem Moment erkannte Cedric, dass ihr Geduldsfaden womöglich noch kürzer davor war zu reißen als seiner. »Es geht darum«, fuhr sie auf, »dass ich mich in meinem eigenen Haus nicht willkommen fühle!«

Im ersten Moment wollte Cedric heftig erwidern. Sie ebenfalls wütend anfahren, dass dies immerhin auch nicht *ihr* Haus war, sondern seines und Adeles und das ihrer Kinder.

Er kam nicht dazu, ehe etwas in ihm klickte. Eine Erkenntnis rastete ein, und die Worte blieben ihm im Hals stecken.

Das war es.

Genau das war Ruths Problem: Dieses Denken, das er offenbar so tief in sich verankert hatte, dass er es selbst dann nicht überwinden konnte, wenn er sich Sekunden zuvor vorgenommen hatte, etwas daran zu ändern.

Es war dieser Moment, in dem Cedric zum ersten Mal wirklich klar wurde, dass ihre Ehe nicht nur ihn mit Ruth in diesem Haus einsperrte. Sondern auch Ruth mit *ihm. Er* war ihr Problem, weil er sie um ihre Hand gebeten hatte, ohne sie in seinem Leben zu wollen. Er hatte ihr damit die Chance auf ein *echtes* Zuhause genommen; auf eine Partnerschaft, in der sie sich geliebt und respektiert fühlen konnte, wie sie es verdiente.

Das Begreifen war erschütternd. Die darauffolgende Selbstverachtung ebenso.

»Ich erwarte ein Kind.«

Die Worte fielen seltsam laut in die Stille zwischen ihnen. Cedric hörte sie, ohne sie gleich zu begreifen, wie ein Gesprächsfetzen aus einem Traum, dessen Kontext im Schlaf verloren gegangen war. Doch sein Verstand hatte die Information offenbar schneller verarbeitet, als sein Bewusstsein es konnte.

»Sind Sie sicher?«, hörte er sich mit heiserer Stimme fragen, im selben Moment, in dem das Zittern in seinen Fingern begann. Cedric ballte die Hand zur Faust. *Bitte. Nicht auch das noch. Nicht jetzt.*

Aber das Zittern kam immer, wenn er es am wenigsten gebrauchen konnte. Stressinduziert, hatte Dr Shaw es genannt.

Ruth legte die freie Hand auf ihren Bauch. Tränen traten ihr in die Augen. »Ich war heute bei einer Hebamme«, flüsterte sie. »Man kann schon einen Herzschlag hören. Und manchmal spüre ich es treten.«

Das Zittern wurde stärker. Cedric versuchte, ruhig zu atmen. Konnte es sein? War es möglich? Er kam seinen ehelichen Pflichten nicht allzu oft nach. Schon bei Adele hatte er das Bedürfnis nach *dieser* Art von Nähe nur äußerst selten verspürt, obwohl sie sich sonst auf jede erdenkliche Weise nahe gewesen waren. Mit Ruth war es noch schwerer, sich wenigstens hin und wieder dazu zu überwinden, aber er tat es. Vor allem, um Ruths Selbstwertgefühl nicht noch mehr mit Füßen zu treten, als er es ohnehin täglich tat. Es *war* demnach möglich. Überaus möglich.

»Sie freuen sich also nicht.« Ruths Stimme war rau – und zugleich bitter gefasst, als wäre es genau die Reaktion, mit der sie gerechnet hatte.

Cedric schwieg. Sein Hals war wie zugeschnürt. Nein, er freute sich nicht. Wie hätte er sollen? Allerdings nicht aus dem Grund, den sie vermutete.

Ein heftiges Zucken fuhr seinen Arm hinab. Er bemerkte es gerade rechtzeitig, um die Hand fest um seine Teetasse zu schließen und die Bewegung dafür zu nutzen, sie mit voller Kraft gegen das Kaminsims zu werfen. Das Porzellan zersprang mit hellem Klirren, und Ruth entfuhr ein Schrei.

Mit einem steifen Ruck kam Cedric auf die Füße. »Bitte um Verzeihung«, brachte er schwer atmend hervor. Doch er konnte seiner Frau dabei nicht ins Gesicht sehen. Als die Tür hinter ihm ins Schloss fiel, hörte er Ruth aufschluchzen, doch er drehte sich nicht noch einmal um. Irgendwann später *würde er* die Kraft und die Worte finden *müssen*, sich zu entschuldigen. Sich ihr wenigstens zu erklären, sie *aufrichtig* um Verzeihung zu bitten, wenn es schon keinen Trost für sie gab. Aber nicht jetzt. Egal was, es konnte nicht jetzt sein. Denn wovor Cedric in diesem Moment floh, war nichts, was diese junge werdende Mutter auch nur ansatzweise erahnen durfte:

Das Bild seiner selbst, wie er sein neugeborenes Kind hielt und es ihm einfach aus den Fingern glitt.

Kurz darauf saß er wieder am Flügel. Allein diesmal, und ohne Licht im Musikzimmer anzuzünden. Cedric starrte in die Dunkelheit und versuchte den tröstlichen Moment heraufzubeschwören, den er hier erst vor wenigen Stunden mit seinen Töchtern geteilt hatte.

Stattdessen sah er Adele, blass und schmal, wie sie im Sessel beim Fenster saß. In eine Decke gewickelt, die Haut fahl und das Haar stumpf. Nur ihre Augen glänzten, und sie lächelte. Er hatte für sie gespielt. Ein Lied, das nur ihr gehörte. Das sie und ihn, was immer geschah, daran erinnern sollte, dass sie zusammengehörten und -bleiben würden.

Für immer. *Immer.*

Cedrics Finger bewegten sich wie von selbst. Erst zögernd, dann fließender, als würde das Lied sie mit sich ziehen. Fanden die Töne, die er seit damals nicht mehr gewagt hatte anzurühren, weil er wusste, was sie in ihm bewegen mussten. Was sie freilegen würden. Blank und wund und verletzlich, und nicht einmal durch den strömendsten Regen fortzuwaschen.

Jetzt sah er sie wieder. Er sah Adele und Erica und Ada, und er sah sich selbst, wie ihm alles zwischen den Händen zerfiel. Das Zittern lief von Cedrics Schultern die Arme hinab, als die Melodie von Adeles Lied in verzweifeltem Crescendo anschwoll. Die Finger auf den Tasten bebten. Zuckten. Vergriffen sich.

Und dann ein neues Bild. Das ungeborene Baby. Wie es starb. Und dann er selbst.

Der Flügel verstummte, als Cedric den Kopf auf die Tasten legte und weinte.

Als er wieder zur Ruhe kam, zwang er sich auf die Füße und schleppte sich die Treppe hinauf ins Kinderzimmer. Das Mondlicht beleuchtete die Gesichter der friedlich schlafenden *Mädchen.* Ada war, wie so oft, zu Erica unter die Decke gekrabbelt und hatte sich fest an sie gekuschelt. Eine kleine Ewigkeit stand Cedric neben dem Bett und sah auf die beiden hinunter. Dann legte er sich neben Ada und rollte sich um den kleinen Körper zusammen; vergrub die Nase im weichen Kinderhaar, während seine Hand über sie hinweg nach Ericas Fingern tastete.

Von allem, was ihm auf der Welt geblieben war, dachte Cedric erschöpft, waren diese Kinder das Einzige, was ihm noch Frieden geben konnte. Sie brauchten ihn ebenso sehr, wie er sie brauchte. Auch das neue Baby würde ihn brauchen. Er konnte sie nicht allein lassen. Und er konnte auch Ruth nicht allein lassen, der er bis hierher so ein furchtbarer Partner gewesen war.

Es gab noch so viel gutzumachen.

Es *musste* einen Weg geben.

Kapitel Vier

Requiem in d-moll; Wolfgang Amadeus Mozart

99 Cambridge Street, Westminster, London

Die Praxis Dr & Dr Shaw lag in einer der derzeit privilegiertesten Gegenden für die Schaffenden der oberen Mittelklasse, unweit des malerischen Regent's Park, wo die Patientinnen und Patienten den Rat zur Ertüchtigung unter freiem Himmel ohne Umweg in die Tat umsetzen konnten. Es war ein gutes Stück von der Oxford Street bis zur Praxis. Aber Kutschfahrten kosteten Geld, das Cedric nicht übrig hatte. Außerdem bot der Spaziergang die willkommene Gelegenheit, sich vom dichten Nieselregen so gründlich wie möglich durchnässen zu lassen. Äußere Unbequemlichkeiten lenkten ihn einfach immer noch am effektivsten von den inneren ab. Cedric war es lieber, sich nass zu fühlen anstatt krank, das Gewicht eines regengetränkten Mantels war besser als das des Gewissens, weil der Morgen nach dem Streit mit Ruth in gerechtfertigt eisigem Schweigen verstrichen war, und das Tröpfeln in den Zweigen und das Knirschen seiner Sohlen auf Kies und alten Blättern klang friedlicher als Mozarts Requiem in seinem Kopf. Er hatte es auf Adeles Trauerfeier gespielt. Jetzt wohnte es dort und tauchte immer dann auf, wenn die Welt zu ruhig um ihn wurde. Seit jenem Tag hatte Cedric keinen Regenschirm mehr angefasst. Wenn es nach ihm ging, war es unbedingt das kleinere Übel, den Doktoren auf die teure Fußmatte tropfen zu müssen, während er den Türklopfer betätigte.

Man kannte ihn hier. Niemand wunderte sich mehr über ihn. Nicht die Praxisgehilfin Miss Bonnet, die ihm öffnete – »Guten Tag, Mr Edwards!« –, noch der Hausbedienstete Mr Bernard, der ihm den Mantel abnahm und ein Handtuch reichte, ehe er ihn in den Wartebereich führte – »Dr Shaw empfängt Sie sofort, Mr Edwards. Darf ich Tee bringen?« –, und schon gar nicht die Doktoren Shaw persönlich. Vermutlich hätten sie es absonderlicher gefunden, wenn er eines Tages in weniger derangiertem Zustand hier aufgetaucht wäre.

Die Einzige, vor der es Cedric jedes Mal unangenehm war, in keiner angemesseneren Verfassung zu sein, war die Frau Doktor. Oder vielmehr: Dr med. Justine-Kate Shaw, denn sie hatte ihren Titel mitnichten angeheiratet. Sie war selbst studierte Ärztin mit Spezialisierung auf die Krankheiten der Psyche und nicht nur deshalb eine außergewöhnliche Persönlichkeit, weil sie gebürtige Amerikanerin war. Cedric war sich nicht sicher, wie üblich es in den Vereinigten Staaten war, dass die Ehefrau eines Arztes selbst praktizierte, statt sich um die Organisation des beachtlich wohlhabenden Haushalts und die Erziehung der Kinder zu kümmern. Sehr britisch war es definitiv nicht, aber es war durchaus einer der Gründe gewesen, warum Adele und er sich für diese Praxis entschieden hatten, als ihre Tuberkuloseerkrankung eine engmaschigere ärztliche Betreuung nötig machte. Auch wenn, das musste Cedric zugeben, es eine Weile gedauert hatte, bis er sich an den schroffen Charme gewöhnt hatte, mit dem sie geführt wurde. Als Adele ihm zuerst von einer praktizierenden Ärztin und Psychoanalytikerin in Westminster berichtet hatte, hatte er sich eine schmalknochige Person mit tief sitzender Brille und feingeistigem Auftreten vorgestellt, doch er hätte nicht falscher liegen können. In Wahrheit nämlich war Dr Shaw von stabiler, geradezu vierschrötiger Gestalt. Auch ihre Züge waren harsch, mit breitem Kiefer, hoher Stirn und eng stehenden rauchgrauen Augen unter rotblondem Haar. Vor allem jedoch hatte sie bisweilen eine irritierende Art, ihn anzusehen – abschätzend und irgendwie wertend. Es reizte Cedric jedes Mal zu Widerspruch, dabei wusste er nicht mal, wogegen eigentlich.

Auch heute war ihre Aura spürbar unterkühlt, während sie eine ihrer Patientinnen an Cedric vorbei durch den Vorraum auf die Diele geleitete. Dabei würdigte sie ihn kaum eines Blickes, aber das war auch nicht nötig. Justine-Kate Shaw brauchte nur Sekunden, um einen Raum durch ihre bloße Anwesenheit vollständig einzunehmen. Cedric gab vor, sich ganz seinem Tee zu widmen, und beobachtete das schwerfällige Treiben der Blätter im Herbstwind über dem Regent's Park. Für gewöhnlich ließ sie ihn damit davonkommen.

Heute hatte er dieses Glück nicht.

»Mr Edwards.« Sie blieb vor ihm stehen, und Cedric hatte keine andere Wahl, als seinen Tee beiseitezustellen und aufzustehen, wenn er nicht unhöflich oder respektlos sein wollte. »Dr Shaw.«

»Das ist bereits ihr zweiter Termin in dieser Woche. Allmählich könnte man meinen, Sie gehörten zum Inventar.« Sie musterte ihn kritisch von oben herab. Auch das war Teil ihrer außergewöhnlichen Erscheinung: Sie war mindestens einen halben Kopf größer als er. Nun war Cedric zwar selbst kein hochgewachsener Mann. Trotzdem musste er auch zu den meisten Herren seines Bekanntenkreises nicht so weit aufblicken wie zu ihr.

Er räusperte sich und gab sich Mühe, nicht zu dem feuchten Fleck hinüberzusehen, den er auf dem staubgrünen Samtbezug des Sessels hinterlassen hatte. »Ihr Mann sagte, Sie würden im Lauf der Woche die Ergebnisse aus Frankreich erhalten. Von diesem Labor für Blutanalyse.« Zumindest war es das, was Dr Harold Shaw ihm einige Wochen zuvor erklärt hatte: Dass seine Frau Verbindungen zu einer noch recht jungen Forschungsgruppe in Paris pflegte, die sich mit der Mikroskopie von Blutbestandteilen beschäftigte und sich davon Therapieansätze für bislang unheilbare Krankheiten versprach. Cedric hatte von Mikroskopie natürlich keine Ahnung, geschweige denn je von so etwas wie Blutbestandteilen gehört, doch als Dr Shaw ihm erzählte, dass es den Forscherinnen und Forschern chronisch an Versuchspersonen mangelte, hatte er nicht gezögert. Übermäßige Skepsis neuen Methoden gegenüber konnte er sich nicht leisten, solange sie auch nur die geringste Chance auf eine Heilung boten. Und sie bezahlten sogar eine kleine Entschädigung dafür, dass sie sein Blut untersuchen durften.

Dr Shaw ließ sich derweil nicht anmerken, ob sie die Ergebnisse bereits mit ihrem Mann besprochen hatte.

»Sie tragen immer noch Trauer«, bemerkte sie stattdessen mit einem Blick auf die schwarze Halsbinde um seinen Hemdkragen. »Nach mehr als einem Jahr.«

Cedric runzelte überrascht die Stirn. Da war etwas in ihren Worten, das sich kribbelnd in seiner Brust zusammenzog und eine flüchtige Wärme hinterließ, wo sonst der dumpfe Schmerz der Trauer saß. Auch ihre Stimme war weicher als sonst. Geradezu sanft.

»Ach, wissen Sie«, murmelte er belegt, »vielleicht trauere ich schon vorgreifend um mich selbst.«

Dr Shaw verengte leicht die Augen, und Cedric hatte plötzlich das Gefühl, ihren Blick tief in seiner Brust zu spüren, wo es zuvor noch gekribbelt hatte. Als würde sie in seiner Seele eine Seite umblättern.

In diesem Moment öffnete sich die zweite Tür auf der anderen Seite des Raums, und Dr Harold Shaw erschien auf der Schwelle. »Ah, Mr Edwards. Kommen Sie herein.«

Das Gefühl verging. Ihr Blick gab ihn frei. »Guten Tag, Mr Edwards«, sagte Dr Shaw, noch immer mit dieser sanften Stimme.

»Guten Tag, Doktor«, antwortete Cedric verwirrt und zwang sich, ihr noch einmal zuzunicken. Dann folgte er seinem Arzt ins Behandlungszimmer.

Im Gegensatz zu seiner Frau war Dr Harold Shaw ein eher gebeugter Mann, wenn auch auf eine recht schroffe, geradezu zerklüftete Art und Weise. Er trug keinen Bart, war aber auch nie glattrasiert, und sein Atem hatte bisher an den meisten Tagen, an denen Cedric ihm begegnet war, nach Branntwein gerochen. Auch heute zeigten seine Bewegungen eine gewisse Schwerfälligkeit, während er durch den abgedunkelten Raum schlurfte, vorbei an den Regalen voller staubschwerer Folianten und in Formalin eingelegter Präparate, von denen Cedric die allermeisten nicht einmal hätte benennen können. Während seiner Termine hatte er gelegentlich versucht, die Beschilderung zu entziffern. Doch die Handschrift darauf war so verblichen und unleserlich, dass er jedes Mal schnell wieder aufgab.

»Nehmen Sie Platz, Mr Edwards.« Der Doktor fiel mehr in den Stuhl hinter seinem ausladenden Teakholzschreibtisch, als dass er sich setzte, und wies mit dem Pfeifenstiel auf den Sessel gegenüber. »Wie geht es Ihnen heute?«

Cedric wusste viele mögliche Antworten auf diese Frage. Trotzdem beließ er es wie so oft bei einem Schulterzucken. »Unverändert, soweit ich das beurteilen kann.«

Dr Shaw klopfte seine Pfeife in einem Aschenbecher aus und sah auf die Akte hinunter, die aufgeschlagen vor ihm lag. »Möchten Sie rauchen?«

Cedric schüttelte den Kopf. »Ich habe es mir abgewöhnt. Man sagt, es sei ungesund.«

Dr Shaw lachte ein bellendes Lachen. »Als ob das in Ihrem Fall noch einen Unterschied machen würde.«

Darauf sagte Cedric nichts. Er spürte nur einmal mehr ein vages Erstaunen darüber, wie wenig ihn diese Unverblümtheit, was seine Lebenserwartung betraf, aus der Bahn warf. »Also haben diese Blutuntersuchungen nichts ergeben?«, fragte er stattdessen und wünschte sich, er hätte seinen Tee nicht draußen auf dem Tisch stehen lassen.

Dr Shaw ließ eine Tabakdose aufschnappen und begann, seine Pfeife neu zu stopfen. »Sie wissen, dass Sie sterben werden, Mr Edwards.«

»Und ich sagte Ihnen, ich kann nicht sterben, Doktor. Meine Familie braucht mich.«

Der Doktor klemmte sich die Pfeife zwischen die Lippen und schnaubte. Es war schwer zu sagen, ob es ein belustigter oder ein gereizter Laut war. »Die Sturheit allein soll schon Menschen am Leben gehalten haben, sagt man. Üblicherweise spricht man dabei allerdings von alten Leuten.« Er entzündete ein Streichholz und hielt es an den Tabak, der knisternd aufglühte.

Cedric zuckte erneut die Schultern, obwohl es sich ein bisschen steif anfühlte. »Wie sollen wir jetzt weiter vorgehen?«

Dr Shaw paffte eine Weile schweigend vor sich hin. Dann ließ er sich mit leisem Ächzen in seinem Stuhl zurücksinken. »Wie lange sind Sie inzwischen bei mir in Behandlung, Mr Edwards?«

»Etwas mehr als acht Monate.« Denn zu diesem Zeitpunkt, an einem ungewöhnlich sonnigen Tag im letzten Winter – um genau zu sein, fünf Monate nach Adeles Tod und nur etwa eine Woche nach der Hochzeit mit Ruth –, hatte Cedric zum ersten Mal die Anzeichen der Krankheit an sich bemerkt. Jener Krankheit, von der er zuerst geglaubt hatte, es sei dieselbe, die Adele über drei Jahre hinweg jeden Tag ein Stück ihres Lebens genommen hatte: die Schwindsucht. Die Symptome hatten auch bei ihm zunächst eindeutig ausgesehen. Dumpfer Husten, manchmal begleitet von ein wenig Blut, plötzlich auftretender Schwindel. Und um ein Haar hätten sie es dabei belassen, hätte Cedric diese naheliegende Diagnose akzeptiert und den Kampf gegen die Krankheit aufgenommen, mit all den Mitteln, die am Ende auch bei Adele versagt hatten. Wäre da nicht jenes Zittern gewesen, das ihn manchmal überfiel, und das einfach nicht zu dem passen wollte, was er bis dahin über den Verlauf von Tuberkulose gelernt hatte. Es begann meist in den Fingern, hin und wieder auch in den Schultern, und endete in einem mehr oder minder heftigen Zucken eines seiner Gliedmaßen oder des Kopfes. Zuerst war es Cedric nicht schwergefallen, die unkontrollierbaren Bewegungen mit alltäglichen Gesten zu überspielen. Und Musikern gestand man zu seinem Glück ohnehin eine recht große Bandbreite an Ticks zu. Aber es wurde beständig schwerer, die schlechten Tage kamen häufiger, also hatte er Dr Shaw nachdrücklich gebeten, ihn noch einmal zu untersuchen. Nach der Ursache der Zuckungen zu forschen – und nach einer Diagnose, die hoffentlich anders lauten würde, als dass er an derselben nahezu unheilbaren Krankheit sterben würde wie zuvor seine Frau.

Am Ende waren sie erfolgreich gewesen. Mit umso niederschmetternderem Ergebnis.

Cedric litt nicht Tuberkulose. Doch was die Ärzte stattdessen gefunden hatten, war keineswegs weniger fatal: Eine erbliche Krankheit, die im Volksmund als Veitstanz bekannt und erst vor Kurzem durch einen amerikanischen Arzt namens George Huntington eingehend untersucht und beschrieben worden war. Ihre Symptome – Zuckungen und Schwindel – zeigten sich meistens erst im vierten Lebensjahrzehnt, wurden mit der Zeit stärker und führten schließlich innerhalb weniger Jahre zum Tod. Und was das Blut in seinem Hustenauswurf betraf … die Landluft in England mochte die klarste und reinste der Welt sein. Die Luft in London war es nicht.

Dr Shaws Räuspern riss Cedric aus seinen Gedanken. »Mr Edwards, ich will Ihnen nichts vormachen. Die moderne konventionelle Medizin kann an dieser Stelle nichts mehr für Sie tun, außer die Symptome zu lindern und Ihnen vielleicht – *vielleicht!* – etwas mehr Zeit zu verschaffen. Es tut mir leid. Aber!« Er hob die Hand. »Ich möchte Sie an meine Frau überweisen.«

Der reflexartige Widerspruch verstummte, noch ehe er Cedrics Lippen erreichte. Ein Hoffnungsfunke zuckte durch seine Brust, den er sich lieber nicht so schnell erlaubt hätte. »An Ihre Frau? Hat die Blutuntersuchung also doch etwas ergeben?«

Dr Shaw brummte und ließ eine Wolke blauen Dunsts aus Mund und Nasenlöchern quellen. »Ich habe nie gesagt, dass es nicht so wäre. Wie Sie wissen, war meine Frau in den vergangenen Jahren mehrmals auf dem Festland, um dieses Forschungsprojekt mit aufzubauen. Sie kennt die Methoden sehr gut und hat die Befunde, die wir gestern von dort bekommen haben, gegengeprüft. Es sieht so aus, als kämen Sie für eine Behandlung mit den dort eingesetzten Therapieansätzen infrage.« Der Doktor räusperte sich und zog erneut an seiner Pfeife. »Diese Medikamente können die Chorea Huntington zwar voraussichtlich nicht heilen. Meine Frau ist allerdings der Ansicht, wenn Sie bereit wären, etwas zu riskieren und die Konsequenzen selbst zu tragen, könnte das«, er räusperte sich erneut, »Ihre Lebenserwartung beträchtlich erhöhen. Im Optimalfall könnten Sie sogar weitestgehend so weiterleben wie bisher. Zumindest, bis Ihre Töchter erwachsen sind.«

Im ersten Moment fehlten Cedric die Worte. Ada war jetzt sechs und Erica acht. Bis sie erwachsen waren … auf so viele Jahre hatte er seit Monaten nicht hoffen dürfen.

»Was für Risiken?«, fragte er, weil es sich kurzsichtig und leichtfertig angefühlt hätte, es nicht zu tun. Doch er wusste schon jetzt, dass er diese Therapie unmöglich würde ablehnen können.

»Darüber sprechen Sie besser mit meiner Frau. Ihr Fachwissen in diesem Bereich ist sehr viel tiefgreifender als meines.« Dr Shaw legte seine Pfeife beiseite und griff nach einem Glöckchen, das neben dem Pfeifenhalter auf dem Schreibtisch stand. »Sie wartet im Vorraum auf Sie. Sie hat sich den Termin für Sie freigehalten.« Er läutete, und draußen im Vorraum hörte Cedric eine Tür gehen. »Alles Gute, Mr Edwards. Treffen Sie die richtige Entscheidung.«

Vor den Fenstern im Vorraum war der Regen inzwischen stärker und der Himmel noch düsterer geworden. Trotzdem brannte im Vorraum kaum Licht, nur eine einzelne Kerze leuchtete in einem kleinen Windlicht auf dem Tisch, wo zuvor Cedrics Tee gestanden hatte.

Dr Justine-Kate Shaw wartete neben der Tür zu ihrem Behandlungsraum. »Mr Edwards. Kommen Sie.«

Cedric konnte nicht viel gegen das eigentümliche Gefühl der Befangenheit tun, das ihn überkam, als er der Ärztin folgte. Die Vorhänge waren zugezogen, und eine Gaslampe an der Wand verbreitete mattgelbes Licht. Justine-Kate Shaws Sprechzimmer war deutlich aufgeräumter als das ihres Mannes, modern und pragmatisch eingerichtet, mit hohen Regalen, in denen Medizinbücher, Arzneimittelflaschen und wissenschaftliche Gerätschaften hinter Glas verwahrt waren. Etwas unschlüssig blieb Cedric einige Schritte hinter der Schwelle stehen, während sich Dr Shaw in den Stuhl hinter ihrem Schreibtisch sinken ließ. »Nun denn. Willkommen in meiner Sprechstunde, Mr Edwards.«

Cedric gab sich einen Ruck. »Ihr Mann sagte, dass Sie mir möglicherweise helfen können. Ich möchte, dass Sie wissen, dass ich zu allem bereit bin.«

Dr Shaw sah ihn eine Weile bloß an. Schon wieder so abschätzend, und so lange, dass Cedric kurz davor war, etwas gereizt eine erneute Erklärung seiner Lage zu versuchen. Dabei war er sich sicher, dass sie das alles ohnehin längst wusste.

Doch dann begann sie zu sprechen, noch bevor er sich entscheiden konnte, was er wirklich zu ihr sagen – und was sich lieber verkneifen wollte.

»Es ist mir wichtig, dass Sie etwas verstehen, Mr Edwards. In der Tat gibt es eine Sache, die ich für Sie tun könnte. Zuvorderst möchte ich allerdings nachdrücklich darauf hinweisen, dass die Zulassung zu dieser Behandlung ein bislang überaus seltenes Privileg ist. Nach allem, was wir wissen, besitzen nur sehr wenige Menschen die Blutfaktoren, die eine notwendige Bedingung dafür sind. Ihre Frau, um ein Beispiel zu nennen, wäre dafür nicht infrage gekommen. Das sollten Sie wissen, ehe Sie anfangen, sich darüber den Kopf zu zerbrechen, ob eine Therapie wie diese nicht auch sie hätte retten können.«

Cedric fiel es mit einem Mal seltsam schwer zu atmen. Er hätte erwartet, dass die Worte ihn erleichtern würden. Dass sie die Hoffnung anfachen würden, die er im Zimmer des Herrn Doktors gespürt hatte, oder ihn zumindest etwas Licht für die nähere Zukunft sehen ließen. Nichts davon geschah.

»Wollen Sie damit sagen, Sie haben auch das Blut meiner Frau untersuchen lassen? Davon höre ich zum ersten Mal.«

Dr Shaws Miene blieb unbewegt. »Ich untersuche das Blut all meiner Patientinnen, Mr Edwards. Auch das Ihrer Frau. Natürlich nicht ohne ihr Einverständnis. Allerdings rate ich üblicherweise dazu, der Familie nichts davon zu sagen, solange kein positiver Befund vorliegt. Sie wissen, wie es um die allgemeine Akzeptanz für neuartige Praktiken in der Medizin bestellt ist. Indem wir sicherstellen, dass das Wort darüber nur bei begründeter Hoffnung auf Erfolg dieses Sprechzimmer verlässt, ersparen wir uns viele kräftezehrende Diskussionen.«

Cedric verschränkte die Arme und zwang sich innerlich zur Ruhe. Er durfte jetzt nicht mit Dr Shaw streiten. Adele war nicht mehr hier, und was sie mit ihrer Ärztin besprochen hatte, ohne ihn einzuweihen, tat nichts zur Sache, ganz gleich, wie seltsam verletzend sich der Gedanke anfühlte. »Was ist das für eine Therapie?«

Ein schmales Lächeln erschien auf Dr Shaws Lippen. »Mancher würde sagen: ein Pakt mit dem Teufel. Das ist natürlich Unsinn. Wir stecken ja auch deshalb so viel Energie in die Forschung, um mit solchen Mythen aufzuräumen. Ich hoffe, Sie sind kein zu gläubiger Mann.«

Für einen Augenblick war Cedric versucht, bitter zu lachen. »Da können Sie unbesorgt sein. Mein Leben ist auch ohne Religion belastend genug.«

Das Lächeln verschwand aus Dr Shaws Gesicht. »Nun gut. Ich nehme Sie beim Wort. Dann lassen Sie mich zunächst einige Details zum Ablauf erörtern, ehe wir auf die erwartbaren Resultate zu sprechen kommen. Und auf die Risiken.« Sie öffnete eine ihrer Schreibtischschubladen und zog ein ledernes Etui hervor, um es vor sich auf die Tischplatte zu legen.

»Die Therapie besteht aus drei Phasen. Zunächst erhalten Sie über einige Wochen hinweg ein Vorstufenserum, das Ihren Körper auf die eigentliche Therapie vorbereitet. Außerdem hilft es gegen den Husten und auch gegen die Schmerzen, wenn Sie welche haben. Die Länge dieser Phase richtet sich danach, wie gut Ihr Körper auf das Serum anspricht.« Dr Shaw öffnete das Etui. Mehrere Skalpelle in verschiedenen Größen kamen zum Vorschein und reflektierten das Licht der Gaslampe. »Sobald wir mit den Resultaten zufrieden sind, verordne ich Ihnen das finale Medikament. Diese zweite Phase ist die kritischste. Sie wird einige einschneidende Veränderungen in Ihrem

Stoffwechsel bewirken, die Ihre verbleibende Lebensspanne eindrucksvoll verlängern können. Zumindest, wenn Ihr Organismus das Medikament annimmt wie erwartet.« Sie musterte Cedric aus leicht verengten Augen. »Ich will Ihnen allerdings auch nicht verschweigen, dass Sie aufgrund dieser Veränderungen Ihre Ernährung auf eine spezielle posttherapeutische Diät werden umstellen müssen. Das nennen wir schließlich Phase drei, und Sie wird den Rest Ihres Lebens andauern.«

Cedric runzelte irritiert die Stirn. »Posttherapeutische Diät? Was soll ich mir darunter vorstellen?«

Dr Shaw schwieg einige zu lange Sekunden. Dann zog sie eines der Skalpelle aus dem Etui und stand auf. »Ich will Ihnen etwas zeigen, Mr Edwards. Wie ich bereits sagte, ist diese Therapie nur für sehr wenige Menschen geeignet. Klinische Versuchsobjekte sind also schwer zu finden – ich weiß, dass dies nicht Ihr Anliegen ist. Ich möchte Ihnen dennoch sagen, dass Sie mit einer positiven Entscheidung dem noch sehr jungen Forschungsfeld der Intersektionalen Hämatoneurologie einen großen Dienst erweisen.« Sie winkte ab, als Cedric erneut den Mund öffnete. »Wie dem auch sei, zu unser beider Glück verfüge ich allerdings selbst über die erforderlichen Merkmale. Daher konnte ich die fraglichen Präparate bereits testen, und eine Demonstration ist an dieser Stelle möglich. Bitte erschrecken Sie nicht.« Mit diesen Worten streifte sie ihren linken Ärmel zurück, ballte die Faust und zog das Skalpell in einem entschlossenen Schnitt über den kräftig gewölbten Muskel. Blut quoll hervor, so dunkel, dass es beinahe schwarz wirkte. Doch noch bevor sich auch nur ein einziger Tropfen von den Rändern lösen und auf die Schreibtischplatte oder die darauf liegenden Unterlagen fallen konnte, schloss sich der Schnitt, um nichts als glatte Haut unter dunklem Nass zurückzulassen.

Cedric starrte wie vom Donner gerührt auf Dr Shaws Arm. Es war schwer zu glauben, was er gerade gesehen hatte, selbst als Dr Shaw dieselbe Handlung ein zweites Mal ausführte – wesentlich langsamer diesmal, als wollte sie seinen Sinnen Zeit geben, jede Einzelheit zu erfassen. Ein dritter Schnitt, auch dieser schloss sich augenblicklich. Und nun endlich schien das, was er gerade gesehen hatte, Cedrics Bewusstsein zu erreichen. Er rang nach Atem und Worten. »Was ist das?«, flüsterte er heiser. »Wie …?«

Dr Shaw legte das Skalpell beiseite und tupfte sich mit einem Taschentuch das Blut vom Arm. »Das, Mr Edwards, sind die Auswirkungen der Medikation auf einen vollständig durchtherapierten Organismus. Es ist das, was Sie für sich selbst zu erwarten haben, wenn die Behandlung erfolgreich verläuft.«

Ihre Worte erreichten Cedric kaum. Er konnte seine Augen immer noch nicht von ihrem Arm lösen, obwohl der Ärmel inzwischen wieder darübergerutscht war. Sein eigener Herzschlag dröhnte in seinen Ohren, und er glaubte Blut auf der Zunge zu schmecken, die ihm mit einem Mal unangenehm dick und trocken im Mund lag.

»Gehen Sie es langsam an.« Dr Shaws Stimme war nun wieder unheimlich sanft. Doch statt ihn zu beruhigen, ließ das Streicheln ihrer Worte Cedric erbeben, bis er nur noch aus Herzschlag zu bestehen schien. Er zwang sich, den Kopf zu heben, und stellte fest, dass Dr Shaw um den Schreibtisch herumgetreten und nah an ihn herangekommen war. So nah, dass sie ihre Fingerspitzen an seine Wange legen konnte.

»Ruhig«, sagte sie nur.

Und so absurd es auch schien, unter diesem einen Wort, das ihn so viel tiefer berührte als das Gefühl ihrer Finger an seiner Haut, ebbte der Donner in Cedrics Brust endlich ab. Die Angst, an seiner Zunge zu ersticken, verging, und auch das Gefühl, eine Handbreit über dem Boden zu schweben.

»Besser?«, fragte Dr Shaw, und irgendwie gelang es Cedric zu nicken.

»Gut. Dann kommen wir jetzt zu den Risiken. Danach haben Sie es für heute geschafft, keine Sorge.« Sie ließ ihre Hand sinken und trat einen Schritt zurück, und nun konnte er auch die Luft in seiner Lunge wieder spüren.

»Die Therapie fordert den Körper sehr«, erklärte Dr Shaw. »Vor allem in Phase zwei. Der Verlauf dieser Phase entscheidet über alles, und damit meine ich buchstäblich über Leben und Tod. Deshalb müssen Sie sich über eines völlig im Klaren sein, ehe Sie der Behandlung zustimmen: Es ist möglich, dass Sie trotz der Vorbereitungen, die wir treffen werden, bereits zu geschwächt sind. Es ist absolut möglich, dass Sie an der Therapie sterben werden. Und selbst wenn Sie es überstehen – was ich glaube und hoffe, so viel sei gesagt –, ist es sehr wahrscheinlich, dass Ihre Krankheit Ihnen dennoch erhalten bleibt, und damit auch Ihr Leid. Nur dass sie mit diesem Leid dann noch sehr lange werden leben müssen.«

Cedric biss die Zähne zusammen. Sein Kopf wollte immer noch schier explodieren von der Unglaublichkeit, die er gerade beobachtet hatte. Eine unbestimmte, aber tief sitzende Furcht pochte wie ein zweites Herz neben seinem eigenen, und doch ... solche Selbstheilungskraft ... war es überhaupt möglich, das abzulehnen? War so ein Geschenk nicht jedes Risiko wert? *Jedes?*

»Was können Sie mir schon von Leid erzählen, Doktor?«

Dr Shaw schnaubte. Es klang ehrlich belustigt. »Mein Mann hatte recht. Sie sind beeindruckend halsstarrig. Nicht leicht aus dem Takt zu bringen, möchte ich sagen. Gerade darum halte ich jedoch es für sinnvoll, dass Sie Ihre Entscheidung für oder gegen die Therapie gründlich abwägen.« Sie schüttelte den Kopf, und wieder war da diese ungewohnte Weichheit in ihrer Stimme, die Cedric an diesem Tag schon so oft irritiert hatte. »Sie haben eine Menge gesehen für einen einzigen Vormittag. Und Sie müssen ... nein, Sie *sollten* das nicht jetzt entscheiden. Gehen Sie nach Hause, verbringen Sie Zeit mit Ihren Kindern, mit Ihrer Frau, mit Ihren Freunden und mit sich selbst. Bedenken Sie alles, was ich Ihnen heute gesagt habe, bis Sie die Antwort sicher wissen. Auf ein paar Tage kommt es nicht an.« Ein beinahe unsichtbares Lächeln flackerte auf ihrem Gesicht, als sie an ihm vorbeitrat und ihm die Tür in den Vorraum öffnete. »Einen guten Tag noch, Mr Edwards. Ich bin sicher, wir sehen uns bald wieder.«

Kapitel Fünf

»Der Herbst«; Violinkonzert Op. 8, Antonio Vivaldi

In der Nähe von Mentana, latianisches Hügelland, Latium, Italien

Die Hügel waren so grün. Dorián starrte aus dem Fenster der Kutsche, die rappelnd über die Via Nomentana gen Rom rollte. Ein Meer leuchtend grüner Wellen im Abendlicht, die sich am Horizont zu nebelverhangenen Bergen auftürmten.

Dorián lehnte den Kopf an die Fensterscheibe, um besser durch den Spalt zwischen den Samtvorhängen und dem schlammbespritzten Glas hindurchsehen zu können, und ignorierte dabei die Blicke seines Gönners, der auf der Bank neben ihm saß und ihn aus dunklen Augen beobachtete.

Zu Beginn ihrer Reise – in einer anderen Kutsche, die sie aus den Elendsvierteln am Stadtrand von Bukarest hinaustrug, und auch noch auf dem Schiff nach Italien – hatte Dorián versucht, sich vor diesen Blicken zu verstecken. Unsichtbar zu werden, wie er es gelernt hatte bei den Leuten, die er Großvater und Großmutter genannt hatte, obwohl sie das nie gewesen waren. Aber der Mann mit dem edlen Anzug und dem langen, glänzend rabenschwarzen Haar machte gar keine Anstalten, ihn zu schlagen. Er verlangte nur, dass Dorián sich von Zeit zu Zeit von ihm küssen ließ. Er ging sanft dabei vor, außerdem war er sauber und stank nicht und hatte eine angenehme, vollklingende Stimme, wenn er Doriáns Namen sagte. Deshalb machte es ihm nicht so viel aus. In Gedanken war er ohnehin weit fort. Der Mann hatte Oana nicht mitgenommen. Seine Schwester – die einzige wirkliche Blutsverwandte, die Dorián besaß – war ohne ihn bei Großvater und Großmutter zurückgeblieben, und er fragte sich ununterbrochen, ob ihr ihre eigene Flucht inzwischen gelungen war. Und ob es eines Tages dazu kommen würde, dass sie sich wiedersahen.

Er musste über den Gedanken und dem Anblick der Landschaft eingeschlafen sein, denn als er zum nächsten Mal die Augen öffnete, war es vor dem Fenster der Kutsche dunkel. Das Rappeln hatte aufgehört, und im mattweißen Licht des Vollmonds erkannte Dorián den Schemen eines einzelnen, riesenhaften Gebäudes am Ende einer kiesbedeckten Auffahrt.

»Bleib sitzen«, raunte eine Stimme dicht an seinem Ohr. Weiche Lippen streiften seinen Hals, und Dorián tat, was der Mann ihm sagte und rührte sich nicht. Nur seine Finger verkrampften sich ein wenig in den schweren Samt der Vorhänge. Dann stieg der Mann aus und verriegelte die Tür der Kutsche hinter sich, und Dorián begriff, wie kühl die Nacht in Wahrheit war – jetzt, da kein warmer Körper mehr dicht neben ihm saß. Trotzdem wünschte er sich nicht, dass der Mann zurückkehren würde. Er wartete bloß. Wohin hätte er auch gehen sollen? Hätte er fliehen wollen, wäre er besser beraten gewesen, es noch in Rumänien zu tun, wo er wenigstens die Sprache der Menschen sprach, die dort lebten. Aber auch dort hätte er keinen Ort gewusst, an den er hätte gehen können. Großmutter und Großvater hätten ihn niemals wieder aufgenommen. Er wurde allmählich zu alt, um beim Stehlen und Betteln nützlich zu sein.

Die Nacht war still. Totenstill. Nur in der Ferne rief eine Eule, und die Pferde vor der Kutsche schnaubten von Zeit zu Zeit. Der Atem aus ihren Nüstern trieb in weißen Wolken bis vor Doriáns Fenster. Es dauerte eine ganze Weile, bis er endlich wieder Schritte auf dem Kies knirschen hörte. Kurz darauf wurde die Tür der Kutsche erneut entriegelt und schwang lautlos nach außen.

»Komm heraus«, hörte er die Stimme des Mannes, sanft im Ton wie stets, und doch nichts Geringeres als ein Befehl.

Dorián stand auf. Für einen Moment musste er in der Enge der Kutsche um sein Gleichgewicht kämpfen; seine Beine waren vom langen Sitzen steif und sein Gesäß ein wenig taub. Er klammerte sich an den Rahmen der Tür, um nicht einfach herauszufallen, und als der Mann ihm eine Hand entgegenstreckte, um ihm den Tritt hinunterzuhelfen, nahm er sie an, obwohl er sich vor der Berührung inzwischen ein wenig ekelte.

Der Mann war nicht allein. Bei ihm war eine schmale Gestalt in einem Wollumhang, wie auch Dorián einen von seinem Gönner bekommen hatte. Ihr Gesicht wurde von den Schatten unter der großen Kapuze verschluckt.

»Dorián«, sagte der Mann, der ihn hergebracht hatte. »Dies ist Dorothy. Sie wird von nun an deine Schwester sein. Du kannst dich ihr in allem anvertrauen.« Er lächelte auf Dorián herab, jenes zu weiche, glatte Lächeln, das er trug, seit er Dorián in Großmutters schäbiger Küche die Hand gereicht und ihn mitgenommen hatte, ohne zu fragen, ob es Dorián recht war. Ein Lächeln, das von unermesslichem Selbstvertrauen und Überlegenheit sprach, das niemals Demütigung und Schmerz hatte erfahren müssen, und das in Dorián den Wunsch weckte, ihm vor die Füße zu spucken.

»Wir werden uns bald wiedersehen«, sagte der Mann und schwang sich auf den Kutschbock, wo reglos und dick vermummt der junge Kutscher saß und sie nicht eines einzigen Blickes würdigte. »Fahren wir, Mateo.«

Der Kutscher schnalzte mit den Zügeln, und die Kutsche rollte die Auffahrt hinauf und war schon bald hinter dem Gebäude verschwunden. Dorián und das Mädchen namens Dorothy waren in der silberweißen Nacht allein.

Es dauerte eine ganze Weile, bis Dorothy die Stille brach. Erst als das Geräusch der Kutschenräder längst verklungen war und selbst der Ruf der Eule seit vielen Sekunden schwieg, spürte Dorián mehr, als dass er sah, wie sich ihr Blick im Schatten der Kapuze ihm zuwandte.

»Dorián«, sagte sie leise. Nur ein einziges Wort, und trotzdem wusste Dorián sofort, dass er noch nie eine Stimme wie ihre gehört hatte. Rau und dunkel wie der Wind, der über den winterlichen Nachthimmel strich, und zugleich klar wie das Licht der Sterne. Er schauderte und konnte nicht anders, als sich ihr ebenfalls zuzuwenden. In die Schatten zu starren, die ihr Gesicht noch immer verbargen.

»Sprichst du Italienisch?«

Dorián schluckte mühsam und wusste, dass seine Stimme belegt und flach klingen musste im Vergleich zu ihrer. »Nur ein bisschen. Der … Herr hat versucht, es mir beizubringen. Auf der Reise.«

Ein heiseres Lachen erklang unter der Kapuze. »Das Übliche also. Ich glaube, ich mag dich, Dorián. Komm mit.« Sie wandte sich um, und nun erst wurde Dorián bewusst, dass es noch ein zweites Haus gab, das ihm neben der imposanten Villa bisher gar nicht aufgefallen war. Ein langgestrecktes Gebäude auf der anderen Seite des Hofes, das sich unter die Kronen eines knorrigen Nadelgehölzes duckte. »Du wohnst mit uns im Waldhaus. Ich zeige dir, wo du schlafen kannst.«

Damit huschte sie voran, auf das kleinere Haus zu. Dorián folgte ihr rasch, die kalte Nase tief im Kragen seines Umhangs vergraben. Schlafen. An einem warmen Ort. Das klang nach der langen Reise geradezu paradiesisch. Über alles andere konnte er sich morgen weiter Gedanken machen.

Vor der niedrigen Tür aus dicken Holzbohlen, die ins Innere des Gebäudes führte, blieb Dorothy stehen und wandte sich zu Dorián um. »Wir müssen leise sein«, erklärte sie mit gedämpfter Stimme. »Es ist schon nach Beginn der Bettzeit, dann ist der Aufenthalt außerhalb der Schlafsäle normalerweise verboten. Aber du darfst noch etwas essen.« Sie zog einen Schlüsselbund aus den Falten ihres Umhangs, sperrte die Tür auf und schlüpfte lautlos hinein.

Drinnen war es nicht ganz so warm, wie Dorián gehofft hatte, aber wärmer als in der Kutsche, und sehr viel wärmer als in einer vergleichbaren Nacht, wenn der rumänische Winter über Bukarest gefallen war. Die Quartiere bei Großmutter und Großvater waren nie geheizt worden. Die Kinder, die hier lebten, schienen etwas mehr Glück zu haben. Dorián mochte dieses Haus.

Er folgte Dorothy durch einen langen Gang, von dem mehrere Türen zu beiden Seiten abgingen, und schließlich in eine enge Küche. Im Herd glomm noch die letzte Glut des Kochfeuers, und obenauf standen mehrere Töpfe, deren Anblick allein Doriáns Magen zum Knurren brachte. Auch Licht gab es hier, zwei Öllampen, die unter der Decke hingen und ihren gelben Schein verbreiteten.

»Also dann, willkommen im Waldhaus. Setz dich ruhig.« Dorothy füllte aus einem der Töpfe eine rote Masse in eine Holzschale, ehe sie aus der Ofenklappe ein Stück leicht angeschwärztes Brot holte. »Das ist Tomatensuppe. Die hält dich warm heute Nacht.«

Sie stellte die Schale vor Dorián hin, dem von dem süßlich-würzigen Geruch beinahe schwindelig wurde, so nachdrücklich befahl ihm sein Magen, so schnell wie möglich so viel davon in sich hineinzuschaufeln, wie er nur konnte. Deshalb nahm er zuerst nur am Rande wahr, wie Dorothy sich ihm gegenüber an den Tisch setzte und die Kapuze zurückschob. Erst als er ein paar Löffel in sich hineingeschlungen und auch vom Brot einige Bissen hinuntergewürgt hatte, ohne sich dabei viel mit Kauen aufzuhalten, hob er endlich den Kopf, um sich bei ihr zu bedanken.

Doch er kam nicht dazu. Weil beim Anblick ihres Gesichts jedes einzelne Wort aus seinem Kopf fiel.

Dorothy anzusehen war, als hätte sie die Nacht mit hereingebracht. Ihre schwarze Haut war um die Augen herum schwer vernarbt, und die Regenbogenhaut überzogen von einem bläulichen Milchweiß, das die Pupillen ganz und gar verschluckte, sodass sie in ihrem dunklen Gesicht leuchteten wie Sterne in einer Neumondnacht.

Dorián öffnete den Mund und schloss ihn wieder.

Ein mattes Lächeln erschien auf Dorothys Gesicht. »Es sieht schlimm aus, ich weiß.« Ihre Stimme war ohne Groll. Ohne Vorwurf. »Du gewöhnst dich daran.«

Noch einmal versuchte Dorián etwas zu sagen und scheiterte. An der Sprache, an den Worten, sogar an seinen Gedanken. Weil er überhaupt nicht fand, dass es schlimm aussah. Im Gegenteil, Dorothy war … sie war …

»Bist du … blind?«, brachte er endlich heraus und fand im gleichen Augenblick, dass es wohl das Plumpste war, was ihm in dieser Situation hätte einfallen können.

Dorothy aber nickte bloß. »Die Frau, bei der ich früher gearbeitet habe, hat mir Terpentin ins Gesicht geschüttet, weil ich die Möbel nicht gut genug poliert habe.« Sie zuckte die Schultern. »Zu Anfang war es noch viel schlimmer. Gregor hat mir geholfen, nachdem er mich von ihr freigekauft hat. Er ist ein recht guter Arzt, glaube ich. Jetzt habe ich wenigstens keine Schmerzen mehr.«

Dorián war in diesem Moment sehr froh, dass sie nicht sehen konnte, wie fassungslos er sie anstarrte. Es drängten mehr Fragen auf seine Zunge, als er zählen konnte, aber er schluckte sie alle hinunter. Er war sich sicher, dass sie sein Mitleid nicht gebrauchen konnte. Stattdessen aß er weiter seine Suppe und spürte in sich das heftige, irrationale Bedürfnis, auf irgendeine Art und Weise … *nützlich* für Dorothy zu sein.

Dorothy wartete schweigend, bis er fertig gegessen hatte. »Bist du satt?« fragte sie dann. Ihre milchigen Augen ruhten dabei auf ihm, als könne sie ihn eben doch sehen, so ruhig und sicher und auf eine ganz besondere Art freundlich.

»Ja«, murmelte Dorián, obwohl das nicht stimmte und er gut und gern noch zwei weitere Schalen hätte essen können.

Dorothy lächelte und reichte ihm kommentarlos ein zweites Stück Brot, ehe sie voran zur Tür ging. »Dann zeige ich dir jetzt dein Schlaflager. Komm.«

Kapitel Sechs

»Ah, les crocodiles!«; französisches Traditional

In der Nähe von Mentana, latianisches Hügelland, Latium, Italien

In den vergangenen Wochen seit Beginn ihrer Reise hatte sich Dorián daran gewöhnt, an Orten aufzuwachen, die er nicht kannte. Es wunderte ihn daher nicht besonders, dass er auch an diesem Morgen einen Moment brauchte, um sich daran zu erinnern, wo er sich befand.

Was ihn allerdings erstaunte, war, dass er in dem großen Schlafraum ganz allein war. Als Dorothy und er sich am Abend zuvor im abgeblendeten Licht einer kleinen Laterne hineingeschlichen hatten, hatten hier mindestens sieben andere Kinder geschlafen. Jetzt, wo eine blasse Morgensonne ihre Strahlen durchs Fenster schickte, zählte Dorián sogar zehn dünne Matten auf dem groben Dielenboden. Auf allen lagen sauber gefaltete Decken, wie unberührt von der Nacht. Und es war niemand da. Dorián lauschte einige Sekunden lang. Nichts. Das ganze Haus war still.

Er stand auf, zog seine vom Schlaf zerknitterten Hosen und das dünne Hemd zurecht, schlüpfte in seine Stiefel und den Wollpullover und wickelte den Umhang mit der großen Kapuze darüber. Dann glättete er seine eigene Decke und das Laken, so gut er es eben konnte. Bei Großmutter und Großvater hatte sich niemals jemand darum geschert, wie die Betten nach dem Aufstehen aussahen, wenn man die feuchten alten Jutesäcke voll gammligem Stroh und Bettwanzen denn wirklich so nennen wollte. Der Onkel, der in Wahrheit vermutlich der leibliche Sohn von Großmutter und Großvater war, trieb sie alle jeden Morgen vor Sonnenaufgang zur Arbeit auf die Beine, und abends fielen sie in die gleichen Haufen aus stinkenden Fetzen zurück, aus denen sie morgens aufgestanden waren.

Hier schien das anders zu sein. Und Dorián war schon immer gut darin gewesen, sich anzupassen, also gab er sich Mühe. Als er fertig war, musterte er sein Werk mit kritischem Blick und verglich es mit den anderen. Das würde noch einiges an Übung erfordern.

In diesem Moment hörte er draußen in einem anderen Raum jemanden singen. Ein sanftes, klares Lied, das kaum bis zu ihm durchdrang, und doch schwebte es unüberhörbar in der stillen Luft wie der letzte Gesang einer Nachtigall nach Tagesanbruch.

So leise wie möglich trat Dorián auf den Flur hinaus. Das Lied war jetzt deutlicher zu hören, und dazu ein hölzernes Klappern. Es schien aus dem Raum hinter der Tür zu kommen, die neben dem Eingang zur Küche lag. Auch einzelne Worte konnte er jetzt unterscheiden, aber wer immer dort sang, tat es in einer Sprache, die Dorián nicht kannte. Es klang nicht völlig fremd, das nicht, sondern im Gegenteil, als müsste er es eigentlich verstehen, nur um dann doch nicht zu begreifen, worum es ging. Wäre es nicht so vollkommen unsinnig gewesen, hätte er geglaubt, sie sänge etwas von ... Krokodilen?

Als er die Tür einen Spalt aufschob und vorsichtig hineinspähte, sah er ein Mädchen, sicher nicht viel älter als er, in einem hellen Wollkleid mit ebenfalls wollenen Strumpfhosen darunter. Sie bewegte sich erstaunlich leichtfüßig in ihren groben Stiefeln zwischen den langen Holztischen, die den Raum einnahmen, und stapelte die leeren Holzschalen aufeinander, die dort vermutlich noch vom Frühstück standen. Dabei sang sie mit ihrer glasklaren Stimme das Lied über mutmaßliche Krokodile, tänzelte und balancierte schließlich sogar über die grob gezimmerten Bänke, um von einem Ende des Tisches zum anderen zu kommen. Das Morgenlicht glänzte auf ihrem silberhellen Haar. Dorián beobachtete sie fasziniert, und erst jetzt wurde ihm beim Anblick all der Schalen bewusst, wie viele Kinder hier tatsächlich leben mussten. Mehr, als er zählen konnte, so viel war sicher.

Die Tür knarrte vernehmlich, als Dorián sie versehentlich noch ein Stück weiter aufschob. Das Mädchen verstummte augenblicklich. Noch auf einer der Bänke stehend, drehte sie sich rasch zu ihm um. Eine feine Röte überzog ihr Gesicht, als sie lächelte. »Oh. Hallo.«

Auch Dorián lächelte rasch und spürte, wie ihm ebenfalls das Blut in die Wangen stieg. Er hatte sie ja gar nicht heimlich beobachten wollen!

»Du musst der Neue sein. Dorián, richtig?« Sie sprach nun Italienisch, allerdings hörte Dorián deutlich einen Anklang der Sprache mit den vielen weichen Lauten, in der sie das Lied gesungen hatte. »Du hast geschlafen wie ein Toter.« Sie lachte verlegen. »Dorothy hat gesagt, wir sollen dich lassen. Du hast ja heute sowieso nichts anderes zu tun.«

Dorothy. Beim Klang des Namens sah Dorián augenblicklich wieder ihr Gesicht vor sich; die hellblinden Augen in dem dunkel vernarbten Gesicht, und hörte ihre Stimme, die dem Nachtwind glich.

»Wo sind denn alle?«, fragte er.

»In der Stadt«, erklärte das Mädchen und hüpfte von der Bank. »Also in Rom. Wir fahren dort täglich hin und bitten die Passanten um Geld.« Sie legte leicht den Kopf schief. »Hast du so was schon mal gemacht?«

Dorián nickte. »Sehr oft.«

Das Mädchen musterte ihn aufmerksam. Dann nickte sie ebenfalls. »Du bist hübsch«, stellte sie fest. »Aber wahrscheinlich bald nicht mehr niedlich genug zum Betteln.«

Dorián runzelte die Stirn. Das stimmte. Das war auch in Bukarest sein Problem gewesen. Deshalb hatte er zuletzt mehr stehlen als betteln müssen. Leider war er darin nicht besonders gut.

Wieder lachte das Mädchen. »Das geht mir auch so«, sagte sie leichthin. »Ich bin um jeden Tag froh, an dem ich nicht mitfahren muss.« Sie wies auf einen Reisigbesen, der in der Ecke stand. »Du kannst dich nützlich machen und den Dreck nach draußen kehren, wenn du willst. Wenn wir hier fertig sind, kannst du Getreidebrei haben. Mit Rosinen.« Sie wandte sich ab, um sich wieder dem Geschirr zu widmen. Dabei summte sie erneut das Lied vor sich hin.

»Oh«, unterbrach sie sich jedoch kurz darauf, als wäre ihr etwas eher Nebensächliches gerade noch eingefallen. »Ich bin übrigens Céleste.«

Dorián nickte bloß und begann, die Brotkrümel und Rosinen auf dem Boden und unter den Tischen hervorzufegen. Sein Magen knurrte schon vernehmlich.

»Warum fährst du nicht jeden Tag mit in die Stadt?«, fragte er nach einer Weile, in der sie schweigend gearbeitet hatten. Er erwartete zu hören, dass jedes der Kinder hin und wieder daheimbleiben und den Haushaltsdienst übernehmen musste. Das erschien ihm zumindest wie ein sinnvoller Gedanke. Doch stattdessen erschien ein Lächeln auf Célestes Gesicht, als sie ihn über die Tische hinweg ansah, strahlender als je zuvor.

»Es ist meine Belohnung«, sagte sie, und ihre hellen Augen blitzten. »Weil ich so ein gutes Mädchen bin. Manchmal verlangt Herr Gregor nach mir, und dann muss ich hierbleiben, bis er kommt und mich mit in die Villa hinübernimmt.« Sie winkte ihn heran und trat an eines der Fenster. Als Dorián sich neben sie stellte, erkannte er, dass die Fenster des Raums in Richtung der riesigen Villa wiesen, die er bei Nacht nur schemenhaft hatte erkennen können. Jetzt im Sonnenlicht wurde deutlich, wie pompös das Gebäude wirklich war. Es hatte eine breite Vortreppe, ein säulengetragenes Vordach und war mit verschwenderischem Stuck verziert. Und mit Engeln. Selbst von hier sah Dorián die kleinen Engelsfiguren überall.

»Eines Tages«, sagte Céleste, und ihre Stimme bekam einen verträumten Klang, »darf ich hoffentlich für immer dort bei ihm bleiben.«

Dorián warf ihr einen verwirrten Blick zu. »Bleiben?«

Céleste nickte. Ihre Augen strahlten. »Manchmal machen sie das. Ein- oder zweimal im Jahr holt die Familie eins ihrer liebsten Kinder aus dem Waldhaus, um mit ihnen in der Villa zu leben. Die Kinder dort lernen lesen, schreiben, rechnen, Naturwissenschaften und verschiedene Sprachen. Sie dürfen reisen und die Welt kennenlernen, sie haben das beste Essen und die besten Kleider! Im Augenblick holt der Herr Gregor mich noch auf Bewährung. Aber ich tue einfach alles dafür, damit er mich irgendwann ganz bei sich behält.« Sie kicherte. »Es kann jeden Tag so weit sein. Vielleicht sogar schon heute!«

Dorián dachte an den Mann, der ihn hergebracht hatte. Er war sich nicht sicher, ob er sich in diesem Haus, mit dieser Art Mensch wirklich würde wohlfühlen können. Und dann auch noch eine ganze Familie? Das Essen hier war doch außerdem auch schon sehr gut.

Ehe er sich entschließen konnte, ob er seine Gedanken laut aussprechen sollte, öffnete sich auf der anderen Seite des Hofs die doppelflügelige Eingangstür der Villa. Céleste spannte sich merklich an, und auch Dorián brauchte keinen zweiten Blick, um zu wissen, wer da kam.

Sein Gönner. Herr Gregor, wie Céleste ihn genannt hatte. Der hin und wieder nach ihr *verlangte*. Etwas an dem Gedanken rumorte unangenehm in Doriáns Magen wie eine leichte Übelkeit, und unwillkürlich kamen ihm all die Momente ihrer Reise in den Sinn, an denen Herr Gregor auch nach ihm verlangt hatte.

»Da ist er«, flüsterte Céleste. »Du musst leider allein weitermachen. Ich muss los!« Und ohne noch eine Antwort abzuwarten, war sie schon aus der Tür gestürmt.

Dorián blieb am Fenster stehen und beobachtete, wie sie über den Hof auf Herrn Gregor zulief. Wie an all den anderen Tagen, an denen Dorián ihm begegnet war, trug er einen makellosen Anzug und blitzenden Silberschmuck. Das lange tiefschwarze Haar schien das Sonnenlicht zu verschlucken. Und als Céleste vor ihm stehen blieb und mit offenkundiger Verehrung zu ihm aufsah, lächelte er das Lächeln, das Dorián so verabscheute. Ein Lächeln, das selbst dann nicht verlosch, als er sich vorbeugte und Céleste sanft auf Mund und Hals küsste. Ein Lächeln, das sich sogar noch vertiefte, als das Mädchen willig in seine Arme sank und dabei gar nicht bemerkte, dass ihr Herr, während er sie weiterküsste, über ihre Schulter hinweg den Blick zum Waldhaus schweifen ließ. Ein Lächeln, das sich selbst über die Distanz zwischen ihnen tief in Doriáns Brust hineingrub, und er begriff: Der Mann wusste, dass er da war. Er *sah* ihn. Sogar seine sanfte Stimme glaubte Dorián jetzt zu hören.

Keine Angst, kleiner Engel. Auch dich komme ich bald holen.

In diesem Moment wollte Dorián sich umdrehen und davonrennen, so weit ihn seine Füße trugen. Aber er konnte es nicht.

Dorothy und die anderen Kinder kamen erst zurück, als die Sonne bereits hinter den Hügeln verschwunden war und nur noch ein goldener Schimmer das Abendblau über den Kuppen erhellte. Dorián hatte den Tag damit verbracht, das ganze Haus mit dem Reisigbesen auszukehren und dann Célestes Arbeit fortgesetzt, all die Schalen, Löffel und Teller im Essraum zu stapeln und abzuräumen. In der Küche hatte er tatsächlich noch Getreidebrei gefunden, mit Rosinen, wie Céleste gesagt hatte; außerdem Brot und Reste der Tomatensuppe von gestern Nacht. Und obwohl Dorián zuerst leise Zweifel gehabt hatte, ob nicht etwas davon auch für die anderen Kinder zurückbleiben musste, hatte er am Ende seinem Hunger nachgegeben und alles restlos aufgegessen. Es beruhigte sein Gewissen zumindest ein wenig, als er beim Auskehren feststellte, dass einer der Nebenräume der Küche eine gut gefüllte Vorratskammer war. Und weil er immer noch Hunger hatte, entschied er sich, eine der langen Mettwürste, die zum Trocknen von der Decke hingen, herunterzuschneiden, damit er im Lauf des Tages immer wieder dicke Scheiben davon essen konnte. Außerdem nahm er sich ein Glas mit eingelegten grünen Früchten, die er zuerst für Trauben gehalten hatte, die aber überraschend salzig und zugleich ein wenig herb schmeckten. Zwischendurch schlief er eine Weile auf seinem Lager im Schlafsaal. Es war eine völlig neue Erfahrung für ihn, wie müde ein voller Bauch machen konnte, aber es fühlte sich wunderbar an, und er konnte darüber beinahe vergessen, was er zwischen Céleste und Herrn Gregor am Fenster beobachtet hatte.

Beinahe.

Er stand noch in der Küche und war dabei, all die Schalen zu spülen, als er draußen das Knirschen von Kutschenrädern auf Kies und Pflastersteinen hörte. Kurz darauf erklang das Plappern vieler Stimmen, Schritte, Streiten und Lachen. Dorián starrte auf den riesigen Haufen Geschirr, den er beinahe fertig sauber gemacht hatte. Für jede Schale ein Kind. Das waren wirklich viele.

»Dorián?«

Als Dorothys Stimme an der Küchentür erklang, zuckte er zusammen. Er hatte sie über all dem Trubel nicht kommen hören. Sie klang erstaunt – und vielleicht sogar ein wenig ärgerlich. Dorián zog unwillkürlich die Schultern hoch. Plötzlich kam er sich leichtsinnig vor, all das Essen genommen zu haben, ohne zu fragen, ob es erlaubt war. Wobei er es, um ehrlich zu sein, *genau deshalb* genommen hatte: Weil ihm ziemlich sicher schien, dass es *nicht* erlaubt war, und dass er deshalb die Gelegenheit nutzen musste, ehe ihn jemand offiziell darüber aufklärte.

»Was machst du?« Dorothy stellte sich neben ihn. Sie trug wieder ihre groben Wollhosen und den Umhang mit der riesigen Kapuze.

Sie hatte sie bereits zurückgeschlagen, doch sie roch noch nach Reise und Kutsche, nach den Ausdünstungen einer großen Stadt und ein ganz klein wenig nach Nadelwald. Einige Strähnen ihrer winzigen schwarzen Locken waren aus dem Band entkommen, mit dem sie sie zurückgebunden hatte, und ringelten sich um ihr Gesicht. Sie kitzelten Doriáns Wange, als sie sich vorbeugte und ihre Fingernägel zuerst gegen den Topf schnipste, in dem zuvor die Suppe gewesen war, und dann gegen den Steingutnapf, in dem Dorián den Getreidebrei gefunden hatte. Sie klangen beide hohl. Hohl und sehr leer.

Dorothy runzelte die Stirn. Für einen Moment verharrte sie so, völlig reglos, ehe sie schließlich die Finger in seine Spülwanne tauchte und die Schalen darin ertastete. Und Doriáns Hand mit dem Lappen darin.

»Wer hat dir gesagt, dass du das tun sollst?« Nun klang ihre Stimme eindeutig ärgerlich. Sie wandte ihm den Kopf zu, und mit einem Mal hatte Dorián das Gefühl, dass ihre blinden Augen ihn vielleicht besser erfassten, als das jemals jemand mit sehenden Augen gekonnt hatte. »Céleste?«

Dorián schüttelte den Kopf. »Niemand«, murmelte er.

Dorothy seufzte. »Wir machen diese Dinge immer zusammen«, erklärte sie streng. »Weil *wir* eine Familie sind.« Damit nahm sie ihm den Lappen aus der Hand und schob Dorián mit Nachdruck beiseite, um sich selbst daranzumachen, die übrigen Schalen abzuspülen. Unsicher griff Dorián nach dem Trockentuch, um nicht völlig untätig herumzustehen, während er noch mit sich haderte, ob er fragen sollte, warum sie das *Wir* so eigentümlich hart betonte. Aber allein bei dem Gedanken stieg das Bild von Céleste in Herrn Gregors Armen in ihm auf, und er hatte plötzlich das Gefühl, gar nicht fragen zu müssen. Rasch schob er den Gedanken von sich.

»Wie war euer Tag?«, fragte er stattdessen. »In Rom?«

Dorothy hielt in ihrer Arbeit inne und richtete erneut diese Augen auf ihn, die nichts sahen und irgendwie doch alles. Dann legte sie die letzte Schale auf das Abtropfgitter und wischte ihre Hand flüchtig an der Hose ab, ehe sie sie ihrem blinden Blick folgen ließ. Kurz vor seiner Wange hielt sie inne, als wolle sie fragen, ob es in Ordnung war, dass sie ihn berührte. Und für einen kurzen Moment war Dorián tatsächlich versucht, zurückzuweichen. Dann aber ließ er zu, dass

Dorothy vorsichtig sein Gesicht betastete. Ihre Finger waren noch ein wenig feucht und überraschend weich – vielleicht vom Spülwasser.

»Wie alt bist du?«

Dorián schluckte und räusperte sich dann, ohne dass etwas davon gegen den Klumpen in seiner Kehle geholfen hätte. »Älter als zehn … denke ich.«

Die Wahrheit war, er wusste es nicht genau. Niemand in seinem Leben hatte sich je darum geschert. Nicht mal Oana. Ganz davon abgesehen, dass ihm nie jemand die Zahlwörter jenseits der Zehn beigebracht hatte. Bis heute hatte er sie eigentlich auch nicht vermisst. Aber jetzt, vor Dorothy, war es ihm plötzlich seltsam unangenehm.

Dorothy lachte heiser. Ihr Gesicht leuchtete dabei auf. »Ganz sicher.« Sie ließ die Hand sinken. »Zwölf oder dreizehn, vermute ich. Höchstens vierzehn. Obwohl … dafür ist deine Stimme noch zu hell.«

Dorián zuckte die Schultern und spürte, wie sich ein Lächeln auf sein Gesicht schlich. Es war ihm ziemlich egal, wie alt er war. Aber er mochte Dorothys Lachen.

Inzwischen war es draußen auf dem Flur und nebenan im Essraum laut und unruhig geworden. Türen öffneten und schlossen sich, Holzbretter klapperten, Stimmen schwirrten lebhaft durcheinander.

»Du kommst morgen mit«, sagte Dorothy, nachdem sie offenbar einen Moment darüber nachgedacht hatte. »Dann kannst du selbst sehen, wie es in Rom ist.« Sie wandte sich zur Tür. »Jetzt wird es erst mal Zeit, dass du die anderen kennenlernst.«

Kapitel Sieben

Piano Concerto No. 5, Op. 48: I. Allegro maestoso; Johann Baptist Cramer

St. James's Hall, Regent Street, West End, London

Die St. James's Concert Hall der London Philharmonic Society wirkte in all ihrem Prunk auf eine ganz andere Art und Weise imposant, wenn die rund zweitausend Sitze leer waren.

Cedric saß auf einem Platz im Zentrum des Innenraums, den Blick auf die hochgewölbte Decke mit ihren zahlreichen kleinen Leuchten gerichtet, und lauschte den Streichern, die das 5. Pianokonzert Johann Baptist Cramers einleiteten. Er hatte nie verstanden, warum die Plätze auf den Balkonen und in den Logen die begehrtesten und teuersten waren. Natürlich hatte man von dort oben den besten Blick. Der Klang aber, der die volle Akustik der Halle nutzte, bis er den ganzen Körper füllte, sich um ihn und in ihm ausbreitete und ihn durch den Boden hindurch erzittern ließ … hier, genau hier war er unübertroffen.

Die Flötisten stimmten ein und Cedric schloss die Augen. Dies war eine reine Orchesterprobe. Er hätte dabei nicht anwesend sein müssen – der amtierende Dirigent der Philharmonic Society, Maestro William George Cusins, war selbst ein herausragender Pianist und spielte fragliche Stellen mühelos persönlich für seine Musiker ein. Vor drei Jahren erst war er in Nachfolge seines Onkels zum *Master of the Queen's Music* am königlichen Hof ernannt worden. Ihn und Cedric verband eine lange und respektvolle Freundschaft, seit sie in ihrer Jugend gemeinsam als Stipendiaten an der Royal Academy of Music gelernt hatten – William als Senior, Cedric als sein Tutand. Und es war dieser Freundschaft zu verdanken, dass Cedric nach den langen Jahren, in denen er sich Adeles Krankheit gewidmet und sich aus dem Konzertwesen Londons komplett zurückgezogen hatte, an Heiligabend im sechzigjährigen Jubiläumskonzert der Philharmonic Society vor einem vollen Haus spielen würde. Und vor der Königin.

Es war seine Chance. Vielleicht die einzige, die er noch bekommen würde. Deshalb wohnte er den Proben bei, so oft er konnte, ob er selbst spielte oder nicht.

An diesem Tag allerdings musste Cedric sich eingestehen, dass er nicht nur aus Gewissenhaftigkeit hier war. Ein nicht zu kleiner Teil von ihm hoffte, zumindest für eine Weile den drückenden Fragen zu entkommen, die ihn verfolgten, seit er am Mittag Dr Shaws Praxis verlassen hatte. Ein wenig Stille im Inneren zu finden, während er darauf lauschte, wie Maestro Cusins die Partitur in ein lebendiges, atmendes Wesen verwandelte, das in dem gewaltigen Raum der Konzerthalle seine Schwingen entfaltete und flog.

Es war perfekt. Beinahe. Es fehlte nur das Piano.

Sein Piano.

Als die letzten Töne des ersten Satzes verklungen waren, wandte sich Maestro Cusins zu Cedric um. Sein breites Gesicht, dem er neuerdings einen Backenbart stehen ließ, verzog sich zu einem herzlichen Lächeln.

»Mr Edwards!« Seine Stimme nutzte die exzellente Akustik der St. James's Hall fast ebenso eindrucksvoll, wie es zuvor das Orchester getan hatte. Sicher wäre William ein ebenso begnadeter Opernsänger geworden, wie er das Piano und die Violine beherrschte, hätte er sich dafür entschieden. »Wie schön, dass Sie uns heute beiwohnen. Spielen Sie einen Durchgang mit uns? Ich bin sicher, meine geschätzten Musiker wären froh, wenn Sie ihnen in Erinnerung rufen, welche persönliche Note Sie Cramers Werk verleihen.«

Cedric stand auf und warf einen Blick auf seine Taschenuhr. Ein Durchgang des Konzerts nahm ungefähr dreißig Minuten in Anspruch. Sein nächster Schüler am Konservatorium erwartete ihn erst in einer Stunde. Das war gut zu schaffen, selbst den kurzen

Fußweg von der Regent Street hinüber zum Hanover Square mit eingerechnet. Es gab keinen Grund, dem Vorschlag nicht zuzustimmen. Wenn nur nicht …

Nein.

Cedric klappte die Uhr zu und schloss für einen Moment die Finger darum, ehe er sie zurück in seine Weste schob. Er konnte es sich nicht leisten, so zu denken. Der Tag war bisher gut gewesen. Kein Husten. Kein Schwindel. Keine Zuckungen. Und selbst wenn wieder welche auftreten sollten, musste er irgendwann einen Weg finden, damit auch während eines Konzerts umzugehen. Wenn er vor der Königin spielte, konnte er schließlich kaum mit Teetassen werfen.

Cedric atmete durch und versuchte sich zu sammeln. Es half nicht viel. Ein Teil von ihm spürte noch zu deutlich die Fehlgriffe vom Vorabend, als er Adeles Lied gespielt hatte. Es gab nichts, was er tun konnte, wenn es dazu kam, und im Grunde wusste er das viel zu genau. Er musste einfach darauf bauen, dass der Tag des Konzerts ein guter Tag sein würde. Einer ohne Beschwerden.

»Die Sturheit allein hat schon Menschen am Leben erhalten, Mr Edwards.«

Beinahe hätte Cedric gelacht. Vermutlich hatte ihn niemals jemand treffender beschrieben.

Auf dem kurzen Weg von seinem Platz zum Orchestergraben richtete er all seine Entschlossenheit darauf, dass er diesen einen Durchgang spielen musste. Es war wichtig für die Perfektion, nach der sie beide suchten – William genauso wie er selbst. William musste den Atem und die Farben von Cedrics Musik kennen, damit er sein Orchester darauf abstimmen konnte.

Harmonie. Glanz. Leben.

Vor Cedrics innerem Auge fiel das neugeborene Baby aus seinen zuckenden Händen.

Für einen Augenblick kämpfte er mit dem überwältigenden Drang, auf die Straße hinauszurennen und in der nebelfeuchten Herbstluft um Atem zu ringen. Stattdessen zwang er sich, auch den Rest der Strecke zu William hinüberzugehen und ihm herzlich die Hand zu schütteln.

»Ich bin etwas knapp bemessen in der Zeit«, erklärte er und hatte dabei das Gefühl, dass sich die Worte nur mühsam ihren Weg an dem Pfropfen in seiner Kehle vorbei bahnten. »Wie wäre es mit dem ersten Satz?«

Maestro Cusins runzelte die Stirn. »Mit Freuden«, sagte er und lächelte ein Lächeln, das Cedric mit einem Blick als rasch aufgesetzt erkannte. William beugte sich ein Stück zu ihm hin. Er sprach nun sehr viel leiser. »Du siehst übernächtigt aus, Cedward. Fühlst du dich nicht wohl?«

Cedric hob ein wenig verkrampft die Schultern. »Ich bin bei den Mädchen eingeschlafen«, murmelte er ebenso leise. »Nichts von Belang.«

William warf einen Blick zu seinen Musikern. Die ersten bewegten sich bereits unruhig auf ihren Stühlen. »Die nächste Orchesterprobe ist am kommenden Montag. Wie wäre es –«

»Nein«, unterbrach ihn Cedric ein wenig zu hastig. Er spürte, wie sich seine Hände zu Fäusten ballten, und öffnete sie rasch wieder. »Lass … lass mich spielen.«

William maß ihn mit einem langen, prüfenden Blick. Dann nickte er und trat beiseite, um mit dem Taktstock auf sein Dirigentenpult zu klopfen, während Cedric auf die Bühne stieg, sich auf den Klavierhocker setzte und sich erneut zu sammeln versuchte. Er hatte dieses Stück schon so oft gespielt. Er kannte jede Note, jeden Akkord, jeden Punkt, den es in seinem Innersten berührte, wenn es ihm richtig gelang. Es gelang ihm immer. Es musste auch heute gelingen.

Und doch wusste Cedric, schon als er den ersten Akkord anschlug, dass es diesmal nicht dazu kommen würde.

Es war nicht so, dass er stockte. Auch nicht, dass er sich vergriff. Nicht einmal die Krankheit machte ihm an diesem Tag Schwierigkeiten. Rein technisch war sein Spiel so fehlerfrei wie bei den Proben zu Hause. Woran er allerdings scheiterte, und das vollkommen, war, sich in der Musik zu verlieren. Sie leuchten und atmen zu lassen. Was seine Finger erzeugten, war wie der Klang einer mechanischen Spieluhr. Leblos und kalt.

Als der erste Satz vorüber war, fühlte Cedric sich steif und wie ausgehöhlt. Während das Orchester noch mit den letzten Paukenschlägen die Luft in der Konzerthalle erzittern ließ, ließ er bereits die

Hände in seinen Schoß fallen und starrte mit leerem Blick auf die Klaviatur. Er hatte noch nie so schlecht gespielt. Noch nie.

Er bemerkte die Stille erst, als sie lauter wurde als das Rauschen in seinen Ohren. Eine schwere Hand legte sich auf seine Schulter, und Cedric zwang sich, den Kopf zu heben und William ins Gesicht zu sehen.

»Die nächste Orchesterprobe ist am Montagvormittag«, wiederholte William, und diesmal hatten seine Worte etwas unüberhörbar Eindringliches. »Ich danke Ihnen, dass Sie heute das Piano für uns gespielt haben, Mr Edwards. Am Montag proben wir dann gern das ganze Konzert gemeinsam, wenn Sie es einrichten können.« Er senkte die Stimme. »Und zu dieser Gelegenheit bringst du besser dein Herz wieder mit. Denn so kann ich dich vor der Königin nicht spielen lassen, alter Freund.«

Die Worte trafen – und sie trafen tief. Langsam stand Cedric auf. »Ich verstehe«, sagte er und spürte seine Stimme unerträglich rau in seinem Hals kratzen. »Ich werde da sein. Du hast mein Wort.«

Williams Händedruck war fest, warm und herzlich. »Wir freuen uns auf Sie, Mr Edwards«, sagte er wieder lauter. »Wir alle.« Er nickte Cedric noch einmal zu. Dann wandte er sich an das Orchester. »Wir machen derweil weiter mit dem zweiten Satz: *Larghetto*. Und sanft, meine Herrschaften, wenn ich bitten darf! Die Musik lebt nur, wenn Sie sie fühlen, denken Sie immer daran.«

Cedric sah nicht zurück, als er, begleitet von Geigen und Hornklängen, die Konzerthalle verließ.

Kapitel Acht

»Song of the Madwoman on the Sea-Shore«; Prelude Op. 31, No. 8; Charles-Valentin Alkan

99 CAMBRIDGE STREET, WESTMINSTER, LONDON

Mr Edwards!« Miss Bonnets Augen weiteten sich überrascht, als sie die Tür zur Praxis öffnete und Cedric auf der Schwelle stehen sah. Miss Bonnet war einiges von ihm gewohnt – dass er zweimal am selben Tag hier auftauchte, war selbst für sie neu. Aber seit dem Desaster bei der Orchesterprobe war Cedric von Sekunde zu Sekunde überzeugter, dass er die Entscheidung keinen einzigen Tag – und schon gar keine Nacht – mehr aufschieben konnte.

»Guten Abend. Ist Frau Dr Shaw zu sprechen?«

»Warum haben Sie keinen Mantel an?« Miss Bonnet hob rasch die Hand vor den Mund. »Bitte um Verzeihung.«

Cedric lächelte matt und winkte ab. »Ich habe ihn im Konservatorium vergessen. Ein Tee wäre nett, Miss Bonnet, wenn es keine Umstände macht. Und bitte, würden Sie für mich in Erfahrung bringen, ob Dr Shaw mich bald empfangen kann?«

Wobei das eigentlich keine Rolle spielte. Er würde warten, bis sie Zeit für ihn hatte.

Miss Bonnet knickste. »Natürlich sofort, Mr Edwards. Kommen Sie, ich sage Mr Bernard Bescheid wegen des Tees.«

Cedric folgte ihr in den Vorraum, in der Erwartung, eine ganze Weile an seinem Tisch verbringen zu müssen. Ein Irrtum. Denn Dr Justine-Kate Shaw wartete bereits auf ihn.

Selbst Miss Bonnet schien überrascht, ihre kräftige Gestalt auf der Schwelle ihres Behandlungsraums zu sehen. »Frau Doktor. Mr Edwards lässt fragen, ob Sie ihn heute außer der Reihe noch einmal sehen können?«

Dr Shaw antwortete nicht gleich. Schließlich jedoch nickte sie. »Sie haben Glück, Mr Edwards«, sagte sie und maß ihn mit einem langen Blick. »Gerade habe ich eine Patientin zu meinem Mann hinübergeschickt. Kommen Sie.« Mit einer knappen Handbewegung winkte sie ihn herein.

Cedric hätte nicht sagen können, warum er plötzlich dachte, dass er vielleicht doch besser gezögert hätte. Dass er sich möglicherweise sogar hätte umdrehen und die Praxis auf dem schnellsten Weg verlassen sollen. Doch dann dachte er an Ada und Erica, an Ruth und das ungeborene Kind, an den furchtbaren Streit vom Vorabend und an die Orchesterprobe, und er wusste, ihm blieb keine Wahl. Zumindest keine, die zu treffen er mit sich selbst vereinbaren konnte. Also straffte er die Schultern und betrat das Behandlungszimmer. Hinter ihm schloss Miss Bonnet beinahe lautlos die Tür, und für einen Moment bildete Cedric sich ein, das Knacken eines Schlüssels im Schloss zu hören. Doch er drehte sich nicht um, um die Vermutung zu überprüfen.

»Sind Sie also schon zu einem Entschluss gekommen, Mr Edwards?« Da war wieder dieser eigentümliche Kontrast zwischen ihrem harten Äußeren und dem weichen Ton ihrer Stimme. Ein Ton, der sich mit warmem Prickeln in Cedrics Brust ausbreitete und ihn mit einer ungewohnten Ruhe füllte.

»Das bin ich. Ich möchte die Therapie versuchen, von der Sie sprachen. Sofort und mit allen Konsequenzen.«

Dr Shaw verengte die Augen, als wolle sie prüfen, wie ernst ihm seine Aussage war. »Sie haben sich das sicher sehr gründlich überlegt, so wie ich Sie einschätze. Daher verzichte ich darauf, Sie noch einmal zu warnen.« Sie wandte sich zu einem Apothekerschränkchen, das hinter ihr an der Wand stand, und zog eine der kleinen Schubladen heraus.

»Wir beginnen gleich heute mit der Vorstufe. Hier. Nehmen Sie das.«

Zögernd streckte Cedric die Hand nach dem Blechkästchen aus, das sie ihn entgegenhielt. Als er den Deckel öffnete, entdeckte er sieben kleine Phiolen, in ein flaches Kissen mit schmalen Vertiefungen gebettet. Eine klare, fast durchsichtige Flüssigkeit glänzte darin. In einer weiteren Vertiefung daneben lag eine Spritze.

»Das Vorstufenserum«, erklärte Dr Shaw. »Wie ich weiß, sind Sie vertraut im Umgang mit Injektionen.«

Cedric nickte, ohne den Blick von den Phiolen und der Spritze im Kästchen lösen zu können. Im Verlauf von Adeles Krankheit hatte er sich hartnäckig geweigert, der allgemeinen Ansicht zu folgen, Krankenpflege sei – genau wie Kindererziehung und Haushaltsführung – eine Angelegenheit, die eine Frau zu erledigen hatte. Cedric hatte keine Schwestern oder Cousinen, Adeles Mutter war bereits verstorben und ihre Schwester hatte nach Südafrika geheiratet, und das Konservatorium bezahlte nicht genug, um sich eine Krankenpflegerin leisten zu können. Von der Vorstellung, seine Mutter Tag und Nacht im Haus zu wissen, wollte Cedric gar nicht erst anfangen. Am allerwenigsten aber hätte er es ertragen, untätig herumsitzen zu müssen, während Adele jeden Tag ein bisschen mehr starb. Daher hatte er sich selbst um sie gekümmert und sich von Dr Harold Shaw unterweisen lassen, wie er ihr die Injektionen der unterschiedlichen Therapien setzen konnte, die sie im Lauf der Jahre versucht hatten. Anfangs war er nicht sehr geschickt darin gewesen und Adeles Arme schon nach kurzer Zeit voller Narben und Blutergüsse. Doch zuletzt war ihm die Nadel in seiner Hand fast ebenso vertraut gewesen wie die Tasten der Klaviatur unter seinen Fingern.

Auch Dr Shaw nickte jetzt, obwohl er das mehr spürte als sah – als hätte sie all seine Gedanken mitangehört und wäre von ihnen keineswegs überrascht. Ihr Lächeln allerdings war verschwunden.

»Verabreichen Sie sich jeden Abend eine Dosis vor dem Schlafengehen. Und lassen Sie sich von Miss Bonnet einen Termin für nächste Woche um dieselbe Zeit notieren. Dann werden wir sehen, wie das Medikament bei Ihnen anschlägt.« Sie musterte ihn mit ihrem eindringlichen Blick. »Ich wünsche Ihnen alles Gute, Mr Edwards. Ich denke, Sie haben die richtige Entscheidung getroffen.«

Kapitel Neun

»Griogal Cridhe«; gälisches Traditional

11 Hanover Street, West End, London

An diesem Abend brachte Cedric Ada und Erica pünktlicher ins Bett als sonst. Das lag vor allem daran, dass das Dinner, genau wie zuvor der Tee und das Frühstück am Morgen, ungewohnt schweigsam verlaufen war, und dass Ruth vom Tisch aufstand und in ihr Zimmer verschwand, sobald es sich irgendwie mit ihren familiären Essritualen vereinbaren ließ. Den ganzen Tag hatte sie Cedric konsequent geschnitten und nur das Nötigste mit ihm gesprochen. Davon, ihn anzusehen, ganz zu schweigen.

Und sie hatte recht damit. Cedric war meilenweit davon entfernt, das infrage zu stellen. Sein Verhalten am Abend zuvor war in jeder denkbaren Weise unsensibel und ungerecht gewesen. Er hatte sie erschreckt, gedemütigt und verletzt. Nicht zum ersten Mal in ihrer Ehe, auch dessen war er sich spätestens seit ihrem Streit erdrückend klar bewusst. Aber vermutlich, sicher sogar, schlimmer und tiefer als je zuvor, und das nur Sekunden nachdem sie ihm diese unfassbar schwerwiegende Nachricht mitgeteilt hatte.

Ein Kind. *Sein* drittes Kind.

Cedric starrte blicklos auf das Buch in seinem Schoß, aus dem er Erica und Ada zum Einschlafen vorlas. *Grimms schönste Märchen*, eines nach dem anderen, vermutlich zum etwa dreihundertsten Mal. Er brauchte eigentlich nicht einmal mehr auf die Seiten zu sehen, um die Geschichten Wort für Wort aufzusagen, doch das ließen seine Töchter ihm nicht durchgehen. Cedric beschwerte sich nicht darüber. Es war gut, dass es eine so sichere Methode gab, die beiden schnell zum Einschlafen zu bringen. Es bedeutete allerdings leider auch, dass seine Gedanken viel Gelegenheit zum Abschweifen hatten, während er blicklos die Seiten umblätterte. Zu Ruth. Zu Dr Shaw. Zu der Blechkiste mit den Phiolen und der Spritze, die noch in der Innentasche seines Jacketts steckte, und von dort wieder zurück zu Ruth und zu dem Gespräch, das er so dringend mit ihr führen musste. Sie hatte ein Recht darauf, dass er sie um Verzeihung bat und seine Fehler eingestand. Sie hatte auch ein Recht darauf, die Wahrheit über seinen Gesundheitszustand zu kennen. Und sie hatte ein Recht darauf, dass er zumindest versuchte, es wiedergutzumachen. Wenn sie ihn ließ. Wenn nicht, würde er …

»Papa?« Ericas Stimme klang zittrig und tränenerstickt in der Dunkelheit jenseits der Öllampe beim Lesesessel.

Cedric schreckte auf. Er hatte nicht einmal bemerkt, dass er zu lesen aufgehört hatte, irgendwo zwischen *Sterntaler* und *Hans im Glück*. Auf seiner anderen Seite schnaufte Ada leise und gleichmäßig im Schlaf. Wie lange wohl schon?

»Erica. Ist alles in Ordnung?«

Erica schniefte leise und setzte sich im Bett auf. »Kannst du mir Mamas Lied vorsingen?«

Cedric sah ihr in das schmale, tränennasse Gesicht, das so sehr eine junge Version seines eigenen war. Erica erinnerte sich viel besser an Adele als Ada, die noch nicht einmal ihren vierten Geburtstag gefeiert hatte, als ihre Mutter gegangen war. Die Zeit davor war für sie weitestgehend zu einem warmen Gefühl geworden, hatte sie einmal mit einer erstaunlichen kindlichen Klarsicht gesagt. Erica hingegen, so tapfer sie auch war, und so oft sie im Alltag auch darüber hinweglebte, trauerte immer noch mindestens ebenso wie Cedric. Vielleicht mehr, als er es je hatte wahrhaben wollen. Und vielleicht auch, sagte eine quälende Stimme in seinem Hinterkopf, weil er selbst bis hierher so konsequent dagegen angearbeitet hatte, dass sie sich auch mit Ruth wie eine komplette Familie fühlen konnten.

Er legte das Buch beiseite und stand auf, um sich neben Erica auf die Bettkante zu setzen. »Komm mal her«, sagte er leise und streckte die Hand nach ihr aus.

Erica rutschte an ihn heran, rollte sich neben ihm zusammen und legte den Kopf in seinen Schoß. Cedric griff nach der Bettdecke und zog sie über ihr zurecht.

»Hast du schlecht geträumt?«

Erica schüttelte den Kopf. »Ich musste daran denken, wie sie uns immer vorgesungen hat. Und du auch.«

Cedric erwiderte nichts darauf, weil Ericas Worte ihm unerwartet heftig die Kehle zuschnürten. Stattdessen strich er ihr immer wieder durch die dunklen Locken und spürte an seinem Oberschenkel ihren Herzschlag, der sich langsam beruhigte.

»Kannst du es bitte noch mal singen?«, flüsterte Erica, noch immer mit Tränen in der Stimme. »Nur einmal.«

Cedric lehnte sich an das Kopfende des Betts und den Kopf gegen die kalte Wand hinter ihm und starrte in die gelbliche Dunkelheit. Die vertraute Melodie stieg in ihm auf. Die Worte, die er von Adele gelernt hatte – jenes alte gälische Wiegenlied, das sie aus den schottischen Hochlanden mitgebracht hatte. Jeden Abend hatte er auf der obersten Stufe des Treppenaufgangs gesessen und ihr zugehört, wie sie die Mädchen in den Schlaf sang. Unten vor dem Kamin hatte sie es eines Tages von ihm hören wollen und ihn wegen seiner mangelhaften Aussprache unerbittlich aufgezogen. Cedric hatte es daraufhin solange geübt, bis es ihm fehlerfrei gelang. Und manchmal, wenn sie ihn sehr baten, hatte er es von da an mit Adele zusammen für die Kinder zum Einschlafen gesungen. Während der Jahre ihrer Krankheit, als er Erica und Ada immer öfter an Adeles Stelle ins Bett brachte, schließlich sogar auch allein.

Seit Adeles Tod allerdings war das Lied in ihrem Haus verstummt, weil er die Erinnerungen nicht ertrug, die es aufwühlte. Wie oft hatten Erica und Ada ihn darum gebeten? Er hatte es nicht gekonnt. Nicht ein einziges Mal.

Aber das musste aufhören. Er musste aufhören, diese Mauern vor dem Leben zu bauen.

Cedric atmete tief ein und suchte nach den Tönen. Den Worten. *Griogal Cridhe.* Es zerbrach ihn und hielt ihn zusammen im gleichen Ton.

Und jetzt, in der Stille des Abends, sang er es wieder für Erica.

Etwas später stand er vor der Tür zu Ruths Zimmer und klopfte. »Mrs Edwards … darf ich reinkommen?«

Ruth saß in einem Lehnstuhl beim Kamin, auf dem Schoß eine Stickerei, an der sie noch keinen Stich getan hatte. Sie sagte nichts auf seine Frage. Sie rührte sich nicht einmal. Ihr Blick allein jedoch genügte Cedric, um zu wissen: Sie hätte in diesem Moment alles lieber gewollt als ihn in diesem Zimmer. Wut, Traurigkeit und Abwehr. Er spürte sie wie eine Faust zwischen seine Rippen.

»Ich würde gern über gestern Abend sprechen«, fügte er belegt hinzu. »Wir … können auch in den Salon gehen, wenn Ihnen das lieber ist.«

»Machen Sie die Tür zu«, sagte Ruth, leise und sehr gefasst, und legte die Stickerei beiseite.

Cedric unterdrückte ein Räuspern und tat, was sie gesagt hatte. Ein wenig schämte er sich dafür, dass es ihn erleichterte, den Blickkontakt für einen Moment zu unterbrechen. Er hatte ihr den Schmerz zugefügt, der sich auf ihrem Gesicht abzeichnete, also sollte er ihn auch aushalten müssen. Er straffte sich innerlich, wandte sich Ruth wieder zu und trat einige Schritte näher, blieb allerdings in genügend Abstand stehen, dass sie sich hoffentlich nicht bedrängt fühlte.

»Was gestern passiert ist, tut mir sehr leid.«

Er sah sie kurz die Lippen zusammenpressen, und wie eine steile Falte zwischen ihren Brauen erschien. »Das macht es nicht wieder gut. Das wissen Sie hoffentlich.« Sie schüttelte leicht den Kopf. »Ehrlich gesagt wäre ich froh, wenn Sie mich einfach in Ruhe lassen.«

Cedric verschränkte die Hände hinter dem Rücken. Ihre Worte trafen ihn hart, und er wusste, er verdiente es. Trotzdem würde er jetzt nicht kneifen. Nicht flüchten, ehe er nicht alles versucht hatte. Er hatte nicht vor, in diesem Punkt nachsichtig mit sich zu sein. Nicht, ehe er Ruth endlich gesagt hatte, was sie wissen musste.

»Sie haben recht. Was ich gesagt und getan habe, war schlimm und falsch. Ich werde auch nicht versuchen, es zu rechtfertigen, ich verspreche es. Ich möchte nur, dass Sie zumindest den Grund dafür kennen, deshalb hatte ich gehofft, dass Sie … mir noch das eine Mal zuhören, wenn ich es Ihnen erkläre. Danach gehe ich sofort, wenn Sie das möchten.«

Ruth saß jetzt wieder reglos da. Die Flammen des Kaminfeuers spiegelten sich in ihren Augen. »Na schön«, sagte sie, noch immer so leise. »Erklären Sie, wenn es Ihnen hilft.«

»Ich danke Ihnen. Ich weiß das sehr zu schätzen.« Cedric räusperte sich, ohne echte Hoffnung, dass es seiner Stimme einen festeren Klang geben würde. »Sie wissen ja, dass meine erste Frau … vor einem Jahr an der Schwindsucht gestorben ist. Und Sie wissen auch, dass ich nach ihrem Tod weiterhin regelmäßig unsere Arztpraxis aufgesucht habe, um alles über Tuberkulose zu lernen. Das war meine Form der … ich weiß nicht. Trauerbewältigung? Der Kampf gegen das Gefühl, versagt zu haben? Dass ich mehr hätte tun können, immer noch mehr tun müsste, oder … Ich kann es nicht gut in Worte fassen, aber die Sache ist die, ich …« Er machte eine kurze Pause, um sich zu sammeln. Jede Faser seines Körpers sträubte sich dagegen, jene schreckliche Wahrheit auszusprechen, die seit Monaten so schwer auf seinen Schultern lastete. »Es geht nicht mehr um die Krankheit meiner Frau. Schon seit Monaten nicht mehr. Ich suche die Arztpraxis auf, weil ich inzwischen ebenfalls Patient dort bin. Ich leide an einer seltenen Krankheit, die sich Chorea Huntington nennt, und die langsam mein Gehirn zerstört. Als ich gestern mit der Tasse geworfen habe, war das ein Reflex, um eine der Zuckungen zu verstecken, die sie hervorruft. Solche Kontrollverluste über meinen Körper und auch meine Emotionen werden in den nächsten Jahren immer häufiger und heftiger vorkommen, und irgendwann … ziemlich bald … werde ich daran sterben.« Noch ein Räuspern, das auch diesmal mehr schadete als half. »Ich weiß, das ist eine furchtbare Nachricht. Ich weiß, wie sich das anfühlt. Aber ich verspreche Ihnen, Mrs Edwards … Ruth. Ich verspreche, ich werde alles tun, um so lange bei Ihnen und den Kindern zu bleiben, wie ich nur kann. Ich weiß, dass ich Ihnen in unserer gemeinsamen Zeit bisher ein furchtbarer Ehemann war. Mir ist klar geworden, wie ungerecht und falsch ich mich Ihnen gegenüber verhalten habe, und das nicht nur gestern, sondern von Anfang an. Weder mein persönlicher Verlust noch meine Krankheit sind eine Entschuldigung dafür, und es tut mir unendlich leid. Und ja, ich weiß, dass es das nicht wiedergutmacht … aber ich werde alles tun, um es zumindest von hier an besser zu machen, und vor allem verspreche ich, ich werde Sie nie, niemals wieder so behandeln wie gestern Abend. Bitte glauben Sie mir.«

Für etliche Sekunden, Minuten vielleicht sogar, blieb Ruth still. Cedric konnte förmlich zusehen, wie seine Worte in ihr Bewusstsein einsanken, immer tiefer und immer näher an das entsetzliche Verstehen heran, bis sich ihre Augen schließlich mit Tränen füllten.

Cedric verkrampfte hinter dem Rücken die Hände ineinander. Er hatte keine Worte mehr und wusste doch viel zu gut, was er ihr gerade antat. Denn so schwierig diese ersten Monate ihrer Ehe auch gewesen waren – hatte sie sich nicht gerade gestern erst entschieden, die Herausforderung anzunehmen? Sich ihm zu stellen und um ihren Platz in diesem Haus, *ihrem* Haus, zu kämpfen? Sie erwartete sein Kind. Und was Cedric ihr dafür zurückgab, war … der Blick in einen Abgrund.

»Wie lange?«

Ruths Worte glichen mehr einem heiseren Wispern. Cedrics Blick fiel auf ihre Finger, die genauso verkrampft wie seine in ihrem Schoß lagen. Es gab viele Möglichkeiten, wie ihre Frage zu verstehen war, und auf keine davon hatte er eine echte Antwort.

»Ich weiß es nicht«, sagte er daher und hatte das bittere Gefühl, dass er ihr damit sogar die schlechteste Antwort auf alle möglichen Fragen zugleich gab. Er griff in die Innentasche seines Jacketts, um das Kistchen mit den Phiolen und der Spritze herauszuholen. »Dr Shaw hat mir heute eine neue Therapie verschrieben. Wenn sie wirkt, wie wir hoffen, dann … bleiben uns womöglich noch zehn Jahre, oder vielleicht sogar mehr.« Als er den Deckel öffnete und Ruth das Kistchen entgegenhielt, ließ der Schein des Kaminfeuers die klare Flüssigkeit irisierend aufleuchten. »Sehen Sie? Ich werde noch heute Abend damit anfangen.«

Jetzt endlich lösten sich Ruths Augen von seinem Gesicht, um sich auf das Medikament zu richten. Ihre Brust hob und senkte sich ein wenig zu schnell, und Cedric wurde bewusst, dass sie in ihrem Leben vielleicht noch nie eine Spritze gesehen hatte. Genau wie er bis vor drei Jahren. Wieso war es so leicht zu vergessen, wie beklemmend und geradezu bedrohlich sich das anfühlte?

»Sie müssen sich das … spritzen?« Ruths Stimme war anzuhören, wie sehr sie sich zur Fassung zwingen musste. »Was passiert dann?«

Cedric hob angespannt die Schultern. »Ich bin nicht sicher. Wir werden abwarten müssen, wie das Medikament wirkt. Ob es wirkt. So sind diese Therapien … leider.« Er atmete tief ein und wieder aus. Jetzt kam der schwierigste Teil dessen, was zu sagen er sich vorgenommen hatte.

»Hören Sie, Ruth. Ich möchte mehr als alles andere auf der Welt glauben und hoffen, dass diese Behandlung anschlägt. Nur habe ich in den letzten Jahren lernen müssen, dass es dafür keine Garantie gibt. Daher bitte ich Sie, mir eins zu versprechen: Wenn meine Symptome dennoch schlimmer werden und ich gepflegt werden muss … tun Sie es nicht selbst. Schicken Sie mich ins Haus meiner Mutter, falls ich es nicht mehr selbst veranlassen kann. Ich möchte nicht, dass Sie … durchmachen müssen, was ich durchgemacht habe.«

Das war endgültig zu viel. Ruth sprang auf, die Hände zu weißen Fäusten geballt.

»*Warum?!*« Das Wort brach wie ein Schrei aus ihr hervor und hatte doch kaum Kraft, es stolperte und schwankte genau wie sie selbst. Die Tränen stürzten jetzt haltlos aus ihren Augen, und sie hob die Fäuste, um sie ihm mit jedem Satz vor die Brust zu schlagen. »Warum hast du gelogen? Warum hast du mich geheiratet, wenn du wusstest, dass du sterben wirst? Warum hast du mir nicht gesagt, dass wir nie eine Familie sein können? Warum … Warum muss ich das jetzt aushalten?!«

Mit dem letzten Wort brach ihre Stimme endgültig, und sie sackte gegen Cedrics Brust, presste ihre Stirn gegen seine Schulter und schluchzte.

Vorsichtig, weil er nicht sicher war, ob es das war, was Ruth jetzt wirklich brauchte oder wollte, legte Cedric die Arme um sie. Ihr Rücken bebte unter seinen Händen, steif und matt zugleich, und er ahnte, dass er sie nur deshalb jetzt stützen durfte, weil niemand anderes da war. Und weil es nun mal schlicht unmöglich allein zu ertragen war. Das wiederum verstand er so gut, dass es ihn schier zu Boden drückte.

»Ich wollte«, flüsterte Ruth so leise, dass er es kaum verstand, »doch bloß ein ganz normales Zuhause.« Ein weiteres trockenes Schluchzen lief durch ihren Körper. »Was mache ich denn jetzt nur?«

Cedric starrte über ihren Scheitel hinweg in die Flammen des Kaminfeuers und fühlte sich so hilflos wie seit Monaten nicht. Er hätte viele Dinge sagen können – erklären, dass er es nicht gewusst hatte, dass er es auch anders gewollt und gehofft hatte. Aber das waren Rechtfertigungen ohne Substanz. Er hatte ihr versprochen, das nicht zu tun. Stattdessen nahm er sich stumm vor, alles, wirklich alles dafür zu tun, dass der Weg wenigstens für Ruth bald wieder etwas heller würde.

»Lass uns hoffen«, flüsterte er in die funkenknisternden Schatten. »Lass uns einfach hoffen.«

Kapitel Zehn

Melodische Übungsstücke; Op. 149; Anton Diabelli

Havencourt Stadtresidenz, 23 Oxford Street, West End, London

Als Cedric am nächsten Tag gegen fünf Uhr am Nachmittag das Teezimmer der Havencourt Stadtresidenz betrat, fand er dort nur Elaine vor, die gerade dabei war, das Teegebäck auf der feinen Porzellan-Etagere neu anzuordnen. Als Cedric leise die Tür hinter sich schloss, drehte sie sich um und ein verlegenes Lächeln erschien auf ihrem Gesicht.

»Cedric! Du bist schon da. Setz dich. Rob verspätet sich etwas, er sagt, wir sollen ohne ihn anfangen.«

Cedric erwiderte das Lächeln, doch er konnte die müde Belustigung nicht ganz daraus fernhalten. »Mit dem Tee oder mit dem Branntwein?« Er trat zum Tisch und rückte Elaine den Stuhl zurecht, ehe er sich ihr gegenübersetzte. Es war viel zu offensichtlich, dass Robert die Verspätung arrangiert hatte, um ihnen beiden Gelegenheit zu geben, sich unter vier Augen auszusprechen. Dabei hatte Cedric, wenn er ehrlich war, nicht mal mehr an ihren Streit gedacht. Diese letzte Klavierstunde mit Elaine schien ihm nicht Tage, sondern Wochen zurückzuliegen. Es war so viel passiert seitdem. So viel Schwerwiegendes. Überwältigendes.

Er legte eine Hand über die Stelle an seinem linken Arm, wo er sich abends zuvor, direkt nach dem Gespräch mit Ruth, zum allerersten Mal die Nadel mit dem neuen Medikament gesetzt hatte. Von der Einstichstelle war an diesem Morgen nichts zu sehen gewesen. Nicht ein winziger Punkt. Dabei war es schwieriger gewesen als gedacht. Bei sich selbst die richtige Stelle für die Injektion zu finden und die Nadel in die eigene Haut zu schieben, war eben doch etwas anderes, als es bei Adele zu tun. Cedric hatte mindestens mit einem kleinen Bluterguss gerechnet. Nichts dergleichen. Stattdessen hatte er sich beim Aufwachen bemerkenswert ausgeruht und bei Kräften gefühlt. War das schon die Wirkung des Serums? Oder war heute einfach ein sehr guter Tag?

Elaines Lächeln nahm derweil einen spitzbübischen Zug an. »Ich bitte Sie, Mr Edwards. Wollen Sie eine Dame betrunken machen?«

Beinahe wäre Cedric ein Lachen entwischt. »Das schafft die Dame ganz allein, soweit ich informiert bin. Für mich zuerst Tee, bitte.«

»Eine gute Wahl.« Elaine griff nach der Kanne, um ihm einzuschenken, und legte ihm mit der Zange einen kleinen Scone auf den Teller. Dann goss sie sich selbst eine Tasse ein und gab einen Tropfen Sahne hinzu. Einige Momente herrschte Stille zwischen ihnen, während sie beide tranken. Keine unangenehme Stille allerdings, und einmal mehr wunderte sich Cedric darüber, wie vertraut es sich anfühlte, mit Elaine zusammenzusitzen, dabei war sie erst im Frühling dieses Jahres nach London gekommen. Zuvor hatte Robert allein mit seinen Bediensteten in dem großen Stadtanwesen gewohnt. Auch zu dieser Zeit schon hatte er Cedric regelmäßig zum Tee eingeladen – wobei eine Einladung zum Tee im Hause Rimbaur of Havencourt für gewöhnlich vor allem eines bedeutete: Mehrere Glas erlesener hochprozentiger Drinks mit dem Herrn des Hauses, von denen eines teuer genug war, dass Cedric seine Familie einen ganzen Monat von dem Geld hätte ernähren können. Selbst mit Elaines Erscheinen auf der Bildfläche hatte sich das nicht wesentlich geändert. Abgesehen davon, dass es seitdem zusätzlich zum Alkohol tatsächlich Tee und etwas Gebäck gab.

Robs und Elaines Familie gehörte zu der Art von unwichtigem, aber reichem britischen Adel, die in der Gesellschaft des Vereinigten Königreichs kaum Mitspracherecht hatten, sich wohl aber weitgehend alles herausnehmen konnten, was ihnen in den Sinn kam, ohne ernsthafte Konsequenzen für Ruf und Leben fürchten zu müssen. So zumindest hatte Rob seit jeher seine zahlreichen abenteuerlichen Gepflogenheiten gerechtfertigt, wie zum Beispiel, dass er das Geld seiner Familie nicht nur in Spirituosen, sondern auch in eine mindestens ebenso umfangreiche Giftsammlung investierte, die eines Tages »jedes Gift der Welt« umfassen sollte. Oder dass er seine jüngste Schwester an ebendiesen *Afternoon Teas* mit seinem engsten Freund teilnehmen ließ, um ihre Trinkfestigkeit und Gespräche unter Männern zu üben. Schließlich würde sie diese als eine der wenigen Frauen unter sehr vielen männlichen Musikstudenten an der Royal Academy gut brauchen können. Cedric sah die etwas schräge Vernunft hinter dem Gedanken durchaus ein. Trotzdem hatte es eine ganze Weile gedauert, bis er sich nicht mehr unbehaglich fühlte, nachdem Robert ihre privaten Treffen vom Studierzimmer in die Teestube verlegt und Elaine nachdrücklich eingeladen hatte, sich zu ihnen zu setzen. Elaine war es wohl ähnlich gegangen, zumal Robert darüber hinaus auch noch die Ansicht vertrat, dass sie und Cedric einander von Anfang an beim Vornamen nennen sollten. Nach und nach war sie allerdings aufgetaut und hatte sich beeindruckend politisch informiert und meinungsstark gezeigt. Cedric schätzte ihre unkonventionellen Gesprächsbeiträge inzwischen sehr und hatte Elaines Gesellschaft zunehmend genossen. Zumindest, bis sie auf die Idee gekommen war, dass sie während des Klavierunterrichts den Umgang eines strengen Maestros mit einer wohlerzogenen Schülerin imitieren sollten. Schließlich müsse sie sich daran ebenso gewöhnen wie an die Studenten des Konservatoriums. Es gab einige Dinge, die Cedric für Geld zu tun bereit war. Dies, so hatte sich zweifelsfrei herausgestellt, gehörte nicht dazu.

Ein leises Räuspern riss ihn aus seinen Gedanken, und Cedric wurde bewusst, dass er sehr weit abgeschweift war.

Die Verlegenheit war in Elaines Lächeln zurückgekehrt. »Ich wollte mich entschuldigen«, sagte sie und verschränkte die Hände im Schoß. »Rob sagt, du bist nicht mein Hofnarr, und ich finde, er hat recht. Es war nicht richtig von mir, dich Theater spielen zu lassen, nachdem du dich bereit erklärt hast, mir zu helfen. Schon gar nicht, da ich weiß, wie dringend du das Geld für die Stunden brauchst.«

Cedric hob verblüfft die Brauen und stellte die Teetasse ab. »So viel Selbstreflexion bin ich von dir gar nicht gewohnt.« Ein Lächeln zuckte in seinen Mundwinkeln, das kurz darauf von einem resignierten Seufzen abgelöst wurde. »Weißt du, Elaine, ich hätte die Situation vermutlich leichter genommen, wenn du dich im Gegenzug daran gehalten hättest, was wir besprochen haben. Du bist eine fabelhafte Pianistin, und ich bin mir sicher, dass du es ans Konservatorium schaffen wirst, auch ohne dir mehr als die Grundlagen im Notenlesen anzueignen. Aber wenn du ernsthaft von und mit der Musik leben willst, dann wirst du ihre Sprache lernen müssen. Solange du dazu nicht bereit bist, weiß ich ehrlich gesagt auch nicht, was ich dir noch beibringen soll. Und ich muss mich dafür schon gar nicht in eine Rolle pressen lassen, die mir nicht passt.«

Elaine senkte den Blick auf ihren Teller, wo das Gebäck noch unangetastet lag. »Ich weiß«, sagte sie. »Deshalb habe ich es in den letzten Tagen wirklich versucht. Es ist nur, wenn ich spiele … wie soll ich das erklären? Es ist so schwer, am Boden zu bleiben, wenn ich doch einfach fliegen könnte. Kennst du das denn nicht?«

Cedric schwieg. Natürlich kannte er dieses Gefühl. Es war das, was ihm gestern bei der Orchesterprobe gefehlt hatte.

»Niemand will dir das Fliegen nehmen«, sagte er endlich. »Am allerwenigsten ich. Nur sieh es mal so: Je stärker deine Flügel sind, desto höher und weiter werden sie dich tragen.«

Elaines Kopf ruckte bei seinen Worten in die Höhe, und sie sah ihn mit einem seltsamen Erstaunen an. »So habe ich das noch nie bedacht.«

Cedric klopfte nachdenklich mit dem Finger auf das Tischtuch. »Vielleicht sollten wir es einmal mit vierhändigen Stücken versuchen. Und zwar mit solchen, die du noch nicht kennst. Diabelli, zum Beispiel. Seine Übungen sind eigentlich unter deinem Niveau. Aber wenn du meinen Part in der Partitur verfolgen musst, während du deinen eigenen nach Gehör spielst, ist das womöglich erst mal Herausforderung genug.« Er lächelte schief. »Ich lasse dir Noten schicken, damit du dich vorbereiten kannst. Einverstanden?«

»Also setzen wir den Unterricht fort?« In Elaines Augen begann es verdächtig zu glitzern. »Danke.« Sie wischte sich rasch über den

Lidkranz. »Ich … danke, Cedric. Du weißt gar nicht, wie sehr mich das erleichtert.«

Cedric zuckte die Schultern. »Du hattest recht, ich brauche das Geld. Ich kann es mir nicht leisten, euch das Honorar zurückzuzahlen. Das Leben mit der Kunst ist hart. Bereite dich schon mal darauf vor.«

Elaine lachte leise und sah auf ihren Teller hinunter. Es war ein eigenartig intimer Moment, wie sie dasaßen, ihre Teetassen zwischen sich, und diesem Gefühl nachspürten, das sie beide so gut kannten, und das ihnen beiden in dieser Woche auf so unterschiedliche Weise abhandengekommen war: Das Gefühl, wie der Klang eines Pianos beim Spielen die Seele berührte.

In diesem Augenblick öffnete sich die Tür erneut, und Robert betrat mit gewohnt beschwingtem Schritt den Raum. »Ah, ihr habt ohne mich angefangen, wie ich sehe … oh.«

Er blieb stehen, nur etwa zwei Armlängen vom Tisch entfernt. Eine seiner dichten Brauen hob sich, und er schob mit einem Grinsen die Hände in die Hosentaschen. »Entschuldigt vielmals, ich wollte nicht stören. Braucht ihr noch ein paar Minuten?«

Cedric seufzte und lehnte sich in seinem Stuhl zurück. Natürlich war Robert keineswegs zufällig genau jetzt zur Tür hereingekommen. Tatsächlich hielt Cedric es für viel wahrscheinlicher, dass er schon seit einigen Minuten auf dem Flur gestanden hatte, um den richtigen Moment abzupassen.

»Ncin. Wir warten nur auf dich«, sagte er und verschränkte die Arme vor der Brust.

»Wir sprachen gerade über den Unterricht«, erklärte Elaine. »Cedric hat meine Entschuldigung angenommen. Das freut dich doch sicher zu hören.«

»Das heißt, ich muss seine Wucherpreise weiterbezahlen?« Robert lachte und setzte sich zu ihnen, um seine Meerschaumpfeife aus der Tasche zu ziehen. »Du bist und bleibst ein kostspieliges Frauenzimmer, Schwesterherz. Aber für dich ist mir nichts zu teuer, wie du weißt.« Sein Blick richtete sich auf Cedric, und kleine Lachfältchen erschienen um seine Augen. »Warum siehst du heute eigentlich so gut aus, Cedward? Deine Visage ist nicht halb so blass wie sonst.«

Es fehlte nicht viel, und Cedric wäre zusammengezuckt. »Findest du?«, murmelte er. War das denn möglich? War der Effekt des Medikaments so stark, dass selbst Robert es auf den ersten Blick sehen konnte?

Robert erwartete derweil offenbar gar keine weitere Antwort. Er hatte sich bereits seiner Schwester zugewandt, um sie zu necken. »Also, was willst du diesmal tun, um dir meine monetäre Zuwendung derart zu verdienen, dass du dir deinen Maestro wieder leisten kannst?«

»Rob!«, zischte Elaine, doch Cedric sah sehr genau, dass sie sich ein Lachen verkniff. Innerlich seufzte er tonlos, während er selbst ein Schmunzeln unterdrückte. Diese zwei waren schon ein absonderliches Gespann. Ganz ohne Frage lief es gegen sämtliche gesellschaftlichen Konventionen, dass Robert mit seinen sechsunddreißig Jahren beharrlich Junggeselle blieb. Davon, dass Elaine mit ihren vierundzwanzig lieber in den Haushalt ihres ältesten Bruders einzog, statt eines der zahlreichen Verlobungsangebote anzunehmen, ganz zu schweigen. Genauso fraglos war allerdings genau das der Grund, warum Cedric so sehr an den beiden hing.

»Wir werden die nächste Stunde allerdings auf Dienstag verlegen müssen, wenn es euch recht ist. Maestro Cusins hat mich gebeten, Montag an einer Orchesterprobe teilzunehmen.«

Noch während er sprach, bemerkte Cedric erstaunt, dass seine Stimme gelassen und zuversichtlich klang – unangemessen gelassen und zuversichtlich, in Anbetracht seines Versagens bei der letzten Probe. Ob das auch daran lag, dass er sich heute so erstaunlich gesund fühlte? War es die Erleichterung darüber, dass er Ruth endlich die Wahrheit gesagt hatte? Die entspannte Vertrautheit, die er dabei empfand, mit den Rimbaur-Geschwistern beim Tee zu sitzen, während das Sonnenlicht auf dem Porzellan funkelte? Was immer es war, es war ein ungewohnt warmes, schönes Gefühl: Diese Hoffnung, die ausnahmsweise kam, ohne dass er sie herbeizwingen musste. Es gab sie also doch noch. Und wenn es noch Hoffnung gab, dann würde er auch wieder spielen können. Selbst wenn es nur ein einziges Mal war.

Robert klemmte sich derweil die Pfeife zwischen die Zähne, beugte sich vor und griff nach der Kristallkaraffe mit Branntwein, um ihnen allen einzuschenken. »Mmh, das große Konzert, wie? Nicht mehr lang hin.«

»Oh, du wirst fabelhaft sein, Cedric«, sagte Elaine mit blitzenden Augen und nippte an ihrem Tee.

Cedric hob einen Mundwinkel. »Nun ja, was immer ich an Fabelhaftigkeit in mir habe, wird sich dort zeigen, nehme ich an.«

Robert lachte laut auf, ließ sich in seinem Stuhl zurücksinken und hob sein Glas. »Na, darauf *cheers*!«

Tatsächlich war Cedric, wie so oft, nicht besonders nach Alkohol. Doch so wenig Robert ihm seine Abstinenz zu den seltenen Gelegenheiten durchgehen ließ, wenn er es geschafft hatte, Cedric zu einem Besuch im Athenaeum Gentlemen's Club zu überreden, so gleichgültig war es ihm, ob Cedric bei ihren privaten Treffen zum Tee mittrank oder die sündhaft teuren Spirituosen einfach stehen ließ.

»Trinken wir lieber nach dem Konzert«, sagte er deshalb und nahm stattdessen einen weiteren Schluck Tee. »Dann wissen wir zumindest, ob es sich lohnt.«

Robert lachte erneut. »Oh, das werden wir. Und bis dahin trinke ich auf deinen stets erfrischenden Pessimismus, mein Freund.« Er hob zum zweiten Mal das Glas. »Zum Wohl!«

Kapitel Elf

»La Rosina Bella«; italienisches Traditional

In der Nähe von Rom, latianisches Hügelland, Latium, Italien

Sie fuhren auf zwei großen Pritschenwagen nach Rom, jeder bespannt mit zwei kräftigen Pferden und dicht an dicht besetzt mit Kindern. Dorián kauerte neben Dorothy auf einer der Bänke ganz hinten im Wagen und verrenkte sich fast den Hals bei dem Versuch, an den anderen vorbei nach draußen zu sehen. Die Fahrt war lang, von den in schnellem Italienisch geführten Gesprächen der anderen Kinder verstand er so gut wie gar nichts, und er hätte viel dafür gegeben, wenigstens die Landschaft beobachten zu können, um sich von der Aufregung abzulenken. Aber der Herbst war grau und trüb an diesem Morgen, daher war der Wagen mit Zeltplanen überspannt, die seit ihrem Aufbruch schon mehrere Regenschauer von ihnen ferngehalten hatten.

Trotz alldem war die Stimmung im Wagen gut. Die Kinder lachten, spielten Karten- und Würfelspiele auf ihren Knien und dem schmutzigen Bretterboden, und von Zeit zu Zeit sangen sie sogar. Keines von ihnen machte sich die Mühe, auch nur zu Dorián hinzusehen, geschweige denn ihn anzusprechen. Es war nicht direkt unangenehm, zumindest schienen sie nicht feindselig oder misstrauisch, wie es so oft bei den anderen Kindern bei Großmutter und Großvater der Fall gewesen war. Er schien sie nach den ersten neugierigen

Blicken einfach nicht besonders zu interessieren. Vielleicht, dachte Dorián, war er auch bloß immer noch unsichtbar.

Eine Hand legte sich leicht auf seine Schulter und riss ihn aus seinen Gedanken. »Dorián?«

Überrascht wandte er sich zu Dorothy um. Wie auch Dorián und die meisten der anderen Kinder hatte sie sich wieder die Kapuze ihres Wollumhangs über den Kopf gezogen, um sich vor der feuchtkühlen Zugluft zu schützen, die durch die Ritzen zwischen den Planen hindurchdrang. Aber anders als in jener ersten Nacht, bei ihrem ersten Treffen, konnte er ihr Gesicht jetzt deutlich erkennen. Und auch ihr Lächeln.

»Geht es dir gut?«

Dorián nickte. »Ja«, sagte er rasch, als ihm wieder einfiel, dass sie das nicht sehen konnte. Er zögerte. »Ich, ähm … habe mich nur gefragt, wo Céleste ist? Ich habe sie heute Morgen beim Frühstück nicht gesehen. Ist sie auf dem anderen Wagen?«

Tatsächlich *hatte* er sich das gefragt. Nicht gerade in diesem Moment, aber seit Dorián beobachtet hatte, wie Céleste dem Herrn Gregor in die große Villa gefolgt war, sprang der Gedanke immer wieder in seinen Kopf. Vor allem an die lautlosen Worte, die er zu hören geglaubt hatte, als der Herr Gregor ihn über Célestes Schulter hinweg ansah.

Dich komme ich auch bald holen.

Vielleicht lag es daran, dass er so dringend sichergehen wollte, dass Céleste heil ins Waldhaus zurückgekehrt war.

Doch wie schon am Tag zuvor, als das Gespräch auf Céleste und die Familie in der Villa gekommen war, verhärtete sich etwas in Dorothys Gesicht und ihr Lächeln verschwand.

»Nein«, sagte sie nur. Und dann, nach einer kurzen Pause, fügte sie deutlich freundlicher hinzu: »Du brauchst keine Angst um sie zu haben. Selbst wenn sie nicht wiederkommt …« Sie zuckte die Schultern. »In der Villa zu sein, ist das, was sie will. Lieber als bei uns. Das hat sie dir doch bestimmt erzählt.«

»Ja«, murmelte Dorián. »Das hat sie.«

»Dachte ich mir doch.« Dorothy wandte den Kopf in Richtung der Wagenrückwand und legte ihn schief, als würde sie lauschen. »Wir sind fast da. Hörst du die Stadt?«

Dorián sah sie verblüfft an. Er war drauf und dran zu sagen, dass er über dem Wagenrumpeln und den Stimmen der anderen Kinder überhaupt nichts hören konnte – da wurde ihm bewusst, dass er sehr wohl etwas hörte: Glocken. Unendlich viele Glocken, die ihr Geläut in allen möglichen Tonlagen miteinander vermischten. »Oh. Ist das … Rom?«

»Man nennt es auch die Ewige Stadt. Komm mal hierher.« Dorothy rückte ein Stück zur Seite, damit Dorián auf den Platz rutschen konnte, an dem sie zuvor gesessen hatte. Dann tastete sie mit beiden Händen nach einer Stelle, an der zwei Zeltplanen von dicken Schnüren zusammengehalten wurden, und zog sie ein Stück auseinander. »Schau mal da raus und sag mir, was du siehst.«

Folgsam beugte Dorián sich vor und spähte durch den Spalt. »Einen Fluss«, berichtete er. »Eine lange Brücke mit Bögen aus Stein, mit vielen anderen Kutschen und Menschen, und …«

Sein Blick glitt weiter, und im nächsten Moment blieb ihm für etliche Herzschläge lang der Atem weg.

Jenseits der Bogenbrücke, die sich über den trübgrau dahinfließenden Fluss spannte, lag eine Stadt. Und sie war gewaltig. Dorián sah eine Mauer mit wehrhaften Zinnen, die wohl den Kern der Stadt schützte, und dahinter, erhoben auf sanften grünen Hügeln, eine scheinbar unendliche Masse an Gebäuden. In seinem begrenzten Sichtfeld durch den Spalt konnte er nicht erkennen, wo sie begann oder aufhörte. Er sah flache Hausdächer und Kirchtürme, überall Kirchtürme, von denen all das Glockengeläut kommen musste, und dazwischen grasbewachsene Ruinen. Es regnete noch immer, der Himmel schien sich beinahe bis auf die Giebel herabgesenkt zu haben, und doch … hatte er das eigenartige Gefühl, die Stadt würde von innen heraus leuchten.

»Wenn wir gleich da drin sind, sieh ganz genau hin«, sagte Dorothy neben ihm.

Dorián zuckte leicht zusammen. Er hatte völlig vergessen, dass sie ihn etwas gefragt hatte. »Ich … also …«, stammelte er, unsicher, ob sie jetzt noch wissen wollte, was er gerade gesehen hatte.

»Und vergiss nicht, dass deine Augen unzuverlässig sind. Wenn ich eins gelernt habe, dann das.«

Dorián riss seinen Blick von der Stadt los und drehte sich wieder zu ihr um – genau in dem Moment, als der Wagen auf die Brücke abbog. »Was meinst du?«

Dorothy hatte ihm immer noch das Gesicht zugewandt. Und mit einem Mal fragte sich Dorián plötzlich, was *sie* wohl sah, mit diesen verschleierten silberblauen Augen, die nicht mehr so sehen konnten wie seine, und doch …

Dorothy aber zuckte bloß die Schultern. »Es gibt viele Arten, in Rom an Geld zu kommen.« Sie musste jetzt lauter sprechen, damit Dorián sie verstehen konnte, denn allmählich gelangten sie offenbar mitten hinein in das Glockengeläut und Pferdegetrappel, in das Rollen von Kutschenrädern über holpriges Pflaster und das Rauschen zahlloser fremder Stimmen. »Du solltest also gut beobachten, was die anderen tun. So findest du deinen Platz in der Stadt.« Eine winzige Falte erschien über ihrer Nasenwurzel. »Und in der Familie.«

»Oh. Na … gut?« Dorián dachte über ihre Worte nach. Nachdem er am Morgen zuvor mit Céleste über die Tage in Rom gesprochen hatte, hatte er sich vorgestellt, dass es ungefähr ablaufen müsste wie die Diebes- und Bettelstreifzüge, die er tagtäglich für Großmutter und Großvater in Bukarest unternommen hatte. Was im Grunde nichts anderes bedeutete, als sich in den Gassen herumzudrücken und darauf zu hoffen, dass die Passanten – absichtlich oder unabsichtlich – etwas fallen ließen. Die besonders Geschickten oder Mutigen stahlen auf dem Markt direkt von den Ständen, aus den Metzgereien oder Bäckersläden, oder sogar aus den Taschen der Marktbesucher. Dorián war nie besonders mutig oder geschickt gewesen. Er wühlte stattdessen lieber im Abfall oder versuchte, besonders bemitleidenswert auszusehen, was ihm allerdings von Jahr zu Jahr schlechter gelungen war. So war ihm zuletzt immer öfter die undankbare Aufgabe des Lockvogels zugefallen, der die Standbesitzer und Ladeninhaber ablenkte, während die anderen stahlen. Der Lockvogel war immer der, der die meiste Prügel einsteckte. Aber mit leeren Händen heimzukommen, weil er allein nichts hatte erbeuten können, brachte auch Prügel ein, und darüber hinaus einen leeren Magen zur Strafe. Dorián hatte sich mit der Zeit fast daran gewöhnt, und er hatte sich innerlich schon darauf vorbereitet, hier in dieser Gruppe eine ähnliche Rolle einzunehmen. Was Dorothy da sagte, klang jedoch so … anders. Nach so viel mehr … Möglichkeiten.

»Was machst du denn?«, traute er sich schließlich zu fragen.

Ein schmales Grinsen erschien auf Dorothys Gesicht. »Ich bin der Schatten, der über euch wacht.«

Dorián blinzelte. »Was?«

Da lachte Dorothy ihr raues Lachen. »Du musst nicht erschrecken. Das sagen wir nur so. Die meisten der Älteren sind vor allem dabei, um auf euch Jüngere aufzupassen oder die Wagen zu bewachen. Das klingt bloß so langweilig, deswegen denken wir uns dramatischere Beschreibungen aus. Frag die anderen danach, dann wirst du schon sehen.«

»Ach so«, murmelte Dorián und lachte jetzt auch, erst zaghaft, und dann, als er noch einmal über ihre Worte nachdachte, ein bisschen lauter. Es fühlte sich ungewohnt an – es hatte in seinem Leben ja bisher nur wenig Grund zu lachen gegeben. Abends, heimlich in ihrer Ecke der Schlafkammer, wenn Oana versuchte, ihn nach einem besonders üblen Tag mit Schattentheater und Grimassen aufzumuntern. Oder wenn er mit den anderen über seine eigenen Unfähigkeiten mitlachte, weil das besser war als zu weinen, denn Tränen bedeuteten nur mehr Häme und mehr Schläge. Lachen war bisher vor allem oft die einzige Möglichkeit gewesen, nicht alles noch schlimmer zu machen.

Aber das hier war anders. Dieses Lachen war wie ein kleiner Vogel, der mitten im Winter ein Frühlingslied in seiner Brust sang.

»Deswegen bleibst du heute bei mir«, erklärte Dorothy jetzt. »Dann siehst du alles und kannst auch meine Augen sein, wenn ich welche brauche. Ich habe … gerade keine eigene Gruppe. Also kann ich ganz für dich da sein. Einverstanden?«

»Einverstanden«, sagte Dorián, während das Lachen noch immer seine Stimme wärmte.

»Gut.« Erneut wandte Dorothy lauschend den Kopf, und kurz darauf spürte auch Dorián, dass sich das Rumpeln der Wagenräder unter ihm verändert hatte, genau wie das Murmeln und Plappern der anderen Kinder. Gedämpfter. Weicher. Und zugleich voll erwartungsvoller Spannung.

»Dann komm.« Dorothy stand auf und griff nach einem langen Stock, der unter ihrer Sitzbank gelegen hatte. Der Wagen wurde langsamer und kam schließlich ganz zum Stillstand.

»Wir sind da.«

Es stellte sich heraus, dass die Wagen auf einer der wild wuchernden Wiesen im Hof einer der vielen Ruinen zum Halten gekommen waren, die Dorián von draußen erspäht hatte. Schafe streiften zwischen den zerborstenen Mauern umher, die selbst in ihrem verfallenen Zustand höher aufragten als fast alle Gebäude, die Dorián kannte – abgesehen von den Kathedralen und Kirchen in Bukarest natürlich. In einem der verbliebenen Fensterbögen döste ein Schäfer, durch das Mauerwerk halbwegs geschützt vor dem Nieselregen. Seine Hunde hielten unweit Wache, schienen sich allerdings nicht sonderlich daran zu stören, dass ein Haufen Kinder aus zwei Pritschenwagen auf ihre Wiese strömte. Der Schäfer hob sogar grüßend eine Hand in ihre Richtung, und die zwei älteren Kinder, die die Wagen gelenkt hatten, gesellten sich kurz darauf zu ihm unter den dürftigen Regenschutz.

Bis Dorián an der Reihe war, hinter Dorothy aus dem Wagen zu klettern, waren die meisten der anderen längst im Gewimmel der nahen Gassen verschwunden, und auch der Rest zerstreute sich rasch und ohne weitere Absprachen. Alle schienen genau zu wissen, was sie zu tun und wohin sie zu gehen hatten, und Dorián überlegte, ob es vielleicht das war, was Dorothy meinte, wenn sie sagte, er solle seinen Platz in der Stadt finden: dass er irgendwann allein wusste, wohin er zu gehen hatte.

Am Ende blieben nur sie und er auf der Wiese zwischen den Ruinen zurück – und ein paar der kleinsten Kinder, die sich um einen hochaufgeschossenen Jungen scharten, der eigentlich schon fast nicht mehr Junge zu nennen war. Dorián erinnerte sich, dass er gestern beim Abendessen und auch heute beim Frühstück am Tisch hinter ihnen gesessen und immer wieder mit Dorothy gesprochen hatte. Jetzt trug er einen länglichen Koffer in der Hand und zählte gerade seine Gruppe durch.

»Bartosz«, sagte Dorothy. »Wohin geht ihr heute?«

Bartosz wandte sich ihnen zu. Er hatte etwas Verwegenes, mit diesem unverschämten Grinsen, der breiten Lücke zwischen den oberen Schneidezähnen und der dunklen Strähne, die ihm vorwitzig aus dem zerzausten kurzgeschnittenen Haarschopf ins Gesicht fiel. Er hatte sogar schon etwas Bart auf der Oberlippe und am Kinn, und vor allem wirkte er unglaublich selbstsicher. Dorián beneidete ihn.

»Zu den Caffetterias nach Trastevere«, sagte Bartosz und legte den Kopf in den Nacken, um zu den Wolken hinaufzublinzeln. »Der Regen hört bald auf. Wenn die Sonne rauskommt, werfen einem die feinen Leute die Centimi nur so hinterher.«

Auch Dorothy hob den Kopf und ließ den Regen in ihr Gesicht fallen. »Woher du das mit der Sonne bloß immer weißt.«

Bartosz grinste. »Hab ich in den Knochen. Ich spür's einfach. Ihr werdet schon sehen.« Er scheuchte seine Kinder in Richtung Straße. »Also dann! Viel Erfolg euch beiden! Kommt uns gern besuchen!« Er hob grüßend die Hand. »Willkommen in Rom, Dorián!« Und schon waren er und seine Gruppe zwischen den nahen Gebäuden verschwunden.

Dorothy tastete nach ihrer Kapuze, die ihr von den schwarzen Locken gerutscht war, und zog sie wieder über den Kopf. »Na gut«, sagte sie und stupste Dorián leicht mit der Spitze ihres Langstocks gegen den Fuß. »Auf geht's. Jetzt zeige ich dir unser Rom.«

Kapitel Zwölf

Csárdás aus Miskolc; ungarisches Traditional

In den Strassen von Rom, Latium, Italien

Rom, das begriff Dorián schnell, während er Dorothy kreuz und quer durch die verwinkelten Gassen folgte, war überwältigend in jeder Hinsicht. Es war prunkvoll und schmutzig, majestätisch und verfallen, strahlend und erdrückend. Und vor allem war es laut. Überfüllt und unfassbar lebendig. Die allgegenwärtigen Glocken verstummten niemals ganz und gaben ihm schon nach kurzer Zeit das Gefühl, sein Kopf müsse explodieren. Dass die Römer auf den Straßen umso lauter gegen das Läuten und Pferdegetrappel und Kutschengerumpel anschrien, machte es nicht besser. Dorián fühlte sich schon bald ein wenig verloren unter den hoch aufragenden Gebäuden und in dem Menschengewimmel, das ihm kaum Gelegenheit ließ, sich umzusehen, wenn er Dorothy nicht aus den Augen verlieren wollte.

Eine Sache aber hatte die Ewige Stadt trotz alldem an sich, die ihm sofort ein Gefühl von Vertrautheit vermittelte – und das waren die Katzen. Es zeigte sich, dass Bartosz mit seiner Vorhersage recht gehabt hatte: Nur kurz nachdem Dorián und Dorothy ihren Weg durch die Stadt begonnen hatten, brachen die ersten Sonnenstrahlen durch die Wolken, und mit den Sonnenstrahlen kamen auch die vierbeinigen Bewohner Roms aus ihren Schlupfwinkeln. Sie waren überall; auf jedem Sims, jeder Fensterbank und jedem noch so kleinen Sonnenfleck.

Auch in Bukarest hatte es viele Straßenkatzen gegeben. Dorián hatte sich ihnen immer näher gefühlt als den Menschen. Und natürlich war es Unsinn, aber er konnte nicht anders, als an jeder Ecke nach einem ganz bestimmten roten Kater Ausschau zu halten, der in den Straßen seiner jetzt so fernen Heimatstadt ein besonderer Freund und Vertrauter für ihn gewesen war.

Dorothy behielt die ganze Zeit ihre Kapuze über den Kopf gezogen, obwohl es inzwischen eher feuchtwarm-drückend als regnerisch war. Die Spitze ihres Stocks klapperte leise auf dem Pflaster. Zu Beginn ihrer Wanderung hatte Dorián gedacht, sie würde ihn mehr oder weniger ziellos durch die Stadt führen, damit er möglichst viel davon zu Gesicht bekam. Er begriff jedoch schnell, dass sie »Ich zeige dir *unser* Rom« nicht nur so dahingesagt hatte. Es waren weder die imposanten Ruinen, die er kennenlernen sollte, noch die prunkvollen Neubauten direkt daneben. Es war das Rom dahinter. Ein Rom, das tatsächlich Menschen wie Dorothy und den anderen Kindern aus dem Waldhaus gehörte, so wie Dorián die abgelegenen Gassen und Schleichwege durch die Hinterhöfe von Bukarest als *sein* Bukarest hätte bezeichnen können – bloß dass ihm das wohl nie in den Sinn gekommen wäre.

Von Zeit zu Zeit blieb Dorothy stehen, in einem düsteren Treppenaufgang, an einer Straßenecke oder am Rand eines der vielen prachtvollen Plätze, die sie überquerten.

»Jetzt schau hin«, sagte sie beim ersten Mal. Sie befanden sich auf einem Platz in einem der offensichtlich reicheren Viertel der Stadt. Ein riesiger Brunnen erhob sich hier vor einer palastähnlichen Fassade. Das Auffangbecken war eher ein See, und das Rauschen des Wasserspiels, das sich über die Marmorfiguren an seinem Rand ergoss, übertönte sogar die Glocken. Dorián starrte es mit offenem Mund an und musste sich zwingen, den Blick wieder loszureißen. Dorothy stand dicht neben ihm, so dicht, dass sich ihre Arme berührten, trotzdem musste sie fast schreien, um sich über das Wasser hinweg verständlich zu machen. »Und sag mir, was du siehst! Tomke und ihre Gruppe müssen hier irgendwo sein.«

Es war das zweite Mal an diesem Tag, dass sie Dorián auf diese Weise aufforderte, und spätestens jetzt begriff er, dass es ihr nicht darum ging, was er *sah*, sondern was es *für ihn zu sehen gab*. Also sperrte er die Augen auf und sah sich alles noch einmal genauer an.

»Da vorn an der Ecke sind ziemlich viele Menschen stehen geblieben«, sagte er und reckte den Hals, um es besser erkennen zu können. »Was gibt es da?«

»Geld«, erklärte Dorothy schlicht. »Sie putzen den feinen Leuten die Schuhe. Du würdest dich wundern, wie viele Centimi für ein bisschen Glanz zusammenkommen.«

Dorián wunderte sich tatsächlich. Kurzentschlossen kletterte er auf die niedrige Mauer, die das Brunnenbecken umschloss. Jetzt konnte er die Schuhputzer über die Köpfe der Menge hinweg entdecken. Sie hatten ein paar Klapphocker an einer Hauswand aufgestellt, mit kleinen Podesten davor. Auf den Stühlen saßen Damen in farbenfrohen Kleidern und Herren in schwarzen, grauen und karierten Anzügen, und sie alle streckten ihre Füße aus, damit ihnen die Kinder vor den Podesten die Schuhe bürsten und polieren konnten. Ein schlaksiges Mädchen mit flachsblonden Haaren hielt ein beschriftetes Schild in die Höhe und zeigte es in alle Richtungen. Währenddessen spazierten zwei weitere Kinder an der Reihe der Wartenden entlang, riefen mit großer Geste weitere Kundschaft heran und sammelten fleißig Geld ein.

Auf den zweiten Blick entdeckte Dorián allerdings auch noch etwas anderes. Einige der Kinder, die heute mit ihm auf dem Wagen gesessen hatten, hatten sich unter die Menge gemischt. Sie bewegten sich von hier nach da, ganz unauffällig, als wollten sie bloß sehen, was es jenseits der Menschen vor ihnen für eine Attraktion gab. Aber Dorián erkannte sofort, was sie wirklich taten. Schließlich hatte Oana oft genug versucht, es ihm beizubringen: Nichtsahnenden Passanten im richtigen Moment die Hand in die Tasche zu schieben und herauszuziehen, was immer dort zu holen war.

»Oh«, machte er leise und kletterte wieder vom Brunnen herunter. »Also, sie … das Schuheputzen ist eine Ablenkung für die anderen?«

Dorothy grinste. »Nicht nur. Es bringt auch für sich gutes Geld. Ich habe dir doch gesagt, es gibt viele Wege. Du wirst deinen auch finden.« Sie klopfte zweimal mit ihrem Stab auf den Boden und winkte Dorián, ihr wieder in die Gassen hinein zu folgen. »Los, gehen wir weiter. Das war erst der Anfang!«

Tatsächlich musste Dorián Dorothy schon bald recht geben. Es gab tatsächlich viele Wege. Nun, da er wusste, worauf er achten musste, entdeckte er immer wieder vage vertraute Gesichter in der Menge, auch ohne dass Dorothy ihn darauf aufmerksam machte. Unter den Fremdenführern, die Besuchern die Wunder der Stadt erklärten. Bei den Kindern, die den Marktbesuchern ihre Einkäufe heimtrugen. Am Flusshafen beim Flicken der Fischernetze, und sogar im Hinterhof einer Metzgerei begegneten sie einem von ihnen – Vittorio, ein schmächtiger Kerl, der dort die Herbstblätter zusammenkehrte und grinsend grüßte, als sie an ihm vorbeihuschten. Und ja, auch Taschendiebstahl und Betteln gehörte dazu. Doch je länger er Dorothy durch Rom folgte, desto besser begriff Dorián, dass die Ausflüge in die Ewige Stadt wirklich etwas ganz anderes waren als seine Streifzüge durch Bukarest. Viele der Kinder aus dem Waldhaus arbeiteten hier. Eine richtige, echte, bezahlte Arbeit. Etwas, von dem Dorián nie geglaubt hatte, auch nur träumen zu dürfen. Er hatte keine Worte für das, was mit dieser Erkenntnis in ihm wuchs. Aber mit jeder Möglichkeit, die sich vor ihm öffnete, schien ihn die Ewige Stadt mehr willkommen zu heißen.

Im Viertel Trastevere, in das Dorothy ihn am frühen Nachmittag führte, fielen ihm erneut die vielen Katzen auf. Sie lagen auf den Fenstersimsen, auf den Stühlen vor den Caffetterias, wo die Herbstsonne die verbliebenen Regentropfen längst aufgesogen hatte, und hockten in den Treppenaufgängen der engstehenden Gebäude. Einmal mehr fühlte Dorián sich ihnen sehr verbunden – diesmal, weil sie genauso hungrig aussahen wie er. Dorián fand es merkwürdig, dass ihn dieses Gefühl neuerdings so oft quälte. Bei Großmutter und Großvater war manchmal tagelang kaum etwas zu essen für ihn abgefallen, und selbst wenn es etwas gab, war es wenig und oft genug halb verdorben. Hunger war so ein Dauerzustand gewesen, dass er ihn schon gar nicht mehr bemerkt hatte. Seit er dieses Loch verlassen hatte und halbwegs regelmäßige Mahlzeiten bekam, kannte er plötzlich auch das Gefühl, *satt* zu sein. Und das war natürlich gut, nur war der Hunger, der darauf folgte, so anders. So *mehr*. So … nach *allem*. So drängend, dass Dorián es nur schwer schaffte, das Rumpeln und Ziehen im Bauch zu ignorieren. Er traute sich allerdings auch nicht, Dorothy nach Essen zu fragen. Auf dem Wagen hatte es Brot und Wurst und Äpfel für alle gegeben, also würden sie vielleicht bald wieder zusammen etwas essen. Zumindest hoffte er das.

In diesem Augenblick berührte Dorothy ihn am Arm, und er bemerkte, dass sie einmal mehr stehengeblieben war. Mitten auf der Straße diesmal. Ein Lächeln stahl sich auf ihr Gesicht. »Hörst du das? Bartosz ist immer noch hier.«

Zuerst wollte Dorián sagen, dass er nach wie vor gar nichts hörte außer einem undefinierbaren Brei aus lauten Geräuschen und Glocken und dem Knurren seines Magens. Aber darauf war er heute schon einmal fast hereingefallen, also schloss er den Mund wieder, lauschte noch einmal genauer … und hörte tatsächlich etwas. Ein zarter, geradezu schmelzender Klang; helle Töne wie ein Singen, hin und wieder durchsetzt von kleinen Trillern.

Er drehte sich zu Dorothy um. »Das ist Bartosz?«

Dorothy nickte. Das Lächeln spitzte immer noch aus ihren Mundwinkeln, kaum sichtbar und doch unverkennbar. »Allerdings. Er macht oft hier Musik. Zumindest, solange sie ihn lassen.«

Musik. Dieses Wort hatte Dorián bisher nicht gekannt, und er spürte, wie es fremd und neu in ihn hineinsickerte und sich mit dem Klang vermischte, den es beschrieb.

»Musik«, flüsterte er probehalber und schmeckte den Klang jetzt auch auf seiner Zunge.

Dorothy lachte. »Ja. Die Kirchenleute hassen ihn. Die Carabinieri und die Polizia auch. Aber die Menschen? Die lieben ihn. Anscheinend hat er heute Glück.«

Dorián bemerkte kaum, dass seine Füße sich wieder in Bewegung gesetzt hatten, in Richtung der Musik, wie automatisch im Gleichschritt mit den Tönen. Es war, als zögen sie ihn zu sich hin, und Dorián fühlte, wie es heller in ihm wurde, als hätte der Klang ein Licht in ihm angezündet. Je näher sie kamen, desto schneller schien die Melodie zu werden, bis sie tanzte und hüpfte, und auch Dorián wollte tanzen und hüpfen. Noch näher, und er hörte andere Stimmen heraus: das Klingeln von Schellen und etwas Tieferes, das dazu klopfte, und Dorián konnte plötzlich gar nicht schnell genug weiter herankommen. *Mehr. Mehr davon!*

Und dann sah er ihn: Bartosz, der auf einem kleinen Platz inmitten mehrerer gut besetzter Caffetterias in einem Kreis aus Passanten stand und seinen Koffer mit geöffnetem Deckel vor sich aufgestellt hatte. Gegen seine Schulter gedrückt trug er etwas, das wie ein in sanften Schwüngen geschnitztes Stück Holz aussah, mit einem langen schmalen Hals, über den sich vier Metallschnüre spannten. Bartosz wiegte sich zur Musik hin und her und strich dabei mit einem langen Stab über die Metallschnüre – und Dorián begriff, dass sie es waren, die sangen. Bartosz *brachte* sie zum Singen. Dazu schwangen und klopften und zupften mehrere der anderen Kinder mit Schellenringen und Rasseln und kleinen schnurbespannten Kisten. Die Kleinsten liefen derweil zwischen den Tischen der Caffetterias herum und sammelten Geld in ihren Mützen. Auch in Bartosz' Koffer hatten sich schon einige funkelnde Münzen angesammelt.

Als das Lied endete, klatschten etliche der Caffetteriagäste und Passanten Beifall, und auch Dorián konnte nicht anders, als in den Applaus einzustimmen. Bartosz verneigte sich tief in alle Richtungen. Dann grinste er zu Dorián hinüber und tippte sich grüßend an die Stirn, bevor er sich artig bei den Menschen bedankte, die herankamen, um mehr Geld in seinen Koffer zu werfen. Nach und nach zerstreute sich das Publikum. Nur Dorián blieb stehen – und erst jetzt fiel ihm auf, dass sich auch Dorothy wie selbstverständlich wieder zu ihm gesellt hatte. Als die meisten Passanten weitergezogen waren und auch die Gäste an den Tischen sich wieder ihren Getränken und Gesprächen zugewandt hatten, berührte sie Dorián kurz am Ärmel, ehe sie zu Bartosz und seiner Gruppe hinüberging, die gerade dabei waren, ihre Sachen zusammenzuräumen.

»*Szervusztok*«, sagte Bartosz und grinste von unten zu ihnen herauf, während er das Geld aus seinem Koffer klaubte und es in ein kleines Säckchen klimpern ließ. »Wie schön, euch hier zu sehen. Und die *lány* hat einen neuen Verehrer. Wer hätte das gedacht?« Er zwinkerte Dorián schelmisch zu.

Dorián spürte, wie ihm das Blut in die Wangen schoss. Er war sich nicht ganz sicher, was Bartosz meinte. Oder wen. »Ich … also …«

Bartosz lachte. Seine dunklen Augen blitzten vergnügt dabei. »Du brauchst es gar nicht erst zu leugnen. Du warst auf den ersten Blick in sie verliebt, so wie du sie anstarrst. Keine Scham, ging mir auch so. Hast wohl noch nie eine Violine gesehen?« Er streckte Dorián das Instrument entgegen. »Hier, du darfst sie für mich halten. Aber sei bloß zärtlich zu ihr.«

»Eine Violine«, murmelte Dorián und spürte ein seltsames Gefühl durch sich hindurchrieseln, als er zögerlich nach dem schlanken Hals griff. *Noch so ein schönes Wort.*

Die Violine lag überraschend leicht in seiner Hand, und als er näher hinsah, erkannte er, dass sie von innen hohl war. Das Holz war alt und abgegriffen, doch es schimmerte in der Herbstsonne, und Dorián dachte, vielleicht noch nie etwas so Hübsches und Wertvolles in der Hand gehalten zu haben.

»Hattet ihr heute keinen Ärger mit den Stadtwachen?«, fragte Dorothy neben ihm.

Bartosz lachte wieder. »Doch, und ob. Die Carabinieri haben uns richtig aufs Korn genommen. Wir sind mehr gerannt, als dass wir gespielt haben. Dauert sicher nicht lange, bis sie auch hier auftauchen.« Er sah zu Dorián. »Also, wenn du Soldaten mit breiten Hüten und roter Seitennaht an den Hosen siehst, schlag sofort Alarm, klar?«

Dorián nickte abwesend. Er starrte immer noch auf die Violine in seiner Hand. Mit einem Mal spürte er ein fast schmerzhaftes Bedürfnis, sie ebenso zum Singen zu bringen, wie Bartosz es getan hatte.

»Na, am Ende hat es sich trotzdem gelohnt«, sagte Bartosz derweil zufrieden und ließ den prall gefüllten Geldbeutel in seiner Kleidung verschwinden. Dann stand er auf, streckte sich und nahm Dorián die Violine wieder ab, um sie in den nun leeren Koffer zu legen. »Wir machen Schluss für heute und gehen zum Markt auf der Piazza Navona. Kommt ihr mit?«

Dorothy runzelte ein wenig die Stirn und drehte ihr Gesicht mit geschlossenen Augen zur Sonne. »Schluss für heute? Es ist doch noch früh.«

Bartosz' Grinsen verlosch, als hätte jemand eine Kerze ausgepustet. »Haben sie es dir nicht gesagt? Heute Abend ist eine Musterung angesetzt. Wir müssen rechtzeitig zurück sein.«

Dorothy wandte sich ihm wieder zu, doch sie antwortete nicht. Ein kurzes, seltsam unbehagliches Schweigen entstand. »Nein«, sagte sie endlich. »Haben sie nicht.«

Bartosz ließ ein leises Geräusch hören, das an einen knurrenden Hund erinnerte. Erneut traf sein Blick auf Dorián – aber diesmal lag kein Lachen darin. »Seinetwegen vermutlich.«

Dorián konnte Dorothys Miene nicht deuten. »Möglich«, sagte sie leise und schloss ihre Hand kurz zur Faust. »Oder wegen Céleste.«

Ein nervöses Flattern regte sich in Doriáns Brust. Was war denn plötzlich los? Seinetwegen … seinetwegen was? Doch bevor er Gelegenheit bekam nachzufragen, leuchtete Bartosz' Grinsen genauso schnell wieder auf, wie es zuvor verschwunden war.

»Außerdem«, erklärte er und streifte sich den Riemen seines Violinkoffers quer über die Schulter, »haben sie auf dem Markt heute eine neapolitanische *Maccaronara* aufgebaut. Das lassen wir uns nicht entgehen! Hast du schon mal *Maccarùni 'o Roje 'e Garibarde* gegessen, Dorián?«

Dorián schüttelte den Kopf, jetzt noch verwirrter als vorher, und Bartosz lachte. »Dann musst du unbedingt mitkommen. Du auch, Dorothy. Es gibt nichts Besseres auf der Welt!« Er klatschte in die Hände, um seine Gruppe zu sammeln. »Also, ihr Spielleute – jetzt wollen wir Essen fassen! *Indulás!*«

Kapitel Dreizehn

Der Vampyr: Ouverture; Heinrich Marschner

In der Nähe von Mentana, latianisches Hügelland, Latium, Italien

Als die Pritschenwagen in der letzten Herbstdämmerung auf den Hof vor dem Waisenhaus rollten, hatte Dorián den eigentümlichen Moment auf dem Platz in Trastevere längst wieder vergessen. Zu viele überwältigende Eindrücke waren an diesem Tag noch über ihn hinweggeschwappt. Der Markt auf der Piazza Navona mit seinen vielen bunten Ständen, wo sie – wie von Bartosz versprochen – *Maccarùni* gegessen hatten: lange, gekochte Teigschnüre, die vor geschmolzenem Käse und Tomatensoße nur so tropften. Sie aßen mit der Hand und ließen die *Maccarùni* über ihren weit aufgesperrten Mündern baumeln, bis ihre Gesichter rot gesprenkelt waren, und Dorián hatte ganz bestimmt noch nie im Leben so sehr gelacht. Es fühlte sich an, als könnte er sich daran gewöhnen, und es war ein wunderbares Gefühl.

Auf dem Heimweg im Wagen dann hatte nicht nur Dorothy, sondern auch Bartosz neben ihm gesessen. Bartosz hatte Dorián noch einmal die Violine gezeigt und einen nicht unbeträchtlichen Teil der Fahrt damit verbracht, ihnen allen etwas vorzuspielen. Es waren Tanz- und Wiegenlieder, erklärte er Dorián, die er in Ungarn gelernt hatte, von dort hatte der Herr Gregor ihn nämlich geholt. Aus einem Feuer gerettet, in dem die Wagen der Schaustellertruppe abgebrannt waren, bei denen Bartosz gelebt hatte, mitsamt den meisten Menschen darin. Er erzählte das, als sei gar nichts weiter dabei, als sei es vielleicht sogar jemand ganz anderem passiert, aber Dorián ahnte, dass auch Bartosz dieses Lachen kannte, das man lachte, um nicht weinen zu müssen. Außerdem hatte er den Eindruck, dass Bartosz dem Herrn Gregor nicht im Geringsten dankbar war für seine Rettung, und auch darin fühlte Dorián sich ihm überraschend verbunden. Zwischen ihm und Dorothy auf dem Wagen zu hocken, war schön. Sogar irgendwie mehr, aber Dorián hatte kein anderes Wort dafür.

Weil der Regen auch am Abend ausgeblieben war, hatten sie die Plane abgespannt, und die Dämmerung über den Hügeln leuchtete rosengold und tiefblau, gesprenkelt mit den ersten Sternen. Und während er lauschte, wie Bartosz erneut die Violine singen ließ, hätte Dorián es sogar noch lieber endlich selbst einmal versucht, doch er traute sich nicht, die Musik zu unterbrechen. Auch die anderen Kinder wurden still und saßen ganz ruhig, solange Bartosz spielte, und das konnte nicht nur an der Müdigkeit liegen. Erst als der letzte Ton verklang und Bartosz die Violine mit zärtlicher Vorsicht zurück in ihren Koffer legte, begann das Plappern und Lachen nach und nach erneut. Es war magisch.

Als sie allerdings schließlich vom Wagen in den Hof sprangen und das unerwartet hell erleuchtete Waisenhaus vor sich sahen, holte das mulmige Gefühl Dorián unangenehm rasch wieder ein.

»Heute Abend ist eine Musterung angesetzt«, hatte Bartosz in Trastevere gesagt und ihn so ungewöhnlich finster angesehen. *»Seinetwegen vermutlich.«* Und auch jetzt hatte er das Gesicht so grimmig verzogen, dass sich seine Brauen über der Nasenwurzel trafen. Die Dunkelheit auf dem Hof löschte jede Freundlichkeit aus seinen Augen und ließ ihn älter und härter wirken.

»Sie sind schon da.« Er sprach mehr mit Dorothy und Lidia – einem zierlichen Mädchen mit weißer Haut und glatten schwarzen Haaren, die ebenfalls zu den älteren Kindern gehörte und auf ihrem Wagen mitgefahren war. Die Schwere in seinen Worten ließ Dorián trotzdem schaudern.

»Ja«, murmelte Dorothy und wandte den Kopf hinüber zum Haus. Sie hatte sich die Kapuze besonders tief in die Stirn gezogen. Eine ihrer Hände legte sich leicht auf Doriáns Oberarm. »Kann er heute Abend bei euch bleiben? Ich möchte ihn dabei nicht in meiner Nähe.«

Bartosz und Lidia tauschten einen Blick, den Dorián nicht deuten konnte, aber gemeinsam mit Dorothys Worten bewirkte er, dass sich sein Magen unangenehm zusammenzog.

»Willst du dich wieder weigern?«, fragte Lidia. Ihre Stimme klang ein wenig dünn.

Dorothy lachte ein seltsam freudloses Lachen. »Mir von Verräterbella eine Spritze verpassen zu lassen? Darauf könnt ihr Gift nehmen.«

Bartosz seufzte tonlos. Er sah gar nicht glücklich aus, und für einen Moment glaubte Dorián, er würde widersprechen. Dann legte er flüchtig die Fingerspitzen an Dorothys Wange. »Wir sind immer hinter dir.«

Ein Lächeln huschte in den Schatten der Kapuze um Dorothys Mundwinkel. Sie hob die Hand, um ihre Finger in derselben Geste an Bartosz' Wange zu legen. »Ich weiß.«

Sie drehte sich zu Dorián um. »Bleib bei Bartosz und Lidia. Du kannst ihnen vertrauen. Wir sehen uns später.«

Und noch bevor Dorián etwas dazu sagen oder auch nur denken konnte, war sie zwischen den anderen Kindern verschwunden, die jetzt nach und nach ins Haus strömten. Es war seltsam ruhig dabei. Niemand redete mehr, niemand lachte oder sang. Stattdessen hing eine fast greifbare Spannung über ihnen, als wüssten sie bereits, was sie erwartete.

Wussten sie vermutlich auch. Nur Dorián wusste es nicht, und das machte ihn vielleicht noch nervöser als das, was tatsächlich vor ihm lag.

Bartosz musterte Dorián mit einem langen, immer noch so beunruhigend düsteren Blick. »Na, dann komm«, sagte er. »Renu, Timo, Lyra, Miki – ihr auch. Bleibt zusammen und bei mir!« Er wandte sich an Lidia. »Wir gehen schon vor und warten drinnen auf euch.«

Lidia nickte. »Ist gut. Bis gleich.«.

Dorián folgte Bartosz und seiner Gruppe ins Haus und den Gang hinunter, an den Schlafsälen vorbei, die in entgegengesetzter Richtung zur Küche und Speisekammer lagen. Beim Ausfegen am Tag zuvor war ihm hier eine Tür aufgefallen, die als einzige im Haus abgeschlossen gewesen war. Heute stand sie weit offen, und dahinter war es so hell, dass Dorián dagegen anblinzeln musste.

Als sich seine Augen an das Licht gewöhnt hatten, erkannte er einen Raum, der sogar noch größer war als das Speisezimmer mit den langen Holztischen. An der hinteren Wand waren drei Kabinen aus blassgelben Vorhängen aufgebaut, die von langen Metallgestängen hingen. Vor jeder Kabine gab es einen Tisch, auf dem je ein Kasten voller Papierkarten stand. Es waren schon etliche Kinder im Raum, aber es kamen immer noch mehr. Immer noch so unheimlich ruhig.

»Was passiert denn jetzt?«, flüsterte Dorián Bartosz zu. Über die Köpfe der anderen hinweg suchten seine Augen wie von selbst in der Menge nach Dorothy – vergeblich.

»Sie überprüfen unseren Gesundheitszustand und nehmen Blutproben«, antwortete Bartosz ebenso leise. »Keine Angst, es ist nur ein kleiner Schnitt in den Arm. Guck nicht hin und versuch dich zu entspannen, dann tut es fast nicht weh.«

»Fast nicht«, echote Dorián und hoffte, Bartosz würde im nächsten Moment lachen und ihm erklären, dass er nur einen Scherz gemacht hatte.

Bartosz lachte nicht. Dorián sah, wie auch sein Blick suchend durch den Raum huschte.

»Aber warum machen sie das denn überhaupt?«

»Sie suchen die besten Kinder für ihre Familie. Oder für andere.« Diesmal war es Lidia, die ihm antwortete. Sie hatte sich gerade mit ihrer Gruppe wieder zu ihnen gesellt.

»Da seid ihr ja.« Bartosz wandte sich zu ihr um. »Seid ihr die Letzten?«

Lidia zuckte die Schultern. Ihr spitzes Kinn war sichtlich angespannt. »Ich hab Dorothy nicht gesehen. Sonst schon, denke ich.« Sie wandte sich wieder an Dorián. »Was ich sagen wollte: Sie machen diese Musterungen regelmäßig zweimal im Jahr, und manchmal … einfach so. Wenn jemand Neues ins Haus gekommen ist, zum Beispiel. Außerdem fangen sie danach oft an, jemanden in die Villa rüberzurufen. Oder es kommen Leute zur Adoption.«

Dorián riss verwirrt die Augen auf. »Adoption? Was ist das?«

Lidia zuckte erneut die Schultern. Ihre Stimme klang allerdings nicht so gelassen, wie sie es vielleicht vorgehabt hatte. »Jemand wird von hier weggeholt und in eine fremde Familie aufgenommen.«

»Aber …«

»Psst«, zischte Bartosz. »Später. Es geht los.«

Tatsächlich wurden in diesem Moment die Vorhänge beiseitegezogen, und aus den Kabinen kamen sechs Personen in feinen Kleidern, um sich paarweise hinter den Tischen aufzustellen. Ganz links erkannte Dorián den jungen Kutscher Mateo, der ihn und Herrn Gregor vor einigen Tagen im Hafen von Ancona abgeholt hatte. Dorián hatte immer gedacht, dass Mateo gar nicht so viel älter sein konnte als er selbst. Jetzt, wo Mateos Haar nicht vom Fahrtwind zerzaust, sondern makellos gescheitelt und gekämmt war und er nicht die warme Kutscherkleidung, sondern einen Anzug trug, war er sich dessen jedoch nicht mehr so sicher. Sie hatten noch nie ein Wort miteinander gewechselt. Seine Augen kannte Dorián allerdings schon gut. Sie waren wie die vom Herrn Gregor: Sie gaben ihm das Gefühl, sich nicht verstecken zu können.

Rasch ließ er seinen Blick weiterwandern. Die Person neben Mateo, und auch die beiden an dem mittleren Tisch, hatte Dorián noch nie gesehen. Aber ganz am anderen Ende der Reihe, das war …

»Céleste!«, rutschte es ihm heraus. Zu laut in dem trotz der vielen Kinder zu stillen und doch unruhigen Raum, in dem alle anderen höchstens flüsterten und tuschelten.

Jetzt sahen sie sich um. Erst nach ihm – und dann nach Céleste, die zusammen mit einer anderen jungen Frau hinter dem Tisch ganz rechts stand und mit hochrotem Kopf das Kinn vorreckte. Ihre hellen Augen glitzerten verdächtig. In dem hübschen hellen Spitzenkleid, die Haare aufwendig geflochten und aufgesteckt, sah sie ganz anders aus als das Mädchen, dem Dorián im Speiseraum begegnet war. Und Dorián spürte plötzlich den Drang, zu ihr zu stürzen und ihr unendlich viele Fragen zu stellen. Was seit gestern passiert war, ob sie es geschafft hatte, ob es im Haus so war, wie sie es sich gewünscht hatte, ob sie jetzt wirklich dauerhaft dort bleiben würde, und …

Da spürte er eine Hand, die sich mit schmerzhaft festem Griff um seine Schulter schloss. »Still«, zischte Bartosz. »Wir reden nicht mit denen, wenn wir nicht müssen.«

Dorián warf ihm einen verblüfften Blick zu. Bartosz sagte das, als würde er Céleste gar nicht kennen, als hätte sie nicht bis gestern noch mit ihnen hier gelebt. Und als er sich verwirrt umsah, fiel ihm auf, dass sich auch die anderen Kinder wieder abwandten, kaum dass der Schreck über seinen Ausruf überwunden war; wegsahen, überallhin, nur nicht nach vorn.

Wir, sagte Dorothy mit ihrer Nachtwindstimme in Doriáns Kopf. *Weil* wir *eine Familie sind*. Und Dorián dachte, dass er allmählich vielleicht zu ahnen begann, was sie damit meinte. Die Familie, das waren aus Dorothys Sicht die Kinder im Waldhaus. Wer in der Villa lebte, gehörte nicht mehr dazu. Warum nur? War das wirklich so schlimm?

»Aber sie ist doch eine von uns«, flüsterte er zurück und hoffte geradezu verzweifelt darauf, dass Bartosz ihm das trotz allem bestätigen würde. »Oder nicht?«

Bartosz allerdings verzog nur grimmig den Mund. »Sie hätte es bleiben können«, murmelte er düster. »Wenn sie gewollt hätte.«

Dorián öffnete den Mund und schloss ihn wieder. Es klang so hart, so … endgültig. War es wirklich das, was Céleste gewollt hatte? War das wirklich *gerecht*?

»Das gilt übrigens für alle da vorn«, bemerkte Bartosz noch leiser, und unverkennbar bitter. »Meryem, Paula, Samuel … und Anabella und Mateo. Die vor allem. Sie haben sich nicht nur für die Villa entschieden, sondern gegen uns.« Seine Hand an Doriáns Schulter griff fester zu. »Ich will dich dort nie sehen, hörst du?«

Dorián nickte. Zu sprechen versuchte er erst gar nicht, so dick war der Klumpen, der in seiner Kehle steckte.

In diesem Moment trat die junge Frau vor, die bisher neben Céleste gestanden hatte. Sie trug ein hochgeschlossenes goldgelbes Kleid, das die warmen Brauntöne ihrer Haut und ihrer Augen betonte. Dorián fragte sich unwillkürlich, wie ihr Blick trotzdem so kalt sein konnte.

»Also, ihr wisst, was zu tun ist.« Auch ihre Stimme klang kühl. Distanziert, fast gelangweilt. »Bitte keine Aufstände, kein unnötiges Gejammer und keine Trödeleien, wir wollen das hier zügig hinter uns bringen. Fangt an.«

Damit verschwand sie wieder hinter den Vorhang ihrer Kabine, genau wie Mateo und eine der jungen Frauen, die am mittleren Tisch gestanden hatten. Für etliche Sekunden legte sich angespannte Stille über den Raum, in der Dorián sein eigenes Herz ungewohnt heftig in seiner Brust und bis hinauf in seine trockene Kehle pochen spürte.

Dann griff die verbliebene Frau am mittleren Tisch in den Zettelkasten vor sich und zog eine Karte heraus, um sie vor sich zu legen. »Renu«, sagte sie und richtete den Blick auf ein Mädchen mit runden Wangen und langen schwarzen Zöpfen. Eines der Kinder aus Bartosz' Gruppe. Die anderen machten Platz, als Renu mit zögernden Schritten nach vorn trat. Als sie an Dorián vorbeiging, sah er, dass sie zitterte.

»Wilhelm«, sagte der Mann, der am Tisch ganz links zurückgeblieben war, und ein schlaksiger sommergebräunter Junge mit hellbraunen Locken schob sich nach vorn, ebenso zögernd wie Renu.

Schließlich griff auch Céleste in ihren Kasten. Starrte auf die Karte, die sie gezogen hatte, und atmete mehrmals sichtbar tief ein und wieder aus.

»Dorothy«, sagte sie mit bebender Stimme.

Unruhiges Murmeln schwoll an. Sonst geschah nichts.

Ein erschrecktes Kieksen riss Doriáns Aufmerksamkeit an sich. Er wandte sich um und erkannte, dass es von Renu gekommen war. Die Frau am Tisch hatte ein Maßband um ihre Brust gelegt und es offenbar zu straff festgezogen.

»Stell dich nicht so an«, hörte Dorián sie knurren, als sie Renu danach recht grob auf eine große Waage schob. Neben ihr am linken Tisch wurde Wilhelm die gleiche Behandlung zuteil. Er wimmerte leise, während der Mann an verschiedenen Körperstellen seine Maße nahm.

»Na geht doch. Du kannst rein zur Blutabnahme.«

Wilhelm weinte jetzt richtig. Dorián begann zu schwitzen.

Ich will das nicht. O bitte, ich will das nicht!

»Dorothy!« Célestes Stimme hatte derweil einen nervösen Unterton angenommen. »Du bist dran, komm bitte vor.«

»Und dann?«, sagte eine Stimme wie der Nachthimmel ohne Sterne. Einmal mehr drehten sich alle um. Und jetzt endlich entdeckte Dorián Dorothy, die im hinteren Teil des Raums bei der Tür stand. War sie die ganze Zeit dort gewesen? Oder war sie erst gerade hereingekommen? »Willst du mich zwingen, dir mein Blut zu geben? Davon habt ihr längst genug.«

Céleste zitterte jetzt sichtlich vor Anspannung – vielleicht sogar noch mehr als Renu oder Wilhelm. »P-paula?« Sie warf einen Hilfe suchenden Blick zum Nebentisch. »Samuel?«

Paula und Samuel wechselten einen Blick.

»Damit musst du klarkommen«, sagte Paula und notierte Renus Gewicht auf der Karte. »Du kannst reingehen.« Sie griff erneut in ihren Zettelkasten. »Olivia.«

Auch Samuel zuckte bloß die Schultern, drückte Wilhelm seine Karte in die Hand. »Los, geh.« Ein Griff in den Zettelkasten, und sein suchender Blick fand … »Dorián.«

Dorián war wie versteinert. Er starrte noch immer Dorothy an, die sich ebenfalls nicht rührte. In der mittleren Kabine hörte er Renu einen kurzen, spitzen Schrei ausstoßen und nebenan Wilhelm, der inzwischen wild schluchzte.

Nein, nein, nein, ich will das nicht!

»Dorothy!«, rief Céleste, jetzt mit einem schrillen Unterton. »Ich habe gesagt …«

In diesem Moment wurde der Vorhang der dritten Kabine beiseitegerissen, und die Frau mit dem kalten Blick stürmte heraus. »Dorothy!«, fauchte sie. »Céleste hat gesagt, du sollst nach vorn kommen zur Untersuchung. Du wirst dem jetzt folgen, oder ich werde dafür sorgen, dass du gehorchst.«

»Weil *ausgerechnet* du es sagst, Anabella?« Dorothy lachte rau. Langsam, Schritt für Schritt kam sie zwischen den rasch zurückweichenden Kindern hindurch nach vorn, bis nur noch der Tisch sie und Anabella voneinander trennte. Die Luft zwischen den beiden schien förmlich zu knistern.

»Hör mir mal gut zu«, raunte Dorothy. »Selbst wenn es das Letzte ist, was ich tue: Ich lasse mich nicht von dir anrühren. Nicht hier draußen und nicht da drin. Und von Céleste schon gar nicht. Sie könnt ihr vielleicht zu einer Puppe machen. Aber mich nicht.«

Anabella zischte und bleckte die Zähne. »Hör endlich auf mit dem überheblichen Getue.« Sie hatte erstaunlich spitze Eckzähne. Dorián schauderte unwillkürlich. »Céleste ist jetzt eine von uns. Und du wirst das eines Tages auch.«

Dorothy schlug mit beiden Händen auf die Tischplatte, dass der Zettelkasten wackelte und bedenklich nah an die Kante schlitterte. »*Nein.*«

Mehr sagte sie nicht, doch das Wort schien den ganzen Raum zu füllen. Céleste war sehr klein und blass geworden und versteckte sich hinter Anabella wie ein verschreckter Geist.

Doch anders als sie wich Annabella nicht zurück. »Du hast recht«, flüsterte sie mit einem triumphierenden Lächeln. »In Wahrheit bist du es nämlich längst.«

Die Luft im Raum verdichtete sich. Es war, als würde die Zeit selbst tief Atem holen, und Dorián spürte, wie sich Bartosz' Finger schmerzhaft in seine Schulter gruben.

»Dorothy.« Die tiefe Stimme kam von der Tür her. »Lass das.«

Dorián wollte sich umdrehen. Sehen, wer dort sprach, obwohl er es ohnehin längst wusste. Diese Stimme hätte er überall wiedererkannt. Die Art, wie sie ihn mit einem Wort völlig bewegungslos machte. Während der Reise von Bukarest hierher hatte er sie so oft gehört. So nah. Dieses Flüstern, das für immer in seinem Ohr sein würde.

Auch dich komme ich bald holen.

Dorián fröstelte. Aber heute war er nicht seinetwegen hier. Oder doch? Er konnte sich noch immer nicht rühren.

»Herr Gregor«, flüsterte Anabella und senkte sofort den Blick.

Dorothy nicht. Sie drehte sich allerdings um. Hob das Kinn und starrte Herrn Gregor entgegen, der sich mit samtig weichen Schritten näherte.

»Sei brav, Dorothy. Niemandem geschieht etwas.«

Langsam und zittrig, als müssten ihre Finger einen straffen Faden aufspannen, öffnete Dorothy ihre zu Fäusten geballten Hände. Dorián konnte ihren schweren Atem sehen, wie er ihren Brustkorb weitete und ihre Schultern hob, so mühsam gelang es ihr, Luft zu holen. Zugleich löste sich der Druck auf Doriáns Brust, und auch das Gefühl, von einer riesigen Faust in den Boden gepresst zu werden, lichtete sich.

»Gutes Mädchen. Jetzt komm. Komm zu mir.«

Dorothy verzog mit sichtbarem Abscheu das Gesicht. Dann machte sie einen widerwilligen Schritt nach vorn.

In diesem Moment spürte Dorián eine blitzschnelle Bewegung hinter sich, und noch ehe er sich umdrehen konnte, war Bartosz an ihm vorbei auf Herrn Gregor zugesprungen, packte ihn an seinem feinen Kragen und knurrte ihn an wie ein wütender Hund. »Lass sie in Ruhe! Sie muss nicht mit dir gehen. Ihr könnt uns zu nichts zwingen.«

Die unnatürliche Stille war zerrissen, obwohl noch immer niemand etwas zu sagen wagte. Irgendwo weinte jemand leise.

Herr Gregor aber strich nur mit einer ruhigen, unerbittlichen Bewegung Bartosz' Finger von seiner Jacke. »Ach Bartosz. Das wollen wir doch auch gar nicht. Wir wollen, dass ihr aus freiem Willen zu uns kommt – sofern ihr es wert seid.« Sein Blick glitt an Bartosz vorbei. Und jetzt, endlich, richtete er sich auf Dorián.

»Seinetwegen vermutlich«, klangen Bartosz' Worte in Doriáns Kopf.

»Für heute reicht es nun aber wirklich mit der Aufsässigkeit. Also komm bitte, Dorothy. Und du, Bartosz, pass mir derweil gut auf den kleinen Engel auf. Die Violine wird ihm fabelhaft stehen.«

Da spuckte Bartosz aus, direkt auf einen der glänzend schwarzen Schuhe. »Hau bloß ab.«

»Bartosz!« Auch Dorothy hatte sich wieder gefangen. Mit ein paar schnellen Schritten war sie neben ihm und griff nach seiner Hand. »Ist schon gut. Ich komme wieder. Ich verspreche es.« Und mit einem einzigen federleichten Schritt war sie an Bartosz vorbei und stellte sich neben Gregor.

Der Herr Gregor lächelte. Es lag kein Triumph darin. Er lächelte wie einer, der die ganze Zeit schon gewusst hatte, dass er seinen Willen bekommen würde. Langsam neigte er sich ein Stück zu Bartosz und flüsterte ihm etwas ins Ohr.

Bartosz' Augen weiteten sich. Für einen Moment wirkte er wie erstarrt, alle Wut und Aggressivität wie eingefroren. Dann erschlafften seine Schultern und er taumelte zurück.

»Gib ihm zwei, Anabella«, sagte Herr Gregor. »Ich fürchte, er braucht es.«

Und während Anabella und der Mann namens Samuel hinter ihren Tischen hervorkamen und den jetzt völlig widerstandslosen Bartosz an den Armen fassten, um ihn in Anabellas Kabine zu führen, drehte sich Herr Gregor um und verließ den Raum so lautlos, wie er gekommen war. Dorothy folgte ihm.

Kapitel Vierzehn

»Nincsen annyi tenger csillag«; ungarisches Traditional

IN DER NÄHE VON MENTANA, LATIANISCHES HÜGELLAND, LATIUM, ITALIEN

Entspann dich. Wie oft soll ich dir das noch sagen?« Das fedrig weiche Ende eines getrockneten Grashalms kitzelte Doriáns linke Handkante. »Du hältst sie viel zu verkrampft, so kann das nichts werden mit euch beiden. Sie möchte sanft angefasst werden.«

Dorián presste die Lippen zusammen und atmete angestrengt durch die Nase ein und wieder aus. Er versuchte es ja. Er versuchte wirklich, die Hand locker zu lassen, mit der er die Violine hielt – so dass eine Maus zwischen dem Daumenballen und dem Hals des Instruments über seine Handfläche laufen könnte, wie Bartosz es ihm gesagt hatte. Doch er hatte genug damit zu tun, seine von der Winterkälte steifgefrorenen Finger in die richtige Haltung zu biegen, und die Kante des hölzernen Korpus drückte ihm selbst durch die vielen Lagen dicken Wollstoff unangenehm aufs Schlüsselbein.

»Der Wagen ruckelt zu sehr«, murmelte er, doch der Trotz geriet nur halbherzig. Weil er zu viel Angst hatte, dass Bartosz den Unterricht am Ende wieder aufgeben würde. Bevor er das riskierte, ließ er lieber täglich diese unbarmherzige, bisweilen furchtbar piesackende Kritik über sich ergehen. Und wenn Bartosz »täglich« sagte, dann meinte er es auch. Auf jeder ihrer Fahrten nach Rom und auch auf dem Rückweg gab er sich alle Mühe, Dorián den *Csárdás* beizubringen, in den er sich an seinem ersten Tag in der Stadt so verliebt hatte. Bisher allerdings mit mäßigem Erfolg, wie Dorián eingestehen musste, obwohl jener Tag inzwischen schon mehr als drei Wochen zurücklag.

»Es liegt *immer noch* nicht am Wagen, dass es nicht klappt, und auch nicht an der Kälte oder deinem eingeschlafenen linken Fuß«, sagte Bartosz jetzt, zog sich die Kapuze tiefer in die Stirn und grinste, dass die Lücke zwischen seinen Schneidezähnen selbst im Dunkel des Winterabends zu sehen war. »Keine Sorge, du wirst schon besser.« Er wandte sich an die anderen Kinder auf dem Wagen. »Findet ihr nicht auch? Er wird doch schon besser.«

Renu mit den langen Zöpfen verzog gequält das Gesicht und vergrub die vor Kälte gerötete Nase tiefer in ihrem Schal. »Nein«, erklärte sie unverblümt. »Eigentlich klingt es jeden Tag schrecklicher.«

»Ja, kannst du nicht wieder für uns spielen, Bartosz?«, warf ein pausbäckiger Junge namens Miki ein. »Wir wollen Dorián nicht mehr hören, seine Töne kratzen so.«

Nun fehlte tatsächlich nicht viel und Dorián wäre trotz des ruckelnden Wagens aufgesprungen. Von Bartosz konnte er Kritik wegstecken. Von den anderen …

Bartosz derweil lachte nur laut auf. »Wie soll ich das denn anstellen, wenn er doch die Violine hat? Außerdem habe ich mir schon den ganzen Tag in der Stadt für euch die Finger abgefroren. Ich für meinen Teil höre ihn übrigens gern spielen. Es ist sehr individuell.« Und noch bevor Dorián entscheiden konnte, ob das nun ein ernst gemeintes Lob oder doch wieder nur Spott war, beugte Bartosz sich zu ihm hin und musterte aus prüfend verengten Augen sein Gesicht. »Du wirst übrigens nie locker werden, wenn du immer so die Zähne zusammenbeißt. Fang am besten dort an, dich zu entspannen. Und gib solange den Bogen her. Du kannst die Melodie auch ein paarmal zupfen zur Abwechslung.«

Der Ärger entwich Dorián in einem schweren Ächzen. »Aber«, protestierte er. »Es ist dunkel, ich kann die Markierungen nicht sehen. Ich weiß nicht, wo ich meine Finger hinsetzen soll.«

Bartosz seufzte. »Ach Dorina, Dorina.« Er verschränkte die Arme hinter dem Kopf, steckte seinen Grashalm zwischen die Lippen und lehnte sich gegen die schaukelnde Wagenplane zurück. »Wo soll das nur hinführen mit dir?«

Darauf wusste Dorián keine Antwort. Er wäre doch schon zufrieden gewesen, wenn ihm wenigstens ein paar wenige nicht-kratzende Töne gelungen wären. Natürlich hätte er auf Bartosz hören und zuerst etwas Einfacheres lernen können. Aber er hatte es sich in den Kopf gesetzt, dass dieser *Csárdás* sein erstes Lied auf der Violine sein musste, also tat er, was Bartosz ihm sagte, und übte. Und übte. Und übte.

Als der Hof des Waisenhauses in Sicht kam, nahm Bartosz ihm die Violine weg. Die Lieder, so sagte er oft, waren nur für die Familie. Dorián fand das schade, er hätte gern mehr geübt. Zum Glück war die nächste Fahrt nach Rom nie weit entfernt. Außerdem, was noch viel wichtiger war, bedeutete es auch, dass sich der Moment näherte, in dem sie Dorothy wiedersehen würden. Seit jenem Abend, an dem sie sich gegen Anabella gestellt hatte und sogar dem Herrn Gregor entgegengetreten war, begleitete sie die Wagen nur noch selten. Und Dorián konnte nicht aufhören, daran zu denken, was Lidia über die medizinischen Musterungen gesagt hatte: dass danach oft eines der Kinder hinüber in die Villa gerufen oder *adoptiert* wurde. Daran, wie Céleste in die Villa gegangen und nie ins Waldhaus zurückgekehrt war. Würde es mit Dorothy auch so sein? Dorián wollte, er hoffte, er fürchtete … so sehr, dass die Antwort Nein lauten musste, aber in Wahrheit doch eine andere war. Deshalb konnte er kaum beschreiben, wie überwältigend es ihn jedes Mal erleichterte, wenn er ihre Silhouette im hell erleuchteten Rechteck der geöffneten Tür zum Waisenhaus entdeckte, wie sie dort stand und auf ihre Rückkehr wartete.

»Ihr seid spät heute«, sagte sie, als Bartosz hinter Dorián vom Wagen sprang und sie sich auf halbem Weg zwischen dem Haus und dem Stall begegneten. Die anderen Kinder liefen bereits an ihnen vorbei ins Warme, um sich zum Küchendienst bereit zu machen, oder luden die Kisten voller Vorräte ab, die sie aus Rom mitgebracht hatten. Dorián verstand inzwischen besser, wie die Aufgaben im Haus verteilt wurden: Es gab verschiedene Bereiche wie Küchenarbeit, Putzen, Stall oder Wäsche. Täglich übernahmen die älteren Kinder im Haus abwechselnd Verantwortung für einen dieser Bereiche, und jedes der älteren Kinder war wiederum für eine Gruppe von jüngeren verantwortlich, die sie bei den Aufgaben anleiteten und beaufsichtigten. Dorián war vom Alter her wohl irgendwie dazwischen, und er war wie von selbst in Bartosz' Gruppe gerutscht. Der Violine wegen natürlich. Aber auch weil er ihn neben Dorothy am meisten mochte.

»Es lief einfach zu gut«, erklärte Bartosz jetzt und klopfte grinsend auf die Stelle an seiner Brust, wo er, wie Dorián inzwischen wusste, in mehreren Innentaschen die Säckchen mit den Münzen aufbewahrte. »Den ganzen Tag Sonne, und die Vorweihnachtszeit hat angefangen, da sind die Leute spendabel wie sonst was. Wir konnten uns vor Geld kaum retten, also haben wir uns am Hafen den Bauch vollgeschlagen und auf dem Markt noch einen Haufen Wolle gekauft für neue Wintersachen. Bei der Gelegenheit kann Dorina auch gleich Fingerstricken lernen, damit die Hände beweglicher werden.«

Dorothy lachte ihr leises, raues Lachen. »Ihr meint das wirklich ernst mit dem Unterricht.«

Bartosz zuckte die Schultern. »Er wird doch der Junge mit der Geige, wenn ich mal nicht mehr hier bin.«

Dorián warf ihm einen erschrockenen Blick zu. Bartosz' Worte klangen leicht dahingesagt. Dorián hatte den düsteren Unterton darin trotzdem gehört. Und Dorothy natürlich erst recht. Sie berührte Bartosz kurz und eindeutig vorwurfsvoll am Arm.

Bartosz' Miene wurde weich. »Ich meine, wir müssen auf alles vorbereitet sein«, sagte er und knuffte Dorián mit seinem dicken Winterstulpen gegen die Schulter. »Und er hat noch viel zu arbeiten. Stimmt's nicht, Dorina?« Er streckte mit einem Ächzen den Rücken durch. »Na ja. Nicht mehr heute. Heute hat er erst mal Stalldienst! Na los, Wunderkind, auf geht's ans Abspannen. Renu und Miki sind mit Churro schon fast fertig.«

»Aber ...«, murmelte Dorián und wollte noch so viel fragen. Ob Bartosz von diesen Adoptionen sprach, die auch Lidia schon erwähnt hatte, damals vor der Musterung. Ob bald wieder so eine anstehen würde, und warum Bartosz glaubte, dass er ... Weiter als »Aber« kam er allerdings nicht, ehe Bartosz lachend den Kopf schüttelte und ins Geschirr der Fuchsstute Reina am ersten Wagen griff.

»Wenn man dir alle Sätze verbieten würde, die mit ‚Aber' anfangen, würdest du nur noch halb so viel reden.« Er zwinkerte Dorián über die Schulter zu. »Ich höre dir nur zu, wenn du währenddessen arbeitest.«

»Lasst es gut sein«, sagte Dorothy mit einem resignierten Seufzer. »Ich helfe euch. Auf geht's, Dorián.«

Sie arbeiteten schweigend, während sie die Pferde abspannten, in den Stall brachten und versorgten – nicht weil es Dorián nicht länger interessiert hätte, warum Bartosz glaubte, vielleicht irgendwann nicht mehr hier zu sein. Es war vielmehr so, dass es sich falsch anfühlte, nachzubohren, wenn nicht einmal Dorothy wollte, dass Bartosz weiter darüber sprach. Es hatte einige Zeit gedauert, bis Dorián ein Gespür für die Verbindung entwickelt hatte, die zwischen den beiden bestand – etwas, das deutlich tiefer reichte, als dass sie dasselbe Dach über dem Kopf teilten und zur Gruppe der älteren Kinder im Waldhaus gehörten. Es war eine warme, innige Vertrautheit; eine Art, sich ohne Worte oder Blicke zu verstehen, als könnten sie allein an ihrem Schweigen hören, was sie gerade voneinander brauchten. Solche Beziehungen hatte es im Haus von Großvater und Großmutter nicht gegeben. Dort war jedes Kind sich selbst das nächste, weil es die besten Chancen bedeutete, weniger hungrig oder weniger grün und blau geprügelt schlafen zu gehen. Auch für Dorián hatte das gegolten – abgesehen von Oana natürlich. Was zwischen Dorothy und Bartosz war, war aber auch nicht die Nähe zwischen Bruder und Schwester. Es war anders, leiser und tiefer zugleich, vielleicht weil es nicht von Geburt an so bestimmt war, sondern weil sie es selbst so entschieden hatten. Es war fremd für Dorián, fremd und schön und beneidenswert, und je mehr er es verstand, desto mehr wünschte er sich im Stillen, auch ein Teil davon sein zu können.

Nicht dass sie ihn je zurückgewiesen hätten. Im Gegenteil: Wann immer er darüber nachdachte, vielleicht doch besser zurückzubleiben, warteten sie auf ihn. Blieben stehen, ohne sich auch nur noch einmal zu ihm umzudrehen oder ihr Gespräch zu unterbrechen, und setzten ihren Weg erst fort, wenn er sein Zögern überwand und ihnen doch noch folgte. Als hätten sie ihn ganz selbstverständlich bereits in ihr Bündnis aufgenommen, und als sei dieses Warten die erste wortlose Botschaft an ihn, die er zu verstehen lernte.

»Lasst uns noch ein bisschen auf dem Dach sitzen«, sagte Dorothy, als sie schließlich die Öllaterne ausblies und die dumpfschwarze Dunkelheit von der Decke des Stalls auf sie herabfiel. »Ist eine schöne Nacht. Und im Haus ist es mir zu laut.«

Dorián und Bartosz wechselten durch die Schatten einen Blick. Es stimmte: Selbst hier im Stall waren die lebhaften Stimmen der anderen Kinder zu hören, ihr Poltern und Klappern bei den Vorbereitungen fürs Abendessen. Dorián knurrte nach dem langen Tag in Rom ziemlich der Magen. Aber in der Dunkelheit auf dem Dach zu sitzen, nur sie drei, war sogar noch so viel besser.

»Ich finde«, sagte Bartosz, »wir sollten liegen. Gesessen haben wir vorhin im Wagen schon die ganze Zeit.« Und damit war auch das entschieden.

Auf das Dach des Stalls, das fast ganz flach war und nur leicht zur Rückseite des Gebäudes abfiel, gelangte man durch eine Feuer-Notluke in der Decke des Heubodens. Sie nahmen drei Pferdedecken mit hinauf, von denen sie zwei auf den mit dünnem Frost überzogenen Schindeln ausbreiteten, ehe sie sich nebeneinander hinlegten und die dritte über sich zogen – Bartosz rechts, Dorián links und Dorothy in ihrer Mitte.

Sie hatte recht, dachte Dorián und starrte in den tintenschwarzen Himmel. Es war eine schöne Nacht. Überwältigend schön in ihrer klaren Kälte, ohne Mond, aber gesprenkelt mit unzähligen funkelnden Sternen. Darüber konnte er das hungrige Rumpeln in seinem Bauch tatsächlich fast vergessen, selbst wenn aus den Abluftklappen der Küche inzwischen der Duft von geröstetem Brot, Suppe und Speck zu ihnen heraufzog und sich mit dem Geruch nach Pferden, Stroh und Holz vermischte. Ein bisschen noch würde er das aushalten, ohne Frage. Hier liegen. Schweigen. Sterne beobachten. Die einzigen Geräusche das gedämpfte Plappern und Klappern aus dem Haus, das gelegentliche Schnauben der Pferde unter ihnen und das Rauschen des Winterwindes im nahen Wald. Und Bartosz, der durch seine Zahnlücke pfiff; eine leise Melodie, die er sonst oft auf der Violine spielte. Es war ein friedlicher, seltsam schwereloser Moment, der sich in die Unendlichkeit hätte dehnen können, wenn es nach Dorián gegangen wäre.

Da spürte er, wie Dorothys Finger warm und behutsam nach seinen tasteten. Die unerwartete Berührung fuhr durch ihn hindurch wie ein Blitz.

Bartosz' Lied verstummte beinahe im gleichen Moment.

Dorothys Hand griff noch ein wenig fester zu, als wolle sie ausschließen, dass dies nur eine zufällige Berührung sein könnte. Doriáns Hals wurde trocken, und das Blut stieg ihm in die Wangen, als er zögernd und mit pochendem Herzen den Druck ihrer Finger erwiderte. In den Wochen, die sie nun schon miteinander verbracht hatten, hatte es schon öfter vereinzelte Berührungen gegeben. Tastend, fragend, forschend zumeist, wenn Dorothy ihre Finger sehen ließ, was ihre Augen nicht konnten. Aber dies … dies war neu, zumindest für ihn. Aufwühlend.

Wunderschön, dachte er und fühlte sich mit einem Mal ganz warm und leicht. *Noch so viel schöner als die Sterne.*

»Geht es dir gut?«

Bartosz' Flüstern brachte ihn innerhalb eines Wimpernschlags auf den Boden zurück. Die plötzliche Sorge in seinen Worten verwischte augenblicklich jenes aufkeimende Gefühl von Geborgenheit in Doriáns Brust.

»Ist etwas passiert?«, drängte Bartosz leise. »Mit Gregor?«

Dorothy antwortete nicht sofort. Aber da war ein Zittern in ihren Fingern, das vorher nicht dagewesen war.

»Es … es ist … Ich weiß es nicht.« Das Zittern war auch in ihrem Atem, so deutlich zu hören, dass Dorián seinerseits für einen Moment mit dem Atmen aufhörte. Dorothy hatte noch nie darüber gesprochen, was drüben in der Villa geschah. Zumindest nicht mit ihm. Doch ein Teil von ihm, der sich viel zu gut daran erinnerte, wie die Reise hierher gewesen war, auf welche Weise der Herr Gregor sich ihm immer wieder genähert hatte, hatte trotzdem die ganze Zeit gefürchtet … Dorián verfluchte sich innerlich, dass er auch nur eine Sekunde lang gedacht hatte, Dorothy würde aus bloßer Zuneigung seine Nähe suchen.

»Hat er dir etwas getan?« Es fehlte nicht viel, und er hätte sich aufgesetzt. Er wollte ihr Gesicht besser sehen können, sich vergewissern, dass sie noch ganz war, zumindest äußerlich. Er tat es nicht, weil die Wärme ihrer Hand ihn stumm darum bat, es nicht zu tun. Einfach liegenzubleiben und ihr das letzte bisschen Ruhe zu lassen, das sie so mühsam aufrechterhielt.

»Ja«, flüsterte sie endlich. »Ich weiß nur nicht, was. Er … er rührt mich nicht an, nicht so, wie ihr denkt. Trotzdem … Ich weiß nicht, wie ich es erklären soll. Es fühlt sich an, als ob …« Erneut rang sie so ungewohnt zittrig nach Luft. »Er zerdrückt mich. Nur mit seiner Stimme. Er sagt mir, was ich werden soll und … es macht mir Angst. Heute … ich … Ich wollte nie vor ihm weinen. Heute hab ich's getan.«

Eine Weile war es still auf dem Dach unter dem Sternenhimmel. Kein entspanntes Schweigen mehr.

»Was du werden sollst? Was heißt das? Was sollst du denn werden?« Das hätte Dorián gern gefragt, aber Bartosz kam ihm zuvor.

»Du musst das nicht weitermachen.« Von seiner üblichen Unbekümmertheit und Zuversicht war nichts übrig geblieben. Stattdessen klangen die Worte gequält vor Sorge und schwer vor Gewissen. »Hör auf damit, Dorothy. Geh da nicht mehr hin. Das ist es nicht wert, du musst ihn das nicht tun lassen, damit er uns in Ruhe lässt!«

»Er wird *mich* aber nicht in Ruhe lassen!« Auch Dorothys Stimme klang jetzt aufgewühlt und zugleich seltsam verhalten, als würde ein nächtlicher Sturm von innen an den Fenstern eines Hauses rütteln, während es draußen still war. »Ob ich freiwillig hingehe oder nicht, ändert nichts daran, dass er mich immer wieder holen wird.« Der Griff ihrer Finger schloss sich fester um Doriáns Hand. »Aber ob er euch in Frieden lässt oder nicht, ändert alles *für mich*. Solange ich dafür sorgen kann, dass es euch gut geht … kann ich nie vergessen, wo mein Platz ist.«

»Als ob du das je vergessen würdest.« Dorián wusste gar nicht, wo die Worte plötzlich herkamen – oder woher er den Mut nahm, sie einfach mitten in das Gespräch zu werfen. Trotzdem war er vielleicht in seinem Leben noch nie so überzeugt von etwas gewesen. »Bartosz hat recht. Du … du brauchst so einen Beweis doch gar nicht.«

Da drehte Dorothy den Kopf in seine Richtung. In ihren silbermilchigen Augen standen Tränen, doch sie lächelte. Ein Lächeln, wie er noch nie eines an ihr gesehen hatte, so weich und verloren und zugleich immer noch unerbittlich entschlossen. »Ach Dorián. Ich wünschte, ich könnte so sehr an mich glauben wie du.«

Sie wandte sich wieder dem Nachthimmel zu. Dabei zog sie ihre Hand zu sich heran, legte sie auf ihren Bauch, ohne Dorián dabei loszulassen. Auch ihre andere Hand spürte er jetzt, und die von Bartosz, die mit ihr verschränkt war, warm und rau unter der dicken Wolle der Winterstulpen. Bartosz' Finger, Dorothys, Doriáns eigene – es war schon nach wenigen Momenten eigentümlich schwer zu unterscheiden, welche zu wem gehörten, und wessen Haut er streifte, als er sich leicht bewegte.

»Das Sternenlicht fühlt sich so schön an«, sagte Dorothy leise. »Lasst uns einfach noch etwas hierbleiben, bitte.«

Dorián verstand, dass sie in Wahrheit *»Fragt mich nicht weiter, bitte«*, gesagt hatte, und sosehr er trotzdem genau das tun wollte, brachte er es nicht über sich, es gegen ihren Wunsch zu tun. Stattdessen nahm er zusammen, was er an Mut und Selbstvertrauen aufbringen konnte, und rückte etwas näher an sie heran, um seinen Kopf an ihre Schulter zu legen. Er spürte den grob gewebten Wollstoff ihrer Kapuze an der Wange, die Spitzen der vielen schmalen Zöpfe, zu denen sie ihre Locken geflochten hatte, und darunter die Wärme ihres Körpers. Und das Sternenlicht. Ein wenig spürte er auch das auf seiner Haut.

Auch Bartosz fragte nicht weiter. Stattdessen begann er das Lied zu singen, das er vorhin noch gepfiffen hatte; ein ungarisches Volkslied, das, wie Dorián inzwischen wusste, von all den Sternen am Nachthimmel handelte. Er sang es sanft und mit leicht bebender Stimme, und zwischendurch, in einer Pause, die zu lang war, als dass sie nur dem Atemholen dienen konnte, hörte Dorián das zarte Geräusch eines Kusses, während sich eine weitere große warme Hand über das Geflecht ihrer aller Finger auf Dorothys Bauch legte.

»Ja, wir bleiben«, wisperte Bartosz. »Wir sind jetzt drei. Was sollen sie uns schon anhaben.«

Dorothy lachte leise. »Drei Sterne«, sagte sie mit ihrer Nachtwindstimme, doch sie klang seltsam fern und bitter zugleich. »Ja, vielleicht sind wir das. Hoffentlich.«

Danach sagte niemand mehr etwas. Sie verpassten das Essen, den Moment, in dem alle anderen schlafen gingen, und sie froren durch bis auf die Knochen, während sie dort zwischen den Pferdedecken lagen und gemeinsam atmeten, schwiegen, einander bei den Händen hielten. Die Nacht ringsum wurde stiller und stiller, bis nur noch der

Ruf einer Eule das Rauschen in den Baumwipfeln störte. Dorián war kalt, hungrig und unglaublich müde. Aber zum ersten Mal in seinem Leben machte ihm das nichts. Es machte überhaupt nichts. Sie waren schließlich drei. *Drei Sterne.*

Wie sollte ihnen irgendjemand jemals etwas anhaben?

Irgendwann später, es war schwer zu sagen wie viel, setzte Bartosz sich auf, schlug die Decke zurück und ließ die ganze Kälte der Nacht an sie heran.

»Schlafenszeit«, flüsterte er bloß. Sonst nichts.

Weder Dorothy noch Dorián widersprachen. Leise kletterten sie vom Heuboden herab. Der Hof jenseits der Stalltüren lag inzwischen still in der Dunkelheit. Nur eine Katze huschte an ihnen vorbei in Richtung der Villa und verband sich mit den Schatten unter dem säulengetragenen Vordach, die sich sacht bewegten, als würden sie um die Säulen herum in ihre Richtung spähen. Dorián blinzelte, schauderte ein wenig und beeilte sich, Dorothy und Bartosz nachzukommen.

Vor der Eingangstür zum Haus war Dorothy stehen geblieben. Sie hatte ihre Kapuze wie so oft tief ins Gesicht gezogen, und Dorián konnte ihren Ausdruck nicht sehen.

»Da ist noch etwas«, sagte sie. »Ich wollte euch zwei um etwas bitten.«

Da war eine Anspannung in ihrer Stimme, die Dorián ein Frösteln über den Rücken jagte. Er warf einen Blick zu Bartosz, ob der es auch spürte, doch der sah nur Dorothy an.

»Immer«, sagte er. »Schieß los.«

Mit einem hörbar erleichterten Seufzer griff Dorothy in die Tasche an ihrem Gürtel. »Vielleicht ... ich meine, *hoffentlich* ist es überflüssig. Aber ... könnt ihr den hier in Rom bei der Post aufgeben? Ohne dass es jemand bemerkt?« Sie hielt ihnen einen versiegelten Umschlag entgegen. Es waren Buchstaben in dünnen Linien darauf gemalt, von denen Dorián allerdings nicht viele erkannte, schon gar nicht in der kurzen Zeit, die Bartosz brauchte, um den Brief an sich zu nehmen. Einige Os und Rs. Is und As hier und da. Ein vereinzeltes B wie Bartosz. Und zum ersten Mal in seinem Leben wünschte sich Dorián, er könnte besser lesen als das, was er brauchte, um seinen Namen zu schreiben und Bartosz' Gruppe auf der Liste mit den Haushaltsaufgaben zu erkennen.

»Es ist ein Hilferuf«, flüsterte Dorothy.

Hilferuf. Doriáns Hals wurde ein wenig trocken. »An wen denn?« Es rutschte ihm heraus, bevor er darüber nachdenken konnte, ob es klug war, das zu fragen. Denn das war es selbstverständlich nicht, und Dorothy schüttelte prompt den Kopf.

»Das sage ich lieber nicht. Wenn ihr es nicht wisst, können sie euch auch nicht zwingen, es ihnen zu verraten. Schickt ihn einfach los. Gleich morgen. Versprecht ihr's?«

Dorián schluckte mühsam und kam sich furchtbar ungeschickt vor, gefragt zu haben. »Natürlich«, murmelte er rasch, fast im selben Moment, als Bartosz mit rauer Stimme »Sicher« sagte und den Umschlag unter dem Wollumhang in seinen Hosenbund schob. Dorián hatte keine Ahnung, wie man einen Brief bei der Post aufgab, aber Bartosz würde es bestimmt wissen, und selbst wenn nicht: So schwierig konnte das ja nicht sein.

»Du wirst diese Hilfe aber gar nicht brauchen«, sagte Bartosz in diesem Moment. »Denn du kommst immer wieder. Du hast es versprochen, weißt du noch?«

Dorothy lächelte. Es war ein ungewohnt schwaches Lächeln, kaum sichtbar in den Schatten. »Ja, das weiß ich noch. Und ich werde es nicht brechen, solange ich irgendwie kann. Es ist nur … zur Sicherheit. Verstehst du?«

»Klar«, murmelte Bartosz. »Ich hasse den Gedanken trotzdem.«

Da trat Dorothy auf ihn zu, bis sie ganz dicht bei ihm stand, und nahm sein Gesicht in beide Hände. »Ich doch auch«, flüsterte sie, und ihre Stimme klang ein wenig erstickt. »Ich doch auch.«

Sie lehnte ihre Stirn an seine, und Dorián sah zur Seite und seinem eigenen weißen Atem nach, weil dieser Moment doch nichts war, wo er sich einmischen wollte. »Ich geh schon mal rein«, sagte er leise, und als keine Antwort kam, weder von Dorothy noch von Bartosz, schlüpfte er rasch durch die Tür ins Haus hinein und den Flur hinunter bis in seinen Schlafsaal, wo längst alles ruhig und still war bis auf den vielstimmigen Atem der dort schlafenden Kinder. Er ließ sich an der Wand hinter seinem Schlaflager hinunterrutschen, bis er mit dem Hintern auf der dünnen Matratze saß und die Decke über sich ziehen konnte. Erst jetzt merkte er, wie kalt er wirklich geworden war, oder vielleicht war es auch das Gefühl der Verlorenheit, das da in ihm zitterte; eine drückende Verbindung plötzlicher Einsamkeit und Hilflosigkeit, und er wünschte sich in diesem Moment mit eigentümlicher Intensität, Dorothy oder Bartosz würden kommen und nach ihm sehen. Aber die Augen fielen ihm bereits zu, während die Wärme der Decke endlich seine Waden hinaufkroch, und so ließ er sich kurz darauf einfach seitlich auf sein Lager fallen und war eingeschlafen, noch ehe er hörte, dass Bartosz zurückkehrte.

Kapitel Fünfzehn

Sonata für Violine und Piano in A-moll; William George Cusins

The Royal Academy of Music, Tenterden Street,
Hanover Square, London

Auch an diesem Abend saß Cedric nicht mit seiner Frau im Kaminzimmer. Schon vor dem Dinner hatte Ruth erklärt, sehr müde zu sein, und sich gleich nach dem Essen ins Bett entschuldigt. Anders als am Vorabend hatte Cedric dabei allerdings nicht den Eindruck gehabt, dass sie damit in erster Linie seine Gesellschaft zu vermeiden versuchte – ein Gedanke, der ihn sehr erleichterte. Ganz sicher war er sich jedoch nicht. Seit ihrem Gespräch der vergangenen Nacht hing die Stimmung zwischen ihnen in einer seltsamen Schwebe, als müssten sie beide erst einmal ordnen, wie der Raum zu nutzen war, der sich zwischen ihnen aufgetan hatte.

Immerhin: *Dass* es diesen Raum jetzt gab, daran zweifelte Cedric nicht. Es war, als bestünde nach all den Monaten endlich die Chance, dass sie einander wirklich kennenlernten; begleitet von der vagen Hoffnung, dass es, mit genügend Geduld, ein gemeinsamer Raum für sie beide werden konnte.

Langsam. Langsam. Kleine Schritte.

Die Zeit würde zeigen, was aus alldem wurde. Was aus *ihnen* werden konnte. Wenn nur dieses Medikament hielt, was es bisher versprach.

So hatte Cedric also zunächst allein auf dem kleinen Sofa im Kaminzimmer gesessen, um wie gewohnt die Tageszeitung zu lesen.

Er musste sich jedoch schon bald eingestehen, dass er sich etwas vormachte. Kein einziges Wort kam in seinem Kopf an, weil der zu sehr mit anderen Dingen beschäftigt war. Also zog er stattdessen seinen Mantel an und machte sich noch einmal auf den Weg durch die spätabendlichen Straßen, die Hanover Street hinunter Richtung Westen, und quer über den Hanover Square in die Tenterden Street, wo die Royal Academy of Music lag. Cedric wusste, dass Maestro Cusins oft bis spät in den Abend und sogar in die Nacht hinein im Konservatorium arbeitete. Nachts, so sagte er gern, spürte er die Musik am tiefsten, daher komponierte er seine eigenen Werke, wenn alle anderen gegangen waren, während er sich tagsüber seiner Arbeit als Dirigent, Lehrer und *Master of the Queen's Music* widmete.

Auch an diesem Abend schien Licht unter der Tür zu dem Raum hindurch, in dem William Cusins für gewöhnlich seine Schüler unterrichtete. Anders als bei Tag, wenn hinter jeder der vielen Türen Instrumentalunterricht stattfand und den Korridor des Konservatoriums mit einem Gemisch aus Klängen der unterschiedlichsten Instrumente füllte, waren die gedämpften Töne des Flügels um diese Zeit die einzige Musik, die die Stille zum Schwingen brachte.

Minutenlang blieb Cedric vor der geschlossenen Tür stehen und lauschte, wie sein alter Freund und Tutor Akkorde anschlug und dazu in seinem vollen Bariton summte. Er ertappte sich dabei, wie er die Melodie in Gedanken weiterspann, Töne hinzufügte oder wegließ. Glissando, Umkehrung, Septimen. Eine Zwischendominante vor der Auflösung. Er hätte …

Cedric unterbrach seine Gedanken. Er war nicht hier, um William in seine Musik reinzureden. Entschlossen hob er die Hand und klopfte an.

Der Flügel verstummte. Der dämmrige Flur des Konservatoriums wurde geisterhaft still.

»Ja bitte?«, erklang Williams überraschte Stimme von drinnen.

Cedric räusperte sich. »Ich bin es.«

Ein Hocker knarzte. Schwere Schritte näherten sich. Dann stand William in seiner ganzen einnehmenden Gestalt im Türrahmen.

»Cedward.« Er musterte Cedric ebenso kritisch wie verblüfft. »Was verschafft mir die Ehre zu dieser nachtschlafenden Zeit? Komm rein.«

Er trat zur Seite, um Cedric an sich vorbei in den Raum zu lassen. Drinnen brannten zwei Gaslampen, deren Licht sich im Lack zweier Konzertflügel spiegelte.

Cedric blieb neben dem vorderen Klavier stehen, auf dessen Notenablage einige akkurat beschriebene Blätter lagen. William ließ sich mit einem kleinen Ächzen wieder auf den Hocker davor sinken. Obwohl er nun saß, war er immer noch groß genug, um annähernd mit Cedric auf Augenhöhe zu sein.

Cedric räusperte sich. Er fühlte sich ein wenig linkisch unter Williams prüfendem Blick. »Ich wollte mich noch einmal entschuldigen. Für meine Leistung bei der Orchesterprobe. Ich stand an dem Tag etwas neben mir, fürchte ich.«

William musterte ihn eine ganze Weile, ohne etwas zu sagen. Die Stirn hatte er in tiefe Falten gelegt, und die buschigen Brauen überschatteten seine Augen. »Deine Worte nützen mir nichts, Cedward«, sagte er endlich. »Du weißt, wie wichtig dieses Konzert ist. Ich gebe zu, du hast mich überrascht. Und enttäuscht.«

Cedric ballte in der Hosentasche die Hand zur Faust. »Ich weiß. Deshalb bin ich hier; um dir zu sagen, dass es mir leidtut, und dass es in der nächsten Woche ganz sicher besser wird. Ich kann dieses Stück angemessen spielen. Das weiß ich, und du weißt es auch.«

William ließ ein nachdenkliches Brummen hören. Er wandte sich der Partitur zu, die vor ihm auf dem Notenstand ausgebreitet war, griff nach einem Stift und klopfte auf das Holz des Flügelrahmens. Dann drehte er sich wieder zu Cedric um. Ein Blitzen war in seine Augen getreten, als hätte er in diesen gerade vergangenen Sekunden einen Entschluss gefasst.

»Setz dich einen Moment zu mir.« Er deutete auf den Klavierhocker vor dem zweiten Flügel. »Ich schreibe eine neue Sonate, aber … ich fühle sie noch nicht. Würdest du für mich die erste Stimme spielen, während ich dich begleite?« Er schob die Notenblätter auf der Ablage hin und her und reichte Cedric schließlich einige Seiten handgeschriebener Partitur. »Sei ruhig ganz frei in deiner Interpretation. Vielleicht kannst du sie zum Leben erwecken.«

Cedric warf ihm einen überraschten Blick zu. Etwas zögerlich nahm er William die Noten aus der Hand und studierte sie eingehend. Er begriff sehr gut, dass dies nicht bloß eine Bitte um eine Gefälligkeit oder Hilfe war. Es war eine Prüfung, und es hing viel, wenn nicht alles davon ab, wie er mit diesem unvollendeten Stück umging. Doch obwohl ihm das völlig klar war, spürte er bereits seltsam distanziert und zugleich fasziniert, wie sein Kopf zu analysieren begann, was er sah. Wie die Musik hinter seiner Stirn zu klingen begann und eine unsichtbare Hand kleine Änderungen notierte, noch ehe er sie gespielt hatte. Langsam ließ er sich auf den Hocker sinken und legte die Noten vor sich ab. Fuhr die Zeilen mit dem Finger nach. Las. Dachte. Lauschte auf das, was in ihm geschah. Und er begriff, er wollte es. Er wollte dieses Stück spielen, was auch immer sich dahinter noch verbarg. Wie von selbst legten sich seine Finger auf die Tasten.

»Ich bin bereit.« Er warf William einen Blick zu und spürte, wie sich seine Brust mit Zuversicht füllte. Es würde ihm gelingen. Dessen war er sich in diesem Moment völlig sicher. »Maestro Cusins, auf Ihr Zeichen bitte.«

Ein tiefes Lachen antwortete ihm, kaum mehr als ein Schnauben. »Mit Vergnügen, Mr Edwards. Mit Vergnügen.«

III. Graduale: Requiem aeternam

Der unaufhaltsame Wechsel von Tag und Nacht liegt nicht in unserer Hand. In unserer Hand liegt nur, was wir daraus machen. Je länger wir leben, desto wichtiger wird das.

März 1999
In den verlassenen Industrievierteln, Detroit, Michigan

Es war die Therapie, die Sie zum Vampir gemacht hat, richtig?« Sid blinzelt aus halb geöffneten Augen zu Cedric herauf. Seine Lider sind endlich schwer geworden vor Müdigkeit, und er hält sie nur deshalb mit aller Macht offen, weil er sich einbildet, das Ende der Geschichte vielleicht doch noch an diesem Morgen hören zu können.

Cedric spürt einen seiner Mundwinkel zucken und weiß nicht, ob das Gefühl dahinter belustigt oder bitter ist. »Wie hast du das bloß erraten?«

Statt einer Antwort runzelt Sid besorgt die Stirn. »Also war Frau Dr Shaw auch ein Vampir, oder? Was ist mit ihr passiert? Wo ist sie jetzt? Treffen Sie sie noch manchmal?«

Cedric weicht seinem Blick aus, indem er wieder einmal zum Nest der Mauersegler hinaufsieht. Selbst die haben gerade eine Pause eingelegt von ihrem Hungergeschrei. »Wir sprechen morgen weiter, Sid, in Ordnung? Jetzt musst du schlafen.«

»Mmh. Morgen«, murmelt Sid mit schwerer Zunge. Viel länger wird er nicht mehr gegen den Schlaf ankämpfen können. Zum Glück nicht. Es ist wirklich schon sehr spät, sogar für Cedric. Die Sonnenstrahlen fallen inzwischen beunruhigend steil in ihr Versteck. Immerhin zittert Sid jetzt nicht mehr. Als hätte er diesen Körper, der ihn immer wieder so im Stich lässt, zumindest für den Moment vergessen.

Die Lider des Jungen sinken herab. Seine Züge entspannen sich, und Cedric ist drauf und dran, erleichtert aufzuatmen – da öffnet Sid im letzten Moment noch einmal die Augen. »Doc?«

Das Aufatmen verendet in einem tiefen Seufzen. »Ja, Sid?«

»Wie ist das Konzert gelaufen? Ist es schiefgegangen? Haben Sie eine Tasse nach der Königin geworfen?«

Cedric wendet das Gesicht zu dem zerborstenen Fenster, hinter dem der Frühlingsmorgen inzwischen in leuchtendem Gold strahlt. Er will nicht, dass Sid das wehmütige Lächeln sieht, das er bei der Frage nicht unterdrücken kann. Oder den Schmerz, überraschend scharf, als wäre die Wunde nicht schon so viele Jahrzehnte alt.

»Das hättest du wohl gern. Aber nein. Es ist nicht schiefgegangen. Es war …« Er schüttelt den Kopf und spürt die Erinnerung wie einen tiefen, warmen Herzschlag in seiner Brust pochen. »Es war perfekt.«

IV. Tractus: Busspsalmgesang

»Ich bereue nichts.«

V. Sequenz: Dies irae

Ob eine Entscheidung richtig oder falsch war,
und ob wir sie bereuen oder nicht.
Das beides hat nichts miteinander zu tun.

Dezember 1873

Kapitel Eins

Piano Concerto No. 5, Op. 48: III. Rondo à l'hongroise;
Johann Baptist Cramer

St. James's Hall, Regent Street, West End, London

Die Schlussakkorde von Johann Baptist Cramers 5. Pianokonzert füllten die St. James's Concert Hall mit schwebenden Streichern und bombastischen Pauken. Die Luft in der bis auf den letzten Platz besetzten Halle schien sich zu dehnen, während sich die federleichten und zugleich kraftvollen Klavierklänge zu der von unzähligen Lichtern erhellten Kuppeldecke hinaufschwangen. Die letzten Töne vibrierten unter Cedrics Fingern und in seiner Brust, klangen in ihm nach, selbst als die Instrumente bereits verstummt waren.

Atemlose Stille. Ein, zwei Herzschläge lang hätte man eine Stecknadel fallen hören können.

Dann brandete Applaus auf. Der Boden der riesigen Halle bebte unter Tausenden stampfenden Füßen. Das Publikum stand und klatschte, trommelte mit den Sohlen auf die Holzdielen. Anhaltend. Tosend. Lauter, als das Konzert es gewesen war.

Langsam ließ Cedric die Hände von den Tasten gleiten und stand auf, während der Applaus noch frenetischer wurde. Er fühlte sich benommen. Wie betäubt und zugleich so lebendig wie seit sehr langer Zeit nicht mehr, als er sich vor dem Publikum verneigte, eine Hand noch auf dem Rahmen des Flügels. In Richtung der Queen auf der königlichen Empore natürlich, und doch … er wusste, sie waren alle da, selbst wenn er sie in der Menge nicht ausmachen konnte. Ruth und die Kinder. Rob und Elaine. Seine Schüler und Schülerinnen vom Konservatorium. Musikkenner und Kritiker aus ganz Europa. Sie alle hatten ihn gehört. Gesehen. Gefühlt. Ihn und seine Musik.

Die Brandung des Beifalls ließ nicht nach, als Cedric sich umwandte, um William die Hand zu schütteln, und dann dem Konzertmeister der ersten Geige. Sie hielt an, als er und William Seite an Seite die Bühne verließen und kurz darauf zurückkehrten, und schwoll sogar noch mehr an, als der Intendant der Konzerthalle zu ihnen trat, um Cedric einen ausladenden Blumenstrauß zu überreichen. Den Arm voll berauschend duftender Rosen, Schleierkraut und Chrysanthemen, verneigte er sich noch einmal. Noch einmal. Und noch einmal.

Und dann war es vorbei.

Noch immer begleitet von Applaus, verließ Cedric ein letztes Mal die Bühne, Seite an Seite mit William. Erst in den Schatten der Gänge jenseits der Bühne, zwischen Umkleide und Künstlerausgang, glaubte er wieder etwas freier atmen zu können. Sein Kopf schwamm. Er wusste kaum, wie es ihm gelang, aufrecht stehen zu bleiben, ohne sich an der Wand abzustützen. Doch langsam, ganz langsam sickerte das Begreifen in ihn hinein: dass er gerade das Konzert seines Lebens gespielt hatte.

Eine schwere Hand legte sich auf seine Schulter. William.

Cedric drehte sich zu ihm um. Sie sagten nichts. Es musste nicht ausgesprochen werden, was sie beide an diesem Abend geleistet hatten.

»Der Intendant lädt noch zu einem Umtrunk im Foyer«, sagte William schließlich, als der Beifall zu Murmeln und Füßeschaben im

Zuschauerraum verebbte und Stühlescharren und Kastenklappern auf der Bühne darauf hinwiesen, dass bald auch die Orchestermusiker zu ihnen in die Gänge geströmt kommen würden. »Ich weiß, dass du kein Mann der großen Geselligkeiten bist. Ich möchte dir trotzdem dringend raten, dazuzustoßen. Vor allem, wenn du Interesse an weiteren Konzertangeboten hast.« Ein Schmunzeln verengte seine Augen. »Lass dich heute ein wenig feiern, Cedward. Du hast es dir verdient.«

Cedric spürte, wie sich seine Mundwinkel ohne sein Zutun leicht aufwärts bogen, obwohl William das in den schummrigen Lichtverhältnissen vielleicht gar nicht sehen konnte. Er räusperte sich. »So eine Empfehlung kann ich nicht ausschlagen, nehme ich an. Ich treffe gleich meine Familie am Hinterausgang. Wenn es recht ist, lasse ich mich zuerst von ihnen feiern und komme dann nach.«

William lachte leise rumpelnd. »Ich warne dich, Cedward: Ich werde dich an den Ohren zurückschleifen, wenn du versuchst, dich aus dem Staub zu machen.«

Auch Cedric entwischte ein kurzes Lachen. Rob, William, seine Mutter, Ruth und selbst Adele damals … Wie sie alle immer wieder versuchten, ihn von den Vorzügen geselliger Großveranstaltungen zu überzeugen und doch jedes Mal an ihm scheiterten. Aber heute … heute konnte er womöglich eine Ausnahme machen. »Das wird nicht nötig sein. Du hast mein Wort.«

»Dann sehe ich dich später.« Ein brüderliches Lächeln erschien unter Williams breitem Schnäuzer. »Willkommen zurück, alter Freund.«

In den Schatten am Künstlerausgang der Konzerthalle in der Vine Street warteten Ruth und die Mädchen gemeinsam mit Rob und Elaine. Während des Konzerts hatte es offenbar geschneit, und eine dünne weiße Schicht verschleierte den Dreck auf dem Pflaster der Gasse, fast unberührt bis auf die Spuren, die Cedrics Familie darin hinterlassen hatte.

Er hatte allerdings keine Zeit, die bedächtige Stille dieses Heiligabends einzuatmen, die so fern schien vom Donnern des Applauses, das immer noch in ihm nachhallte. Er war kaum über die Schwelle getreten, als Ada ihm schon stürmisch in die Arme sprang.

»Das war *so schön*, Papa!« Sie sah mit leuchtenden Augen zu ihm auf. Ihre sommersprossigen Wangen und die kleine Nase waren gerötet vor Aufregung und der frostigen Kälte. »Oh, und all die Blumen!«

Cedric strich ihr über die kupferroten Locken. »Ja, und ich kann dir sagen, die sind eine ziemlich schwere Last.« Er hob den Kopf und sah zu Erica, deren sonst oft so ernstes Gesicht unter dem neuen Hut ebenfalls ungewohnt lebhaft strahlte. »Hat es Ihnen auch gefallen, Miss Erica? Oder hat meine schärfste Kritikerin auch heute Anlass zur Klage?«

Erica schien seinen neckenden Ton gar nicht zu bemerken. »Alle waren völlig verzaubert, Papa!«, erklärte sie ehrfürchtig. »Manche haben sogar *geweint*!«

»Ja, das stimmt!« Ada winkte ihm mit ernster Miene, sich zu ihr hinunterzubeugen, während sie sich auf die Zehenspitzen stellte und sich an seiner Schulter festhielt. »Frau Mutter hat auch geweint!«, flüsterte sie verschwörerisch in sein Ohr – so laut, dass Cedric sich sicher war, dass Ruth es genauso gehört haben musste wie Rob und Elaine, die einige Schritte entfernt warteten. Cedric spürte, wie sich etwas in ihm versteifte und zugleich seltsam weich wurde.

»Oh, wirklich?«, murmelte er und hatte das unbehagliche Gefühl, dass seine Stimme belegt klang. Langsam richtete er sich wieder auf und sein Blick traf Ruths. In ihrem Gesicht waren keine Spuren von Tränen zu sehen, soweit er das im spärlichen Licht und hinter der weißen Wolke ihres Atems ausmachen konnte. Das zurückhaltende Lächeln, das auf ihren Lippen erschien, sagte ihm jedoch, dass Ada recht hatte. Cedric sah hinunter auf das Bouquet in seinen Händen und dann zu seinen Töchtern. Dann zog er einige Chrysanthemen heraus – weiß für Ada, blau für Erica – und reichte ihnen je einen kleinen Strauß, ehe er zu Ruth trat.

»Danke, dass Sie trotz der Kälte hergekommen sind. Ich weiß, dass Sie sich heute nicht sehr wohl gefühlt haben. Und Sie haben sicher für morgen noch einiges vorzubereiten. Ich hätte es verstanden, wenn Sie nach dem Konzert direkt heimgegangen wären.«

Wie es seine Mutter offenbar getan hatte. Cedric zwang sich, den Gedanken gleich wieder loszulassen. Dass seine Mutter unglücklich darüber war, ihn in die Fußstapfen seines Vaters treten zu sehen, nachdem der von einer seiner Konzertreisen nie zurückgekehrt war … war eines der tausend Dinge, über die sie nie sprachen, außer um sich besonders heftig zu streiten. Wahrscheinlich sollte er ihr dankbar sein, dass sie ihm das hier und heute ersparte.

Ruth indes hielt ihr Lächeln gewissenhaft aufrecht, dabei konnte Cedric selbst im ölgelben Licht, das durch den Hinterausgang fiel, die Blässe ihrer Wangen erkennen. Er wusste auch, dass sie die Hand deshalb in den unteren Rücken stützte, weil das Kind in ihrem Bauch ihr wieder einmal Schmerzen bereitete. Ihr Blick flog zu Rob und Elaine hinüber. »Sir Robert und Miss Rimbaur sind so freundlich, uns gleich in ihrer Kutsche heimzubringen. Und die Mädchen hätten es mir doch nie verziehen. Sie haben sich so auf diesen Augenblick gefreut.«

Es war dieser Moment, in dem sich auch auf Cedrics Gesicht ein Lächeln stahl. Es kam leise, ganz ohne sein Zutun und ohne Anstrengung. Er wäre nicht so weit gegangen zu behaupten, dass sich die Beziehung zwischen ihm und Ruth in den letzten Wochen deutlich verändert hätte. Es war und blieb ein langer Weg, den sie aufeinander zuzugehen hatten, und sie tasteten sich mit winzigen Schritten darauf voran. Doch er spürte, dass sie genauso daran arbeitete wie er; dass es sie unsagbar erleichterte zu sehen, wie sich sein Gesundheitszustand mit der neuen Therapie zunehmend verbesserte – und in Momenten wie diesem spürte er eine sehr besondere Art von Zärtlichkeit für sie, die so eisern versuchte, das Beste aus allem zu machen.

»Sie sind eine tapfere Frau, Mrs Edwards.« Er reichte ihr den Rest seines Blumenstraußes. »Die hier sind für Sie. Sie haben sie weitaus mehr verdient als ich.«

Ruths Wangen röteten sich, und nun sah er es doch verdächtig in ihren Augen glitzern, obwohl sie rasch den Blick auf die Blumen senkte, um es zu verbergen.

»Vielen Dank«, sagte sie leise und atmete tief ein. »Sie duften so wunderbar.«

Cedric räusperte sich ein wenig befangen. »Sehr gern«, erwiderte er und wünschte sich, er hätte noch etwas anderes, Persönlicheres zu sagen gewusst. Aber diese Art Worte hatten sie noch nicht füreinander. Und in diesem Augenblick bedauerte er das wirklich.

»Wenn ich mich kurz für Applaus und Lobpreisung einmischen dürfte«, erklang in diesem Moment Robs Stimme, gerade als das Schweigen zu unangenehm zu werden drohte. Cedric wandte sich zu ihm um. Schon aus dem Augenwinkel hatte er bemerkt, dass die Rimbaur-Geschwister sich der Mädchen angenommen hatten, solange er mit Ruth sprach. Rob hatte mit Erica und Ada gescherzt, während Elaine ihnen die langen Stängel der Chrysanthemen in die Haare flocht. Jetzt allerdings schien er entschieden zu haben, dass es an der Zeit war, Cedric aus seiner ungeschickt geführten Konversation zu erlösen. Mit gewohnt lässigem Schritt trat er auf sie zu. »Mit Verlaub, Cedward, das war *fabelhaft!* Nicht wahr, liebe Schwester?« Er wandte sich zu Elaine um, die sich jetzt ebenfalls näherte, eines der Mädchen an jeder Hand.

Elaine lächelte ein bezaubernd wohlerzogenes Lächeln, und Cedric war ihr dankbar, dass sie in Ruths Gegenwart darauf verzichtete, ihren üblichen jovialen Umgang miteinander beizubehalten. »Oh, wirklich, Mr Edwards. Unsere Finger sind ganz wund vom Klatschen. Das war beeindruckend.«

»Andernfalls wären wir auch schwer enttäuscht gewesen, möchte ich hinzufügen. Wir hätten wohl das Honorar für die Klavierstunden kürzen müssen.« Rob lachte. »Über dieses Konzert wird man noch lange sprechen, mein Freund.« Er klang so zufrieden, als hätte er höchstselbst all das arrangiert.

Cedric lächelte schief. »Es erleichtert mich, dass ich euren Ansprüchen genügen konnte.« Er wurde ernst. »Und danke, dass ihr meine Familie nach Hause bringt. Das rechne ich euch hoch an.«

Rob schmunzelte, es wirkte ungewohnt frei von Spott. »Ehrensache, Cedward.«

Ada hatte Elaine losgelassen und schob ihre kleine behandschuhte Hand in Cedrics. »Kommst du denn nicht mit uns?« Sie sah enttäuscht aus.

Cedric schüttelte den Kopf. »Ich würde wirklich gern, Ada. Aber man erwartet mich noch beim Empfang im Foyer. Ich fürchte, das kann ich unmöglich absagen. Maestro Cusins war sehr deutlich, was das betrifft. Es sollen viele wichtige Persönlichkeiten dort sein.«

Robert lachte laut auf. »Jetzt hörst du dich hoffentlich selbst einmal reden. Andere Musiker würden ihre Schwiegermutter verkaufen für diese Art von Einladung, und für dich ist es nur ein Ärgernis.« Er legte Cedric eine Hand auf die Schulter. »Fürchte dich nicht, Elaine und ich gesellen uns später noch zu dir, wenn die Damen deines Hauses sicher im Warmen sind. Einen Abend unter Künstlern und Kunstliebhabern kann sich mein Feingeist unmöglich entgehen lassen. Wie ich höre, soll Johannes Brahms persönlich vom Festland angereist sein. Meine Schwester hofft auf ein Autogramm, da wirst du ihr gewiss helfen können.« Sein Blick flog zum Ausgang der Gasse, wo in diesem Moment ein eleganter Zweispänner auf der Regent Street hielt. »Ah, da ist schon die Kutsche. Mrs Edwards, die jungen Ladies, Elaine – wenn ich dann bitten dürfte? Es ist Zeit für die Heimfahrt.« Er winkte mit großer Geste und bot Ruth den rechten Arm, Elaine den linken.

»Komm aber nicht zu spät nach Hause, Papa!«, beharrte Ada, als sie Cedric zum Abschied umarmte.

»Ada!«, zischte Erica, die ein weitaus gefassteres Gesicht behielt. »Sei nicht immer so weinerlich!«

»Es ist schon gut, Erica«, sagte Cedric. »Seid nett zu Mrs Edwards und geht nicht zu spät ins Bett. Morgen wird ein langer Tag, der früh beginnt, auch für euch.«

Die Erwähnung des Weihnachtsmorgens ließ Adas Gesicht augenblicklich wieder aufleuchten. »Du hast ja recht, Papa! Wir müssen los und früh schlafen gehen. Gute Nacht!« Sie schob ihre Finger in Ericas Armbeuge und winkte ihm im Gehen noch einmal über die Schulter zu, während sie sich bereits von Elaine in ein scherzhaftes Gespräch verwickeln ließ.

Cedric blieb in der halb offenen Tür stehen und sah seiner Familie und seinen Freunden nach, wie sie die Gasse hinab zur Kutsche gingen, hineinstiegen und sich kurz darauf das Hufgetrappel auf dem Pflaster entfernte. Stille senkte sich über die dunkle Straße hinter der Konzerthalle. Eine schwere und zugleich friedliche Stille, in der er die Finger fest um die Uhr in seiner Tasche schloss.

Siehst du uns, Adele? Es wird alles gut, wie versprochen.
Ach, wärst du nur auch hier gewesen.

Er stand immer noch dort, mehr ganz als halb durchgefroren in seinem dünnen Hemd und dem feinen, aber wenig wärmenden

Konzertfrack, als die ersten Orchestermusiker an ihm vorbei ins Freie traten. Nach dem feierlichen Umtrunk in der Künstlergarderobe – den Cedric nun offenbar verpasst hatte – waren sie ebenfalls auf dem Heimweg. Die meisten blieben kurz bei ihm stehen, grüßten, gratulierten, wünschten frohe Weihnachten, plauderten einige Sätze über das gelungene Konzert und bekundeten gelegentlich ihr Erstaunen, dass er noch nicht zu der Zusammenkunft der feineren Gesellschaft im Foyer gegangen war. Cedric antwortete auf all das, ohne eine Sekunde später überhaupt noch zu wissen, was er gesagt hatte. Er war sich ja selbst nicht sicher, warum er sich weiter der Kälte und der Dunkelheit aussetzte, als wäre er nicht auch ohne eine Lungenentzündung schon krank genug. Er wusste nur, dass er sich trotz aller Versprechen William gegenüber noch nicht bereit fühlte, wieder hineinzugehen und mit wichtigen Persönlichkeiten der Stadt und des Landes und vielleicht sogar vom Festland angereisten Berühmtheiten Konversation zu betreiben.

Als schließlich auch die letzten Musiker den Bereich hinter der Bühne verlassen hatten, gab es hier draußen endgültig nichts mehr für Cedric zu erwarten. Er wollte sich gerade einen Ruck geben und doch den Weg ins Foyer antreten – da hörte er eine wohlbekannte Stimme seinen Namen rufen.

»Mr Edwards. Ich hatte gehofft, Sie hier anzutreffen.« Die hochgewachsene Gestalt seiner Ärztin schob sich in den Lichtschein der noch immer halb geöffneten Tür. Ihr schwerer Wintermantel ließ sie noch imposanter wirken als sonst.

»Dr Shaw. Das ist eine Überraschung.«

Zumindest *hätte* es ihn überraschen sollen. In Wahrheit allerdings hatte Cedric in diesem Moment das eigenartige Gefühl, die ganze Zeit auf *sie* gewartet zu haben. »Haben Sie sich das Konzert angehört?«

Dr Shaw schüttelte den Kopf. »Bedauerlicherweise nein. Ich breche noch heute Nacht zu einer Reise aufs Festland auf, und die Vorbereitungen haben mir keine Zeit gelassen. Leider. Wie ich höre, soll es eine überragende Darbietung gewesen sein. Meinen Glückwunsch.«

»Vielen Dank.«

»Ich störe Sie nur einen Moment«, fuhr Dr Shaw fort. »Begleiten Sie mich zu meiner Kutsche?«

Cedric räusperte sich. Wie immer fühlte er sich in ihrer Gegenwart unangenehm befangen, wie entblößt, als wäre es in ihrem Fall unmöglich, die innere Distanz zu wahren, die ihm im Umgang mit Menschen außerhalb seiner Familie und engsten Freunden so wichtig war. »Entschuldigen Sie, Doktor, aber ich fürchte, das ist nicht möglich. Ich habe hier noch Verpflichtungen, denen ich nicht fernbleiben kann.«

Dr Shaw musterte ihn mit milder Belustigung. »Mr Edwards, es spielt wohl keine Rolle, ob Sie noch weitere zwanzig Minuten an diesem Hinterausgang herumlungern, oder ob Sie mich ein paar Schritte bis Picadilly begleiten, ehe Sie hierher zurückkehren und Ihren Verpflichtungen nachkommen. Die Verspätung wird dieselbe sein. Außerdem geht es um Ihre Therapie. Ich versichere Ihnen, Sie sollten sich anhören, was ich Ihnen zu sagen habe.«

Dagegen war selbst auf rationaler Ebene schwer zu argumentieren, das musste Cedric zugeben. Also schloss er die Tür zum Konzerthaus hinter sich und folgte seiner Ärztin in die nächtliche Kälte.

»Ich würde Sie nicht ausgerechnet heute belästigen, wenn es sich vermeiden ließe«, erklärte Dr Shaw, während sie nebeneinander die Vine Street entlanggingen. Die Straßen hatten sich inzwischen fast vollständig geleert, und die dünne Schneedecke verlieh der Szenerie eine ganz eigene Art von Stille, in der selbst ihre Schritte gedämpft klangen. Beinahe glaubte Cedric, ihren Atem in der frostigen Luft knistern zu hören.

»Ich würde lieber auch nicht reisen, wenn es nicht notwendig wäre«, fuhr Dr Shaw fort. »Doch ich habe einen dringenden Ruf in meiner Funktion als Ärztin bekommen, dem zu folgen sich nicht aufschieben lässt. Wie dem auch sei … da ich nicht mit Sicherheit weiß, wann ich zurückkehren werde, wollte ich nicht aufbrechen, ohne Ihnen die erforderlichen Details zur zweiten Phase Ihrer Therapie zu erörtern – sofern Sie noch immer entschlossen sind, die Medikation auch über die Vorstufe hinaus fortzusetzen.«

»Sie sagen, ich soll die zweite Phase in Ihrer Abwesenheit beginnen?« Cedric runzelte die Stirn. Das Gefühl der Enge war in seine Brust zurückgekehrt. Er hatte fast vergessen gehabt, wie sich das anfühlte. »Hatten Sie nicht erklärt, dass gerade dieser Schritt besonders kritisch ist? Und … riskant?«

Dr Shaw warf ihm einen langen Seitenblick zu. »Ich schätze Ihre Vorsicht, Mr Edwards. Aber seien Sie unbesorgt. Mein Mann bleibt in London. Sie können sich also weiterhin in allen Belangen an ihn wenden. Und sollten Sie das Medikament wirklich nicht vertragen, gibt es ohnehin nicht viel, was wir tun können.« Sie verschränkte die Hände auf dem Rücken. »Viel wichtiger ist mir allerdings zu betonen: Ehe Sie diesen letzten Schritt gehen, müssen Sie wissen, worauf Sie sich wirklich einlassen. Selbst, oder vielmehr *gerade* wenn die Behandlung den gewünschten Erfolg zeigt. Ich denke, ich sagte es bereits, aber die Effekte, die diese zweite Stufe auf Sie haben wird, sind unumkehrbar. Und sie werden bei Weitem nicht nur positiver Art sein.«

Cedric sah seinem Atem nach und lauschte dem noch immer so eigentümlich gedämpften Klang seiner Schritte auf der verlassenen Straße. Seit seiner ersten Injektion mit dem Vorstufenserum war es ihm die meiste Zeit über gelungen, die Erinnerung an jenen Moment im Behandlungszimmer zu verdrängen. An Dr Shaws Demonstration der »Auswirkungen auf den vollständig austherapierten Organismus«. Jetzt allerdings stand es ihm wieder nur allzu deutlich vor Augen, und die kristallklaren Bilder ließen ihn für einen Moment sogar die Kälte vergessen, die sich inzwischen wie eine zweite Schicht Kleidung um ihn gelegt hatte: Wie sie ihren Arm entblößt und mit dem Skalpell ihre Haut aufgeschnitten hatte. Drei tiefe, stark blutende Schnitte, die sich sofort und ohne jede Spur einer Wunde wieder schlossen. Würde das tatsächlich auch mit ihm geschehen? Würde er … aufhören zu bluten? Und wenn ja, was bedeutete das dann für ihn? Es schien keinen rationalen Grund zu geben, das nicht für sich zu wollen, und doch … Da war diese Schwelle in ihm, die er fast unmöglich zu überschreiten fand.

»Ist es denn überhaupt nötig, in die zweite Phase überzugehen?«, fragte er schließlich. »Mir scheint, das Vorstufenserum erfüllt seinen Zweck schon recht gut.«

Sie hatten Picadilly Square inzwischen erreicht. Vor der Fassade des Picadilly Circus wartete tatsächlich eine Kutsche, und Cedric erkannte im Näherkommen, dass der Praxisbedienstete Mr Bernard auf dem Kutschbock saß, dick vermummt in einen Wintermantel, der im schwachen Laternenlicht bereits vor Frost glitzerte.

Dr Shaw blieb vor dem Gefährt stehen und gab Cedric einen Wink. »Kommen Sie, steigen Sie für einen Moment mit mir ein. Wir fahren nicht los, und ich lasse Sie gleich wieder gehen, ich verspreche es Ihnen.«

Und ehe Cedric noch darüber nachdenken konnte, ob es in ihren Augen wohl ein Affront wäre, ihr Hilfe beim Einstieg anzubieten, hatte sie bereits ihre Röcke gerafft und war ins Innere der Kutsche geklettert – während ihm nichts weiter übrig blieb, als ihr rasch zu folgen.

»Um auf Ihre Frage zurückzukommen: Nein, das Vorstufenserum wird auf Dauer nicht genug sein. Sie sind immer noch tödlich erkrankt, Mr Edwards«, sagte sie, als er ihr gegenüber im engen Innenraum Platz nahm. Die Tür der Kutsche fiel hinter ihnen ins Schloss, und selbst das matte Laternenlicht, das ihren Weg bis hierher erhellt hatte, dämpfte sich zu kaum lichtdurchwirkten Schatten, in denen Cedric Dr Shaw nur noch als verschwommen umrissene Silhouette wahrnehmen konnte. Trotzdem spürte er noch immer ihren Blick. Sah das Funkeln des Restlichtes in ihren Augen.

»So gern ich Ihnen etwas anderes versprechen würde: Das Serum kann Sie nicht ewig retten«, erklärte sie mit dieser tiefen, weichen Stimme, die ihn wie jedes Mal erstaunte und eine seltsame Ruhe über seine Gedanken fallen ließ, ob er sich nun tatsächlich ruhig fühlte oder nicht. »Auch wenn es sich jetzt vielleicht so anfühlt, es wird den Tod, der Sie erwartet, nicht aufhalten. Möglicherweise nicht einmal nennenswert verzögern. Ich werde Ihnen jetzt allerdings erklären, was Ihr Leben wirklich bis in die Ewigkeit verlängern kann. Und wenn ich ewig sage, dann meine ich ebendas.« Sie machte eine kurze Pause, um dem Wort mehr Raum zu geben. »Ewig.«

Ewig.

Cedric lauschte dem Klang nach, wie er in der Dunkelheit zwischen ihnen schwebte, flüchtig und unmöglich zu greifen. Er hätte gern gefragt, was es bedeutete – nein, was es speziell *in seinem Fall* bedeutete. Doch in diesem Augenblick waren selbst seine Gedanken schwer, wie erdrückt von dem, was da zwischen ihnen hing, eingefroren in der Kälte der Dezembernacht.

Dr Shaw wandte sich derweil leicht zur Seite. Etwas knarzte und quietschte, wie ein Scharnier, das nur selten bewegt und noch seltener geölt wurde. In der Dunkelheit und unter all dem dicken Stoff konnte Cedric nicht ausmachen, was sie tat. Zumindest nicht, bis sie den Arm in seine Richtung ausstreckte und er in ihrer Hand eine weitere Schatulle erkannte – ganz ähnlich denen, in denen Miss Bonnet ihm seit inzwischen sieben Wochen die Phiolen mit dem Vorstufenserum überreichte. Diese jedoch war etwas größer. Und die einzelne Phiole, die Cedric darin fand, als er sie entgegennahm und mit steifen Fingern öffnete, war eine andere als die, an die er sich inzwischen gewöhnt hatte. Aus dickerem Glas und mit einer weiteren Öffnung. Die dunkle Flüssigkeit darin konnte gut und gern ein halbes Weinglas füllen. Vorsichtig nahm Cedric die Phiole heraus und wog sie in der Hand. Im Restlicht der Gaslaternen am Picadilly Square schimmerte das geschliffene Glas in mattem Gelb.

»Keine Spritzen diesmal?«, fragte er und beobachtete, wie sich sein Atem in weißen Wolken um die Phiole legte.

Dr Shaw lächelte schmal, was er mehr an der Art hörte, wie sich ihr Atem veränderte, als dass er es sah. Es war eines jener freudlosen Lächeln, die jedes Mal auf eine so eigentümliche Art ermutigend auf Cedric wirkten. Weil es keine falsche Freundlichkeit beinhaltete, keine leeren Versprechungen. Nur die ehrliche Ambivalenz dessen, was auch immer sie ihm vorschlagen wollte – und einen Hauch Zynismus, weil sie womöglich noch sehr viel besser wusste als er, dass es in dieser Situation im Grunde nichts zu lächeln gab. Nicht einmal das versuchte sie zu verbergen.

»Nein«, antwortete Dr Shaw. »Die Injektionen haben Sie überstanden, falls Sie die Therapie tatsächlich auf die nächste Stufe bringen wollen.«

Cedric zog die Brauen zusammen und sah wieder auf die Phiole hinunter. »Verraten Sie mir, was das hier ist?«

»Genau dafür bin ich hier. Was ich im Begriff bin, Ihnen zu sagen, wird nicht weniger unglaublich, wenn ich es hinauszögere, daher bringe ich es direkt auf den Punkt: Was Sie dort in der Hand halten, ist mein eigenes Blut, und es ist unsterblich – konkret gesagt, ist es genau wie ich inzwischen fast zweihundert Jahre alt. Wenn Sie es trinken, wird es Sie ebenfalls unsterblich machen und Ihnen immense Selbstheilungskräfte verleihen, wie ich es Ihnen bereits demonstriert habe. Doch der Preis dafür ist, dass Sie fortan das Blut anderer Menschen werden trinken müssen, wenn sie nicht zu einem verrottenden Haufen unsterblichen Fleischs verkommen wollen. Und ja, Sie verstehen mich völlig richtig: Ich spreche von Vampirismus.«

Es war, als hätte die Phiole mit jedem ihrer Worte an Gewicht zugenommen. Bleischwer fühlte Cedric sie in seiner Hand liegen. Sein Kopf war leer. Er brachte nicht einen zusammenhängenden Gedanken zustande.

Unsterblichkeit.

Vampirismus.

Er saß einem Vampir gegenüber, und sie hatte ihm soeben vorgeschlagen, selbst einer zu werden. Sie hatte recht: Es *war* unglaublich, und doch … glaubte er es. Jedes Wort. Unsterblichkeit und Vampirismus, genau das war es, was ihm bevorstand, wenn er dieses Blut trank. Der Gedanke erschien ihm so viel realer als jede wissenschaftliche Erklärung, die sie ihm hätte vortragen können. Vielleicht, weil er alle rationalen Hoffnungen, noch einen Weg zur Heilung zu finden, schon vor so vielen Monaten aufgegeben hatte. Und während ein steifer, krampfhaft auf Vernunft beharrender Teil von ihm noch darauf bestand, dass das nicht möglich sein konnte, dass er hier bestenfalls gefährlicher Scharlatanerie auf den Leim ging … hatte ein anderer, weitaus resoluterer Teil von ihm es längst als gegeben hingenommen. Als eine notwendige Bedingung für all das, was von hier an folgen würde.

»Wie ich Ihnen bereits erläutert habe, ist dieser Schritt jedoch einer, der für den Körper sehr fordernd ist«, sagte Dr Shaw, als hätte er ihr in ebendiesem Moment bereits schweigend zugestimmt. Als würde sie gar nicht erst in Erwägung ziehen, seine Antwort könne am Ende doch noch Nein lauten. Und damit – an dieser Stelle seiner Gedanken musste Cedric beinahe lachen – bewies sie eigentlich nur, wie gut sie ihn mittlerweile kannte.

»Bestenfalls werden Sie sich in den ersten Tagen schwach und müde fühlen. Sehr viel wahrscheinlicher werden Sie Fieber haben. Und schlechtestenfalls kann der Prozess Sie, wie erwähnt, töten – obwohl Sie das Vorstufenserum, wie erhofft, gut angenommen haben und ich davon ausgehe, dass wir uns diesbezüglich keine allzu großen Sorgen machen müssen. Schicken Sie trotzdem unbedingt nach meinem Mann, sobald Sie erste Reaktionen bemerken. Er wird Ihnen in allem Weiteren eine Starthilfe geben, bis Sie sich selbst versorgen können. Außerdem habe ich mich bereits darum gekümmert, dass jemand aus dem Kreis meiner Bekannten nach Ihnen sieht, sobald es Ihnen etwas besser geht. Denken Sie nicht, dass wir Sie damit allein lassen werden. Das sind Sie nicht, ob ich persönlich vor Ort bin oder nicht.«

Cedric schwieg. Er fühlte sich noch immer seltsam distanziert von seinen eigenen Gedanken, von den Empfindungen, die er zu all dem hätte spüren müssen. Vampire waren für ihn bisher nicht mehr gewesen als die flüchtige Berührung mit einer Geschichte aus der Feder eines gewissen Dr John Polidori, von der Robert ihm einmal erzählt hatte – über einen unsterblichen Lord, der auf Bällen und sonstigen Gesellschaften umging, die Tugendhaften ins Laster trieb und das Blut schöner junger Frauen trank, um sein eigenes Leben zu verlängern. Rob liebte Schauerliteratur fast ebenso sehr wie seine Gift- und Spirituosensammlung und konnte gefühlt Stunden damit verbringen, besonders schaurige Stellen zu rezitieren – wobei Cedric meist schnell gedanklich abschweifte. Für ihn war an der fraglichen Geschichte weitaus spannender gewesen, dass zunächst Lord Byron fälschlich als Urheber genannt worden war, während sie in Wahrheit dessen Leibarzt geschrieben hatte. Ein Teil von ihm wollte gern trocken lachen über die thematische Verknüpfung von Ärzten und Vampiren, die sich hier so unerwartet wiederholte. Ein anderer wünschte sich, er hätte Robert doch besser zugehört – denn dann hätte er jetzt womöglich besser gewusst, ob in der Geschichte wirklich stand, woran er sich zu erinnern glaubte.

Er hob den Kopf und versuchte in der Dunkelheit der Kutsche Dr Shaws Blick zu begegnen. »Ist es wie in den Geschichten? Werde ich Menschen beißen müssen?«

Er fühlte sich linkisch dabei, diese Frage zu stellen, und es hätte ihn wenig gewundert, wenn Dr Shaw ihn dafür verspottet oder zumindest den Kopf über ihn geschüttelt hätte. Er war sich sogar fast sicher, dass sie ihm im nächsten Moment erklären würde, er solle sich bloß nicht einbilden, die Vampire, von denen sie sprach, hätten irgendetwas mit den Wesen aus Volksglauben und Schauerliteratur zu tun.

Sie tat nichts dergleichen.

»Ich will es so sagen«, erklärte sie stattdessen mit unverändert pragmatischem Ernst, als wäre seine Frage tatsächlich eine vernünftige gewesen. »Auf welche Weise Sie das Blut entnehmen, ist für das Ergebnis irrelevant. Dennoch: Ja, die meisten von uns gehen auf diese Weise vor, da es naheliegend und ein bestenfalls für beide Seiten recht angenehmer Vorgang ist. Dem müssen Sie sich aber nicht anschließen, wenn Ihnen nicht wohl dabei ist. Wichtig ist nur, es muss Menschenblut sein, und Sie müssen es oral zuführen, will sagen, Sie müssen es trinken, da eine direkte Injektion in den Blutkreislauf zu Komplikationen führen kann. Außerdem sollten Sie keine vulnerablen Personen als Quelle auswählen, wie Schwangere, Kinder, ältere Personen oder Erkrankte. Davon abgesehen gibt es keine Restriktionen, was Ihre Nahrungsaufnahme betrifft, und im Normalfall schadet es Ihren Quellen auch nicht, dass Sie von ihnen trinken, falls Ihre Frage darauf abgezielt haben sollte. Der Biss in den Hals oder das Handgelenk hat sich als unkompliziert erwiesen, da er … nun ja, recht leicht als leidenschaftlicher Kuss zu tarnen ist. Überhaupt sind intime körperliche Interaktionen eine … naheliegende Lösung, wie Sie vielleicht feststellen werden. Grundsätzlich steht Ihnen aber auch jede andere Methode offen. Bedenken Sie nur, dass Ihre Identität als Vampir unter allen Umständen geheim bleiben muss.«

Cedric schloss die Hand um die Phiole. Versuchte sich vorzustellen, wie es sein würde. Blut zu trinken. Ein Leben, das niemals endete.

Er scheiterte, und das nicht auf die gute Art.

»Sie sagten, das Vorstufenserum kann mich nicht ewig retten. Wie lange kann es mich denn am Leben erhalten, wenn ich mich gegen Phase zwei entscheide?«

Dr Shaws schattenhafte Silhouette blieb ebenso unbewegt wie ihre Stimme. »Ich kann es Ihnen nicht mit Gewissheit sagen. Fünf Jahre. Zehn, wenn sie Glück haben. Die Zynikerin in mir möchte anmerken, zumindest Ihre ältere Tochter wäre dann alt genug, um sie zurückzulassen. Aber wie ich Sie kenne, werden Sie das nicht hören wollen.«

Cedric stieß ein leises Schnauben aus. »Sagen Sie mir deshalb nicht, dass ich die Entscheidung mit Bedacht treffen soll? Dass Menschen üblicherweise nicht für die Unsterblichkeit gemacht sind? Ich hätte vermutet, eine solche Warnung sei an dieser Stelle angebracht.«

»Das ist sie, Mr Edwards. Sie haben mir allerdings oft genug bewiesen, dass solcherlei Warnungen bei Ihnen auf wenig fruchtbaren Boden fallen, daher spare ich mir das. Also nehmen Sie das Blut, sehen Sie zu, dass Sie zurück ins Warme kommen, und treffen Sie die Entscheidung, die getroffen werden muss.« Sie neigte sich zur Seite, um die Tür der Kutsche für ihn aufzustoßen. »Ich muss nun leider aufbrechen, ich darf mein Schiff nicht verpassen. Und Sie haben auch noch Verpflichtungen an diesem Abend, wenn ich Sie daran erinnern darf.«

Wortlos legte Cedric die Phiole zurück in die Schatulle. Sie war zu groß, um sie in den Taschen seines Fracks unterzubringen, also behielt er sie in der Hand, während er aus der Kutsche stieg. Erst als er mit beiden Füßen fest auf dem schneebestäubten Pflaster des Picadilly Square stand, drehte er sich noch einmal um. »Gute Reise, Doktor.«

In den Schatten der Kutsche glaubte er sie lächeln zu sehen. »Bleiben Sie aufrecht, Mr Edwards. Ich bin gespannt auf den Moment, in dem wir uns wiedersehen. Wir können fahren, Mr Bernard!«

Die Zügel schnalzten. Cedric blieb kaum Zeit, die Tür zu schließen und einen Schritt zurückzutreten, da rollte das Fuhrwerk auch schon los. Das Rappeln der Räder tönte noch lange durch die stillen Straßen, selbst als die Kutsche schon längst in der Dunkelheit verschwunden war. Schließlich verklang selbst das, und Cedric war allein. Allein mit der Nacht, der Kälte, dem Blut … und einer Entscheidung.

Kapitel Zwei

»The First Noel«, trad. Weihnachtslied

11 Hanover Street, West End, London

Später in der Nacht saß Cedric wieder einmal allein auf dem Sofa im Kaminzimmer. Das Haus war bei seiner Heimkehr bereits dunkel gewesen. Die Mädchen, Ruth und Martha, alle schliefen, vermutlich seit Stunden. Cedric wusste, er brauchte nicht einmal zu versuchen, es ihnen gleichzutun. Nicht heute. Sein Kopf schwamm noch von all den Gesprächen, den Lobpreisungen seiner Leistung, den Lichtern, dem Champagner, und fühlte sich doch eigentümlich leer an, als wären all das nur elektrische Entladungen, die über die Wände einer gummiweichen Hohlkugel zuckten. Im Inneren dieser Hohlkugel war absolut nichts – nur ein kalt leuchtendes Licht, das ihn trotz aller Müdigkeit hellwach machte, und in dessen Mitte einsam und glasklar jener surreale Moment schwebte, in dem Dr Shaw ihm die Phiole mit dem Vampirblut überreicht hatte.

Cedric starrte auf den Kaminsims, wo die prall gefüllten Weihnachtsstrümpfe hingen. Der Tannenbaum in der Ecke war geschmückt, das Zimmer roch nach Nadelholz und Harz. Ein Vorweihnachtsabend wie etliche zuvor in diesem Haus, und trotzdem … wirkte all das seltsam dumpf im letzten Glimmen der verbrannten Holzscheite. Die Szenerie hatte nichts Festliches. Keinen Frieden. Nichts von der Stille eines Heiligabends.

Das Blut im Weinglas zwischen Cedrics Händen zitterte und bildete konzentrische Kreise auf der dunkel glänzenden Oberfläche. Er hatte es dort hineingegeben, in der Hoffnung, es würde ihm auf diese Weise leichterfallen, die nötige Ruhe und Entschlossenheit aufzubringen. Trotzdem schlug sein Herz umso heftiger, je länger er zögerte, bis er es an seiner Schädeldecke und unter seiner Zunge pochen fühlte.

Er würde es nicht tun, wenn er noch lange wartete. Er würde einfach ins Bett gehen. Den Moment verpassen.

...

Sterben.

Cedric schloss die Augen. Atmete tief den Geruch von Tanne, ausbrennendem Feuer, Zuckergebäck und Festtagsbraten ein und zwang sich zurückzudenken. An die Weihnachten mit Adele. Und an das letzte – ohne sie. Kurz bevor er Ruth geheiratet hatte. Es war ebenfalls Weihnachten gewesen, als er dem Drängen seiner Mutter nachgegeben hatte, um ihre Hand anzuhalten, sobald die drei Monate Trauerzeit vorüber waren. War es denn nicht nur folgerichtig, wenn sein Weg in dieser Nacht, an diesem Weihnachten, eine weitere einschneidende Wendung nahm?

Es schien so logisch. So unausweichlich. Seine Familie brauchte ihn. Erica, Ada ... das Ungeborene. Ruth, der er sich versprochen hatte, ob aus Überzeugung oder nicht, und die er gerade erst wirklich zu sehen begann. Er wollte sie nicht verlassen, und doch ...

War es richtig, dafür *unmenschlich* zu werden?

Das Zittern wurde stärker, und Cedric wurde bewusst, wie lange er es nicht mehr gespürt hatte. Wie lange die Krankheit ihm nicht mehr bewiesen hatte, dass sie ihn nicht entkommen lassen würde, wenn er keine drastischen Schritte unternahm.

»Sie sind immer noch tödlich erkrankt, Mr Edwards.«

Cedric verkrampfte die Finger um das Glas. Wenn er es jetzt fallen ließe, wenn das Zittern es ihm aus den Händen schüttelte oder das Glas zerbrach, wenn er es verlor, diese eine, letzte Möglichkeit ...

Es war dieser Moment, in dem die Zweifel fielen.

Nein, er würde nicht gehen.

Er *würde nicht* gehen!

Cedric umfasste das Glas mit beiden Händen und stürzte das Blut in einem Zug hinunter.

Der Geschmack war ekelerregend. Metallisch, schwer, salzig und auf erdrückende Weise süßlich zugleich. Zähflüssig klebte es an seinem Gaumen, seiner Zunge und in seinem Rachen und rann viel zu langsam seinen Hals hinunter. Es drehte ihm den Magen um. Cedric würgte und röchelte und hätte sich am liebsten sofort übergeben. Mit einem dumpfen Laut fiel das Glas auf den Läufer vor dem Sofa, als er die Hände vor den Mund presste und mühsam durch die Nase atmete, um den Brechreiz zurückzudrängen. Auf keinen Fall würde er dieses Blut jetzt noch wieder hergeben.

Langsam, ganz langsam wich die Übelkeit und hinterließ ein schwummriges Wabern, das in seinem Inneren hin- und herschwappte. Vor etlichen Jahren, lange vor der Geburt seiner Töchter und sogar noch vor seiner Hochzeit mit Adele, war Cedric einmal aufs Festland übergesetzt, um über Verbindungen seines Lehrers ein Konzert in der St. Petersburger Philharmonie zu spielen – die weiteste und beeindruckendste Reise seines bisherigen Lebens, ohne Frage, aber in diesem Moment erinnerte Cedric sich vor allem daran, wie ähnlich furchtbar er sich auf dem Schiff im stampfenden Seegang gefühlt hatte. Ohne festen Boden unter den Füßen, in sich das mit den Wellen auf- und absteigende Schwanken der Übelkeit. Cedric stützte die Ellbogen auf die Knie und das Gesicht in die Hände. Atmete weiter in die Dunkelheit seiner Handflächen, bis sein Inneres endlich so weit zur Ruhe kam, dass er sich in der Lage fühlte, aufzustehen und in sein Zimmer zu gehen – allerdings nicht, ohne zuvor das Glas aufzuheben, es in die leere, stille Küche zu tragen und mit kaltem Wasser auszuspülen. Dreimal. Fünfmal. Zehnmal, bis auch nicht die geringste Spur des Bluts mehr darin zu sehen war – nur um es danach trotzdem in ein Tuch zu wickeln, es auf der Kante der Anrichte zu zerschlagen und die Scherben mitsamt dem Tuch im Müll zu entsorgen. Am liebsten hätte er auch die Spülschüssel gleich mit weggeworfen, statt sie nur ebenso gründlich auszuwaschen. Keiner der Menschen in diesem Haus sollte auch nur in die Nähe dessen kommen, was er gerade geschluckt hatte. Was noch immer heiß und klebrig in seinem Magen rumorte und noch so viel mehr hinter seiner Stirn zu pochen schien.

Mit schweren Beinen schleppte Cedric sich die Treppe hinauf, schloss die Tür zu seinem Zimmer hinter sich und ließ sich quer aufs Bett fallen. Er trug noch immer sein Konzerthemd, dachte er vage, während seine Lider bereits schwer wie Blei herabsanken. Vom Konzert seines Lebens. Vom *Abend* seines Lebens, in mehr als einer Hinsicht.

Weil er leben würde.

Wie auch immer es aussah.

Er würde leben.

Kapitel Drei

»Tu scendi dalle stelle«; italienisches Weihnachtslied (trad.)

In der Nähe von Mentana, latianisches Hügelland,
Latium, Italien

Weihnachten im Waldhaus war anders als alle Weihnachten, die Dorián je erlebt hatte. Das fing schon damit an, dass mit dem Tag des Heiligen Abends eine ganze Woche begann, in der niemand von ihnen nach Rom fahren und arbeiten würde. Die Tage zwischen Weihnachten und Neujahr, so erklärte ihm Bartosz, lohnten sich nicht, weil die Städter alle mit ihren Familien zu Hause saßen und sich die Bäuche vollschlugen. Dorián war darüber ziemlich verwundert gewesen. Bei Großvater und Großmutter hatten sie nie *Crăciun* mitfeiern dürfen – und trotzdem war es die beste Zeit des Jahres gewesen. Sie durften baden und bekamen saubere Hosen, Jacken und Mützen, damit sie nicht wie Bettelkinder aussahen, und dann zogen sie mit den anderen Kindern Bukarests durch die Straßen, wo in der Heiligen Nacht alle Türen unverschlossen waren. Sie sangen Weihnachtslieder in den Hausfluren und bekamen dafür Brezeln, Äpfel und Nusskuchen oder dicke Scheiben Hefegebäck und manchmal sogar Geld. Das Geld mussten sie natürlich zu Hause abgeben. Das Essen aber stopften sie noch an Ort und Stelle in sich hinein, und es war vielleicht kein Festmahl, doch genug, um wenigstens einmal im Jahr nicht neidisch aufeinander sein zu müssen. Bis zum Dreikönigstag konnte man für ein paar Lieder noch Reste von Weihnachtssüßigkeiten und Obst bekommen, auch nachdem die Nacht der offenen Türen vorbei war. Nie im Leben wäre Dorián auf die Idee gekommen, ausgerechnet in dieser Zeit der Stadt fernzubleiben, zumal singen eines der wenigen Dinge war, in denen er besser und erfolgreicher war als die anderen. Hier in Italien schien es diesen Brauch jedoch nicht zu geben, und zum ersten Mal seit seiner Ankunft im Waldhaus spürte Dorián so etwas wie Heimweh.

Das verlor sich allerdings schnell, denn auch hier wurde gesungen, fröhlich und laut und in verschiedenen Sprachen, und Dorián musste Bartosz recht geben, dass es tatsächlich ein *schöner* Gedanke war, einfach ein paar Tage daheim zu verbringen. Es war schön, Zeit zum Nichtstun zu haben, und schön, die anderen Kinder besser kennenzulernen. Dorián mochte besonders die Gruppe der älteren. Es war so eine vertraute, warmherzige Stimmung zwischen ihnen, obwohl sie doch alle so unterschiedlich waren. Neben Dorothy und Bartosz gehörten Antoine von Korsika und Tomke aus Friesland dazu, die jeden Tag die Pferdewagen fuhren; außerdem Shila aus Persien, die stricken und häkeln und Schiffe oder Vögel aus Papier falten konnte; während Lidia, wie Dorián inzwischen wusste, aus Bulgarien stammte und von ihnen allen am besten handelte und Geschichten erzählte. Manchmal tranken sie Traubenmost oder würzigen, leicht erwärmten Anisschnaps, und Dorián wusste deshalb schon bald nicht nur, wie es war, satt zu sein, sondern auch ein bisschen betrunken. Es tat beinahe weh, wie wohl er sich in dieser Runde fühlte, die ihn einfach so aufnahm, ohne zu fragen, was er eigentlich konnte oder wofür er gut war. Außerdem bedeutete ihr Daheimbleiben natürlich nicht, dass es nichts zu tun gab: Das Weihnachtsessen wollte vorbereitet werden, sie putzten das Haus von oben bis unten und schmückten es mit Strohsternen, Tannenzweigen und ungesponnener weißer Wolle. Im Essraum stand seit Beginn der Vorweihnachtszeit schon ein kleiner Stall mit Maria und Josef als Wollpuppen darin, und an diesem Abend würden sie auch noch feierlich die Wollbabypuppe in die Krippe legen.

Nachdem er in der Küche geholfen hatte, Tomaten zu häuten, Pilze zu schneiden, Kräuter zu hacken und Orangen zu filetieren – mit mehr oder minder großem Erfolg –, scheuchte Bartosz Dorián in den

Stall, um dort ungehört von den Bewohnern der Villa ihre tägliche Violinstunde abzuhalten.

»Warum bringst du ihm eigentlich keine fröhlichen Lieder bei?« Antoine, der gerade die Boxen ausmistete, grinste ihnen über den Rücken des braunen Wallachs Churro hinweg zu. »So kenne ich dich gar nicht.«

Bartosz lachte ein wenig resigniert. »Glaub es oder nicht, es *ist* ein fröhliches Lied. Es klingt bei ihm nur traurig. Alles klingt bei ihm traurig. In Wahrheit ist er der geborene Cellist.« Er stupste Dorián mit einem Hufkratzer in die Seite. »Achte auf deine Finger. Wenn du um einen Halbton verrutschst, änderst du das ganze Stück. Und nicht zu sehr drücken, denk dran.«

Dorián seufzte. Bartosz hatte recht behalten: Ob er bei Tageslicht im Stall spielte, wo wirklich nichts ruckelte, oder bei Nacht auf dem Wagen, änderte kaum etwas daran, wie gut oder schlecht es ihm gelang. Immerhin würde er inzwischen vermutlich nie wieder vergessen, wie er die Violine und den Bogen halten musste. Theoretisch zumindest. Theoretisch hatte er ohnehin schon eine Menge gelernt. Griffarten, Lagen, Tonleitern. Was Mehrklänge waren, und die Namen der einzelnen Saiten. Er konnte inzwischen gut hören, ob er die Töne richtig traf, und sie sogar benennen. Das war vielleicht das Frustrierendste an der ganzen Sache, weil es so oft schiefging.

Antoine lachte, dass seine Löckchen wippten und die Sommersprossen auf seiner Nase sich kräuselten. Seine vom Stimmbruch schwankende Stimme kiekste dabei. »Ich finde, es klingt schon gar nicht so schlecht. Kein Vergleich zu … *Chí diavule …?*« Er reckte den Hals, um besser aus dem winzigen Fenster neben der Stalltür spähen zu können. »Was in drei Teufels Namen will Céleste denn hier?«

»Céleste?« Bartosz war sofort auf den Beinen, und auch Dorián lief hinüber zum Fenster.

Tatsächlich, da war sie. In einen hellen Wintermantel gehüllt und dessen große, mit Fell besetzte Kapuze über das silberblonde Haar gezogen, schritt Céleste mit durchgedrücktem Rücken über den Hof, als wüsste sie genau, dass irgendjemand sie längst entdeckt haben musste. Dorián glaubte förmlich, das Zittern in jedem ihrer Schritte zu spüren, aber sie zögerte nicht.

Dorián, Bartosz und Antoine wechselten einen Blick.

»Dorothy«, sagte Bartosz, und Dorián konnte nur nicken, weil es genau das war, was auch er befürchtete. Rasch packten sie die Violine in ihren Koffer und ließen sie bei Antoine zurück, um hinüber ins Haus zu laufen, kaum dass die Tür hinter Céleste ins Schloss gefallen war.

Sie mussten nicht lange suchen. Nicht weit vom Eingang entfernt stand die Tür zum Wäschelager offen, wo Dorothy dabei war, frisch gewaschene Laken und Handtücher in die Regale zu räumen. Kurz hinter der Schwelle stand Céleste.

»… Herr Gregor wünscht, dass du dann da bist«, sagte sie gerade, offensichtlich bemüht, einen selbstbewussten Ton anzuschlagen, der ihr allerdings nicht besonders gut gelang.

»Ich pfeife aber darauf, was Gregor sich wünscht«, erklärte Dorothy, zerrte mit etwas zu viel Kraft ein Laken aus dem Wäschesack und schüttelte es aus. »Ich werde hier mit *meiner* Familie Weihnachten feiern. Und wenn er sich auf den Kopf stellt.« Sie fletschte die Zähne zu einem Grinsen. »Obwohl, wenn er *das* wirklich tut, denke ich vielleicht darüber nach. Aber nur in geblümten Kniestrümpfen.«

»Ich …« Céleste rang sichtlich um Worte. »Wenn du nicht mit mir kommst, wird Herr Gregor dich selbst holen und dich wieder vor allen anderen bloßstellen. Willst du das etwa?«

Dorothy zuckte bloß die Schultern und faltete das Laken mit raschen Bewegungen zu einem Bündel. »Wenn es sein muss. Ich habe schon Schlimmeres durchgemacht.«

Céleste ballte die Fäuste. »Was willst du eigentlich noch?«, stieß sie hervor und klang jetzt geradezu verzweifelt. »Du kriegst doch schon alles von ihm! Mehr als alle anderen! Und du –«

»Er hat mich nie gefragt, ob ich das überhaupt will«, fuhr Dorothy ihr scharf ins Wort. »Im Gegenteil. Er drängt es mir auf, obwohl er *weiß*, dass ich es hasse. Und ich bekomme nicht in meinen Kopf, dass du das nicht verstehst.« Sie seufzte resigniert. »Ein Vorschlag: Du und dein Herr Gregor lasst mich noch über die Weihnachtstage in Ruhe. Dann komme ich freiwillig rüber und bleibe meinetwegen bis ins neue Jahr, wenn er das unbedingt will. Aber heute gehe ich nicht weg von hier. Sag ihm das.«

Etliche Sekunden lang blieb Céleste stumm. Dann wandte sie sich brüsk um und wäre beinahe in Dorián und Bartosz hineingelaufen, die immer noch auf dem Flur standen. Aus ihren hellblauen Augen starrte sie sie vernichtend an, und für einen Moment schien es, als wolle sie ihnen etwas Hasserfülltes entgegenschleudern – oder vielleicht anfangen zu weinen. Doch schließlich drängte sie sich bloß an ihnen vorbei und stürmte aus der Tür.

Dorothy wandte sich wieder den Laken zu, um ihre Arbeit fortzusetzen, als wäre nichts gewesen.

»Ihr riecht nach Stall«, sagte sie, ohne sich umzudrehen. »Habt ihr da nichts mehr zu tun?«

Dorián und Bartosz brauchten diesmal keinen Blickwechsel, um sich zu verständigen. Sie gingen einfach zu Dorothy hinüber und begannen ebenfalls, die verbliebenen Wäschestücke zu falten und in die Regale zu räumen.

»Die Hände sind sauber, versprochen«, murmelte Dorián. »Wir haben nur Geige gespielt.«

Er war froh, dass zur Antwort ein kleines Lächeln auf Dorothys Gesicht erschien, obwohl er jetzt aus der Nähe das Beben spürte, das sie nach der Begegnung mit Céleste noch immer durchrüttelte. Er hatte in den letzten Wochen immerhin zu ahnen begonnen, wie viel Kraft sie der ständige Widerstand gegen die Forderungen aus der Villa kostete. In Momenten wie diesem begriff er es besonders deutlich.

»Und warum macht ihr damit nicht weiter?«

»Weil wir jetzt hier bei dir sind«, antwortete Bartosz schlicht. Und dann sagten sie nichts mehr, bis der Wäschesack leer war.

Dorothy ließ ihre Hände einen langen Moment auf dem letzten Laken liegen, das sie gerade verräumt hatte, und seufzte. »Tja, also … Ich denke, unser Weihnachten kann anfangen. Es *sollte* jetzt anfangen. Kommt ihr?«

Ohne eine Antwort abzuwarten, machte sie sich auf den Weg zur Tür. Auf der Schwelle allerdings drehte sie sich noch einmal um. »Oh, ehe ich es vergesse. Es ist noch ein bisschen früh für Geschenke, aber ich hab was für euch.« Sie tastete in der Tasche ihrer Wollhose. »Hier. Gregor hat sie mir gegeben, damit ich mich etwas einsichtiger zeige. Ich denke, bei euch sind sie besser aufgehoben. Stellt irgendwas Vernünftiges damit an.« Damit drückte sie Dorián und Bartosz je eine Münze in die Hand.

Dorián starrte ungläubig auf das Stück Silber. Eine Lira. Eine ganze. Einfach so. Wie viele Portionen *Maccarùni* könnte er sich davon wohl kaufen?

»Für die Familie, meine ich«, sagte Dorothy und lächelte schief. »Unsere Familie. Euch fällt schon was ein.« Ein weiteres Seufzen, unglaublich schwer. »Frohe Weihnachten, ihr beiden. Und jetzt lasst uns erst mal nicht mehr daran denken.«

Kapitel Vier

»Lieti Pastori«; italienisches Weihnachtslied (trad.)

In der Nähe von Mentana, latianisches Hügelland, Latium, Italien

Sie dachten tatsächlich eine ganze Weile nicht daran. Dorián zumindest war so in Anspruch genommen von der Weihnachtsstimmung, dem Gelächter und Gesang im Waldhaus, dass es einfach unmöglich schien, dass diese glücklichen, geborgenen Momente jemals vorübergehen könnten.

Das war natürlich ein Irrtum.

Es war der Tag nach Weihnachten – die erste der Raunächte, wie Lidia im Schauergeschichten-Tonfall verkündete, wenn das Geisterreich sich öffnete und Werwölfe in den Wäldern heulten –, an dem das Begreifen ihn einholte. Die Sonne war gerade hinter den Hügeln verschwunden, und nur noch ein blassrosa Schleier am Himmel im Westen trennte den Tag von der Nacht, obwohl es in Wahrheit gerade erst auf die Abendstunden zuging. Dorián war mit Wilhelm und Vittorio im Essraum und verteilte die hölzernen Schalen fürs Abendessen auf den Tischen, als er ein seltsames Kitzeln im Kopf spürte. Ein vages Prickeln hinter seiner Stirn, und einen Gedanken, der sich wie der eines anderen Menschen anfühlte.

Was ist da draußen?

Rasch lief er hinüber zum Fenster, vor dem sie wie immer bei Anbruch der Dunkelheit die Vorhänge zugezogen hatten, und spähte durch einen Spalt zwischen den Stoffbahnen hinaus.

Auf der breiten Treppe zur Villa stand Herr Gregor und sah reglos zum Haus hinüber. Dorián fuhr zusammen und zog sich hastig hinter die Vorhänge zurück, obwohl es von draußen in Wahrheit unmöglich war, hier hereinzusehen. Seit er den Herrn Gregor und Céleste an jenem ersten Morgen auf dem Hof beobachtet hatte, hatte er das mehrmals zu verschiedenen Tageszeiten und Wetterlagen ausprobiert, und er war ziemlich überzeugt, dass es nicht ging. Aber sicher war sicher.

Herr Gregor zumindest machte an diesem Tag keine Anzeichen, dass er Dorián bemerkt hatte. Er stand einfach nur da, als wäre er selbst eine der vielen Statuen, die die Villa schmückten. Und vielleicht war das unheimlicher als alles andere, was er hätte tun können.

Warum stand er da? Worauf wartete er?

Und dann begriff Dorián.

Einer plötzlichen Eingebung folgend steckte er zwei Finger in den Mund und pfiff – ein langer, hoher Ton mit einer kleinen Schleife am Ende. Es war ein Zeichen, das die Kinder unter sich ausgemacht hatten, ursprünglich um einander in Rom vor sich nähernden Carabinieri und anderen Stadtwachen zu warnen. Aber Dorián hoffte, dass es auch hier seinen Zweck erfüllen würde. Er hatte den Pfiff wirklich lange geübt, und es klappte schon deutlich besser als das Violinenspiel. Leider würde er damit das ganze Haus aufrütteln, doch solange es auch die hörten, auf die es ankam, war das nicht so wichtig.

Tatsächlich erklang kurz darauf das Trappeln etlicher Füße, die vielleicht zu den Fenstern der Schlafzimmer liefen, die dem Hof zugewandt waren. Einige von ihnen näherten sich auch dem Esszimmer, und nur wenige Sekunden später war der Raum voller Kinder, die sich an den Fenstern drängten und aufgeregt tuschelten. Auch Lidia und Antoine waren unter ihnen, sie schoben sich durch die nervös zappelnde Menge, um selbst nach draußen sehen zu können. Im Stallfenster schräg gegenüber verlosch das Licht.

»Was ist los, Dorián?«, fragte eine raue Stimme hinter ihm.

Dorián atmete auf. Sie hatte es also auch gehört. Er wandte sich zu Dorothy um. Ein besorgter Zug lag um ihren Mund. »Warst du das, der gepfiffen hat?«

»Ja, ich dachte …« Dorián stockte und warf noch einen Blick über die Schulter zum Fenster. Ihm war wohl bewusst, dass nun auch etliche der anderen Kinder dichter an ihn heranrückten oder von ihrem Platz am Fenster erwartungsvoll zu ihm hersahen, in der Hoffnung, mehr darüber zu erfahren, was Gregors Auftauchen auf der Treppe zu bedeuten hatte – und warum einer von ihnen das so wichtig oder bedrohlich fand, dass er deshalb ihr Warnzeichen benutzte.

»Dort draußen steht der He… Da steht Gregor«, setzte er noch einmal an. »Oben auf der Treppe. Es sieht aus, als ob … er auf etwas wartet.« In der Hosentasche schloss er die Finger fest um Dorothys Münze. Seit der Begegnung mit Céleste an Heiligabend trug er sie immer bei sich.

Dorothy nickte bloß. Eine steile Falte stand zwischen ihren Brauen. »Natürlich«, murmelte sie, und ihre Hand, die bisher leicht auf dem dicken Stoff des Vorhangs geruht hatte, verkrampfte sich zur Faust. »Er wartet auf mich. Ich hab's versprochen.«

Sie hatte nicht laut gesprochen. Trotzdem genügte es, um alle Kinder im Raum auf einen Schlag zum Verstummen zu bringen. Sie starrten sie an, wie sie es getan hatten, als Gregor bei der medizinischen Musterung aufgetaucht war, um sie abzuholen. Dorián verstand, was sie fühlten. Dorothy und die anderen älteren Kinder … sie waren so wichtig, damit sie alle sich hier sicher und stark fühlen konnten. Es war eine furchtbare Vorstellung, dass irgendjemand von ihnen dauerhaft fortblieb. Trotzdem war es genau das, was sie jetzt fürchten mussten. Es geschah ja nicht zum ersten Mal.

Er schluckte mühsam. »Musst du wirklich gehen?«, brachte er heraus.

Dorothy ließ den Vorhang los. Stattdessen legte sie ihre Hand flüchtig an Doriáns Wange. »Ich komme doch wieder«, sagte sie. »Solange ihr da seid, komme ich immer wieder.«

»Wir warten hier«, flüsterte Dorián. Er brachte es einfach nicht fertig, laut zu sprechen.

Dorothy nickte. »Ich komme. So bald ich nur kann.«

Damit wandte sie sich ab und huschte aus dem Raum. Kurz darauf ging die Eingangstür, und dann sah Dorián Dorothy über den Hof schreiten – aufrecht und entschlossen, als könnte ihr nichts auf der Welt etwas anhaben. Und vielleicht war das auch so, vielleicht konnten sie das nicht, niemand, nicht mal Gregor, den Dorián wirklich nicht mehr Herr nennen wollte. Es war das, was er dringend glauben wollte, genau wie Bartosz, der in diesem Moment die Tür zum Stall aufriss, aber auf der Schwelle stehen blieb und nichts tat, um sie aufzuhalten. Und alle anderen Kinder im Raum vermutlich ebenso.

Kapitel Fünf

»Meditation«; aus der Oper »Thaïs«; Jules Massenet

In der Nähe von Mentana, latianisches Hügelland, Latium, Italien

Dorothy kam an diesem Abend nicht zurück. Und auch am nächsten Tag warteten sie vergeblich auf sie. Sie tauchte nicht auf, während Dorián morgens in der Küche das Frühstücksgeschirr spülte, nicht bei der Violinstunde im Stall, und auch nicht zum Abendessen. Nicht später, als er hellwach auf seinem Schlaflager in die Finsternis starrte, nicht am Morgen des nächsten Tages, und auch nicht an dem danach.

»Ich glaube nicht, dass sie bald wiederkommt«, sagte Bartosz, als sie in ungewohnt düsterer Stimmung in der Sattelkammer hockten und sich nur schwer überwinden konnten, mit dem Unterricht zu beginnen. »Bis ins neue Jahr, hat sie gesagt. Weißt du nicht mehr?«

Damit hatte er natürlich recht. Nur gab es ohne die täglichen Fahrten nach Rom einfach viel zu viele Gelegenheiten, an sie zu denken. Zu warten. Und trotzdem zu hoffen.

Doch ganz gleich, wie oft und wie lange Dorián sich ans Fenster stellte, um in Richtung Villa hinauszustarren – ihre Türen blieben geschlossen, und sie gab Dorothy nicht zurück.

Stattdessen kam das neue Jahr.

Und mit ihm der Tag, an dem alles noch so viel schlimmer wurde.

Kapitel Sechs

»Gang zum Richtplatz«; Symphonie fantastique IV; Hector Berlioz

11 Hanover Street, West End, London

Er hatte ihnen Weihnachten verdorben.

Es war dieser Gedanke, der Cedric wieder und wieder aus seinem fiebrigen Dämmerzustand riss. Die Zeit verschwamm, von der Nacht zum Tag und wieder zur Nacht, während er sich zwischen schweißgetränkten Laken umherwälzte.

Manchmal war Ruth bei ihm und flößte ihm Brühe ein, von der er das meiste umgehend wieder erbrach.

Ein anderes Mal standen seine Töchter an seinem Bett und weinten heftige Tränen vor Angst, er würde nun auch sterben – was Cedric wieder und wieder energisch verneinte, obwohl er in diesem Moment bei Weitem nicht sicher war, ob er selbst tatsächlich daran glaubte.

Er konnte sich nicht erinnern, dass es ihm in seinem Leben je zuvor so schlecht gegangen wäre. Selbst als das Fieber endlich abklang, ließ es ihn mit einem erdrückenden Gefühl der Schwere zurück, mit brennenden Kopfschmerzen und dumpfer Taubheit in den Gliedern.

Und Hunger. Unendlichem, alles überwältigendem Hunger, gepaart mit einer paradoxen Übelkeit, die einen kaum zu unterdrückenden Brechreiz in ihm auslöste, wenn Essen ihm auch nur zu nahe kam.

Es war dieser Zustand, in dem Dr Harold Shaw ihn fand. Der Arzt betrat das Zimmer an einem silbergrau verhangenen Wintermorgen, eine gute Weile nachdem Cedric wieder einmal das Frühstück bis auf wenige Schlucke Tee nicht hatte in seinen Magen zwingen können und die besorgte Martha zu einer sicher noch viel besorgteren Ruth zurückgeschickt hatte.

Dr Shaw brachte seinen markanten Geruch nach starkem Tabak und Holzpolitur mit sich – ein Geruch, der Cedric so vertraut war, dass er ihn bereits erkannte, noch bevor sich die Tür öffnete. Und trotzdem drängte sich ihm schon in der ersten Sekunde ein ganz anderes Aroma auf. Eines, auf das sich, das begriff er erst in diesem Moment, die ganze Zeit über all dieser vernichtende Hunger konzentriert und fixiert hatte, seit er wieder halbwegs zu Sinnen gekommen war. So intensiv, dass sich sein Magen zusammenzog und Speichel sich in seinem Mund sammelte.

Blut. Mehr Blut.

Das plötzliche Verlangen war so stark, dass es ihn sogar dazu trieb, sich aufzusetzen, obwohl er nicht geglaubt hätte, dafür genügend Kraft zu haben. Er hatte es schon bei Martha gespürt, wurde ihm klar, wenn auch erstaunlicherweise – *glücklicherweise* – nicht bei Ruth oder den Kindern. Aber da war es mehr ein dumpfes Wabern gewesen, das er nicht hatte zuordnen können, und das er darum auf eine Begleiterscheinung der Übelkeit geschoben hatte. Jetzt verstand er: Es war dieser Geruch gewesen, der seinen Hunger entfachte, und die Übelkeit rührte daher, dass es *das Einzige* war, was er brauchte und in seinem Körper ertragen konnte. Es war eine überraschende und darum nur umso gewaltigere Erleichterung, endlich zu wissen, was ihm die ganze Zeit gefehlt hatte. So gewaltig und zugleich erschütternd, dass es ihm am ganzen Körper die Haare zu Berge stehen ließ.

Ich brauche dieses Blut. Jetzt!

»Guten Morgen, Mr Edwards.« Dr Shaw schloss die Tür hinter sich, durchquerte den Raum mit seinen schleppenden Schritten und setzte sich mit einem Ächzen auf den Stuhl neben dem Bett. »Wie geht es Ihnen?«

Cedric ließ sich Zeit mit der Antwort, weil er nicht mehr wusste, wie er auch nur ein einziges Wort sprechen sollte, ohne den Doktor regelrecht anzusabbern. Der Geruch nach Blut, jetzt so nah und schwer und metallisch süß, machte es ihm geradezu unmöglich, einen klaren Gedanken zu fassen.

»Erschöpft«, brachte er endlich hervor und erschrak vor dem heiseren Klang seiner Stimme. Er verkrampfte die Finger in der Bettdecke zu Fäusten, in der Hoffnung, das nächste Wort würde weniger wie das Knurren klingen, nach dem es sich anfühlte. »Hungrig.«

Dr Shaw derweil gab sich denkbar unbeeindruckt. »Sie leben«, brummte er nur und beugte sich vor, um seinen Medizinkoffer zu öffnen und darin zu kramen. »Das sollte es Ihnen wert sein.« Er zog eine Schatulle aus dem Koffer – eine Schatulle, wie Cedric sie inzwischen viel zu gut kannte. Nur war diese die bei Weitem größte bisher.

»Das wird Sie auf die Beine bringen«, erklärte Dr Shaw und reichte ihm die Schatulle. »Fürs Erste.«

Es kostete Cedric einiges an Beherrschung, ihm die Kiste nicht sofort aus den Händen zu reißen. Sein Körper sagte ihm so dringend und unmissverständlich, dass es genau das war, was er jetzt *brauchte*, dass es unsagbar schwer war, sich dagegen zur Wehr zu setzen. Und doch … erinnerte sich ein anderer Teil in ihm noch viel zu gut daran, wie das Blut der Frau Doktor geschmeckt hatte. Wie es sein Innerstes nach außen gekehrt und ihn buchstäblich von den Füßen geholt hatte. Deshalb legte er die Schatulle schließlich nur vor sich auf die Laken und zwang sich, stattdessen Dr Shaw anzusehen. »Wessen Blut ist das?«

Dr Shaw schnaubte. Es war schwer zu sagen, ob es geringschätzig sein sollte oder vielleicht sogar ein Ausdruck von Respekt. »Meins. Es gibt von jetzt an kein Vampirblut mehr für Sie. Und auch meines ist nur eine Starthilfe. Ich kann Ihnen nicht viel mehr geben als das, und auch nur, weil Sie es so dringend brauchen. Also trinken Sie. Und dann reden wir.«

Es war diese direkte Aufforderung, die auch den letzten Widerstand brach, den die Stimme der Rationalität in Cedric aufrechterhalten hatte. Diesmal nahm er sich nicht die Zeit, das Blut in ein Glas umzufüllen. Er trank es direkt aus der Phiole – eine von dreien, die in der Schatulle lagen – und stürzte es in einem Zug hinunter. Er schmeckte es kaum, aber er spürte es lau und zäh in seiner Kehle, wie es quälend langsam das Innere seines Halses hinabfloss, bis es den Weg in seinen Magen fand. Und dann …

Frieden. Stille. Endlich.

Mit einem Aufatmen ließ Cedric sich zurücksinken. Das Zittern in seinem Körper verklang. Sein Magen entkrampfte sich, und der Hunger wich. Stattdessen spürte er eine warme Kraft durch sich hindurchsickern, bis sich selbst seine Finger wieder ruhig und beweglich anfühlten. Nicht wie das Fieber, keine glühende Hitze, die ihn durchschüttelte und auslaugte. Nur Wärme und … Lebendigkeit. Warum hatte er nicht bemerkt, wie kalt ihm gewesen war?

Als er die Augen wieder öffnete, sah er, dass Dr Shaw ihn unter seinen buschigen Brauen aufmerksam beobachtete.

»Sie sprechen sehr stark darauf an. Stärker als üblich. Konnten Sie deshalb nicht eher nach mir schicken, wie es meine Frau Ihnen geraten hat?«

Cedric runzelte die Stirn. »Ich … denke, ja.«

Tatsächlich war ihm in seinem Fieberschlaf völlig entfallen, was Dr Shaw in diesem Punkt zu ihm gesagt hatte. Nun, da ihr Mann ihn daran erinnerte, fielen ihm allerdings noch etliche andere Dinge wieder ein. Dass sie ihm bereits erklärt hatte, dass er Menschenblut würde trinken müssen, zum Beispiel. Dass er vulnerable Quellen meiden sollte, und …

»Sie werden sich für den Rest Ihres Lebens daran halten müssen.«

Cedric schauderte unwillkürlich.

Wieder ließ Dr Shaw dieses Schnauben hören. »Es ist grundsätzlich sinnvoll, auf ärztlichen Rat zu hören, Mr Edwards. Hoffentlich lernen Sie das eines Tages noch. Nun denn. Da Sie für den Moment hoffentlich satt sein dürften, lassen Sie uns darüber sprechen, wie es für Sie weitergeht. Wie ich bereits sagte, werde ich Ihnen nicht viel mehr von meinem Blut überlassen können. Es ist jedoch sehr wichtig, gerade in diesem frühen Stadium, dass sie regelmäßig trinken, und zwar täglich mindestens so viel, wie Sie gerade von mir bekommen haben. Besser deutlich mehr für den Anfang. Dass Sie nun fast zwei Wochen konsequent durchgehungert haben, ist riskant genug und sollte so bald wie möglich ausgeglichen werden. Geben Sie mir die Phiole.«

Cedric runzelte die Stirn, tat aber, was der Doktor sagte, und reichte ihm das leere Gefäß.

Erneut beugte sich Dr Shaw schwer atmend vor. Diesmal, um ein Etui aus dem Koffer zu holen, das Cedric ebenfalls sehr vertraut schien. Er besaß ein ganz ähnliches seit Adeles letzter fruchtloser Therapie: Die Injektionsspritze mit dem Schraubkolben befand sich darin, die er zuletzt auch genutzt hatte, um sich selbst das Vorstufenserum zu verabreichen.

»Doch noch eine Injektion? Ihre Frau sagte, das wäre für mich vorbei.«

Dr Shaw brummte nur leise – und als er das Etui öffnete, erkannte Cedric, dass statt der Spritze ein Skalpell darin lag. Der Doktor nahm es heraus und versenkte die Klinge in einem Fläschchen mit keimtötendem Karbol, wie Cedric es schon so viele Male mit der Nadel seiner Spritze getan hatte.

»Nein«, antwortete er dann, während er einen breiten Ledergurt um seinen linken Oberarm festzurrte. »Das ist noch für Sie.« Damit schob er seinen Hemdsärmel zurück und setzte einen kleinen Schnitt in seine eigene Ellenbeuge.

Fasziniert beobachtete Cedric, wie das Blut aus dem Schnitt quoll und in die Phiole tropfte. Als das Gefäß voll war, stellte Dr Shaw es auf dem Nachttisch ab und tupfte die Wunde in seiner Ellenbeuge mit einem feuchten Tuch sauber, das in einem zweiten Fläschchen im Etui gesteckt hatte – woraufhin sich der Schnitt vor Cedrics verblüfften Augen beinahe ebenso schnell schloss, wie er es bei der Frau Doktor gesehen hatte. Dann gab Dr Shaw aus einem dritten Fläschchen ein Häufchen kleiner weißer Kristalle in die Blutphiole, ehe er sie verschloss und einige Male schwenkte.

»Ich habe kristalline Citronensäure zugegeben, damit es nicht gerinnt«, erklärte er, als er Cedric das Gefäß zurückreichte. »Sie sollten es trotzdem bald trinken. Nehmen Sie eine Dosis heute Mittag, eine heute Abend und die letzte morgen früh direkt nach dem Aufwachen. Dann sollten Sie genug bei Kräften sein, um das Haus zu verlassen und sich selbst Ihre Quellen zu suchen. Denken Sie daran: Schwangere, alte Menschen oder Kinder sind tabu. Ich rate Ihnen außerdem, so bald wie möglich mehr als eine Person zu finden, von der Sie Blut nehmen. Die einzige Quelle eines Vampirs zu sein, ist auf Dauer körperlich sehr belastend und erhöht zudem das Risiko, dass Ihr neuer Zustand entdeckt wird. Und das wollen Sie nicht, Mr Edwards. *Wir* wollen das nicht. Ich warne Sie daher ausdrücklich davor.«

Er starrte Cedric mit eindringlichem, wenn nicht schlichtweg finsterem Blick an, und Cedric erinnerte sich, dass auch Frau Dr Shaw ihm davon abgeraten hatte, seinen *neuen Zustand* irgendjemandem zu verraten. Doch so unangenehm und befremdlich ihm in jenem Moment der Gedanke erschienen war, andere Menschen zu beißen, um das Blut aus ihren Adern zu saugen, oder diesen Vorgang gar als *leidenschaftlichen Kuss* zu tarnen – so abschreckend und absolut unmöglich erschien er ihm jetzt.

»Was ist mit Personen, denen ich absolut vertraue?«, fragte er daher, während er Dr Shaws Blick unverwandt erwiderte. Er war diesen ganzen Weg gegangen, nun würde er nicht vor einem finsteren Gesicht zurückschrecken. Es gab nun mal Dinge, mit denen er sich arrangieren konnte. Und andere, bei denen er sich weigern würde, wenn es nur irgendwie möglich war. »*Sie* wissen davon, und Sie sind kein … Vampir.« Das Wort fühlte sich immer noch fremd auf seiner Zunge und in seinen Gedanken an. Vor allem, wenn er sich bewusst machte, dass er sich von nun an offenbar selbst damit meinen musste.

Dr Shaw furchte grimmig die Stirn. »Was ist schon Vertrauen, Mr Edwards. Wenn Sie einen weiteren Rat von mir wollen, gehen Sie besser sparsam damit um.« Er schloss seinen Koffer und erhob sich mit einem Ächzen. »Ich werde in den nächsten Tagen noch einmal nach Ihnen sehen. Kommen Sie in die Praxis oder schicken Sie nach mir, wenn Sie schon vorher eine Verschlechterung Ihres Zustands bemerken oder weitere Fragen haben.«

»Ich habe jetzt schon eine. Oder vielmehr eine Bitte.«

Er hörte den Arzt innerlich seufzen, obwohl kein Laut über seine Lippen kam, nicht einmal ein besonders lautes Atmen. Als wüsste er nicht längst, dass Cedric ein anstrengender Patient war. Der Gedanke brachte Cedric beinahe zum Lächeln.

»Ich hätte gern so ein Messer, wie Sie es eben benutzt haben. Mit allem nötigen Zubehör. Und ich bitte Sie, mir genau zu erklären, wie man damit eine Blutabnahme durchführt.«

Dr Shaw musterte ihn eine Weile von oben herab. »Also gut, Mr Edwards«, sagte er endlich. Es klang zutiefst resigniert. »Kommen Sie morgen um zehn Uhr in die Praxis. Ich bereite alles für Sie vor.«

Kapitel Sieben

»Träumerei«; aus den Kinderszenen; Robert Schumann

11 Hanover Street, West End, London

Dr Shaw behielt recht. Am Morgen des nächsten Tages wachte Cedric mit dem Gefühl auf, zwar noch nicht völlig auf der Höhe, aber durchaus gesund genug zu sein, um weitere Entfernungen zurückzulegen als den Weg zur Toilette. Und nachdem er schließlich die verbliebene Dosis Blut getrunken, sich gewaschen und umgezogen hatte, fühlte er sich fast wieder wie ein Mensch.

Der er jetzt nicht mehr war.

Oder?

Cedric war sich noch nicht sicher, was der Zustand »Vampir« wirklich bedeutete. Wie viele Gemeinsamkeiten es tatsächlich mit den Gestalten aus den Schauergeschichten gab. Wenn er in den Spiegel sah, war sein Bild das gleiche wie immer, nur fahler, und die Schatten unter den Augen tiefer – aber war das wirklich verwunderlich, gemessen daran, wie schlecht es ihm in den letzten zwei Wochen gegangen war? Er sah aus und fühlte sich, als käme er nach einer schweren Krankheit langsam wieder auf die Beine, und so war es schließlich auch.

Und doch … eines gab es, das sich verändert hatte.

Im Spiegel war es auf den ersten Blick nicht zu sehen, nur wenn er die Oberlippe absichtlich weit zurückzog oder sie mit dem Finger beiseitehielt. Dann jedoch war es unverkennbar, und auch wenn er mit der Zunge danach tastete, spürte er es deutlich: Seine Eckzähne waren länger als zuvor. Spitzer. Schärfer. Die Zähne eines Raubtiers.

Cedric wusste nicht, wie lange er vor seinem Spiegelbild gestanden und sie angestarrt hatte, als könnten sie dadurch in irgendeiner Weise weniger real werden. Zähne, die gemacht waren, um in Fleisch zu beißen. Haut zu durchstoßen. Zähne, die ihm helfen sollten, Blut zu trinken.

Aber reichte das aus, um kein Mensch mehr zu sein? Vor allem dann, wenn er nicht beabsichtigte, tatsächlich andere Menschen damit zu beißen?

Der Gedanke ließ Cedric auch dann nicht los, als er bereits durch den Regent's Park von der Praxis Dr & Dr Shaw zurück in Richtung West End wanderte. Kalter Nebel lag auf den Wiesen und Wegen, und leichter Frost knirschte unter seinen Sohlen. Das Gespräch mit dem Arzt war gewohnt schroff und nervenaufreibend gewesen. Cedric war froh, dass er es hinter sich gebracht und am Ende all seine Anliegen mehr oder weniger durchgesetzt hatte. Die Schatulle mit den drei leeren Phiolen hatte er in seine alte Studententasche gesteckt, gleich neben das Etui mit dem Skalpell, einen Beutel mit kristalliner Zitronensäure und ein Fläschchen mit dem Vorstufenserum, das – so hatte es Dr Shaw grollend und sichtbar widerwillig erklärt – kostbarer war als pures Gold, da seine Gewinnung so aufwendig war. Das Tuch, das er benutzt hatte, um die Wunde an seinem Arm zu behandeln, war mit dem Serum getränkt gewesen und hatte die unglaublich schnelle und vollständige Heilung bewirkt. Cedric hingegen, so sagte er, würde grundsätzlich auch seinen eigenen Speichel zu diesem Zweck verwenden können, da sein Vampirkörper den Wirkstoff selbst produzierte. Eine Vorstellung, die zwar bestechend pragmatisch und vor allem kostengünstig klang, für den Moment allerdings noch eine nicht zu geringe Blockade in Cedric auslöste. Darum war er froh, dass der Doktor sich hatte überreden lassen, ihm wenigstens dieses kleine Fläschchen zu verkaufen. Für einen Preis, über den Cedric lieber nicht zu genau nachdachte, aber eins nach dem anderen. Zuerst musste er mit Rob sprechen. Und der würde Cedrics Anliegen vermutlich gelassener aufnehmen, wenn er nicht verkündete, ihm in Zukunft regelmäßig auf den Arm spucken zu wollen.

Das Gespräch würde auch so schon schwer genug sein.

Cedrics Herzschlag beschleunigte sich ein wenig, als er in die Oxford Street einbog und Havencourt House in Sicht kam. Zum ersten Mal in all der Zeit, die er Robert hier besuchte, dachte er darüber nach, einfach unverrichteter Dinge wieder heimzukehren. Aber das ging natürlich nicht. So wie die Dinge lagen, war es sogar völlig unausweichlich, dass er dieses Gespräch führen musste.

Die Frage war nur: Wie um alles in der Welt sollte er es beginnen?

Rob erwartete ihn in seinem Studierzimmer, das zugleich auch der Raum war, in dem er seine liebsten Spirituosen und seine umfangreiche Giftsammlung aufbewahrte. Es gab einen Zettelkastenschrank, in dem er Herkunft, Wirkweise und verschiedene Dosierungen jedes Giftes säuberlich auf Karteikarten notiert und geordnet verwahrt hatte, und eine der Wände nahm ein bis zur Decke reichendes Bücherregal ein, das Robs Privatbibliothek beherbergte. Er selbst saß in einem von zwei samtbezogenen Ohrensesseln, schmauchte seine Meerschaumpfeife und blätterte in einem seiner Bücher. Als Mr Zusak, der Butler der Rimbaur-Geschwister, die Tür öffnete und Cedric einließ, hob er den Kopf.

»Cedward! Ich hörte, du seist sterbenskrank. Ich habe mich schon gesorgt, dich beim nächsten Mal in einem Sarg wiederzusehen. Komm rein und setz dich!«

Die Worte klangen leicht wie immer, doch an seinem Blick erkannte Cedric, dass Rob sich tatsächlich Sorgen gemacht hatte. »Von wem hast du das gehört?«

»Von deiner Frau.« Rob klappte das Buch zu und klemmte es neben sich zwischen Polster und Armlehne seines Sessels, während Cedric sich aufseufzend in den zweiten Sessel sinken ließ. »Elaine und ich haben uns gewundert, dass du zu der vereinbarten Klavierstunde nach Weihnachten nicht aufgetaucht bist, also habe ich persönlich bei euch vorbeigeschaut, um das Missverständnis mit dem Termin aufzuklären. Wie sich herausstellte, war es aber gar kein Missverständnis.«

»Ach. Ja richtig. Entschuldige. Ich hätte abgesagt, wenn ich gekonnt hätte.«

»Das weiß ich doch, Cedward. Das war nicht als Vorwurf zu verstehen.« Rob neigte sich ein Stück zur Seite, um seine Pfeife im Aschenbecher auf dem Beistelltisch auszuklopfen. Dabei verengte er leicht die Augen und musterte Cedric aufmerksam. »Du siehst immer noch recht geschafft aus, wenn ich das so sagen darf. Hättest du nicht besser noch im Bett bleiben sollen?«

Cedric hob die Schultern und widerstand dem Drang, Robs Blick auszuweichen oder den Mund hinter der Hand zu verbergen, damit Rob seine Zähne nicht zu früh entdeckte. Sie waren nicht zu sehen, wenn er normal sprach, das hatte er penibel vor dem Spiegel überprüft. Nur das Lächeln musste er sich verkneifen. »Es ist wichtig. Da ist … eine Sache, über die ich mit dir reden muss.«

»Oha. Das klingt ungewohnt ernst, Cedward. Selbst für dich.« Rob legte die Pfeife beiseite und stand auf. »Kann ich dir vorher irgendetwas Gutes tun, das dich entspannt? Brandy? Tabak? Leichte Opiate?«

Cedric schüttelte den Kopf. »Nichts in der Art. Danke.«

Rob hob eine Braue und musterte ihn einige Sekunden noch eindringlicher als zuvor. »Aber etwas *anderer* Art schon?«

Cedric atmete langsam ein. Es wäre der perfekte Moment gewesen, um es auszusprechen.

Ja, weil ich neuerdings ein Vampir bin. Ich habe das Blut eines Vampirs getrunken, um nicht sterben zu müssen, und jetzt brauche ich deines, um es zu überleben.

Die Worte lagen ihm auf der Zunge. Er hatte sie schon unzählige Male im Kopf aufgesagt. Aber er brachte sie einfach nicht heraus.

Eine Falte erschien zwischen Robs Brauen. Mit kurzentschlossenen Schritten ging er zur Tür, warf einen Blick nach draußen, um ein *Bitte nicht stören!*-Schild an den Knauf zu hängen, und drehte schließlich den Schlüssel im Schloss. »Ich habe den Eindruck, das hier wird ein sehr vertrauliches Gespräch. Habe ich recht?«

Cedric nickte und legte beide Hände auf die Armlehnen des Sessels. Seine Handflächen waren feucht vor nervösem Schweiß, und das Herz schlug ihm bis zum Hals.

Rob ging derweil zu der Vitrine, in der er die Spirituosen verwahrte, und goss sich ein großzügiges Glas Brandy ein, ehe er sich zurück in seinen Sessel setzte. »Na schön. Ich denke, ich frage das am besten direkt: Geht es um Ruth?«

Das traf Cedric nun wiederum völlig aus heiterem Himmel. So sehr, dass er für einen Moment sogar seine Nervosität und Sprachlosigkeit vergaß. »Um *Ruth*?«

»Hmm.« Rob nahm einen Schluck, ohne dabei den Blickkontakt zu unterbrechen. »Deinem Gesicht nach zu urteilen, wohl doch eher nicht.«

»Ihr nennt euch beim Vornamen?« Cedric konnte seine Entgeisterung kaum in Worte fassen. Es hätte ihn nicht überraschen sollen, zumindest nicht übermäßig, dafür wusste er zu gut, wie leidenschaftlich Rob gesellschaftliche Konventionen bog und brach. Trotzdem war es für ihn in diesem Moment schwer zu fassen, mit welcher Leichtigkeit es seinem Freund gelungen war, nach nur wenigen handverlesenen Begegnungen eine Ebene der Vertrautheit zu Ruth herzustellen, die Cedric selbst nach einem vollen Jahr Ehe unter demselben Dach noch nicht erreicht hatte. Ganz davon zu schweigen, was es womöglich bedeutete, wenn Rob glaubte, dass deswegen ein *vertrauliches Gespräch nötig sein könnte.*

Rob zuckte derweil die Schultern, stellte das Glas ab und begann seine Pfeife neu zu stopfen. »Es hat sich so ergeben«, erklärte er. »Wir haben uns lange und sehr nett unterhalten bei meinem Besuch. *Nur* unterhalten, ehe du jetzt anfängst, deine unendlichen Gedankenketten zu denken und bis nächste Woche in brütendem Schweigen in diesem Sessel festsitzt. Allerhöchstens habe ich ihre Hand beim Abschied etwas länger und freundlicher gehalten, als es anständig gewesen wäre. Ich dachte nur, womöglich hätte sie es dir erzählt. Sie ist ja … sehr aufrichtig, nicht wahr?« Er lächelte schief.

»Nein«, murmelte Cedric. »Das hat sie nicht.«

»Nun, wie gesagt, offenbar ist das nicht der Grund, warum du noch halb tot hierhergekommen bist und ein Gesicht machst, als würdest du mir mit einem Messer die Pulsadern aufschneiden wollen.« Rob steckte die Pfeife zwischen die Lippen, zündete sie an und begann zu paffen, während er sich zurücklehnte und scheinbar gelassen die Beine übereinanderschlug. »Aber bevor ich dich frage, worum es dir wirklich geht … lass mich noch anmerken, Cedward, dass du deine Frau womöglich nicht genug wertschätzt.«

Cedric runzelte die Stirn. »Wo kommt das jetzt her, wenn ich fragen darf?«

»Nun, seit bald einem Jahr erzählst du mir ausschließlich Geschichten darüber, wie sehr dich die Ehe mit ihr anstrengt, wie dieses Zusammenleben von dir fordert, was du nicht geben kannst. Nachdem ich sie nun persönlich etwas näher kennengelernt habe, denke ich, Ruth ist sehr viel mehr als das. Und ich verstehe offen gesagt nicht, warum es dir so schwerfällt, dich ihr zuzuwenden. Sie kann, mit Verlaub, nichts dafür, dass sie nicht Adele ist, und das ist auch schon ihr einziges Manko, wenn du mich fragst.«

Cedric zuckte unter den Worten unwillkürlich zusammen. Es war nicht so, dass er diese Vorwürfe nicht selbst täglich gewälzt hätte, spätestens seit jenem katastrophalen Abend am Kamin, als er zur Antwort auf Ruths Mut eine Teetasse nach ihr geworfen hatte. Sie von Rob noch einmal so zielsicher formuliert ausgesprochen zu hören, und das vor dem Hintergrund, vor dem sie Robs Ansicht nach in dieses Gespräch gestartet waren, traf ihn jedoch noch einmal an einem ganz anderen Punkt. Jenem, in dem sich all das Gewissen sammelte, das Bedauern und das Gefühl der Schuldigkeit, das er Ruth gegenüber empfand, weil es ihm so schwerfiel, der Mensch für sie zu sein, den zu heiraten sie gehofft hatte. Der Partner, den sie verdient gehabt hätte. Ja, er gab sich Mühe. Ja, sie gingen aufeinander zu. Aber leicht … leicht war es immer noch nicht. Würde es vielleicht niemals sein. Weder für sie noch für ihn.

»Wenn du diese Zuwendung für mich übernehmen möchtest«, murmelte er und hörte seine eigene Stimme seltsam dumpf klingen, »tu dir keinen Zwang an.«

Robs Augen weiteten sich. Er nahm die Pfeife aus dem Mund und richtete sich auf. »Damit meinst du nicht, wonach es klingt, oder?«

Cedric seufzte. Es fiel ihm schwer, Robs Blick standzuhalten. Er zwang sich trotzdem dazu. »Ja … nein. Oder doch. Auch. Du weißt, wie es ist mit mir und … Intimitäten. Wir haben schon mehrfach darüber gesprochen, und egal wie wenig du es je verstehen wirst, es hat sich nicht geändert. Ich habe es für Adele getan, weil es sie glücklich gemacht hat. Für Ruth fühle ich mich dazu verpflichtet, obwohl … wir uns nicht annähernd so nah sind. Und du hast recht: Sie kann nichts dafür, und sie ist ein guter Mensch. Rein körperliche … Zuwendung, wie du es nennst, ist bei Weitem nicht alles, worum es hier geht, aber es *ist* ein Teil des Problems, weil sie sich dadurch nicht auf die Art wertgeschätzt und gesehen fühlt, wie sie es verdient hätte. Also wenn du ihr geben kannst, was sie sich wünscht, und es euch beiden auch noch Freude macht, was sollte ich dagegen einwenden? Ich wäre dir sogar dankbar. Vorausgesetzt, es ist tatsächlich das, was *sie* möchte.«

Rob schwieg eine ungewöhnlich lange Weile. Dann legte er die Pfeife beiseite, griff stattdessen nach seinem Brandy und leerte das Glas in einem Zug. »Du schlägst mir also gerade ernsthaft vor, Ehebruch mit deiner Frau zu begehen?«

»Es ist nur ein Gedanke, aber wenn du so willst: Ja. Obwohl ich ehrlich gesagt bezweifle, dass es je dazu kommen wird, vor allem, wenn du es ihr gegenüber so bezeichnest. Wie du sagtest, sie ist aufrichtig, und fromm noch dazu.« Er schüttelte den Kopf. »Ich persönlich halte es allerdings nicht für einen Ehebruch, wenn wir alle davon wissen und damit einverstanden sind.« Er seufzte. »Wie dem auch sei. Sollte es je ein Thema werden, ist es ihre Entscheidung und nicht meine. Und für den Moment wird es ohnehin warten müssen, da sie aktuell … mein Kind trägt.«

Rob hob verblüfft die Brauen. Dann lachte er leise. »Deine Art zu denken wird nie aufhören, mich zu erstaunen, Cedward. Du erzählst mir all das … und schließt damit, dass du trotzdem schon wieder Vater wirst? Was soll ich sagen. Glückwunsch?« Er schüttelte den Kopf und seine Miene wurde ernst. »Danke für deine Offenheit. Was auch immer daraus entsteht: Ich schwöre dir, ich werde immer gut und achtsam mit ihr sein.« Er räusperte sich – und zum vielleicht ersten Mal in all den Jahren ihrer Freundschaft glaubte Cedric zu sehen, dass Robert verlegen war. So verlegen, dass seine Ohren sich röteten. Das hätte ihn beinahe doch zum Lachen gebracht – wenn ihm nicht prompt eingefallen wäre, wie verräterisch das gewesen wäre.

»Na schön, genug davon. Erzähl mir doch lieber endlich«, sagte Rob, »warum du wirklich hier bist.«

Cedrics Kehle fühlte sich mit einem Mal wieder unangenehm eng an. Selbst wenn es vorrangig Taktik gewesen sein sollte, um von sich selbst abzulenken, Rob hatte recht. Er konnte, *durfte* es nicht länger aufschieben.

»Ja«, murmelte er. »Das sollte ich wohl.«

Robert lachte ein wenig trocken. »So wie du jetzt wieder schaust«, sagte er und stand auf, »sollte ich mir vorher wohl lieber noch Brandynachschub holen.« Er griff nach seinem Glas und ging erneut hinüber zur Vitrine – und Cedric nutzte den Moment, als er ihm den Rücken zudrehte, um endlich die ersten Worte aus sich herauszuzwingen.

»Es gibt etwas, das ich dir nicht erzählt habe.« Er atmete innerlich auf. Der Anfang war gemacht, jetzt würde es hoffentlich leichter gehen. »Die Sache ist … Ich bin tatsächlich krank. Tödlich krank, aber es hat nichts mit dem Fieber der letzten Wochen zu tun. Es ist auch nicht die Tuberkulose«, schob er rasch nach, weil er ahnte, dass Robert exakt diese Frage genau jetzt in den Kopf springen musste. Er selbst hatte es viel zu lange gedacht. »Tatsächlich habe ich diese Krankheit seit vielen Jahren, nach allem, was man bisher darüber weiß, wohl seit meiner Geburt. Ich weiß es allerdings noch nicht sehr lange, weil es sich erst jetzt symptomatisch manifestiert, was wohl recht typisch ist – obwohl Dr Shaw es für möglich hält, dass die ersten Schübe durch den emotionalen Stress während Adeles Krankheit und meiner Trauerzeit ausgelöst wurden. Wie dem auch sei. Es hat nichts mit Adeles Schwindsucht zu tun. Was allerdings nichts daran ändert, dass ich an meiner eigenen Krankheit sterben werde. Würde. Normalerweise.«

Rob hatte sich während seiner Erklärung langsam zu ihm umgedreht, Brandykaraffe und Glas noch in den Händen. An seiner entgeisterten Miene war deutlich abzulesen, dass er sich fragte, ob Cedric ihn gerade auf den Arm nahm – oder wie es sonst möglich war, dass er all das wie eine auswendig gelernte Lektion vortrug. Dabei war es ja im Grunde genau das. Cedric hatte die Worte so oft in seinem Kopf hin- und hergeschoben, sich vorgesagt, sie durchdacht und an ihnen gefeilt, bis sie sich fast völlig von ihm losgelöst hatten und es keine emotionale Verbindung mehr gab zwischen ihm und ihrem Inhalt. Wie sonst sollte er sagen, was gesagt werden musste, damit Rob es verstand? Damit er begriff, wie ernst es Cedric war, so unfassbar und absurd all das schien? Es war eine Realität, die sie beide akzeptieren mussten, wenn das hier funktionieren sollte. Und dafür musste ihre Darstellung so nüchtern wie möglich sein.

»Die Krankheit ist noch nicht lange bekannt«, fuhr er fort, ehe Rob seine erste von wahrscheinlich hundert Fragen formulieren konnte. »Ich spare mir jetzt die Details – ihr Name ist Chorea Huntington, falls du selbst Nachforschungen anstellen willst. Bleiben wir für den Moment einfach dabei, dass sie nach dem Stand der heutigen Medizin unheilbar ist, und unausweichlich tödlich noch dazu. Darum hat mein Arzt mich kürzlich an seine Frau überwiesen, die angeblich eine neuartige Therapiemethode aus Frankreich mitgebracht hat, in der Hoffnung, dass sie mir dadurch wenigstens noch etwas mehr Zeit verschaffen kann. Ich habe natürlich zugestimmt, weil ich dachte, schlimmer als weiter tödlich erkrankt zu sein und womöglich in wenigen Jahren völlig zu degenerieren, kann es ja nicht werden.« Cedric rang unwillkürlich nach Atem. Er musste vergessen haben, zwischen den letzten Sätzen Luft zu holen.

»Jedenfalls – und das ist der springende Punkt, warum ich mit dir darüber reden muss – stellte sich heraus, dass diese Therapie gar keine echte Therapie ist. Das Vorstufenserum hat gewirkt, das schon, darum ging es mir in den Wochen vor Weihnachten so viel besser. Aber die Wahrheit ist: Frau Dr Shaw ist ein Vampir. An Heiligabend nach dem Konzert gab sie mir als zweite Stufe der Medikation ihr Blut zu trinken, und … tja, da ich diese Art Geschichte zuerst von dir gehört habe, nehme ich an, du weißt, was das bedeutet. Sie hat mich über die Konsequenzen aufgeklärt, und nachdem ich festgestellt hatte, dass meine Meinung darüber, es versuchen zu müssen, immer noch dieselbe war, habe ich angenommen. Und jetzt bin ich hier und … brauche dein Blut.«

Endlose Sekunden war es sehr still. Cedric glaubte beinahe, den Staub in den Ecken flüstern zu hören. Dann stellte Rob den Brandy zurück in die Vitrine und durchquerte den Raum, um sich Cedric gegenüber zu setzen und ihm prüfend ins Gesicht zu starren.

»Wenn ich nicht so genau wüsste, dass du keine Scherze über den Tod machst, würde ich jetzt lachen. Oder dir sagen, dass du mich mit deiner verdammt guten Geschichte fast gehabt hättest. Nur das Ende fällt ein wenig über die Klippe des Glaubwürdigen.« Cedric sah seinen Adamsapfel zucken. »Aber du machst keine Scherze, nicht wahr?«

Ein Zittern vibrierte in Cedrics Fingern. Ganz leise nur. Zart fast. Wie eine Erinnerung an das, was er hoffentlich weitgehend hinter sich gelassen hatte. *»Stressinduziert«,* sagte Dr Harold Shaw in seinem Kopf, und *»Es ist gut möglich, dass Ihnen Ihre Krankheit trotz allem erhalten bleibt«,* fügte Dr Justine-Kate Shaw hinzu.

»Solange sie mich nicht mehr umbringt, ist es in Ordnung«, antwortete Cedric ihnen stumm, während er sich zwang, ruhig sitzen zu bleiben und Robs Blick zu erwidern.

»Nein, es ist kein Scherz. Und keine Geschichte. Die Umwandlung ist sehr anstrengend, und das Vorstufenserum war dafür gedacht, dass ich gesund genug bin, um es zu überleben. Trotzdem hat mich der Prozess ziemlich nah an meine körperlichen Grenzen gebracht, wie du selbst gehört hast. Ich *habe* es am Ende überlebt, wie du siehst. Nur ... damit es mir weiter gut gehen kann, brauche ich von jetzt an mehr Blut. Menschenblut, um genau zu sein. Ich bin zu dir gekommen, weil ich dich fragen möchte, ob du mich deines trinken lassen würdest. Und ich bitte dich, dich dafür zur Ader lassen zu dürfen, weil ich ... dich sonst beißen müsste. Und das kann ich einfach nicht.«

Seine Worte erstarben in einem heiseren Flüstern. Die Welt um Cedric schwankte ein wenig, als übernähme sie das Zittern für ihn, solange er seinen Körper so resolut zur Stille zwang. Der Bluthunger war zurückgekehrt, während er gesprochen hatte, als hätte allein der Gedanke daran, Robs Arm aufzuschneiden oder ihn zu beißen, ihn geweckt. Speichel sammelte sich an Cedrics Gaumen und troff über diese neuen, zu langen Zähne, sodass er die Lippen fest zusammenpressen musste, um ihn nicht über sein Kinn fließen zu lassen.

»Mach mal den Mund auf«, sagte Robert leise. Auch seine Stimme war rau, und Cedric spürte seinen heftigen Herzschlag beinahe in der Luft zwischen ihnen pochen.

Cedric schluckte den Speichel mühsam hinunter. Dann zog er die Oberlippe zurück und schloss dabei die Augen, weil er Robs Gesichtsausdruck nicht sehen wollte. In der Dunkelheit hinter seinen Lidern hörte er Rob scharf einatmen. Polster raschelten, und Cedric fühlte

Robs Atem plötzlich sehr nah an seinem eigenen Gesicht. Dann war es sekundenlang wieder sehr, sehr still.

Cedric schloss den Mund und öffnete die Augen. Robs Miene, dicht vor seiner, war ungewöhnlich blank, als unterdrückte er mit aller Kraft jede Regung, während er Cedric ins Gesicht starrte. Endlich räusperte er sich trocken.

»Kann ich … darüber nachdenken?«

Cedric schloss erneut die Augen. Der Hunger in seinem Magen grollte jetzt nicht mehr, er brüllte. Und die Wahrheit war, ein roher, wilder Teil von ihm, von dessen Existenz er bislang nicht einmal geahnt hatte, wollte Robert ein heftiges »*Nein!*« entgegenschleudern. Sein Blut nehmen, *sofort*, wenn nötig mit Gewalt. Es war ein Teil, der Cedric Angst machte. Ein Teil, den er auf keinen Fall die Oberhand gewinnen lassen durfte.

Deshalb nahm er alle Kraft zusammen, öffnete die Augen und nickte. »Natürlich. Es ist zu viel verlangt, da hast du recht. Ich … werde sicher einen anderen Weg finden. Irgendwo in der Stadt, heute Nacht oder …« Seine Stimme versagte. Allein die Vorstellung, sich womöglich heute noch an einen fremden Menschen anzuschleichen und ihn zu beißen, weil er den Hunger nicht mehr länger ertrug, drehte ihm unerwartet heftig den Magen um. Seine Finger gruben sich tief in das Polster der Armlehnen. Fast wunderte er sich, dass der Stoff nicht unter dem Druck riss. »Oh, wem mache ich hier etwas vor?« Beinahe hätte er über sich selbst gelacht. »Ganz ehrlich? Ich habe keine Ahnung, wie ich es anstellen soll. Und ja, ich … hätte vermutlich wissen müssen, dass das ein Problem für mich sein würde, aber ich habe nicht so weit gedacht. Oder nicht so weit denken wollen. Es war einfach notwendig, verstehst du, und jetzt … Also wenn ich … wenn ich deine Freundschaft je gebraucht habe, dann heute, Robert. Bitte.«

Robert atmete tief durch und setzte sich in seinem Sessel zurück. Brachte wieder Abstand zwischen sie und starrte an die Decke.

Cedric wartete. Atmete. Zwang den Hunger zurück, mit aller Selbstbeherrschung, die er aufbringen konnte. Sein Kopf fühlte sich so leer an, dass er nicht einmal mehr richtig hoffen konnte.

Nach einer kleinen Ewigkeit sah Rob ihn wieder an. »Na schön. Warum eigentlich nicht?«

»Wirklich?« Erst daran, wie er jetzt vor Erleichterung und Überraschung zusammenfuhr, erkannte Cedric, wie sehr er tatsächlich gefürchtet hatte, Robert könnte seine Bitte ablehnen. Denn was war das auch für eine Bitte? Was für eine Geschichte? Unmöglich. Unglaublich. Haarsträubend. Von seiner eigenen Kurzsichtigkeit in dieser Sache ganz zu schweigen. Er hatte keinerlei Recht, dermaßen fordernd zu sein. Er wusste bloß nicht, was er sonst tun sollte. So jämmerlich das auch war. »Meinst du das ernst?«

Robert lachte, obwohl es ein wenig hohl klang. »Ich bitte dich, Cedward. Was für ein Freund wäre ich, jetzt noch Nein zu sagen? Ich nehme dir höchstens übel, dass du mich so oft durch den Raum jagst. Du hättest doch gleich sagen können, dass du auch ein Glas brauchst.« Damit stand er zum dritten Mal an diesem Vormittag auf und ging zur Vitrine hinüber. Sein Gang allerdings war sichtbar weniger leicht als zuvor, und Cedric ahnte, dass Rob vor allem ein wenig Zeit brauchte, um zu verarbeiten, was er da gerade zu tun zugestimmt hatte. Er erkannte es daran, wie Rob etliche Sekunden vor dem offenen Schrank stehen blieb. Wie seine Schultern sich unter einem tiefen Atemzug hoben und senkten.

Dann drehte er sich wieder um, und sein Grinsen war fast wie immer, mit einer Spur unfassbarer Tapferkeit. »Es ist ja auch nicht so, als wäre ich noch nie zur Ader gelassen worden. Mein Onkel Walt ist Phlebotomus draußen in Greenwich, er schwört Stein und Bein darauf, obwohl unser Leibarzt sagt, laut Stand der modernen medizinischen Forschung sei das Unsinn und sogar schädlich. Aber wie ich dich kenne, weißt du, was du tust, also wird es schon gutgehen, nicht wahr?«

Jetzt war es an Cedric, trocken zu lachen. »Theoretisch zumindest, ja. Die Praxis kommt … hoffentlich mit der Zeit.« Der Scherz, der eigentlich keiner war, blieb ihm im Hals stecken.

»Hmm«, machte Rob. Sonst sagte er nichts. Langsam kam er zurück zum Sessel und setzte sich wieder. Cedric sah seine Finger beben, als er den Hemdsärmel aufknöpfte, um ihn über den Ellbogen hinweg zurückschieben zu können. Dann räusperte er sich entschlossen und ballte die Hand zur Faust. »Nun denn. Ich vertraue dir und deiner legendären Gewissenhaftigkeit. Schneid zu.«

Cedric konnte den Blick kaum von der glatten Haut in Roberts Ellenbeuge lösen, unter der sich bereits jetzt die Adern abzeichneten. »Hoffentlich bereust du das nicht.«

Rob schnaubte ein wenig ungeduldig. »Du schaffst es noch, dass ich es mir anders überlege. Na los. Bringen wir es hinter uns. So schnell wie möglich bitte.«

Er sah ein wenig angestrengt zur Seite, und Cedric sparte sich einen weiteren Kommentar, während er den Lederriemen aus der Tasche holte, ihn um Robs Oberarm festzurrte – fest genug hoffentlich, oder hoffentlich nicht zu fest? – und das Skalpell aus dem Etui zog. Auch seine Finger bebten jetzt.

Ruhig. Bleib ruhig. Sonst verletzt du ihn nur unnötig.

Rob zuckte kurz, als die Klinge in seine Haut drang, doch er gab keinen Ton von sich. Ewige Sekunden lang war das leise Tröpfeln, mit dem das Blut ins Glas rann, das einzige Geräusch im Raum neben ihrer beider angespanntem Atem.

Erst als Cedric nicht nur das Glas, sondern auch seine Phiolen mit dem Blut gefüllt und den Schnitt mit dem Vorstufenserum behandelt hatte, wandte Rob sich wieder zu ihm hin. Er war deutlich blasser als sonst, und er vermied es, zu dem fast bis zum Rand gefüllten Glas hinzusehen, das Cedric auf dem Beistelltisch abgestellt hatte.

»Na schau, das machst du auch nicht schlechter als Onkel Walt«, erklärte er mit einem etwas verzerrten Lächeln und starrte stattdessen auf seinen Arm, an dem keine Spur einer Wunde mehr zu sehen war. Dann griff er entschlossen nach seinem Brandy; nun wieder mit der für ihn typischen Nonchalance, obwohl sie etwas aufgesetzt wirkte. »Also, dann können wir jetzt endlich Blutsbruderschaft trinken. Man sollte meinen, das wird auch Zeit nach all den Jahren.«

Cedric hörte schon gar nicht mehr richtig zu, so fixiert waren seine Gedanken inzwischen auf das Blut. Den Frieden, den es versprach. Die Ruhe. Die Wärme. Er hielt es kaum aus zu warten, bis ihre Gläser aneinandergestoßen waren, und trotzdem tat er es. Das war er Rob schuldig, das und den Blickkontakt und die Mühe, nicht allzu offensichtlich werden zu lassen, *wie* dringend er dieses Blut gebraucht hatte.

Es war still im Zimmer, während sie beide tranken. Eine Stille, in der Cedric glaubte, Robs Herzschlag neben seinem eigenen unter seiner Haut pochen zu fühlen.

»Danke«, murmelte er und stellte das Glas beiseite.

Rob nickte. Allmählich kehrte ein wenig Farbe in sein Gesicht zurück. Dafür sah Cedric jetzt umso deutlicher den fahlen Glanz des Alkohols in seinem Blick. »Wie … also, wie oft brauchst du das denn? Ich meine, ich nehme mal an, dass es keine einmalige Sache ist.«

»Ich … nein, tatsächlich nicht. Leider.« Cedric räusperte sich unbehaglich. »Laut Dr Shaw am besten täglich, mindestens alle zwei Tage. Ich weiß, dass das viel ist«, fügte er rasch hinzu. »Und keine Sorge, ich werde es nicht nur von dir nehmen. Dem Arzt zufolge werde ich noch mindestens eine weitere Quelle finden müssen. Besser zwei oder mehr, damit dein Körper eine Chance hat, das Blut nachzubilden. Ich verspreche, ich werde einen Weg finden, dich so bald wie möglich zu entlasten. Vielleicht muss ich mich auch nur noch etwas mehr an den Gedanken gewöhnen.«

»Hmm«, machte Rob und ließ sich in seinem Sessel zurücksinken, die Arme auf die Lehnen gelegt. Cedric fiel auf, dass ihm ein beachtlicher Teil seiner üblichen Körperspannung fehlte. »Dann lass uns für den Anfang Elaine einweihen. Sie hat sicher nichts dagegen.«

»Elaine?« Cedric warf ihm einen ebenso entgeisterten wie skeptischen Blick zu.

Rob schnaubte belustigt. »Warum überrascht dich das so?«

»Du bist ihr Bruder. Wäre es nicht deine Verantwortung, sie in dieser Sache vor mir zu schützen?«

Jetzt legte Rob den Kopf in den Nacken und stieß ein Lachen aus, das selbst mit der etwas wackeligen Stimme wieder ganz und gar nach ihm klang. »Ja, Cedward, und du von allen Menschen müsstest inzwischen begriffen haben, was für ein besonders zartes und schutzbedürftiges Frauenzimmer meine liebe Schwester ist. Ich hatte dich immer für progressiver gehalten. Schäm dich, alter Freund.« Er schüttelte den Kopf und richtete sich mit einem kleinen Ächzen ein Stück wieder auf. »Nein, ich fürchte, sie wird das hier bei Weitem besser verkraften als ich. Einmal ganz davon abgesehen, dass ich nicht recht nachvollziehen kann, warum du plötzlich von dir sprichst, als wärst du ein gefährliches Monster. Offen gestanden wirkst du auf mich genauso harmlos wie immer.«

Cedric spürte, wie ihm das Blut in die Wangen schoss. Rob hatte recht. In allem, was er gerade gesagt hatte. Und er schämte sich tatsächlich, Elaine auch nur die leiseste Art von Schwäche unterstellt zu haben. Dennoch runzelte er die Stirn. »Trotzdem. Ich sehe keinen Grund, warum du sie dem aussetzen solltest, wenn es sich vermeiden lässt.«

Rob seufzte. Sein Gesicht war jetzt sehr ernst. »Erstens: Es lässt sich offenbar *nicht* vermeiden, wenn ich mich von dir nicht völlig blutleer trinken lassen will. Und zweitens: Meine Schwester braucht keinen Schutz. Meine geistige Gesundheit schon. Ich sage es dir freiheraus, Cedward, bitte bürde mir dieses Geheimnis nicht allein auf. Das werde ich auf Dauer nicht tragen können – ich sehe vielleicht nicht so aus, aber innerlich breche ich jetzt schon halb zusammen. Ich muss mit irgendjemandem darüber reden dürfen, und wenn es nur eine einzige Person ist. Ich vertraue meiner Schwester, und offen gestanden hoffe ich, du tust es auch. Es wird leichter für uns alle sein, wenn sie Bescheid weiß. Denkst du nicht?«

Cedric zog die Brauen zusammen. Versuchte sich vorzustellen, wie es wäre, mit Elaine über Blut zu reden, und über die rein medizinische Notwendigkeit dessen, dass er es trank – und war erstaunt, wie leicht es ihm fiel. Ja, sie würde es verstehen. Es annehmen. *Ihn* annehmen, so wie er jetzt war, weil sie es gewohnt war, außerhalb der Normen zu denken. Noch mehr sogar als Robert und er.

»Ja«, murmelte er und spürte ein kleines Lächeln seine Mundwinkel heben. »Damit hast du wohl recht.«

Auch Rob lächelte jetzt. »Wusste ich doch. Ich erzähle es ihr, wenn du möchtest. Dann musst du es nicht selbst tun.«

»Das wäre mir tatsächlich mehr recht, als du dir vorstellen kannst.« Cedric stand auf, um seine Tasche zu schultern. »Danke, Robert.«

Rob winkte ab. »Ist doch nicht der Rede wert.« Der übliche Schalk war in seine Augen zurückgekehrt. »Wer weiß, wozu all das noch gut sein wird? Ich könnte ein Buch über dich schreiben und als Schriftsteller berühmt werden. Ich nenne es *Gespräch mit dem Vampir*, was hältst du davon?«

Cedric schüttelte mit einem belustigten Laut den Kopf. »Gar nichts, aber das weißt du vermutlich.«

Rob lachte. »Keine Sorge, Cedward. Niemand würde so ein Buch über dich lesen wollen. Du bist zu trübsinnig und langweilig und bei Weitem nicht schaurig genug.«

»Ja, und ich habe die feste Absicht, es dabei zu belassen.« Cedric rückte die Tasche auf seiner Schulter zurecht und überprüfte ein letztes Mal, ob er die Schatulle mit den kostbaren Phiolen tatsächlich eingesteckt hatte. »Wie dem auch sei, ich fürchte, ich sollte allmählich aufbrechen. Ruth und die Mädchen werden sich Sorgen machen, wenn ich so kurz nach der Krankheit so lange unterwegs bin.«

»Verstehe.« Rob sah aus seinem Sessel zu ihm auf. »Ich würde dich zur Tür begleiten, aber mein Gefühl sagt mir, dass es besser wäre, noch ein wenig hier sitzen zu bleiben.«

Cedric nickte. »Sicher. Mach dir keine Umstände meinetwegen.«

»Ach, wie käme ich denn dazu?« Rob lachte und verengte leicht die Augen. »Dann sehen wir uns also morgen wieder? Elaine wird ihre Klavierstunde nachholen wollen. Das bleibt unberührt von … all dem, hoffe ich doch.«

Das Lächeln fiel Cedric jetzt leichter. »Natürlich. Ich hoffe, sie hat sich gut vorbereitet. Schließlich hatte sie jetzt mehr als genug Zeit dazu.«

Ein schiefes Grinsen erschien in Robs Mundwinkeln. »Ich denke, du wirst dich wundern. Sie übt wie eine Besessene. Es ist grauenvoll.«

Cedric hob eine Braue. »So? Dann bin ich gespannt.« Ein leises Lachen entwischte ihm, als er sich unwillkürlich vorstellte, wie Elaine mit hoch konzentriertem Gesicht an den Noten verzweifelte. Seit sie mit vierhändigen Stücken arbeiteten, hatte sie einen ganz neuen Ehrgeiz entwickelt. Sie hörte zu, sie lernte, sie übte – und kurz vor Weihnachten hatte sie sich gewünscht, es mit Schuberts Fantasie in f-moll zu versuchen. Es war schön und befriedigend, sie auf diese Weise zu unterrichten. Vor allem jedoch fand Cedric es in diesem Moment beruhigend zu denken, dass ihm eine Routine wie der Klavierunterricht erhalten bleiben würde. Fast normal. Zumindest … sobald er auch mit ihr über seine Zähne gesprochen hatte. Und über das Blut.

Cedric schluckte den Speichel hinunter, der sich schon wieder in seinem Mund sammeln wollte, und zugleich den Gedanken daran, wie Elaines Blut wohl schmecken würde. Ob es anders war als das von Rob, und auf welche Art …

Nein. Hör auf damit. Es ist nur Blut. Nahrung. Posttherapeutische Diät.

»Bis morgen also«, sagte er rasch und ging zur Tür. Er musste das in den Griff bekommen. Er *würde* das in den Griff bekommen. Irgendwann *würde* es normal werden, dieses neue Leben, für das er sich notgedrungen entschieden hatte. Er durfte nur nie vergessen, dass es der einzig mögliche, der einzig *richtige* Weg gewesen war.

»Bis morgen, Cedward. Erhol dich gut.« Rob griff nach seiner Pfeife und hob sie, als wollte er ihm ein letztes Mal zuprosten. »Oh, nur eins noch.«

Cedric wartete. Schwieg, während Robert sichtlich in seinem Kopf die Worte sortierte.

»Du bleibst am Leben und gesund. Das ist jeden Schnitt in den Arm zehnfach wert; ich möchte, dass du das weißt. Elaine wird das auch so sehen. Also mach dir keine Sorgen. Denk nicht mal dran. Einverstanden?«

Nun musste auch Cedric wieder lächeln, ob er wollte oder nicht, und obwohl ihn Roberts Worte zugleich so sehr berührten, dass es ihm den Hals zuschnürte.

»Einverstanden. Also bis morgen, Robert. Und nochmals danke. Zehnfach.«

Kapitel Acht

»Ouvertüre«; Ein Sommernachtstraum I; Felix Mendelssohn-Bartholdy

11 Hanover Street, West End, London

Der Geruch nach Tee und frisch gebackenen Brötchen wehte Cedric entgegen, als er eine kurze Weile später die Diele seines Hauses betrat, untermalt von dem leisen Klappern und Klirren, mit dem der Tisch gedeckt wurde. Verwundert zog Cedric seine Uhr aus der Tasche. Er war wirklich deutlich länger fort gewesen als geplant, das war ihm schon zuvor klar gewesen, vor allem, da er nicht seinen üblichen Schritt beibehalten konnte, ohne außer Atem zu geraten. Nichtsdestotrotz ging es gerade erst auf vier Uhr zu. Noch deutlich zu früh für Tee.

Er hatte kaum seinen Mantel abgestreift, als sich die Tür zur Teestube öffnete und Ruth förmlich herausgestürzt kam.

»Cedric! Sie … sind zurück.« Sie blieb stehen, als wäre ihr die Hast plötzlich peinlich, und verschränkte sichtlich unsicher die Hände vor dem Bauch. Sein Vorname aus ihrem Mund klang noch immer ein wenig stockend.

Cedric hängte den Mantel an die Garderobe und bemühte sich um ein Lächeln – ein kleines nur, eines, das seine Zähne nicht zeigte, und dachte im gleichen Moment, dass es ihm nun ironischerweise vielleicht zugutekam, dass er sie bisher so selten wirklich angelächelt hatte. Vermutlich wusste sie einfach gar nicht, wie seine Eckzähne zuvor ausgesehen hatten. »Ruth. Es tut mir leid, dass ich so spät komme. Ich habe noch Robert besucht, um mich für die ausgefallene Klavierstunde zu entschuldigen. Das hat länger gedauert, als ich dachte. Haben Sie sich Sorgen gemacht?«

»Ich … ja. Ein wenig.« Ruths Wangen röteten sich. Dann konnte Cedric sehen, wie sie sich einen Ruck gab, statt den Blick abzuwenden und wieder in die Stube zu flüchten. »Nein, ehrlich gesagt, sehr. Aber ich dachte, wenn Sie heimkommen, haben Sie sicher Hunger, also habe ich den Tee früher vorbereitet, damit Sie direkt essen können.«

»Oh. Das … vielen Dank. Das hätten Sie nicht tun müssen. Mir geht es gut, ich kann auf den Tee warten. Es tut mir wirklich leid.«

Dass sie sich aus Sorge um ihn von ihren sonst so streng ritualisierten Haushaltsabläufen entfernte, rührte Cedric auf eine Art und Weise, die er nicht erwartet hatte. Es war seltsam und bewegend – vielleicht lag es an der neuen Perspektive auf das Leben, die sich ihm gerade eröffnete, oder vielleicht waren es auch Roberts Worte gewesen, die etwas in ihm entsperrt hatten, das er rational bereits gewusst, aber noch nicht wirklich gefühlt hatte: dass er auch für *sie* geblieben war. Nicht nur für Ada und Erica, nicht nur für jenes dritte seiner Kinder, das in ihr heranwuchs, und nicht nur, weil er sich ihr gegenüber schuldig fühlte. Sondern auch für Ruth selbst. Als Mensch, der ihm in den vergangenen Wochen auf eine ganz eigene Weise wichtig und teuer geworden war.

»Ich bin nur froh, dass Sie heil zurück sind«, sagte sie jetzt leise. »Wann es Tee gibt, spielt dabei doch keine Rolle.«

»Da haben Sie recht.« Cedric lächelte ebenso leise. »Trotzdem, danke. Ich fürchte …«

In diesem Moment drang das Läuten der Türglocke durch die Diele und ließ sie beide zusammenfahren. Zerbrach den Moment, diese unerwartete, zaghafte Vertraulichkeit.

Leider.

»Erwarten wir Besuch?«

Ruth schüttelte den Kopf. »Dasselbe wollte ich auch gerade fragen.«

Cedric zog die Brauen zusammen und ging zur Tür, um sie zu öffnen. Draußen stand ein Herr von gedrungener Statur, über dessen vorspringendem Bauch sich ein offensichtlich teurer Mantel spannte.

Sein Gesicht war breit, mit einem sauber gestutzten Schnauzbart und scharfen grünbraunen Augen. Er trug einen Zylinder, und seine rechte Hand ruhte auf dem silbernen Knauf eines Gehstocks.

»Guten Tag, Mr Edwards«, sagte er mit einer rauen Stimme, die in einem auffälligen Gegensatz zu seinem weichen Akzent stand. »Mein Name ist Josep Oller. Ich habe Sie am Konservatorium nicht angetroffen, aber Maestro Cusins gab mir Ihre Adresse. Also dachte ich, ich schaue auf einen Sprung persönlich bei Ihnen vorbei.«

»Mr Oller?« Cedric verkniff sich im letzten Moment ein verblüfftes »Der Buchmacher?«. Denn tatsächlich war ihm der Name durchaus ein Begriff. Vor einigen Jahren noch hatte die gesamte Musikszene Großbritanniens von dem extravaganten Katalanen gesprochen, der in Paris mit der Einführung eines neuen Pferderenn-Wettsystems zu Reichtum gekommen war und diesen nutzte, um britische Musiker zu protégieren, während er in London den Französisch-Preußischen Krieg aussaß. Der Direktor des Konservatoriums hatte Cedric damals mit Mr Oller bekannt machen wollen, um eine Förderung seiner internationalen Bühnenkarriere zu besprechen. Doch dann war Adele krank geworden und Cedric hatte den bereits ausgemachten Termin wieder abgesagt, weil es ihm völlig undenkbar schien, in dieser Situation über Monate im Ausland unterwegs zu sein. Als er nach Adeles Tod über eine Rückkehr auf die Bühne und damit auch über mögliche finanzielle Unterstützungsquellen nachdachte, hatte es allerdings geheißen, Oller wäre 1871 nach Ende des Krieges nach Frankreich zurückgekehrt. Was also tat er hier? Konnte es sein, dass …?

»Ich hoffe, ich störe nicht.« Mr Oller lächelte – und dieses Lächeln machte Cedric mit einem Schlag klar, dass dieser Besuch entgegen aller aufkeimenden Hoffnung vermutlich rein gar nichts mit seiner Musik zu tun hatte.

Es war ein Lächeln, das Zähne zeigte. Spitze Zähne.

Cedric lief ein Schauer über den Rücken. *»Denken Sie nicht, dass wir Sie damit allein lassen werden«*, hatte Dr Shaw gesagt. War der Bekannte, von dem sie gesprochen hatte, also ausgerechnet Mr Oller? Er sah sich rasch über die Schulter nach Ruth um, die gerade durch den dämmrigen Flur zu ihnen trat. Hatte sie etwas gesehen?

»Ganz und gar nicht«, sagte er, obwohl ihm in diesem Moment eher danach war, die Tür sofort wieder zu schließen. Er fühlte sich nicht bereit hierfür, oder als würde er vielleicht niemals wirklich bereit sein. Nur war es nicht Cedrics Meinung, die hier maßgeblich war. Auch das sah er in Mr Ollers Lächeln. Ganz davon abgesehen, dass er die Hilfe vermutlich dringender brauchte, als ihm lieb war. Er hatte Rob schließlich versprochen, ihn zu entlasten.

Er warf einen weiteren Blick zu Ruth, fragend diesmal. »Wir sind eben im Begriff, zu vorgezogener Zeit Tee zu trinken«, fuhr er fort, als sie ein wenig zögerlich nickte. »Ich war einige Tage … krank und soll mich gleich wieder hinlegen, rät mir mein Arzt. Aber kommen Sie doch auf eine Tasse dazu, wenn Sie mögen.«

Mr Oller brummte ein verhalten wissendes Lachen in seinen Schnäuzer, und Cedric wusste, er hatte genau verstanden, was er mit *krank* gemeint hatte. »Vielen Dank, Mr Edwards, aber ich bin auf dem Sprung. Ich bin heute erst wieder in London eingetroffen und muss noch mein Quartier beziehen. Ich wollte Ihnen nur eine Einladung zukommen lassen, da ich ohnehin in der Gegend war. Kommende Woche treffe ich mich mit einigen befreundeten Musikliebhabern und Gönnern der Region auf eine Neujahrspartie im Royal Blackheath Golf Club. Wir wären sehr erfreut, wenn Sie sich uns anschließen würden.« Er reichte Cedric einen versiegelten Umschlag. »Einige von uns waren bei Ihrem Weihnachtskonzert im Publikum und würden ein persönliches Wort mit Ihnen sehr zu schätzen wissen. Mich eingeschlossen – zumal unser Arrangement seinerzeit ja leider nicht zustande kam.«

Cedric sah etliche Sekunden wortlos auf den Umschlag. Er war sich recht sicher, dass das Wasserzeichen und Wappen auf dem Siegel nichts mit dem erwähnten Golfclub zu tun hatten. Nichts mit *irgendeinem* Golfclub. Es erinnerte mehr an einen stilisierten Stern oder eine Sonne innerhalb eines Kreises.

»Ich spiele leider kein Golf«, erklärte er und wusste, noch während er die Worte aussprach, dass auch das überhaupt nichts zur Sache tat.

Mr Oller lächelte erneut. »Dann hoffe ich doch, Sie werden nicht die Gelegenheit versäumen, etwas Neues zu lernen, Mr Edwards.«

Er konnte nicht ablehnen. Oller wusste das genauso gut wie Cedric, und Cedric wurde den Eindruck nicht los, dass er sich insgeheim ein wenig daran weidete. Cedric konnte sich Undankbarkeit nicht leisten, vor der ahnungslosen Ruth erst recht nicht. Und wenn ein Vampirtreffen im Golfclub der Preis war, den er zahlte, um seinen besten Freund und dessen Schwester nicht über kurz oder lang völlig auszulaugen – dann sollte es wohl so sein.

»Keinesfalls«, sagte er deshalb und bemühte sich um einen neutralen Ausdruck.

»Wunderbar.« Wieder war da dieses Lächeln, das zu nichts anderem diente, als ihm die Zähne zu zeigen. »Ich schicke Ihnen eine Kutsche. Guten Tag, Mr Edwards – Mrs Edwards.« Mr Oller lupfte den Zylinder in Cedrics und Ruths Richtung.

Cedric sah ihm nach, wie er die Straße hinunterschritt, bis er um die nächste Ecke verschwunden war. Dann wandte sich wieder zu Ruth um. »Das war mal ein überraschender Besuch.«

Ruth stellte sich auf die Zehenspitzen und spähte über seine Schulter, vielleicht um ebenfalls noch einen Blick auf Mr Oller zu erhaschen. »Allerdings.« Sie trat wieder einen Schritt zurück. Ihre Miene war nachdenklich. »Meinen Sie, er und seine Bekannten wollen Sie international fördern? Das wäre doch gut für uns.«

Cedric schwieg einige Sekunden. Natürlich wäre das gut. Abgesehen davon, dass er dann vermutlich viel unterwegs sein würde, und Ruth mehr mit den Kindern allein als ihm lieb war, wäre es sogar sehr gut. Ebenso wie jede Art von Konzertvereinbarung, die diese Leute ihm vielleicht verschaffen konnten. Doch wie sollte er Ruth erklären, dass es darum vermutlich gar nicht gehen würde, nach allem, was er gerade gesehen und gehört hatte?

Er zog eine Grimasse. »Ich spiele wirklich kein Golf.«

Da lachte Ruth auf. Es war ein schöner, heller Laut, und sie schien davon ebenso überrascht wie Cedric, denn er verklang viel zu schnell. Doch ein kleines Funkeln in ihren Augen blieb, eines, das er dort noch nie gesehen hatte, und sie legte ihm sogar leicht eine Hand auf den Oberarm. Als wären sie wirklich vertraut miteinander. Als wären sie nach all der Zeit endlich so etwas wie Verbündete.

»Wenn das Ihre größte Sorge ist: Meine Familie hat eine lange Tradition des Golfspielens. Wir haben noch eine Woche Zeit. Das ist mehr als genug, um Ihnen zumindest ein paar Grundlagen beizubringen. Wir haben doch genügend Platz oben im Flur.«

Das verblüffte Cedric womöglich noch mehr als ihr Lachen. Er sah von Ruths Gesicht zur Einladung in seiner Hand und wieder zurück zu ihr – und nun konnte er nicht anders, als sie selbst anzulächeln.

»Sie sind meine Rettung, Mrs Edwards. Das sind Sie wirklich.« Er räusperte sich. »Also dann. Ich bin nicht sehr hungrig, aber eine Tasse Tee kann ich vermutlich inzwischen wieder bei mir behalten. Was meinen Sie?«

Kapitel Neun

»La Befana«; Feste romane IV; Ottorino Respighi

In der Nähe von Mentana, latianisches Hügelland, Latium, Italien

Die ersten Tage des neuen Jahres waren bedrückend und wunderbar zugleich. Am zweiten Januar fuhren sie zum ersten Mal wieder nach Rom, und Dorián hatte nicht gewusst, dass er sich so darüber freuen konnte, eine Stadt wiederzusehen. Nicht nur, weil nach Weihnachten die Vorbereitungen fürs Befana-Fest am 6. Januar begannen, wenn der Legende nach eine gute Hexe auf der Suche nach dem Jesuskind in allen Häusern Süßigkeiten und Geschenke hinterließ. Er hatte Rom wirklich vermisst. Gerade in dem leeren Raum, den Dorothy im Waldhaus hinterlassen hatte, hatte er oft und sehnsüchtig an die Tage auf den Straßen gedacht. Daran, wie es war, sich sicher und nützlich vorzukommen, wenn er mit Bartosz und der Gruppe Musik machte und damit Geld verdiente. An die Nachmittage auf dem Markt, wo er versuchte zu handeln und von Lidia und Shila dafür ausgelacht wurde, wie schlecht er darin war – ohne sich hinterher deswegen schlecht zu *fühlen*. Es war seltsam, aber auf den Straßen Roms fühlte sich Dorián umso leichter, je mehr die Stadt ihn zu erdrücken versuchte mit ihrem Glanz und ihrem Dreck, ihren Menschen und ihren Katzen und ihren Glocken überall. Er *mochte* sie wirklich. Und deswegen war er unfassbar froh, wieder dort zu sein.

Dorothy allerdings fehlte immer noch. In der Stadt genauso wie zu Hause, und Dorián konnte nicht verhindern, dass er in jeder freien Minute darüber grübelte, warum sie noch nicht zurück war. Er stritt sich sogar mit Bartosz deswegen, der aussah, als hätte er ihm am liebsten den Violinkasten über den Kopf gezogen.

»Natürlich kommt sie zurück!«, grollte er. »Wenn sie irgendwie kann, kommt sie zu uns zurück. Hör auf, andere Dinge herbeizureden!«

Danach sagte Dorián nichts mehr. Er vermutete jedoch insgeheim, dass Bartosz deshalb so wütend wurde, weil er seine Angst teilte.

Das Befana-Fest kam und ging. Es begann zu schneien, und während sich eine glitzernd weiße Decke über Rom und die Hügel legte, wurde das Land wieder ruhiger. Aber die Tür zur Villa blieb geschlossen, und Dorothy blieb verschwunden.

Am Abend des 7. Januar dann war plötzlich alles anders. Sie hatten sich wie üblich im Speiseraum versammelt; doch noch ehe irgendjemand einen ersten Löffel Linsensuppe essen konnte, stand Tomke von ihrem Platz auf und kletterte auf die Holzbank. »Hört mal alle zu!«

Es dauerte eine Weile, bis auch das letzte Gespräch und das letzte Kichern tröpfelnd verstummt waren. Tomke zwirbelte sichtlich unruhig einen ihrer langen flachsblonden Zöpfe. Sie sah ein bisschen verschwitzt und unsicher aus. Fast hatte Dorián den Eindruck, sie würde schwanken, obwohl das natürlich Unsinn war. Tomke konnte freihändig auf dem Kutschbock eines fahrenden Wagens oder einem Pferderücken stehen, auf keinen Fall würde eine stabile Holzbank sie aus dem Gleichgewicht bringen.

Da hielt Tomke ihre zweite Hand in die Höhe, und Dorián erkannte, dass sie ein gefaltetes Blatt Papier darin hielt. »Wir haben eine Nachricht aus der Villa. Morgen kommen reiche Leute zur Adoption. Wir müssen alle hierbleiben.«

Adoption. Das Wort traf Dorián wie ein Stein aus einer Zwille gegen den Kopf. Adoption, davon hatte Lidia gesprochen, damals bei der medizinischen Musterung. Adoption, das war, wenn Leute von anderswo kamen und eins der Kinder aus dem Waldhaus einfach wegkauften. Schon damals hatte das schrecklich geklungen. Aber erst jetzt glaubte Dorián zu verstehen, was es wirklich *bedeutete.* Es bedeutete, weggeholt zu werden von hier, wo er sich zum ersten Mal aufgenommen und als Mensch gesehen fühlte, vielleicht wieder in eine andere *»Familie«*, die ihn zu Dingen zwang, die er hasste; die ihn schlagen und hungern lassen würde. Der Gedanke machte ihn starr vor Angst.

Er nahm kaum wahr, wie die Stimmung auch an den anderen Tischen in eine seltsame Nervosität kippte. Erst als die Kinder um ihn herum immer lauter tuschelten und Tomke mit dem Stiefel auf die Bank stampfte, damit sie aufhörten, schreckte er auf.

»Und wir sollen uns waschen. Meine und Shilas Gruppen bereiten nach dem Essen die Badezuber vor. Antoine schreibt die Liste mit der Reihenfolge. Wir brauchen außerdem Freiwillige, die gut Haare kämmen können. Wie … wie an Weihnachten, wisst ihr noch?« Tomke räusperte sich belegt. Kurz wirkte sie, als wollte sie noch etwas sagen. Stattdessen setzte sie sich wieder hin. Das Essen begann, wie an jedem Abend im Waldhaus.

Aber es war nichts wie sonst.

Vielleicht würde niemals mehr irgendwas wie sonst sein.

»Kann man sich nicht weigern?«, fragte Dorián später, als er und Bartosz frisch gebadet und gekämmt im Schlafraum hockten und getrocknete Kirschen kauten, um sich zu beruhigen.

Bartosz spuckte mit verächtlichem Schnauben einen Kirschkern aus, der klickernd in einer kleinen Schale jenseits seines Schlaflagers landete. Bartosz traf fast immer. Dorián inzwischen immerhin schon viel öfter als früher. »Nein. Wenn sie dich kaufen, musst du mitgehen. Du kannst später versuchen abzuhauen, aber ich würde nicht darauf wetten, dass du es schaffst.« Er starrte mit einem seltsam gequälten Ausdruck auf die Kirschen in seiner Hand, als könne er sich nicht entschließen, ob er sie zerquetschen sollte oder nicht. »Weißt du, Dorina, wir tun hier nur so, als ob wir frei wären. Noch zumindest. Eines Tages gehört dieses Haus uns. Aber bis dahin … können die da drüben in Wahrheit immer noch mit uns tun, was ihnen passt.«

Dorián spürte ein Schaudern bei den letzten Worten, dort, wo sich ihre Schultern berührten. Rasch steckte er sich eine Kirsche in den Mund, obwohl ihn das Kauen überhaupt nicht beruhigte, egal was Bartosz behauptet hatte.

»Immerhin können sie Dorothy nicht adoptieren.« Er fand, dass seine Stimme seltsam piepsig klang. »Wenn sie nicht da ist, meine ich.«

Bartosz seufzte leise, und in seinem Gesicht konnte Dorián lesen, dass er nicht fand, dass das die bessere Alternative war. Dann schüttelte er den Kopf und wandte Dorián den Blick zu. »Sieh morgen einfach nicht zu hübsch aus und benimm dich daneben, so gut du kannst. Dann lassen sie dich vielleicht in Ruhe.« Er sah zweifelnd aus, als traute er es Dorián gar nicht zu, sich wirklich danebenzubenehmen, und vermutlich stimmte das. Dorián benahm sich ja am liebsten einfach gar nicht und verschwand.

Da schüttelte Bartosz noch einmal den Kopf und lachte ein seltsames Lachen. »Das mit dem Nicht-hübsch-Sein. Das kannst du einfach nicht. Nichts für ungut.« Er klopfte Dorián kurz auf den Oberschenkel und warf sich eine Kirsche aus seiner Hand in den Mund. »Wird schon werden. Sie wollen sicher sowieso ein jüngeres Kind.«

Und das war das Letzte, was Dorián an diesem Abend aus ihm herausbekam.

Am Morgen des 8. Januar standen sie schließlich in ordentlichen Reihen auf dem Hof – die Jüngeren vorn, die Älteren hinten – und sahen allesamt so aus, als wünschten sie sich ihren Dreck zurück.

Sie mussten lange warten. Die blasse Wintersonne kletterte höher und stach dabei hin und wieder ein paar vereinzelte Lichtfinger durch die schneegrauen Wolken. Die ersten der jüngeren Kinder begannen schon bald zu zappeln, herumzualbern und zu kichern, und Dorián hätte gern irgendetwas nach ihnen geworfen, damit sie aufhörten – aber er hatte nichts, außer Dorothys Münze in seiner Tasche.

Er sah zu Bartosz, der neben ihm stand, mit mahlendem Kiefer auf einem Grashalm kaute und die Hand ebenfalls tief in der Tasche vergraben hatte. Er erwiderte Doriáns Blick nicht mal mit einem Wimperzucken, und vielleicht war das auch besser so. Dorián jedenfalls war sich bei dem Anblick nicht mehr so sicher, ob er wissen wollte, was gerade in Bartosz' Kopf vor sich ging.

Stattdessen geschah plötzlich etwas anderes: Die Tür der Villa oben an den Stufen öffnete sich. Dorián fuhr heftig zusammen. Er hatte in den vergangenen Tagen so oft auf diese Tür gestarrt und sie stumm angefleht, sich endlich zu öffnen, dass es in seinem Kopf schon fast ein Ding der Unmöglichkeit war, dass sie es tatsächlich tun würde. Nun schwangen beide Flügel nach innen, und kurz darauf traten sie ins Freie: Gregor, wie immer tintenschwarz gekleidet. Der Kutscher Mateo in einem moosgrünen Anzug im gleichen Schnitt, mit gleicher Frisur und gleichem Blick wie sein … ja, was? Herr? Vater? Anabella – *Verräterbella*, wie Dorothy sie genannt hatte – folgte den beiden in ihrem blutroten Kleid, mit ebenso glattem, überlegenem Gesichtsausdruck. Und hinter ihnen schließlich Céleste und die anderen jungen Menschen, die Dorián bei der medizinischen Musterung gesehen hatte. Unvermittelt fiel ihm ein, was Bartosz über sie gesagt hatte. Waren das früher wirklich Kinder aus dem Waldhaus gewesen? Hatten sie zu ihrer Familie gehört? Und waren sie wirklich … freiwillig dort rübergegangen?

Dorothy war nicht bei ihnen.

Dorián blieb kaum Zeit, dem furchtbaren Druck auf seiner Brust nachzufühlen, der ihn bei dieser Erkenntnis überkam. Ob es Erleichterung war oder Verzweiflung oder vielleicht etwas ganz anderes. Denn während Gregor selbst oben auf der Treppe stehen blieb, kam die restliche Gruppe bereits die Stufen hinunter, um in den inzwischen weitgehend aufgelösten Reihen auf dem Hof für Ordnung zu sorgen. Auch Dorián spürte kurz darauf einen Stoß zwischen seine Schulterblätter.

»Steh gerade und sieh nach vorn!«

Dorián zuckte zusammen und versteifte sich. Vielleicht war es doch gar nicht so schwer, sich danebenzubenehmen.

Nach und nach breitete sich wieder Stille über dem Hof aus. Und in dieser neuen, angespannten Stille war endlich das Knirschen und Klappern von Rädern und Hufen auf der Zufahrt zu hören.

Sie kamen.

Dorián hielt die Augen über das Dach des Stalls hinweg fest auf die silbrig umrandeten Wolken gerichtet. Ob er es noch konnte – sich unsichtbar machen? Er hörte, wie sich die Kutschentür öffnete und drei Paar Füße in den Kies des Hofs sprangen, aber er sah entschlossen nicht hin und verzog finster das Gesicht. Selbst wenn sie ihn entdeckten, würden sie ihn so hoffentlich für zu unfreundlich und stur halten, um ihn auszusuchen.

Auf der anderen Seite des Hofes begrüßte Gregor die Gäste auf Italienisch – Signore dies, Signore das, Signore zum Dritten, Dorián verstand es nicht genau. Dann hörte er, wie sie begannen, an den Reihen der Kinder entlangzuschreiten. Immer hin und her, während sie sich langsam nach hinten vorarbeiteten. Dorián starrte auf seine Schuhspitzen und kniff die Augen zusammen, wann immer sich die Signores auch nur am Rand in sein Blickfeld zu schieben drohten.

Ihr seht mich nicht! Ihr seht mich nicht! Ihr seht mich nicht!

Die Schritte kamen näher. Immer näher.

Und dann blieben sie stehen. Ganz dicht bei ihm.

Dorián hielt die Lider fest zusammengepresst. Nein, er war nicht da, er konnte überhaupt nicht nachsehen, ob sie wirklich *bei ihm* standen, deshalb sah er auch weiter nicht hin, als Bartosz neben ihm mit einem wirklich widerlich röchelnden Husten einen Klumpen Schleim ausspuckte und eine ungarische Verwünschung zischte; nicht, als eine fremde Stimme sagte »Der hier. Der ist es«, sein Herz für einen Schlag aussetzte und alles in ihm eiskalt wurde, und auch nicht, als …

»Ja, zäh und trotzdem hübsch, wie versprochen«, sagte eine zweite Stimme mit emotionslosem Lachen. »Wir brauchen nicht weiter zu suchen. Den nehmen wir.«

Das mit dem Nicht-hübsch-Sein. Das kannst du einfach nicht.

Er sah doch hin. Er konnte nicht anders. Denn jetzt war es sowieso zu spät, für immer vorbei mit der Unsichtbarkeit, jetzt musste er alles an Widerstand leisten, was er in sich zusammenkratzen konnte, bis sie begriffen, dass sie *wirklich* keine Freude mit ihm haben würden.

Es waren drei außergewöhnlich fein gekleidete Signores mit beklemmend ausdrucksleeren Gesichtern, die da direkt vor seiner Nase standen. Dorián hätte nicht mal raten können, wer von ihnen welche der vernichtenden Worte gesagt hatte. Aber das spielte in diesem Augenblick auch keine Rolle mehr, denn ihre Blicke lagen gar nicht auf ihm.

Sondern auf Bartosz.

Oh. Oh Nein. NEIN!!

»Ich wollte schon immer einen Hund«, sagte der dritte, eine gespenstisch blasse Gestalt in einem dunkelgrauen Tweedanzug.

Mit einem Mal ging alles sehr schnell. Bartosz stieß einen Fluch aus, der noch wüster klang als der vorige, und schoss auf den Signore zu, packte ihn am Kragen und zog ihn mit einem groben Ruck zu sich heran. Dorián schnappte erschrocken nach Luft – und im nächsten Moment war plötzlich Mateo hinter ihnen. Mit einer Kraft, die Dorián nicht von ihm erwartet hätte, riss er Bartosz von den Signores fort, und für einen surrealen Moment glaubte Dorián eine heiße Druckwelle zu spüren, die von Mateo ausging und Bartosz rücklings zu Boden schleuderte.

Mateo blieb über Bartosz stehen und setzte einen Fuß auf seine Brust. »Schluss damit«, sagte er so leise, dass Dorián es gerade eben noch verstand. Aus unbewegten Augen starrte Mateo auf Bartosz hinunter, der dort lag wie festgenagelt. Obwohl es doch nur ein Fuß war, nur ein schmaler Fuß in einem feinen Schnürschuh aus dünnem Leder. Aber Bartosz rührte sich nicht, und was noch schlimmer war: Dorián sah Tränen in seinen Augen. Und dass er aufgegeben hatte.

Bartosz hatte aufgegeben. Einfach so.

»Du weißt genau, warum du an diesem Punkt bist«, fuhr Mateo unerbittlich fort. »Du hättest *nicht* hier und heute im Dreck liegen müssen. Es war allein deine Entscheidung, im Waldhaus zu bleiben, statt dich uns anzuschließen. Jetzt trag die Konsequenzen und pack deine Sachen. Hier ist kein Platz mehr für dich, Bartosz.«

Damit nahm er den Fuß wieder von seiner Brust.

Langsam, sehr langsam stand Bartosz auf. Er machte sich nicht mal die Mühe, seinen Umhang geradezuziehen, der nass und dreckschwer mitsamt dem Wollhemd darunter über seine Schulter gerutscht war. Er ging einfach. Dorian sah, wie er versuchte, aufrecht zu bleiben; sah seine Schultern beben, als er wieder und wieder daran scheiterte, sie zu straffen.

»Niemand von euch rührt sich!«, drang Anabellas Stimme klar und laut von der Treppe her über den Platz.

Und niemand rührte sich. Was Mateo mit Bartosz getan hatte, konnten er oder Anabella mit ihnen allen tun, das wussten sie, doch das war es nicht allein. Dorián fühlte sich von den Worten regelrecht festgefroren, als könnte er gegen ihren Willen nicht einen einzigen Finger rühren. Es tat weh. So verdammt weh, dass ihm Tränen in die Augen traten. Am meisten aber schmerzte der Anblick von Bartosz, der sich so mühevoll und gebrochen bewegte, dass Dorián ihn kaum wiedererkannte. *Wie?!*, dachte Dorián und spürte die erste Träne über seine Wange rinnen. Wie war das möglich?!

»Der Hund macht brav Sitz und geht auf seinen Platz«, sagte einer der Signores. »Wie charmant.«

»Er wollte mich beißen«, sagte der nächste und gluckste amüsiert. »Wie niedlich.«

Jetzt war es Dorián, der schreien und sie anspringen wollte; nur rührte sein Körper sich noch immer nicht. Stattdessen spürte er eine nahezu unerträgliche Spannung in sich wachsen, ein knisterndes Licht direkt hinter seinen Augen, in seiner Brust und in seinen Schulterblättern, wie ein im Netz gefangener Vogel, der seine Flügel nicht ausbreiten konnte – bis sie sich schließlich mit einem gewaltigen Knall entlud, donnernd hinter seiner Stirn.

»Bartosz!«, schrie Dorián und rannte los.

Zu seiner Überraschung hielt niemand ihn auf.

Er fand Bartosz beim Regal neben seinem Schlaflager, wo er seine wenigen persönlichen Sachen in einen abgewetzten Seesack warf. Dorián blieb keuchend auf der Schwelle stehen.

»Du darfst nicht gehen!« Er verstand sich selbst kaum, weil es so ein von Verzweiflung und Atemnot ersticktes Genuschel war.

Langsam drehte sich Bartosz zu ihm um. Seine Augen waren gerötet und geschwollen, und feuchte Spuren zogen sich über seine Wangen. Er verwischte ein paar davon mit dem Handrücken und zog eine Grimasse.

»Ich weiß«, sagte er und ballte die Fäuste. »Es ist zum Heulen. Es ist genau so gekommen, wie Gregor gesagt hat. Es kommt immer, wie Gregor sagt. Ich hasse diesen Abschaum, Dorina. Ich hasse ihn so sehr. Seine Visage nicht mehr zu sehen wird das einzig Gute an dieser Scheiße.«

Dorián rieb sich über die Augen, in der sinnlosen Hoffnung, dass sie dadurch aufhören würden zu tränen und zu brennen. »Aber warum? Warum musst du gehen, nur weil sie es sagen? Das … so bist du doch nicht! Wie können sie das mit dir machen?!«

Bartosz antwortete nicht sofort. Stattdessen stopfte er ein Hemd und eine kleine Holzschatulle in seinen Beutel. Dorián sah seine Hände zittern.

»Ihre Stimmen sind stärker als wir«, sagte Bartosz endlich gepresst. »Wenn sie etwas befehlen, haben wir keine Chance. Zumindest ... die meisten von uns. Hast du es denn nicht gemerkt?« Er warf Dorián einen etwas schrägen Blick zu. »Weißt du noch, bei der medizinischen Musterung? Kurz nachdem du hier angekommen bist? Da hat Gregor mir was zugeflüstert, und ich konnte nicht ... ich konnte nicht mehr kämpfen. So wie jetzt. Das ist nicht nur Angst, Dorina. Das ist ihre Macht. Über uns.«

Dorián starrte ihn an. Ja. Ja, natürlich erinnerte er sich. Daran, wie Bartosz einfach in die Kabine geschleift worden war, ohne jeden Widerstand, obwohl er Gregor nur einen Augenblick zuvor noch auf die Füße gespuckt hatte. Und er erinnerte sich an das Gefühl der Lähmung, der Ohnmacht, der erzwungenen Reglosigkeit. Unter Gregors Worten, oder vorhin unter Anabellas. Aber er hatte immer gedacht ...

»*Er wird der Junge mit der Geige, wenn du nicht mehr hier bist.* Das hat er damals gesagt.« Bartosz presste die Lippen zusammen. Sein Gesicht war blass. »Und das bist du jetzt, Dorina. Von heute ... von heute an musst du für sie da sein.« Er sah vielsagend zu Doriáns Schlaflager hinüber. Ein länglicher Hügel war dort unter den Decken zu sehen, den Dorián ganz sicher nicht so zusammengeknüllt hatte.

»Geh gut mit ihr um.« Bartosz' Stimme kippte ein wenig bei den Worten. »Ich kann es nicht mehr.«

»Aber ... nein!«, brach es aus Dorián heraus. Nein, das ging nicht, es war nicht möglich, was immer Gregor gesagt hatte, es durfte einfach nicht sein! »Ich ... sie gehört doch zu *dir*!«

Bartosz lachte, leise und bitter. »Nicht mehr. Gregor hat es gesagt, jetzt ist es die Wahrheit. Es ist besser, wenn sie bei dir bleibt.«

»Das meine ich doch gar nicht!«, stieß Dorián hervor. »*Du* sollst bleiben! Sie ... Dorothy braucht dich hier.«

Und ich auch. Das war ebenfalls die Wahrheit, doch es erschien ihm im Augenblick nicht so relevant, daher sagte er es nicht.

Bartosz hielt in der Bewegung inne. »Genau das ist es doch, Dorina. Deswegen zwingen sie mich wegzugehen.« Er zog mit einem wütenden Ruck die Riemen seines Beutels fest. »Es war kein Zufall, dass die mich ausgesucht haben. Jede Wette, dass das eingefädelt war. Ich soll verschwinden, weil sie glauben, dass Dorothy meinetwegen nicht macht, was sie wollen. Weil sie nicht begreifen, dass sie sie nicht brechen können und das überhaupt nichts mit mir oder irgendwem zu tun hat. Und deshalb sage ich dir auch, was als Nächstes passiert: Als Nächstes werden sie sich um dich kümmern, wenn Dorothy auch ohne mich nicht nachgibt, und das wird sie nicht. Sie ist anders als ich, anders als wir alle. Dass sie heute nicht auf dem Hof war, ist der beste Beweis dafür! Aber vielleicht ... vielleicht bist du wie sie, Dorina. Vielleicht können sie dich auch nicht zwingen, vielleicht kannst du für sie ungebrochen bleiben, vielleicht kannst du, was ich nicht ...« Er verstummte. Schüttelte mit sichtbarer Verzweiflung den Kopf und trat auf Dorián zu. »Behalt einfach die Violine. Und das hier.« Damit griff er nach Doriáns Hand und drückte etwas hinein. Etwas Rundes, Flaches, das sich unsagbar vertraut anfühlte und doch ein wenig fremd. Eine Silberlira. Dorothys zweite Münze.

»Ich ...«, setzte Dorián an. Doch da nahm Bartosz sein Gesicht in beide Hände und lehnte für einen Moment die Stirn an seine. »Glaub an sie«, flüsterte er rau, und Dorián spürte die Worte wie einen leichten Wind auf seinen eigenen Lippen. »Du musst weiter an sie glauben! Für uns beide zusammen! Solange du nur irgendwie kannst.«

Dorián nickte stumm. Ihm fehlte der Atem für eine Antwort. Dies war definitiv ein Abschied, ein vermutlich endgültiger noch dazu, und er zerriss ihm das Herz. Deshalb stellte er sich aus einem Impuls heraus auf die Zehenspitzen und drückte seinen Mund auf den von Bartosz. Es war ein verzweifelter und beinahe trotziger Kuss, und Dorián hatte nicht damit gerechnet, dass Bartosz ihn erwidern würde, aber das tat er. Fest und genauso nachdrücklich entschlossen, und danach drückte er Dorián an sich, als wollte er ihm die Rippen brechen, und lachte ein ungewohnt sanftes Lachen. »Ach Dorina, Dorina. Du bist schon ein besonderes Sternchen.« Er seufzte und trat einen Schritt zurück. Nur seine Hand blieb auf Doriáns Schulter liegen.

»Búcsú«, sagte er leise. »Es ist gut, dass du hier bist. Bis eines Tages vielleicht.«

Er bückte sich, sammelte seinen Beutel auf, der zu Boden gefallen war, und warf ihn sich über die Schulter. »Komm besser nicht mit raus. Und bleib vom Fenster weg. Ich will nicht, dass du das siehst.«

Ich will nicht, dass du mich noch mal so siehst.

Die Worte hingen in der Luft, als hätte Bartosz sie tatsächlich ausgesprochen. Und Dorián verstand das; er wollte auch nicht, dass das Letzte, was er von Bartosz sah, schreckliche Erniedrigung und Demütigung war. Es reichte, dass all die anderen zusahen. Darum nickte er nur und blieb stehen, eine Münze fest in jeder Hand. *»Ai grijă«*, flüsterte er. »Wir sehen uns sicher wieder.«

Bartosz nickte und zeigte ein Lächeln, das nur halb erzwungen aussah. »So bald es nur irgendwie möglich ist.«

Dann verließ er mit festen Schritten den Raum – und mit ihm ging das Gefühl in Dorián, dass das Waldhaus ein sicherer Ort war.

Kapitel Zehn

»Im Abendrot«; lyrischer Liederzyklus »Vier letzte Lieder«, Op. 150, Nr. 4; Richard Strauss; Text: Joseph v. Eichendorff

In der Nähe von Mentana, latianisches Hügelland, Latium, Italien

Das Haus blieb unheimlich still, nachdem Bartosz gegangen war. Selbst als die anderen endlich von draußen hereinkamen, waren alle Geräusche ungewohnt gedämpft, wie wenn man im Badezuber untertauchte, die Ohren voll Wasser liefen und die Welt sich plötzlich weit entfernt anhörte.

Dorián hatte im Essraum gewartet, weil er der festen Überzeugung gewesen war, sie würden sich dort treffen, nachdem alles vorbei war. Miteinander sprechen. Bereden, wie es jetzt weiterging, wenigstens die Älteren.

Niemand kam. Der Tag wurde fortgesetzt, als wäre gar nichts gewesen. Als würde das Leben im Waldhaus heute einfach ein bisschen später beginnen als sonst. Die Kutsche war fort, der Hof leer, die Tür zur Villa geschlossen wie immer. Kurz darauf pinnte Lidia die Liste mit der Gruppenverteilung der Haushaltsaufgaben an die Wand in der Diele. Doch wo in der Liste zuvor Bartosz' Name gestanden hatte, stand jetzt Dorián. Und während Dorián mit brennenden Augen auf seinen eigenen Namen starrte, legte sich die Erkenntnis, warum das so war, wie ein Eisklumpen in seinen Magen.

Bartosz gehörte jetzt nicht mehr dazu. Sie hatten ihn ausgestoßen, wie es bei Céleste gewesen war. Weil er die Familie der Waldhauskinder verlassen hatte. Ob er das gewollt hatte oder nicht.

Die verbliebenen älteren Kinder mieden Doriáns Blick, wenn er und sie aneinander vorbeiliefen. Sie senkten die Köpfe, sahen nach unten oder zur Seite, als würden sie sich vor ihm schämen. Warum, das konnte er nur raten. Weil er sich als Einziger über Anabellas Befehl hinweggesetzt hatte, statt die Situation einfach hinzunehmen? Vielleicht, aber was hatte es denn genützt? Oder geschadet?

Gar nichts. Es hatte einfach gar nichts geändert.

Er versuchte mit ihnen darüber zu sprechen, doch auch das war vergeblich.

»Komm bitte eine Weile nicht in meine Nähe«, sagte Shila und ließ ihn stehen, als wäre er an allem schuld.

»Ich möchte jetzt nicht mit dir reden«, sagte Tomke und wischte sich Tränen aus den Augen, die doch immer wiederkamen.

Lidia sagte gar nichts und verließ einfach den Holzschuppen, kaum dass sie ihn entdeckt hatte.

Antoine hingegen sah ihn lange an, als Dorián ihn endlich in der Küche fand, das sommersprossige Gesicht ernst und traurig. »Du bist jetzt der Junge mit der Geige, Dorián«, sagte er schließlich leise. »Glückwunsch.«

Und dann ging auch er und ließ Dorián zurück, dem nichts blieb als der Drang zu schreien und ein überwältigendes Gefühl der Verlorenheit. Er war jetzt offiziell Teil der Gruppe und hatte sich ihnen doch nie weniger zugehörig gefühlt.

Etliche der jüngeren Kinder hingegen, wie Renu, Miki und Wilhelm, die zuvor immer Bartosz gefolgt waren, schlossen sich ihm an wie kleine Schatten. Er musste sich nicht mal bemühen, eine Gruppe zusammenzubekommen, um die Aufgaben zu erledigen, die zu beaufsichtigen er jetzt an Bartosz' Stelle eingeteilt war. Sie kamen einfach. Sie sahen ihn an, wie sie Bartosz angesehen hatten – als müsste er automatisch wissen, was zu tun war, weil er sie um mindestens einen Kopf überragte; und zugleich zweifelnd, weil er nun mal immer noch irgendwie neu hier war. Und eben nicht Bartosz. Nicht im Entferntesten. Dorián jedenfalls wusste *nicht*, was zu tun war, im Gegenteil. Er hätte sich lieber in irgendeiner Ecke verkrochen und sich ganz allein dem Schmerz überlassen, und dieser letzten Erinnerung, die er von Bartosz mitgenommen hatte.

Aber die Kinder brauchten ihn. Mehr, als er den Schmerz in diesem Moment brauchte. Also machte er sich daran, mit ihnen gemeinsam die Laken, Decken und Kissenbezüge in den Schlafsälen abzuziehen und ins Waschhaus zu tragen, sie zu waschen und aufzuhängen und schließlich neue Laken auf den Schlaflagern zu verteilen.

Es wurde schon dunkel, als sie endlich bei dieser letzten Aufgabe angelangt waren, und Dorián hatte sich seit sehr langer Zeit nicht mehr so müde gefühlt. So ausgelaugt und bis ins Innerste erschöpft. Der Geruch von Risotto und gedünstetem Gemüse zog bereits von der Diele zu ihnen herein und vermischte sich mit dem Herumalbern von Katalina und Timur, die sich gegenseitig übertrumpften, wer an diesem Abend *mehr* essen würde. Dorián hingegen war zum ersten Mal seit seiner Ankunft im Waldhaus überhaupt nicht nach Essen. Sein Magen fühlte sich klein und schrumpelig an wie eine Erbse, und sein Unterleib schmerzte. So hockte er neben dem letzten Lager – seinem eigenen –, das frisch bezogene Kissen auf den Knien, und wollte sich einfach nur hinlegen. Doch auf der Matratze lag immer noch die Geige, und er hatte sich kaum überwinden können, das alte Laken darunter wegzuziehen. Um das neue daraufzuspannen, würde er sie wohl endgültig beiseitelegen müssen, und er konnte nicht. Er konnte es einfach nicht.

Er saß immer noch so da, während die anderen bereits in den Essraum hinüberliefen und die gedämpften Geräusche um ihn noch leiser wurden. Schließlich klemmte er sich den Violinkoffer sehr umständlich unter den Arm, um ihn nicht loslassen zu müssen, während er das Bett fertig bezog, und als er es geschafft hatte, ließ er sich mitsamt dem Koffer einfach darauf fallen. Dorián nahm die Violine fest in den Arm und schloss die Augen. Nur ein einziger stiller Moment, nur ein winziges bisschen Einsamkeit und Schmerz für ihn ganz allein, das musste doch erlaubt sein? Er zog die Beine so eng an den Körper wie möglich, rollte sich um die Violine zusammen, doch er war so erschöpft, dass nicht einmal mehr Tränen kamen.

Stattdessen schlief er Sekunden später einfach ein.

Dorián?

Mit einem Ruck schreckte er wieder hoch. Wie lange hatte er geschlafen? Es war Nacht geworden, das Zimmer lag im Dunkeln. Um sich herum konnte er die anderen im Schlaf atmen hören. Alles war still.

Aber es hatte ihn doch jemand gerufen? Oder hatte er das geträumt? Die Stimme hatte so seltsam geklungen, als wäre sie gar nicht im Raum, sondern direkt hinter seiner Stirn, aber Träume waren auch im Kopf, also …

Hier! Am Fenster!

Nein. Kein Traum.

»Dorothy …?« Dorián richtete sich auf und tastete nach dem kleinen Nachtlicht, das über ihm auf dem Wandbord stand. Er brauchte einige Versuche, bis es aufleuchtete und der mattgelbe Schein zumindest ein Stück weit die Schatten erhellte. Dorián hob das Licht etwas an, wandte sich zum Fenster … und fuhr unwillkürlich zusammen.

Dorothy!

Sie stand bloß da, kaum zu sehen hinter der Spiegelung der Scheibe, nun, da es draußen noch dunkler war als hier drin, aber Dorián bildete sich das nicht ein: Sie stand dort und starrte zu ihm herein, und es war *ihre* Stimme, die er hörte.

Komm in den Wald hinter der Speisekammer! Schnell!

Im nächsten Moment war sie verschwunden und ließ nur ein heißes Kribbeln in Doriáns Brust und hinter seiner Stirn zurück. Sein Herz jagte, und seine Gedanken überschlugen sich. Dorothy war wieder da! Ausgerechnet jetzt?

Er warf einen weiteren raschen Blick zu den anderen Kindern, aber niemand sonst schien etwas bemerkt zu haben, denn sie rührten sich nicht.

So leise er konnte, stand Dorián auf und schlich sich zwischen den schlafenden Körpern hindurch aus dem Raum. Der Schlüssel zur Vordertür des Waldhauses steckte wie jede Nacht von innen im Schloss, aber er hätte sich viel zu sichtbar gefühlt, über den offenen Hof ums Haus herumzulaufen. Also huschte Dorián kurz entschlossen den Gang hinunter und in die Speisekammer. Dort gab es zwischen den Regalen eine kleine Lüftungsluke, die zum Wald zeigte und durch die Dorián vermutlich gerade eben noch hindurchpasste. Er ließ sein Licht an einem Haken neben den Salamis und Schinken zurück, die zum Trocknen von der Decke hingen. Dann schlüpfte er mit den Beinen voran durch die Luke, ließ sich auf der anderen Seite in eines der kahlen Beete des Nutzgartens fallen und verschwand auf dem schnellsten Weg zwischen den Bäumen.

Schwer atmend blieb er kurz hinter dem Waldrand stehen, spürte die eisige Nachtluft und die Schatten, die sich auf seine erhitzten Wangen legten, und wartete, bis sich seine Augen zumindest ein wenig an die Dunkelheit hier draußen gewöhnt hatten. Es war eine klare Nacht, die Wolken vom Vormittag hatten sich verzogen, und zwischen den unzähligen Sternen am Himmel leuchtete ein silberweißer Halbmond. Hier zwischen den Bäumen war es jedoch tintenschwarz. Der gedämpfte Schein des Nachtlichtes blinzelte aus dem Fenster der Speisekammer, als wollte es Dorián erinnern, nicht weiter in den Wald vorzudringen, als er anhand des Lichts zurückfinden konnte. Das dicke Moos unter seinen Füßen schluckte seine Schritte, als er sich vorsichtig ins Unterholz vorantastete.

»Dorothy?«

Nichts. Kein Laut, bis auf den Ruf eines Käuzchens in der Ferne, und für einen Moment lang fürchtete Dorián, er hätte sich die Gestalt am Fenster vielleicht doch nur eingebildet.

»Dorothy!«

»Hier«, wisperte eine Stimme rechts von ihm. Dorián fuhr heftig zusammen, obwohl er doch auf genau diese Stimme gehofft hatte, auf dieses Flüstern, diese Antwort – aber dieses einzelne Wort fuhr ihm so tief in die Knochen, dass er für einen Herzschlag lang wie erstarrt war. Er konnte nichts sehen, so weit er die Augen auch aufriss; bis auf einen verschwommenen Schemen, den er erkannte, weil er jetzt wusste, dass er dort war. Und weil er sich kurz darauf bewegte und eine eiskalte Hand nach seiner griff. »Komm!«

Widerspruchslos ließ Dorián sich mitziehen, obwohl er bestenfalls raten konnte, wohin er seine Füße setzte, und es ihn nicht mal gewundert hätte, wenn er im nächsten Moment ungebremst mit dem Gesicht in einen Baumstamm gerannt wäre. Dorothy wusste, wohin sie gingen, ohne etwas sehen zu können. Sie wusste es immer.

Tatsächlich wichen kurz darauf die Bäume ein Stück zurück und ließen eine winzige Lichtung frei. Es war immer noch dunkel, aber das Mondlicht tauchte das winterdürre Gras in silbriges Grau, vor dem sich nun endlich Dorothys Silhouette abzeichnete. Vertraut … und zugleich irgendwie fremd. Sie trug ein Kleid. Dorián hatte Dorothy noch nie in einem Kleid gesehen. Schon gar nicht in einem, das viel zu dünn wirkte für die winterliche Nachtluft. Und sie hatten ihr die Haare abgeschnitten, bis über die Schultern. Die zuvor fast hüftlangen Locken zogen sich nicht mehr durch ihr eigenes Gewicht nach unten und wirkten dadurch irgendwie leichter. Aber war es das, was …?

»So siehst du also aus«, sagte Dorothy in diesem Moment. Ihre Stimme klang erstickt. Und als Dorián verblüfft den Blick auf ihr Gesicht richtete, begriff er endlich, was *wirklich* anders an ihr war.

Der milchig blaue Schleier auf Dorothys Augen war verschwunden. Sie waren jetzt viel dunkler als zuvor. Und sie *sah ihn an.*

Dorián starrte ungläubig zurück. »Du …«, flüsterte er, verlor den Faden und setzte noch einmal an. »Was haben sie mit dir gemacht?«

Vage kam ihm der Gedanke in den Sinn, dass er sich doch eigentlich für sie hätte freuen müssen. War es nicht gut, wenn sie wieder sehen konnte, wenn sie ihre Augen irgendwie geheilt hatten, wie auch immer das möglich sein sollte? Und doch … war das, was Dorián bei dieser Erkenntnis in Wahrheit spürte, ein tiefsitzender Horror, der ihm die Eingeweide nach außen stülpen wollte. Es waren nicht ihre! Er wusste nicht, was ihn da so sicher machte, aber er spürte es. Diese Augen … gehörten nicht zu ihr.

Auch Dorothy verzog bei seiner Frage das Gesicht zu einer gequälten Grimasse. »Ich weiß es nicht. Sie haben mich nicht gefragt. Sie fragen mich nie«, wisperte sie rau und hob die Hände, als wollte sie ihr Gesicht damit bedecken, und legte dann doch nur die Fingerspitzen an ihre Wangen, als traute sie sich nicht, diese neuen, unheimlichen Augen zu berühren. »Manchmal bluten sie. Es ist … immer alles voller Blut.«

Ein Klumpen bildete sich in Doriáns Kehle. Dorothys Verzweiflung drang bis tief in seinen Magen, und er konnte sehen, wie sie darum kämpfte, nicht auf der Stelle in tausend Teile zu zerbrechen, ehe sie nach vorn taumelte und fast gegen ihn fiel, um ihre Stirn gegen seine Schulter zu pressen.

»Ich konnte nichts tun«, flüsterte sie in seinen Wollumhang. Ein gepresstes Schluchzen rüttelte an ihrem Brustkorb und zuckte in ihren Schultern, wie ein verzweifeltes Nach-Atem-Ringen. Dorothy weinte, und vielleicht war dieses hilflose Weinen noch verstörender als die Tatsache, dass sie ihr einfach neue Augen eingepflanzt hatten. »Ich dachte, wenn ich drinbleibe, wäre es sicher für euch. Ich dachte, wenn ich mich bloß von euch fernhalte, würde euch nichts passieren, aber jetzt ... Er ist weg. Bartosz ist weg. Es tut mir so leid!«

Dorián hatte keine Antwort. Dabei hätte er Dorothy so gern versichert, dass es nicht ihre Schuld war. Dass sie sich keine Vorwürfe machen sollte, weil sie doch wirklich nichts hatte tun können. Doch zugleich erinnerte sich ein anderer Teil von ihm zu lebhaft daran, wie er an diesem Morgen auf dem Hof gestanden und bis zum letzten Moment geglaubt hatte, sie würde noch auftauchen. Etwas tun, etwas versuchen, *kämpfen,* wo Bartosz und Dorián hilflos gewesen waren. Er dachte daran, dass Bartosz *gewusst* hatte, dass er ihretwegen fortgeholt werden würde. Und daran, wie weh der Abschied getan hatte.

»Wie bist du denn jetzt rausgekommen?«, fragte er stattdessen mit wackeliger Stimme und scheiterte daran, seine Arme um sie zu legen, obwohl er sich die Nähe so unfassbar dringend wünschte.

Dorothy hob den Kopf und trat wieder einen Schritt von ihm zurück. Ihr Atem ging schwer, als würden seine Zweifel ihr die Luft abdrücken. »Ich ... sie ...« Sie brach ab, schüttelte den Kopf. »Ich habe mich gewehrt, solange ich konnte. Ich wollte nicht, dass sie mich zu irgendwas zwingen können. Aber jetzt ... Ich musste dich sehen. Deshalb bin ich ... heute mitgegangen, als sie auch gegangen sind.«

Etwas am Klang ihrer Stimme fühlte sich an, als würde es sich wie eine lange Nadel in Doriáns Brust bohren. Kein Schmerz, eher ein scharfer, feiner Druck, ein Unwohlsein, weil etwas daran einfach nicht stimmte oder zumindest nicht stimmen *sollte.*

»Was? Was meinst du? Wogegen hast du dich gewehrt?«, drängte er und hatte zugleich so grässliche Angst vor der Antwort, wie er sie schon lange nicht mehr vor irgendetwas gehabt hatte. Nicht einmal davor, von den bleichen Signores zur Adoption ausgewählt zu werden. »Wozu wollten sie dich zwingen, und wo sind sie jetzt? Ich versteh das nicht!«

Dorothy hatte den Kopf gesenkt. Auch das kannte er nicht von ihr. Der Anblick machte, dass er sie bei den Schultern packen und schütteln wollte. »*Wach auf!*«, wollte er schreien. »*Wo ist die Dorothy, die ich kenne?!*«

Und als hätte sie seine Gedanken gehört, hob sie das Kinn. *Starrte ihn an* mit diesen neuen Augen.

Sie bluteten wirklich. Ein Tropfen rann an ihrer Nase entlang, aber sie wischte ihn nicht weg.

»Ich kann es dir zeigen«, flüsterte sie – ein eisiges Nachtwindflüstern, das Dorián schaudern ließ. »Was sie jede Nacht tun. Was ich … auch tun soll. Willst du?«

Dorián wusste nicht, woher er den Mut nahm zu nicken. Wollte er es wirklich sehen? Vielleicht nicht. Wollte er *verstehen*, was mit Dorothy passiert war? Umso mehr. Und so ließ er sich erneut von ihr bei der Hand nehmen und durch den finsteren Wald führen, zurück zum Haus, wo in der Speisekammer noch immer Doriáns Lampe leuchtete. Dorothy allerdings steuerte die Fenster an, hinter denen, wie Dorián nur zu gut wusste, die Schlafsäle lagen. Drinnen war es dunkel, sicher schliefen alle, und trotzdem … war da Bewegung? Wie Schatten, die lebendig geworden waren?

Dorothy wandte sich zu Dorián um, drückte seine Hand und legte einen Finger an die Lippen, ehe sie ihn weiter auf die Fenster zuzog, obwohl sich seine Füße mit jedem Schritt mehr weigern wollten. Es war, als ob sich ein unsichtbares Band immer fester um seine Brust zuschnürte. Was auch immer dort drin geschah, es war bedrohlich. Lebensbedrohlich.

Er spürte das feuchte Holz des Waldhauses an seiner Handfläche, als er sich mit angehaltenem Atem gegen die Wand presste und vorsichtig am Fensterrahmen vorbei in den Raum linste. Es war so dunkel, dass er eigentlich nichts hätte erkennen dürfen. Und doch … sah er etwas.

Jemanden.

Wer genau es war, das behielten die Schatten für sich, aber es waren mehrere, drei oder vier. Was taten sie da?!

Dorián zuckte zurück, als eine der Schattengestalten direkt auf ihn zukam. Shila schlief hier direkt unter dem Fenster, das wusste Dorián, und der Schatten … das war Mateo. Aus der Nähe erkannte Dorián sein kühles, unbewegtes Gesicht und seine knappen, präzisen Bewegungen. Er beugte sich zu Shila hinunter und …

Doriáns Mund klappte auf, doch er kam nicht dazu, zu schreien, weil Dorothy blitzschnell ihre Hand über seine Lippen legte.

»Weg hier!«, zischte sie dicht an seinem Ohr, im selben Moment, als Mateo den Kopf von Shilas Hals hob und ihn in den Nacken warf, die selbst in der Finsternis leuchtend weißen Fangzähne verschmiert mit …

Blut.

Shilas Blut.

Dorián wusste kaum wohin mit seinen rasenden Gedanken. Er stolperte hinter Dorothy her, zurück in Richtung Wald, sein Herz jagte und taumelte und polterte in seinem Brustkorb.

Er hat von ihr getrunken. Ihr Blut! Er hat Shila das Blut ausgesaugt!

Erst als sie ein ganzes Stück wieder in den Wald hineingelaufen waren, blieb Dorothy stehen, Doriáns Hand noch immer fest in ihrer. Dorián rang nach Atem. Ihm war schwindelig vor Angst, das Bild der blutverschmierten Fangzähne hatte sich tief in seinen Kopf gebrannt. Es warf ihn zurück nach Bukarest, wo die Großmutter ihn und die anderen Kinder mit grausamen Geschichten über blutsaugende Wiedergänger davon abhielt, in die nächtlichen Straßen zu flüchten.

Strigoi.

Strigoi.

Strigoi.

Das Wort kreiste unaufhaltsam in seinem Kopf, und mit jeder Runde zitterte er stärker. *Das* war das Geheimnis? Das war es, was sich im Haus verbarg, und was Dorothy …

Strigoi.

Strigoi.

Strigoi.

Strigoi.

Strigoi.

Wieder öffnete sich sein Mund zu einem Schrei.

Da spürte er einmal mehr, wie sich kühle Arme um seine Brust schlangen.

»Keine Angst, Dorián«, flüsterte Dorothy und drückte ihn fest an sich. »Sie tun dir nichts. Ich beschütze dich.«

Keuchend japste er nach Luft. Er konnte nicht denken und zugleich nicht damit aufhören, wollte sich an ihr festhalten und sie von sich stoßen, und am allerliebsten wollte er sich die Gedanken und Bilder aus dem Kopf kratzen.

»Warum? Wie? Und du … sie …« Es war zwecklos. Er konnte nicht einen klaren Satz auf die Reihe bringen.

Eine ganze Weile hielt Dorothy ihn einfach nur in den Armen, wiegte ihn sacht hin und her, bis er endlich weniger zitterte und sein Herz ihm nicht mehr den Brustkorb zertrümmern wollte. Sie war so kalt. Wie viel tröstlicher wäre ihre Umarmung, wäre sie nicht so kalt gewesen?

»Sie wollten, dass ich schon viel früher mitkomme«, wisperte sie irgendwann so leise, dass Dorián es über dem Wind in den Bäumen kaum verstand. »Sie gehen jede Nacht ins Waldhaus. Sie leben von eurem Blut, und sie sagen, ich muss das auch. Aber ich mache das nicht mit, hörst du, ich rühre euch nicht an, nur weil wir … wir …« Ihre Stimme erstarb.

Etwas in Dorián versteifte sich. Er bemerkte kaum, dass Dorothy den Satz nicht beendet hatte, weil etwas anderes plötzlich so viel lauter in seinem Kopf widerklang.

Wir, hatte sie gesagt. Und zum ersten Mal, seit er Dorothy kannte, hatte sie nicht sich selbst und die Kinder im Waldhaus damit gemeint. Sondern die von *drüben*.

»Glaub an sie!«, sagte Bartosz in Doriáns Kopf. *»Du musst weiter an sie glauben! Für uns beide zusammen! Solange du nur irgendwie kannst.«*

Nur woran genau, dachte er und schmeckte den Gedanken bitter auf seiner Zunge, sollte er hier denn eigentlich noch glauben? Bartosz war weg und würde nicht zurückkommen, egal wie fest er glaubte, und Dorothy … war sie noch die Person, auf deren Rückkehr er hoffte?

Etwas zu ruckartig befreite er sich aus ihren Armen, wich vor ihr zurück und suchte in den Schatten zwischen den alten Bäumen ihr Gesicht. Sie wich seinem Blick nicht aus, und Dorián konnte noch immer nicht in Worte fassen, wie fremd es sich anfühlte, von ihr *angestarrt* zu werden.

Es sollte so nicht sein! Das *alles* sollte so nicht sein!

»Sie haben mich zu einer von ihnen gemacht«, sagte sie endlich. Ein leichter Wind strich durchs Geäst über ihnen, und die Schatten der Baumkronen tanzten auf ihren Wangen. »Ich bin jetzt das, was du gerade dort drin gesehen hast. Ein Vampir.« Sie ballte die Fäuste, und selbst in der Dunkelheit sah Dorián die angespannte Linie ihres Kiefers. »Ich wollte das nicht! Ich wollte das Blut der Mutter nicht, aber sie haben mich gezwungen, und *jetzt kann ich nicht mehr zurück!!*«

Die schmalen Kanten zweier Münzen drückten sich in Doriáns Haut, als er in den Hosentaschen die Hände darum schloss. Eine links, eine rechts, Dorothy und Bartosz, Erinnerungsstücke an das, was sie teilten, was ihnen wichtig war und wogegen sie sich auflehnten. Hatte er je wirklich gewusst, worum es dabei ging? Offenbar nicht. Wie hätte er *das* auch nur ahnen sollen?

Er verschränkte die Arme vor der Brust, weil er plötzlich fror bis auf die Knochen. Wie kalt musste ihr erst sein? Dorián spürte Mitleid, dumpf pochend hinter seinen Rippen. Aber die Gedanken, scharfkantig wie die Münzen, die er noch immer krampfhaft festhielt, waren stärker.

»Gehörst du denn noch zu uns?«, flüsterte er heiser, weil es in Wahrheit das Einzige war, was ihn wirklich interessierte. »Zu mir und … Bartosz?«

»Immer.« Ihre Antwort war schnell, scharf und klar, und klang endlich, endlich wieder wie die Dorothy, die Dorián so vermisste. »Für *immer*. Und ich schwöre, ich trinke euer Blut nicht. Egal wie oft sie mich zwingen herzukommen.«

Dorián schüttelte den Kopf. »Ich verstehe das alles nicht«, wiederholte er und spürte seine Stimme brechen.

Dorothy antwortete nicht gleich. Sie starrte ihn nur weiter an, während mehr Blut an ihrer Nase entlang bis auf ihre Lippen lief. »Doch. Doch, das tust du«, flüsterte sie und schloss endlich die Augen, als wären sie sehr, sehr müde. »Du willst es nicht *wahrhaben*. Ich weiß, wie das ist. Und es tut mir leid, dass ich so … nutzlos bin.« Sie presste ihre Fäuste fest gegeneinander. »Aber ich lasse sie nicht einfach über mich bestimmen!« Entschlossen hob sie das Kinn. Die Augen hielt sie allerdings geschlossen, und das war gut. Es machte sie weniger fremd.

»Hast du … habt ihr den Brief abgeschickt? Den ich euch letztes Jahr gegeben hatte? Ich brauche jetzt Hilfe. Ich darf einfach nicht zu *denen* gehören, verstehst du? Ich werde … Ach, ich weiß nicht, was ich werde, aber ich versuche *alles*.«

Erneut standen sie endlose Momente stumm voreinander, die Stille zwischen ihnen noch kälter und leerer als die Nachtluft. Und in dieser Stille spürte Dorián plötzlich mit grenzenloser Erleichterung, dass er ihr glaubte. *An sie* glaubte. Das Gefühl, es war noch da. Das hier *war* Dorothy. Was immer sie inzwischen sonst noch sein mochte, sie war immer noch sie selbst. Und hätte sie gekonnt, sie hätte Bartosz gerettet. Nur war sie es, die Rettung brauchte.

»Ja«, sagte er leise, »das haben wir. Also, Bartosz hat es getan. Ich, ähm … war nur dabei.«

»Danke.« Es war mehr ein erleichtertes Ausatmen als ein echtes Wort. Dorothy trat einen halben Schritt näher. Vorsichtig, zögernd fast, hob sie die Hand und legte sie an seine Wange, wie sie es immer getan hatte, als es noch ihre Finger waren, die ihn sahen, und nicht ihr Blick. Auch Dorián schloss seine Lider jetzt. Er wollte nicht mehr sehen, was an ihr neu war. Das war es nicht, was zählte.

»Ich wollte euch nicht in Gefahr bringen.« Ihre Worte waren ganz nah. Fast so nah wie damals auf dem Stalldach. Er spürte ihre Stimme an seiner Haut, und ihre kalten Finger. Und ihre Entschlossenheit. »Es ist nur … ich glaube, das bist du sowieso, solange ich hier bin. Mich fernzuhalten hat Bartosz auch nicht gerettet, den Fehler mache ich nicht noch mal. Ich weiß nicht, was als Nächstes passiert, vielleicht muss ich bald weg von hier. Weit weg. Deswegen möchte ich dich treffen, so oft ich noch kann. Wenn du … das auch möchtest.«

Nun endlich gelang es Dorián, seine rechte Hand zu lockern und die Münze zurück in seine Hosentasche zu schieben, um seinerseits die Finger an Dorothys Wange zu legen. »Natürlich möchte ich das! Ich … ich geh mit dir überallhin, Dorothy. Auch weit weg.«

Da schlang Dorothy erneut die Arme um ihn, und diesmal fiel es Dorián nicht mehr schwer, sie ebenfalls zu umarmen. Sie festzuhalten und alles zu tun, was er nur konnte, damit sie nicht zerbrach. Behutsam strich er über ihren Rücken, der so eisig war unter dem dünnen Stoff – und mit dem Gefühl kam ein anderer Gedanke, der fast ebenso kalt war.

»Wie hast du das eigentlich vorhin gemeint?«, murmelte er in ihr Haar. »Sie leben von Blut, und du musst das auch? Was passiert denn, wenn du dich weiter weigerst?«

Dorothy zuckte die Schultern, nur eine winzige Bewegung. Ihre Antwort war kaum mehr als ein dumpfes Murmeln im dicken Stoff seines Kragens. »Ich weiß nicht. Sie sagen, ich sterbe. Aber so leicht sterbe ich nicht.«

Dorián schwieg. Es war schwer zu sprechen, Gedanken zu fassen, wenn alles so kalt war und zugleich so warm; wenn nichts Sinn ergab und zugleich auch so unwichtig war, jetzt, wo sie endlich wieder da war. Also entschied er sich, ihr auch diesmal einfach zu glauben. Er *musste* es glauben, weil die Angst um sie ihn sonst einfach erdrückt hätte.

Dorothy starb nicht so leicht. Sie würde es einfach nicht tun, ob sie Gregors Willen nachgab oder nicht. Das war die Wahrheit, an die er sich von jetzt an halten würde.

Irgendwann, er konnte nicht sagen, wie lange es dauerte, ließ Dorothy ihn los und trat erneut einen Schritt zurück. »Ich muss jetzt los«, flüsterte sie. »Ich komme morgen wieder. Danke, Dorián. Und gute Nacht.«

»Gute Nacht«, antwortete Dorián ebenso leise. Seine Brust verkrampfte sich ein wenig, als er sie so im schwachen Licht vor sich stehen sah. Ein Teil von ihm begriff, dass auch dies entgegen aller Hoffnungen womöglich ein Abschied war – nicht weniger endgültig und nicht weniger schmerzhaft als der von Bartosz, aber er würde sich das nicht zu denken erlauben, solange es sich nicht endgültig bewahrheitete. »Ich warte auf dich, wenn die anderen schlafen.«

Da lächelte Dorothy. Jenes unfassbar starke, entschlossene Lächeln, das er so vermisst hatte. Ein letztes Mal legte sie ihm die Hand an die Wange.

»Ich sterbe nicht«, sagte sie lauter, als wollte sie seine Wahrheit ein letztes Mal bestätigen. »Ich finde einen Weg. Und ich komme auf jeden Fall zurück.«

Kapitel Elf

Fantasie in f-Moll für Klavier zu vier Händen, D 940 (Op. 103); Franz Schubert

HAVENCOURT STADTRESIDENZ, 23 OXFORD STREET, WEST END, LONDON

Cedric konnte nicht leugnen, dass sich sein Magen ein wenig unruhig anfühlte, als er am frühen Nachmittag des nächsten Tages an die Tür des Salons von Havencourt House klopfte. Er hatte keine Gelegenheit mehr gehabt, vor der Klavierstunde noch einmal mit Rob zu sprechen. Bei seiner Ankunft hatte der Butler Mr Zusak ihm mitgeteilt, dass Sir Robert heute außer Haus einigen Verpflichtungen nachzukommen habe. Cedric würde also mit Elaine allein sein, ohne Hoffnung darauf, dass Rob ihn wie gewohnt retten würde, sobald das Gespräch in eine Sackgasse geriet. Er wusste ja nicht einmal, was Rob seiner Schwester inzwischen erzählt hatte. Und vor allem nicht, wie sie es aufgenommen hatte. Als Elaines Stimme ihn hereinbat, schob er die Tür daher deutlich zögerlicher auf als sonst.

Elaine stand ein wenig steif neben der Klavierbank, als wäre sie bei seinem Klopfen vor Schreck aufgesprungen. Cedric konnte ihre Nervosität geradezu auf der Haut prickeln spüren. »Cedric. Du bist spät dran.«

Das stimmte nicht. Er war sogar deutlich zu früh, und sehr sicher wusste sie das selbst. »Es tut mir leid. Bitte entschuldige«, sagte er trotzdem, statt sie zu korrigieren. Er stellte seine Tasche unter dem großen Buntglasfenster ab und trat zu ihr an den Flügel, wie er es schon so oft getan hatte. Es war nur das erste Mal, dass seine Gedanken dabei kein Stück weit auf den anstehenden Unterricht fokussiert waren. »Wir können sofort anfangen.«

Elaine nickte und setzte sich wieder hin, wartete, bis er neben ihr auf der langen Klavierbank Platz genommen hatte. Statt auf die Tasten legte sie die Hände jedoch zunächst in ihren Schoß. Cedric sah ihre Finger zittern, ehe sie sie rasch zu Fäusten ballte.

»Rob sagte, du hast viel geübt.« Er lächelte mühsam und fand, dass es unpassenderweise so klang, als würde er mit Erica oder Ada sprechen. »Dann lass mal hören.«

Elaine schwieg. Nickte erneut und atmete hörbar ein, den Blick fest auf die Tasten gerichtet … und wandte schließlich doch wieder den Kopf in seine Richtung. »Das geht so nicht, Cedric. Wir müssen darüber reden.«

Das traf ihn unerwartet und dann wieder denkbar wenig überraschend zugleich. Natürlich hatte er damit gerechnet, dass sie es *irgendwie* zur Sprache bringen würde. Auch ihre Direktheit war ihm nichts Neues, das war immerhin eine Rimbaur'sche Familientradition, und doch … Er räusperte sich belegt. »Na schön. Was möchtest du sagen?«

Eine leichte Röte überzog Elaines Wangen, und Cedric erkannte verblüfft, dass sie ärgerlich auf ihn war. »Vor allem, dass es beschämend ist. Warum hast du uns nichts von deiner Krankheit gesagt? Oder von dieser *Therapie*? Wenigstens Rob? Als hätten wir nichts Vernünftiges zu so einem Thema beizutragen. Als könntest du uns nicht vertrauen. Als hätten wir nicht alles getan, um dich zu unterstützen. Hattest du vor, im Zweifel einfach so zu sterben?«

Cedric runzelte irritiert die Stirn. Das Gespräch nahm definitiv eine unerwartete Richtung. »Ich hatte niemals vor zu sterben, und allem Anschein nach wird mir das nun auch nicht mehr allzu leicht passieren.«

»Es tut mir leid, Cedric, aber du bist ein Esel. Lass dir wenigstens jetzt helfen.«

»Also mal langsam, Elaine, in Ordnung?« Cedric hob die Hände. Er hatte nicht damit gerechnet, sich verteidigen zu müssen, aber nun schien es ihm doch nötig zu sein. »Hat Robert dir nicht erzählt, dass ich gestern genau deshalb hergekommen bin? Du … weißt, was mit mir passiert ist, oder? Was ich … von euch brauche?«

Elaine nickte angespannt. Das Licht vom Fenster hinter ihr fing sich in ihrem Haar und den langen Ohrringen. Sie roch zu sehr nach Blut. Es lenkte Cedric mehr ab, als gut war, dabei hatte er zu Hause erst die letzte Phiole getrunken, die er von Rob bekommen hatte. »Doch. Das weiß ich.«

»Dann verstehst du hoffentlich, warum es so schwierig für mich war. Und immer noch ist. So etwas erzählt sich nicht so leicht.«

Elaine senkte den Blick erneut auf die Tasten. »Ja. Ja, das verstehe ich. Sehr gut sogar. Tut mir leid.« Sie verschränkte die Hände in ihrem Schoß. Sekundenlang war das einzige Geräusch zwischen ihnen ihrer beider Atem und das Rascheln von Elaines Röcken, als sie sich unruhig bewegte.

»Robert hat mir auch erklärt, dass er allein nicht die Lösung des Problems sein kann«, fuhr sie schließlich fort. »Dass du auch meine Hilfe brauchen könntest. Nur um ehrlich zu sein, Cedric … ist mir nicht wohl bei der Sache.« Sie hob den Kopf, um ihn wieder anzusehen. »Obwohl es mich nicht stören würde, dass du mein Blut trinkst, das ist es nicht, wirklich. Nur vielleicht nicht … jeden zweiten Tag? Das erscheint mir doch ein bisschen viel?« Nun war die Röte auf ihren Wangen definitiv kein Ärger mehr. Sondern Verlegenheit. »Ich habe Angst vor Aderlässen, musst du wissen«, gestand sie leise. »Normalerweise sind sie ja medizinisch auch gar nicht notwendig, das weiß man doch inzwischen, also … Ach, entschuldige. Das tut nichts zur Sache, es ist nur … der Gedanke, dass du … mich … du weißt schon. Es fällt mir wirklich schwer, und … ich weiß nicht, ob ich das kann.«

Das war also der Kern der Sache. Cedric war davon nicht überrascht. Im Gegenteil. Was hätte er wohl an ihrer Stelle gedacht? Empfunden? Getan? Gesagt? Ziemlich dasselbe wie sie, womöglich.

»Ich muss gar nichts von dir nehmen, Elaine«, sagte er und war froh, dass seine Stimme gefasst und ruhig dabei klang – nicht so rau und hungrig, wie er sich schon wieder fühlte, allein weil sie über das Thema redeten. »Es ist mehr als genug Hilfe, dass ich mich dir und Rob in dieser Sache anvertrauen kann. Ich werde dich um nichts bitten, wobei du dich unwohl fühlst.«

Elaines Lächeln war sichtlich erleichtert und zugleich ein wenig verzweifelt. »Das weiß ich doch. Aber ich *will* dir helfen, und ich hasse es, so egoistisch zu denken. Ich meine, wenn du … mich stattdessen beißen würdest …« Sie verstummte. Die Röte kroch von ihren Wangen bis zu ihrer Nasenspitze und ein Stück den Hals hinab, und sie schluckte sichtlich.

Cedric sah sie an. Ewig, wie ihm schien. »Das möchte ich aber nicht«, sagte er endlich leise und sehr bestimmt.

»Oh. Gut. In Ordnung. Dann finden wir eine andere Lösung.« Elaine biss sich auf die Unterlippe, doch sie brach den Blickkontakt nicht ab. Womöglich wirkte sie jetzt sogar noch entschlossener als zuvor. »Mir fällt noch etwas ein. Ich lasse dich nicht hängen. Vielleicht … Rob hat dir doch von unserem Onkel Walt erzählt? Dem Phlebotomus? Bei all den Menschen, die er täglich zur Ader lässt, vielleicht können wir ihm etwas Blut für dich abkaufen. Oder Rob könnte es als neues Hobby ausgeben, Menschenblut zu mikroskopieren oder etwas in der Art, so was wundert bei ihm doch wirklich niemanden. Er wird es lieben, wieder wochenlang das Stadtgespräch zu sein, und alle möglichen jungen Damen und Herren werden sich darum reißen, von seinem sinister gewissenhaften Assistenten – das bist du – zur Ader gelassen und in seine Präparatesammlung aufgenommen zu werden.«

Cedric hatte Elaine sicher bereits etliche Sekunden lang angestarrt, ehe ihm bewusst wurde, dass sein Mund offen stand. Er konnte kaum glauben, was er da hörte, und zugleich war es so typisch für sie, sich so einen Plan auszudenken, dass er lachen und vor Verzweiflung über all diese Absurdität die Hände vors Gesicht schlagen wollte.

»Das ist … Ich weiß nicht, was ich sagen soll.«

Elaine musterte ihn mit spöttisch gehobener Augenbraue. »Oh, wie üblich also.« Innerhalb eines Wimpernschlags wurde ihre Miene wieder ernst. »Jedenfalls: Wir finden eine Lösung. Und für heute hat Rob dir noch einmal etwas dagelassen. Er sagte, du sollst ihn nicht für seinen Leichtsinn rügen, er weiß schon, was er tut.« Ein leises Glucksen vibrierte wie ein Nachhall des Lachens in ihrer Kehle. Dann griff sie nach Cedrics Hand und drückte sie überraschend fest. »Es ist alles so unglaublich«, flüsterte sie. »Und ich würde lügen, wenn ich sagte, dass es mir überhaupt keine Angst macht. Aber Rob und ich, wir würden dich niemals im Stich lassen. Hast du das denn nicht gewusst?«

Als sich ihre Finger um seine schlossen, hätte Cedric beinahe im Reflex die Hand fortgezogen. Doch dann erkannte er erstaunt, dass es gar nicht so unangenehm war, sie liegen zu lassen, wo sie war. Zuzulassen, dass Elaines weiche Haut ihre Wärme an seine Kühle abgab, und zu spüren, wie das Blut sanft in ihren Adern pochte. Ohne Forderung. Ohne Druck. Cedric sah auf ihrer beider Hände auf seinem Knie – seine groß, ihre schmal und langfingrig, Pianistenhände, sie beide, und es gelang ihm sogar, einen Mundwinkel zu heben.

»Doch. Doch, ich denke, das weiß ich schon. Sonst wäre ich gar nicht erst zu euch gekommen mit dieser Sache.« Er seufzte leise. »Danke für deine Ehrlichkeit, Elaine. Das bedeutet mir mehr, als wenn du dich zu etwas gezwungen hättest, weil du denkst, du wärst es mir oder unserer Freundschaft schuldig. Und jetzt … lass uns Klavier spielen, einverstanden? Dafür bin ich schließlich hier.«

Elaines Lachen klang erleichtert. »Das ist wahr.« Sie ließ seine Hand wieder los. »Also ja, lass uns spielen. Ich möchte dir wirklich zeigen, was ich geübt habe.«

Auch Cedric lachte leise. »Na schön.« Seine Stimme fühlte sich ungewohnt weich an. »Vom Anfang dann?«

»Vom Anfang«, bestätigte Elaine und legte die Hände auf die Tasten. »Du zählst.«

Kapitel Zwölf

»Golf, a Grotesque«; Edward Elgar

ROYAL BLACKHEATH GOLF CLUB, BLACKHEATH GRÜNLAND, GREENWICH, KENT

Die Kutschfahrt aus dem Londoner Westend bis zum Parcours des Royal Blackheath Golf Club in Greenwich dauerte mehr als eine volle Stunde – genug Zeit für Cedric, um zum sicher tausendsten Mal in aller Ausführlichkeit darüber nachzudenken, *wie wenig* er sich mit diesen anderen Vampiren auseinandersetzen wollte, die ihn dort erwarteten. Ihm persönlich hätte es mehr als gereicht, hin und wieder Dr Shaw zu begegnen, falls die eines Tages wieder in der Stadt auftauchen sollte. Dafür musste er immerhin nicht ausgerechnet in einen Golfclub; obwohl er sich diesbezüglich zumindest nicht mehr ganz so hilflos fühlte, seit Ruth ihm in den Tagen seit der Einladung mit Engelsgeduld die Grundlagen erklärt hatte. Das Golfen an sich schien ihm eine logischere und zugleich im Detail pedantischere Angelegenheit zu sein, als er angenommen hatte, und damit konnte sich Cedric durchaus ein Stück weit anfreunden. Auf die Golfkleidung, die Ruth ihm von ihrem Bruder besorgt hatte, hätte er allerdings gern verzichtet. Die Kniebundhosen saßen ungewohnt, die Jacke war an den Schultern zu weit, während die Schuhe drückten, und die Schiebermütze … würde er definitiv erst aufsetzen, wenn es wirklich nötig wurde.

Immer wieder sah er auf die Einladung, die auf der Mütze in seinem Schoß lag.

Sehr geehrter Mr Edwards,

hiermit ersuche ich Sie freundlichst um die Teilnahme an unserem außerordentlichen Treffen führender Vertreter der Londoner SOUL SOCIETY, am Montag, den 12. Januar 1874 um 10 Uhr früh auf dem Parcours des Royal Blackheath Golf Club. Wir wollen Ihnen ein warmes Willkommen in unserer Gemeinschaft bereiten.

Um angemessene Kleidung wird gebeten.

Hochachtungsvoll
Josep Oller i Roca

Jedes Mal, wenn er bei dem Teil mit »Gemeinschaft« ankam, seufzte Cedric innerlich und sah erneut aus dem Fenster. Was für eine Gemeinschaft würde das wohl sein? Was erwartete ihn in einem Vampirclub mit sektenartigem Siegel, in dem Persönlichkeiten wie ein Mr Oller und eine Dr Shaw aufeinandertrafen, wenn er es richtig verstand? Allein diese zwei spannten ein Spektrum auf, in dem in etwa alles möglich schien. Und Cedric mittendrin? Das konnte ja heiter werden.

Er hoffte, dass es bei dem Treffen wirklich in erster Linie darum gehen würde, ihn nicht mit den Herausforderungen des Vampirseins allein zu lassen, wie Dr Shaw angekündigt hatte. Seit seiner Begegnung mit Mr Oller und dessen selbstzufriedenem Lächeln war Cedric sich allerdings nicht sicher, wie zuversichtlich er diesbezüglich sein durfte. Ein so berüchtigter Geschäftsmann vergab vermutlich keinen Gefallen ohne Gegenleistung.

Nach einem letzten Anstieg einen winterlich gelbgrünen Hügel hinauf passierte die Kutsche ein schmiedeeisernes Tor und kam schließlich vor einem eleganten Backsteingebäude zum Stehen. *Royal Blackheath Golf Club – vi et arte* stand auf einem kunstvoll geschnitzten Holzschild an der Eingangstür. Vor den Stufen, die zum Eingang hinaufführten, wartete ein junger Mann. Er trug eine lange braune Tasche aus Leder und Leinen über der Schulter, aus der die Köpfe mehrerer Schläger ragten. Seine rostroten Locken lugten vorwitzig unter der Schiebermütze hervor, und mit seiner sommersprossigen Nase und den leicht geröteten Wangen sah er aus, als wäre er direkt aus einem Gemälde geklettert, das den Titel *Familie beim Golf* trug.

Cedric hatte kaum die Kutschentür geöffnet, als der junge Mann auch schon mit eifrigem Lächeln auf ihn zutrat. »Mr Edwards!« Er vollführte einen für Cedrics Geschmack etwas zu tiefen Diener. »Ich bin Tom Julesberg, und ich darf heute Ihr Caddie sein. Die Gesellschaft erwartet Sie bereits am ersten Abschlag. Weil Mr Kapoor sagte, dass Sie noch nie gespielt haben, habe ich Ihnen eine Basisauswahl an Schlägern zusammengestellt. Ist das in Ordnung für Sie, oder möchten Sie Ihre Schläger lieber selbst auswählen?«

Cedric überredete sich zu einem Lächeln, wobei er darauf achtete, nicht die Zähne zu zeigen. Tom Julesberg konnte nichts dafür, dass er sich hier gleich in mehrfacher Hinsicht wie ein Fremdkörper fühlte. Er war nicht mal ein Vampir. Wusste er überhaupt Bescheid über die wahre Natur dieser *Gemeinschaft*, mit der Cedric sich treffen sollte?

Als er prüfend in die blaugrauen Augen sah, um dort möglicherweise eine Antwort auf seine Frage zu finden, blitzte unerwartet ein Bild in seinem Kopf auf. Ein Bild von ihm selbst, wie er sich dem jungen Mann näherte, seinen Nacken umfasste und …

Nein. Etwas stimmte nicht. Die Perspektive war verschoben. Was Cedric spürte, war nicht die Haut an seinen Lippen oder das Blut in seinem Mund. Es war das Gefühl von Zähnen, die *in ihn* eindrangen. Das Gefühl, wie jemand sanft an *seinem Hals* saugte. Für einen Moment glaubte er sogar, Tom Julesbergs Blut *in seinen Adern* zu spüren. Wie es heiß und schnell unter seiner Haut pochte, kribbelnd in tieferen Regionen zusammenfloss und …

Cedric hustete erschrocken. Blinzelte und räusperte sich und verschränkte die Hände hinter dem Rücken fest ineinander, um seinen Körper irgendetwas *anderes* fühlen zu lassen. Etwas, das *zu ihm* gehörte.

»Danke, Mr Julesberg«, murmelte er belegt. Was in aller Welt war da gerade passiert? Er wusste es nicht, aber er wusste dafür umso besser, dass es ein verstörendes Gefühl war, plötzlich im Körper eines anderen Menschen zu sein. Und dass er nun auch mehr über Tom Julesberg wusste, als er je hatte wissen wollen. In diesem Augenblick konnte Cedric nicht sagen, welcher Gedanke ihm unwohler war: Den Vormittag über mit fremden Vampiren über einen Golfparcours zu laufen, oder dabei von einem offenbar erregten jungen Mann eine Tasche hinterhergetragen zu bekommen. Einem, dem aller Verschwiegenheitspredigten der Doktoren Shaw zum Trotz offenbar *sehr wohl* bewusst war, dass er hier nicht mit Menschen unterwegs war.

»Die Basisauswahl reicht mir völlig. Ich habe ohnehin keine Ahnung, wann ich welchen Schläger benutzen sollte.«

»Oh, in dem Fall … sehr gern, Mr Edwards«, sagte Mr Julesberg, dem die Röte noch mehr als zuvor in die Wangen gestiegen war. »Dann kommen Sie. Die Gesellschaft erwartet Sie sicher schon ungeduldig.« Er winkte Cedric, ihm in Richtung des Golfparcours zu folgen, und Cedric war froh, für eine Weile nur seinen Rücken sehen zu müssen.

Während sie über das noch von Raureif überzogene Gras schritten, atmete er tief die frische Winterluft ein. Seit er die Therapie begonnen hatte, wusste Cedric erst richtig zu schätzen, wie wertvoll es war, unbeschwert durchatmen zu können. So weit außerhalb der Stadt bewahrheitete sich das erst recht. Und als sie schließlich die Kuppe des Hügels erreichten und sich vor ihnen der Golfparcours in seiner ganzen verschwenderischen Weite präsentierte, konnte Cedric nicht leugnen, dass er zumindest für diesen Ausblick die Fahrt hierher nicht bereute. Jenseits der frostglitzernden Wiesen breitete sich die Londoner Innenstadt am Fuß des Hügels in alle Richtungen aus. Darüber spannte sich der winterblaue Himmel, und die Sonne ließ den Smog zwischen den Dächern und Schornsteinen golden leuchten.

Vor allem aber war es still. Wohltuend still.

»Und da vorn ist es auch schon«, riss Tom Julesbergs Stimme ihn aus seiner Versunkenheit. »Abschlag Nummer eins.«

Cedric blinzelte und folgte dem ausgestreckten Finger mit dem Blick. Tatsächlich: In der Nähe eines Hains aus winterkahlen Bäumen hatte sich eine kleine Personengruppe versammelt. Weitaus kleiner, als Cedric befürchtet hatte. Immerhin etwas.

Er sammelte sich innerlich und gab sich einen Ruck. Wenn Dr Shaw es für sinnvoll hielt, dass er sich mit diesen Vampiren traf, war er vermutlich gut beraten, dem Ganzen zumindest eine echte Chance zu geben.

Sie hatten den restlichen Weg beinahe hinter sich gebracht, als sich eine Gestalt aus der Gruppe löste und ihnen entgegentrat, die Hände hinter dem Kreuz verschränkt und ein Lächeln unter dem breiten Schnäuzer gebleckt. Auch er trug Kniebundhosen und eine Golfjacke und -weste aus Tweed, die sich wie angegossen an seinen beachtlichen Bauch schmiegten. Von Mantel, Zylinder und Gehstock war heute nichts zu sehen. Trotzdem erkannte Cedric Mr Oller sofort.

»Mr Edwards! Herzlich willkommen bei der Soul Society – oder zumindest ihren verdientesten Vertretern im Großraum London.« Mr Ollers Augen funkelten zufrieden. »Was für eine Freude, Sie in unserer Runde begrüßen zu dürfen.« Er wandte sich um und wies auf eine rundliche Dame mit dichten dunkelbraunen Locken, die sie kunstvoll aufgesteckt zu ihrem pflaumen- und goldfarbenen Golfkostüm trug, und einen schlanken Herrn mit lohbrauner Haut, blauschwarz glänzendem Haar und akkurat gestutztem Bart, der die Golfkleidung selbst inklusive der Mütze mit einer Selbstverständlichkeit und Eleganz trug, als sei er darin geboren worden. »Darf ich vorstellen? Miss Roseanne Potter und Mr Shubham Kapoor, der aktuelle Vorsitzende des hiesigen Golfclubs. Dank ihm können wir das Royal Heath Clubhaus regelmäßig für unsere … sagen wir, privateren Treffen nutzen. Und die jungen Damen und Herren dort drüben sind Kadetten des Royal Blackheath Golf Club, die uns dank Mr Kapoors Großzügigkeit ebenfalls regelmäßig ihre Dienste zur Verfügung stellen.«

Das Lächeln, das Miss Potter und Mr Kapoor Cedric schenkten, offenbarte ebenso spitze Eckzähne wie die von Mr Oller. Keine große Überraschung. Was Cedric allerdings ebenfalls nicht entging, war die Tatsache, dass der *menschliche* Teil der Gruppe – die »Kadetten«, wie Mr Oller sie genannt hatte, und zu denen sich auch Tom Julesberg inzwischen gesellt hatte – ihm nur von Weitem grüßend zunickte. Schüchtern geradezu. Es fiel Cedric nach wie vor schwer, die Hierarchien in diesem Geflecht einzuordnen. Tom Julesberg hatte sich ihm gegenüber nicht wie ein Bediensteter verhalten, und auch die anderen Menschen waren zu fein gekleidet, als dass sie einen nennenswert geringeren gesellschaftlichen Status innehaben konnten als der Rest der Gruppe. Welche Rolle nahmen sie also ein? Was war diese …

Vereinbarung zwischen Vampiren und Menschen, die hier offenbar bestand? Nach allem, was er bisher mit Mr Julesberg erlebt hatte, drängte sich ihm diesbezüglich eine Vermutung auf, die augenblicklich ein dumpfes Rumpeln in seinem Magen hervorrief.

»Wirklich hocherfreut, Sie kennenzulernen, Mr Edwards«, sagte Mr Kapoor derweil mit glatter Stimme und trat über den knirschenden Frost auf dem Rasen auf ihn zu. »Dr Shaw hat uns viel von Ihrer bemerkenswerten Persönlichkeit erzählt.«

Der Kommentar riss Cedric sehr wirkungsvoll aus seinen Grübeleien. »Dr Shaw? Dann gehört sie tatsächlich auch zu Ihrem Club?«

Mr Kapoor lachte, auch das ein wenig zu glatt. »Selbstredend, immerhin war sie es, die Sie empfohlen hat. Mit Nachdruck, wenn ich das bemerken darf.« Er musterte Cedric mit einem Blick, unter dem er sich mit einem Mal unangenehm geprüft fühlte – ehe Mr Kapoor auch schon mit einer fließenden Handbewegung wieder abwinkte. »Aber lassen Sie uns diese Art von Gespräch für später aufsparen. Jetzt wollen wir erst einmal golfen. Wir haben bereits mit einer Partie Bestball nach den guten alten Lochballregeln begonnen: An jedem Loch gilt nur die Schlagzahl des besten Teammitglieds. Da Sie noch nie Golf gespielt haben, bietet sich diese Zählweise an. Wir wollen schließlich nicht, dass Sie völlig frustriert nach Hause gehen und uns womöglich nie wieder beehren.« Er lachte noch einmal. »Ich scherze natürlich. Dennoch haben wir die Teams so fair wie möglich aufgeteilt. Ich mache den Anfang und bestreite den Parcours gemeinsam mit Mr Oller. Ich hoffe, es macht Ihnen nichts aus, dass wir bereits geschlagen haben. Für Sie habe ich derweil mit Miss Potter die beste Partnerin gewählt, die Sie sich wünschen können.«

»In Wahrheit habe ich nachdrücklich darauf bestanden, in Ihrem Team zu spielen«, warf Roseanne Potter ein und trat ebenfalls zu ihnen, nachdem sie bislang damit beschäftigt gewesen war, einen der elegant gemaserten Treiber auszuwählen, die eines der Caddie-Girls ihr entgegenstreckte. Sie lächelte verschmitzt und warf Cedric unter dichten schwarzen Wimpern einen vieldeutigen Blick zu. »Ein Mann, der so begnadet Klavier spielt, kann gar nicht schlecht im Golfen sein.« Ihre Stimme war unerwartet tief und samtig im Ton. Eine schöne Stimme, überhaupt eine ausnehmend schöne Frau, was durch ihre ausgeprägt runden Formen noch betont wurde. Sie zwinkerte Cedric zu. »Wir werden ein fabelhaftes Team sein, Sie werden sehen.«

Cedric räusperte sich befangen. Was sollte er darauf sagen? Er war nie gut in Konversation gewesen, doch hier schienen noch ganz andere Regeln zu gelten. Als wären diese Leute einfach … *mehr* als die Menschen, mit denen Cedric üblicherweise zu tun hatte. Und auf mindestens eine Art und Weise stimmte das ja auch. Die normalen Menschen – oder wie normal sie auch sein mochten, da sie sich offenbar schon seit einer Weile mit Vampiren abgaben – hielten sich mit ihren Caddie-Taschen weiterhin abseits, steckten die Köpfe zusammen und tuschelten, während sie ihm mäßig verstohlene Blicke zuwarfen und Tom Julesberg über ihn ausfragten.

Cedric räusperte sich unbehaglich. »Verstehen Sie also etwas vom Klavierspielen, Miss Potter?«

Miss Potter legte den Kopf in den Nacken und lachte auf. »O nein, nicht direkt. Ich verstehe allerdings durchaus etwas von Musik.«

»Roseanne ist eine Enkelin von Maestro Cipriani Potter«, erklärte Mr Oller hilfsbereit, »und ihres Zeichens selbst eine begnadete Komponistin und Geigenbauerin.«

Jetzt war Cedric wirklich verblüfft. »Cipriani Potter? *Der* Cipriani Potter?«

Miss Potter lachte erneut und platzierte einen Golfball auf dem Abschlagpunkt. »Ebender. Aber ohne Sie zu sehr enttäuschen zu wollen – die Verwandtschaft ist nur meine derzeitige offizielle Identität. Ich bin bedeutend älter als Roseanne, auch wenn man es mir nicht ansieht. Um genau zu sein, lebe ich schon so lange, dass es mich langweilt, immer dieselbe Person zu sein. Daher nehme ich hin und wieder neue Persönlichkeiten an und verhelfe ihnen zu etwas mehr Glanz und Esprit.« Ihr Lachen blieb als verruchtes Lächeln in ihren Mundwinkeln hängen, während sie sich neben dem Golfball positionierte und den Kopf des Treibers zur Schlaglinie ausrichtete. »Ich habe die echte Roseanne ersetzt, als sie zu ihrer Ausbildung als Geigenbauerin nach Tirol reiste. Das war ganz einfach. Denn wenn wir einmal ehrlich sind: Ob nun italienische Wurzeln oder ägyptische … der Tag, an dem ihr übercharmanten Sahnepuddinggesichter das auseinanderhalten könnt, liegt vermutlich noch drei Jahrtausende in der Zukunft. Weißt du noch, Shubham, wie diese Lady aus Stratford mich kürzlich sogar für deine Schwester hielt? Da sorgt man sich doch, ob diese Leute wohl wenigstens den Tag von der Nacht unterscheiden können.« Mit einem melodischen *Klack* traf der Schläger den Ball, der daraufhin in einer perfekten Kurve in Richtung Loch flog. Miss Potter sah ihm nach, bis er landete. Dann wandte sie sich erneut zu Cedric um. »So. Und jetzt Sie, Mr Edwards.«

Irritiert zog Cedric die Brauen zusammen und entschied sich, für den Moment das trockene Lachen zu ignorieren, das er aus Mr Kapoors Richtung zu hören glaubte; ebenso wie die Tatsache, dass Tom Julesberg wie auf Kommando mit einem eiligen »Bitte sehr, Mr Edwards!« mit der Golftasche neben ihm auftauchte. So … einfach also? Es war schwer, über die bestechende Logik in dieser Argumentation hinwegzusehen. Aber war das wirklich alles? So etwas sollte er von jetzt an als normal hinnehmen? Eines Tages sogar selbst erzählen? Etwas in ihm sperrte sich vehement gegen diesen Gedanken.

»Nicht mal der Familie ist etwas aufgefallen? Oder dem Geigenbauer, der eine zwölfjährige Auszubildende erwartet hat?«

Roseanne Potter hob milde erstaunt die Brauen. »Sie lassen ein Thema nicht so leicht fallen, wie?« Sie wechselte einen beredten Blick mit Mr Kapoor und Mr Oller.

Mr Oller zuckte jedoch nur die Schultern. »Womöglich ist es das, was Dr Shaw meinte, als sie von einem eigenwilligen Charakter sprach.«

Miss Potter hob ebenfalls mit einem amüsierten Glucksen die Schultern und wandte sich wieder an Cedric. »Roseanne war fast sechs Jahre lang in Tirol. Zwischen zwölf und achtzehn verändert man sich sehr stark. Mein Geigenbauermeister kannte mich zuvor nicht, daher konnte er nicht wissen, wie Roseanne eigentlich hätte aussehen sollen. Und die restlichen Details, altersgerechte Wahrnehmung und dergleichen … nun ja. Die hat meine Blutgabe erledigt.«

»Blutgabe?« Cedric hatte das Gefühl, mit jedem Wort weniger zu verstehen.

Miss Potter ließ ein nachdrückliches Seufzen hören, obwohl es immer noch überaus belustigt klang. Dann zog sie an seiner Stelle einen Schläger aus Tom Julesbergs Tasche und drückte ihn Cedric in die Hand. »Wissen Sie, was eine der wichtigsten Regeln der Golfetikette ist, Mr Edwards? Zügiges Spiel. Ihre Gegner werden sonst ungeduldig.« Sie warf einen vielsagenden Blick in die Runde, und Cedric stellte fest, dass sich zumindest auf Mr Kapoors Gesicht tatsächlich eine gewisse Unruhe abzeichnete.

»Also kommen Sie.« Roseanne Potter streckte ihm nun einen Golfball entgegen. In der Wintersonne schimmerte er cremeweiß auf ihrem pflaumenfarbenen Handschuh. »Wie sollen wir sonst diese Partie gewinnen?«

Es hatte für den Augenblick keinen Sinn, weiter nachzufragen. Cedric wusste es, auch ohne dass sie es aussprach. Daher nahm er Miss Potter den Ball aus der Hand und gab sich geschlagen. »Verraten Sie mir dann im Anschluss, was Sie eigentlich von mir wollen?«

Das brachte sie erneut zum Lachen. »Das ist Ihre Bedingung? Mit Vergnügen, Mr Edwards. Mit großem Vergnügen sogar. Wir alle hatten von Anfang an nichts anderes vor. Aber erst wollen wir spielen.«

»Na dann«, murmelte Cedric. Womöglich hatte er sich in seinem Leben noch nie auf so unangenehme Weise zur Schau gestellt und beobachtet gefühlt, aber was blieb ihm jetzt noch anderes übrig? Er würde dieses Spiel zumindest lange genug mitspielen müssen, dass er sich nichts mehr zuschulden kommen ließ, wenn er anschließend nie wieder einer Einladung dieser Leute nachkam. Also stellte er sich hinter die Abschlagsmarken, platzierte den Ball zu seinen Füßen und tat seinen ersten Schlag.

Als der Ball in einer weiten, flachen Kurve gar nicht unweit des ersten Greens niederging, wandten sich sieben Augenpaare, vampirische wie menschliche, mit demselben erstaunten Ausdruck in seine Richtung.

»Das wird ja immer interessanter«, murmelte Mr Oller und rieb sich mit einem Schmunzeln den Schnäuzer.

»Sagen Sie, Mr Edwards«, sagte Mr Kapoor und lächelte nun deutlich schmaler als zuvor. »Sind Sie sicher, dass Sie noch nie zuvor Golf gespielt haben?«

Kapitel Dreizehn

»The Tempest«; Incidental music; Op 1; Arthur Sullivan

ROYAL BLACKHEATH GOLF CLUB, BLACKHEATH GRÜNLAND, GREENWICH, KENT

Tatsächlich hatte Cedric selbst absolut keine Ahnung, wie ihm dieser Schlag gelungen war – und ebenso wenig hätte er erklären können, warum ihm auch die weiteren Schläge im Lauf des Parcours so viel passabler gerieten, als er es je für möglich gehalten hätte. Als er am ersten Abschlag den Ball vor die Abschlagmarken legte, hatte er nicht einmal geglaubt, dass er die komplexe Bewegung, die Ruth ihm in den vergangenen Tagen beizubringen versucht hatte, auch nur ansatzweise zur Anwendung würde bringen können. Nun allerdings stellte sich heraus: Er konnte. Es gelang nicht perfekt, natürlich tat es das nicht, wie sollte es auch, und doch …

Er erinnerte sich. Er erinnerte sich daran, was Ruth über Körperhaltung, Griff und Schwung gesagt hatte. Über Ausrichtung, Drehung und Schlagwinkel. Theoretisch hatte er all das schon zuvor recht gut begriffen, weil es so bestechend logisch, um nicht zu sagen geradezu berechenbar war: theoretisch eben. Nachdem er es allerdings bei Roseanne Potter in formvollendeter Umsetzung gesehen hatte, war es plötzlich, als fügten sich zwei Teile zusammen. Als hätte sein Körper mit einem Mal *verstanden*, worauf es ankam, spürte Cedric all seine Gliedmaßen überdeutlich, als würden sie förmlich in der richtigen Haltung einrasten, sobald er sie erst gefunden hatte. Ein wenig war es wie beim

Klavierspielen, wenn die Finger, die Arme, die Füße wie von selbst genau wussten, was sie zu tun hatten. Wenn er auf die Partitur sah und sein Körper sie in seine eigene Bewegungssprache übersetzte, ohne dass er auch nur darüber nachdenken musste. Dabei war die Handhabung des Golfschlägers ihm noch immer genauso fremd wie zuvor.

Es war nicht normal. Einen neuen Bewegungsablauf auf diese Weise zu meistern, war definitiv nichts, was er bisher gekonnt hatte. Schon gar nicht, wie er seinen eigenen Körper dabei bis in jede Fuß- und Fingerspitze spürte. Und gemessen daran, wie aufmerksam ihn die anderen Vampire dabei beobachteten, fanden selbst sie irgendetwas daran bemerkenswert. Spätestens als Cedric begriff, dass es sich besonders bei Mr Kapoor lohnte, ihm bei seiner Technik genau zuzusehen, und erneut feststellte, wie leicht es ihm plötzlich fiel, die Bewegungsabläufe des Golfprofis exakt zu kopieren. Er und Miss Potter gewannen die Partie trotzdem nicht, weil Cedric nach wie vor keinen Fingerbreit wusste, was er da eigentlich tat. Aber sie brachten den Vorsitzenden des Golfclubs stärker in Bedrängnis, als es hätte möglich sein dürfen – sehr zum offensichtlichen Vergnügen von Roseanne Potter, der es überhaupt nichts auszumachen schien, dass es ab der Hälfte des Spiels zumeist nicht mehr sie war, die die Löcher für ihr Team gewann.

»Das war sehr interessant, Mr Edwards«, bemerkte Mr Kapoor, als sie sich nach dem achtzehnten Loch endlich auf den Weg zurück in Richtung Clubhaus machten. Die Wintersonne stand inzwischen fast in ihrem niedrigen Zenit; sie hatte den Raureif vom Gras tauen lassen und den Nebel über London zumindest ein wenig gelichtet. »Mir scheint, Ihre Blutgabe hat eine recht ungewöhnliche Ausprägung.«

Cedric runzelte die Stirn. Blutgabe. Schon wieder dieses Wort. »Verraten Sie mir jetzt, was es damit auf sich hat? Die Partie ist vorbei, oder nicht?«

»Zugegeben, es ist kein offizieller Begriff. Zumindest bisher nicht«, mischte sich Mr Oller in das Gespräch ein. Er musterte Cedric unter seinen buschigen Brauen mit eindringlichem Blick, in dem dieselbe Neugier lag wie in dem von Mr Kapoor. Die kräftigen Arme hielt er hinter dem Rücken verschränkt, und das Gras raschelte leise unter seinen energischen Schritten. »Doch in unseren Kreisen – will sagen, denen der Soul Society – ist es der Name für die Fähigkeiten, die durch die Eigenschaften des menschlichen Organismus, aus dem wir geschaffen wurden, nicht zu erklären sind. Wir nennen sie so, weil sie durch das regelmäßige Trinken von Blut stärker werden und sich individueller ausprägen. Wenn Sie mir ein paar Beispiele anhand der anwesenden Personen erlauben: In Miss Potters, und übrigens auch Dr Shaws Fall verfügen sie über die Kraft, die Wahrnehmung oder die Emotionen anderer zu beeinflussen, obwohl sie es auf sehr unterschiedliche Weise tun. Manche von uns, wie unser hochgeschätzter Mr Kapoor hier, verfügen über eine gewisse Kontrolle der Umgebungstemperatur und des Wetters oder anderer … Energien. Ich selbst habe die Fähigkeit, die Beschaffenheit verschiedener Materialien wie Glas, Stein oder auch Metall zu verändern. *Sie* hingegen … scheinen Fähigkeiten zu besitzen, die ich in dieser Form noch nicht gesehen habe.« Er rieb sich nachdenklich das Kinn. »Jedenfalls, zusammengefasst ist das der Zweck unseres Bundes: die Erforschung der Funktionsweisen des vampirischen Organismus im Allgemeinen, und seiner speziellen Fähigkeiten im Besonderen. Wir hoffen, auf diese Weise die körperlichen Ursprünge der Blutgaben besser verstehen zu lernen und sie dadurch effizienter einsetzen, vor allem aber auch ihren Missbrauch verhindern zu können. Derzeit gehen wir davon aus, dass sie sich zumindest grob in etwa drei Kategorien einteilen lassen. Vielleicht müssen wir diese Anzahl auf vier erhöhen, wenn ich mir Sie so ansehe. So oder so müssen wir noch sehr viel mehr Daten sammeln, um wirklich aussagekräftige Analysen durchführen zu können, und dafür brauchen wir jede helfende Hand. Unsere Forschung wird nicht von allen Vampiren gern gesehen, müssen Sie wissen.«

»Was vornehmlich daran liegt, dass es viel mysteriöser und besonderer klingt, *von der Nacht beschenkt* zu sein, wie es gemeinhin heißt«, warf Roseanne Potter lachend ein. »Unser finster magisches Erbe einem pragmatischen Fach wie der Wissenschaft und Medizin zum Fraß vorzuwerfen, halten viele für Frevel, wenn nicht gar Identitätszerstörung.«

Cedric warf ihr einen irritierten Blick zu. »Darum geht es Ihnen? Sie wollen mich in Ihren Club holen, weil ich eine ungewöhnliche … Blutgabe habe?«

»Ungewöhnlich und sehr stark, wenn es nach Dr Shaw geht«, bestätigte Mr Oller. Es klang geradezu vergnügt. »Sie treffen den Nagel auf den Kopf. Freiheraus setzen wir fest darauf, dass Sie sich unserer Suche nach Antworten anschließen möchten, nun, da Sie einer von uns sind.«

Cedric runzelte die Stirn. »Um ganz offen mit Ihnen zu sein, Mr Oller: Ich denke nicht, dass ich das möchte, und ich hoffe, Dr Shaw hat Sie auch darauf vorbereitet, dass ich das sagen würde. Ich habe einem Therapievorschlag meiner Ärztin zugestimmt, weil ich weiter für meine Familie da sein und, nach Möglichkeit, wieder auf Konzertbühnen Klavier spielen möchte. Von Forschung, noch dazu an Vampiren, war nie die Rede, und ich habe dafür weder Zeit, noch Energie oder Interesse – von der Kompetenz ganz zu schweigen. Noch offener gesagt, bin ich mir nicht einmal sicher, ob *einer von Ihnen* zu sein wirklich auf mich zutrifft.«

Roseanne Potter lachte verblüfft auf. »Entscheiden Sie da nicht etwas vorschnell, Mr Edwards? So schlimm sind wir nun auch wieder nicht. Und Sie könnten dabei viel über sich selbst lernen.«

»Selbstverständlich muss es auch nicht sofort sein«, meldete sich Mr Oller erneut in ebenfalls beschwichtigendem Ton zu Wort. »Sehen Sie es lieber als ein Angebot für die Zukunft. Wie lange werden Ihre Töchter noch leben? Doch höchstens fünfzig Jahre. Das ist kaum mehr als ein Wimpernschlag in unserer Zeitrechnung. Jetzt spüren Sie es womöglich noch nicht, aber eines Tages werden Sie unweigerlich an einen Punkt kommen, an dem all Ihre sterblichen Bezugspersonen unwiderruflich fort sind. An wen wollen Sie sich dann wenden? Verstehen Sie? Wir bieten Ihnen hier Kontakte für die Ewigkeit.«

Darauf wusste Cedric nicht sofort etwas zu sagen. Er wusste nur, dass sich alles in ihm sträubte, auch nur an eine Zeit zu denken, in der nichts mehr von seinem jetzigen Leben übrig sein würde.

»Dann fragen Sie mich doch in fünfzig Jahren noch einmal«, erwiderte er endlich und versuchte, das unangenehme Ziehen wegzuatmen, das sich in seiner Brust festsetzen wollte. Eine erste Ahnung davon, wie es sich anfühlen würde. Ein winziger Blick auf das, was Unsterblichkeit wirklich bedeutete. Die ganze Zeit auf dem Parcours hatte Cedric nicht gefroren. Jetzt schon. »Vielleicht habe ich mich bis dahin mit dem Gedanken abgefunden. Solange hätte ich gern einfach meine Ruhe.«

Er spürte die Blicke der anderen Vampire und selbst der Menschen auf sich. Verblüfft. Reserviert, geradezu verletzt von seiner strikten Zurückweisung.

»Lassen Sie sich gesagt sein, ich scheue auch nicht davor zurück, Sie zu kaufen.« Mr Oller hatte sich als Erster wieder gefangen. Er funkelte Cedric aus seinen scharfen Augen an, und es war schwer zu sagen, ob er die Stimmung mit einem Scherz aufzulockern versuchte, oder ob er wirklich ein derartig großes Interesse an Cedrics Kooperation hatte. »Künstler wie Sie brauchen doch immer Geld. Ich habe etliche Kontakte in die internationale Konzertszene, wie Sie wissen. Sie sagen, Sie wollen Klavier auf der Bühne spielen? Fabelhaft. Es wäre mir ein Leichtes, Sie reich und berühmt zu machen.«

Cedric entschied sich, den Bestechungsversuch zu überhören, obwohl ihm das zugegebenermaßen schwerfiel. Hatte er nicht kürzlich noch mit Ruth darüber gesprochen, ob dieser Ausflug auf den Golfplatz ihm wohl eine Förderung einbringen konnte? Und wie gut das für sie als Familie wäre, vor allem mit Blick auf das bald erwartete dritte Kind? Mr Ollers Angebot war exakt das, was sie sich von diesem Treffen ursprünglich erhofft hatten, und doch … waren da noch deutlich zu viele offene Fragen, um sich auch nur in die Nähe so heikler Verpflichtungen wie Geld zu begeben.

»Was ist das für ein Missbrauch, von dem Sie vorhin gesprochen haben?«

»Oh, das …!« Mr Ollers Blick wirkte mit einem Mal regelrecht alarmiert. Mit ausgerechnet dieser Frage hatte er offenbar nicht gerechnet. »Das ist nicht in einem Satz zu erklären, fürchte ich.«

»Vielleicht lassen wir das Thema erst einmal ruhen und wärmen uns auf«, ließ sich Mr Kapoor in geschmeidig diplomatischem Ton vernehmen. Sie hatten das Clubhaus inzwischen erreicht, und einer der Menschen lief dienstbeflissen vor, um die Tür aufzuhalten. »Es ist nämlich nicht so, Mr Edwards, dass wir nur etwas von Ihnen wollen. Sie werden feststellen, dass wir im Gegenzug auch einiges an Annehmlichkeiten und alltäglichen Erleichterungen zu bieten haben. Außerdem sollten wir alle etwas trinken, ehe wir weiterverhandeln.

Unmenschlicher Hunger kann unmöglich zu klaren Gedanken führen, nicht wahr? Bitte nach Ihnen.«

Trinken.

Hunger.

Um ein Haar wäre Cedric einfach stehen geblieben, statt über die Schwelle ins Clubhaus zu treten. In der vergangenen Woche hatten Elaine und Rob ihre Idee, Blutkonserven über ihren Phlebotomus-Onkel zu beziehen, mit durchschlagendem Erfolg in die Tat umgesetzt. Cedric war seither mehr als gut versorgt, und er hatte sich so schnell daran gewöhnt, regelmäßig Blut aus kleinen Medizinfläschchen zu trinken, dass er schon fast vergessen hatte, wie er sich anfühlte – dieser *unmenschliche Hunger*. Jetzt aber regte er sich wieder, allein bei dem Gedanken, und grub seine Zähne tief in Cedrics Brust. Als würde sein Körper spüren, dass es hier *mehr* und *Besseres* zu erwarten gab als die üblichen kalten, säureversetzten Rationen. Er scherte sich dabei nicht einmal groß darum, dass sich ihm zugleich der Magen umdrehte bei der Erkenntnis, was hinter dieser Schwelle vermutlich auf ihn zukam. In diesem Moment wollte Cedric sich umdrehen und flüchten. Er konnte das nicht. Ein anderer Teil von ihm *verlangte* es. Aber er konnte nicht …

Zu spät. Die Tür schloss sich bereits hinter ihm.

Das Innere des Clubhauses empfing sie mit einem beengten Vorzimmer, in dem sie alle ihre Golfjacken und Handschuhe ablegten, und öffnete sich dann in einen überraschend großen, behaglichen Raum mit samtbezogenen Sofas und Sesseln, niedrigen Tischen, Golfpokalen auf langen Wandregalen, ausladenden Gemälden an den Wänden und einem knisternden Feuer im Kamin.

»Also dann, bitte. Setzen Sie sich, geschätzte Freunde.« Mr Kapoor war beim Kamin stehen geblieben und wies mit großzügiger Geste auf die Polstermöbel. »Miss Potter, Mr Oller – ich nehme an, Sie kommen wie gewohnt mit Miss Grant und Mr Evan zurecht?« Mit einem zufriedenen Lächeln beobachtete er, wie sich die Gesellschaft ihre Plätze suchte. »Dann wollen wir trinken, ehe wir weiterreden. Für Sie, Mr Edwards, steht Mr Julesberg ganz zu Ihrer Verfügung.«

Widerstrebend nahm Cedric auf einem der Sofas Platz und bemühte sich um eine nicht zu abweisende Miene, als Tom Julesberg sich neben ihn setzte. Dicht neben ihn. Zu dicht.

Mr Kapoor ließ sich derweil in einen Sessel in Cedrics Nähe sinken und zog die flachsblonde Frau auf seinen Schoß, die schon auf dem Golfparcours wie ein menschlicher Schatten an ihm geklebt hatte. Wie hieß sie doch gleich? Miss Leaky? Mr Kapoor nahm ihre Hand, hob sie nah an sein Gesicht und strich sanft mit den Lippen über ihr Handgelenk. Cedric sah die spitzen Zähne die dünne Haut kitzeln, und seine Brust zog sich kribbelnd zusammen, als Miss Leaky leise aufseufzte. Rasch wandte er den Blick in eine andere Richtung – was natürlich gar nichts half. Auch auf den anderen Sofas hatten sich die Vampire und Menschen inzwischen zusammengefunden, und Cedric sah zum ersten Mal, was Dr Shaw gemeint hatte, als sie sagte, ein Vampirbiss sei leicht als leidenschaftlicher Kuss zu tarnen. Überhaupt … sah er es hier zum ersten Mal. Diesen Biss. Diesen Akt, der auch von ihm erwartet wurde. Er konnte es nicht anders nennen. Diese Verbindung, die dabei entstand, das war …

»Wollen Sie nicht auch trinken, Mr Edwards?« Tom Julesbergs Stimme riss seine Aufmerksamkeit an sich. »Sie brauchen nicht bescheiden zu sein. Ich bin für Sie da.«

Cedric wandte sich um. Er sah Tom Julesberg ins Gesicht, fiel förmlich hinein in diese rauchblauen Augen, die ein bisschen glasig im Blick geworden waren. Und auch ohne jene verstörende Verschiebung der Wahrnehmung, die ihn schon wieder in Besitz zu nehmen versuchte, wäre es spätestens jetzt unübersehbar gewesen: Tom Julesberg *wollte* das hier. Es war ihm nicht fremd, im Gegenteil, er fieberte dem Kontakt *förmlich* entgegen, diesem …

Cedrics Finger verkrampften sich in die Polsterkante. Es war zu viel! Er hatte das Gefühl, unter den fremden Empfindungen zerdrückt zu werden. Zu zerfasern. Einfach zu verschwinden. Er rang nach Luft. Ohne Erfolg.

»Ja, trinken Sie, Mr Edwards. Nur keine falsche Scheu.« Mr Kapoor hatte den Kopf von Miss Leakys Handgelenk gehoben. An seinen Lippen und Zähnen schimmerte dunkelrotes Blut. »Ich habe Mr Julesberg extra für Sie ausgesucht, da er eine meiner kraftvollsten Quellen ist. Als Willkommensgruß sozusagen, und damit Sie sehen, dass wir es wirklich gut mit Ihnen meinen. Tom ist mir außerordentlich teuer, aber er steht sehr gern zu Ihrer Verfügung, und wenn Sie beide gut harmonieren, gehört er für die Dauer unserer Treffen ganz Ihnen. Ich würde mich geehrt fühlen, wenn Sie ihn probieren möchten.«

Cedric versteifte sich noch mehr, als Tom Julesberg mit einem zögernden und zugleich verstörend offenherzigen Lächeln noch ein Stück näher an ihn heranrutschte. Sein Herz schlug wie ein Hammer gegen seine Rippen. Den ganzen Parcours über hatte er diesen Blick immer wieder auf sich gespürt und mit aller Macht zu ignorieren versucht. Nun, aus der Nähe, wollte er diesen Augen erst recht nicht noch einmal begegnen, während zugleich …

Dieser Hunger. Er war so stark. Und er verlangte … etwas anderes.

Keine Zurückhaltung. Nimm ihn jetzt einfach!

Die Gedanken fühlten sich fremd in seinem Kopf an. Fremd und fordernd und geradezu übermächtig. Ihm wurde schwindelig. *Das Blut. Ich brauche es.*

»Das ist sehr großzügig«, brachte er hervor. Seine Stimme klang heiser, er räusperte sich und setzte noch einmal an. »Wären Sie dann vielleicht so freundlich, mir ein scharfes Messer zu borgen, damit ich Mr Julesberg zur Ader lassen kann? Ich habe meines zu Hause vergessen.«

Er wich Mr Kapoors Blick nicht aus, obwohl ihm keineswegs entging, dass die Gesichtszüge des Golfclubvorsitzenden nach allen Regeln der Kunst entgleisten.

»Sie scherzen, hoffe ich.« Mr Kapoors Stimme war nun nicht mehr kühl und glatt. Sie war frostig spröde. Auch der Rest der Gesellschaft wandte sich ihnen zu. Die gemurmelten Unterhaltungen zwischen Vampiren und Menschen verstummten. Die Temperatur im Inneren des Clubhauses schien geradezu sturzartig abzufallen. Selbst die Flammen des gemütlich im Kamin knisternden Feuers schienen sich zu ducken unter dem eiskalten Ärger, der nun fast greifbar in der Luft lag.

Cedric allerdings duckte sich nicht. Er hatte das Golfspiel mitgespielt, aber es gab eine Grenze. Er war hier niemandem zu irgendetwas verpflichtet, schon gar nicht dazu, sich von absolut Fremden zu etwas drängen zu lassen, das ihm aus tiefstem Inneren widerstrebte. Also stand er stattdessen auf und brachte endlich eine halbwegs sichere Distanz zwischen sich und Mr Julesberg.

»Nein, Mr Kapoor«, sagte er sehr deutlich, obwohl seine Stimme dabei bebte. »Ich werde Mr Julesberg nicht beißen, und das ist kein

Scherz. Wenn Sie darauf bestehen, dass ich sein Blut trinken soll, geben Sie mir bitte ein Messer.«

Die Stille im Raum wurde noch absoluter, wenn das überhaupt möglich war. Dann stand auch Mr Kapoor auf, ohne dabei Miss Leakys Hand loszulassen. »Jetzt habe ich aber langsam genug von Ihnen.« Seine Stimme war schneidend und brachte die Luft um ihn sichtbar zum Vibrieren. »Bei allem Respekt für Dr Shaws Empfehlung: So wertvoll können Sie gar nicht sein, dass Sie unsere Gastfreundschaft dermaßen beleidigen dürfen.« Er warf einen Blick zu Mr Oller, der Bände sprach – und zwar keine freundlichen. »Und wenn du noch so sehr darauf drängst, ihn zu protégieren, Josep: So nicht. Nicht mit mir. Es ist mir gleich, wie Sie mit Ihren privaten Quellen umgehen, Mr Edwards, und welche Extravaganzen Sie für angebracht halten. Solange Sie hier sind, werden Sie *richtig* trinken oder es sein lassen. In meinem Haus und meinem Club werden Quellen mit dem Respekt behandelt, den sie verdienen. Dr Shaw und ihre Entourage mögen das anders sehen, aber wenn es nach mir geht, hat ein Emporkömmling wie Sie, der nur nehmen und nichts zurückgeben will, keinen Platz bei uns.«

Eine kleine Ewigkeit standen sie stumm voreinander und starrten sich an. Cedric hatte das Gefühl, auf der Stelle festzufrieren. Mr Kapoors Blick drang ihm bis auf die Knochen, in seinen Adern und seiner Lunge schienen Eiskristalle zu wachsen, die ihn wie winzige Skalpelle von innen heraus aufschlitzten. Ihn bluten ließen, ersticken, noch während er atmete …

Cedric keuchte. Sein Blick fiel auf seine Hände, wo blauviolette Hämatome wuchsen. Das war nicht nur Einbildung. Das war …

Seine Blutgabe. Er kann die Temperatur kontrollieren!

»Lass ihn gehen, Shubham«, hörte er Mr Ollers Stimme wie durch dicken Nebel dringen. »Du weißt, dass wir ihn brauchen!«

»Trinken Sie, Mr Edwards!«, zischte Roseanne Potter eindringlich aus der anderen Richtung. *»Sofort!«*

Aber Cedric dachte gar nicht daran, und selbst wenn er es gewollt hätte, hätte er es nicht mehr gekonnt. Er hing wie erstarrt an Mr Kapoors Blick fest, der langsam alle Energie aus ihm heraussaugte, ohne dass der Golfclubvorsitzende dabei groß eine Miene verzogen hätte.

»Ich bin empfindlich, was meine Schützlinge angeht«, erklärte Mr Kapoor und trat einen Schritt näher, um die Spitze seines Zeigefingers auf Cedrics Brust zu legen. Im gleichen Moment schloss sich eine unsichtbare Eishand um Cedrics Herz, sodass er unwillkürlich vor Schmerz und Kälte zuckte und ein zischender Laut aus seiner Kehle drang. »Tom wäre bereit gewesen, sich Ihnen hinzugeben, aber Sie ... Sie sind keiner von uns, da hatten Sie recht. Ganz sicher werde ich Ihnen nicht erlauben, meine kostbaren Quellen mit einem Messer aufzuschneiden, statt sie zu behandeln, wie es ihnen zusteht. Es wird kein Verlust sein, Sie hier nie wiederzusehen.«

Es war dieser Moment, in dem Cedric es endlich schaffte, sich aus der Starre loszureißen. In dem er den Finger auf seiner Brust mit seiner eigenen Hand packte, als könnte er dadurch den Druck in seinem Innern verringern. »Hören Sie auf damit!«, presste er hervor, und im nächsten Augenblick schoss ein Blitz prickelnder Energie seinen Arm hinab – wie eine dieser Zuckungen, die er doch zusammen mit seiner Krankheit hinter sich geglaubt hatte. Doch statt loszulassen, wie es ihm so oft bei diesen Zuckungen geschehen war, packte Cedric diesmal nur noch fester zu, und die Energie schoss durch seine Hand in Mr Kapoors Finger, der unter dem Griff hörbar knackte. »Ich will überhaupt nicht hier sein, also lassen Sie mich endlich gehen!«

Da fiel Mr Kapoor schlaff zu Boden. Es war, als wäre auf einen Schlag sämtliche Spannung aus seinem Körper gewichen, seine Beine gaben gleichzeitig nach, er stürzte ungebremst und ohne jeden Widerstand und hätte Cedric um ein Haar noch mit sich gerissen. Miss Leaky sprang mit einem erschreckten Japsen einen Schritt zurück, um nicht ebenfalls umgeworfen zu werden. *»Mr Kapoor!«*, schrillte eine andere Stimme aus einer anderen Ecke des Raumes.

Doch da richtete sich Mr Kapoor bereits wieder auf. Er hob den Kopf und starrte zu Cedric hinauf, das Gesicht wutverzerrt hinter den Haarsträhnen, die sich aus seiner tadellos pomadisierten Frisur gelöst hatten. »Raus«, fauchte er. »Raus mit Ihnen. *Sofort!*«

Und Cedric wartete nicht länger. Er wandte sich ab und stürmte aus dem Clubraum, durchs Vorzimmer, wo er im Laufen seine Jacke von der Garderobe riss, und hinaus auf den Vorplatz. Die schwere Eichenholztür schlug krachend hinter ihm ins Schloss.

Stolpernd kam Cedric am Fuß der Treppe zum Stehen; er rang nach Atem, während sich quälend langsam die Wunden in seinem Inneren schlossen. Das Blut in seinen Adern zäh wieder zu fließen begann. Das Herz auftaute und mühsam weiterschlug.

Verflucht. Verflucht, es tut weh.

Schwerfällig hob er den Blick. Von der Kutsche, mit der er hergekommen war, war weit und breit nichts zu sehen. Aber er musste hier weg, und das sofort. Er konnte auf keinen Fall wieder dort reingehen. Selbst wenn es – nach all dem! – immer noch das war, was der Hunger ihn zu tun zwingen wollte. Zurückgehen. Trinken. Nehmen, was er so sehr brauchte.

Verflucht noch mal!!

Cedric zwang sich, einen Schritt vor den anderen zu setzen. Fort. Nach Hause, wo kühles, anonymes Blut in kleinen Flaschen auf ihn wartete. Seine Art des Friedens. Er würde das schaffen. Er war jetzt schließlich unsterblich, nicht wahr? Wie bitter ironisch, all das.

»Mr Edwards!«

Cedric blieb stehen – vor allem, weil die Stimme, die ihn da rief, *nicht* zu Mr Oller gehörte. Von ihm hatte Cedric irgendwo erwartet, dass er ihm womöglich folgen würde, und er war bereit, ihn strikt zu ignorieren. Sollte er sich doch bei Dr Shaw über ihn beschweren. Sollte er sich sein Geld und seine Kontakte doch sonst wohin stecken.

Aber es war nicht Mr Oller. Es war Roseanne Potter. Oder wer auch immer sie in Wahrheit sein mochte.

Sie kam mit raschem Schritt über den Vorplatz des Clubhauses auf ihn zu, die Wangen ein wenig erhitzt, und ihr Atem bildete dichtere Wolken in der winterlichen Luft als zuvor, ansonsten war an ihr keine Spur vom Blut des jungen Golfkadetten zu sehen, der gerade noch in ihren Armen gelegen hatte. Oder von der Aufregung, die Cedric in ihrer Gesellschaft verursacht hatte.

»Vielen Dank, dass Sie warten.« Ihr Lächeln wirkte ehrlich und längst nicht so schalkhaft wie auf dem Golfparcours. Stattdessen sah Cedric in ihrem Blick einen tiefen Ernst, ein aufmerksames Verständnis und Weisheit, die bei einem jungen Menschen Anfang zwanzig geradezu fehlplatziert hätte wirken können. Aber sie war ja auch nicht

Anfang zwanzig. Sie war ein womöglich mehrere Jahrhunderte altes unsterbliches Wesen, das etliche Leben mehr gelebt hatte als er.

»Was wollen Sie von mir, Miss Potter?«

Roseanne Potter seufzte nachsichtig. »Haben Sie wirklich vor, allein zurück in die Stadt zu gehen? Hungrig und zu Fuß?«

Cedric nickte knapp. »Ob Sie es glauben oder nicht, das ist mir hundertmal lieber, als weiter dort drin zu sein. Nicht Ihretwegen. Nehmen Sie es nicht persönlich.«

Miss Potter lachte auf. »Keine Sorge. So leicht ist mein Selbstbewusstsein nicht ins Wanken zu bringen. Von einem frisch gebackenen Brötchen wie Ihnen schon gar nicht. Und das nehmen *Sie* nun bitte nicht persönlich.« Ihr Gesicht wurde wieder ernst. »Aber mal ehrlich, Mr Edwards. Sie sollten das nicht tun. Sie sind bei Weitem zu jung, um sich so zu überfordern. Ihre Blutgabe wird Ihnen das nicht danken. Sie haben doch gesehen, was bei dem Kontakt mit Mr Kapoor passiert ist. Wenn Sie so stark sind, wie Dr Shaw vermutet, wird das über kurz oder lang nicht nur ungemütlich für Sie selbst, sondern auch gefährlich für Ihr gesamtes Umfeld.«

Cedric runzelte die Stirn. »Sind Sie mir deshalb nachgekommen? Weil Sie und Dr Shaw befürchten, ich könnte eine *Gefahr* für irgendjemanden werden?« Er konnte sich ein bitter belustigtes Schnauben nicht verkneifen. Gerade in diesem Moment fühlte er sich nicht mal mehr in der Lage, einen Moskito zu erschlagen. Allein die Jacke über seinem Arm wog schwer wie Blei. Und seine Begegnung mit Mr Kapoor … was genau *war* da überhaupt passiert? War etwas passiert? Schon jetzt fühlte sich die Situation seltsam verschwommen und unwirklich an. Er wollte doch nur nach Hause. Warum ließen sie ihn nicht einfach in Ruhe?

Roseanne Potters Lächeln ließ sich nicht beirren. »Nein«, sagte sie freundlich. »Eigentlich wollte ich Ihnen einen Vortrag darüber halten, wie dringend die Soul Society Sie braucht. Darüber, wie außergewöhnlich hochlobend Dr Shaw über Sie gesprochen hat – und Sie können sich sicher denken, dass das nicht oft vorkommt. Ich wollte Ihnen von dem Blutgabenmissbrauch erzählen, den Mr Oller vorhin erwähnte. Davon, wie unsere Society infiltriert wurde, und warum es wirklich dringend notwendig ist, dass wir mit jungen, starken Vampiren wie Ihnen unsere Gemeinschaft festigen, in der Hoffnung, dass irgendetwas davon Sie zum Bleiben überzeugt. Wenn ich Sie allerdings so ansehe … wollen Sie im Augenblick wirklich nichts davon hören, nicht wahr?«

Cedric schwieg. Was sollte er darauf auch antworten? Sie hatte recht. Er wollte es nicht hören. Er wollte auch nichts mehr sagen. Der Hunger schien außerdem inzwischen sekündlich stärker zu werden, sein Mund fühlte sich taub und ausgedörrt an, und jedes Wort hätte ihn Unmengen an Kraft gekostet.

»Wir sind es falsch mit Ihnen angegangen«, sagte Miss Potter in behutsamem Ton. »Ich hoffe, Sie verzeihen uns eines Tages und geben uns eine zweite Chance. Wenn nicht für uns, dann für unsere Sache, sollten Sie irgendwann bereit sein, sich mit den Details auseinanderzusetzen. Für den Moment lassen Sie mich nur noch eines sagen. Ein guter Rat von Vampir zu Vampir.« Sie sah Cedric eindringlich ins Gesicht. »Hungern Sie sich niemals aus. Niemals, verstehen Sie das? Egal wie alt Sie sind. Es sei denn, Sie möchten es darauf anlegen, die Menschen und vielleicht sogar die Vampire in Ihrer Nähe ernsthaft zu verletzen. Eine außer Kontrolle geratene Blutgabe ist nicht zu unterschätzen. Vor allem, solange Sie nicht wissen, was sie überhaupt alles damit tun könnten.«

Cedrics erster Impuls war, zu widersprechen. Zu protestieren gegen diese Unterstellung, er könnte in irgendeiner Weise ein auch noch so kleines Risiko für seine Familie und Freunde sein. Klarzustellen, dass er niemals irgendetwas tun oder zulassen würde, das sie in Gefahr brachte, und dass sie mit ihrem Gabenclub gefälligst bleiben sollte, wo der Pfeffer wuchs.

Aber Roseanne Potter ließ ihn seine Gedanken nicht einmal zu Ende denken. »Ah«, sagte sie nur mit einem wissenden Lächeln, »nun hören Sie mir also zu.« Sie schüttelte belustigt den Kopf. »Ich habe wirklich nicht die Absicht, Sie zu drängen oder zu quälen, ich versichere es Ihnen. Das ist nicht mein Stil. Der von Dr Shaw übrigens auch nicht – wohingegen ich, was Mr Kapoor oder Mr Oller betrifft, in der Hinsicht nicht die Hand ins Feuer legen möchte. Die beiden haben offenbar jeder auf eine andere sehr männliche Art ein Problem damit, dass Ihre Gabe so stark ist.« Sie zuckte mit beeindruckender Nonchalance die Schultern.

»Fakt ist: Sie müssen trinken, Mr Edwards, und Sie wollen es auch. Vertrauen Sie den Worten einer wirklich uralten Frau. Sie *wollen* einen Kontrollverlust verhindern. Ob Sie sich nun durchringen, sich weiter mit uns abzugeben, oder nicht.«

Cedric antwortete nicht sofort. Der Drang, heftig zu widersprechen, hatte sich unter Miss Potters letzten Worten weitestgehend in Luft aufgelöst. Stattdessen spürte er eine schwere Sorge, die langsam immer tiefer in ihn einsickerte. Was, wenn sie nun recht hatte? Sicher *hatte* er so etwas wie eine Gabe, egal wie sehr er sich innerlich dagegen sträubte – nach allem, was er heute erlebt hatte, war das schwer abzustreiten. Was also *konnte* er damit tun, nach dem, was er bisher wusste? Anderer Leute Empfindungen spüren und ihre Bewegungsabläufe exakt kopieren? So gesehen erschien das doch recht harmlos, selbst wenn es außer Kontrolle geraten *sollte*. Nur was gerade mit Mr Kapoor passiert war – was auch immer es war, es war beängstigend gewesen. Und aus einem anderen Blickwinkel betrachtet: Wenn er all das innerhalb weniger Tage an sich entdeckt hatte … was gab es dann womöglich noch? Konnte er wirklich eine Gefahr sein? Für Ruth? Die Kinder? Rob und Elaine?

»Das werde ich auch«, *überwand* er sich endlich zu sagen und verschränkte fröstelnd die Arme vor der Brust. »Zu Hause. Auf meine Art. Ich nehme Ihren Rat ernst, Miss Potter. Und ich danke Ihnen, dass Sie Ihre Erfahrung mit mir teilen. Aber das da drin … das kann ich nicht. Werde ich niemals können.«

Miss Potter seufzte erneut. Die Strenge in ihrem Blick war Mitgefühl gewichen. »Darf ich Sie etwas Persönliches fragen, Mr Edwards?«

Cedric nickte zögernd.

»Ich möchte nicht übergriffig sein. Aber wäre es möglich, dass Ihnen nicht wohl ist bei einer … bestimmten Form von Nähe? War das der Auslöser für Ihre Probleme dort drin?«

Er fragte nicht, wie sie darauf kam. Tatsächlich überraschte es ihn nicht einmal besonders. Es war vollkommen klar, dass sie ihn bis auf den Grund durchschaut hatte, und Cedric hatte an diesem Tag wirklich genug über diese sogenannten Blutgaben gehört, dass er auch wusste, wie ihr das gelang. Doch statt dass ihn die Erkenntnis in Bedrängnis gebracht hätte, spürte er mit einem Mal, dass sie ihn sogar erleichterte.

»Mit Fremden insbesondere«, erwiderte er deshalb nur und war erstaunt, wie leicht es ihm über die Lippen ging.

Roseanne Potter seufzte leise. »Dann haben Sie sich deshalb vermutlich schon oft das Leben schwer gemacht, nicht wahr? Und nun sind Sie besorgt, dass es bis in die Unendlichkeit so weitergehen muss, weil ich Ihnen gerade klargemacht habe, dass das Bluttrinken ein absolut unverzichtbarer Teil Ihrer neuen Existenz ist.« Sie musterte ihn verständnisvoll. »Wissen Sie … ich kann nicht aus eigener Erfahrung sprechen, was das betrifft. Ich *kann* Ihnen jedoch sagen, Sie sind nicht allein damit. Weder unter Menschen noch unter Vampiren. Ich habe diese Art Ressentiment in all den Jahren öfter und in mehr unterschiedlichen Ausprägungen gesehen, als Sie sich vermutlich vorstellen können, und ich versichere Ihnen eins: Sie brauchen dieses Messer in Wahrheit gar nicht.« Sie lachte leise. »Ich weiß, dass das, was Sie dort drin gesehen haben, anders auf Sie gewirkt haben muss. Aber der Biss, mit dem wir trinken, muss nicht sexuell aufgeladen sein, wenn Sie das nicht wollen. Er lässt sich auch als vertrauliche Zweckmäßigkeit durchführen – wenn Sie für so etwas vielleicht eher zu haben sind.« Ein verschmitztes Lächeln kitzelte die sorgfältig geschminkten Augen- und Mundwinkel. »Ja, ich könnte mir vorstellen, dass das Ihr Stil wäre. Vertrauliche Zweckmäßigkeit. Und sehen Sie? Jetzt lachen Sie schon beinahe. Erhalten Sie sich das, Mr Edwards. Solange Sie nur können. Dann denke ich, dass Sie mit der Unsterblichkeit am Ende vielleicht doch ganz gut zurechtkommen werden.«

Cedric wusste nicht, was er sagen sollte. Aus Miss Potters Worten schlug ihm so viel unerwartetes Verständnis und Mitgefühl entgegen, und sie hatte recht, dass sie ihn mit ihrer Wortwahl beinahe zum Lachen gebracht hätte. Aber war das genug, um die Situation aufzulösen? Genug, um dort wieder reinzugehen? Wäre er bis zum Ende geblieben und vielleicht sogar wiedergekommen, wenn der Streit mit Mr Kapoor nicht gewesen wäre?

Vielleicht. Vielleicht auch nicht.

Miss Potter strich sich eine glänzend schwarzbraune Locke aus der Stirn. »Und für den Augenblick … erlauben Sie vielleicht, dass ich Ihnen helfe?«

Cedric musterte sie verblüfft. »Was meinen Sie?«

Roseanne griff in die Tasche an ihrem Gürtel und zog eine Phiole daraus hervor – eine Phiole, die Cedric nur zu bekannt vorkam. »Hier. Nehmen Sie das.«

Cedric starrte auf das kleine Fläschchen in ihrer Hand und konnte nicht recht glauben, was er da sah. »Was ... woher haben Sie das?«

Miss Potter zuckte die Schultern. »Es ist eine Blutprobe von einem meiner Schützlinge. Ich hatte gehofft, Dr Shaw wäre schon zurück, um es zu analysieren. Da sie jedoch nicht hier ist –« Sie warf einen raschen Blick zurück zum Clubhaus. »Indem ich es Ihnen ohne Rücksprache überlasse, handele ich mir womöglich ein paar anstrengende Diskussionen ein. Aber wenn Sie dafür sicher daheim ankommen, ist es mir das wert. Also nehmen Sie es ruhig.«

Cedric wusste kaum noch, was er denken sollte. Sein Kopf dröhnte und pochte, seine Brust und sein Magen zogen sich schmerzhaft zusammen vor Hunger. Vor Verlangen. Von dem Gefühl, dieses Blut so dringend zu brauchen wie vielleicht nie etwas zuvor.

Wieder einmal.

»Na, nun nehmen Sie schon.« Miss Potter hielt ihm die Phiole entgegen. »Oder muss ich mir erst den Arm aufbeißen und hier alles volltropfen, damit der Hunger endlich stärker wird als Ihr Starrsinn?«

Das war es, dachte Cedric. Genau diese Art, ihn trotz allem immer wieder zumindest *fast* zum Lachen zu bringen, war es, die ihn am Ende überzeugte. Ganz sicher handelte Roseanne Potter nicht ohne Hintergedanken, und vielleicht würde er es eines Tages bereuen, sich in ihre Schuld gestellt zu haben. Für den Moment aber wollte er einfach glauben, dass sie ihm aufrichtig helfen wollte. Darum nahm er das Blut und trank.

»Na also, es geht doch. Hören Sie mal, Sie können einem ja richtig Angst machen.« Miss Potter lachte ein seltsam tiefes, ein wenig raues Lachen, als er ihr die leere Phiole zurückgab. »Ich fürchte, mit Ihnen stehen uns noch aufregende Zeiten bevor.« Sie verstaute das Fläschchen wieder in ihrer Tasche. »Tja, also da ich uns alle fürs Erste vor Ihnen gerettet habe, werde ich mich der Party drinnen wieder anschließen.« Sie lächelte. »Bis in fünfzig Jahren dann, Mr Edwards. Es war mir eine Freude, mit Ihnen Golf zu spielen.«

Und nun endlich konnte Cedric nicht anders, als zurückzulächeln, so schräg und verhalten es auch geriet. »Ebenso, Miss Potter«, sagte er und meinte es ehrlich. »Ebenso.«

Roseanne Potter hob noch einmal grüßend die Hand, ehe sie sich abwandte – und im letzten Moment innehielt. »Oh, und falls Sie doch schon früher privat mit mir Kontakt aufnehmen möchten … vielleicht schon in fünfundvierzig Jahren oder etwas in der Art … *zögern Sie nicht. Sie werden mich dann schon finden. Im Zweifel fragen Sie* Dr Shaw. Sie wird es wissen.« Sie musterte Cedric einen Moment lang nachdenklich und nickte dann, als wäre sie sich gerade über etwas klar geworden. »Bis zum nächsten Mal also. Ich zähle auf Sie, denken Sie daran.«

Und ehe sich Cedric entschließen konnte, was er darauf am besten erwidern sollte – wenn überhaupt irgendetwas –, hatte sie sich endgültig abgewandt und ging mit leichtem Schritt über den Vorplatz davon.

Kapitel Vierzehn

»Morgen!«; lyrischer Liederzyklus, Op. 27, Nr. 4; Richard Strauss; Text von John H. Mackay

IN DER NÄHE VON MENTANA, LATIANISCHES HÜGELLAND, LATIUM, ITALIEN

Dorothy kam am nächsten Abend nicht zum Treffpunkt im Wald. Auch nicht am *übernächsten* oder dem danach. Und obwohl Dorián von Anfang an befürchtet, ja regelrecht erwartet hatte, dass es so hatte kommen müssen, *fühlte* er sich, als wäre er ein Stück in der Zeit zurückgeworfen worden. Zu jener furchtbaren Woche nach Weihnachten, als er schon einmal vergeblich auf sie gewartet hatte und jeder Tag ein weiterer Klotz auf dem wackligen Turm seiner Befürchtungen war, bis der irgendwann unweigerlich über ihm zusammenbrechen musste. Nur dass jetzt kein Bartosz mehr da war, um ihm Prügel mit dem Violinkoffer anzudrohen, wenn er nicht aufhörte, finstere Gedanken zu wälzen. Das musste er nun selbst tun. Dabei war es diesmal noch so viel schwieriger. Weil er jetzt wusste … weil er gesehen hatte …

Strigoi.

Bluttrinker.

»*Vampire*«, hatte Dorothy gesagt.

Es ging ihm nicht aus dem Kopf. Die Schatten, die umherschlichen. Mateos Gesicht, nachdem er den Kopf von Shilas Hals zurückriss, die offenbar nichts davon ahnte … es war mehr als genug für monatelange Albtraumnächte.

Was ihm allerdings noch viel weniger aus dem Kopf ging, war *der Brief*, den Dorothy ihm so eindringlich wieder ins Gedächtnis gerufen hatte. Der Hilferuf. Wen konnte sie in so einer Situation um Hilfe rufen? War vielleicht sogar schon jemand gekommen, zufällig ausgerechnet an diesem Tag, vielleicht während Dorián in Rom war? Oder – was er leider sehr viel wahrscheinlicher fand – hatten Gregor und seine *Strigoi* irgendwie herausgefunden, dass sie ihn getroffen hatte und ließen sie jetzt tatsächlich nicht mehr aus dem Haus? Und wenn sie sie deshalb bestraft hatten, was hieß das für ihn? Würde dann auch er … bald adoptiert werden?

Dorián war noch nie so widerstrebend und zugleich so erleichtert nach Rom gefahren wie in diesen Tagen. Vielleicht musste man es sogar geflüchtet nennen, obwohl er sich für den Gedanken sofort ein wenig schämte. Es *war* eine Flucht, fort von den bedrückenden Gedanken an Dorothy und fort von dem, was in der Villa hauste … aber es war trotzdem nicht ganz richtig, weil auch der Weg zurück ins Waldhaus jedes Mal eine Flucht war. Denn Rom wiederum war nun einmal der Ort, wo Dorián am deutlichsten merkte, wie sehr Bartosz ihm fehlte. Und so entschlossen die anderen älteren Kinder auch zum Alltag zurückkehrten, sosehr sie so taten, als wäre überhaupt nichts passiert und ihre Gruppe einfach schon immer so gewesen wie jetzt: Für Dorián gab es in diesen Tagen keinen Ort mehr, der sich wie ein echtes Zuhause anfühlte. Nicht, wenn er zusätzlich zu allem anderen auch noch selbst die Violine spielen musste.

»Du bist jetzt der Junge mit der Geige.« Bartosz hatte es gesagt. Antoine auch, und ein Teil von Dorián wusste, dass sie recht hatten. Es zerriss ihm das Herz mit jedem Ton. Und trotzdem spielte er in diesen Tagen mehr als je zuvor. Weil sie kein Recht hatten, ihm auch noch das wegzunehmen. Er spielte in der Stadt und auf dem Wagen; daheim im Stall und im Wald; auf dem Hof, wenn die Sonne schien; und in seinem Schlafsaal bei Regen und letzten Fetzen von feuchtem grauem Schnee. Es war ihm inzwischen auch egal, ob die Bewohner der Villa es hören würden. Nachdem er die erste Furcht überwunden hatte, *wollte* er sogar, dass sie es hörten. Vielleicht hörte Dorothy es dann auch.

Und wenn sie es hörte, würde sie wissen, dass er da war und immer noch an sie glaubte. An sie und an Bartosz und den *Csárdás* und die Sternenlieder; und daran, dass sie nicht so leicht sterben würde.

Aus Tagen wurden Wochen, erst eine, dann zwei. Vermutlich hatte Dorián in seinem Leben noch nie so wenig geschlafen. Zu der Verzweiflung gesellte sich bald eine bleischwere Müdigkeit. Und als die dritte Woche begann und Dorothy noch immer nicht wieder am Treffpunkt aufgetaucht war, begriff Dorián, dass die Antworten auf all die Fragen in seinem Kopf nicht von selbst zu ihm kommen würden.

Er würde sie suchen gehen müssen.

VI. Offertorium

Eine neue Nacht.
Ein neuer Anfang.
Wenn es nie ein Ende gibt, ist die Hoffnung dann auch unsterblich?
Oder stirbt sie nur einfach umso öfter?

März 1999
In den verlassenen Industrievierteln, Detroit, Michigan

»Doc?!«

Sids brüchiges Stimmchen reißt Cedric ruckartig aus dem Schlaf. Noch bevor er sich in der Dunkelheit orientiert hat, noch bevor Sid die nächsten angstverzerrten Worte wispert, weiß er, was los ist. Und dass er sich beeilen muss.

»Doc, es geht wieder los!«

Mit einem einzigen Schlag ist er hellwach und auf den Beinen, hat den schweren Deckel des Sarges beiseitegewuchtet und ist hinübergesprintet in den kleinen Kühlraum, wo er zwei der dort verwahrten Blutkonserven an sich reißt. Zurück, ohne auch nur eine Sekunde zu verlieren, dorthin, wo sich Sid zu einem vor Schmerz und Angst wimmernden Ball zusammengerollt hat. Cedric hat viele Tage damit verbracht, die effizienteste Position der Särge zur Kühlkammer zu finden, und wie die Gestänge mit den Konserven bestückt sein müssen, damit er sie ohne Verzögerung greifen kann. Eine Hundertstelsekunde kann entscheidend sein, und doch … selbst die optimiertesten Wege und selbst vampirische Geschwindigkeit reichen allzu oft einfach nicht aus. Es wäre nicht das erste und sicher auch nicht das letzte Mal, dass Sid gegen die Energie verliert, die seine Blutgabe so unweigerlich und unaufhaltsam anzieht, und Cedric buchstäblich ins Gesicht explodiert. Er kann es schlichtweg nicht verhindern, nicht immer. Zu oft nicht.

Deshalb ist jedes Mal, wenn es ihnen doch gelingt, ein umso größerer Gewinn. Ein Ansporn, es wieder und wieder zu versuchen.

Cedric fällt neben dem Sarg auf die Knie, packt Sids Oberkörper und Beine und hebt ihn in seine Arme. Drückt ihn an sich und greift seine Hand, damit der Junge ihn spüren kann. Dabei hofft er mit aller Kraft, dass es noch nicht zu spät ist. Dass Sid sich noch befreien kann aus dem Strom, der ihn mitreißen will, zumindest lange genug, um das so dringend benötigte Blut zu trinken.

»Ich bin hier, Sid«, murmelt er, immer wieder. »Bleib bei mir, ich bin hier. Bleib bei mir, dann kannst du trinken.«

Und Sid bleibt. An diesem Abend, im letzten blutroten Licht des gerade verglühenden Sonnenuntergangs, stabilisieren sich sein Atem und sein Herzschlag in Cedrics Armen, das glimmende Pulsieren unter der bleichen Haut wird schwächer. Matt genug, dass Cedric es wagt, ihn ein Stück weit loszulassen, damit er sich aufrichten kann. Blut trinken kann. Jene andere, heilsame Energie, die verhindert, dass seine Gabe mit rücksichtsloser Gewalt einfach an sich reißt, was fehlt – und noch mehr, immer mehr, unstoppbar, bis es den schwachen Kinderkörper von innen heraus zerfetzt.

Aber nicht heute. Sid trinkt, erst eine Konserve, dann die zweite, und wird endlich still. Nur sein Atem geht noch mühsam, so anstrengend war der Kampf gegen sich selbst.

»Gut«, flüstert Cedric. Für laute Worte fehlt auch ihm jetzt die Kraft. »Gut gemacht, Sid.«

Er drückt den Jungen an sich, die Erleichterung kribbelt und brennt in seinen inneren Augenwinkeln, sogar ein wenig Feuchtigkeit sammelt sich dort. Nach eineinhalb Jahrhunderten Unsterblichkeit gibt es nicht mehr viel, was ihn emotional berühren kann. Das hier aber nimmt ihn mit. Besonders, wenn es gelingt. Wenn er Sid vor dem schlimmsten Schmerz bewahren kann, zweimal, dreimal von zehn Versuchen.

Jedes Mal eine stille Buße für das Kind, das er im Stich lassen musste.

»Doc?«, wispert Sid, die Stimme immer noch so klein und schwach.

»Ja, Sid?«

»Hatten Sie noch fünfzig ruhige Jahre mit Ihrer Familie? Oder nur fünfundvierzig?«

Er klingt so hoffnungsvoll. Und genau das, denkt Cedric, müsste Sid jetzt hören. Dass er bei seiner Familie geblieben wäre, wie er es versprochen hatte. Für seine Kinder. Für Ruth. Dass sie ein friedliches Leben hatten, ein normales Leben, fast normal zumindest für eine Weile, ehe er weitergezogen ist in den Rest seiner Unsterblichkeit.

Er bringt es nicht über sich, zu lügen. Jetzt, wo er einmal angefangen hat mit dieser Geschichte, drängt die Wahrheit aus ihm heraus. So bitter sie auch ist, und so wenig sie auch das ist, was er ausgerechnet Sid erzählen sollte.

»Nicht … ganz«, flüstert er in den wirren Haarschopf und drückt Sid noch etwas fester an sich. »Es kam ein bisschen anders, musst du wissen.«

VII. Sanctus

Wenn die Menschen begreifen würden, was Unsterblichkeit wirklich bedeutet, würden sie sofort aufhören, danach zu suchen.

Januar 1874

Kapitel Eins

»Danse macabre«; Camille Saint-Saëns

Dorothy hielt die Augen geschlossen. Die Dunkelheit hinter ihren Lidern war rot. Alles in ihr war rot, als bestünde sie nur noch aus blutroter Dunkelheit und Schmerz. Sie wusste nicht mal mehr, wo ihr Körper begann oder aufhörte. Sie wusste nur, dass sie nicht allein in diesem verfluchten Zimmer war. Da war das dumpfe Klirren von Ketten. Schritte, die sich näherten. Andere Herzschläge. Atem. Blut.

Sie *würde nicht* hinsehen.

Wie lange lag sie hier eigentlich schon? Wann war sie zurückgekehrt? Hatte sie überhaupt noch Augen? Oder waren sie in Wahrheit – schon wieder – verdorrt? Der Gedanke ließ ein dumpfes Lachen in ihrem Brustkorb vibrieren. Dieser Horror würde niemals aufhören. Nie.

Nicht, solange du dich weigerst zu trinken.

Ein hellrotes Rechteck leuchtete vor ihr wie ein Abbild des Fensters, mit schwarzen Balken versperrt. Rötlich graue Schlieren trieben davor entlang. Dorothy hielt die Lider weiter fest geschlossen. War es Tag dort draußen? Nacht? Lag sie in der Sonne, oder verbrannte sie von innen? Schwer zu sagen, wenn sie vor Erschöpfung und Schmerz doch kaum wusste, ob sie wach war oder nicht.

Ein Tropfen rann über ihr Gesicht, setzte ihre Haut in Flammen und kühlte sie zugleich. Wasser?

Nein. Blut. Vampir*blut.*

»Es ist Zeit zu trinken, Dorothy.«

»Nein.« Ihre Stimme kratzte ihr im Hals, mehr Luft als Wort, aber an ihrer Entschlossenheit änderte das nichts.

Nein, verdammt! Ich will gehen. Lasst mich raus!

Sie konnte nicht gehen. Ihr Körper gehörte ihr nicht mehr.

Gregors Schatten verdeckte das helle Fensterloch. Sie sah immer noch nicht hin.

»Hör auf, dich zu wehren. Du kannst dich nicht selbst besiegen, das weißt du. Spürst du denn nicht, wie sehr du es willst?«

Jetzt presste sie auch noch die Lippen zusammen.

Ich will … verdammt, ja, ich will es. Aber ich darf nicht! Ich werde nicht! Nicht … wieder. Nicht … noch mehr.

»Hab keine Angst. Trink, es steht dir zu. Es wird deine Augen heilen. Dich ganz machen. Diesmal für immer. Vertrau mir.« Seine Stimme war in ihr. Floss kühl durch sie hindurch. Nahm sie mit sich. »Du wirst der erste Stern sein, Dorothy. Du bist schon ganz nah dran.«

Gregor, nein … lass mich …!

Es gab keinen Widerstand mehr in ihr. Nichts, woran sie sich halten konnte.

Lasst mich doch endlich gehen!

Aber sie sank nur noch tiefer in den Fluss seiner Stimme.

»Du willst dieses Blut. Du brauchst es. Also nimm es, es ist deins. Deins ganz allein.« Ein heißer Atemzug dicht an ihrem Ohr. »Es bringt dir die Heilung, die du dir so wünschst.«

Mehr Tropfen, heiß und kalt auf ihren Lippen, ihren Wangen, ihrem Hals. Auf ihren Lidern und der Stirn. Blutregen, überall.

»Mach die Augen auf, Dorothy!«

Kapitel Zwei

»Duetto buffo di due gatti (Humoristisches Katzenduett)«;
Robert Lucas Pearsall

In der Nähe von Mentana, latianisches Hügelland, Latium, Italien

»Du setzt die Prioritäten falsch, Junge.« Der Kater blinzelt langsam. »Es ist schön und gut, wenn du überall einbrechen kannst, *aber die eigentliche Kunst ist, zu wissen, wo du einbrechen* solltest. *Und noch viel wichtiger: immer zu wissen, wie du wieder rauskommst.«*

Die Nächte waren das Schlimmste.

Natürlich hieß das nicht, dass die Tage wesentlich leichter gewesen wären. Aber tagsüber konnte Dorián auf der Violine spielen, wenn die Ängste zu groß wurden, und in den Menschenmassen Roms fühlte er sich zwar nicht weniger hilflos als im Waldhaus, aber doch zumindest sicher. Sicher genug jedenfalls, um waghalsige Pläne zu schmieden, wie er herausfinden könnte, was mit Dorothy geschehen war. Er musste in die Villa und nach ihr suchen. Sie befreien und mit ihr verschwinden, falls sich herausstellte, dass sie noch dort war, und auf den Brief hin niemand gekommen, um sie rauszuholen. Es machte Dorián zu schaffen, dass Dorothy glaubte, weit weg, wer wusste schon wo, nach Hilfe suchen zu müssen, während er die ganze Zeit in ihrer Nähe war. Es *musste* etwas geben, das er tun konnte!

Womöglich, nein, bestimmt sogar lag es auch an den Katzen in Rom, dass er so viel darüber nachdachte. In seiner Zeit in Bukarest hatte Dorián keine echten Freunde unter den Menschen gehabt, aber die Katzen … die Katzen hatten ihn immer getröstet. Insbesondere ein roter Kater namens Mihai. Er konnte sprechen und behauptete, er wäre ein Magier, und Dorián hatte nichts davon je infrage gestellt, obwohl er schon zu alt gewesen war, um an sprechende Tiere zu glauben, als sie sich kennenlernten. Es war ja auch nicht wichtig, ob es stimmte. Wichtig war, dass Mihai mit ihm redete, als wäre Dorián ein echter Mensch, und dass er immer dann auftauchte, wenn Dorián gerade in der allertiefsten Verzweiflung steckte.

Zum ersten Mal waren sie einander begegnet, als Dorián Oanas Ratschlag folgte, es doch einmal mit Hauseinbrüchen zu versuchen. Es war die Zeit, in der Dorián feststellte, dass er allmählich immer weniger Geld fürs Betteln bekam und immer öfter einfach weggejagt wurde, weil er nicht mehr niedlich und mitleiderregend genug war – nicht einmal mit von Schlägen aufgeschürften Wangen oder Blutergüssen. Die Schläge bekam er allerdings trotzdem, wenn er nicht genug Geld heimbrachte, also hatte er Taschendiebstahl probiert, um die paar erbettelten Münzen aufzubessern. Das Problem damit war bloß, dass er nicht mal nah genug an die Leute herankam, ohne erwischt zu werden. Er taugte einfach zu nichts, höchstens zum Schmierestehen oder als Lockvogel; und Prügel auf dem Markt oder in Gemischtwarenläden waren, ehrlich gesagt, auch nicht besser als Prügel zu Hause. Oanas Rat, in eines der wohlhabenderen Häuser am Stadtrand einzubrechen, war seine letzte und wirklich verzweifelte Chance gewesen. Irgendetwas Wertvolles würde dort bestimmt zu finden sein.

Das Schloss einer Hintertür zu knacken stellte sich allerdings auch nicht als so leicht heraus, wie Oana behauptet hatte. Vermutlich wäre Dorián also selbst daran gescheitert. Wenn nicht … ja, wenn nicht dieser Kater ihn die ganze Zeit von der Fensterbank aus beobachtet hätte, bis es ihm offenbar zu viel wurde und er Dorián mit einer seltsamen Mischung aus Resignation, Ungeduld und Mitgefühl erklärte, was er alles falsch machte.

Bis heute war sich Dorián nicht völlig sicher, ob er den Kater je wirklich sprechen gehört hatte, oder ob es einfach nur eine sehr intensive Form von Selbstgespräch gewesen war – oder vielleicht auch eine Einbildung, die er nicht mehr von der Realität unterscheiden konnte, weil er so furchtbar hungrig und ängstlich war. Es war allerdings eine nicht zu bestreitende Tatsache, dass er seither wusste, wie man Türen schnell und leise mithilfe einer Haarnadel oder eines dünnen Drahtes öffnen konnte. Und obwohl Mihai nichts Besseres zu tun gehabt hatte, als mit lautem Miauen, Fauchen und einer umgeworfenen Vase die Bewohner des Hauses zu alarmieren, kaum dass Dorián endlich seinen Kampf gegen das Schloss gewonnen hatte: gelernt war gelernt. Es gab schließlich genügend andere Häuser und Türen in Bukarests Straßen, und Dorián wusste es besser, als nachtragend zu sein. Er hatte danach noch viele Gespräche mit dem Kater geführt, wann immer sie einander über den Weg liefen. Mihai war so etwas wie ein geheimer Freund für ihn geworden, und wer wusste schon, was er Dorián noch alles hätte beibringen können … wenn nicht eines Tages Gregor auf der Schwelle der Großeltern gestanden hätte, um Dorián aus Bukarest wegzukaufen. Für immer, wie es aktuell schien.

In Rom gab es keinen Mihai. Aber es gab genug andere rote Katzen, die Dorián an ihn erinnerten – und damit auch daran, dass er nicht auf eine Einladung in die Villa warten musste, um hineinzugelangen. Alles, was er brauchte, war ein Stück Draht. Und genügend Mut, um sich einzureden, dass ein Haus voller *Strigoi* gerade noch so unter »Orte, an denen man einbrechen *sollte*« fiel. Zumindest Ersteres war leicht zu bekommen. Und wenn er auf dem Marktplatz von Trastevere in der Mittagssonne saß und die Katzen um seine Füße strichen, glaubte Dorián jedes Mal, dass er diesmal auch das mit dem Mut schaffen würde. Er würde in die Villa gehen, ob er nun wusste, wie er wieder herauskam, oder nicht. Er musste die Nacht abwarten, wenn die *Strigoi* ins Waldhaus kamen, um von den Kindern zu trinken, und dann so schnell wie möglich hinüberlaufen und in die Villa eindringen. Dann würde er sich irgendwo im Inneren verstecken und eine günstige Gelegenheit abwarten, um das Haus nach Dorothy zu durchsuchen. Er hatte sogar einen Proviantbeutel vorbereitet, falls das alles mehrere Tage dauern sollte.

Das Problem daran war nur … dass mit der Nacht die Angst kam. Es war, als würden mit dem Licht auch Doriáns Kraft und sein ganzer Mut einfach verschwinden. Wenn er sich in der Dunkelheit auf seinem Lager mit einer Hand an den Violinkoffer und mit der anderen an seinen Beutel klammerte und auf die Geräusche im Haus und im Wald lauschte, schien alles, was tagsüber noch Furcht einflößend, aber machbar erschienen war, unerreichbar weit weg zu sein. Sich nach der vorgesehenen Bettzeit außerhalb der Schlafräume aufzuhalten war verboten. Doch obwohl Dorián den entsetzlichen Grund dafür inzwischen kannte, war der Gedanke so fest in seinem Kopf verankert, dass er es nicht über sich brachte, aufzustehen und den Schlafsaal zu verlassen. Und es endete jedes Mal damit, dass er irgendwann gegen die Müdigkeit verlor und am nächsten Morgen mit der schrecklichen Vorstellung erwachte, dass jemand in den Stunden dazwischen ungefragt Blut aus seinem Hals getrunken hatte.

Ja, die Nächte waren das Schlimmste. Und sie wurden immer und immer schlimmer.

Er versuchte es eine volle Woche lang auf diese Weise – eine Woche, in der seine Verzweiflung in gleichem Maße wuchs wie die Wut über seine eigene Hilflosigkeit. Vor allem, als Antoine eines Morgens das Januar-Blatt vom Kalender im Essraum abriss und Dorián begriff, dass nun schon fast ein ganzer Monat vergangen war, seit er Dorothy zuletzt gesehen hatte. Er war froh, dass es ein Sonntag war. Ja, ausnahmsweise war er sogar mehr als froh, nicht mit den anderen Kindern auf dem Wagen sitzen zu müssen, und nach dem Frühstück meldete er sich freiwillig, das nasse Laub und die Piniennadeln vom Hof zu fegen, die der Winterwind die Woche über dort hingetragen hatte. Er wollte allein sein und dabei am besten bis auf die Knochen durchfrieren, bis er gar nichts mehr fühlte. Er wollte die Hoffnung nicht, die Rom ihm immer wieder schenkte. Denn wozu? Wozu das alles? Er war und blieb ja doch nutzlos.

Er hatte schon einen beachtlichen Haufen braungelber Blätter und Nadeln zusammengekehrt, als er etwas hörte, das nicht das Rauschen des Winterwindes in den Zweigen, das Murmeln und Klappern der Kinder im Haus oder das Schnauben und Rascheln der Pferde im Stall war: Räderknarren und Hufschlag. Auf Schotter, noch weit entfernt, aber stetig lauter werdend. Eine Kutsche. Und sie kam hierher.

Doriáns erster Impuls war, den Besen fallen zu lassen und ins Haus zu rennen. Sich zu verstecken, am besten vielleicht noch die Decke über den Kopf zu ziehen. In all den Wochen, die er jetzt schon im Waldhaus war, war nur ein einziges Mal eine fremde Kutsche gekommen – und das war die mit den Signores gewesen, die Bartosz mitgenommen hatten.

Jetzt holen sie mich. Jetzt holen sie mich.

Denn was sonst sollte es bedeuten? Sie hatten Bartosz geholt, jetzt holten sie ihn, er hatte zu lange gewartet und sie würden ihn fortschleppen, um Dorothy leichter brechen zu können, genau wie Bartosz es vorausgesagt hatte.

Trotzdem rannte er nicht. Nicht einen Schritt. Stattdessen stand er da wie erstarrt, die Hände fest um den Besenstiel verkrampft, und lauschte dem Knirschen des Kutschenbeschlags auf der Straße, das mit jedem verstreichenden Augenblick deutlicher zu hören war.

»Sag mir, was du siehst.«

Dorián fuhr heftig zusammen, und um ein Haar hätte er sich umgedreht, so deutlich hörte er Dorothys Stimme – bis er einen Moment später begriff, dass es nur eine Erinnerung war.

»Vergiss nicht, dass deine Augen unzuverlässig sind. Wenn ich eins gelernt habe, dann das.«

Dorián umgriff den Besen noch ein wenig fester und nahm seine Arbeit wieder auf – in einem Teil des Hofs diesmal, von dem aus er den besten Blick auf die Auffahrt zur Villa hatte. Erinnerung oder nicht, Dorothy hatte recht. Zu fliehen würde ihm nichts bringen. Falls sie ihn tatsächlich holen wollten, würden sie ihn sowieso finden. Also würde er sich so unsichtbar machen wie er konnte, und sehen, was immer es zu sehen gab.

Die Kutsche war inzwischen in Sicht gekommen und näherte sich mit beachtlichem Tempo. Dorián hielt den Blick eisern auf den Boden gerichtet und fegte weiter. Natürlich würden sie wissen, dass er trotzdem heimlich hinsah, doch er würde nicht offensichtlich starren. Kinder, die wussten, wo ihr Platz war, wurden weniger schikaniert, so war das nun mal.

Kurz darauf hielt die Kutsche vor den Stufen zur Villa. Unter gesenkten Lidern beobachtete Dorián, wie eine einzelne Person ausstieg: eine hochgewachsene Dame in einem robusten rostbraunen Reisekleid. Nachdem sie den Tritt hinuntergeklettert war, blieb sie noch einen Moment neben der Kutsche stehen und sah zum Waldhaus hinüber. Sie hatte ein beängstigend strenges Gesicht, und als sie den Blick weiter über den Hof schweifen ließ und schließlich an ihm hängen blieb, hätte Dorián beinahe doch die Flucht angetreten. Nur dass es dafür natürlich längst zu spät war.

»Wir werden ein Pferd brauchen«, sagte die fremde Dame. »Heute um Mitternacht. Denkst du nicht auch?«

Dorián starrte sie an und vergaß völlig, dass er besser keinen längeren Blickkontakt halten sollte. Sprach sie mit ihm? Oder mit dem Kutscher? Ergab das überhaupt irgendeinen Sinn?

Die Dame gab ihm weder eine Antwort darauf, noch schien sie von ihm eine zu erwarten. Stattdessen wandte sie sich ab und stieg die Stufen zur Eingangstür der Villa hinauf – die sich in diesem Moment öffnete. Und spätestens jetzt musste Dorián sich zusammenreißen, um nicht doch noch die Beine in die Hand zu nehmen. Denn aus dem Inneren der Villa trat die eine Person, der er nach dem Erlebnis am nächtlichen Fenster wirklich nicht mehr begegnen wollte.

Mateo. Der schweigsame Kutscher mit seiner glatten fahlbraunen Haut und den streng zurückgebundenen Haaren, dessen jugendliches Gesicht nur eine Maske war, wie Dorián jetzt wusste.

Seit jener Nacht, seit er jenes blutige und verstörend verzückte Grinsen gesehen hatte, war Mateos Gesicht für Dorián ein Symbol für alles, was ihn bis ins Innerste erschütterte und seine ursprünglichsten Ängste wachrüttelte.

Strigoi.

Mateo verneigte sich tief vor der Gästin und wechselte einige Worte mit ihr. Dann sah er die Stufen hinunter zur Kutsche und weiter über den Hof bis zu Dorián. Ihre Blicke kreuzten sich, einen Herzschlag nur, und Mateo entblößte die Zähne zu einem kalten, wissenden Lächeln.

Dorián ließ den Besen fallen und lief.

Kapitel Drei

»The Light of the World«, Oratorium; Arthur Sullivan

In der Nähe von Mentana, latianisches Hügelland, Latium, Italien

Den Rest des Tages verbrachte Dorián hinter den Vorhängen des Speisezimmers. Es war ihm egal, ob die anderen ihn deshalb für wunderlich hielten, und es war ihm auch egal, dass die Blatt- und Reisighaufen samt dem Kehrbesen einfach draußen liegen blieben und langsam wieder über den Hof verwirbelt wurden.

Seit der Sache mit Bartosz hatte sich Dorián von den anderen älteren Kindern schmerzhaft weit entfremdet. Dabei hatten sie ihn schon am nächsten Tag nicht mehr geschnitten, im Gegenteil: Vor allem Antoine und Lidia hatten immer wieder versucht, ihn zurück in die Gruppe zu holen. Dorián ahnte, dass es ihnen leidtat, wie sie sich ihm gegenüber verhalten hatten, auch wenn sie es nicht sagten. Dass sie genauso verunsichert, ängstlich und traurig waren wie er, und dass es ihre Art war, damit umzugehen, wenn ihnen jemand weggenommen wurde – nicht nur ihm gegenüber, sondern auch untereinander.

Aber er konnte das nicht so einfach vergessen. Er *wollte* es auch gar nicht vergessen, denn wenn er das tat, würde es ihn beim nächsten Mal wieder genauso treffen. Nein, bevor er das noch mal durchmachte, hielt er sich lieber gleich von allen fern. Dorián ahnte, dass weder Dorothy noch Bartosz sein Verhalten in Ordnung gefunden hätten. Aber waren sie bei ihm, um ihn zu überzeugen, etwas daran zu ändern? Nein. Also tat er einfach, was er für richtig hielt. Es war besser, wenn die anderen ihn nicht mehr zu sehr kümmerten. Falls er es irgendwann schaffte, Dorothy aus der Villa zu holen, mussten sie sowieso weg von hier.

Er saß bis in den Abend hinein auf der Fensterbank und starrte in den Hof hinaus. Am frühen Nachmittag hatte es erneut zu schneien begonnen, weshalb es nicht nur dunkler, sondern zugleich auch heller wurde, je mehr das matte Licht hinter den Wolken der Dämmerung wich.

Der Hof war längst vollends mit schummrig blauen Schatten und silbergrauem Schnee bedeckt, als sich draußen endlich wieder etwas regte. Von den Stallungen hinter der Villa kam die fremde Kutsche, und oben auf der Treppe erschien die Dame von zuvor. Sie ging schnell, zielstrebig, ohne noch einen Blick zurückzuwerfen. Auch das Waldhaus streifte sie nicht mal. Sie stieg einfach ein, die Tür schlug hinter ihr zu, die Zügel schnalzten und das Gefährt rollte vom Hof, noch schneller, als es angekommen war.

Dorián starrte der Kutsche nach, bis sie in der Dämmerung verschwunden war. Sein Kopf fühlte sich seltsam leer und voll zugleich an. Was war das nur für ein Besuch gewesen? Wer war diese Dame, und warum verließ sie die Villa so hastig wieder? Und vor allem … was hatten ihre Worte zu bedeuten? Hatten sie wirklich ihm gegolten? Hieß das vielleicht …?

Dorián wagte kaum den Gedanken zu Ende zu denken. Trotzdem stand ihm eines mit absoluter Klarheit vor Augen: Heute Nacht musste es ihm endlich gelingen, das Haus zu verlassen. Er *musste* tun, was die Dame gesagt hatte.

Um Mitternacht musste im Stall ein Pferd bereit sein.

An diesem Abend ging Dorián nicht zur vorgesehenen Zeit in seinen Schlafsaal. Als der kurze Zeiger auf der Standuhr im Essraum auf die Zehn zurückte, kümmerte er sich darum, dass sich die Kinder seiner Gruppe auf ihre Lager legten und zur Ruhe kamen. Dann nahm er die Violine und kehrte zurück in den Essraum, nur dass er sich diesmal unter die Fensterbank setzte statt darauf, den Violinkoffer fest im Arm und in jeder Hand eine Münze. Es war ja nicht so, dass ihm die Nacht plötzlich keine Angst mehr machte. Es schüttelte ihn geradezu von oben bis unten durch – dieses Bewusstsein, dass er da war, wo er nicht sein durfte, dass er sich einer Regel widersetzte, die die Bewohner der Villa aus gutem Grund erlassen hatten. Trotzdem gab er nicht nach. Diesmal nicht. Stattdessen kauerte er sich an der Wand zusammen und stellte sich vor, eine Blase aus Licht würde sich um ihn bilden, in die die Dunkelheit nicht hineinkam. Es war ein Trick, den Oana ihm gezeigt hatte, als er noch sehr klein gewesen war. Um die Angst vor der Nacht und den Schatten auszusperren. Vor den Geistern, die dort lauerten, wie die Großmutter so oft behauptete – und vor den *Strigoi*, die durch die Straßen schlichen. Dorián hatte sie beinahe vergessen gehabt, aber nun war sie seine Rettung. In seiner Blase würden sie ihn nicht holen können, und auch nicht bestrafen, weil er ungehorsam war. In ihr konnte er es aushalten, zu sitzen und zu warten, obwohl ihn die fortschreitende Nacht förmlich anschrie, endlich auf sein Schlaflager zu gehen und die Augen zu schließen.

Das würde er nicht.

Diesmal nicht.

Es blieb kaum noch eine halbe Stunde bis Mitternacht, als er schließlich all seinen Mut zusammennahm und sich aufrappelte. Am liebsten hätte er die Blase mitgenommen, aber wenn er sich bewegte, konnte er sich nicht genug darauf konzentrieren, und sie platzte ebenso wie das Gefühl der Sicherheit, das er in ihrem Inneren empfunden hatte. Nun blieben ihm nur noch der Violinkoffer und Dorothys Münzen, um sich daran festzuhalten, während er sich Schritt für Schritt durch das schlafstille Haus bis zur Eingangstür voranschob. Es würde reichen. Es musste reichen. Wenn nur nicht ausgerechnet jetzt die *Strigoi* herüberkamen.

Der schneebedeckte Hof lag beängstigend offen und hell vor ihm, als Dorián vorsichtig die Tür öffnete und durch einen Spalt nach draußen schlüpfte. Es hatte aufgehört zu schneien. Durch die aufgerissene Wolkendecke blinzelte der Mond. Die Nachtluft kroch eisig unter Doriáns Umhang, und er zog den dicken Stoff fester um sich. Hoffentlich reichten die Schatten unter dem Vordach aus, um ihn vor wachsamen Augen aus der Villa zu verbergen. Das riesige Gebäude lag reglos und düster auf der anderen Seite des Hofs und verriet nichts von dem, was drinnen vor sich ging.

Auf wackeligen Knien schlich Dorián am Rand des Hofs entlang zum Stall hinüber und zog behutsam die Tür auf. Drinnen war es so dunkel, dass er kaum die Hand vor Augen sehen konnte. Licht zu machen stand allerdings außer Frage. Die Laterne würde sofort verraten, dass er hier war. Zum Glück hatte er genug Zeit im Stall verbracht, um sich auch so zurechtzufinden.

In der Geschirrkammer blieb er stehen, starrte in die Finsternis und überlegte. Er wusste inzwischen gut, wie man eine Kutsche anspannte, aber was genau sollte er eigentlich tun, wenn nun nur *ein Pferd* gebraucht wurde? Gab es hier überhaupt Sättel und Reittrensen? Wenn ja, wo? Und wie legte man sie an? Kurzentschlossen nahm Dorián das Kopfstück der Fuchsstute Reina und hakte statt der Kutschleinen zwei Führstricke in die Ringe, die er an den freien Enden miteinander verknotete. Ob das funktionieren konnte?

Reina schnaufte nicht gerade begeistert, als Dorián sich in ihre Box schob und ihr die Lederriemen über Nase und Ohren streifte. Dorián murmelte ihr beruhigend zu, dabei war es in Wahrheit er selbst, der Beruhigung brauchte. Den großen Körper neben sich zu spüren, wie er sich warm und schwer gegen ihn drängte, fühlte sich zumindest etwas sicherer an, als ganz allein zu sein, und Dorián schob die Hand unter die dichte Mähne und hielt sich am Rist der Stute fest, als könnte das der ganzen geisterhaft unwirklichen Situation endlich wieder etwas Halt geben.

In diesem Moment hörte er gedämpft, wie aus weiter Ferne, eine Uhr schlagen.

Mitternacht.

Alles in Dorián versteifte sich. Reina neben ihm tänzelte unruhig, als hätte sich sein Schreck doppelt auf sie übertragen, und Dorián verließ rasch die Box, um sie nicht noch mehr aufzuregen. Wenn er zu einem jetzt nicht in der Lage war, dann dazu, ein Pferd zu besänftigen. Stattdessen lief er hinüber zu dem kleinen Fenster, das auf den Hof zeigte, und starrte mit brennenden Augen nach draußen.

Nichts. Immer noch alles leer und still.

Mit wild pochendem Herzen klammerte sich Dorián an die Fensterbank. Was jetzt? Was würde passieren? Überhaupt irgendetwas? Oder hatte er sich vielleicht in allem nur ge…

Er führte den Gedanken nie zu Ende. Denn in diesem Moment geschah plötzlich alles auf einmal. Licht flammte in den Fenstern der Villa auf, oben im zweiten Stock, und Dorián glaubte Rufe zu hören, ein hektisches Durcheinander verschiedener Stimmen – gefolgt von einem Schrei, der ihm buchstäblich das Blut in den Adern gefrieren ließ. Er konnte sich nicht bewegen, nicht einen Finger konnte er mehr rühren, während hinter ihm die beiden Pferde in ihren Boxen regelrecht zu toben begannen. Sie wieherten schrill und warfen die Köpfe, und Dorián wusste, sie spürten es auch: Irgendetwas Furchtbares geschah dort drüben.

Ein scharfes Krachen ließ die Dunkelheit über dem Hof bersten. Dorián riss den Kopf herum – und sah, wie weit oben aus den Gaubenfenstern eine Gestalt mit einem gewaltigen Satz auf das Dach der Villa sprang und im nächsten Moment auch schon hinauf zum Giebel kletterte. Gemächlich. Tänzerisch fast, als hätte jemand nach der Zeit gegriffen und sie verlangsamt, und zugleich schnell wie eine Pfeilspitze rannte die Gestalt kurz darauf über den Dachfirst, nur eine schwarze Silhouette vor dem mond- und schneeerleuchteten Himmel. Aber Dorián hätte sie unter Tausenden erkannt.

Dorothy.

Dorothy!

Dorián wollte schreien, ihren Namen rufen, aber kein Laut kam aus seinem Mund, und vielleicht, vermutlich, ganz sicher sogar, war das auch besser so.

Am Ende des Dachs angekommen, schwang sich Dorothy ohne jedes Zögern über die Kante und begann abwärtszuklettern, an den Fenstersimsen hinunter – Dorián wusste nicht wie, aber sie tat es –, und rannte weiter, kaum dass ihre Füße den Boden berührt hatten.

Auf den Stall zu.

Auf *ihn* zu.

Die Zeit, die gerade noch so unendlich langsam erschienen war, begann zu rasen. Im nächsten Moment stand Dorián bereits neben Reinas Box und hatte die Tür aufgerissen, auch wenn er nicht mehr sagen konnte, wie ihm das so schnell gelungen war. Es war, als jagten die Sekunden dermaßen an ihm vorbei, dass er sich seiner Handlungen und Gedanken erst bewusst wurde, als sie längst vorüber waren. Reina, nun noch mehr in Panik als zuvor, stolperte aus der Box und setzte auf die große Stalltür zu, die in ebendiesem Moment so heftig aufgerissen wurde, dass sie mit ohrenbetäubendem Krachen gegen die Außenwand schlug. Staub und Halme rieselten vom Heuboden herab, und Churro, der noch immer in seiner Box gefangen war, schrie und bockte. Die Augenblicke waberten, dehnten sich und zogen sich wieder zusammen, dass Dorián schwindelig wurde.

Und dann sah er sie. Dorothy. Sie tauchte im Rahmen der weit geöffneten Tür auf, kaum lange genug, als dass sich ihr und Doriáns Blick kreuzen konnten. Und trotzdem wusste Dorián so klar, wie er selten etwas gewusst hatte, dass sich dieser Anblick für alle Ewigkeit in sein Gedächtnis brennen würde. Ihr wild entschlossener Ausdruck, die in den Schatten glühenden Augen, die Spannung in ihrem Körper, ehe sie dem vorbeipreschenden Pferd in die Mähne griff und sprang.

Ihr helles Hemd war voller Blut. Und ihre Augen so voller Schmerz und bitterer Traurigkeit.

Es blieb keine Gelegenheit für Worte. Dorothy klammerte sich an Reinas Hals, zog sich auf ihren Rücken hinauf, noch während die Stute auf den Hof hinausjagte in Richtung Auffahrt, und für einen Moment wollte Dorián die Faust in die Luft stoßen und jubeln – sie hatte es geschafft, Dorothy war frei und würde von hier entkommen!

Da sah er die Schatten, die sich über die Treppe der Villa in den Hof ergossen. Die *Strigoi* kamen. Einer von ihnen war schneller als die anderen, er war bereits halb über den Hof. Doriáns Jubelfaust gefror auf halbem Weg in der Luft.

Mateo würde Dorothy nicht gehen lassen.

Er hatte den Gedanken kaum zu Ende gedacht, als Mateo ihr auch schon in den Weg sprang. Fauchend, die Zähne gefletscht. Reina scheute und sprang zur Seite, die Augen weit aufgerissen vor Angst.

»Bleibt stehen!«, zischte Mateo – und die Nacht vor ihm begann zu brennen. Schwarze Flammen schlugen einfach aus der Luft zwischen ihm und Dorothy. Reina scheute erneut und versuchte auszubrechen, und für einen schrecklichen Moment glaubte Dorián, sie würde Dorothy einfach abwerfen. Auch die anderen Gestalten kamen jetzt näher, drohten Dorothy und ihr Pferd einzukesseln.

Dorián hörte zu denken auf. Seine Füße waren längst auf dem Weg. Er rannte auf Dorothy und Mateo zu, an diesen unheimlichen schwarzen Flammen vorbei, und im nächsten Moment hatte er Mateo angesprungen. Er rammte ihn mit aller Kraft, die sein schmächtiger Körper aufbringen konnte, und das war gar nicht so wenig, wie er immer befürchtet hatte. Mateo jedenfalls strauchelte unter dem Anprall, stolperte – und dann stürzte er, und Dorián mit ihm.

»*Ho!*«, brüllte Dorián, noch während er versuchte, sich aus dem Gewirr aus Armen und Beinen zu befreien und wieder aufzustehen. Er brüllte so laut er konnte, jenen Antriebsruf, den er von Antoine gelernt hatte, nur so viel wilder, als eigentlich gut war, auch das hatte er gelernt, aber in diesem Augenblick war es womöglich das einzig Richtige, wenn Dorothy sich nur gut genug festhielt. »Ho, Reina, lauf!!«

Und Reina lief nicht bloß – sie sprang. Sie preschte vor, und dann sprang sie über Dorián und Mateo hinweg, und für einen scheinbar ewigen Moment sah Dorián die Pferdehufe viel zu nah an seinem Gesicht. Im letzten Augenblick rollte er sich ein und riss die Arme über den Kopf – zu spät.

Eine heftige Erschütterung traf seinen Hinterkopf; ein scharfer Schmerz durchfuhr ihn, und das Gefühl, als würde sein Schädel einfach in zwei Hälften gespalten.

Und dann nichts mehr.

Kapitel Vier

»La fille aux cheveux de lin«; Preludes I; Claude Debussy

In der Nähe von Mentana, latianisches Hügelland, Latium, Italien

Als er wieder aufwachte, war die Nacht bereits vorbei. Eine helle Wintersonne warf ihre Strahlen direkt auf Doriáns Gesicht, sodass er die Augen geblendet wieder zukniff, kaum dass er sie geöffnet hatte. Verwirrt blinzelte er durch verklebte Lider. In seinem ganzen Leben hatte ihm beim Aufwachen noch nie die Sonne ins Gesicht geschienen. Er hatte auch noch nie einen Himmel aus hellen Stoffbahnen über seinem Schlaflager gehabt, geschweige denn eine weiche Matratze unter sich … und Decken und Kissen so dick, dass er förmlich darin versank. Perplex blieb Dorián liegen und spürte dem fremden Gefühl nach, das sich bis in seinen Kopf fortzusetzen schien, der sich auch ganz weich und wattig anfühlte. Wo war er? Wie war er hierhergekommen? Und was …

Seine Gedanken stockten. Eine Erinnerung störte die lichte Szenerie wie ein düsterer Riss, und er sah Dorothy im blutigen Nachthemd, wie sie auf den Rücken des durchgehenden Pferdes sprang. Ihre glühenden Augen, die ihn durch die Dunkelheit anstarrten, ein Bild für die Ewigkeit.

Fast zeitgleich kehrte – wenngleich sehr viel verschwommener – die Erinnerung an seinen Sturz zurück. Sein Sprung gegen Mateos Schulter; der Pferdehuf, der auf seinen Kopf zuflog, und der *Schmerz* …

Es gibt keinen Schmerz.

Mit einem Ruck setzte Dorián sich auf. Wer hatte da gesprochen? War jemand bei ihm im Zimmer?

Nein … da war niemand. Und tatsächlich war da auch kein Schmerz. Da war gar nichts. Nur Licht und diese dumpfe Weichheit in seinem Kopf. Selbst seine Bewegungen fühlten sich schwer an, als würden Gewichte an ihm hängen. Dorián sah an sich hinunter. Das waren nicht mal seine Kleider, die er trug, sondern ein dünnes Hemd aus sehr feinem, hellem Stoff, und die Hose …

Etwas klirrte leise, als er die Decke zurückschob, um mehr zu sehen. Sein Blick schnellte zu seinen Händen.

Händen in Ketten.

Dorián starrte auf seine Handgelenke. Eine Unendlichkeit lang, wie ihm schien, ohne mit seinem wattegefüllten Kopf wirklich verarbeiten zu können, was er da sah. Seine schmalen Handgelenke in massiven Eisenmanschetten, auf die dicken Federdecken mit ihren reinweißen Laken gebettet. Es ergab keinen Sinn. Fast fühlte es sich wie ein Traum an, und doch war es so real, dass es ihn vor Entsetzen lähmte.

Die *Strigoi.*

Sie hatten ihn erwischt.

Sie hatten ihn geholt.

Er war jetzt ihr Gefangener.

Und als er in einer plötzlichen Explosion von Horror und Energie aus dem Bett sprang und zur Tür stürzte, um zu sehen, ob sie verschlossen war – wie sinnlos, was sollte es ihm bringen, selbst wenn sie geöffnet war? Die Ketten reichten ja kaum bis dorthin. Aber seine Panik brauchte einen Namen, er musste den Horror greifen können, und das tat er, er rüttelte an der Tür, riss an dem Knauf, vergeblich – und da begriff er erst, *wie sehr* er gefangen war.

Die Fesseln. Sie umschlossen nicht nur seine Handgelenke, festgeschmiedet an lange Ketten, die neben dem Kopfende des Bettes in der Wand verankert waren. Auch seine Füße. Und seinen Hals. Für einen schrecklichen Moment glaubte er keine Luft zu bekommen, das Gefühl des Eisens um seine Kehle war unerträglich, er riss und zerrte, obwohl er doch wusste, dass es nur zwecklos sein konnte. Doch alles, was er erreichte, war, dass die Ketten noch nachdrücklicher klirrten, bis er schließlich keuchend und schluchzend bei der Tür zu Boden sackte, das Gesicht zwischen die Knie presste, die Knie in dieser fremden Hose aus fremdem Stoff, Gefangenenstoff, und zusammengekauert hocken blieb. Wo es still wurde. Endlich. Das Licht aber konnte er nicht aussperren.

Jenseits des Fensters, durch das immer noch gnadenlos die Sonne hereinschien, als wäre es bloß ein ganz gewöhnlicher Wintermorgen, hörte er jetzt Stimmen. Hufklappern und Tumult. Dorián erkannte Shilas immer etwas schroffe Anweisungen, auch Renu und Katalina hörte er quietschen und lachen, der Rest ging im allgemeinen Raunen unter. Die Waldhauskinder!

Auf seinem hastigen Weg durch den Raum wäre Dorián beinahe gestürzt, weil sich die Ketten an seinen Füßen am Bettgestell verhakten. Als er das Fenster endlich erreichte, wurde ihm allerdings schnell klar, dass er auch hier keine Möglichkeit zur Flucht finden würde – nicht mal eine, sich bemerkbar zu machen. Das Zimmer lag hoch über dem Hof, wo die Kinder durcheinanderwuselten und die Wagen für die Fahrt nach Rom bereit machten. Und innen vor dem Fenster, fast vollständig verborgen von den Vorhängen, waren Gitter. Unnachgiebige Eisengitter, die ihn wirkungsvoll daran hindern würden, es auch nur einen Spaltbreit zu öffnen.

Angekettet.

Eingesperrt.

Hinter Gittern.

Es gab kein Entkommen. Nirgendwo.

Dorián fühlte seine Beine erneut schwach werden. Er klammerte sich mit beiden Händen an die Fensterbank, während er Luft holte so tief er konnte. »Lidia!«, brüllte er aus vollem Hals. »Shila! Antoine?! Ich bin hier oben!!«

Sie hörten ihn nicht. Wie sollten sie auch? Er war viel zu weit weg, das Fensterglas schluckte die Töne zusätzlich, und zwischen all den Stimmen konnte seine nur untergehen. Trotzdem hörte Dorián nicht auf zu rufen, er schrie, bis seine Stimme versagte und sein Hals so rau war, dass er keinen Ton mehr herausbrachte; er versuchte die Hände durch die Gitter zu quetschen, um wenigstens klopfen zu können, aber die Fesseln waren zu dick.

Er war so damit beschäftigt, sich irgendwie bemerkbar zu machen, dass er erst mit einiger Verzögerung begriff, dass die vertrauten Abläufe dort unten ins Stocken geraten waren. Die Kinder hatten aufgehört, die Wagen vorzubereiten, und starrten in Richtung Auffahrt. Dorián presste die Wange gegen die Gitterstäbe, um auch einen Blick darauf zu bekommen, was die Aufmerksamkeit der anderen erregt hatte. Da beantwortete sich die Frage bereits selbst.

Es war Antoine, der die Auffahrt heraufkam. An den Führstricken, die vom Kopfstück baumelten, führte er die völlig erschöpfte Reina. Die Fuchsstute lahmte leicht, schien aber ansonsten unverletzt. Doriáns Herz schlug schneller. *Reina ist zurück. Und Dorothy?*

Nun wünschte er sich umso mehr, er hätte irgendwie das Fenster öffnen oder von Antoines Lippen ablesen können. Wo war Dorothy? Hatte sie es geschafft? War sie den *Strigoi* entkommen? Oder hatten sie sie wieder eingefangen? War sie vielleicht gerade jetzt irgendwo hier im Haus, genauso eingesperrt und gefesselt wie er?

Dorián klammerte sich noch fester an die Gitterstäbe und starrte weiter hinaus, beobachtete, wie sich die Kinder nervös berieten und schließlich offenbar beschlossen, sich aufzuteilen. Churro wurde aus dem Stall gebracht und angespannt. Ein Wagen nur fuhr schließlich nach Rom. Die zurückgebliebenen Kinder verschwanden ins Haus oder mit Antoine und Reina in den Stall. Der Hof wurde wieder leer.

Eine ganze Weile noch stand Dorián am Fenster und starrte hinunter auf den zurückgelassenen Wagen, der alles nur noch einsamer wirken ließ. Aber egal wie lange er wartete, niemand tauchte mehr auf.

Irgendwann gab er es auf und kehrte mit schweren Gliedern zum Bett zurück, um sich rücklings darauf fallen zu lassen. Die Ketten klirrten an seinen Händen. Das Eisenband drückte gegen seine Kehle. Sein Hals fühlte sich ausgedörrt und wund an vom vielen Schreien, es war, als wäre er völlig ausgetrocknet, und trotzdem drückten Tränen gegen seine Lider, als er die Augen schloss. Was sollte er jetzt tun? Was nur? Ein schreckliches Gefühl der Leere sickerte unaufhaltsam in ihn hinein, und mit jeder verstreichenden Sekunde fühlte er sich ein bisschen dünner. Ein bisschen fahler. Ein bisschen machtloser.

Ich kann nichts tun. Gar nichts.

Er wusste nicht, wie lange er dort gelegen hatte, als es leise, aber nachdrücklich an seine Tür klopfte.

Erschrocken fuhr Dorián in die Höhe. »Wer ist da?«, wollte er fragen, doch es kam nur ein heiseres Krächzen heraus. Er versuchte es noch einmal, mit kaum mehr Erfolg.

Wer immer dort draußen war, schien das allerdings ausreichend zu finden, denn kurz darauf knackte es im Schloss und die Tür schwang geräuschlos nach innen. Auf der Schwelle stand eine Person mit einem Tablett in der Hand, die Dorián nur zu bekannt war.

Céleste!

Es hätte ihn vermutlich nicht aufatmen lassen sollen, dass ausgerechnet sie es war. Sie gehörte schließlich längst zu *denen*. Aber ein Teil von ihm sang bei ihrem Anblick nun mal noch immer dieses Lied von den Krokodilen. Sah sie im Morgenlicht lachend über die Sitzbänke tänzeln.

Jetzt lachte sie nicht. Nicht im Entferntesten. Céleste starrte ihn an, die blauen Augen glitzerten vielleicht noch zorniger als an Heiligabend in der Wäschekammer. Eine bittere Wut, vermischt mit Frust und etwas Ratlosigkeit. Dorián verstand das nicht. Warum sollte sie wütend auf ihn sein? *Er* war schließlich der Gefangene von ihnen beiden. *Sie* war freiwillig hier.

Céleste unterbrach ihr Blickduell, ehe er zu einer Antwort kommen konnte. »Ich bringe dir Essen«, verkündete sie und stellte das Tablett auf einem Tischchen mit geschwungenen Beinen ab, das an der Wand neben dem Fenster stand.

Ihre Stimme, dachte Dorián, klang wiederum gar nicht zornig. Nur leise und traurig. Ob sie seit jenem ersten Morgen jemals wieder über eine Sitzbank getanzt war? Vermutlich nicht. Da war immer noch Musik in ihren Worten, doch sie lud nicht gerade zum Tanzen ein. Eher zum Weinen. Aber, fragte er sich erneut und mit wachsender Verwunderung, warum nur? Hatte sie sich nicht über alles gewünscht, hier leben zu dürfen? Zu den Leuten in der Villa zu gehören statt zu den Kindern im Waldhaus? Ja … er erinnerte sich sehr sicher, dass sie das gesagt hatte.

Dorián musterte sie noch etwas genauer. Beobachtete ihre Bewegungen, ihr Gesicht, während sie eine dunkle, dampfende Flüssigkeit in eine Porzellantasse goss, und eine wilde und zugleich absurde Hoffnung keimte in seiner Brust auf. Konnte es sein? War sie … immer noch ein Mensch wie er? Gehörte sie nun zu den *Strigoi*, oder …?

»Starr nicht so!«, fuhr Céleste ihn an. »Ich will nicht, dass du mich so ansiehst!«

Dorián presste ertappt die Lippen zusammen und wandte sich ab – nur um sich aus einem plötzlichen Impuls heraus doch gleich wieder zu ihr umzudrehen.

»Wo ist Dorothy?«, platzte es aus ihm heraus. »Weißt du, wie es ihr geht?«

Céleste versteifte sich sichtlich. Sie stand dort am Fenster wie ein Stock, eine Hand zur Faust geballt, in der anderen noch immer die Kanne, und nun war wieder sie es, die ihn anstarrte. »Das geht dich gar nichts an. Du bist hier bloß eine Geisel.«

Dorián spürte, wie ihm die Brust eng wurde. Mit einem Mal spürte er das Gewicht der Ketten und Eisenmanschetten wieder überdeutlich, wie sie ihn langsam und unerbittlich erstickten.

»Bitte, Céleste«, brachte er hervor. »Ich will doch bloß wissen, ob es ihr gut geht.«

Statt einer Antwort stellte Céleste bloß mit einem kleinen Knall die Kanne zurück auf das Tablett. »Dich hasse ich auch«, sagte sie mit erstickter Stimme, ehe sie einfach aus dem Zimmer ging und die Tür mit Nachdruck hinter sich zuzog.

Dorián blieb sitzen, wo er war, die Sonne noch immer im Gesicht, und sah auf das Tablett beim Fenster, das mit diesem feinen Porzellan gedeckt war; mit zartem, buttrig glänzendem Gebäck und farbenfrohem Obst darauf, wie er es definitiv im Leben noch nicht zu Gesicht bekommen hatte. Das heiße Getränk duftete bitter, süß und würzig zugleich, und Dorián drehte sich der Magen um vor Hunger, aber er konnte sich nicht überwinden, aufzustehen und hinüberzugehen und sich das Essen zu nehmen, das doch sehr eindeutig für ihn bestimmt war. Weil es sich anfühlte, als würde er den *Strigoi* ein Zugeständnis machen, wenn er aß, was sie ihm gaben. Ein Teil von ihm wollte sich einfach der Verzweiflung überlassen, sich darunter begraben, bis irgendwann alles gleichgültig sein würde. Ein anderer wollte weiter schreien und weinen und fordern, dass sie ihn losmachen und herauslassen sollten, aber dafür fehlte ihm die Kraft, und woher sollte er Kraft nehmen, wenn er nicht aß?

Würde er wieder verschwinden?

Würde der Mensch, der er in den letzten Monaten geworden war … einfach wieder fort sein?

Es war dieser Gedanke, der sich schließlich mit scharfen Widerhaken in ihm festsetzte. Ihn zumindest ein wenig ankerte in diesem Strudel aus Schwere und Hoffnungslosigkeit, der ihn einzusaugen drohte. In einem plötzlichen Anflug von Hektik tastete Dorián nach den Münzen, obwohl er doch wusste, dass sie nicht da sein konnten. Weil diese fremde Hose nicht mal *Taschen* hatte. Dorián schloss die leeren Hände so fest, dass es schmerzte, und versuchte sich an das Gefühl zu erinnern. Blank und scharfkantig und vertraut. Dorothy und Bartosz. Bartosz und Dorothy. Weg, alle beide. Ein heiseres Schluchzen, vielleicht auch ein Stöhnen, drängte seine wunde Kehle hinauf. Doch die Tränen, die ihm dabei in die Augen schossen, waren andere als zuvor. Nicht verzweifelt. Sondern verbissen entschlossen.

Nein. Nein, er wollte nicht verschwinden. Er wollte nie wieder … *Nichts* sein müssen. Er war jetzt hier, er war *jemand*, er hatte Menschen gefunden, denen sein Name etwas bedeutete, wenn sie ihn aussprachen. Er würde dieser Jemand bleiben, damit sie ihn wiederfinden konnten und er sie.

Darum stand er auf und stapfte trotz klirrender Ketten und diesem erstickenden Gefühl des Reifs um seinen Hals zum Tablett hinüber, und dann aß er und trank alles, was darauf war, bis auf den letzten Krümel und den letzten Tropfen, und als er fertig war, setzte er sich unter dem Fenster an die Wand, wie er es in der Nacht im Essraum getan hatte. Er schloss sich in seine Blase aus Licht ein, die Knie fest an die Brust gezogen und die Augen geschlossen, bis er selbst die Ketten und Eisenringe ausgesperrt hatte. So saß er dort, während die Sonnenflecken weiter durchs Zimmer wanderten, das weiße Morgenlicht zu Mittagsgold und schließlich winterlich frühem Abendrot wurde, und klammerte sich fest an die Erinnerung der Münzen in seinen Händen – und an den Gedanken, dass er nicht einfach aufgeben würde. Es *musste* einen Weg hier raus geben. Er musste nur bei Kräften bleiben und Geduld haben.

Als es erneut klopfte, hob er den Kopf und zwang ein mattes Lächeln auf sein Gesicht. Céleste … vielleicht konnte er sie dazu bringen, ihm zu helfen. Das Mädchen mit dem Krokodillied hatte ihn gemocht, nicht gehasst. Vielleicht war auch sie noch nicht ganz fort. Und vielleicht konnte er ihnen beiden etwas Hoffnung zurückgeben.

Kapitel Fünf

»Vltava – Die Moldau«; aus: Má Vlast, JB 1:112; Bedřich Smetana

An den Docks von Dover, England, Vereinigtes Königreich Grossbritannien

Dorothy? Dorothy. Wach auf.«

Selbst das Licht der Sterne war zu hell. Zumindest glaubte Dorothy, dass es Sternenlicht sein musste, das durch den Spalt zwischen ihren Lidern drang. Der Wind, der über sie hinwegstrich, fühlte sich jedenfalls dunkel an. Keine Spur von Rot. Und er roch schwer nach Salz und Fisch.

Das Meer? Bin ich auf einem Schiff?

Ein Schatten schob sich vor das Licht, und sie zuckte zusammen.

Gregor?!

Nein. Er war es nicht. Er konnte es nicht sein. Sie war nicht mehr bei ihm, sie war geflohen. Dorothy öffnete die Augen noch ein Stück weiter.

»Dr Shaw.« Nur ein Flüstern. Mehr Stimme war für den Moment nicht übrig geblieben. Vielleicht besser so.

»Wo sind wir?«

»An der britischen Küste. Wir sind vor einer Stunde von Bord gegangen. Unsere Reise ist jetzt fast zu Ende. Es wird Zeit, dass wir miteinander reden.«

Dorothy runzelte die Stirn. Sie erinnerte sich an keine Reise. Nur daran, wie sie an Reinas Hals geklammert vom Hof geprescht war.

Und Dorián … Dorián war dort gewesen! Was war mit ihm passiert? Und wenn sie jetzt in England waren, wie lange war das schon her? Warum erinnerte sie sich nicht … an den Rest? Davor? Danach? Alles, was sie fand, war ein dumpfer Druck in ihrem Kopf, wenn sie zurückzudenken versuchte.

»Du warst erschöpft und verletzt. Ich habe dir gesagt, dass du schlafen musst, um heilen zu können. Und das hast du getan.« Dr Shaw lächelte schmal, und Dorothy wunderte sich vage, wie gut sie das erkennen konnte. Keine flimmernden Partikel. Keine verschwommenen Schlieren. Immer noch kein Rot. Im letzten Moment widerstand sie dem Drang, nach ihren Augen zu tasten. Da war kein Blut, sie wusste es. Es tat nicht mal mehr weh. Es fühlte sich an … als hätten diese Augen schon immer zu ihr gehört.

»Die Heilung, die du dir immer gewünscht hast …«

Ein Bild zuckte mit der Stimme durch ihren Kopf, und ihr ganzer Körper zuckte mit. Rasch setzte sie sich auf, spürte ihr Blut nach unten sacken. Die erleichternde Schwärze in ihrem Blickfeld blieb viel zu kurz.

»Was haben Sie mit mir gemacht?!«

Immer noch so leise. Die Worte schafften es kaum aus ihren Gedanken bis auf ihre Zunge. Doch wenn Dorothy eines inzwischen wusste, dann, dass solche Wunderheilungen nicht von allein passierten. Nicht ohne Opfer. Eine Gänsehaut überzog ihren Körper vom Scheitel bis zu den Fußsohlen.

Als ihre Sicht zurückkehrte, war das Lächeln von Dr Shaws Gesicht verschwunden. Die Ärztin kniete neben ihr – oder vielmehr neben der Kiste, in der Dorothy offenbar geschlafen hatte. Hinter ihr erstreckte sich das nachtschwarze Meer. Auf der anderen Seite fiepten und raschelten ein paar Ratten zwischen den Frachtkisten an den Docks. Ansonsten war alles still, bis auf das Plätschern der Wellen. Selbst die Schiffe, die am Kai vor Anker lagen, schienen zu schlafen.

»Zuerst habe ich diese Augen entfernt, die so ein unnötiger und belastender Fremdkörper für dich waren«, erklärte Dr Shaw ruhig. »Ich bin nicht sicher, ob Gregor nicht wusste, dass deine eigenen Augen mit genügend Zeit und Blut von selbst gesund nachwachsen würden, oder ob das Teil seines Plans und seiner psychologischen Schikane war.« Sie schnaubte missbilligend. »In jedem Fall habe ich dich davon befreit und dich dann schlafen lassen, damit dein Körper sich selbst heilen kann. In Anbetracht der Schwere deiner Verletzungen hat das allerdings eine ganze Weile gedauert.« Dr Shaw warf einen Blick über ihre Schulter zu den Schiffen im Hafen. Vielleicht zu dem, mit dem sie gereist waren. »Ich habe dem Kapitän gesagt, du seist meine Tochter. Ich sagte, du seist gestorben und ich wollte dich in der Heimat deines Vaters beerdigen. Du hast die ganze Reise in der Kiste verbracht und bist nur aufgewacht, um meine Blutvorräte leer zu trinken. Normales Menschenblut. Freiwillig zur Verfügung gestellt von meinen persönlichen Quellen. Es ist nichts daran, was dich besorgen muss.«

Nicht einmal daran erinnerte sie sich. An nichts von alldem. Also waren das diesmal wirklich *ihre* Augen? Und sie konnte wieder sehen? Dorothy verschränkte die Arme vor der Brust und rieb sich über die Oberarme. Das vertrieb die Nachtkühle ein wenig. Gegen das Schaudern half es allerdings nicht.

»Es tut mir leid, dass ich nicht früher bei dir war.« Sie erkannte ehrliches Bedauern in Dr Shaws Stimme. »Ich bin sofort aufgebrochen, als ich deine Nachricht erhalten habe. Aber ich musste einen unvermeidlichen Umweg über Paris nehmen. Das hat mich eine ganze Woche gekostet.«

Dorothy starrte an ihr vorbei aufs Meer hinaus, zu dem unsichtbaren Horizont, von dem sie gekommen sein mussten.

»Eine Woche hätte keinen Unterschied gemacht. Es wäre trotzdem zu spät gewesen.« Sie spürte einen unangenehmen Druck auf ihren Augen, und Tränen, die hinter ihren Lidern brannten.

Dr Shaw musterte sie mitfühlend, als könne sie von Dorothys Stirn ablesen, was sie gerade empfand. »Ich bin dennoch froh, dass du den Brief geschickt hast.« Ihre Stimme war wie ein weiches Tuch, das sich um Dorothys Schultern legte. »Du hast das Richtige getan.«

Dorothy grub ihre Fingerkuppen in ihren eigenen Oberarm, dass es schmerzte. Das Richtige getan. Hatte sie das? Sie war sich noch nicht so sicher. Sie hatte so viel zurückgelassen. Wie konnte so ein Verlust *das Richtige* sein? Von denen, die sie im Waldhaus hatte im Stich lassen müssen, ganz zu schweigen. Hatte sie nicht vielmehr einfach keine Wahl gehabt?

Vielleicht war die Frage aber auch eher … *für wen* es das Richtige gewesen war. Nach allem, was sie erlebt hatte, war es da überhaupt noch möglich, einem Vampir zu vertrauen?

»Sie haben gesagt, wenn ich je Hilfe brauche, soll ich mich an Sie wenden.« Nun sah sie Dr Shaw doch ins Gesicht, als könne sie dadurch irgendwie die Antwort aus ihr herauszwingen – obwohl sie doch eigentlich wusste, dass sie sie in sich selbst würde finden müssen. »Und dass ich damit im Gegenzug *Ihnen* helfen könnte. Um was davon geht es Ihnen hier wirklich?«

»Um beides.« Dr Shaws Erwiderung kam ohne jedes Zögern. »Du wirst bald verstehen, warum das so untrennbar zusammenhängt. Doch bevor wir weiter darüber reden, solltest du noch einmal etwas trinken. Du hast nicht gut für dich gesorgt, wenn ich das bemerken darf. Dein Widerstand gegen Gregor in Ehren, aber er darf nicht auf Kosten der Gesundheit gehen. In deinem Fall ganz besonders nicht. Du hast dich damit sehr nah an eine kritische Grenze gebracht. So nah, dass ich bereit bin, für deinen Nahrungsausgleich Maßnahmen zu ergreifen, die ich sonst strikt vermeide.« Zwei strenge Falten erschienen auf ihrer Stirn, während sie die Schnürung am linken Ärmel ihres Reisekleides lockerte. »Ich möchte dir eines ganz klar sagen, Dorothy: Der Blutaustausch unter Vampiren ist definitiv nicht der Weg, den du im Normalfall wählen solltest. Er wird zu oft als Mittel der Machtausübung missbraucht, und er bringt Wechselwirkungen mit sich, die wir bislang weder verstehen noch kontrollieren können. Durch deine lange Unterversorgung und in Anbetracht der Tatsache, dass die bisherige Reise meine Notvorräte restlos aufgebraucht hat, sehe ich allerdings keine andere Möglichkeit, als dass du in diesem Ausnahmefall von mir trinken musst.«

Dorothy erstarrte.

»Trink, es steht dir zu. Es ist deins ganz allein.«

Eine Flut von Bildern und Gefühlen brach über sie herein, überwältigend und unaufhaltsam.

Blutregen. Rote Schatten. Schreie. Schmerz.

Tod.

»Ich trinke kein Vampirblut.« Die Panik brachte ihre Stimme zurück. Ein düsterer Sturm in ihrer Kehle.

»Du hast keine Wahl.« Dr Shaws Miene blieb ungerührt. »Du stehst zu kurz davor, die Kontrolle zu verlieren. Das können wir nicht zulassen.«

»Nein!« Etwas hinter Dorothys Stirn brach. Kraft strömte durch den Riss nach draußen. Ungezügelt. Brachial. Rasend schnell. Es war, als würde die Zeit um sie zusammenschrumpfen und alles in sich zerquetschen. Stein zu Sand. Erde zu Kohle. Stimmen zu Flüstern. Leben zu Tod.

»Beruhige dich, Dorothy.« Dr Shaws strenge Stimme versuchte das Tosen zu beschwichtigen, aber sie erreichte Dorothys Bewusstsein nur in flattrigen Stücken. Es war, als versuchte sie den Ozean mit Tüchern zuzudecken.

»Ich kann es nicht! Ich werde Sie umbringen!«

Starke Finger umschlossen Dorothys Kinn. »Ruhig jetzt!«

Der Befehl vibrierte in Dorothys Kopf wie ein Gongschlag. Die rohe Energie in ihrem Inneren wich. Floss zurück in den Riss hinter Dorothys Stirn, aus dem sie gekommen war, ehe er sich mit einem kurzen, ziehenden Schmerz wieder schloss.

Die Zeit fand in ihren Strom zurück.

Keuchend rang Dorothy nach Atem. Sie konnte sich nicht rühren, nicht mal blinzeln. Die Stimme der Ärztin, die immer noch in ihr nachklang, erlaubte es nicht.

»Niemand wird hier umgebracht«, sagte Dr Shaw sehr deutlich. »Aber du brauchst wirklich *sehr* dringend etwas zu trinken.« Sie ließ Dorothys Kinn noch nicht los, und auch nicht ihren Blick, während sie mit der freien Hand in ihrer Rocktasche tastete und schließlich ein schmales Lederetui herauszog, um es in ihren Schoß zu legen. Erst dann löste sie sehr langsam ihre Finger von Dorothys Wangen und auch den Blick von ihrem Gesicht. Mit äußerst bedachten Bewegungen zog sie ein Messer aus dem Etui, schob den lockeren Ärmel bis über den Ellbogen zurück und setzte die Klinge in ihre Ellenbeuge. Dorothy konnte nur dasitzen und auf das Blut starren, das gemächlich Dr Shaws Unterarm hinablief und über ihre Fingerspitzen tropfte. Erst jetzt bemerkte sie die kleine Steingutschale, die neben der Kiste auf dem Pflaster des Docks stand.

»Es ist nur das eine Mal«, wiederholte Dr Shaw, als sie den Ärmel wieder über die längst geschlossene Wunde rutschen ließ. Sie hielt

Dorothy das blutgefüllte Gefäß entgegen. »Nur eine einzige, streng kontrollierte Ration, und wie du siehst, bin ich durchaus in der Lage, mich gegen dich zur Wehr zu setzen. Niemandem wird etwas geschehen. Jetzt trink.«

Dorothys Finger zitterten, als sie die Hände wie fremdgesteuert nach der Schale ausstreckte. Dr Shaws Befehl rang heftig mit der Angst in ihrem Inneren, ohne dass eines von beidem ganz die Oberhand hätte gewinnen können.

Dr Shaw beobachtete ihren Kampf mit eindringlichem, erwartungsvollem Ernst. »Ich denke«, sagte sie langsam, »es ist wichtig, dass du mir so genau wie möglich erzählst, was in der Villa geschehen ist. Hast du schon Erfahrungen mit vampirischem Blutaustausch gemacht, Dorothy?«

Die Tränen ließen sich jetzt nicht mehr zurückhalten. Sie rannen aus Dorothys Augenwinkeln, über ihre Wangen und ihre Nase entlang wie das Blut der fremden Augen all die Nächte zuvor. Und mit den Tränen flossen auch die Worte aus ihr heraus, während sie sich bebend an die Schale mit dem Blut klammerte.

»Ich kann das nicht. Dr Shaw, bitte. Ich ... will dieses Blut nicht und die fremden Kräfte, ich habe doch mit meinen eigenen schon so viel ... zu viel, es ist zu viel, verstehen Sie das, ich will ... Ich will das einfach nie wieder fühlen!« Ein schmerzhaftes Schluchzen rüttelte an ihrem Brustkorb.

»Ja. Ja, ich verstehe dich.« Dr Shaw legte die Hand auf Dorothys Schulter. Unter ihrer Berührung ebbte das Weinen ein wenig ab. Die Tränen hörten auf, überzufließen. »Es ist schon gut, Dorothy. Ich werde dich nicht zwingen, darüber zu sprechen.« Sie drückte Dorothys Schulter noch einmal sanft und ließ sie dann wieder los. Eine Ruhe blieb zurück, die sich seltsam unnatürlich anfühlte. Stumpf und klar. Erleichternd und bedrückend in einem. »Ich wäre dir allerdings dankbar, wenn du zu einem späteren Zeitpunkt bereit wärst, mir mehr von deinen Erfahrungen zu erzählen. Wenn wir herausfinden, was mit dir passiert ist ... können wir womöglich verhindern, dass anderen dasselbe angetan wird. Mehr noch: Wenn wir belegen können, dass in dieser Villa Dinge im Gang sind, die den Gesetzen der Vampirkonsulate zuwiderlaufen, werden wir hoffentlich dafür sorgen können, dass auch die übrigen Kinder aus deinem Haus so bald wie möglich frei sind.«

Die Worte durchzuckten Dorothy wie ein Blitz. Sie richtete sich ein Stück auf. »Die anderen werden befreit? Sie dürften im Waldhaus leben, wie sie wollen?«

Nun endlich erschien wieder dieses schmale Lächeln auf Dr Shaws Gesicht. Freundlich, auf seine spezielle Art, und doch … glaubte Dorothy in diesem Moment auch eine gewisse Zufriedenheit darin zu lesen. Als hätte sie nach langem Suchen an einem Schlüsselbund endlich den richtigen Schlüssel ins Schloss gesteckt. »Wir tun, was wir können. Aber wie ich schon sagte: Wir werden deine Hilfe brauchen. Und dafür ist es nun einmal nötig, dass du jetzt noch dieses eine Mal mein Blut trinkst, damit wir den restlichen Weg nach London heil überstehen. So leid es mir tut.«

Es war ein Wunder, dass die Schale noch nicht zerbrochen war, so fest hielt Dorothy sie inzwischen. Das Zittern allerdings, stellte sie erstaunt fest, ebbte langsam ab, bis es nur noch ein feines Vibrieren war. Und als sie Dr Shaw jetzt in die Augen sah, hatte sie plötzlich das Gefühl, dass sie es vielleicht doch konnte. Wenn es wirklich nur noch dieses eine, letzte Mal war, von einem Vampir wie Dr Shaw, die ganz sicher nicht daran sterben würde.

Vor allem aber, wenn es *für die anderen* war.

Damit ihre Familie endlich frei sein konnte.

Dr Shaws Lächeln vertiefte sich ein wenig. »Keine Sorge. Sobald wir London erreichen, kümmere ich mich darum, dass du an einem sicheren Ort unterkommst. Und ich werde dir helfen, das Blut zu bekommen, das du wirklich brauchst. Menschenblut.«

Dorothy nickte angespannt und sah erneut auf das Blut in ihren Händen hinunter.

Nur einmal. Nur ein einziges Mal noch. Für meine Familie.

Für Bartosz und Dorián.

Für euch.

Entschlossen setzte sie die Schale an die Lippen und trank.

Kapitel Sechs

»Schicksalssinfonie«; Sinfonie Nr. 5 c-Moll op. 67: I. Allegro con brio; Ludwig van Beethoven

11 Hanover Street, West End, London

Nach dem Vormittag im Golfclub war es eine ganze Weile verdächtig ruhig in Cedrics neuem Leben geblieben. Dabei hatte er nach allem, was an jenem Tag vorgefallen war, fest damit gerechnet, schon bald wieder von den Vampiren der Soul Society zu hören. Vielleicht nicht ausgerechnet von Mr Kapoor, und Cedric hatte sicher nicht vor, aus eigenem Antrieb noch einmal den Royal Blackheath Golf Club aufzusuchen. Aber er erwartete täglich, dass zumindest Mr Oller noch einmal am Konservatorium auftauchen würde, um ihm ins Gewissen zu reden, oder dass Roseanne Potter in irgendeiner Form Kontakt zu ihm suchen würde.

Nichts dergleichen geschah. Stattdessen verstrichen fast drei volle Wochen, in denen Cedric tatsächlich so etwas wie eine Routine in seinen neuen täglichen Abläufen zu entwickeln begann. Glücklicherweise war es nicht nur seine *posttheraputische Diät*, die eine Umstrukturierung seines Alltags erforderlich machte. Im Gegenteil, es erstaunte Cedric, wie schnell er ausgerechnet daran kaum noch einen Gedanken verschwendete. Er trank gewissenhaft morgens, mittags und abends, und noch einmal in der Nacht, falls er länger wach blieb – doch das war eine Sache von Sekunden. Und dass er das Blut bereits in Fläschchen abgefüllt erhielt – zumindest, wenn er es nicht gerade direkt von Rob nahm –, machte es fast zu leicht, nicht darüber nachzudenken, dass es sich dabei um Menschenblut handelte. Außerdem war es Blut von Fremden, das außer ihm wirklich niemand mehr brauchte. Cedric war bewusst, dass er es sich damit sehr leicht machte – oder vielmehr machten Rob und Elaine es ihm leicht, weil sie sich so gewissenhaft um Nachschub für ihn kümmerten. Natürlich würde das nicht ewig so gehen können. Eines Tages würde er nach einer praktikablen Alternative suchen müssen. Aber das war eines Tages. Für den Moment war er einfach dankbar, dass dieser Aspekt seines neuen Lebens nicht mehr Raum in seinem Kopf beanspruchte.

Er verbrachte viel Zeit am Konservatorium, da die Nachfrage nach seinen Klavierstunden seit dem Weihnachtskonzert explosionsartig gestiegen war. Außerdem hatte William ihm mehrere Konzertangebote mit zuweilen schwindelerregenden Honoraren vorgelegt, von Konzerthäusern nicht nur innerhalb des Vereinigten Königreichs, sondern sogar in Stockholm und von der erst im letzten Jahrzehnt errichteten Konzerthalle in Singapur. Ob Mr Oller dabei seine Hände im Spiel gehabt hatte, konnte William ihm auch nicht sagen, doch Cedric war ohnehin klar, dass er sich nicht zu viele Absagen erlauben konnte. Für den Moment hatte er sich ein wenig Bedenkzeit erbeten, nicht zuletzt mit Blick auf Ruths Schwangerschaft, die sich in rasantem Tempo dem Ende zuneigte. Mittlerweile war ihr wachsender Bauch selbst mit noch so geschickt drapierten Kleidern nicht mehr zu verbergen, daher blieb sie so oft wie möglich daheim. Das Wochenbett war nicht mehr weit; das Haus in der Hanover Street musste dafür eingerichtet und umgestaltet werden, und vor allem wollte Cedric nicht in Singapur sein, wenn das Kind zur Welt kam. Nach Möglichkeit nicht einmal in Oxford oder Edinburgh, obwohl sich das womöglich nicht würde vermeiden lassen.

Am späten Abend des 3. März saß er daher wie so oft in letzter Zeit in seinem Schlafzimmer auf dem Bett, den Rücken ans Kopfende gelehnt und neben sich den Stapel Papiere mit den Angeboten. Das Haus war längst still geworden. Alle schliefen, oder hätten zumindest schlafen sollen. Daher brauchte Cedric etliche Sekunden, um das Geräusch einzuordnen, als unten im Erdgeschoss ein deutliches Klopfen an der Haustür ertönte.

Wer konnte das sein? Mitten in der Nacht. Ein zweites Klopfen ertönte, als wollte die Person draußen bestätigen, dass es nicht nur ein Traum im Sekundenschlaf gewesen war. Kurz darauf hörte Cedric Schritte auf dem Flur, leise Stimmen – und schließlich auch an seiner Tür ein zaghaftes Pochen.

»Mr Edwards?«

Cedric legte die Angebotspapiere zur Seite und stand auf. »Komm rein, Martha. Ich bin wach.«

Die Klinke bewegte sich zögernd, und im nächsten Augenblick schob sich die verschlafene Gestalt des Dienstmädchens durch die Tür. Ganz offensichtlich war sie schon zu Bett gewesen und hatte sich sehr eilig wieder angezogen. »An der Vordertür wartet ein Mr Bernard auf Sie. Er sagt, er sei hier, um Sie abzuholen. Frau Dr Shaw schickt ihn, und Sie wüssten, worum es geht?«

Das wusste Cedric nicht. Woher auch? Er hatte *Frau* Dr Shaw seit Weihnachten nicht gesehen, geschweige denn gesprochen. Offensichtlich war sie nun also zurück und hielt ein weiteres geheimes Treffen für angebracht. Er sah Martha an, dass auch sie dieser Aussage gegenüber skeptisch war. Sie kannte Cedric einfach schon zu lange, um zu glauben, dass er sie in so einem Fall nicht gebeten hätte, ein wenig länger wach zu bleiben. So zerstreut war er zu seinen schlechtesten Zeiten nicht gewesen. Und je länger er darüber nachdachte, desto weniger begeistert war Cedric von dem Gedanken, dass Dr Shaw also meinte, ihn mitten in der Nacht quer durch die Stadt zitieren zu können, weil er jetzt ein Vampir war. So wie sie ihn selbst in ihrer Abwesenheit zu diesem Vampirtreffen im Golfclub gedrängt hatte, das ihm wirklich in keiner Weise die versprochene Hilfe gewesen war. Wenn die vergangenen, so angenehm ruhigen Wochen ihm eines klargemacht hatten, dann, dass er solche Aktionen nicht brauchte, und dass er vorhatte, sie in Zukunft strikt abzulehnen. Fünfzig Jahre Ruhe vor der Unsterblichkeit. Das konnte doch nicht zu viel verlangt sein.

Er warf einen Blick zurück auf die Konzertangebote auf seinem Bett, die er nun wohl doch nicht weiter durchgehen würde, und fasste einen Entschluss. »Danke, Martha. Mr Bernard soll Dr Shaw ausrichten, ich komme.« Er konnte sich ein mattes Lächeln nicht verkneifen. »Aber die Kutsche kann er wieder mitnehmen. Ich laufe lieber.«

Die Nacht war eisig kalt, mondhell und sternenklar. Cedric spürte trotzdem einen leichten Schweißfilm in seinem Nacken, während er durch den menschenleeren Regent's Park in Richtung Praxis wanderte, und das, obwohl er nur ein Hemd trug. Er hatte noch eine zusätzliche Blutration getrunken, ehe er sich auf den Weg machte, und durch die zügige Bewegung pochte das Gefühl fremden Lebens stärker unter seiner Haut als gewöhnlich. Cedric fand das Gefühl sehr unangenehm in dieser Intensität, und vielleicht lag es auch daran, dass sich auch jeder Schritt, jeder Atemzug, jedes Hämmern des Türklopfers am Eingang zur Praxis so viel gereizter anfühlte als sonst.

Es war Mr Bernard, der ihm öffnete, nicht Miss Bonnet, wie Cedric es sonst gewohnt war. Der Bedienstete schwieg, als er ihn einließ, obwohl er ihm wie sonst den Mantel abnahm und ihm im Vorzimmer Tee servierte, kaum dass er sich in den grünen Samtsessel gesetzt hatte. Unter der Tür zu Dr Shaws Behandlungszimmer drang das gelbe Licht einer Gaslampe hindurch. Sonst war alles dunkel. Und totenstill.

Cedric schloss mit einem ergebenen Seufzer die Augen und lehnte sich im Sessel zurück. Die Tasse in seinen Händen wärmte seine ohnehin überhitzte Haut noch mehr. Er konnte sich nicht zu einem einzigen Schluck überwinden, aber er stellte sie auch nicht ab. So blieb er sitzen, bis er hörte, wie sich die Tür zu Dr Shaws Behandlungszimmer öffnete und sie zu ihm ins Vorzimmer trat.

Wie immer spürte er sie mehr, als dass er sie sah, selbst als er die Augen bereits geöffnet hatte; ihren eindringlichen Blick in der Dunkelheit und ihre alles einnehmende Gegenwart. Und ihre Stimme, noch ehe sie tatsächlich zu sprechen begann.

»Mr Edwards. Ich freue mich, Sie im neuen Jahr wohlauf und bei Kräften zu sehen. Wie schön, dass Sie es einrichten konnten.«

Cedric sah auf seinen unangetasteten Tee hinunter und zwang sich, endlich einen Schluck davon zu trinken, selbst wenn es nur aus Prinzip war. Er hasste es wirklich, wie sehr ihm der Geschmack dafür abhandengekommen war. »Ja, da haben Sie Glück, denn wie jeder normale Mensch bin ich zu dieser Uhrzeit üblicherweise sehr beschäftigt. Können wir also gleich zur Sache kommen? Es scheint ja recht dringend zu sein.«

Dr Shaw lachte ein kurzes Lachen, von dem Cedric sich nicht sicher war, ob es ungeduldig oder nachsichtig belustigt über den jungen Vampir sein sollte, der den Zynismus seiner eigenen Unsterblichkeit gerade erst richtig entdeckte. »In der Tat: Es *ist* dringend. Kommen Sie herein.«

Cedric sparte sich einen weiteren Kommentar. Wortlos stand er auf, stellte den Tee ab und folgte Dr Shaw ins Behandlungszimmer. Gelbes Licht, zu hell im ersten Moment nach der Dunkelheit draußen, fiel auf sein Gesicht.

»Ich denke, Sie könnten ein Kindermädchen brauchen«, erklärte Dr Shaw, kaum dass er die Tür hinter ihnen beiden geschlossen hatte.

Cedric ließ ihre Worte einen Moment auf sich wirken. Spürte der tiefen, weichen Stimme nach, die durch ihn hindurchfloss und jeden Winkel seines Körpers mit diesem Gedanken erfüllte, und dachte an das, was er auf dem Golfparcours über Blutgaben gelernt hatte. Das Gesicht seiner Ärztin, halb im Gaslicht, halb im Schatten der hohen Buch- und Instrumentenschränke, war schwer zu lesen, doch Cedric hatte mit einem Mal den Eindruck, dass es ungewohnt müde wirkte. Sie trug außerdem noch ihr Reisekleid, fiel ihm auf. War sie etwa tatsächlich gerade erst zurückgekehrt? Und das Erste, was sie tat, war, nach ihm zu schicken und ihn in etwas hineinzumanipulieren? Das fühlte sich in der Tat wichtig an. Und beklemmend.

»Ich wünschte wirklich, Sie würden das nicht tun, Doktor.«

»Was tun, Mr Edwards?«

Cedric begegnete ihrem Blick so ungerührt er konnte, obwohl sich ihm die Nackenhaare dabei aufstellten. »Mir Dinge einzugeben, die ich wollen soll. Bitten Sie mich doch einfach. Es wäre mir sehr viel wohler, wenn ich wenigstens eine realistische Chance hätte, Nein zu Ihren Ideen zu sagen.«

Ein schmales Lächeln zuckte um Dr Shaws Lippen. Ihr Blick funkelte jedoch wachsam. »Dann ist es Ihnen aufgefallen? Sie erstaunen mich immer wieder.« Sie nickte knapp. »Nun gut, wie Sie wollen: Sie würden mir – oder besser *uns* – sehr helfen, wenn Sie bereit wären, ein Kindermädchen in Ihren Haushalt aufzunehmen, also bitte ich Sie aufrichtig darum, es in Erwägung zu ziehen.«

Cedric seufzte tonlos. Obwohl er fast zu deutlich spürte, was Dr Shaws Stimme mit ihm machte, konnte er nichts dagegen tun, dass er den Gedanken, ein Kindermädchen einzustellen, längst absolut einleuchtend fand. Sein Hirn begann bereits, ihm etliche Gründe darzulegen, warum er auf die Idee schon vor Wochen hätte kommen sollen.

»Zu freundlich von Ihnen, aber wir wissen beide, dass es dafür jetzt zu spät ist.« Er runzelte die Stirn. »Da ich also offenbar ein Kindermädchen brauche und davon ausgehe, dass Sie mich auch nicht selbst aussuchen lassen wollen, um wen es sich dabei handeln wird: Warum stellen Sie uns einander nicht vor und erklären mir, worum es wirklich bei alldem geht? Sie haben sie von Ihrer Reise mitgebracht, nehme ich an.«

Dr Shaws Lächeln war nun deutlicher zu sehen. »Sie sind ein kluger Kopf, Mr Edwards. Ich danke Ihnen. Und das meine ich sehr ernst.« Sie umrundete mit entschlossenen Schritten ihren Schreibtisch und öffnete die Tür, die ihr Behandlungszimmer mit dem ihres Mannes verband. »Komm zu uns, Dorothy.«

Cedric hatte sich in den letzten Monaten, seit er mit Dr Shaws Therapie begonnen hatte, an einiges gewöhnt. Bis vor wenigen Minuten war er der Überzeugung gewesen, dass sie ihn mit nichts wirklich würde überraschen können, ganz gleich, wie das Anliegen aussah, für das sie ihn mitten in der Nacht in aller Stille in die Praxis bestellte.

Auf sein zukünftiges Kindermädchen, so viel war sicher, hätte ihn jedoch keine Erfahrung der Welt vorbereiten können.

Die junge Frau, die nun das Zimmer betrat, war hoch aufgeschossen und hielt das Gesicht halb unter einer großen Kapuze verborgen. Als sie die Schwelle überschritt, schien das Licht der Gaslampe dunkler zu werden, während sich die Luft um sie mit düsterem Schimmer erhellte, als hätte sie das Licht zu sich herangezogen.

Cedric bemerkte kaum, dass er einen Schritt zur Tür des Behandlungszimmers zurückgewichen war. Sein ganzer Körper fühlte sich an wie mit prickelnder Energie vollgepumpt und gleichzeitig taub, und in diesem Moment wusste er nur eins: dass er noch nie so eine Kraft gespürt hatte.

»Das ist Cedric Edwards«, sagte Dr Shaw. Selbst ihre volltönende Stimme hörte Cedric in diesem Moment nur wie aus weiter Ferne. »Bei ihm bist du sicher. Wie versprochen.«

Da schlug Dorothy die Kapuze zurück und sah ihn aus nachtschwarzen Augen an. »Hallo, Mr Edwards«, sagte sie mit einer

Stimme so rau wie der Wind über der Themse im Winter. Die Worte kamen ihr etwas stockend über die Lippen, aber das tat ihrer Wucht keinen Abbruch. »Danke, dass Sie mich aufnehmen. Ich weiß einfach nicht wohin ... mit allem.« Sie senkte den Blick auf ihre Hände, auf die Finger, die sich unruhig öffneten und schlossen, als versuchte sie etwas festzuhalten, das immer wieder unter ihrem Griff zerrann.

Cedric schauderte. Mit einem Mal fühlte er sich, als müsste er selbst zerrinnen, während er gleichzeitig zusammengequetscht und förmlich zerdrückt wurde. Er holte tief Luft, zwang sie in seine Brust, damit sie sich gegen diesen unglaublichen Druck dehnte, und hielt für einen schier endlosen Augenblick den Atem an, um seine Substanz nicht völlig zerfließen zu lassen.

»Was ...«, flüsterte er gepresst, »... wie ...?«

»Sie hat von der Reise noch ein Blutdefizit«, erklärte Dr Shaw, und zum ersten Mal empfand Cedric ihre Vampirstimme wirklich als angenehm, weil sie ihm Halt gab in diesem Strudel. »Das kann unkontrollierte Kraftschübe verursachen. Wir werden das suffizient ausgleichen, ehe ich sie zu Ihnen ins Haus bringe, seien Sie unbesorgt. Für den Moment atmen Sie, Mr Edwards. Lassen Sie es einfach vorüberziehen.«

Cedric atmete. Einmal, zweimal. Ein und aus. Ein. Aus.

Und dann, so plötzlich, wie er gekommen war, war der Moment vorbei. Vorübergezogen, wie Dr Shaw gesagt hatte. Ein letzter Schauer lief über Cedrics Rücken, sein Herz schlug noch ein paar wilde Schläge, bereit, ihn zur Flucht zu treiben ... und kam zur Ruhe. Das Licht hörte auf, vor seinen Augen zu flackern.

Langsam hob er den Blick. Neben Dr Shaw stand eine sehr junge Frau, oder vielleicht eher noch ein Mädchen, mit schwarzer Haut und noch schwärzeren Locken; in einem schlichten, etwas zu großen Hauskleid und mit einem zugleich erschöpften und hoffnungsvollen Ausdruck auf dem Gesicht. Sie hätte ganz normal wirken können – wäre da nicht das Netz haarfeiner Narben gewesen, das ihre Augen umgab und eine Geschichte erzählte, die noch vor ihrem Höhepunkt einfach aufhörte. Wie ein Buch, dem nach dem zweiten Drittel die Seiten herausgerissen worden waren. Ein Dissonanzakkord ohne Auflösung.

Cedric sah zu Dr Shaw. Versuchte zu begreifen, was hier geschah, aber neben der Unruhe, die noch immer wie ein faustgroßer Klumpen in seinem Magen saß und sich immer weiter ausdehnen wollte, war für klare Gedanken kaum Platz.

Dr Shaw schüttelte den Kopf. »Ich erkläre Ihnen später in Ruhe alles, was Sie wissen müssen. Ich verspreche es Ihnen. Jetzt möchte ich Sie nur bitten – hören Sie, *ich bitte Sie,* Mr Edwards, weil Sie es so wollten, und ich bitte Sie nur dieses eine Mal darum: Erlauben Sie Dorothy, in Ihrem Haus zu leben und als Kindermädchen für Sie zu arbeiten.« Sie starrte Cedric über Dorothys Schulter hinweg eindringlich an. »Vermutlich werden Sie damit nichts Geringeres tun, als ihr Leben zu retten.«

An der Art, wie Dorothy bei diesen Worten zusammenzuckte, erkannte Cedric, dass auch sie bisher nicht dermaßen direkt mit der Tragweite der Situation konfrontiert worden war. Er konnte ihren Frust, ihre Angst und Hilflosigkeit beinahe greifen, und ihm kam der Gedanke, dass sie vermutlich auch bloß ein erst kürzlich verwandelter Vampir war. Dass man ihr wohl auch nicht deutlich genug gesagt hatte, worauf sie sich eigentlich einließ, oder dass man ihr vielleicht gar nicht erst die Wahl gelassen hatte. Und selbst wenn nichts von Dr Shaws pathetischer Ansprache ihn überzeugt hätte, dass er diese *Bitte* nicht ausschlagen konnte – dieses Zucken tat es. Egal wie gerechtfertigt sein Ärger war, und so wenig er die Hintergründe von alldem durchschaute: Dorothy hatte es nicht verdient, dass er ihr Schicksal dagegen aufwog. Er *würde* bei nächster Gelegenheit auf Antworten bestehen und womöglich danach entscheiden, dass er trotz allem auch weiterhin nichts damit zu tun haben wollte. Aber jetzt und hier ging es darum nicht. Jetzt und hier war da nur ein junger Mensch, der offensichtlich Hilfe brauchte.

»Ich muss mit meiner Familie darüber sprechen«, erklärte er so sachlich wie möglich. »Sie sind diejenigen, die am meisten von einer solchen Veränderung betroffen sein werden. Wenn sie mit der neuen Person im Haus nicht zurechtkommen, werden wir den Versuch sofort abbrechen, das möchte ich von Anfang an klarstellen.« Er sah wieder zu Dorothy, die jetzt noch angespannter wirkte als zuvor, und bemühte sich um einen freundlicheren Ton. »Ich mache euch aber gern miteinander bekannt. Und dann werden wir sehen, ob du unser neues Kindermädchen werden kannst.« Er warf einen vielsagenden Blick zu Dr Shaw. »Oder ob ich mich anderweitig umsehen muss, denn irgendjemanden werde ich ja wohl in naher Zukunft einstellen, nicht wahr?«

Dr Shaw sah zu Dorothy und dann wieder zu ihm. Eine missbilligende Falte war zwischen Ihren Brauen erschienen. »Haben Sie eigentlich schon einmal von Taktgefühl gehört, Mr Edwards?«

Cedric schnaubte leise. »Stellen Sie sich diese Frage besser selbst.« Er wandte sich halbwegs zur Tür und griff nach der Klinke. »Wie dem auch sei, ich werde das nicht heute Nacht entscheiden, und schon gar nicht unter dem Druck, unter den Sie mich hier setzen. Kommen Sie beide doch morgen Nachmittag zum Tee zu mir nach Hause. Bis dahin habe ich hoffentlich mit meiner Frau gesprochen und sie auf den Vorschlag vorbereitet. Zumindest, falls ich jetzt gehen und in dieser Nacht noch ein paar Stunden schlafen darf.« Er schoss Dr Shaw einen weiteren vielsagenden Blick zu. Eine vielleicht unnötige Herausforderung, doch wo sollte er sonst hin mit der Anspannung, die sich seit Beginn des Treffens immer stärker in ihm aufstaute? Fast fand er es ein wenig enttäuschend, dass sie seinen Seitenhieb ebenso gelassen hinnahm wie seinen vorigen Kommentar.

»Einverstanden. Dann sage ich bis morgen, Mr Edwards«, versetzte sie nüchtern. »Schlafen Sie gut. Sie können es brauchen.«

Doch im letzten Moment, ehe er die Tür hinter sich ins Schloss zog, glaubte er noch einen fast lautlosen Seufzer zu hören.

»Wir alle können es brauchen.«

Kapitel Sieben

»Sarborough Fair«; engl. Traditional

11 HANOVER STREET, WEST END, LONDON

Einen guten Teil des nächsten Vormittags verbrachte Cedric gemeinsam mit Ruth im Krankenzimmer. Am frühen Morgen hatte die Spedition an der Tür geläutet und endlich das schon vor Wochen bestellte Geburtsbett geliefert. Und da Cedric an diesem Tag keine Klavierstunden am Konservatorium geben musste, Erica in der Schule war und Ada Martha in der Küche half, waren sie nach dem Frühstück kurzerhand hinaufgegangen, um den Raum für die bevorstehende Geburt und das anschließende Wochenbett vorzubereiten. Sie stellten das Bett auf, lüfteten gründlich und dichteten anschließend die Fensterritzen mit Sandbeuteln ab; kehrten auch das letzte Staubkorn aus den Ecken und hängten die Vorhänge ab, um sie in die Waschküche zu bringen.

Es war ein beklemmendes Gefühl, im Krankenzimmer zu sein, und zugleich eine Befreiung, es so von Grund auf zu reinigen. Kein Wunder, in Anbetracht der Tatsache, dass Cedric etliche der wichtigsten Stunden seines Lebens hier verbracht hatte – auf die gute ebenso wie auf die schlechte Weise. Die Geburten seiner Töchter. Adeles Krankheit. Ihr Tod. Und zuletzt war es der Raum, in dem er zu Beginn dieses Jahres als Vampir wieder aufgewacht war, auch wenn er sich schwertat zu entscheiden, ob das in die Kategorie gut oder schlecht fiel. Er hatte in diesem Raum geweint, geflucht und gezittert und einige wenige Male sogar gebetet. Es war ein über die Maßen erinnerungsschwerer Ort, und dass er in wenigen Wochen erneut den Beginn eines neuen Lebens sehen sollte, war objektiv betrachtet nur folgerichtig. Doch das machte es nicht weniger bedrückend.

Cedric sah zu Ruth, die damit beschäftigt war, Säckchen mit getrockneten Kräutern an den Wänden und Bettpfosten aufzuhängen, um den muffigen Geruch aus den Ecken zu vertreiben, und fragte sich, was sie wohl fühlte. Für sie bedeutete die Vergangenheit des Raums bisher nicht viel, doch die Zukunft … Ihre Hände zitterten, wenn sie die Schleifen band. Oder war das nur die Anstrengung?

»Ruth?«

Sie wandte sich ruckartig zu ihm um. Sie hatten bisher überwiegend schweigend gearbeitet, und offenbar hatte sie nicht damit gerechnet, noch von ihm angesprochen zu werden, jetzt, da sie beinahe fertig waren. »Ja?«

Cedric trat näher zu ihr. Es war der Moment. Wann, wenn nicht jetzt, sollten sie diese Barriere der Befangenheit weiter abbauen, die immer noch zwischen ihnen existierte? Es war ohne Frage schon viel besser geworden in den letzten Wochen. Doch hier, in diesem vergangenheitsbeladenen Zimmer, das bald auch für Ruth so bedeutsam werden würde, da wollte Cedric … dass sie sich in seiner Gegenwart *sicher* fühlte.

»Ich hoffe, es ist nicht zu viel, wenn ich es anspreche. Aber ich … habe mich gefragt, ob Sie Angst haben. Vor der Geburt.« Er verschränkte die Hände hinter dem Rücken und wünschte, er hätte sich irgendwie weniger unbeholfen fühlen können. »Und ich wollte Ihnen sagen … dass ich da sein werde. Ich weiß, dass es nicht üblich ist«, fuhr er rasch fort, als er sah, dass sie bereits dabei war, Einwände zu erheben. »Aber ich habe Adele bei den Geburten der Mädchen begleitet, und ich werde das auch für Sie tun. Ich meine, wenn Sie … das überhaupt möchten.«

Sekundenlang sah Ruth ihn nur an. Cedric sah das Zittern in ihren Fingern stärker werden, und wie sich Tränen an ihrem Wimpernkranz sammelten.

»Ich … weiß nicht, was ich sagen soll.« Auch ihre Stimme bebte. Das Kräutersäckchen fiel aus ihrer Hand, und sie bückte sich rasch, um es aufzuheben. Beim Versuch, sich ebenso rasch wieder aufzurichten, geriet sie jedoch aus dem Gleichgewicht. Reflexartig griff sie nach Cedrics Arm, und er fasste sie am Ellbogen, um sie zu stützen.

»Ist alles in Ordnung?«

Ruth nickte und tupfte sich mit der freien Hand die Tränen aus den Augenwinkeln. »Es geht mir gut. Ich war nur … überrascht.«

Cedric drückte leicht ihren Arm. »Ich wollte Sie nicht überfallen. Es tut mir leid. Sie müssen das auch nicht jetzt entscheiden. Es ist nur … ich weiß, dass der Gedanke beängstigend ist. Die *Geburt* ist beängstigend. Und ich will nicht, dass Sie glauben, Sie wären damit allein. Ich weiß, dass ich bisher oft eine Enttäuschung für Sie war. Wahrscheinlich sogar an jedem einzelnen Tag, den wir uns kennen. Aber ich versuche wirklich, mich zu bessern. Ich bin jetzt hier, und ich werde Verantwortung übernehmen. Für Sie, und für das Kind.«

Während er sprach, war Cedric sich überdeutlich bewusst, dass Ruths gewölbter Bauch gegen seinen Unterleib drückte. Vermutlich ging es ihr ähnlich. Anders als sonst wich jedoch niemand von ihnen vor der Berührung zurück.

»Wissen Sie eigentlich«, sagte Ruth, leise und mit einem leichten Bruch in der Stimme, »wie glücklich es mich gemacht hätte, das von Ihnen zu hören? Vor … einem Jahr?«

Etwas in Cedric zuckte. Es lag ein Lächeln in ihren Worten; ein Lächeln, das alles war, aber nicht glücklich. Ein Lächeln, das davon sprach, dass sie sich dennoch auf eine wehmütige Weise über seine Worte freute; vor allem aber von tiefer, bitterer Traurigkeit.

»Es ist nur … es ist jetzt zu spät dafür.« Sie schluckte sichtlich. »Sosehr ich es mir wünschen würde, wir sind nicht vertraut genug miteinander. Ehrlich gesagt, würde es mich nur noch mehr verunsichern, wenn Sie … mich so entwürdigt sehen. Und das werden wir in ein paar Wochen auch nicht mehr aufholen.« Ein leises Lachen ohne Freude drang über ihre Lippen. »Sie bringen es ja immer noch kaum fertig, meinen Namen in den Mund zu nehmen.« Sie schüttelte den Kopf. »Also ja, Sie haben recht. Ich habe Angst. Große Angst sogar. Aber ich möchte Sie nicht dabeihaben.«

Cedric schwieg. Weil nun er es war, der nicht wusste, was er sagen sollte. Weil sie natürlich absolut recht hatte, weil er ihre Zurückweisung nach wie vor verdiente, und weil es ihn dennoch unerwartet tief traf. Weil er sich hilflos und schäbig fühlte, ohne die geringste Chance, etwas dagegen zu tun. Noch nie hatte er sich so dringend gewünscht, in Ruths Kopf sehen zu können. Zu verstehen, was sie fühlte, um vielleicht einen Weg zu finden, auf dem sie ihn doch an sich heranlassen konnte. Auf dem er ihr helfen konnte … und zugleich sich selbst. Und zum ersten Mal kam ihm der Gedanke, aktiv diese neue Fähigkeit zu nutzen, die Mr Oller und Roseanne Potter als *Blutgabe* bezeichnet hatten. Die Fähigkeit, von der er noch nicht so genau wusste, was er damit tun konnte, aber eines hatte er immerhin schon herausgefunden: dass er die Gefühle anderer mit ihnen spüren konnte. Es war ihm so oft unfreiwillig passiert. Was also, wenn er …? Könnte er …?

Nein.

Nein, dazu hatte er kein Recht. Wenn er diese Tür öffnete, wer wusste, was noch geschehen würde, das er womöglich sehr schnell nicht mehr kontrollieren konnte? Vielleicht gar nicht mehr kontrollieren *wollte*? Ganz zu schweigen davon, dass Ruth dasselbe nicht ebenso bei ihm tun konnte.

Damit fangen wir gar nicht erst an.

Also drückte er Ruths Arm nur noch einmal und ließ sie dann los. »Ich verstehe. Es tut mir leid. Wirklich.« Er trat einen Schritt von ihr zurück. »Ich hoffe, Sie können mir irgendwann verzeihen.«

Auch darauf antwortete Ruth nicht gleich, und in gewisser Weise war das Antwort genug. Cedric konnte nichts an den Wunden ändern, die er ihr zugefügt hatte. Diese Chance hatte er vor Monaten verpasst, und das mehrfach.

Er räusperte sich belegt. »Tatsächlich hatte ich noch einen anderen Gedanken.« Der in Wahrheit nicht *sein* Gedanke war. Genau genommen ärgerte es Cedric ziemlich, dass sich ausgerechnet jetzt Dr Shaw wieder in seinen Kopf drängte. Dieses Gefühl der Notwendigkeit eines Kindermädchens in seinem Haushalt begleitete ihn, schon seit er am Morgen aufgestanden war, und schob sich bei jeder Gelegenheit in den Vordergrund. Eine helfende Hand, um Ruth und Martha zu entlasten – vor allem, wenn er in Zukunft öfter auf Konzertreisen sein würde. Finanziell wäre es mit seinem aktuellen Status am Konservatorium und all den Bühnenangeboten auch überhaupt kein Problem …

Schluss damit!

Es spielte keine Rolle. Ob die Idee eines Kindermädchens von Dr Shaw gekommen war oder nicht, das Gespräch mit Ruth hatte sie nicht vorhersehen oder lenken können. Und doch war es genau das gewesen, was ihm den entscheidenden Impuls gegeben hatte. Eine Lösung, wie Dorothys Anwesenheit – oder die eines anderen Kindermädchens – tatsächlich eine Bereicherung für dieses Haus sein konnte. Für sie alle. Und nur das zählte.

»Ich dachte daran, eine Monatsschwester einzustellen, die Sie vor und während der Geburt begleitet und danach als Kindermädchen bei uns bleibt. Gestern habe ich Dr Shaw getroffen. Sie ist kürzlich vom Festland zurückgekehrt und hat mir eine junge Frau vorgestellt, die womöglich gut für die Stelle geeignet wäre. Ich würde Sie gern miteinander bekannt machen. Vielleicht …« Er stockte und zwang das drückende Gefühl verletzten Stolzes zurück, das sich bei dem erneuten Gedanken an Ruths Zurückweisung in ihm festsetzen wollte, »finden Sie in ihr die Vertraute, die Sie brauchen. Und wenn nicht, dann vielleicht in einer anderen.«

Er konnte förmlich beobachten, wie sein Vorschlag in Ruth hineinsank. Wie sie zu durchschauen versuchte, wie er mit Cedrics vorherigen Worten zusammenhing, und ob es ihr wohl Erleichterung oder noch mehr Enttäuschung bringen würde, wenn sie ihn annahm.

»Ich will wirklich helfen«, versuchte er rasch zu erklären. »Ich will, dass unser Zusammenleben besser wird als … das, wozu ich es im letzten Jahr gemacht habe. Das ist alles, was dahintersteckt. Die Idee war nicht ursprünglich meine. Trotzdem halte ich sie für vernünftig, und daher dachte ich, vielleicht finden Sie auch einen Sinn darin.« Er räusperte sich erneut, ohne dass es viel geholfen hätte. »Und ich meine es ernst: Ich will die Entscheidung Ihnen überlassen. Wenn Sie dagegen sind, sage ich es ab.«

Ruth musterte ihn noch eine Weile nachdenklich. Prüfend geradezu. Cedric war sich nur nicht sicher, ob sie ihn prüfte oder sich selbst.

»Nein«, sagte sie schließlich leise, aber fest. »Ich denke, es ist eine gute Idee. Stellen Sie sie mir gern vor.«

»In Ordnung. Das freut mich.«

Das war eine Lüge. Es freute ihn überhaupt nicht. In Wahrheit fühlte es sich an, als hätte er nicht nur grundlegend darin versagt, Ruth ein besseres Gefühl im Hinblick auf die bevorstehende Geburt zu geben, sondern darüber hinaus auch noch Dr Shaw und ihren Anliegen endgültig nachgegeben. Und er konnte auch den Zweifel nicht leugnen, ob es tatsächlich eine gute Idee sein konnte, ausgerechnet jene junge Frau namens Dorothy in seinen engsten Familienkreis einzuladen. Jene junge Frau, die ein Vampir war wie er.

Und, laut Dr Shaw, in Lebensgefahr.

»Wäre es Ihnen also recht, wenn ich sie und Dr Shaw heute zum Tee bitte?«, fragte er trotzdem, weil er die Entscheidung ja schon in der Nacht, ebenso wie heute, aus guten Gründen getroffen hatte und es jetzt, da er den Vorschlag ausgesprochen hatte, auch kein Zurück mehr gab.

Ruth holte ein wenig angestrengt Luft. Dann erschien ein mühsames Lächeln auf ihrem Gesicht. »Natürlich.« Sie legte das Lavendel-Thymian-Säckchen auf dem Bett ab. »Dann gehe ich besser schnell zu Martha und Ada. Wenn wir heute mehr Personen sind, werden sie Hilfe mit dem Essen brauchen.«

Sie wandte sich etwas zu rasch zur Tür, und Cedric tat nichts, um sie aufzuhalten. Er fühlte sich immer noch auf eine schwer drückende Art hilflos. Schuldig.

Da drehte sich Ruth im letzten Moment noch einmal zu ihm um. »Das … kommt jetzt vielleicht unerwartet, aber: danke. Ich sehe Ihre Bemühungen, Cedric. Wirklich, ich weiß es zu schätzen, dass Sie diese Dinge fragen und sich um mich sorgen. Und … ich möchte doch auch, dass alles gut wird. Darum werde mich bemühen, Ihre Hilfe anzunehmen.« Sie seufzte leise – und plötzlich war da ein Lächeln. Eines, auf das Cedric gerade in diesem Moment nicht mal zu hoffen gewagt hatte. »Wir werden unseren Weg schon finden. Ich meine … ich bin froh, dass wir inzwischen überhaupt auf *irgendeinem* Weg sind. Nur … es reicht nun einmal nicht. Noch nicht. Also wenn Sie mir wirklich helfen wollen … Geben Sie mir Zeit.«

Etwas in ihren Worten löste etwas in Cedric. Ein Teil in ihm, der die ganze Zeit über seit Beginn ihres Gesprächs angespannt gewesen war, atmete auf. »Schon gut. In Ordnung. Danke, Ruth«, antwortete er, und nun gelang auch ihm beinahe wieder ein Lächeln. »Ich verspreche, ich werde Ihnen Zeit geben. So viel Sie nur brauchen.«

Kapitel Acht

Piano Concerto in a-moll, Op. 16: I. Allegro molto moderato;
Edvard Grieg

11 Hanover Street, West End, London

Es fiel Cedric schwer, sich davon abzuhalten, die Zeit vom Lunch bis zum Tee vollständig am Fenster des Musikzimmers zu verbringen, um die Ankunft von Dr Shaw und Dorothy nicht zu verpassen. Nachdem er noch eine Weile über das Gespräch mit Ruth gegrübelt hatte, war er zu dem Schluss gekommen, dass er besser noch ein paar Worte allein mit ihren außergewöhnlichen Gästen wechseln sollte. Er versuchte, Klavier zu spielen – die Town Hall in Birmingham wollte in diesem Frühjahr Edvard Griegs Piano Concerto aufführen, nachdem es vor zwei Jahren in Leipzig sehr erfolgreich gewesen war, und der Intendant hatte Cedric dafür als Solopianisten angefragt. Es war das Angebot, das ihn aktuell am meisten interessierte, obwohl das Konzert nicht unbedingt zu seinen liebsten Stücken gehörte. Es war nicht zu schwer und Birmingham nicht zu weit entfernt, und zeitlich so angesetzt, dass das Wochenbett bis dahin auf jeden Fall hinter ihnen liegen würde. Außerdem hatte er gute Erinnerungen an die Town Hall, seit er dort vor einigen Jahren Chopins erstes Klavierkonzert hatte spielen dürfen.

Es überraschte ihn allerdings wenig, dass er sich kein Stück weit auf die Partitur konzentrieren konnte. Immer wieder kehrte er zum Fenster zurück, ob mit Blicken oder indem er aufstand. Schließlich gab er es auf, läutete nach Martha und bat sie, ihm einen Tee zu bringen, während er wartete. Dann blieb er einfach stehen und starrte nach unten auf die Straße, während er auf das Ticken der Standuhr in der Diele lauschte.

Es dämmerte bereits, und der Tee war längst kalt geworden, als er endlich eine Kutsche vor dem Haus halten sah. Mr Bernard konnte sich noch so dick gegen die Kälte vermummen, seine hagere Gestalt war für Cedric inzwischen absolut unverkennbar.

Er stellte die Tasse ab und lief durch den halbdunklen Flur zur Vordertür. Als er auf die Vortreppe trat, hatte Mr Bernard gerade den Kutschverschlag geöffnet und Dr Shaw kletterte heraus – gefolgt von der Gestalt, von der Cedric sich nun endgültig nicht mehr einreden konnte, er hätte ihre Existenz bloß geträumt.

Dorothy trug ein einfaches grünes Nachmittagskleid und darüber ihren Umhang aus Wollfilz. Wie schon in der Nacht hatte sie die Kapuze tief ins Gesicht gezogen und bewegte sich mit einer gewissen Anspannung. Kein Wunder, wo sie doch immer noch nicht wusste, was hier und heute über sie entschieden werden würde. Und ob das Haus, vor dem sie gerade stand, womöglich auf unbestimmte Zeit ihr neues Zuhause sein würde.

»Eine Stunde, Mr Bernard«, sagte Dr Shaw an ihren Bediensteten gewandt, der sich daraufhin verneigte und wieder auf den Kutschbock kletterte. Kurz darauf verschwand das Gefährt um die nahe liegende Straßenecke, während Dr Shaw ihre graublauen Röcke raffte und dicht gefolgt von Dorothy die wenigen Stufen zu Cedric hinaufstieg.

»Einen guten Nachmittag, Mr Edwards. Haben Sie uns schon so sehnsüchtig erwartet?«

Cedric brachte es nicht über sich, ihr Lächeln zu erwidern. Er hatte ihr die Beeinflussung seines freien Willens definitiv noch nicht verziehen. Es würde mehr als *einen* Gegenbeweis brauchen, damit er ihr glaubte, dass sie das in Zukunft nicht mehr tun würde.

»Willkommen, Dr Shaw. Dorothy.« Entgegen seiner Worte blieb er in der Tür stehen, sodass sie unmöglich sein Haus betreten konnten, ohne sich grob an ihm vorbeizudrängen.

Dr Shaw musterte ihn mit einer Mischung aus Irritation und Belustigung. »Gibt es ein Problem?«

Cedric verschränkte die Arme vor der Brust. »Bisher keine weiteren. Aber bevor ich Sie hineingehen und auf meine Familie treffen lasse, möchte ich noch etwas besprechen. Um genau zu sein: mit dir, Dorothy. Und ich würde gern dein Gesicht dabei sehen.« Er richtete seinen Blick auf sie und spürte, wie er überrascht erwidert wurde – ehe Dorothy mit einer etwas zögernden Bewegung die Kapuze vom Kopf streifte.

»Entschuldigung«, murmelte sie. »Es ist kalt heute.«

»Schon gut. Das war kein Vorwurf. Nur ein Bedürfnis.« Cedric sah sich rasch über die Schulter um. Es schien, als hätte er die beiden schnell genug abgefangen, ehe Ruth oder Martha bemerkten, dass ihr Besuch bereits eingetroffen war. Viel Zeit würde ihm trotzdem nicht bleiben.

»Zuallererst: Meine Familie weiß nichts von unserem … besonderen Zustand, und ich möchte, dass das unbedingt so bleibt – deshalb muss dieses Gespräch hier stattfinden, und schnell. Aber ich denke, etwas in der Art wird Dr Shaw dir auch schon empfohlen und erklärt haben?«

Dorothy warf einen raschen Blick zu Dr Shaw und nickte.

»Gut.« Cedric atmete auf. »Dann mache ich es kurz: Meine Frau erwartet in einigen Wochen ein Kind. Daher denke ich, wir könnten im Augenblick eine Monatsschwester dringender brauchen als ein Kindermädchen. Ich würde dir also gern zuerst diesen Job anbieten. Unter denselben Bedingungen wie bisher natürlich – meine Frau und die Kinder müssen dich mögen und dir vertrauen wollen –, aber darüber hinaus ist es vielleicht eine gute Möglichkeit, dass wir einander besser kennenlernen. Ehe wir darüber sprechen, wie es auf lange Sicht mit dir und uns weitergeht.«

Aus dem Augenwinkel sah Cedric, wie Dr Shaw ruckartig den Kopf in seine Richtung wandte. Fast noch deutlicher bemerkte er jedoch ihr Erstaunen, es kribbelte wie Käferbeine in seinem Kopf. Sie hatte nicht erwartet, dass er eigenmächtig von dem Plan abweichen würde, den sie für ihn und Dorothy vorgesehen hatte. Cedric verkniff sich ein grimmiges Lächeln. Dr Shaw mochte seinem Hirn erfolgreich eingeredet haben, dass er ein Kindermädchen brauchte. Was sie nicht wusste, war, dass Cedrics Hirn ohnehin regelmäßig Dinge von ihm verlangte, die sich bei näherer Betrachtung nicht als vernünftig oder auch nur realistisch praktikabel herausstellten. Er verbrachte schon sein ganzes Leben damit, sich gegen solche Impulse rational durchzusetzen. Dass es ihm jetzt auch bei ihr gelungen war, befriedigte ihn auf einer ganz neuen Ebene, und vielleicht noch ein bisschen mehr, weil es ihm tatsächlich gelang, so zu tun, als hätte er ihre Verblüffung nicht bemerkt.

»Die entscheidende Frage ist jetzt natürlich: Würdest du dich überhaupt imstande fühlen, eine Geburt zu begleiten?« Er hielt seinen Blick so ruhig wie möglich auf Dorothy gerichtet. »Ich meine vor allem, ohne …« Er räusperte sich. »… ohne von meiner Frau oder dem Kind zu trinken. Versteh mich nicht falsch, ich will dir nichts unterstellen, es ist nur … Bei einer Geburt gibt es nun einmal …« Er räusperte sich erneut, trotzdem versagte seine Stimme. »… Blut.«

Blut. Allein es auszusprechen, löste so viele Empfindungen in Cedrics Körper aus, dass es ihn jedes Mal überwältigte. Genau das war es ja, was ihm in dieser Angelegenheit allen rationalen Überlegungen zum Trotz so viel Sorge bereitete. Und Dorothy spürte es auch. Cedric sah es daran, wie sich ihre Augen weiteten, und dann fühlte er auch schon *ihre* Empfindungen, wie sie über seine Haut krochen, bis sich alles in ihm zusammenzog. Der Hunger, den er selbst so gut kannte. Dann Entsetzen. Furcht, vor allem vor sich selbst. Ekel und ein regelrechter Hass allein bei der Vorstellung dessen, was Cedric da angedeutet hatte.

»Natürlich.« Sie schleuderte ihm das Wort förmlich entgegen, sobald sie ihre Stimme wiedergefunden hatte. »Ich würde nie …« Sie schüttelte mit Nachdruck den Kopf. »Ihre Familie hat vor mir nichts zu befürchten. Unter keinen Umständen.« Sie schluckte sichtlich. »Ich habe allerdings noch nie eine Geburt begleitet.«

Cedric zwang sich, ihren Blick ungebrochen zu erwidern. Ließ zu, dass ihre Worte ihn ebenfalls immer tiefer aufwühlten, bis es kaum noch zu ertragen war – nur um ihn dann um so mehr zu beruhigen. So sehr, dass sie sogar ein kleines Lächeln auf sein Gesicht riefen.

»Das hatte ich vor der Geburt meiner Töchter auch nicht, und trotzdem habe ich es zweimal getan, ohne dass jemand dabei gestorben ist. Du wirst dort nicht allein sein und auch gar nicht viel Verantwortung tragen. Dafür haben wir einen Arzt und eine Hebamme. Es geht mehr um die … moralische Unterstützung.«

»Oh. Verstehe.« Für einen Moment schien sich Dorothys Blick nach innen zu richten, als versuche sie sich vorzustellen, wie das sein würde, ehe sich auch ihre Miene in einem Lächeln entspannte. »Dann denke ich, ich kann es.«

Cedric atmete erneut auf. »Gut.« Er löste seine verschränkten Arme und trat zur Seite, um mit einer einladenden Geste ins Innere der Diele zu weisen. »Dann komm rein. Meine Frau und die Mädchen warten bereits mit dem Tee auf uns. Es wird Zeit, dass du sie kennenlernst.«

Kapitel Neun

»Greensleeves«; engl. Traditional

11 Hanover Street, West End, London

Mr Edwards' Haus schien von innen erstaunlicherweise deutlich größer zu sein, als es von außen ausgesehen hatte. Die Diele war verwinkelt und ein bisschen dunkel, mit einer schmalen Holztreppe ins obere Stockwerk und etlichen halb geöffneten Türen zu ebenso vielen Räumen, die unmöglich alle hinter die schmale Backsteinfassade passen konnten.

Mr Edwards nahm Dr Shaw den Mantel und Dorothy den Umhang ab und führte sie durch eine Tür ganz am Ende des Flurs. Dahinter lag ein großes Zimmer mit weizenfarbenen Seidentapeten und Möbeln aus dunklem Holz. Durch die Vorhänge vor den Fenstern fiel die letzte Abendsonne. An der gegenüberliegenden Wand brannten zwei Lampen. Seit Gregor ihr diese immer neuen, immer fremden Augen eingesetzt und ihr das Sehen zurück*geschenkt* hatte, hatte sich Dorothy bisher eigentlich wohler gefühlt, wenn es nicht zu hell um sie war. Wenn sie sich unter ihrer Kapuze verstecken durfte und nicht zu viel auf einmal sehen musste. Das Licht in diesem Zimmer aber war … nett. Es war seltsam, so über Licht zu denken, trotzdem war es das Erste, was Dorothy einfiel.

Als sie hinter Dr Shaw über die Schwelle trat, standen eine Frau mit rundem Schwangerschaftsbauch unter dem lockeren Hauskleid und zwei Mädchen in farbenfrohen Rüschenkleidern gerade von ihren

Stühlen auf. Dorothy sah sofort, dass die Kinder Mr Edwards' Töchter sein mussten. Vor allem die größere der beiden sah ihm so ähnlich, als hätte die Welt bei ihrer Geburt beschlossen, dass sie einen zweiten Mr Edwards brauchte. Dorothy verkniff sich ein stilles Lachen. Der Gedanke sprach für ihn, das musste sie zugeben. Aber auch davon abgesehen überkam sie bei dem Anblick des Raums und der Familie, die darin wohnte, sofort ein warmes Gefühl. Einladend und friedlich. Ein Gefühl von Vertrautheit. Zuhause.

Nicht ihr Zuhause natürlich. Und nicht ihre Familie. Der Gedanke versetzte ihr einen Stich.

Zum Glück trat in diesem Moment Mr Edwards hinter sie und räusperte sich. »Ruth. Erica, Ada. Darf ich euch Dr Shaw vorstellen? Und dies ist Dorothy. Sie möchte euch gern kennenlernen. Wenn ihr euch versteht, wird sie in Zukunft bei uns wohnen und helfen, sich um euch Mädchen und euer neues Geschwister zu kümmern. Dr Shaw, Dorothy. Dies sind meine Frau Ruth und meine Töchter Erica und Ada.«

»Willkommen bei uns!«, sagte die junge Frau, die also Mrs Edwards war. Ihr Lächeln war so herzlich, dass Dorothy ihr das Willkommen sofort glaubte. »Dr Shaw, wie schön, Sie endlich einmal kennenzulernen. Mein Mann spricht in letzter Zeit sehr viel von Ihnen.«

Dorothy sah Dr Shaw aus dem Augenwinkel amüsiert eine Braue heben. »Oh, wirklich. Ist das so?«

»Nur Gutes«, beeilte sich Mrs Edwards zu versichern und wies auf die Tafel. »Bitte nehmen Sie Platz! Wir hatten nicht viel im Haus für einen so spontanen Besuch, aber wir werden hoffentlich trotzdem alle satt.«

Erst jetzt wurde Dorothy richtig bewusst, mit was für feinen Sachen der Tisch gedeckt war. Gurken- und Anchovisandwiches, Plätzchen, Cremetörtchen und kleine helle Brötchen mit Marmelade, dazu Orangen, Äpfel und Walnüsse. Während sich alle setzten und das Dienstmädchen den Tee einzuschenken begann, warf sie einen Blick zu Mr Edwards. War er so reich, dass das hier für ihn wirklich *nicht viel* war? Doch zu ihrer Verblüffung erkannte Dorothy, dass er mindestens so überrumpelt war wie sie. Schon wieder musste sie sich ein Lachen verkneifen. Ob er wusste, was für ein sprechendes Gesicht er hatte? Als würde sich alles, was er dachte und fühlte, ohne Umweg auf seiner Miene abzeichnen. Es war faszinierend zu beobachten, vor allem, wenn er über all dem etwas angestrengt zu lächeln versuchte.

Das Lachen verging ihr allerdings, als ihr einfiel, dass Essen nur noch nach Schwamm und Wasser für sie schmeckte, seit sie ein Vampir war. Jetzt hätte sie es stattdessen gern eingepackt und an die Kinder im Waldhaus geschickt, die noch wirklich etwas damit anfangen konnten – obwohl sie natürlich noch viel mehr von allem gebraucht hätte, damit es für die ganze Bande reichte. Dorothy dachte an die langen Tische, den Lärm, die fröhliche Unruhe im Essraum, und ein Lächeln schlich sich auf ihr Gesicht. Lidia und Tomke hätten einander vermutlich die Nüsse zugeworfen und mit dem Mund aufgefangen, bis sie sich daran verschluckten. Shila hätte einen ausführlichen Vortrag darüber gehalten, wie ekelhaft sie Anchovis und überhaupt Fisch im Allgemeinen fand, und dass sie deshalb ein Recht auf mehr Gurkensandwiches und Brötchen hatte. Antoine hätte von den legendären Orangen auf Korsika erzählt. Und Dorián und Bartosz hätten … einfach alles gegessen. Sie aßen immer einfach alles. Bei dem Gedanken wollte Dorothy erst wieder lachen, doch ihre Kehle war plötzlich wie zugeschnürt. Von allen Heimwehmomenten der letzten Tage war dies der schlimmste, und sie hatte ihn nicht kommen sehen. Ihre Brust zog sich schmerzhaft kribbelnd zusammen, und sie grub ihre Fingernägel in die Handflächen, um sich abzulenken.

Ihr alle. Was macht ihr wohl gerade? Wie geht es euch? Seid ihr … in Sicherheit?

»Sie haben Papa das Leben gerettet«, riss eine helle Stimme sie aus ihren Gedanken. Das ältere der beiden Mädchen saß neben Mr Edwards, direkt gegenüber von Dorothy und Dr Shaw, und musterte sie unumwunden über die Platten, Schalen und Tassen hinweg. »Sie sind wohl eine recht gute Ärztin, nehme ich an.«

»Erica!« Mrs Edwards warf ihr einen tadelnden Blick zu. »Entschuldigen Sie, Dr Shaw. Die Kinder sind manchmal etwas naseweis. Was darf ich Ihnen geben?«

Dr Shaw derweil entlockte Ericas Direktheit sogar ein kurzes Lachen. »Ein Gurkensandwich bitte.« Sie sah zu Mr Edwards hinüber. »Ihre Tochter ist Ihnen offenbar nicht nur äußerlich ähnlich.«

Erica schoss das Blut in die Wangen, und auch sie sah nun verunsichert zu ihrem Vater, der sich seinerseits räusperte, um ein Schmunzeln zu verbergen. »Wir nehmen das als Kompliment, Erica. Ich denke, es war eines.«

Dorothy fand es rührend, wie offensichtlich er sich über die Bemerkung freute. Dabei ärgerte er sich ebenso offensichtlich noch immer ziemlich über Dr Shaw und hatte sich vorgenommen, sie das auch spüren zu lassen. Dorothy verstand das schon. Sie fühlte sich auch nicht wohl mit der Selbstverständlichkeit, mit der Dr Shaw ihre Kräfte einsetzte, um den Lauf der Dinge nach ihren Vorstellungen zu beeinflussen. Es erinnerte sie zu sehr an Gregor – und wenn sie nur daran dachte, was seine Stimme in ihr angerichtet hatte, wurde ihr übel, und das Bedürfnis zu weinen stieg in ihr auf. Andererseits begriff sie auch, dass es manchmal vermutlich einfach nicht anders ging, und sie wollte wirklich glauben, dass Dr Shaw auf ihrer Seite stand. Dass sie tat, was sie tat, weil sie ihr und den anderen Kindern im Waldhaus helfen wollte. Und dass sie diese unangenehmen Kräfte im Zweifel einsetzen würde, um sie zu schützen.

»Erica möchte jetzt auch Ärztin werden!«, warf die kleinere Edwards-Tochter derweil mit strahlendem Lächeln ein. Sie beugte sich zu Dr Shaw, die direkt neben ihr saß. »Eigentlich wollte sie Sie nach Büchern fragen«, flüsterte sie laut genug, dass alle sie hörten. »Aber wie ich sie kenne, traut sie sich nicht.«

»Ada!« Jetzt waren nicht nur Ericas Wangen, sondern ihr gesamtes Gesicht puterrot. Trotzdem zog sie sich nicht zurück, sondern reckte herausfordernd das Kinn vor. Dorothy hatte sie auf Anhieb sehr gern. »Es ist doch nichts falsch daran. Menschen gesund zu machen, ist ein guter Beruf, oder etwa nicht?« Sie atmete etwas schnaufend ein, und Dorothy sah, wie sie die Fäuste ballte. »Auch für Mädchen.«

»Natürlich ist es das.« Mr Edwards legte ihr die Hand auf den Rücken und runzelte die Stirn. »Hat jemand etwas anderes zu dir gesagt?«

Erica zuckte etwas verkrampft die Schultern und schwieg.

»Großmutter meinte, neben den Kindern und dem Haushalt wird sie später sowieso keine Zeit für so etwas übrig haben«, erklärte Ada an ihrer Stelle bereitwillig, »und gute Frauen hätten zuvorderst andere Pflichten zu erfüllen.«

Beinahe hätte Dorothy sich an ihrem Tee verschluckt. Wie schrecklich falsch das klang. Und wie besonders schlimm, es aus dem Mund eines Kindes zu hören.

Auch Mr Edwards' Gesicht hatte sich sichtlich verfinstert. Doch es war nicht er, der antwortete. Sondern Dr Shaw.

»Du weißt natürlich, dass das Unsinn ist, nicht wahr?« Sie lächelte Erica ernst an, und Dorothy hörte wieder einmal jenen besonderen Klang in ihrer Stimme. Wie er Ermutigung und Kraft zu dem Mädchen hinüberschickte und sich fest mit ihrem Selbstbewusstsein verwob. »Wir werden immer Menschen brauchen, die sich dieser Aufgabe so aufrichtig und gewissenhaft stellen, wie du es offenbar vorhast, unabhängig von Geschlecht oder Herkunft. Lass dir niemals etwas anderes weismachen, Erica Edwards. Im Gegenteil, du solltest stolz sein auf deinen Wunsch. Dann wirst du es weit bringen. Wenn du Bücher brauchst, komm mit deinem Vater zu mir. Ich unterstütze dich gern.«

Dorothy sah, wie sich Mr Edwards steif aufrichtete und Dr Shaw einen finsteren Blick zuschoss, den diese allerdings einfach ignorierte. Er war jetzt wirklich wütend, aber er sagte nichts. Vielleicht, weil seine Tochter gerade so glücklich aussah.

»Das werde ich«, flüsterte Erica. Ihre Wangen glühten noch immer, und ihre Augen leuchteten. »Danke, Dr Shaw.«

Etliche Sekunden lang war es sehr still im Raum. Nur das Kaminfeuer knisterte und knackte leise, und die Uhr auf dem Sims ließ ihr leises Ticken hören.

Dann räusperte sich Mrs Edwards. »Es ist sehr nett, dass Sie Erica so ermutigen«, sagte sie mit einem Lächeln zu Dr Shaw und legte Mr Edwards ein Anchovisandwich auf den Teller. »Erzählen Sie uns ein wenig von Ihrer Europareise? Ist dort schon mehr Frühling als hier bei uns?«

Mr Edwards warf ihr einen verblüfften Blick zu – und sein Gesicht entspannte sich widerwillig. Zumindest ein wenig.

»Ich fürchte, ich muss Sie enttäuschen.« Dr Shaw schmunzelte erneut. »Selbst Italien ist um diese Jahreszeit noch recht grau.«

Mr Edwards ließ ein leises Schnauben hören. »Ich wusste nicht, dass Sie zu Smalltalk über das Wetter zu bewegen sind, Doktor.«

»Nun, womöglich liegt es daran, dass Sie es noch nie versucht haben, Mr Edwards.«

»Papa sagt, es lohnt sich nicht, über das Wetter zu reden«, warf Erica ein, ließ ein beeindruckend tiefes Seufzen hören und wechselte einen verschmitzten Blick mit ihrem Vater.

»In dieser Stadt regnet es doch sowieso die ganze Zeit«, erklärten sie im Chor, während Ada kichernd die Augen verdrehte und Dorothy einfach nicht anders konnte, als mitzukichern. Ja, es war nett hier. Anders nett als im Waldhaus, aber trotzdem … schön. Eine Familie. Es würde sich gut anfühlen, hier zu sein. Wenn sie bleiben durfte.

»Und ich habe recht«, erklärte Mr Edwards jetzt. »Nur deshalb gibt es hier so viele gute Musikerinnen und Musiker. Irgendetwas muss man ja anfangen mit all der Tristesse.«

Dr Shaw hob eine Braue. »Wenn Sie das sagen. Ich würde allerdings behaupten, auch Rom hat davon einige zu bieten, beispielsweise. Aber darüber weiß Dorothy mehr als ich.«

»Spielst du auch ein Instrument?« Ada strahlte Dorothy an. Es war schlicht unmöglich, dieses Lächeln nicht zu erwidern.

»Leider überhaupt nicht. Aber ich habe Freunde, die sehr schöne Musik machen. Sie spielen in Rom auf der Straße. Mit der Violine und Klanghölzern und Zupfkästen, und die Leute geben ihnen dafür Geld.«

Ada und Erica rissen die Augen auf. »Oh, ich will auch mal Straßenmusik in Rom machen!«, rief Ada, und Erica nickte heftig.

Das Heimweh kam zurück. Mit überwältigender Wucht. Das Lächeln schmerzte jetzt heftig, und zugleich drängten so viele Erinnerungen aus Dorothys Brust in ihren Kopf, dass sie sie am liebsten alle auf einmal erzählt hätte, während sie noch die Tränen ihren Hals hinunterzwang, damit sie ihre Augen nicht erreichen konnten. »Ja, das würde euch gefallen. Die Leute klatschen und tanzen, und manchmal singen sie sogar mit. Zwischendurch müssten wir vor den Stadtwachen und Carabinieri wegrennen, aber die Menschen hätten euch so gern, dass sie es ihnen schwer machen, und sie erwischen uns wirklich nie, versprochen. Dann würden wir Limonade und Mandelplätzchen für uns kaufen und vom restlichen Geld Vorräte für zu Hause, und … und …« Die Stimme versagte ihr. Die Tränen drohten durchzubrechen, sosehr sie es auch zu verhindern versuchte.

Langsam, Dorothy. Bleib wachsam.

Dorothy zuckte zusammen. Hatte sie das gerade wirklich gehört? Ihr Blick flog zu Dr Shaw. Die erwiderte ihn ernst, und ihre Miene verriet zweifellos, dass Dorothy sich ihre lautlose Stimme nicht bloß eingebildet hatte.

Wenn du deine Gabe nicht unter Kontrolle halten kannst, wird er dich nie wieder in die Nähe seiner Kinder lassen.

Dorothy schluckte. Rasch sah sie zu Mr Edwards hinüber, der noch keinen Bissen von seinem Sandwich gegessen hatte und sie in diesem Moment ebenfalls mit skeptisch gerunzelter Stirn musterte. Und als Dorothy in sich hineinhorchte, spürte sie es auch: dass diese Kraft in ihr aufgewacht war, ohne dass sie es bemerkt hatte. Diese Kraft, die mit jedem Schluck Vampirblut, den Gregor in sie hineingezwungen hatte, gewachsen war. Sich ständig veränderte. Die wie ein Fremdkörper in ihr wohnte und auf eine Gelegenheit wartete, aus ihr herauszubrechen, um die Zeit selbst und alles im Raum zu zerquetschen. Dabei hatte sie in den letzten Stunden so viel Menschenblut getrunken, um dagegen anzukommen! Dorothy rang nach Luft. Eine schreckliche Sekunde dehnte sich schier unendlich.

Nein! Das lasse ich nicht zu.

Die Zeit atmete auf. Die Kraft zog sich zurück.

Dorothy ballte im Schoß die Hände zu Fäusten. Ihre Finger fühlten sich ein wenig verschwitzt an, und sie spürte ihr eigenes Blut darin pulsieren. Davon abgesehen schien alles unverändert. Offenbar hatte außer ihr niemand bemerkt, dass gerade eine sehr außergewöhnliche Sekunde verstrichen war.

Außer ihr … und Dr Shaw. Und Mr Edwards.

Er sah sie immer noch an. Eindringlich und scharf und verständlicherweise besorgt. Doch es lag keine Ablehnung in seinem Blick. Dorothy konnte kaum sagen, wie sehr sie das erleichterte.

»Also, ich hoffe, es ist in Ordnung, wenn ich dich das frage, Dorothy.« Mrs Edwards lächelte ihr über den Tisch hinweg zu, und Dorothy war ihr dankbar dafür, weil dieses einfache Lächeln der Situation ein Stück Normalität zurückgab. »Du sagst, du hast in Italien gelebt. Dein Englisch klingt allerdings eher, als wärest du in den Vereinigten Staaten aufgewachsen?«

Dorothy zwang ihre Finger, sich zu öffnen, und griff stattdessen nach ihrer Tasse. Diese Kraft hatte keine Macht über sie. Es musste möglich sein, sich ganz normal zu unterhalten – selbst wenn es aus ihrem Leben denkbar wenige Dinge zu erzählen gab, die eine britische Familie wie diese als *normal* empfunden hätte.

»Ja, ich bin in Monroe geboren, in Louisiana«, erklärte sie und hoffte, dass es nicht zu offensichtlich war, wie schwer ihr das Lächeln fiel. »Als ich nach Italien gekommen bin, war ich schon dreizehn. Der Vorsteher des Waisenhauses dort war auf der Suche nach älteren Kindern, die helfen können, die jüngeren zu beaufsichtigen. Deshalb hat er mich … bei der Familie ausgelöst, für die ich in Amerika gearbeitet hatte, und mich mitgenommen. Im Waldhaus habe ich dann gemeinsam mit ein paar anderen für die jüngeren Kinder gekocht, ihnen beim sonstigen Haushalt und den Hofaufgaben geholfen und … ja. Seitdem dort gelebt.«

»Dann hattest du aber ein bewegtes Leben bisher.« In Mrs Edwards' Stimme schwang Bewunderung mit. »Ich meine, immerhin hast du Italien nun auch schon wieder verlassen.«

Das Lächeln kostete Dorothy nun noch mehr Kraft als zuvor. Sie hatte lange mit Dr Shaw darüber gesprochen, was sie gefahrlos über sich erzählen konnte. Sie hatte jedoch nicht damit gerechnet, dass auch diese Halbwahrheiten sie so aufwühlen würden.

»Wir Kinder im Waisenhaus wurden regelmäßig medizinisch untersucht, um unser Wachstum zu protokollieren. Bei einer dieser Untersuchungen bin ich Dr Shaw begegnet, und sie hat mir angeboten, mit ihr nach London zu kommen. Für mehr Zukunftschancen. Ich dachte, es wäre … eine gute Idee.«

Mrs Edwards nickte. »Bewundernswert, wirklich. Ich habe England noch nie verlassen, und ich weiß auch nicht, ob ich es könnte. Die Welt da draußen schüchtert mich ein, wenn ich ehrlich bin.« Sie trank einen Schluck Tee. »Aber damit ich das richtig verstehe: Bist du dann jetzt in einer medizinischen Ausbildung bei Dr Shaw? Wird das nicht sehr viel, wenn du auch noch bei uns arbeiten sollst?«

Mit dieser Frage hatte Dorothy tatsächlich nicht gerechnet. Ihr Blick huschte Rat suchend zu Dr Shaw. Die hingegen war erwartungsgemäß nicht so leicht aus der Ruhe zu bringen.

»Es ist keine offizielle Ausbildung«, erklärte sie, ohne mit der Wimper zu zucken. »Dorothy lernt bei mir als Praxisassistentin für so viele Stunden, wie Sie sie von ihren Aufgaben hier freistellen können. Als Vorbereitung für ein medizinisches Studium, sobald sie die Universitätsreife erreicht hat – was ja noch einige Jahre dauern wird. Und falls Ihre Frage darauf gezielt haben sollte: Mit Geburtsbegleitung haben wir uns noch nicht befasst, aber ich werde sie in den kommenden Wochen in alles einweisen, was nötig ist. Sie sind bei Dorothy in besten Händen, Mrs Edwards. Sie hat ein außergewöhnliches Einfühlungsvermögen.«

Mrs Edwards' Wangen röteten sich leicht. »Oh, das wollte ich überhaupt nicht anzweifeln. Entschuldige, wenn es so geklungen hat, Dorothy. Ich höre jetzt auch auf, dich auszufragen. Willst du stattdessen mit auf eine Führung durchs Haus kommen? Ich möchte dir die Familienzimmer zeigen, das Geburtszimmer, und deine Kammer natürlich.«

Dorothy zögerte. Konnte das eine gute Idee sein? Nach dem, was vorhin mit ihrer Blutgabe passiert war? Oder zumindest beinahe passiert wäre?

»Geh ruhig«, sagte Dr Shaw. »Mr Edwards und ich haben derweil ein paar Formalitäten zu besprechen. Nicht wahr, Mr Edwards?«

Mr Edwards zog die Brauen zu einer dichten Linie zusammen. Er schien ebenfalls nicht ganz glücklich mit dem Gedanken. Dann gab er sich einen sichtlichen Ruck. »Das haben wir wohl. Also geht nur.«

Dr Shaws Blick richtete sich wieder auf Dorothy. Ernst und eindringlich und auf diese ganz besondere Art beruhigend.

Vertrau dir selbst, sagte ihre lautlose Stimme. *Wenn du hier arbeitest, wirst du es auch ohne mich schaffen müssen.*

Sie hatte recht, dachte Dorothy. Wenn das hier funktionieren sollte, musste sie sich selbst vertrauen. Warum fiel ihr das neuerdings bloß so schwer?

Die Antwort war leicht: Auch das war etwas, das Gregor in ihr kaputtgemacht hatte. Und etwas, das sie sich definitiv zurückholen würde. Entschlossen stand sie auf. »Dann sehr gern, Mrs Edwards.«

Da schob Ada die kleine Hand in ihre. »Dein Zimmer ist direkt neben unserem! Ich zeige es dir, ja?«

Auch Erica stopfte sich hastig das letzte Stück ihres Brötchens in den Mund und sprang auf. »Und ich das Klavier!«

»Wunderbar.« Mrs Edwards schob ihren Stuhl zurück. »Wir sind in einer Sekunde wieder da.«

Kapitel Zehn

»Con mortuis in lingua mortua«; Bilder einer Ausstellung: VII b; Modest Mussorgsky

11 Hanover Street, West End, London

Formalitäten also«, sagte Cedric, als die Schritte seiner Familie die Diele hinunter und dann die Treppe hinauf gewandert waren und dumpf über ihren Köpfen knarrten.

Dr Shaw musterte ihn unter gehobenen Brauen. »Nun, ja. Sie haben doch sicher noch Fragen, wie ich Sie kenne.«

Cedric verkniff sich ein zynisches Schnauben. Allerdings hatte er die. Was es mit jenem Waisenhaus in Dorothys Erzählung auf sich hatte, zum Beispiel, und welche Art medizinische Routineuntersuchung eine Ärztin wie Dr Shaw dort durchführte – eine Routine, für die sie bis nach Italien fuhr. Ganz zu schweigen davon, was in sie gefahren war, *seine Tochter* in *seinem Haus* mit ihrer Vampirstimme anzusprechen. Allein der Gedanke daran machte Cedric schon wieder furchtbar wütend, egal wie gut gemeint es womöglich gewesen war. Ja, es gab viele Fragen, und so leicht würde er sie definitiv nicht davonkommen lassen.

»Die habe ich. Sie sagten allerdings, dass Sie mir alles *in Ruhe* erklären würden. Diese Situation ist nicht gerade das, was ich als ruhig bezeichnen würde.«

Dr Shaw gab sich kaum Mühe, ihre Belustigung zu verbergen, nun, da sie unter sich waren. »Touché, Mr Edwards. Da haben Sie allerdings recht. Bleiben wir also beim Wichtigsten in Kürze. Sind Sie einverstanden, dass ich Dorothys Koffer am Wochenende zu Ihnen schicken lasse? Kann sie ab der kommenden Woche bei Ihnen in Stellung gehen?«

Cedric starrte auf den noch kaum angetasteten Tee in seiner Tasse. Er war schon fast kalt, aber der Geruch hing noch warm in der Luft. Es war auch noch zu viel von dem guten Essen da, von dem er wirklich nicht wusste, woher Ruth all das in der kurzen Zeit genommen hatte. Es war beeindruckend. Cedric wünschte bloß, es wäre nicht so verschwendet an ausgerechnet diesen Besuch gewesen.

»Sagen Sie mir für den Moment nur eins, Doktor: Warum sind Sie so fixiert darauf, Dorothy bei mir unterzubringen? Warum stellen Sie sie nicht selbst ein? Und wenn das nicht möglich ist, was ist mit Mr Oller? Mit Miss Potter oder Mr Kapoor? Wenn ich es richtig verstehe, gibt es sogar noch etliche andere Vampire in Ihrem Club, die wesentlich mehr Erfahrung und Gelassenheit mitbringen. Also warum ich?«

Dr Shaw musterte ihn ernst – und offener, als Cedric erwartet hatte. »Ich dachte mir, dass Sie das fragen würden. Es gibt eine Vielzahl von Gründen dafür, die ich Ihnen gern erläutere, wenn Sie einen Termin bei mir in der Praxis machen, um mir auch Ihre übrigen Fragen zu stellen. *In Ruhe,* ganz wie Sie sagten.« Sie griff ebenfalls nach ihrem Tee, fast als wollte sie ihn tatsächlich trinken. »Für den Moment belassen wir es am besten auch hier bei dem Wichtigsten: Die Vampirgesellschaft kennt Sie noch nicht. Kaum jemand weiß von Ihrer Existenz, und diejenigen, die es tun, habe ich um strikte Verschwiegenheit gebeten. Niemand wird Dorothy bei Ihnen suchen, und das allein ist Grund genug, dass Ihr Haus die beste Wahl für ein vorübergehendes Versteck ist. Auch wenn es mir leidtut, Ihnen das aufzubürden, jung und unbedarft, wie Sie sind. Ich hoffe, Sie glauben mir das.«

Cedric schloss für einen Moment die Augen, um sich zu sammeln. Das alles gefiel ihm von Minute zu Minute weniger. Was er unterschwellig in Dr Shaws Worten hörte, klang düster und schwerwiegend und nach viel mehr, als er bisher geahnt hatte. »Na schön.« Er atmete tief ein. »Ich glaube Ihnen. Und ich denke, in gewisser Weise verstehe ich es auch. Aber wenn das so ist, muss ich auch dies noch wissen, bevor ich mich endgültig entscheide: Sie sagten, Dorothy sei in Lebensgefahr. Wie haben Sie das gemeint? Und damit will ich sagen: Wie ist das überhaupt möglich?«

»Sie meinen, weil wir als Vampire doch unsterblich sind?« Dr Shaw stellte die Tasse wieder ab und musterte ihn anerkennend. »Guter Einwand. Im weitesten Sinne ist es metaphorisch zu verstehen. Aber ich will Ihnen nichts vormachen, und daher will ich auch nicht verschweigen, dass uns – und damit meine ich in erster Linie Dorothy und mich – in dieser Sache dennoch … ernsthaft existenzbedrohende Situationen bevorstehen könnten.« Sie hob rasch eine Hand, als Cedric den Mund öffnete. »Nicht für Ihre Familie, Mr Edwards, ich bin mir sehr sicher, dass diesbezüglich kein Grund zur Sorge besteht. Schon gar nicht, wenn Sie Dorothy nur vorübergehend bei sich aufnehmen und sich dann entscheiden, sich aus der Angelegenheit zurückzuziehen – was ich verstehen und respektieren würde. Trotzdem, die Lage ist ernst. Das ist alles, was ich in der gegebenen Zeitnot dazu sagen kann. Und sollten Sie uns auf eine Weise helfen wollen, die über ein kurz befristetes Versteckspiel hinausgeht … würde das irgendwann vermutlich auch Sie betreffen. Nicht Ihre Familie, aber Sie schon. Obwohl ich freiheraus natürlich darauf setze, dass Sie es dennoch tun werden, wenn es zu der Entscheidung kommt. Weil es das Richtige ist.«

Cedric zog düster die Brauen zusammen. Unter dem Tisch schloss sich seine Hand um die Stuhlkante, als könne ihm das Halt geben in all dieser surrealen Absurdität. Fast wünschte er sich jetzt, Dr Shaw würde auch bei ihm noch einmal ihre Blutgabe benutzen, um ihn am Boden zu halten. Doch ihm war schon klar, dass das nur dazu führen würde, dass sie ihm weiteren moralischen Druck auflud. »Sie werden mir sehr viel erklären müssen, wenn wir uns das nächste Mal sehen. Und ich hoffe, dass die Erklärung eine gute ist.«

Die stoische Gravitas in Dr Shaws Gesicht veränderte sich kein Stück. »Was ist schon gut, Mr Edwards. Mir wäre am liebsten, wenn meine Argumentation Ihnen einleuchtet und Sie von selbst die richtigen Schlüsse ziehen.« Sie hielt inne und neigte den Kopf, wie um zu lauschen. Über ihnen auf dem Flur waren noch immer gedämpfte Schritte, das Knarren von Dielen und die Stimmen von Ruth, Dorothy und den Mädchen zu hören. Sie mussten gerade im Spielzimmer sein. Cedric lächelte unwillkürlich, als er Adas enthusiastische Stimme erkannte, die sicher irgendwelches Spielzeug detailliert erläuterte.

Dann richtete sich Dr Shaws Blick wieder auf ihn, und das Lächeln verging ihm. »Da wir anscheinend noch einen Moment für uns haben, sage ich es Ihnen ganz offen. Ich habe Dorothy von einer Person gestohlen, die einige sehr mächtige und einflussreiche Vampire zu ihrer Gefolgschaft zählt, und sie werden sie zurückholen wollen. Wenn es ihnen gelingt, sie aufzuspüren, wo auch immer sie sich dann aufhält, wird es ungemütlich für alle Beteiligten.« Sie seufzte. »Hoffen wir einfach, dass wir Dorothy ausreichend vorbereiten können, ehe der Zeitpunkt gekommen ist.«

»Vorbereiten?« Langsam fragte sich Cedric, ob es überhaupt klug wäre, noch weitere Fragen zu stellen. Mit jeder Antwort schien alles nur noch düsterer zu werden.

Dr Shaw lehnte sich in ihrem Stuhl zurück. »Sie wird ihre Blutgabe schulen müssen. Ganz unabhängig von dieser speziellen Angelegenheit möchte ich das übrigens auch Ihnen sehr empfehlen. Blutgaben unbeachtet wuchern zu lassen, hat noch niemandem etwas Gutes gebracht.« Sie schüttelte resigniert den Kopf. »Es ist zu viel für jetzt. Kommen Sie Sonntagabend zu mir in die Praxis und holen Sie Dorothy ab. Können Sie das einrichten? Dann besprechen wir die Details. Es gibt außerdem etwas, um …« Erneut hielt sie inne. Und auch Cedric hörte, wie sich die Geräusche im Obergeschoss nun der Treppe näherten. Ihre Zeit war abgelaufen. Was auch immer Dr Shaw noch hatte sagen wollen, blieb ungesagt.

»Sie werden es hören«, sagte sie stattdessen und stand auf – nur Sekunden bevor Ruth und Dorothy den Salon betraten.

»Also dann. Von unserer Seite wäre alles geregelt.« Sie wandte sich an Ruth. »Was sagen Sie, Mrs Edwards? Ihr Mann meinte, er wolle die endgültige Entscheidung Ihnen überlassen.«

Ruth warf Cedric einen überraschten Blick zu. Offenbar hatte sie nicht geglaubt, dass er es tatsächlich ernst meinte, als er ihr erklärt hatte, die Sache im Zweifel abzusagen. Nur dass er sich nach allem, was er gerade gehört hatte, gar nicht mehr sicher war, wie frei seine

Entscheidung in der Sache wirklich sein konnte. Noch mehr vielleicht nach allem, was er noch *nicht* gehört hatte.

»Ich denke, wir werden uns sehr gut verstehen.« Ruth lächelte Dorothy zu. »Ich habe keine Einwände.«

Dr Shaw nickte. »Hervorragend. Sie fängt gleich nächste Woche an.« Sie wandte sich an Dorothy. »Wir sollten aufbrechen. Es gibt heute noch einiges zu tun.«

»Oh.« Dorothy warf einen raschen Blick zur Tür. »Dann gehe ich schnell noch einmal ins Spielzimmer. Ich habe versprochen, mich zu verabschieden.« Schon war sie aus dem Raum gehuscht.

»Sie ist wirklich eine gute Seele.« Ruth sah ihr nach. »Die Kinder mögen sie jetzt schon sehr. Vielen Dank, dass Sie uns mit ihr bekannt gemacht haben, Dr Shaw.«

»Keine Ursache. Und bitte entschuldigen Sie den überstürzten Aufbruch. Nach der langen Reise stapeln sich die Termine in der Praxis regelrecht.«

Cedric lachte kurz und trocken. »Schon gut, Doktor. Wir sehen uns früh genug wieder, da bin ich unbesorgt.«

Er spürte Ruths vorwurfsvollen Blick sehr deutlich. Aber er hatte sich nun wirklich lange zusammengerissen, den Zynismus bei sich zu behalten, und wenn jemand seine Ehrlichkeit vertrug, dann ganz sicher Dr Shaw.

»Allerdings.« Sie trat in die Diele, wo Martha bereits wartete, um ihr in den Mantel zu helfen. Beinahe im selben Moment kam auch Dorothy mit schnellen Schritten die Treppe wieder hinunter. »Denken Sie an Ihren Termin am Sonntag. Acht Uhr. Einen guten Abend dann also, Mr Edwards. Mrs Edwards. Komm, Dorothy.«

Sie wandte sich zur Tür. Draußen auf der Straße wartete bereits die Kutsche mit Mr Bernard auf dem Bock.

Cedric und Ruth blieben oben auf der Treppe stehen, bis Dr Shaw und Dorothy eingestiegen waren. Mr Bernard schnalzte mit den Zügeln, und kurz darauf war die Kutsche in der Dunkelheit des Abends verschwunden.

Zurück blieb das Ehepaar Edwards, das inzwischen zumindest gut darin war, sich in stillem Einvernehmen anzuschweigen.

»Sonntagabend?«, sagte Ruth endlich und schloss die Tür, um die kalte Abendluft auszusperren, ehe sie sich in den Ritzen zwischen den Dielen festsetzen konnte. »Das ist ein ungewöhnlicher Zeitpunkt für einen Arzttermin.«

Cedric erwiderte ihren Blick ein paar Sekunden zu lang. In diesem Moment wünschte er sich unerwartet heftig, er hätte Ruth in alles einweihen können. Er wollte sie nicht anlügen. Es war bitter genug zu denken, dass er all die schweren Geheimnisse endlich aus dem Weg geräumt hatte, nur um sie umgehend durch neue zu ersetzen, doch das war es nicht allein. Stärker noch als der Widerwille, ihre zerbrechliche Beziehung mit Unwahrheit und Verschweigen zu belasten, war das Gefühl, dass es ihm geholfen hätte, sich Ruth anzuvertrauen. Sie war ihm heute eine so große Stütze gewesen und wusste es nicht einmal. Er *wollte* ihr vollkommen vertrauen können, in allem. Und er wollte doch, dass sie ihn endlich richtig kennenlernte.

Unmöglich. Schon gar nicht, seit er wusste, dass er sie damit vermutlich in große Gefahr bringen würde.

»Das ist es«, überwand er sich zu sagen. »Aber ich habe Dr Shaw gebeten, so bald wie möglich meinen Therapiestatus zu kontrollieren. Wegen meiner … Bettlägerigkeit vor einigen Wochen.« Er räusperte sich. »Und in dieser Woche gibt es nach ihrer langen Abwesenheit wohl keine anderen Termine mehr. Sie haben ja gehört, wie viel sie zu tun hat. Außerdem kann ich bei der Gelegenheit Dorothy abholen und den Transport ihres Gepäcks begleiten.«

»Hmm«, machte Ruth. Ihre Stirn blieb skeptisch gekräuselt, doch sie entschied sich offenbar, das Thema ruhen zu lassen. Gemeinsam kehrten sie ins Teezimmer zurück, das mit seinen kaum geleerten Platten und dem flüchtigen Geruch kalt gewordenen Tees und verloschener Kerzen eigentümlich verlassen wirkte. Martha hatte bereits begonnen, das benutzte Geschirr abzuräumen. Cedric und Ruth schlossen sich ihr schweigend an.

»Es war wirklich eine gute Idee«, sagte Ruth schließlich, während sie die verbliebenen Sandwiches auf einer einzelnen Platte sammelte. Ihr Lächeln war zurückhaltend, aber es war da. »Ich denke, es wird mir helfen, Dorothy hierzuhaben.«

Cedric klaubte ein paar heruntergefallene Orangenschalen von Adas Stuhl und mühte ebenfalls ein schiefes Lächeln auf sein Gesicht. »Ich bin froh, wenn Sie beide sich verstehen«, sagte er, und zumindest das war die Wahrheit. Was den Rest betraf … war er inzwischen tatsächlich überzeugt, dass es *keine* gute Idee gewesen war, noch mehr Vampire in dieses Haus einzuladen. In die nächste Nähe seiner Familie.

Dass es dennoch *richtig* war, wie Dr Shaw behauptet hatte, und dass er sich daher trotzdem vermutlich zumindest für eine Weile damit würde arrangieren müssen … auch das war allerdings leider sehr gut möglich.

Er würde es am Sonntag hören – und dann hoffen, dass alles irgendwie gut ging.

Was blieb ihm jetzt auch noch anderes übrig?

Kapitel Elf

»Descântec de strigoi«; rumänisches Traditional

In der Nähe von Mentana, latianisches Hügelland, Latium, Italien

Was machst du da?«

Céleste stand an der Tür zu Doriáns Zimmer, wie sie es immer tat: das Tablett mit dem Abendessen verkrampft in beiden Händen, und alles an ihr steif und ablehnend bis hin zu ihrer Stimme. Sie hasste es, herzukommen. Sie hasste es, ihm zu begegnen. Und das, entgegen aller Hoffnung, die Dorián in sie gesetzt hatte, jeden Tag ein bisschen mehr.

Darum ignorierte er sie inzwischen einfach. Oder zumindest tat er so, während er am Fenster stand, rötlich goldene Abendsonne im Haar, und mit dem Buttermesser vom Frühstück sehr langsam und bedächtig Kerben in das Holz des Fensterbretts ritzte. Das Brett war zu hart für die stumpfe Klinge, aber man musste nur geduldig genug sein. Manchmal rutschte er ab, und immer wieder geriet er dabei gefährlich nah an seine Finger. Gefährlich. Und dann wieder war es doch nur ein Buttermesser. Völlig harmlos. Die Widersprüchlichkeit des Gedankens besaß eine eigenartige Faszination. Dorián konnte darüber fast vergessen, dass er all das im Grunde nur tat, um Céleste endlich aus der Reserve zu locken.

Er hatte in der knappen Woche, die er nun schon hier war, recht schnell und mit wachsender Frustration begriffen, dass er mit ehrlichen Worten, mit Lächeln und Bitten, einfühlsamem Mitleid oder sogar Tränen auch in hundert Jahren nicht zu ihr durchdringen würde. Nicht einmal mit Wut. Nach ein paar Tagen war keine Emotion mehr übrig geblieben, mit der er es noch hätte versuchen können. Also war er in bitteres Schweigen verfallen – und zu seiner Überraschung war genau das der Moment gewesen, in dem Céleste zum ersten Mal eine andere Reaktion zeigte als knappe Unterkühltheit. Es schien sie zu irritieren, wenn er sie wie Luft behandelte – als bräuchte sie sein tägliches Betteln und seine Selbstdemütigung, um sich zu versichern, dass alles so war, wie es sein sollte. Umso mehr, wenn er dabei noch Dinge tat, die sie nicht einordnen konnte, so wie diese Sache mit dem Messer und der Fensterbank. Darum hatte Dorián begonnen, trotz seiner begrenzten Mittel immer neue Wege zu suchen, um an ihren Mauern zu kratzen. Es war erbärmlich. Sie war erbärmlich. Im Grunde viel erbärmlicher noch als er. Dorián fand einen kleinen und irgendwie schäbigen Trost in dieser Erkenntnis; es half ihm, sich zumindest ein bisschen weniger machtlos zu fühlen. Und es brachte sie näher zu ihm, das war wichtig für die eine, winzige Chance auf Flucht, die er sich noch von ihr versprach. Auf unangenehme Weise, aber wenn er sonst nichts hatte, woran er sich halten konnte, was blieb ihm für eine Wahl?

Er hörte, wie sie das Zimmer durchquerte – mit widerstrebenden Schritten, doch sie tat es. Zuletzt hatte sie das Tablett immer auf dem Boden bei der Tür abgestellt. Das machte diesen Tag sogar noch erfolgreicher als den gestern, als er in der Ecke neben dem Bett gesessen und ein rumänisches Volkslied über bluttrinkende Wiederkehrer gesungen hatte. *Descântec de strigoi*. Er fand es selbst ziemlich unheimlich.

»Hör auf!«, hatte Céleste ihn angefahren. *»Sei sofort still!«*

Und als er nicht auf ihre Anweisung reagierte und weitersang, ohne sie dabei aus den Augen zu lassen, war sie sogar drei Schritte auf ihn zugegangen, nur um im nächsten Moment fluchtartig aus dem Zimmer zu stürmen. Sie mochte es nicht, wenn er sie anstarrte. So viel wusste Dorián inzwischen sicher. Nun sah er aus dem Augenwinkel, wie sie mehr oder weniger unauffällig den Hals reckte, um besser erkennen zu können, was er tat.

»Du darfst die Sachen hier drin nicht kaputtmachen.« Ihre Stimme zitterte leicht, und sie reckte das Kinn vor, als könne ihr das irgendwie mehr Stärke verleihen.

Dorián wartete. Zog eine weitere krakelige Linie in das Holz. Dann wandte er langsam den Kopf, gerade als Céleste im Begriff war, sich wütend wieder abzuwenden. »Und wenn ich sie aber kaputtmachen *will?*«

Halt mich doch auf. Los, mach schon.

Er lächelte, und das gab ihr offenbar den Rest, denn sie stellte das Tablett so heftig auf das Tischchen, dass die Tomatensuppe über den Rand der Schüssel schwappte, und stürmte ohne ein weiteres Wort aus dem Raum. Das Frühstücksgeschirr nahm sie mit. Das Buttermesser nicht.

Dorián sah auf die Tür, die krachend hinter ihr ins Schloss gefallen war. Er war allein, wie so oft. Innen und außen. Aber in dieser Leere breitete sich jetzt ein Gefühl des Triumphs aus. Er hatte eine Reaktion von ihr erzwungen. Er hatte keinen Schritt auf sie zugetan. Sie war zu ihm gekommen, weiter als an jedem Tag zuvor. Irgendwann würde sie nah genug sein, um ihm zu helfen. Ob sie das wollte oder nicht. Dorián würde nicht eher wieder aufhören, als bis ihm die Flucht gelungen war.

In der folgenden Nacht lag er etliche Stunden wach in dem viel zu großen, viel zu weichen Bett, und lauschte dem Wind, der in Böen um das Dach der Villa pfiff. Einmal mehr hatte er seine gedankliche Lichtblase um sich gebildet, die ihm inzwischen wieder so vertraut war, als hätte es nie eine Zeit gegeben, in der er sie nicht als Rückzugsort genutzt hatte. Wenn überhaupt, war sie sogar stärker als früher. Er konnte sie nicht mehr nur fühlen, sondern sogar sehen; spinnwebfeine Schlieren aus Licht zwischen ihm und der Nacht. So lag er dort, eingerollt unter dem dicken Federbett und beide Hände um die Kette an seinem Hals geschlossen, damit der Reif nicht zu sehr drückte, und grübelte über seinen nächsten Schritt nach. Er hatte inzwischen so etwas wie einen Plan. Allerdings erforderte der, Céleste dazu zu bringen, wirklich nah an ihn heranzukommen – und den Mut, etwas zu versuchen, in dem er erwiesenermaßen grauenvoll schlecht war.

Obwohl Dorián, so viel musste er zugeben, jenen zweiten Part inzwischen nur noch aus reiner Gewohnheit bedachte. In Wahrheit war es ihm längst egal. Nach all den Tagen in Ketten und mit der bleibenden Ungewissheit, was Dorothys Schicksal anging, spielte Mut keine Rolle mehr, weil die Verzweiflung und die daraus wachsende Entschlossenheit sowieso größer waren. Wenn sich die Gelegenheit ergab, würde er sie nutzen. Der springende Punkt war nur: Für jemanden, der so ungeschickt war wie er, musste die Ablenkung umso besser sein, damit Céleste nicht merkte, was er vorhatte. Und besser, das hieß in ihrem Fall: verstörender.

Dorián wälzte sich unter dem Deckenhaufen auf den Rücken und folgte dem kälteweißen Schleier seines Atems hinauf zum Betthimmel. Die in der Dunkelheit geistergrauen Stoffbahnen bewegten sich sacht im Windhauch, der es durch die Ritzen im Fensterrahmen zu ihm hereingeschafft hatte. Hier und da schimmerte das Licht von Doriáns Schutzblase auf den luftigen Falten. Auf so hellem Stoff, dachte er vage, würde man Blut besonders gut sehen. Wie auf Dorothys Hemd bei ihrer Flucht …

Ein Hemd, wie auch er es jetzt trug.

Ein verblüfftes und irgendwie kaputtes Lachen fiel über seine Lippen, als ihm der Gedanke kam. Die Lösung. Sie war so lächerlich einfach. Und zugleich gruselte er sich in diesem Moment vor sich selbst, weil ihm auch nur *einfiel*, dass er so etwas tun könnte. Wer so weit ging, dachte er und lachte erneut, musste schon einen weiten Weg durch ziemlich finstere Täler gekommen sein.

Mit einem Ruck schlug er die Bettdecke zur Seite. Seine Ketten klirrten leise, als er zu dem Tablett mit dem Geschirr vom Abendessen hinüberlief. Die leer gegessene Suppenschale; der Teller, auf dem gedünstetes Gemüse und etwas Ei mit Speck gelegen hatten. Die kleine Kaffeetasse. Dorián überlegte kurz. Die Tasse war aus dünnem Porzellan und würde wohl die feinsten Scherben ergeben. Vielleicht tat es damit nicht so weh. Aber vielleicht wären größere, festere Scherben besser zu handhaben. Am besten probierte er es einfach aus.

Rasch griff er die Tasse um den kleinen gewölbten Bauch, schloss die Hand fest darum, und ehe er noch länger darüber nachdenken konnte, schlug er sie gegen die Wand neben dem Fenster. Das Splittern klang hell und viel leiser, als er es sich vorgestellt hatte. Und als er die Hand wieder öffnete, wurde ihm klar, dass sich einige der Scherben ein gutes Stück in seine Handfläche gegraben hatten. Blut quoll hervor und fiel kurz darauf in einem dicken Tropfen zu Boden. Dorián starrte darauf und fühlte sich irgendwie abwesend, als wäre das gar nicht seine Hand und auch nicht sein Blut. Nur der Schmerz, als er die Scherben herauszog und die Finger vorsichtig öffnete und schloss und noch mehr Blut herausdrückte, gehörte ganz eindeutig zu ihm.

Das war ja gar nicht schwer.

Wie mechanisch griff er auch nach der Schale, dem Teller und sogar dem Unterteller der Tasse, um sie ebenfalls an der Wand zu zerschlagen; jedes Klirren ein anderes Stück Musik in der stillen Nacht. Dann wühlte er mit blutenden Fingern in dem kleinen Scherbenhaufen, bis er ein Stück gefunden hatte, das sich gut in seiner Hand anfühlte. Mitsamt der Scherbe kroch er zurück ins Bett, wo er sie neben sich aufs Kissen legte. Vielleicht würde er sich schon im Schlaf versehentlich die Wange aufschneiden, dachte er, als er die Augen schloss, sich auf die Seite drehte und erneut mit beiden Händen nach der Kette an seinem Halsband griff, um das schwere Eisen so weit wie möglich von seiner Kehle fernzuhalten. Dann wäre schon beim Aufwachen alles blutig.

Gut.

Wenn es so nicht funktioniert, weiß ich auch nicht mehr.

Kapitel Zwölf

»Deşteaptă-te, române!«; rumänische Hymne der Freiheit und Unabhängigkeit; Gheorghe Ucenescu (Musik), Andrei Mureşanu (Text)

In der Nähe von Mentana, latianisches Hügelland, Latium, Italien

Er wachte auf, weil ihm das Eisenband um seinen Hals auf den Kehlkopf drückte. Das geschah meistens irgendwann, oft sogar mehrmals in einer Nacht, weil er seit jeher normalerweise auf dem Rücken schlief. Deshalb drehte er sich irgendwann in der Nacht jedes Mal um, da konnte er sich noch so gewissenhaft zum Einschlafen wieder auf die Seite legen und die Kette festhalten. Dann träumte er, dass er erstickte, weil sich eisig kalte Hände um seinen Hals schlossen und zudrückten. Die Hände waren immer dieselben. Das Gesicht, das dabei schemenhaft in der Dunkelheit über ihm schwebte, war jedoch immer ein anderes.

Gregor.

Mateo.

Anabella.

Céleste.

Manchmal sogar Dorothy.

Aber auch Gesichter, die er überhaupt nicht kannte. Sie alle lächelten mit spitzen Zähnen, von denen Blut tropfte. Sein Blut. Sie tranken von ihm, während er erstickte. Doch wenn er aufwachte, röchelnd und nach Atem ringend, war er jedes Mal allein.

An diesem Morgen allerdings kroch der erste Schimmer der Morgensonne bereits durchs Fenster, als hätte ihn die Nacht so sehr ausgelaugt, dass nicht einmal Albträume oder die Angst zu ersticken ihn aus seinem bleiernen Schlaf hatten wecken können. Und auch nicht der Schmerz, der mit leichtem Stechen durch seine rechte Hand zuckte, als er sie bewegte.

Langsam wandte Dorián den Kopf zur Seite. Die Scherbe lag immer noch dort, blankweiß mit fein gemaltem blauem Muster – und verschmiert mit dunkel getrocknetem Blut. Auch die helle Bettwäsche hatte Blutflecken. Nicht so viele, wie er gehofft hatte allerdings. Auch sein Gesicht schien noch unverletzt zu sein, und für einen Moment spürte Dorián Erleichterung. Überhaupt kam ihm sein Plan jetzt bei Tageslicht schon sehr viel weniger durchdacht und sinnig vor. Aber das würde sich schon noch wieder ändern, wenn es sein musste. Er hatte keinen anderen. Immerhin wusste er jetzt, dass der Schmerz im Zweifel ganz gut zu ertragen war.

Etwas mühsam setzte er sich auf, rutschte auf der Matratze zurück, bis er sich mit dem Rücken gegen das Kopfende lehnen konnte, und nahm die Scherbe in die unverletzte Hand. Es war seine geschickte Hand, zumindest etwas geschickter, wenn man eine Hand so nennen durfte, die immer wieder dabei versagte, am Hals der Violine die richtigen Töne zu treffen. So oder so, sie musste heil bleiben. Er würde sie noch brauchen.

Eine ganze Weile saß er so da und beobachtete, wie das Licht vor dem Fenster heller wurde; lauschte mit halbem Ohr auf die Stimmen der Kinder im Hof, die wie jeden Vormittag die Wagen vorbereiteten. Normalerweise war das der Moment, in dem Dorián aufstand und hinüberging, um die Abfahrt zu beobachten.

Heute blieb er sitzen. Er saß da und wartete, und als es draußen wieder ruhig wurde und er stattdessen jeden Moment Célestes Schritte auf dem Gang hören musste, nahm er die Scherbe in die rechte Hand. Seine Finger zitterten ein wenig, als er sie um die scharfen Kanten schloss, und Dorián schloss die Augen und atmete tief durch, um sich zu beruhigen. Es war nicht so schlimm. Er würde sich nicht schwer verletzen, es sollte Céleste bloß erschrecken. Nur ein bisschen. Ein kleines bisschen …

Noch einmal holte er tief Luft. Dann begann er, sich an verschiedenen Stellen seines Oberkörpers in die Haut zu schneiden. Nicht zu tief. Nur so, dass es blutete. In den linken Oberarm. Dann in die Schulter. In die Brust unter dem Hemd. Zweimal. Dabei sang er leise, ein Protestlied, das er in Bukarest oft aus den Kneipenfenstern gehört hatte. Er sang, um ruhig zu bleiben, um nicht versehentlich mit dem Atmen aufzuhören, weil es doch so unerwartet wehtat, deutlich mehr als in der Nacht. Aber das durfte er nicht, er musste weitermachen; nun, da er schon angefangen hatte, war das sein einziger Versuch. Wenn es nicht klappte, würde Céleste vielleicht einfach gar nicht mehr kommen oder noch vorsichtiger sein. Auch die Wunden in seiner Handfläche öffneten sich erneut unter dem Druck. Jetzt war wirklich überall Blut. Es sprenkelte die Laken. Seine Haut. Sein Hemd. Genau so sollte es sein. Dorián zitterte und schwitzte inzwischen am ganzen Körper, nun, da die Sonne direkt durchs Fenster auf ihn schien. Es war warm. Und eisig kalt zugleich. Fahrig wischte er sich mit der heilen Hand durchs Gesicht und lachte, als ihm klar wurde, dass auch die längst voller Blut war. Blut, das jetzt auch in seinem Gesicht und seinen Haaren klebte. Ein weiteres Lachen fiel über seine ausgetrockneten Lippen – gerade in dem Augenblick, als sich die Tür öffnete.

Céleste sagte nichts.

Sie stand nur da und starrte, den Mund leicht geöffnet und die Wangen kreideweiß. Das Geschirr auf dem Tablett begann leise zu klappern.

Dorián sah ihr aus seinem blutverschmierten Gesicht entgegen, und fast fand er es in diesem Moment enttäuschend, dass er sich selbst nicht dabei sehen konnte. »Hallo, Céleste.«

»Was machst du da?« Ihre Worte waren dieselben wie am Tag zuvor, aber sie klangen anders. Wie erdrückt von der Fassungslosigkeit, die sich auch auf ihrem Gesicht abzeichnete.

»Ich mache die Sachen hier drin kaputt«, sagte Dorián, wie er es sich vorgenommen hatte. »Weil ich wirklich keine Lust habe, mich zu benehmen, wie ihr es von mir wollt.«

Mit diesen Worten hob er die Hand mit der Scherbe, um sie diesmal an seine Wange zu setzen. Er bewegte sich extra langsam, damit

Céleste genügend Zeit hatte, sich vorzustellen, was er tun würde, noch ehe er es wirklich tat. Die Bilder, die dabei in ihrem Kopf entstanden, flackerten förmlich in ihren geweiteten Augen.

Dorián drückte die scharfe Splitterkante in die Haut über seinem Wangenknochen. Spürte, wie sie eindrang und der erste Tropfen Blut hervorquoll.

Das Tablett polterte zu Boden. Noch mehr Scherben. Dorián lachte. Er konnte gar nicht mehr aufhören, obwohl es ja in Wahrheit gar nicht lustig war, sondern sehr traurig, wie weit es mit ihm gekommen war. Er lachte, dass sein ganzer Körper zuckte und ihm die Tränen kamen, doch seine Hand hielt eisern die Scherbe fest und gegen sein Gesicht gedrückt, so lange, bis Céleste plötzlich bei ihm war und sie ihm aus den Fingern riss.

»Du hast aber nicht kaputt zu sein!«, schrie sie mit zu schriller Stimme. *»Du darfst von jetzt an nie mehr kaputt sein!«*

Sie war ihm plötzlich ganz nah, so nah, dass Dorián gar nicht glauben konnte, dass es wirklich funktioniert hatte, und die Erkenntnis brachte ihn wieder zurück auf den Boden. Dorthin, wo kein Lachen mehr war und kein Zittern. Nur noch klare Entschlossenheit. Er hob den Kopf und sah Céleste erneut direkt ins Gesicht.

»Tut mir leid«, flüsterte er, und ehe sie Zeit hatte zu ahnen, was er jetzt tun würde, streckte er die Arme aus und griff nach ihr, zog sie weiter aufs Bett und in eine blutige Umarmung. »Es tut mir so leid, Céleste.«

Céleste versteifte sich. Sie atmete zischend aus und wollte sich vom Bett zurück auf die Beine kämpfen, aber Dorián ließ sie nicht. Er hielt sie mit einem Arm so fest er nur konnte, obwohl die verwundete Hand brannte wie Höllenfeuer, und legte die andere an ihren Hinterkopf – eine Geste, die zärtlich hätte sein können, wenn er nicht ausgerechnet in diesem Moment begriffen hätte, wie sehr er sie inzwischen hasste. Die ganze Zeit! Die ganze Zeit hätte sie ihm helfen können, und Dorothy vermutlich auch, aber sie hatte es nicht getan! Sie würde es auch jetzt nicht tun, wenn er sie nicht dazu zwang, also drückte er sie noch fester an sich und spürte, wie sich sein blutdurchnässtes Hemd gegen ihr feines Kleid drückte. Ein Augenblick des unglaublichen Triumphs, nur ein Sekundenbruchteil, ehe sie sich so heftig in seinem Arm zu winden begann, dass er sie nicht mehr halten konnte. Aber es gab ja nun auch keinen Grund mehr, sie weiter festzuhalten. Sollte sie laufen. Es war ihm jetzt völlig egal.

Céleste, inzwischen ebenfalls voller Blut, krabbelte hastig von ihm fort, fiel beinahe vom Bett und stolperte ein paar Schritte rückwärts, bis sie gegen die Wand stieß. Sie schrie schon wieder etwas, vielleicht hatte sie auch die ganze Zeit geschrien, ohne dass er es bewusst wahrgenommen hatte. Egal. Alles egal. Dorián saß bloß da und beobachtete, wie sie flüchtete. Vielleicht würde er sie nie wiedersehen. Aber auch das war egal – denn in seiner unverletzten Hand lagen zwei ihrer Haarnadeln. Zwei sogar.

Aufatmend ließ sich Dorián zurück in die Kissen sinken, hielt die Nadeln über sein Gesicht und beobachtete, wie sich das Sonnenlicht matt schimmernd darin fing. Sie waren so schön, und er war so kaputt, und er weinte und lachte dabei, weil alles so furchtbar war.

Du hattest recht, Mihai, dachte er und wünschte sich für einen schwachen Moment, der Kater könnte hier sein und sehen, was für ein aberwitziger Diebstahl ihm gerade gelungen war. *Das Wichtigste ist, zu wissen, wie man wieder rauskommt.*

Kapitel Dreizehn

»Nocturne«, Op.19 No.4 für Cello and Piano; Pjotr Iljitsch Tschaikowsky

In der Nähe von Mentana, latianisches Hügelland, Latium, Italien

Dorián wartete eine Weile, ehe er sich daranmachte, die Schlösser zu öffnen, die die Eisenfesseln um seinen Hals, Hände und Füße an Ort und Stelle hielten. Es war immerhin gut möglich, dass Céleste direkt zu Gregor oder sonst jemandem gelaufen war, um über sein Verhalten zu berichten, und falls sie das getan hatte, würde sicher bald jemand nach ihm sehen. Wenn sie ihn dann ohne seine Ketten erwischten, wäre alles umsonst gewesen.

Doch niemand kam. Der Flur vor seinem Zimmer blieb so still wie jeden Tag. Also kletterte Dorián schließlich aus dem blutigen Bett, hockte sich mit überkreuzten Beinen auf den Läufer, der davorlag, und begann mit seiner Arbeit.

Es dauerte lange. Viel länger, als er gehofft hatte. Denn obwohl er wirklich alles einsetzte, was er an Erfahrung und Tricks beim Schlösserknacken gesammelt hatte, war es doch etwas ganz anderes, winzige Kettenschlösser zu öffnen. Noch dazu eines davon mit seiner schwächeren und darüber hinaus verwundeten Hand, und ein anderes an seinem Hals, wo er nicht sehen, sondern bloß ertasten konnte, was er da tat.

Es dämmerte bereits, als der letzte Bügel endlich mit einem erlösenden Klicken aufsprang. Hektisch zerrte Dorián an dem geöffneten

Schloss, um es aus der Führung zu reißen. Mit einem Mal konnte er den Eisenring um seinen Hals nicht eine Sekunde länger ertragen, und als der Reif endlich zu Boden polterte, japste er so tief nach Luft, als hätte er seit Wochen nicht richtig atmen dürfen.

Mit einem tiefempfunden Ächzen ließ sich Dorián nach hinten gegen den Bettrahmen sinken und lehnte den Kopf gegen die Matratze. Er fühlte sich ungewohnt leicht nach all den Tagen mit dem zusätzlichen Gewicht – dem echten in Form der Ketten, aber auch dem, das sie an seine Gedanken und sein Gemüt gehängt hatten. So leicht, dass es ihm kribbelnd bis hinter die Stirn stieg und ihn ein bisschen schwindelig machte. Oder war das vielleicht auch der Hunger? Er hatte seit dem Abend zuvor nichts mehr gegessen.

Bei dem Gedanken wurde ihm zum ersten Mal bewusst, dass nicht nur niemand gekommen war, um nach ihm zu sehen, sondern dass auch Céleste nicht aufgetaucht war, um ihm Abendessen zu bringen. Was in diesem Moment sicher nicht seine dringlichste Sorge war, doch er fragte sich, was der Grund dafür sein konnte. Hatte er sie so verstört, dass sie sich verkroch? Oder – wahrscheinlicher – schämte sie sich so sehr, dass sie sich nicht traute, Gregor und dem Rest der Familie zu erzählen, wie sie sich von ihm aus der Fassung hatte bringen lassen?

Was auch immer es war, es war gut für ihn. Entschlossen rappelte sich Dorian auf etwas wacklige Beine auf. Ihm blieb keine Zeit. Irgendwann *würde* jemand merken, dass etwas nicht stimmte, und dann war er besser nicht mehr hier.

Das Schloss an der Tür war verglichen mit denen seiner Ketten ein Kinderspielzeug. Es war sogar wesentlich leichter zu öffnen als die meisten angerosteten Schlösser der vielen Hintertüren, die Dorián in seinem letzten Jahr in Bukarest geknackt hatte. Sogar jetzt, wo es beinahe völlig dunkel war und nur ein kleines Öllicht einen trübgelben Fleck in die Schatten malte. Vorsichtig drückte Dorián die Klinke nach unten, und die Tür öffnete sich lautlos.

Der Flur war noch dunkler als sein Zimmer. Entweder gab es hier keine Fenster oder die Vorhänge waren so dicht zugezogen, dass nicht einmal das Mondlicht einen Weg hineinfinden konnte. Auch der Schein seiner kleinen Lampe reichte nicht besonders weit, und

Dorián hatte keine Ahnung, in welche Richtung er sich wenden musste, um eine Treppe in die unteren Stockwerke zu finden. Es war kühl und still hier draußen, bis auf seinen eigenen Atem und das leise Knistern des Dochtes, als wäre das Haus völlig verlassen. Obwohl das bestimmt täuschte. Wo sollten sie denn sein? Alle von ihnen auch noch? Im Waldhaus wohl jedenfalls nicht. Dort war jetzt noch nicht einmal Schlafenszeit. Nein, sie waren sicher hier irgendwo im Haus. Weiter unten, wo abends oft für eine Weile die Lichter hinter den Vorhängen aufleuchteten.

Dorián versuchte sich zu erinnern, wie Célestes Schritte geklungen hatten, wenn sie sich seinem Zimmer näherte, und wandte sich zögernd in die Richtung, aus der er glaubte, sie kommen gehört zu haben. Je weiter er voranschlich, desto kühler schien der dünne Teppich unter seinen nackten Füßen zu werden. Ein leichter Luftzug trieb ihm entgegen, biss in seine Augen und ließ die Flamme des Öllichts flackern. Dorián fröstelte. Woher kam denn diese Kälte? Mitten in einer Februarnacht ließ doch niemand ein Fenster offen stehen?

Er verlor den Gedanken, als er an der gegenüberliegenden Wand des Flurs ein schattiges Loch entdeckte, das ein Treppenschacht sein konnte. Schimmerte da nicht sogar etwas Licht herauf? Rasch schlich Dorián näher heran und erkannte einige ausgetretene Holzstufen, bedeckt mit demselben fadenscheinigen Teppich, der auch hier im Gang lag.

Dorián atmete auf. Er war auf dem richtigen Weg! Das war immerhin ein guter Anfang, obwohl ihm nur zu klar war, dass noch zwei Stockwerke vor ihm lagen, die sehr wahrscheinlich deutlich weniger dunkel und verlassen waren als dieses. Flure, auf denen er sich nicht auskannte, hell und ausweglos, genau die Art Umgebung, die er bei seinen früheren Einbrüchen unter allen Umständen gemieden hatte. Wenn er dort überrascht wurde, hätte er wenig Chancen, rechtzeitig ein Versteck zu finden. Sein Herz schlug erneut etwas schneller bei dem Gedanken.

Aber solche Ängste durften ihn jetzt nicht aufhalten. Er war zu weit gekommen und hatte zu viel riskiert, als dass er jetzt noch scheitern durfte.

Also los.

Er war drauf und dran, sich vorsichtig die ersten Stufen hinunterzutasten, als er ein Stück voraus, ganz am Rand des Lichtfelds der Öllampe, eine weitere Tür entdeckte. Dorián hielt inne. Er wusste nicht sofort, was diese Tür an sich hatte, das ihn so zögern ließ. Rein äußerlich war es eine eher schlichte, nur wenig verzierte Tür, wie es sie vermutlich haufenweise in der Villa gab. Tatsächlich sah sie genauso aus wie die, durch die er gerade erst entkommen war, und trotzdem – oder vielleicht gerade deswegen – jagte ihr Anblick Dorián einen Schauer über den Rücken.

Der kalte Luftzug kam von dort.

Noch einmal sah Dorián zur Treppe, während er in den weiten Taschen seiner Nachthose nach den Haarnadeln tastete. Er sollte wirklich so schnell wie möglich von hier verschwinden. Jeder weitere Moment hier machte es für ihn nur gefährlicher. Aber dieses Zimmer …

Und dann fiel es ihm ein.

Natürlich! Er *wusste*, was das für ein Zimmer war. Er hatte es vom Hof aus gesehen … wie Dorothy von hier aus dem Fenster geklettert war.

Dorothy!

Hitze stieg Dorián in die Wangen. Sein Herz schlug jetzt wie ein Schmiedehammer. War sie dort drin? Hoffentlich … oh, er hoffte so sehr, dass sie es nicht war, aber wenn doch …

»Dorothy!« Sein Flüstern klang zischelnd scharf in der Stille. Er wagte nicht zu klopfen, nur ein schwaches Pochen mit dem Fingerknöchel, das trotzdem viel zu laut klang.

Keine Antwort. Aber bedeutete das wirklich, dass sie nicht da war? Vielleicht hatte sie es durch das massive Holz nicht gehört, vielleicht schlief sie, vielleicht hatten sie sie noch fester gefesselt als ihn, damit sie nicht noch einmal floh, vielleicht konnte sie nicht antworten, weil ihr Mund zugebunden war …

Die Haarnadeln glitten Dorián beinahe aus den plötzlich schweißfeuchten Händen, als er sie aus der Tasche zerrte und die Lampe auf dem Boden abstellte, um sich am Schloss der Tür zu schaffen zu machen. Er musste nachsehen, sonst würde er in diesem Leben keinen Frieden mehr finden. Das Licht war jetzt noch schlechter als zuvor, aber die Art des Schlosses war dieselbe, vermutlich konnte man es sogar mit ein und demselben Schlüssel aufschließen. Mit einem leisen Knarren schwang die Tür nach innen.

Silberweißes Mondlicht drang ihm entgegen. Helle Vorhänge und ein luftiger Betthimmel bauschten sich im eisigen Wind, der von draußen hereindrang.

Das Zimmer war leer.

Nein. Nicht leer. Oder?

Wie von unsichtbaren Fäden gezogen, machte Dorián ein paar Schritte in den Raum hinein, obwohl sein Herz inzwischen so wild trommelte, dass er es bis unter die Schädeldecke spürte. In seinen Ohren rauschte es, und er roch plötzlich wieder überdeutlich all das Blut, das an seinen Kleidern und seiner Haut klebte. Er hatte es nun schon so viele Stunden an sich, dass er es gar nicht mehr wahrgenommen hatte. Jetzt war es wieder da; süßlich, metallisch und stechend. Ihm wurde heiß und kalt zugleich, alle Härchen an seinem Körper sträubten sich, während der Drang zu fliehen wild in seinem Kopf pochte. Er musste von hier verschwinden! Hier war doch niemand, Dorothy war nicht da, ihre Flucht war geglückt, und auch er musste so schnell und so weit wie möglich fort von dieser Villa …

Nur konnte er nicht. Seinen Füßen schien es völlig egal zu sein, was der Verstand ihnen zuschrie; wie festgefroren verharrten sie an Ort und Stelle, während sein Blick durch den Raum glitt und Detail um Detail in sich aufsaugte, sie an ihren Platz setzte wie Puzzleteile, die nach und nach ein schreckliches Bild ergaben. Da war das zerstörte Fenster, es hing schief in seinem Rahmen und ließ sich offenbar nicht mehr ganz schließen, sodass die kalte Luft hereindringen konnte. Aber nicht nur das Fenster selbst war zerstört. Auch in Dorothys Zimmer hatte es Gitter gegeben. Nur waren sie herausgerissen oder herausgestemmt worden, ganze Brocken des Mauerwerks lagen davor auf dem Boden. Daneben ein umgestürztes Tischchen wie das in Doriáns Zimmer, Trümmer eines Stuhls. Und dunkle Flecken auf dem Teppich. Große Flecken. Doriáns Blick blieb sekundenlang daran hängen wie festgeheftet, sprang dann weiter zum nächsten, einer Spur aus Sprenkeln folgend, und mit jedem Fleck, ob groß oder klein, wuchs das Begreifen.

Es war gar nicht sein Blut, das er roch. Es war das Blut in diesem Zimmer. Blut von Fremden. Vielen Fremden. Und mehr. So ... viel ... *mehr* ...

»Hilfe!«, flüsterte eine Stimme hinter ihm.

Dorián fuhr herum. Sein Mund öffnete sich zu einem lautlosen Schrei.

Eine einzelne Person saß inmitten eines wüsten Haufens nackter, regloser Körper. Das Gesicht war nahezu unkenntlich von all dem verschmierten Blut darauf, aber eines sah Dorián sehr deutlich: Sie hatte keine Augen mehr.

Sie alle hatten keine Augen mehr.

Sein Herz begann erneut zu rasen. Mit einem Mal sah er Dorothy wieder ganz klar vor sich. Ihr Blick, der sich auf ihn richtete, bei ihrer Begegnung im Wald. So fremd und zugleich so stark.

»Diese Augen. Manchmal bluten sie. Es ist immer alles voller Blut.«

Dorián wurde schwindelig. Sein Kopf aber gab keine Ruhe; nun sah er Dorothy bei ihrer Flucht, das wüste Glühen in ihrem Blick, ehe sie auf Reinas Rücken sprang.

Andere Augen. Ein anderer Blick.

»Hilf mir«, flüsterte die Stimme noch einmal.

Und jetzt erkannte Dorián sie endlich.

»Anabella?« Ihr Name war ein heiseres Krächzen in seinem Hals. Entsetzt bemerkte er nun auch die Ketten um ihren Hals und ihre Gelenke. Ketten, viel kürzer als die, die er getragen hatte. Ketten, um sie nah an der Wand zu halten – und nicht nur sie. All die Toten, zwischen denen sie kauerte, waren ebenfalls gefesselt gewesen. Was auch immer sie hier erwischt hatte, sie hatten keine Chance gehabt zu entkommen.

»Hilfe!«, flüsterte Anabella ein drittes Mal und streckte die Hand nach ihm aus. »Ich brauche ... ich ... *brauche* ...« Ein Lächeln verzerrte ihre Lippen und entblößte ihre Eckzähne. Blutige Zähne. »Ich brauche dich. Komm her zu mir!«

Und Dorián spürte mit Entsetzen, dass er keine andere Wahl hatte, als dem Befehl Folge zu leisten. Zu ihr zu gehen, in die Reichweite dieser Zähne, an denen nun blutiger Speichel heruntertropfte. Ja, dass er es in diesem Moment tatsächlich *wollte*. Er wollte zu ihr, wollte sich ihr hingeben, dieser Stimme, diesem fast lautlosen Ruf, ihr alles geben, was er hatte, und noch mehr ...

»Man kann sich ihren Stimmen nicht widersetzen«, sagte Bartosz in seiner Erinnerung, und Dorián krallte die nackten Zehen in den dünnen Teppich, um es eben doch zu versuchen; er würde sich wehren! Er hatte es einmal getan und würde es wieder tun!

»Komm!«, flüsterte Anabella, lockend und noch immer so furchtbar schauerlich lächelnd mit ihrem augenlosen Gesicht. »Hilf mir. Es tut gar nicht weh.«

Sein Widerstand brach. Schon setzte er den ersten Fuß vorwärts, dann den zweiten.

»Bleib stehen, Dorián!«

Die zweite Stimme kam von der Tür her. Sie war tief und sanft, zärtlich beinahe, und ließ Dorián trotzdem mitten in der Bewegung erstarren, als hätte ihn eine Hand mit energischem Griff am Genick gepackt. Was immer er gerade noch empfunden hatte, verpuffte.

Er wusste nur zu genau, zu wem diese Stimme gehörte. Eine Stimme, die selbst Anabella zucken und sich in ihren Haufen aus Leichen zusammenkauern ließ; eine Stimme so viel mächtiger als alles, was er je im Leben gehört hatte.

»Kleiner Engel«, sagte Gregor sanft. »Was machst du denn hier draußen?«

Kapitel Vierzehn

»Geistervariationen«; Thema and Variationen in Es-Dur, WoO 24;
Robert Schumann

99 CAMBRIDGE STREET, WESTMINSTER, LONDON

Am Sonntagabend um fünf Minuten nach acht fand sich Cedric erneut in der Praxis Dr & Dr Shaw wieder. Tatsächlich war er offenbar nicht der einzige Patient, der einen Sondertermin zugewiesen bekommen hatte. Als er hinter Mr Bernard den Vorraum betrat, schien unter der Tür zu Dr Shaws Behandlungszimmer Licht hindurch, und er hörte eine zweite Stimme auf der anderen Seite, die weder ihrem Mann noch Dorothy gehörte – was Cedric mehr erleichterte, als nötig gewesen wäre. So war das, was er Ruth erzählt hatte, zumindest nur eine halbe Lüge gewesen, und obwohl das vermutlich keine echte Rolle spielte, bewirkte es doch, dass es sich etwas weniger falsch und schuldig anfühlte, auch nur hier zu sein.

Das änderte sich allerdings schlagartig, als Mr Bernard ihn ohne Umschweife ins Behandlungszimmer führte und Cedric erkannte, dass es niemand anderes als Roseanne Potter war, die im Besucherstuhl vor Dr Shaws Schreibtisch saß.

»Mr Edwards!« Ihre leuchtend türkisen Röcke raschelten, als sie sich erhob und ihm zulächelte. »Fünfundvierzig Jahre und nicht einen Tag gealtert. Sie sehen fabelhaft aus.«

»Guten Abend, Miss Potter«, erwiderte Cedric, während er sich noch zu entscheiden versuchte, ob er über ihren Sarkasmus lachen, über ihre Anwesenheit erleichtert sein oder direkt auf eine gesunde Distanz zu ihr gehen sollte. »Mit Ihnen habe ich hier nicht gerechnet. Haben Sie mir auch etwas zu erklären?«

Miss Potter hob spöttisch eine fein gezeichnete Braue. »So ähnlich. Dr Shaw hat mich um Unterstützung in Ihrem Fall gebeten. Offenbar zu Recht, möchte ich sagen.« Sie zeigte in einem breiteren Lächeln ihre Vampirzähne und musterte ihn mit halb gesenktem Kopf durch dichte schwarze Wimpern. »In Wahrheit hatte ich natürlich Sehnsucht nach Ihnen.«

Cedric schloss die Tür hinter sich und entschied, den letzten Kommentar zu übergehen – und zugleich zu akzeptieren, dass es irgendwie gut war, sie wiederzusehen. Er war ihr immer noch dankbar für das, was sie im Golfclub für ihn getan hatte.

»Apropos Dr Shaw. Ist sie nicht hier? Ich dachte, ich hätte sie eben noch sprechen gehört.«

Miss Potter warf einen Blick zur zweiten Tür hinter dem Schreibtisch – jene, die hinüber ins Behandlungszimmer von Harold Shaw führte. »Sie ist für einen Moment nach nebenan gegangen. Es gibt dort wohl einiges vorzubereiten. … Armes Mädchen.« Die letzten Worte waren leise, wie für sie selbst bestimmt, und als ihr Blick wieder auf Cedrics traf, war der spöttische Funke daraus verschwunden. »Sie haben noch keine Ahnung, was Sie hier heute erwartet, nicht wahr?«

Cedric spürte, wie sich zwischen seinen Brauen eine steile Falte bildete. Doch bevor er dazu kam, etwas zu antworten, öffnete sich die Tür hinter dem Schreibtisch, und als hätten sie sie allein durch die Nennung ihres Namens herbeibeschworen, erschien Dr Justine-Kate Shaw im Raum.

»Mr Edwards. Pünktlich sind Sie, das muss man Ihnen lassen.« Sie schloss die Tür hinter sich und ließ sich mit einem schweren Seufzer in den Stuhl hinter ihrem Schreibtisch sinken, ehe sie mit einer vagen Geste auf die Besucherstühle wies. »Setzen Sie sich. Wir können gleich anfangen mit Ihren Fragen. Ich brauche nur zwei Sekunden zum Verschnaufen.«

Cedric runzelte die Stirn, doch er kam der Aufforderung nach. Dr Shaw wirkte unübersehbar erschöpft. Da waren Falten und graue Schatten in ihrem Gesicht, die dort für gewöhnlich nicht waren, und das lag nicht ausschließlich am weißlich hellen Gaslicht im Behandlungszimmer.

Auch Roseanne Potters Miene wirkte besorgt, als sie sich wieder setzte. »Geht es dir gut, Justine?« Ihr Blick huschte zur Tür hinter dem Schreibtisch. »Was ist mit Dorothy?«

Dr Shaw antwortete nicht gleich. Einige beklemmend stille Sekunden lang sah sie bloß ins Leere, oder vielleicht auch nach innen, während ihre Finger scheinbar geistesabwesend mit dem Stift spielten, der auf der Arbeitsplatte gelegen hatte.

»Ich denke« sagte sie schließlich und hob den Kopf, um den Blick zuerst auf Miss Potter und dann auf Cedric zu richten, »es ist wirklich nötig, dass ich Hilfe bekomme. Von Ihnen beiden.«

Cedric fröstelte unwillkürlich bei den Worten, obwohl es in der Praxis warm war – etwas zu warm vielleicht sogar.

»Bevor wir aber weitermachen«, fuhr Dr Shaw fort und zog eine ihrer Schreibtischschubladen auf, »sollten wir alle etwas trinken. Mein Mann ist heute nicht zugegen, aber er hat mit Miss Bonnet und Mr Bernard diese Rationen für uns vorbereitet.« Sie zog eine Schatulle aus der Schublade, wie Cedric sie selbst inzwischen so oft nutzte, und reichte Miss Potter und Cedric je eine Phiole. Niemand sagte etwas, während sie tranken, und für einen Moment drängte sich Cedric der Gedanke auf, wie surreal es war, diesen Akt des Bluttrinkens, den er zu Hause nur hastig und heimlich in unbeobachteten Momenten erledigte, nun in einer Art geselligen Runde zu tun. Vor allem, da ausnahmsweise niemand von ihm erwartete, dass er stattdessen einen anderen Menschen in den Hals biss. Dann erreichte das Blut seinen Magen, und die Erleichterung, die es brachte, spülte alle Gedanken mit sich fort. Für einen kostbaren Augenblick war da nur Wärme. Frieden. Erlösung. *Stille.*

Es verging viel zu schnell.

»Nun gut. Wir sollten nicht unnötig Zeit verlieren. Fangen wir also an mit Ihren Fragen«, holte ihn Dr Shaws Stimme zurück ins Behandlungszimmer.

Cedric blinzelte, und erst jetzt wurde ihm bewusst, dass er die Augen irgendwann innerhalb der letzten Sekunden geschlossen hatte.

»Vermutlich möchten Sie wissen, wer Dorothy eigentlich ist, was es mit dem Waisenhaus auf sich hat, aus dem sie kommt, und warum ich es für nötig gehalten habe, sie herzubringen und zu verstecken.« Auch Dr Shaw sah jetzt wieder deutlich besser aus. Weniger bleich und verhärmt als zuvor – aber immer noch ungewohnt erschöpft. »Und natürlich, wie das alles mit der Soul Society in Verbindung steht?«

Cedric runzelte die Stirn. »Tatsächlich wüsste ich vor allem gern, warum Dorothy nicht dabei ist, wenn wir über sie sprechen.« Er konnte nicht verhindern, dass sein Blick erneut zu der Tür hinter Dr Shaws Schreibtisch glitt. War Dorothy dort drüben? Warum, wenn Harold Shaw doch nicht hier war? Was genau ging hier vor sich, und wobei brauchte Dr Shaw nicht nur seine, sondern auch Miss Potters Hilfe?

Dr Shaw lächelte schmal. »Eins nach dem anderen, Mr Edwards. Dazu kommen wir früh genug, seien Sie unbesorgt. Dorothy hat ihre eigenen Vorbereitungen zu treffen. Wir hier fangen für den Moment vielleicht am besten mit der Beschreibung der Waisenhäuser an. Das wird schon einiges klären.« Sie wandte sich an Roseanne Potter. »Das kannst du vermutlich besser als ich. Also, würde es dir etwas ausmachen?«

Miss Potter wandte sich Cedric zu und lächelte. »Ganz und gar nicht. Zuallererst möchte ich Ihnen aber noch etwas geben, wenn Sie erlauben.« Sie schob eine behandschuhte Hand in die Tasche an ihrem Gürtel, um ein flaches, fein graviertes Döschen herauszuholen. Mit einem hellen Klicken sprang der Deckel auf. »Erinnern Sie sich, dass ich Ihnen auf dem Blackheath von meinen gelegentlichen Identitätsdiebstählen erzählt habe? Ich habe nach unserem letzten Treffen ein wenig bereut, Ihnen nicht meinen wahren Namen verraten zu haben. Diese Gelegenheit möchte ich nicht noch einmal verpassen. Spätestens jetzt ist der beste Zeitpunkt dafür.«

Sie zog ein Kärtchen aus dem Etui und reichte es Cedric. »Dr Tariqa bint Amin al-Māwardī«, sprach sie aus, was darauf stand. »Intersektionale Hämatoneurologie und Psychoanalyse. Sie dürfen mich allerdings sehr gern Tariqa nennen.«

Das Lächeln, mit dem sie Cedric bei diesen Worten bedachte, war leicht wie zuvor. In ihren Augen allerdings funkelte eine unerwartete

Schärfe – wie eine Herausforderung, die Cedric nicht sofort verstand. Sein erster Impuls war, die für sein Empfinden übereilte Vertraulichkeit höflich, aber bestimmt abzulehnen. Dann jedoch sah er noch einmal auf das Kärtchen in seiner Hand. Auf den Namen, der darauf stand, und lauschte dem Klang nach, den sie ihm dazu vorgegeben hatte. Ein Klang, von dem er sich definitiv nicht sicher war, ob seine ans Englisch gewohnte Zunge ihn auch nur annähernd korrekt würde nachbilden können. Steckte also das dahinter? Bot sie ihm den Vornamen an, um sie beide vor der unangenehmen Situation zu bewahren, in die es sie jedes Mal bringen musste, wenn er erneut daran scheiterte? Je länger er darüber nachdachte, desto sicherer war er sich, dass das die eigentliche Entscheidung war, die sie ihn treffen ließ: Traute er es sich zu, ihren Namen angemessen zu benutzen? Oder hatte er andernfalls genug Respekt, um es entgegen aller Etikette einfach bleiben zu lassen?

Die Antwort war leider zu eindeutig.

»Vielen Dank, Tariqa«, sagte er daher nur, steckte das Kärtchen in die Innentasche seines Sakkos und widerstand dem Drang, sich verlegen zu räuspern, weil es ihm tatsächlich schwer genug fiel, auch nur ihren Vornamen richtig auszusprechen. Das würde er üben müssen. Vielleicht konnte ihm seine Gabe dabei helfen. »Ich … weiß das Vertrauen zu schätzen.«

»Das will ich hoffen. Schließlich verrate ich Ihnen in wenigen Augenblicken äußerst geheime Hintergründe unserer Organisation.« Tariqa zwinkerte ihm zu, und Cedric glaubte, eine neue Art von Anerkennung in ihrem Blick zu erkennen. Dann wurde ihre Miene ernst. »Aber Schluss mit den Scherzen. Justine hat recht, wir sollten keine Zeit verlieren. Daher erzähle ich Ihnen jetzt, warum die Soul Society gegründet wurde, und was das mit dem Waisenhaus zu tun hat, aus dem Justine Dorothy … nun ja, gestohlen hat.«

»Gestohlen«, murmelte Cedric und sah ebenfalls zu Dr Shaw, die jedoch nur knapp und düster nickte. »Ja, das sagten Sie bereits.«

»Dabei ist es eigentlich der absurdeste Unsinn, es so zu bezeichnen. Denn einerseits können Menschen oder Vampire niemandem *gehören*, egal was die Kolonialisten sagen, und das sollte auch niemals der Zweck oder die Art dieser Waisenhäuser sein. Ich weiß es, denn ich führe nicht nur selbst eines, sondern sie waren im weiteren Sinne meine Idee.« Tariqa hob die Schultern, wie um das als nebensächlich abzutun. Der Ärger war ihr dennoch deutlich vom Gesicht abzulesen. »Davon einmal ganz abgesehen werden diese Waisenhäuser von der Soul Society verwaltet. Wenn es also ein Diebstahl war, dann höchstens von uns selbst.« Sie seufzte und sah auf die leere Blutphiole, die sie immer noch in der Hand hielt. »Wissen Sie, Cedric … wir haben die Soul Society nicht gegründet, bloß weil wir neugierig sind, wie unsere Fähigkeiten eigentlich funktionieren. Und schon gar nicht, um frisch verwandelte Vampire zu drangsalieren, sich mehr mit ihrem unsterblichen Vermächtnis zu befassen, als sie es wollen. Auch wenn es sich für Sie vermutlich so anfühlt und – wenn Sie mich fragen – auch seine Berechtigung hätte. Aber wenn Sie das in fünfzig Jahren erst begreifen, wäre das immer noch früh genug.« Ein nachsichtig spöttisches Lächeln umspielte für einen Moment ihre Lippen. »Dennoch: Sind Sie nicht auch der Ansicht, dass es wichtig ist, die Kräfte zu verstehen, die man einsetzt? Vor allem, bevor man sie weitergibt?«

Cedric warf einen vielsagenden Blick zu Dr Shaw, die das Gespräch mit undurchsichtiger Miene verfolgte. »Ich halte es vor allem für wichtig, über die Existenz solcher Kräfte informiert zu werden. Rechtzeitig.«

Dr Shaw schnaubte. »Wollen Sie mir etwa weismachen, dass das etwas an Ihrer Entscheidung geändert hätte?«

»Nein.« Cedric spürte leisen Ärger in sich aufsteigen. »Aber ich wäre manche Begegnungen womöglich anders angegangen.«

»Er hat recht«, schaltete sich nun wieder Tariqa ein. Cedric wandte sich überrascht zu ihr um. Aus dieser Richtung hatte er keine Unterstützung erwartet. »Es ist immer besser zu wissen, worauf man sich einlässt, und es wäre fair gewesen, ihn in die Planung einzubeziehen. Sie müssen allerdings verstehen, Cedric, dass das schwer vereinbar ist mit dem Kodex, Nichtvampire in solche Dinge nicht einzuweihen. Wir wollen außerdem in Erwägung ziehen, dass Justines Aufbruch so schnell wie möglich erfolgen musste, nachdem sie Dorothys Hilferuf erhalten hat. Darin waren wir uns alle einig. Sonst hätte sie Sie sicher besser vorbereitet.«

Cedric seufzte tonlos. »Die Frage ist doch aber: Hätte meine Entscheidung nicht noch die paar Wochen warten können?« Er fing Dr Shaws Blick auf – und fand darin die Bestätigung dessen, was er schon eine ganze Weile geahnt hatte. »Verstehe. Sie haben das von Anfang an geplant. Dass ich der Unterschlupf werden soll.«

Dr Shaw machte sich nicht einmal die Mühe, es zu leugnen. »So ist es, Mr Edwards. Oder zumindest war mir klar, dass Sie die beste Lösung sein würden, nachdem ich Dorothys Brief erhalten hatte. Zumal Sie die Therapie bereits begonnen hatten und nur noch der letzte Schritt fehlte. Die lange Reise bot außerdem genügend Zeit für Sie, sich zumindest mit den Grundlagen des Vampirseins vertraut zu machen und sich in die neue Lage einzufinden – was Sie ja bisher auch mit Bravour getan haben, wenn ich das so sagen darf. Auf eigenwillige Weise, zugegeben, aber nichts anderes habe ich von Ihnen erwartet.«

Cedric konnte ein leises Ächzen nicht unterdrücken. Er rieb sich mit beiden Zeigefingern die Nasenwurzel. Das Gespräch bereitete ihm zunehmend Kopfschmerzen, und er war sich immer weniger sicher, ob er wissen wollte, wohin es führte. »Ich verstehe immer noch nicht, warum ausgerechnet ich.«

Dr Shaws Ton blieb unverändert nüchtern. »Weil Sie die nötige Willensstärke und das nötige moralische Bewusstsein haben. Und vor allem das richtige Blut. Ich sagte es bereits und werde es immer wieder sagen, bis Sie es glauben: Wir brauchen Sie, Mr Edwards. Sie und niemand anderen.«

»Tatsächlich ist das Blut der springende Punkt«, bestätigte Tariqa ernst, ehe Cedric eine Erwiderung einfallen konnte. »Darum möchte ich Ihnen von den Waisenhäusern der Soul Society erzählen, und welchem Zweck sie eigentlich dienen sollen. Wie ich schon sagte, halte ich – und mit mir die anderen Mitglieder der Soul Society – es für unverzichtbar wichtig, dass wir nach all den Jahrhunderten endlich beginnen zu verstehen, was für Wesen wir Vampire eigentlich sind. Warum es starkes Blut gibt und schwaches, und warum unsere Fähigkeiten so unterschiedlich sind. Denn nur was wir verstehen, können wir auf lange Sicht auch kontrollieren. In der heutigen Zeit ist die Wissenschaft endlich dabei, die Werkzeuge zu entwickeln, mit denen wir diese Fragen beantworten können. Also haben wir die Soul Society gegründet und, in zweiter Instanz, unsere Waisenhäuser – die allerdings nur vordergründig Waisenhäuser sind, wie Sie sich vermutlich schon gedacht haben. Tatsächlich versammeln wir dort Kinder mit starkem – oder, wie es gemeinhin so pathetisch heißt, *Wahrem Blut*. Kurz erklärt: Kinder, die als Erwachsene die nötigen Voraussetzungen haben, eine Umwandlung zum Vampir durchzumachen – was sie aber natürlich nicht müssen und auch längst nicht alle tun, das möchte ich betonen. Es ist mehr eine Möglichkeit für uns, die körperliche Entwicklung und das Blut geeigneter Menschen schon vor der Umwandlung regelmäßig daraufhin zu untersuchen, welche Gemeinsamkeiten und Unterschiede sich feststellen lassen – und bei denen, die sich schließlich für eine Verwandlung entscheiden, natürlich auch zu sehen, auf welche Weise sich die Blutgabe bei ihnen ausprägt. Zugleich bieten wir diesen jungen Menschen eine Chance auf ein besseres Leben, indem wir sie dazu anhalten, sich selbst zu organisieren, Haushalt und Hof selbstbestimmt zu führen und ihren Platz in der Welt zu finden. Und viele von ihnen brauchen das auch. Denn tatsächlich ist es so, dass Menschen mit Wahrem Blut zu Rebellentum und Eigenwilligkeit neigen – und damit auch dazu, es in der Gesellschaft nicht leicht zu haben.« Ein verschmitztes Lächeln erschien in ihren Augenwinkeln. »Womöglich können Sie da mitschwingen, nicht wahr?«

Cedric brummte nachdenklich. Natürlich konnte er das, sie wussten es alle drei, auch ohne dass er es weiter bestätigte. »Und Dorothy wurde also von einem Mitglied der Soul Society aus den Vereinigten Staaten in eines dieser Waisenhäuser gebracht?«

Tariqas Miene verfinsterte sich. »Ja. Und zwar leider in ein ganz spezielles.« Sie seufzte. »Ich muss nochmals etwas weiter ausholen, es tut mir leid. Ich habe Ihnen nun von unserer Forschung erzählt, und warum ich sie für so wichtig halte. Aber Sie haben auf dem Blackheath auch gehört, dass diese Forschung nicht von allen Vampiren gern gesehen wird. Im Gegenteil, muss ich leider sagen. Die Soul Society ist bislang nur ein kleiner, wenn auch willensstarker Verbund von Progressiven, die die verkalkten Strukturen der Vampirgesellschaft aufbrechen und verbessern wollen. Um unsere Arbeit trotzdem fortsetzen zu können, brauchen wir daher jede Unterstützung, die wir bekommen können. Auch, vielleicht sogar vor allem, finanziell. Diese Waisenhäuser kosten eine Menge Geld, wie Sie sich sicher vorstellen können, daher sind wir auf Sponsoren angewiesen.« Ihre Miene verfinsterte sich noch ein wenig mehr. »Und dabei kann man Glück haben, wie mit Josep Oller oder Shubham Kapoor – der im Übrigen im Grunde seines Herzens ein feiner Kerl ist, egal wie sehr Sie mit ihm aneinandergeraten sind. Oder … man hat Pech. So wie das Waisenhaus in Mentana.«

»Verstehe«, murmelte Cedric, obwohl er es in Wahrheit nur halbwegs verstand. Genug allerdings für den Moment, und Tariqa war ohnehin noch nicht am Ende mit ihren Erklärungen.

»Es ist so«, fuhr sie fort. »Der Vorsteher des Waisenhauses von Mentana ist ein selbst für unsere Begriffe unverschämt reicher Mann namens Gregor Laurenti – merken Sie sich den, wenn sie in Zukunft einem besonders unangenehmen Vampir aus dem Weg gehen wollen. Mit seinem Geld hat er das Waisenhaus dort ganz allein bauen lassen und sich auch noch eine pompöse Villa direkt daneben gestellt, um sich darin seinen eigenen kleinen Vampirhof aufzubauen. Er fährt höchstpersönlich durch die Welt und sammelt Kinder und Jugendliche mit Wahrem Blut ein – und zwar nicht nur die, die aus einer unangenehmen Lebenssituation gerettet werden müssten. Er kauft sie einfach, egal woher sie kommen – Sie würden sich wundern, was Geld alles kann.« Sie schnaubte verächtlich. Dann fing sie Dr Shaws Blick auf und ihre Mundwinkel sanken herab. »Leider konnten nicht mal wir seine Unterstützung ausschlagen. Seine und … die seiner *Familie*.«

Cedric runzelte die Stirn. »Familie?«

»So nennt sich die Gruppe alten Vampiradels, der er sich zugehörig fühlt. Das an dieser Stelle zu erklären, würde zu weit führen, aber sie haben viel Einfluss. Was Signor Laurenti und sein Waisenhaus im Speziellen betrifft, sind wir schon seit einigen Jahren skeptisch, was die Praktiken dort angeht. Daher ist es ein Glück, dass wir über Ärztinnen und Ärzte wie Justine eine unauffällige Möglichkeit haben, die Einrichtungen regelmäßig zu besuchen und nach dem Rechten zu sehen, indem wir medizinische Musterungen und das halbjährliche Einsammeln von Blutproben für unsere Labors etabliert haben. Leider … haben sich auf diesem Weg kürzlich all unsere Befürchtungen bestätigt.« Sie seufzte schwer. »Und den Rest, denke ich, kann Justine Ihnen nun besser erzählen.«

Cedric atmete tief ein und rieb sich diesmal mit den ganzen Händen durchs Gesicht. »Sie wissen, dass das alles ein ziemlicher Brocken ist?«

Tariqa lachte leise. »Natürlich wissen wir das. Und wir sind sehr dankbar für Ihre Geduld.«

»Halten Sie noch ein bisschen durch, Mr Edwards. Ich fasse mich kurz.« Dr Shaw lächelte schmal.

Und dann kommen wir erst zum wirklich schlimmen Teil des Abends.

Cedric schauderte unwillkürlich und warf ihr einen scharf prüfenden Blick zu – doch diesmal fand er in ihrer Miene keine Anzeichen, dass sie ihm eine stumme Nachricht geschickt hätte. Und warum hätte sie das auch tun sollen? Hier war niemand, vor dem sie ihre Worte ihm gegenüber geheim halten musste. Das Schaudern aber blieb.

»Ich habe Dorothy schon vor einigen Jahren kennengelernt – einige Wochen nach ihrer Ankunft in Mentana, auf meiner jährlichen Reise über das Europäische Festland, um die dortigen Waisenhäuser zu besuchen«, begann Dr Shaw. »Im Grunde ist mir damals nichts übermäßig Ungewöhnliches an ihr aufgefallen. Zuerst zumindest. Sie war ein junger Mensch mit starkem Willen und großem Herzen, das war sofort offensichtlich – aber von diesem Schlag gibt es in den Waisenhäusern aus den von Tariqa genannten Gründen einige. Als ich allerdings später, daheim im Labor, ihr Blut untersuchte, habe ich darin Faktoren entdeckt, die … nun ja, sagen wir, es hat mich überzeugt, bei meinem nächsten Besuch in Mentana besonders genau hinzusehen. Und da bemerkte ich, dass Dorothy schon als Mensch ihre Blutgabe auszuprägen begann.« Dr Shaw machte eine gewichtige Pause, in der die Stille im Raum plötzlich düsterer schien.

»So wie Sie das sagen, nehme ich an, das ist etwas Außergewöhnliches.«

Dr Shaw lachte trocken. »Allerdings, Mr Edwards. Um genau zu sein, habe ich diese Eigenart in all den Blutproben, die ich in den letzten Jahren untersucht habe, bisher nur zweimal gesehen. Bei Dorothy … und bei Ihnen.«

Cedric fuhr unwillkürlich ein wenig zusammen. »Bei mir?«

»Wie Sie da sitzen.« Dr Shaw schnaubte leise. »Ich sollte vielleicht dazusagen, dass das nicht einfach so geschehen ist, sondern erst bei Exposition mit dem Vorstufenserum. Aber schon als ich Ihr Blut untersuchte – was ich, auch das möchte ich nicht verschweigen, ursprünglich nur getan habe, weil Sie meinem Mann so hartnäckig in den Ohren gelegen haben mit ihrem Entschluss, nicht sterben zu wollen. Wie dem auch sei: Schon als ich Ihr Blut untersuchte, hatte ich den Verdacht, dass es bei Ihnen ähnlich sein könnte. Und es hat sich bestätigt.« Sie neigte sich ein Stück vor, um ihm eindringlich ins Gesicht zu sehen. »Ja, Sie sind außergewöhnlich, Mr Edwards. In mehr als einer Hinsicht. Aber lassen Sie es sich nicht zu Kopf steigen. Die Datenlage ist zu dünn, um mit Sicherheit zu sagen, *wie* außergewöhnlich.«

»Also haben Sie mir deshalb die Therapie angeboten.«

Dr Shaw hob eine Braue. »Werfen Sie mir gerade Eigennutz vor?« Sie lachte trocken. »Womöglich haben Sie recht.«

Cedric sah einen Moment auf das leere Blutfläschchen in seiner Hand. Auf die letzten Blutstropfen, die darin schimmerten, und fragte sich, wie sich all das in so rasantem Tempo von unglaublich über haarsträubend zu schlichtweg beängstigend hatte entwickeln können. Und doch … Er sah wieder auf. »Spielt keine Rolle, Doktor. Sie haben es selbst gesagt, und Sie haben recht: Nichts von all dem hier hätte etwas an meiner Entscheidung geändert. Außerdem … habe ich durchaus verstanden, dass es niemandem von Ihnen um persönliche Bereicherung geht.« Er stellte die Phiole mit einem leisen Klacken auf dem Tisch ab. »Dorothy ist also ein außergewöhnlicher Mensch gewesen. Das erklärt aber noch nicht, warum Sie es für nötig gehalten haben, sie zu stehlen – ob man es nun Diebstahl nennen sollte oder nicht.«

Dr Shaw verschränkte die Hände vor sich auf dem Tisch. »Nein, das ist wahr. Und tatsächlich wäre es mir lieber, wenn wir es *nicht* länger Diebstahl nennen, obwohl der von Tariqa erwähnte Signor Laurenti es sicherlich so sieht. Nennen wir es eine Rettung.«

Cedric sah zu Tariqa. »Sie haben jetzt mehrfach einen Brief erwähnt, der kurz vor Weihnachten hier ankam. Ein Hilferuf. Von Dorothy?«

Tariqa nickte, doch es war abermals Dr Shaw, die antwortete. »So ist es. Wie schon erwähnt, sind wir bereits seit einer ganzen Weile misstrauisch, was die Motivation von einem alten und sehr konservativen Vampiradeligen wie Signor Laurenti ist, die Soul Society derart umfangreich zu unterstützen. Wir waren und sind sicher, dass er damit vor allem eigene Ziele verfolgt, aber wir haben nie herausgefunden, welche das sind. Als ich Dorothy zum zweiten Mal in Mentana begegnete, habe ich daher nicht nur auf sie ein Auge gehabt. Konkrete Hinweise habe ich erwartungsgemäß keine gefunden. Es war jedoch schnell klar, dass auch Signor Laurenti und seine Abkömmlinge Dorothys Besonderheit längst entdeckt und sie ins Visier genommen hatten. Das war für mich besorgniserregend und Anlass genug, sie während der Musterung beiseitezunehmen und ihr einen an mich voradressierten Umschlag zuzustecken. Ich sagte, wenn sie je Hilfe bräuchte, um aus Mentana zu fliehen, solle sie ihn an mich schicken, ich würde dann Bescheid wissen und sie holen, selbst wenn es nur der leere Umschlag oder ein weißes Blatt Papier ist. Und den Rest der Geschichte kennen Sie. Als mich der Brief kurz vor Weihnachten erreichte, war klar, dass ich sofort handeln musste. Dass Sie zu diesem Zeitpunkt gerade mitten in Ihrer Therapie steckten und ich Ihren Haushalt als Unterschlupf ins Auge fassen konnte, war also mehr ein … glücklicher Zufall, wenn man es so nennen möchte.« Ihr Gesicht verdüsterte sich. »Ich habe allerdings nicht vorausgesehen, in welchem Zustand ich Dorothy vorfinden würde. Ehrlich gesagt, Mr Edwards … war ich davon ausgegangen, Ihnen eine junge Menschenfrau anzuvertrauen. Es kam anders, wie Sie wissen. Dennoch habe ich mich entschieden, bei dem Plan zu bleiben. Weil es für Dorothy augenblicklich die einzige halbwegs sichere Option ist. Denn mein Haus, so viel sei versichert, ist es nicht.«

Cedric runzelte die Stirn. »Also weiß dieser Signor Laurenti, dass Sie es waren?«

»Das weiß er. Und obwohl es ihn womöglich eine Weile kosten wird, herauszufinden, welches mein aktueller öffentlicher Name ist und wo ich lebe, halte ich es dennoch für wahrscheinlich, dass es ihm in absehbarer Zeit gelingt. Bis dahin, Mr Edwards, möchte ich Dorothy bei Ihnen in halbwegs sicherem Unterschlupf wissen, während wir zu ergründen versuchen, was ihr von Signor Laurenti und den seinen angetan wurde. Und damit womöglich auch, was die Ziele der *Familie* sind.«

Cedric spürte ihre Worte mit eisigem Kribbeln über seine Wirbelsäule rinnen. »Was ihr angetan wurde … wie meinen Sie das?«

Dr Shaw warf ihm einen undeutbaren Blick zu. Das Gaslicht hinter ihr flackerte, als sie aufstand und die Tür hinter ihrem Schreibtisch öffnete. »Das, Mr Edwards, zeige ich Ihnen jetzt. Kommen Sie. Du auch, Tariqa. Dann werden Sie auch wissen, wobei ich heute Ihre Hilfe brauche.«

Kapitel Fünfzehn

Nocturne No. 1, Op. 9; Frédéric Chopin

99 CAMBRIDGE STREET, WESTMINSTER, LONDON

Hinter der Tür lag nicht, wie Cedric erwartet hatte, Harold Shaws Behandlungszimmer. Stattdessen betrat er hinter Dr Shaw und Tariqa einen engen dunklen Raum, eine Kammer eher, kaum groß genug für sie alle. Sie war fensterlos und dunkel, bis auf das Licht, das an ihnen vorbei durch die geöffnete Tür hereindrang. Schemenhaft erkannte Cedric etwas, das wie eine Liege aussah, mit einem kleinen Rollwagen daneben.

Das Zischen eines Streichholzes ertönte, und eine Lampe leuchtete auf. Dann eine zweite. Und in dem Licht, das jetzt den Raum erhellte, sah Cedric … Dorothy.

Er wusste nicht, warum es ihn unwillkürlich zusammenfahren ließ, sie in der Ecke jenseits der Liege kauern zu sehen. Vielleicht, weil Zimmer, in denen man Licht anzündete, für gewöhnlich leer waren. Vielleicht, weil sie so reglos dasaß und ihnen entgegensah in ihrem hellen, weiten Hemd, und nicht einmal zuckte, als der Lampenschein auf sie fiel. Neben ihr standen mehrere leere Blutphiolen; so viele, dass Cedric sie nicht auf einen Blick zählen konnte.

»Wir sind so weit«, sagte Dr Shaw. Ihre Stimme war sanft. »Konntest du dich etwas sammeln?«

Dorothy nickte. Ein mattes Lächeln erschien auf ihren Lippen. »Ich hab es zumindest versucht.« Sie stand auf. »Hallo, Mr Edwards.«

Cedric erinnerte sich gerade noch rechtzeitig daran, zurückzulächeln. »Guten Abend, Dorothy. Ich bin hier, um dich abzuholen.«

Dr Shaw warf ihm einen raschen, seltsam scharfen Blick zu. Dann nickte sie knapp und trat näher an die Liege heran. »So ist es. Allerdings steht uns erst noch eine letzte Untersuchung für heute bevor. Ich habe es dir ja erklärt.«

»Ja, ich weiß.« Dorothy kam um die Liege herum und setzte sich auf die Kante. Sie hatte sich die dichten Locken zu zwei festen Zöpfen gedreht, die flach an ihrem Kopf anlagen, das Hemd fiel ihr selbst im Sitzen bis über die Knie, und mit den nun frei baumelnden Beinen wirkte sie jünger als zu den anderen Gelegenheiten, als Cedric sie gesehen hatte. Wie alt mochte sie sein? Fünfzehn? Sechzehn? Zu jung jedenfalls für die Gefasstheit, die sie auszustrahlen versuchte. Dabei spürte Cedric ihre Anspannung so intensiv auf seiner Haut, dass er sich am liebsten über die Arme gerieben hätte, um das Gefühl ein wenig zu lindern.

»Keine Sorge«, fuhr Dr Shaw derweil fort. »Wenn alles so läuft, wie ich es vermute, kann Mr Edwards dafür sorgen, dass du keine Schmerzen dabei hast. Und Tariqa ist hier, um dir die Angst zu nehmen und dich währenddessen schlafen zu lassen. Wir sind nicht wie Gregor, Dorothy. Wir passen auf dich auf.«

Dorothy lächelte, obwohl es etwas mühsam wirkte. »Ja, das weiß ich«, sagte sie mit ihrer tiefen Stimme, die heute nur das Flüstern eines nächtlichen Windhauchs war. »Danke … Ihnen allen.«

Cedric runzelte die Stirn und trat ebenfalls einen Schritt näher. Jetzt bei Licht erkannte er auf dem Rollwagen bei der Liege einige metallische Instrumente, Skalpelle, Scheren und Zangen neben verschiedenen Gefäßen und braunen Medizinfläschchen, die ihm ein unangenehmes Ziehen im Magen verursachten. Was um alles in der Welt hatte sie denn mit Dorothy vor? »Einen Moment, Doktor. Sie haben mir immer noch nicht erklärt, was Sie hier eigentlich von mir wollen.«

Dr Shaw wandte sich zu ihm um und musterte ihn. So lange, und mit so unerschütterlich nüchternem Blick, dass Cedric nach wenigen Sekunden den Drang verspürte, an ihrer Stelle aus der Haut zu fahren.

»Ich *will* gar nichts von Ihnen, Mr Edwards«, erklärte sie endlich, und in ihrer Stimme nahm Cedric jetzt einen Hauch von Ungeduld wahr. »Die Erfahrung zeigt, dass das nicht sonderlich gut funktioniert. Aber Sie dürften inzwischen zur Genüge gehört haben, dass Ihre Fähigkeiten etwas Besonderes sind. Genauer gesagt, dass Sie – ganz meiner Hypothese entsprechend und von der geschätzten Kollegin hier bestätigt – eine bisher von uns nicht kategorisierte Ausprägung der Blutgabe besitzen. Unter anderem können Sie augenscheinlich eine vorübergehende Körperlähmung erzeugen, wie Sie an Mr Kapoor so eindrucksvoll demonstriert haben.« Ein schmales, denkbar unbelustigtes Lächeln erschien auf ihren Lippen, nur um umgehend wieder zu verschwinden. »Nach allem, was Mr Kapoor darüber berichtet hat, handelte es sich dabei allerdings nicht nur um einen rein motorischen Kontrollverlust, sondern vielmehr um einen vollständigen Verlust der Fähigkeit, den eigenen Körper zu spüren. Anders gesagt, Schmerzbetäubung und Lähmung in einem. Und genau das brauchen wir hier. Daher möchte ich Sie nun *bitten*, Mr Edwards, dass Sie Ihre Gabe bei unserer Patientin einsetzen, damit ich Gewebeproben der Augen und der inneren Organe nehmen kann, ohne ihr dabei Schmerzen zuzufügen.«

Cedric starrte sie ungläubig an, eine halbe Ewigkeit, wie ihm schien. »Bei allem Respekt für Ihre Arbeit, Doktor.« Sein Ton geriet etwas schärfer als beabsichtigt. »Ich habe Ihrer Therapie ursprünglich zugestimmt, um für meine Familie weiterleben zu können. Es ist eine Sache, dass ich nun auch noch damit einverstanden bin, Dorothy bei mir zu verstecken – weil Sie recht haben und es das *Richtige* ist, das gestehe ich Ihnen zu. Ich habe aber ganz sicher nicht vor, mit Ihnen gemeinsam eine junge Frau bei lebendigem Leib zu sezieren, und ich fasse es nicht, dass Sie schon wieder versuchen, mich da hineinzudrängen, indem Sie mich einfach aus nächster Nähe damit erschlagen.«

Dr Shaws Gesicht verfinsterte sich. »Reißen Sie sich zusammen, Mr Edwards. Selbst Ihre legendäre Taktlosigkeit sollte Grenzen haben. Diese junge Frau sitzt direkt neben Ihnen, und sie braucht Ihre Hilfe.«

Cedric schnaubte. »Meine Hilfsbereitschaft ist von meiner *Taktlosigkeit* vollkommen unabhängig, Doktor. Sie werden damit leben müssen, dass ich meine Meinung sage, wenn Sie meine Hilfe wollen.«

Ein unterdrücktes Lachen ließ ihn herumfahren. Doch Tariqa hatte ihre Miene bereits wieder im Griff.

»Entschuldigen Sie.« Sie berührte ihre Lippen mit der Hand, wie um zu zeigen, dass das nicht wieder vorkommen würde. Ihre Augen allerdings funkelten immer noch. »Es ist nicht lustig. Ich bin bloß ein großer Fan Ihres Esprits.«

Cedric zog finster die Brauen zusammen. Aber noch bevor er etwas erwidern konnte, hörte er ein leises Räuspern und wandte sich erneut um.

»Ich habe dem schon zugestimmt, Mr Edwards.« Dorothy sah ihn von ihrem Platz auf der Liege mit ernstem Gesicht entgegen. Immer noch so bemerkenswert gefasst, obwohl es sie innerlich vor Anspannung zerriss – Cedric konnte es fühlen, und wie sollte sie auch nicht? Dr Shaw hatte ihr immerhin nicht weniger eröffnet, als dass sie bei lebendigem Leib aufgeschnitten werden sollte. Ihm wurde schon bei dem Gedanken ganz anders.

»Danke, dass Sie sich so für mich einsetzen.« Dorothys Blick war offen und klar und ihre Stimme fest. »Aber ich möchte es auch wissen. Was mit mir passiert ist.«

Dr Shaw warf Cedric einen vielsagenden Blick zu. »Da hören Sie es. Können wir also auf Ihre Mitarbeit zählen?«

Was sollte er dazu noch sagen? Tatsächlich, dachte Cedric und hätte beinahe zynisch gelacht, fiel ihm auf Anhieb so einiges ein.

»Na schön. Das Problem daran ist, Dr Shaw, dass ich absolut keine Ahnung habe, was ich getan habe, als ich Mr Kapoor … gelähmt und betäubt habe – falls es wirklich das ist, was da passiert ist. Ganz davon abgesehen, dass nicht nur Sie, sondern auch Tariqa hier mich nun schon mehrfach darauf hingewiesen haben, dass unkontrollierte Blutgaben gefährlich sind. Ich habe nicht eine Ration Blut ausgelassen, seit ich davon weiß, und Sie können mir glauben, dass ich außerdem alles, was ich sagen oder tun möchte, zuerst dreimal überdenke, um diese Kraft nicht mal in die Nähe meiner Familie und Freunde zu bringen. Was mit Mr Kapoor passiert ist, hat sich seitdem nicht wiederholt – aber, wenn ich das fragen darf, wie kann es sein, dass ich offenbar der Einzige bin, der es nicht für eine gute Idee hält, genau diese Kraft mit voller Absicht wieder aus mir herauszuholen, ohne dass irgendjemand von uns wüsste, wie sie eigentlich funktioniert?!«

»Sie brauchen nicht laut zu werden, Mr Edwards. Sie haben recht. Aber um zu warten, bis Sie so weit sind, dass Sie Ihre Blutgabe erforscht und beherrschen gelernt haben, haben wir nicht die Zeit, darum bitte ich Sie hier und jetzt, meiner Einschätzung zu vertrauen. Ich denke freiheraus nicht, dass Sie in Ihrem Alter eine Kraft freisetzen können, die einer Unsterblichen ernsthaft schadet. Wir werden die Untersuchung mit Ihnen oder ohne Sie durchführen, der Unterschied ist nur, ob Sie einen Beitrag leisten wollen, damit Dorothy dabei keine Schmerzen hat, oder nicht.«

»Sie sind nicht allein.« Tariqa lächelte ermutigend. »Wir sind hier, um Ihnen zu helfen. Und wir werden nicht zulassen, dass Dorothy etwas geschieht. Sehen Sie es als erste Übungsstunde unter Anleitung. Vertrauen Sie uns. Wenn Sie ernsthaft Kontrolle lernen wollen, fangen Sie hier und heute damit an.«

Cedric schloss die Augen und ballte die Fäuste. Was. Was jetzt? Was *tun*? Es klang alles so logisch. Viel zu logisch. So logisch, dass es ihn in seiner Kaltschnäuzigkeit abschreckte. So zu sein, so zu denken, sollte er also lernen?

»Mr Edwards?« Das war Dorothy. Sie hatte immer noch diesen entschlossenen Ausdruck auf ihrem Gesicht.

»Es geht hier um mich, oder? Ich sollte entscheiden dürfen. Bitte versuchen Sie es. Ich kenne die Schmerzen, und ich kenne meine eigene Kraft, und ich habe mehr Angst davor als vor Ihnen.«

Als Cedric ihren Blick erwiderte, schien sich die Zeit erneut zu dehnen. Eine Sekunde wie eine Unendlichkeit, die sich in Tausenden und Abertausenden Gedanken verlor; ein schwebender Moment, pulsierend unter dieser gewaltigen Kraft, die in Dorothy steckte. Die so groß war, dass sie ihn und alle in diesem Raum und vielleicht die ganze Welt zu Sand und Staub zerdrücken würde, wenn sie sie losließ. Die sie unter Kontrolle zu halten versuchte, indem sie mehr und mehr Blut trank, und doch so dringend verstehen musste, um sie wirklich beherrschen zu lernen. Es war Absicht, begriff Cedric, sie ließ es ihn sehen, spüren, in der Hoffnung, dass er verstehen würde, was sie bereits verstanden hatte. Dabei konnte die Zeit ihrer bisherigen Unsterblichkeit doch kaum länger sein als seine eigene.

Wer war er, zu bestimmen, welche Hilfe sie brauchte?

Wer war er, sich zu weigern, die Verantwortung für seine eigene Gabe anzunehmen, die vielleicht nicht so brutal stark, aber auf ihre Weise ähnlich schrecklich war?

Er blinzelte und die Zeit mit ihm, brach aus der Ewigkeit jener Sekunde aus und rang unwillkürlich nach Luft.

»Na gut. Einverstanden«, sagte er rau und spürte, wie ihn der Entschluss auf beängstigende Weise durchrüttelte, während um ihn drei Frauen hörbar aufatmeten. »Ich tue es.«

Kapitel Sechzehn

»Salut d'damour«, Op. 12; Edward Elgar

In der Nähe von Mentana, latianisches Hügelland, Latium, Italien

Gregor führte Dorián ein Stockwerk nach unten und über einen weiteren Flur. Er war mit dichterem, schönerem Teppich ausgelegt als der im Obergeschoss, und genau so hell und offen, wie Dorián befürchtet hatte. Ihm war völlig klar, dass er absolut keine Chance hatte, doch noch zu entkommen, indem er weglief. Es gab keine Wege. Keine weiteren Gänge oder Treppen, nicht mal Fenster. Nur die stetig leuchtenden Gaslampen und den weichen Teppich unter seinen nackten Füßen.

Und Gregor. Er war so sehr da, dass es Dorián erdrückte.

Er sah sich nicht mal um, ob Dorián ihm folgte. Er ging ganz selbstverständlich voran, immer einen halben Schritt voraus. Dorián hätte den feinen dunkelroten Samtanzug berühren können, wenn er den Arm ausgestreckt hätte. Oder den glänzend schwarzen Zopf, der über seinen Rücken fiel. Er roch nach Kerzen, nach Winterluft … und nach Blut. Oder vielleicht war das auch noch immer Dorián selbst.

Schließlich öffnete Gregor eine Tür und ließ Dorián in einen ebenfalls hell erleuchteten Raum treten. Bücherregale reichten hier bis zur Decke. Vor dem bodentiefen Fenster war die Nacht inzwischen vollständig herabgefallen. In einem Kamin an der Wand knisterte ein Feuer, und es war so warm hier, dass Dorián nicht mal mehr in seinem dünnen Hemd und der Nachthose fror.

Gregor ging hinüber zum Fenster, um die Vorhänge vor die Scheibe zu ziehen. Dann setzte er sich in den Sessel vor dem Kamin, schlug die Beine übereinander und sah Dorián ruhig entgegen. »Komm näher, Dorián. Setz dich.«

Zögernd machte Dorián ein paar Schritte auf ihn zu. Es gab keine weitere Sitzgelegenheit im Raum, daher hockte er sich auf das helle Fell, das vor dem Sessel lag, und zog die Knie an die Brust. Es fühlte sich nicht gut an, dass Gregor so auf ihn heruntersah. Aber in der schummrigen, trotz allem irgendwie behaglichen Wärme wurde ihm zunehmend bewusst, wie lang der Tag gewesen war. Wie viel Kraft er gekostet hatte, allein die Aufregung. Und, natürlich … Dorián sah auf seine Hände. Auf die Wunden, verkrustet mit eingetrocknetem Blut, und die dunklen Flecken auf seiner Hose, der Brust und den Ärmeln, rostrot im Feuerschein.

»Warum hast du dir das angetan?« Die Stimme über ihm klang geradezu zärtlich. Die Worte waren so voll Mitgefühl, dass Dorián schlecht davon wurde, und wütend wurde er auch. Sollte das eine ernst gemeinte Frage sein?

»Ich wollte raus«, spuckte er vor die Füße in den feinen Lackschuhen, und mehr musste Gregor über seinen Plan wirklich nicht wissen, sollte er sich den Rest doch selbst denken. »Eine Woche in Ketten reicht.«

Gregor hob die fein geschwungenen Brauen. »In Ketten?« Er verschränkte die Finger ineinander und lehnte sich ein wenig vor. »Verrätst du mir, was du damit meinst?«

Dorián starrte verblüfft zurück. Was sollte das denn nun wieder heißen? »Was gibt's denn daran nicht zu verstehen?«, murmelte er trotzig.

»Willst du mir damit sagen, dass du in deinem Zimmer angekettet warst?« Gregor wartete nicht auf seine Antwort, sondern lehnte sich mit einem scheinbar ratlosen Seufzer wieder in seinem Sessel zurück. »Céleste hatte eigentlich nur die Aufgabe, dich zu pflegen und zu versorgen. Du hast von diesem Pferd einen ziemlich bösen Tritt an den Kopf bekommen. Mateo hat dich zu mir gebracht, und ich hielt es für unverantwortlich, deine Genesung in die Hände der Waldhauskinder zu legen. Daher habe ich dich zunächst selbst versorgt, bis du außer Gefahr warst. Céleste habe ich danach zu deiner Pflegerin bestimmt, da ich davon ausgegangen war, dass ihr euch gut versteht.« Ein Schmunzeln, das Dorián nicht verstand, erschien auf seinen Lippen. »Wer hätte gedacht, dass sie solche Angst vor dir hat?« Das Schmunzeln verschwand. »Es tut mir leid, dass du das durchmachen musstest. Ich hätte schon früher persönlich nach dir sehen sollen. Hier.« Er griff neben sich nach einer kleinen Schale, die auf einem Tischchen neben dem Sessel gestanden hatte. »Du musst doch hungrig sein, nicht wahr?«

Es waren Kekse in der Schale. Goldbraune Kekse mit im Feuerschein glitzernder Zuckerkruste, und sie dufteten nach Orangenschalen. Dorián verschwendete keinen zweiten Gedanken. Er nahm die Schale und begann, die Kekse zu essen so schnell er irgendwie konnte, ohne die Hälfte als Krümel an das Fell unter ihm zu verlieren. Es war ihm auch egal, dass Gregor ihn dabei offenkundig amüsiert beobachtete und ihm nur wortlos ein Glas Wasser dazu reichte – der Hunger war so groß, dass es schmerzte, und die Kekse waren kaum genug, um ihn zu stillen.

Erst als die Schale restlos leer war, sickerte die Bedeutung dessen, was Gregor zuletzt gesagt hatte, allmählich zu ihm durch.

»Also«, fragte er und sah zu dem Mann im Sessel hinauf, während er kaum zu hoffen glaubte, so ungeheuerlich war es, »war ich eigentlich gar kein Gefangener?«

Gregor lachte, leise und sanft. »Natürlich nicht. Mein schmutziger kleiner Engel, ich will doch, dass du aus freien Stücken zu mir kommst. Ich würde dich niemals einsperren.«

Auch in Doriáns Kehle stieg nun ein Lachen nach oben, trocken und fassungslos und unaufhaltsam. All das … für *nichts?* Er hätte bloß warten müssen, bis Gregor persönlich auf das Unrecht aufmerksam wurde, um freigelassen zu werden? Das war … es war … *es war …*

… eine Lüge.

Das Lachen starb an der Rückseite seines Gaumens.

»Dorothy war nicht freiwillig hier.«

Gregor hob erneut die Brauen, seine Miene schwankte irgendwo zwischen milde belustigt und leicht verärgert. »Doch, das war sie.«

Dorián warf die Schale beiseite. Mit einem dumpfen Laut landete sie auf dem Fell, während sich Dorián auf die Knie aufrichtete und

Gregor anklagend anstarrte. »Was habt ihr mit ihr gemacht? Ihre Augen! Und … Anabella … sie … Dorothy hat gesagt …« Mit jedem Wort stiegen mehr Bilder, mehr Erinnerungen in ihm auf. Dorothy im Wald. Was er mit ihr am Fenster beobachtet hatte. »Ihr trinkt Blut von uns! Ich habe es gesehen! Und all … all die Toten in Dorothys Zimmer …«

Eine Hand legte sich auf seinen Kopf. Behutsam. Tröstend. Dorián rang nach Luft. Er war wie gelähmt vor Angst und all dem Begreifen, das plötzlich wieder auf ihn einstürzte. Er wollte schreien, aufspringen, fliehen, aber nicht ein Finger rührte sich.

Die Hand beruhigte ihn. Erdete ihn. Ein Gefühl, sanft und stetig wie warmer Sommerregen, floss durch ihn hindurch, als Gregor seinen Sessel verließ und sich vor ihn auf das Fell hockte. »Ruhig, kleiner Engel. Es ist alles gut. Du bist hier sicher.«

Ein seltsamer Laut, halb Lachen, halb röchelndes Husten, fiel aus Doriáns Mund. Sicher! Er war nirgends sicher.

»Wir haben Dorothy nichts angetan.« Noch immer lag Gregors Hand auf seinem Kopf, sein Daumen strich sanft durch die Locken in Doriáns Stirn. »Ich habe ihr ein Geschenk gemacht, weil gerade sie mir von all den Kindern im Waldhaus so besonders teuer ist.« Ein zärtliches Lächeln war in seiner Stimme zu hören. »Unsterblichkeit. Ein Leben ohne Alter, Krankheit und Tod. Ich habe ihr sogar ihr Augenlicht zurückgegeben, das ihr so grausam genommen wurde. Ihr Körper wollte es nur nicht annehmen, weil Dorothy sich geweigert hat, genügend Blut zu trinken. Deshalb mussten wir es mehrmals versuchen. Hungrig zu sein ist auch für Vampire gefährlich, weißt du.« Die Hand glitt von Doriáns Kopf, federleicht strichen die Finger an seiner Wange entlang und legten sich unter sein Kinn. Hoben es an und zwangen ihn, Gregor in die Augen zu sehen. »Aber ist Blut zu trinken nicht in Wahrheit ein geringer Preis, was denkst du? Möchtest du nicht unsterblich sein, Dorián?«

Dorián begann am ganzen Körper zu zittern. Er konnte nicht wegsehen, doch er wollte es auch gar nicht. »Ihr habt sie nicht danach gefragt, ob sie es möchte! Und als sie es trotzdem gesagt hat, war es euch egal!«

»Nein, Dorián.« Gregor wiegte leicht den Kopf, als würde er es tief bedauern, so missverstanden zu werden. »Das ist nicht wahr. Sie hat zugestimmt. Sie wollte die Unsterblichkeit, und sie wollte wieder sehen können. Sie hatte es nur selbst noch nicht erkannt, weil ihr Stolz ihr wichtiger war.« Er legte nachdenklich einen Finger an die Lippen. »Weißt du, was ich glaube? Ich glaube, sie schämt sich für die Opfer, die andere für sie gebracht haben – wie Anabella und die anderen, die du in ihrem Zimmer gesehen hast. Sie schämt sich, weil sie ihr Leben und ihre Körper gegeben haben, um Dorothy zu dem perfekten Wesen zu machen, das sie immer sein sollte. All diese Opfer sind aus freiem Willen erbracht worden, trotzdem fühlt Dorothy sich ihretwegen, als hätte sie etwas Schlimmes getan. Eines Tages wird sie erkennen, dass sie das nicht muss. Es ist ihre Bestimmung. Die Bestimmung des ersten Sterns.«

Dorián hätte gern den Kopf geschüttelt, aber nicht mal das brachte er zustande. Er verstand zu vieles davon nicht, es ging einfach nicht in seinen Verstand, was Gregor da erzählte. Dorothy, ein perfektes Wesen, was sollte das überhaupt heißen? In Doriáns Augen war sie vorher absolut perfekt gewesen – erst nach ihrer Zeit in der Villa hatte er sie gebrochen und bemitleidenswert erlebt. Doch was immer das alles bedeutete, über eines war er sich absolut sicher: Dorothy hätte es niemals gewollt. All die Grausamkeit, die Dorián hier gesehen hätte – auf gar keinen Fall hätte sie dem zugestimmt. Natürlich fühlte sie sich schlecht deswegen! Weil es ihr gegen ihren Willen aufgezwungen worden war!

Lüge. Lüge und nochmals Lüge!

Gregor beobachtete ihn noch immer, als könnte er all diese Gedanken Wort für Wort von Doriáns Gesicht ablesen.

»Hast du schon mal von Charles Darwin gehört?«, fragte er nach einer Weile, gefolgt von einem nachsichtigen Kopfschütteln. »Natürlich hast du das nicht. Wie solltest du auch?« Er winkte ab, als wäre es auch gar nicht so wichtig. »Die Sache ist die, Dorián, man mag von der Evolutionstheorie halten, was man möchte – es ist eine unbestreitbare Tatsache, dass sich die Menschen immer weiterentwickeln. Sie wachsen und verbessern sich selbst von Generation zu Generation. Die Unsterblichkeit hingegen – so wunderbar sie auch ist, und so mächtig sie uns macht, sorgt in der Entwicklung unserer Art für einen gewissen bedauernswerten Stillstand. Was meine Familie und ich wollen, ist daher, auch den Unsterblichen zu einer Weiterentwicklung zu verhelfen. Deshalb sind wir auf der Suche nach besonderen Menschen, die zu ganz besonderen Vampiren werden können. Vampire, die eines Tages verhindern werden, dass uns die Menschen überflügeln, dass sie Krieg gegen uns führen und uns ausrotten werden. Dorothy war so ein Mensch, und nun ist sie so ein Vampir – oder wird es sein, wenn sie erst vollendet ist. Anabella und die anderen haben ihr Blut und ihr unsterbliches Leben gegeben, um Dorothy zu stärken und jene Kräfte ins Unermessliche wachsen zu lassen, die ihr den Namen *Der erste Stern* verleihen werden.« Wieder dieses betrübte, missverstandene Kopfschütteln. »Siehst du, Dorián: Wir wollten Dorothy niemals schaden. Wir helfen ihr nur, zu einer besseren, der *besten* Version ihrer selbst zu werden. Sie ist eine Auserwählte! Und auch du, kleiner Engel, könntest ein Auserwählter sein. Noch bist du zu jung. Aber du und Dorothy, ihr könntet zusammen ein perfektes ewiges Leben haben. Wenn du dieses Geschenk eines Tages annehmen willst.«

Dorián biss die Zähne zusammen. Jetzt, wo Gregor ihn losgelassen hatte, ließ das Zittern allmählich nach. Ganz verschwand es allerdings nicht; es blieb tief in seinem innersten Kern sitzen, wühlte ihn auf, dass er glaubte, zerspringen zu müssen. Das alles hier war falsch. Unsagbar, unfassbar falsch!

»Aber Dorothy ist weg«, stieß er hervor und krallte seine Finger in das Fell unter ihm. »Sie ist abgehauen, weil sie eure Perfektion so gehasst hat.«

Gregor seufzte, immer noch mit dieser geduldigen Nachsicht, und setzte sich wieder zurück in seinen Sessel. »Es fiel ihr von Anfang an nicht leicht, ihre Bestimmung anzunehmen.« Er verschränkte die langen Finger ineinander. »Sie wird, mit der Zeit. Die Weitsicht der Unsterblichkeit kommt mit den Jahren.« Die dunklen Augen verengten sich leicht. »Es würde natürlich helfen, wenn wir wüssten, wo sie ist. Weißt du nichts darüber?«

Dorián schnaubte. »Nein.«

Gregor hob die Brauen. »Dabei seid ihr euch so nah. Weißt du wirklich nichts? Ob sie einen Hilferuf an jemanden geschickt hat vielleicht?«

Dorián fuhr unwillkürlich zusammen, als ihm wie zur Antwort prompt der Brief in den Sinn kam, den Dorothy ihm und Bartosz anvertraut hatte. Zu spät versuchte er den Gedanken zu unterdrücken.

Ein mildes Lächeln erschien auf Gregors Gesicht. »Also hat sie dir doch etwas verraten.«

Dorián schluckte trocken und ballte die Fäuste auf dem Fell noch ein bisschen fester. »Ich konnte die Adresse sowieso nicht lesen.«

»Mmh. Verstehe.« Gregor schwieg nun eine ganze Weile, die Fingerspitzen gegeneinandergelegt, während die Nägel seiner Zeigefinger seine Unterlippe berührten. »Aber möchtest du sie denn nicht wiedersehen, Dorián?«, sagte er schließlich. »Möchtest du sie nicht finden? Siehst du: Ich kann dir dabei helfen. Ich kann dir lesen beibringen – und eine Technik, mit der du Vergessenes aus deiner Erinnerung zurückholen kannst.«

Dorián zog finster die Brauen zusammen. »Klar. Damit *du* sie wieder in die Finger kriegst. Als ob.« Er starrte auf seine fest geballten Fäuste. »Ich finde sie schon selbst.«

Gregors Seufzen klang diesmal ehrlich bedauernd. »Na schön. Wie du willst. Es ist deine Entscheidung. Kann ich dir denn sonst etwas Gutes tun, kleiner Engel?«

Dorián sah ihn verblüfft an. Er hatte nicht erwartet, dass Gregor so schnell klein beigeben würde. »Ich will meine Sachen zurück. Vor allem meine Geige.«

Das Lächeln auf Gregors Gesicht vertiefte sich. Fast hatte Dorián den Eindruck, dass er sich über seine Forderungen freute. »Nichts leichter als das. Es ist alles noch drüben im Waldhaus, du kannst es dir jederzeit holen. Ich habe nur noch eine Bitte, ehe ich dich gehen lasse.« Erneut stand er auf und ging in einer fließenden Bewegung vor Dorián auf die Knie. »Lass mich dir noch ein einziges Mal beweisen, dass das Trinken deines Blutes nichts Schreckliches oder gar Schmerzhaftes ist. Ich verstehe deine Angst. Ich kenne die Mythen über die *Strigoi* in deiner Heimat. Aber du hast nichts zu fürchten. Im Gegenteil. Es wird dich stark machen und diese Wunden heilen lassen, die du dir so unnötig zugefügt hast.« Noch ein Lächeln, und aus der Nähe sah Dorián nun zum ersten Mal in aller Deutlichkeit die spitzen Eckzähne. »Wie willst du denn mit diesen Händen die Violine spielen?«

Seine Stimme war so weich. Wie warmes Wasser auf Doriáns Haut. So zart wie die Fingerspitzen, die jetzt wieder über seine Wange strichen, und an der Seite seines Halses hinab.

»Es ist nur ein Kuss, kleiner Engel. Du hast ihn schon so oft gespürt. Lass mich dir zeigen, wie teuer du mir bist.«

Teuer. Besonders teuer. Wie Dorothy.

Doriáns Atem ging schwer und flach zugleich. Ihm war übel, er ekelte sich vor dieser Berührung, er wollte zurückweichen und war doch gefangen in dieser Stimme, wollte sich darin auflösen und hatte gleichzeitig das Gefühl in tiefen Wassern zu versinken. Folgsam neigte er den Kopf zur Seite, spürte seinen eigenen Herzschlag unter seiner Haut pulsieren, spürte wie alles in ihm Licht und gleißend hell wurde und dann … ertrank er.

Als er erwachte, schien wieder die Sonne in sein Gesicht. Er war zurück in seinem Zimmer, das erkannte er sofort – der helle Betthimmel war ihm inzwischen zu vertraut, und auch das Gewicht der dicken Federdecke auf seinem Körper. Eine Decke ohne Blutflecken.

Mit einem Ruck setzte Dorián sich auf und warf das Oberbett zur Seite. Starrte auf sein Hemd und die weite Hose, die sauber waren und in der Morgensonne leuchteten. Auf seine Hände, deren weiche Haut völlig unversehrt war, und für einen schrecklich langen Moment glaubte er, alles nur geträumt zu haben.

Doch es war anders. Er begriff es nur mit wenigen Augenblicken Verzögerung.

Kein Eisen drückte auf seinen Hals. Keine Ketten zogen an seinen Gelenken, als er beide Hände vors Gesicht legte, um sich in der rötlichen Dunkelheit zu sammeln. Und als er wieder hinter seinen Fingern hervorblinzelte, sah er, dass auch die Gitter vor seinem Fenster verschwunden waren.

Er war frei.

Hastig kletterte er aus dem Bett und lief zur Tür, um seine Gedanken zu überprüfen. Als er die Klinke hinunterdrückte, schwang die Tür leicht nach innen und öffnete den Blick auf einen ebenfalls morgenhellen Flur.

Dorián taumelte rückwärts, noch nicht ganz in der Lage, es wirklich zu fassen, und ließ sich mit weichen Knien auf die Bettkante sinken.

Frei. Endlich wieder frei.

Der Albtraum war vorüber. Er konnte jetzt einfach gehen. Wohin er wollte.

Dorothy finden. Und Bartosz. Ich hole sie zurück.

Dorián rieb sich mit beiden Händen durchs Gesicht. Ja, Dorothy und Bartosz wiedersehen. Das war es, was er wirklich wollte. Aber wie? Gregors Hilfe, da war er sich immer noch sehr sicher, konnte er unmöglich annehmen. Ob die Waldhauskinder eine Idee hatten? Antoine, Lidia, Shila oder Tomke? Sie hatten Dorothy so viel länger gekannt als er. Sie lebten schon so lange hier. Vielleicht hatten sie sogar schon angefangen, nach ihr zu suchen. Er musste mit ihnen reden. Denn wenn er Dorothy erst gefunden hatte, würden sie es gemeinsam schon schaffen, auch Bartosz zurückzuholen.

Sein Blick fiel auf einen kleinen Stapel sauber zusammengelegter Kleidungsstücke. Er erkannte sie sofort. Seine Hose! Sein Umhang, sein Hemd und sein Pullover! Erneut sprang Dorián auf, zerrte die Kleider auseinander und durchwühlte mit fliegenden Fingern die Taschen.

Sie waren weg.

Natürlich waren die Münzen weg.

Dorián schloss die Augen, drückte das Bündel vertrauten Wollstoffs gegen seine Brust und versuchte sich zu sagen, dass es nicht so schlimm war. Dass es nur zwei Münzen waren und er das Andenken gar nicht mehr brauchen würde, wenn er Dorothy und Bartosz erst wiedergefunden hatte. Er musste sich nur so schnell wie möglich auf den Weg machen.

Entschlossen streifte er seine Kleider über, zog die Kapuze seines Umhangs über den Kopf und verließ das Zimmer, in dem er gefangen gewesen war.

Kapitel Siebzehn

»Mondscheinsonate"; Piano Sonata No. 14, Op.27,
Ludwig van Beethoven

99 Cambridge Street, Westminster, London

Wir sind so weit, Mr Edwards. Kommen Sie.«

Cedric hatte in Dr Shaws Behandlungszimmer gewartet, während sie und Tariqa Dorothy in der Kammer für die Operation vorbereiteten. Er hatte versucht sich abzulenken, indem er die Titel auf den Buchrücken in den hohen Vitrinen las, am Ende aber nur mit leerem Blick darauf gestarrt. Es war unmöglich, sich innerlich darauf vorzubereiten, was er gleich sehen und vor allem tun sollte. Leider war es genauso zwecklos zu versuchen, *nicht* darüber nachzudenken.

Jetzt allerdings hatte sich die Tür zu der Kammer erneut geöffnet, und Dr Shaw winkte ihn herein.

Keine Zeit mehr zu denken.

Dorothy lag ausgestreckt auf der Liege. Ihr Körper war fast vollständig mit dünnen Tüchern bedeckt, nur ihr Kopf und ihre Schultern schauten heraus. Neben ihr, auf der anderen Seite der Liege, saß Tariqa auf einem Stuhl und hielt Dorothys Hand. Die beiden Frauen hatten leise miteinander gesprochen, doch als Cedric hinter Dr Shaw den Raum betrat, wandten sie ihm den Blick zu.

»Stellen Sie sich hierher.« Dr Shaw wies auf das Kopfende der Liege. »Legen Sie Dorothy beide Hände auf die Schultern. Es hat sich bewährt, bei schwierigen Einsätzen der Blutgabe die Zielperson zu berühren. Das hilft bei der Kontrolle.«

Cedrics Atem kam kaum noch gegen die Enge in seiner Brust an. Trotzdem tat er, was Dr Shaw sagte.

Dorothy sah zu ihm auf und lächelte ein kleines, angespanntes Lächeln. »Es ist gut, dass Sie da sind«, sagte sie leise, und Cedric hatte das Gefühl, dass sie sich damit weniger tatsächlich bedanken, sondern ihn und sie gleichermaßen beruhigen wollte. Es funktionierte nicht. Weder bei ihm noch bei ihr.

»Sie müssen als Erstes bereit sein«, sagte Tariqa jetzt. »Justine und ich werden in Aktion treten, sobald Ihnen die Verbindung gelungen ist. Normalerweise würden wir mit der Sedierung beginnen, also Dorothy zuerst einschlafen lassen und uns dann um den Rest kümmern. Aber wir haben lange darüber beraten, und Dorothy war einverstanden, wach zu bleiben, während Sie Ihre Kräfte einsetzen. Da Sie beide noch ganz am Anfang stehen, was den Einsatz Ihrer Blutgaben betrifft, erschien es uns sinnvoll, wenn Sie einander Rückmeldung geben können. Also. Versuchen Sie, Dorothy zu spüren. Ihre … wie soll ich es sagen … Körperprozesse nachzuempfinden. Wie Sie es auf dem Golfplatz gemacht haben, als sie Shubhams Spieltechnik kopiert haben.«

Cedric warf ihr einen irritierten Blick zu. Ihre Worte klangen so souverän und sicher – aber wusste sie wirklich, wovon sie da sprach? Wenn seine Art der Blutgabe so unbekannt und selten war, konnte doch auch sie bei aller Erfahrung höchstens auf gut Glück im Trüben stochern.

Tariqa lächelte schief. »Versuchen Sie es einfach«, sagte sie bloß.

Noch einmal versuchte Cedric durchzuatmen. Wieder scheiterte er. Es war und blieb einfach eine haarsträubende Idee. Wollten sie das ernsthaft durchziehen?

Ein Blick in Dorothys Gesicht allerdings verriet nichts als unerschütterliche Entschlossenheit.

»Es geht hier um mich. Ich sollte entscheiden dürfen.«

Und ihre Entscheidung, so viel war sicher, stand unverrückbar fest. Also schloss Cedric die Augen und versuchte es.

Zuerst spürte er gar nichts – abgesehen von Dorothys etwas zu kühler Haut unter seinen zu warmen Fingern. Er drückte ein wenig fester zu, versuchte sich auf die Stellen zu konzentrieren, die ihn mit ihr verbanden. Kühl und warm. Haut an Haut.

Ein Prickeln wuchs unter seinen Fingerspitzen, ein feines Zucken von Energie. Jetzt spürte er mehr. Die Knochen Dorothys vorspringender Schlüsselbeine. Ein Stück weiter das Pochen des Herzens in ihrem Brustkorb. Den Atem in ihrer Lunge, ein und aus, ein wenig zittrig. Das sanft fließende Pulsieren ihres Blutes. Wärme.

Leben.

Er wusste nicht, wie der Gedanke in seinen Kopf gelangt war, doch es war dieser Moment, in dem ihm klar wurde, dass die Verbindung geglückt war. Dass dies etwas war, das er nie zuvor gespürt hatte, etwas, das kein Mensch zu spüren imstande sein sollte. *Er spürte Dorothys Leben,* wie es durch sie hindurchströmte, mit ihrem Atem in sie hinein- und wieder herausfloss, warm und kraftvoll in jedem Zoll ihrer Haut. Mehr noch, er spürte, was sie spürte – die Tücher auf ihrem Körper, das lederbezogene Polster der Liege an ihrem Rücken und dem Gesäß, und …

Tariqa.

Überrascht öffnete Cedric die Augen. Er spürte Tariqas Hand in Dorothys. Er spürte *sie,* ihre Präsenz, ihre Kraft. Ihr Leben, dicht an seinem und noch dichter an Dorothys.

Er war Dorothy, und war es doch nicht.

Tariqa lächelte. »Alle Achtung. Ich bin beeindruckt. Jetzt halten Sie diese Verbindung gut fest.« Ihre Miene war ernst, und er spürte ebenso wie er sah, dass sie Dorothys Hand ein wenig fester drückte. Ihr Blick aber hielt seinen mindestens ebenso fest. »Natürlich kann ich Ihnen nicht genau sagen, wie Ihre Gabe funktioniert. Ich vermute allerdings, dass Sie darin besteht, Körperfunktionen zu regulieren. Ich würde also vorschlagen, dass Sie sich vorstellen, wie Dorothys Körper bewegungs- und gefühllos wird. Dann wird sich dieser Gedanke hoffentlich auf sie übertragen.«

»Und wenn Sie können«, warf Dr Shaw ein, die sich inzwischen dünne Stoffhandschuhe übergestreift hatte und die Klingen ihrer Werkzeuge mit Karbol säuberte, »versuchen Sie, Dorothys Gabe zu ertasten. Nach allem, was wir inzwischen wissen, sind auch Blutgaben eine Art der Körperfunktion und sollten somit Ihrer Lähmung unterworfen sein, wenn unsere Theorie zutrifft.«

Cedric riss sich vom Anblick ihrer Hände los, die so selbstverständlich mit all den Klingen und Zangen hantierten, und sah hinunter auf Dorothy, die inzwischen die Augen geschlossen hatte. Sie war so jung, dachte Cedric, und zugleich so tapfer und entschlossen. Was musste sie in ihrem Leben schon alles erlebt haben, um eine derartige Klarheit und Stärke zu gewinnen? »Ich gebe mein Bestes«, murmelte er, und es war mehr ein Versprechen an sie als eine Zusicherung an Dr Shaw oder Tariqa.

Aus dem Augenwinkel sah er Dr Shaw nicken. »Dorothy«, fuhr sie fort. »Es wäre gut, wenn du die Augen geöffnet hältst. Das wird mir später die Arbeit erleichtern.«

Cedric sah Dorothy schlucken. Dann hob sie die Lider und sah zu ihm auf. »In Ordnung«, sagte sie leise, und Cedric spürte das Beben in ihrer Stimme mehr, als dass er es hörte.

»Gut. Dann fangen Sie jetzt an, Mr Edwards. Bitte.«

Cedric presste die Lippen zusammen und widerstand dem Drang, selbst die Augen zu schließen. Stattdessen konzentrierte er sich darauf, Dorothys Körper zu spüren. Er stellte sich ein Gefühl der Taubheit vor, wie es nach und nach ihre Glieder hinaufkroch, sie schwer und gefühllos werden ließ, wie ein Arm oder Bein am Morgen, wenn er sich im Schlaf zu wenig bewegt hatte und es sich anfühlte, als gehörten sie gar nicht mehr zu ihm.

Das Kribbeln an seinen Fingerspitzen wurde stärker. Dorothy atmete scharf ein, ihre Augen weiteten sich und Cedric wusste, jetzt spürte sie es auch. Sie spürte, wie ihre Gliedmaßen förmlich von ihr abfielen, spürte, wie das Gefühl auf ihren Rumpf zukroch, auf ihre Lunge und ihr Herz, das wie zur Antwort heftig zu pochen begann. Eine Welle plötzlicher, unerwarteter Furcht schwappte von ihr zu Cedric hinüber, riss ihn aus seiner Konzentration, als sein eigenes Herz mit einem erschreckten Stolpern antwortete. Cedric schnappte nach Luft. Ein Zittern wuchs in seiner Brust, und kalter Schweiß brach ihm aus. Er kannte dieses Zittern. Er wusste, was gleich passieren würde, passieren musste, aber jetzt, gerade jetzt nicht passieren *durfte!*

Er konnte Dorothy nicht loslassen.

Ein gleißendes Glühen dehnte sich über seinem Herzen aus, seine Finger verkrampften sich, und er schaffte es gerade noch, zischend einzuatmen – der Warnruf gelang ihm nicht mehr, ehe das Zucken wie ein heißer Pulsschlag seinen Arm hinabfuhr und direkt in Dorothy hinein, deren Rumpf sich trotz der schwer betäubten Gliedmaßen zuckend aufbäumte. Ein lautloser Schrei brach aus ihrem weit aufgerissenen Mund. Dann sackte sie schlaff in sich zusammen und lag still.

Absolut reglos.

Kein Atem mehr. Und kein Herzschlag.

Sie ist tot.

Cedric stand da wie versteinert. Starrte auf Dorothys reglosen Körper, auf die weit aufgerissenen Augen, die blicklos zur Decke sahen, und konnte nichts fühlen, nichts denken außer diesen einen, donnernden Gedanken.

Ich habe sie getötet.

Dorothys Schultern waren bei dem Krampf aus seinem Griff geglitten, und Cedric wich einige Schritte zurück und ballte die nun schrecklich leeren Hände so fest, dass sich seine Fingernägel schmerzhaft in die Handflächen gruben.

Es kann nicht wahr sein. Es darf einfach nicht wahr sein!

Er spürte die Blicke von Tariqa und Dr Shaw, doch er fühlte sich nicht imstande, sie zu erwidern. Dorothy war tot, er wusste es, weil er sie nicht mehr spürte; das Leben, das er unter seinen Fingern gefühlt hatte, war fort, ausgelöscht *durch ihn*, weil ihm die Kontrolle nicht gelungen war, weil …

Ich hätte das niemals tun dürfen!

»Donner und Doria«, murmelte Tariqa. Selbst ihre stets so ausdrucksstarke Stimme klang ungewohnt flach. »Ich fürchte, sie einschlafen zu lassen wird jetzt nicht mehr möglich sein.«

Jetzt sah Cedric doch zu ihr. Er war drauf und dran, sie anzufahren. Selbst sie sollte sich in einer Situation wie dieser die geschmacklosen Scherze sparen.

Tariqas Gesicht aber verriet sehr deutlich, dass sie nicht scherzte. So ernst hatte er ihre Miene noch nie gesehen.

Auch Dr Shaw musterte Dorothys reglosen Körper eindringlich – und eindeutig besorgt. »Ich denke, das ist auch nicht mehr nötig. Ich bezweifle, dass sie in diesem Zustand noch Schmerzen spüren kann. Wie denken Sie darüber, Mr Edwards?«

Cedric fand noch immer keine Worte. Fassungslos sah er zwischen Tariqa und Dr Shaw hin und her. Wie konnten sie so reden? Er hatte gerade eine junge Unsterbliche getötet!

Da lächelte Tariqa und wandte sich ihm zu, als hätte sie gerade erst verstanden, was in ihm vorging. »Es ist alles in Ordnung, Cedric. Entspannen Sie sich. Die Lähmung kam schneller und stärker, als irgendjemand von uns erwartet hätte. Aber sie ist gelungen, und Sie haben Dorothy nicht geschadet. Es wird vorübergehen.« Sie winkte ihn mit ihrer freien Hand heran. »Kommen Sie. Spüren Sie es selbst.«

Widerstrebend trat Cedric erneut an die Liege heran. War es möglich? Konnte Tariqa tatsächlich recht haben? Er brachte es kaum über sich, die Hände erneut auf Dorothys Schultern zu legen. Aber noch weniger konnte er es aushalten, es nicht zu tun. Nicht zu wissen.

Die Verbindung gelang diesmal sofort. Er fiel förmlich in sie hinein, als wäre Dorothys ganzes Sein unter dem Einfluss seiner Gabe zu einem finsteren Loch geworden, in das zuerst sie hinabgestürzt war, und er nun ebenso.

Und doch … am Grund dieses schwarzen Schachts … spürte er sie. Klein. Leise und doch nicht schwach. Ein heller, klarer Ton, kraftvolles Pianissimo.

»Mr Edwards. Sind Sie das?«

Cedric schossen die Tränen in die Augen vor Erleichterung. Ihre Stimme. Tonlos wie ein Gedanke, aber sie war es, ohne Zweifel.

»Ja«, antwortete er ebenso stumm. *»Ja, ich bin es. Geht es dir gut, Dorothy? Hast du Schmerzen?«*

»Nein. Nein, habe ich nicht, mir geht es gut … glaube ich. Komme … ich hier wieder heraus?«

Cedric schluckte mühsam und blinzelte die Tränen fort. *»Tariqa ist sich sicher, dass du es schaffst.«*

»Gut«, sagte Dorothy noch einmal. *»Wenn sie es sagt, dann schaffe ich es auch.«* Ein Lächeln, fein und still und doch so stark. *»Machen Sie sich keine Sorgen. Dann mache ich mir auch keine.«*

Langsam hob Cedric den Blick. »Es geht ihr gut«, flüsterte er heiser.
Tariqa nickte nur und lächelte.

»Sie können den Raum jetzt verlassen, wenn Sie möchten«, ließ sich Dr Shaw vernehmen. Auch ihre Stimme klang ungewohnt sanft und einfühlsam. »Sie waren so gründlich, ich denke nicht, dass wir Sie brauchen, um den Zustand aufrechtzuerhalten.« Sie sah zu Tariqa, die in stummem Einverständnis nickte. »Den Rest schaffen wir zu zweit. Setzen Sie sich solange ruhig in den Vorraum. Mr Bernard bringt Ihnen Blut – und einen Tee, wenn Sie möchten. Sie haben es sich redlich verdient.« Ein mattes Lächeln erschien auf ihrem Gesicht. »Sie waren eine große Hilfe, Mr Edwards. Ich danke Ihnen.«

Kapitel Achtzehn

»Der Winter«; Violinkonzert Op. 8; Antonio Vivaldi

In der Nähe von Mentana, latianisches Hügelland, Latium, Italien

Im Waldhaus herrschte noch die vertraute morgendliche Geschäftigkeit, ehe die Wagen für die Fahrt nach Rom fertig gemacht wurden. Das Frühstück war gerade vorbei, was Dorián ein wenig bedauerte, aber vielleicht würde er später noch Reste in der Küche finden.

Er hatte kaum einen Fuß in den Flur gesetzt, als Renu ihn entdeckte. Sie kam gerade aus dem Waschraum, die kleinen Hände waren noch dabei, die für sie typischen langen Zöpfe zu flechten. Als sie ihn entdeckte, blieb sie stocksteif stehen. Eine kleine Unendlichkeit starrte sie ihn an wie einen Geist. Dann ging ein Strahlen über ihr rundes Gesicht, und vage fragte sich Dorián, wie es sein konnte, dass sie nach den wenigen Tagen so viel älter aussah.

»Dorián!«, rief Renu. »Du bist wieder da! He! Kommt alle her! Dorián ist wieder da!«

Die Geräusche im Haus veränderten sich. Das Klappern vieler Schritte erklang, und nur einen Augenblick später war die Diele voll mit Kindern, die sich um ihn drängten und auf ihn genauso einredeten wie aufeinander. Viele wechselten dabei vor lauter Aufregung von ihrer Gemeinschaftssprache zurück in die Sprache der Länder, aus denen sie kamen. Dorián verstand kein einziges Wort. Er reckte den Hals, um die älteren Kinder zu suchen – und tatsächlich, da waren sie. Sie standen zusammen am Ausgang zum Hof, berieten irgendetwas miteinander und wirkten dabei etwas ratlos. Wilhelm war jetzt auch bei ihnen, fiel Dorián verwundert auf. War der dafür nicht noch zu klein?

Er drängte sich so freundlich wie möglich zwischen den jüngeren Kindern hindurch, bis er direkt vor ihnen stand.

»Hallo«, sagte er, weil ihm nichts anderes einfiel, und weil sie ihn immer noch so seltsam unschlüssig ansahen.

Etliche viel zu lange Momente sagte niemand etwas. Dann rang sich wenigstens Antoine zu einem Lächeln durch. »Eh«, sagte er. »Damit haben wir jetzt aber nicht gerechnet.«

»Wo warst du denn die ganze Zeit?« Jetzt fand auch Tomke ihre Sprache wieder. »Und wo kommst du jetzt her?« Sie musterte ihn kritisch, geradezu misstrauisch. So misstrauisch, dass Dorián die ehrliche Antwort – dass er Dorothy bei der Flucht geholfen hatte und dann in der Villa eingesperrt gewesen war – im Hals stecken blieb. Weil es ihm plötzlich viel zu deutlich wieder einfiel. Wie im Waldhaus mit Kindern umgegangen wurde, die … nach drüben gegangen waren. Oder adoptiert worden. Wie Céleste. Wie Bartosz. Ausgestoßen. Einfach kein Teil mehr von allem. Ohne wirklichen Grund.

»Ich … meine Sachen sind doch auch noch hier«, murmelte er und war sich dabei völlig klar, dass das überhaupt nichts mit ihrer Frage zu tun hatte. Irgendetwas schienen seine Worte dennoch ausgelöst zu haben, denn Tomkes Augen wurden für einen Moment sehr groß.

»Oh, ja«, sagte sie und zupfte etwas zu fest an ihren Zöpfen. »Stimmt ja.«

Dorián sah sie verwirrt an. »Was ist denn?«

Aber Shila schüttelte nur an Tomkes Stelle hastig den Kopf. »Nichts. Gar nichts. Also … bleibst du dann jetzt wieder hier?«

Doriáns Kehle schnürte sich heftig zusammen. »Ja … denke ich?«

»Okay«, murmelte Shila. »Dann, ähm … willkommen zurück. Wir sehen uns bestimmt später!« Und damit war sie auch schon, gefolgt von Tomke und Lidia, auf den Hof hinausgehuscht. Sekunden später hörte Dorián sie in gewohnt barschem Ton ihre Gruppe zusammenrufen.

»Wir müssen jetzt die Wagen fertig machen, sonst wird es zu spät«, sagte Antoine, der als einziger der älteren Kinder zurückgeblieben war. »Kommst du denn schon wieder mit?«

»Ich weiß noch nicht.« Tatsächlich wollte Dorián gerade nichts anderes, als mit der Violine allein zu sein, endlich wieder zu spielen und über alles nachzugrübeln, was in den letzten Stunden passiert war – eingeschlossen dieses seltsame Wiedersehen mit den Waldhauskindern. Was dachten sie denn? Dass er freiwillig weggeblieben war? Der Gedanke tat weh. Es war fast wie nach Bartosz' Adoption. Schlimmer eigentlich sogar. Wieder stand er außerhalb, und wieder verstand er einfach nicht warum.

»Hmm«, machte Antoine, und für einen Moment dachte Dorián, dass er noch etwas sagen wollte. »Überleg's dir halt.«

»Mach ich«, murmelte Dorián und sah ratlos zu, wie nun auch Antoine in den Hof verschwand. Die anderen Kinder zerstreuten sich ebenfalls schnell.

Einzig Renu, Miki und Katalina blieben noch etwas länger, als wären sie unschlüssig, ob sie nicht eigentlich in seine Gruppe zurückkehren müssten. Sie zu sehen, wie sie dort standen und irgendwie verloren wirkten, ließ einen unangenehm scharfkantigen Klumpen in Doriáns Kehle wachsen.

»Machst du bald wieder Musik mit uns?«, fragte Miki schließlich.

Katalina nickte heftig. »Bitte komm mit nach Rom«, piepste sie. »Ohne dich müssen wir den ganzen Tag nur auf dem Wagen warten.«

»Es ist niemand mehr da, der sich richtig um unsere Gruppe kümmert«, erklärte Renu. »Wilhelm kann das einfach nicht.«

Dorián spürte mit überraschend großer Erleichterung, dass die Worte endlich ein Lächeln auf sein Gesicht riefen. Ein Lächeln, von dem er gar nicht gewusst hatte, wie sehr es ihm in den Tagen in der Villa gefehlt hatte. »Na klar«, sagte er, während ihm die Erleichterung sogar Tränen in die Augen trieb. Wenigstens *irgendjemand* war froh über seine Rückkehr. »Jetzt gleich, wenn ihr wollt. Kommt, wir gehen die Geige holen.« Denn für sie, für *seine Gruppe* würde er auch nach Rom fahren, selbst wenn er noch so gern allein sein wollte. Es würde sich bestimmt gut anfühlen, wieder dort zu sein. Also lief er ihnen voran in den Schlafsaal, zu seinem Fach im Regal, wo die wenigen persönlichen Sachen lagen, die er in seiner Zeit im Waldhaus gesammelt hatte.

Aber noch bevor er das Regal erreichte, wurde ihm klar, dass etwas nicht stimmte.

Die Violine war weg. Sie lag nicht an ihrem Platz im Regal, und auch nicht auf Doriáns unangetastetem Schlaflager. Oder an einem anderen Ort im Raum. Sie war einfach nicht da.

Dorián spürte, wie in ihm alles erst kalt und dann glühend heiß wurde. Tomkes entsetzter Blick fiel ihm ein, als er von seinen Sachen gesprochen hatte. Und wie Shila ihr so nervös ins Wort gefallen war, als sie erklären wollte. Antoine, der ihm etwas sagen wollte und es dann doch ließ.

Plötzlich ergab das alles so viel mehr Sinn.

Dorián machte auf dem Absatz kehrt und stürmte nach draußen, wo die anderen noch damit beschäftigt waren, Reina und Churro anzuspannen.

»Wo ist sie?!«

Sie spielten ihre Überraschung nicht besonders gut. Vor allem Shila zuckte sichtlich zusammen, so sehr, dass Churro erschrocken zur Seite tänzelte und den Kopf gegen das Geschirr zurückwarf. Und auch Lidia auf der anderen Seite sah viel zu ertappt über den Pferderücken hinweg.

Schwer atmend blieb Dorián vor ihnen stehen. »Die Violine! Was habt ihr damit gemacht?«

Schier endlose Augenblicke sagte niemand ein Wort. Auf dem ganzen Hof war es mit einem Mal geisterhaft still.

»Wir haben sie verkauft«, sagte Shila endlich. Sie hatte die Hand in Churros Zaumzeug gekrallt und wirkte so angespannt, dass es sie bald zerreißen musste.

Dorián starrte sie fassungslos an. Das konnte nicht sein. Sie konnte das nicht wirklich gesagt haben!

Aber sie hatte. Er sah es in ihren Augen.

»Was?«, flüsterte er dennoch, weil er es nicht glauben *wollte*. Es war einfach unmöglich!

»Sie hat richtig viel Geld gebracht!«, platzte Shila heraus. Ihre braunen Wangen glühten vor Aufregung. »Das war ja wohl das Mindeste, nachdem du einfach abgehauen bist! Die ganzen Einnahmen der Musikgruppe sind weggefallen!« Ihre Stimme brach ein wenig, und sie konnte Doriáns Blick nicht länger standhalten. »Hier gab es doch sowieso niemanden mehr, der darauf spielen konnte«, murmelte sie, die Augen nun fest auf ihre Stiefelspitzen gerichtet.

Lidia, die bis hierher nervös auf ihrer Unterlippe gekaut hatte, kam jetzt um Churro herum, um sich neben Shila zu stellen. »Wir brauchten das Geld. Wirklich dringend. Und wir … wir dachten einfach nicht, dass du noch mal zurückkommst.«

Dorián hatte das Gefühl, jeden Moment explodieren zu müssen. »Ich war nicht mal zwei Wochen weg!«

»Zwei Wochen sind ganz schön lang, um überhaupt nichts von sich hören zu lassen!«, fauchte Shila zurück. »Wo warst du überhaupt? Du warst doch in der Villa, oder? Du warst bei *denen!*« Sie schluckte sichtlich und ballte die Fäuste. »Von da kommt nie jemand zurück.«

Die wütende Anklage in ihrer Stimme traf Dorián tief. So tief, dass sie sämtliche Worte in ihm verstummen ließ, die er zu seiner Verteidigung hätte sagen können. Dabei hätte er es ihnen ja erzählen können, er hätte von den Ketten erzählen können und von Céleste, die ihn nicht hatte gehen lassen. Von Gregor, der es schließlich doch getan hatte. Er hätte von all der Angst und der Dunkelheit erzählen können, von dem Blut und davon, wie er vergeblich versucht hatte, sie vom Fenster aus zu rufen.

Stattdessen fühlte er bloß die Tränen, die nun heiß aus seinen Augen und über seine Wangen liefen, und was schließlich aus seinem Mund fiel, war etwas ganz anderes.

Das Gefühl, ein Zuhause endgültig und für immer verloren zu haben.

»Ja, war ich«, sagte er, und fühlte seine Stimme flach und rau klingen. »Und es war furchtbar. Aber immer noch besser als hier, denn dort wollten sie mich wenigstens haben.«

Damit ging er an Shila und Lidia vorbei, und auch an Tomke und Antoine, die beim zweiten Wagen standen, quer über den Hof zurück, den Weg, den er gerade erst gekommen war. Er hatte sich getäuscht. Es gab hier keine Freunde. Keine Unterstützung. Keine Hilfe bei der Suche nach Dorothy oder Bartosz. Wer Bartosz' Violine verkaufte, dem lag auch nichts daran, dass er je ins Waldhaus zurückkehrte. Und mit solchen Menschen wollte Dorián nichts mehr zu tun haben.

»Dorián! Warte!«

Das war Lidia. Aber Dorián wollte es nicht hören. Sie war auch schuld. Sie alle waren schuld, weil niemand von ihnen es aufgehalten und niemand an ihn geglaubt hatte.

»Es tut mir leid, Dorián!« Lidia klang verzweifelt. »Uns allen tut es leid! Wir … wir wollen dich hier, wirklich! Bitte geh nicht zu ihnen zurück. Das … Bartosz hätte das nicht gewollt!«

Dorián blieb stehen. Langsam, sehr langsam drehte er sich um. Er wusste nicht, woher das Lächeln auf seinem Gesicht kam, aber in diesem Augenblick hasste er sie wirklich, sie *alle*, und er legte all seinen Hass in dieses Lächeln, damit sie es bloß nie wieder vergaßen. »Nimm seinen Namen nicht in den Mund. Ihr habt ihn verraten, nicht ich.«

»Dorián …«

Das war Antoine. Von ihm tat es besonders weh. Er war doch Bartosz' bester Freund gewesen. Aber auch er hatte nichts dagegen getan, dass der letzte Teil dieses Freundes einfach für ein paar schäbige Lira verkauft wurde.

Abwehrend hob er die Hand, und Antoine verstummte. Dorián wandte sich erneut ab. Schloss die schützende Blase aus Licht um sich und ging einfach weiter. Niemand sagte mehr etwas, und niemand versuchte noch einmal zu verhindern, dass er die Stufen zur Villa hinaufstieg.

Gut so. Sie hatten es nicht verdient, Dorothy und Bartosz wiederzusehen. Er brauchte ihre Hilfe nicht.

Und dieses Zuhause auch nicht mehr.

Es dauerte eine Weile, bis er Gregor fand. Dorián musste etliche Türen im Erdgeschoss und im ersten Stock der Villa öffnen, oder auch an verschlossenen Klinken rütteln, bis er schließlich auf einen Raum stieß, der ein Arbeitszimmer oder etwas in der Art sein mochte. Dort saß er hinter einem ausladenden Schreibtisch, durch die halb geschlossenen Vorhänge in dämmriges Goldlicht getaucht, und sah Dorián entgegen, als er eintrat.

»Hallo, kleiner Engel. Du suchst mich?«

Dorián blieb mitten im Raum stehen und versuchte, nicht zu all den pausbäckigen Engelsfiguren aus Marmor hinzusehen, die den Raum schmückten. Er fühlte sich beobachtet von diesen leeren weißen Augen, auf eine entblößende Art, die eine Gänsehaut über seinen ganzen Körper wandern ließ.

»Ich hab es mir anders überlegt. Ich will lesen lernen. Und diese ... Technik.«

Gregor legte den Federhalter beiseite, den er in der Hand gehalten hatte. »Ach so? Na, wenn das so ist, sehr gern.« Er musterte Dorián aufmerksam. »Hast du im Waldhaus alles gefunden, was du brauchtest? Wo ist die Violine?«

Erneut spürte Dorián, wie etwas in ihm zu zittern begann. Wie es heiß und kalt wurde und so seltsam grell vor Verzweiflung und Wut.

»Weg«, brachte er gerade noch heraus, und dann flossen wieder die Tränen; er konnte sie nicht aufhalten, obwohl er sich zugleich abgrundtief dafür hasste, ausgerechnet vor Gregor so die Kontrolle zu verlieren. Er konnte nichts tun, sie kamen einfach. Mehr und mehr und mehr, begleitet von harten, schmerzhaften Schluchzern, die ihn von oben bis unten durchrüttelten. Dorián hockte auf dem Boden vor Gregors Schreibtisch und weinte, und es fühlte sich grauenvoll und erlösend zugleich an.

Er wusste nicht, wie lange es dauerte. Irgendwann war Gregor offenbar aufgestanden und gegangen, denn als Dorián endlich wieder den Kopf hob, war er allein im Raum.

Er blieb es allerdings nicht lange, denn noch bevor er Zeit fand zu begreifen, dass er nicht einmal bemerkt hatte, wie Gregor das Zimmer verließ, öffnete sich bereits die Tür hinter ihm und Gregor kehrte zurück. In der Hand trug er etwas, das aussah wie ein großer Violinkoffer. Sehr groß. Fast so groß wie Dorián selbst.

Gregor setzte den Koffer ab und ging neben Dorián auf ein Knie, um ihm aus der Nähe in die Augen zu sehen.

»Es tut mir leid«, sagte er. »Ich verstehe deinen Schmerz, Dorián. Und es schmerzt mich selbst, dass ich dir deine kostbare Violine nicht ersetzen kann. Aber vielleicht habe ich hier etwas, das den Schmerz zumindest lindert.«

Dorián wandte den Kopf, als Gregor den Koffer öffnete. Darin lag tatsächlich eine Violine, ebenso übergroß wie ihr Koffer. Das rötliche Holz schimmerte im Licht vom Fenster her, als würde es von innen heraus leuchten. Dorián bemerkte kaum, dass ihm der Mund offen stand, so schön war es.

»Das ist ein Cello«, sagte Gregor. »Ich schenke es dir, wenn du willst. Willst du?«

Dorián konnte nicht gleich antworten. Er war wie gefangen von dem Glanz, mit dem das Cello das Sonnenlicht einfing. Es war, als würde es schon jetzt für ihn singen. Ihn trösten. Ein Klang wie eine warme Umarmung.

»Bei ihm klingt alles traurig. In Wahrheit ist er der geborene Cellist.« Bartosz' Lachen in seiner Erinnerung. Das Gefühl seiner Lippen an Doriáns in diesem letzten, trotzigen Abschiedskuss.

»Búcsú. Bis eines Tages vielleicht.«

»Ai grijă. Wir sehen uns sicher wieder.«

Dorián kniff die Augen zusammen und nickte.

Eine Hand legte sich auf seinen Kopf, flüchtig wie ein sanftes Streicheln.

»So sei es dann«, sagte Gregor. »Willkommen in meinem Haus, kleiner Engel.«

Kapitel Neunzehn

»Clair de Lune«; Suite bergamasque III; Claude Debussy

99 Cambridge Street, Westminster, London

Die Zeit, die Cedric allein im Vorraum der Praxis verbrachte, schien sich schier endlos hinzuziehen. Die Standuhr in der Ecke zählte mit leise tickenden Pendelschwüngen die Sekunden, doch wann immer Cedric seinen Blick von der regennassen Scheibe des Fensters und der dahinter liegenden Dunkelheit losriss, schienen die Zeiger kaum vorangekrochen zu sein. Zwischen seinen Fingern wurde der Tee immer kälter. Der vertraute Duft war beruhigend und auf unbestimmte Weise tröstlich, und doch konnte sich Cedric wie so oft nicht überwinden, einen Schluck zu trinken.

Er saß noch immer so da, als sich nach etwas mehr als einer Stunde endlich die Tür zu Dr Shaws Behandlungszimmer öffnete und Tariqa heraustrat.

Cedric richtete sich auf und stellte die Tasse beiseite. »Ist es vorbei? Wie geht es ihr?«

Tariqa trat näher. Ein erschöpftes, aber sichtlich erleichtertes Lächeln lag auf ihrem Gesicht. »Ja, es ist vorbei. Hätten Sie etwas dagegen, wenn ich mich setze?«

Sie hatte noch nicht ausgesprochen, als Cedric schon aufstand, um den Sessel für sie freizugeben. »Selbstverständlich«, murmelte er und verkniff sich, ein weiteres Mal nachzuhaken, was Dorothys Zustand betraf.

»Vielen Dank.« Tariqa ließ sich mit einem Aufatmen in die Polster sinken. Das spärliche Licht der Öllampe auf der anderen Seite des Raums malte tiefe Schatten auf ihr Gesicht und ließ es ungewohnt alt wirken – einer der raren Momente, in denen ihr die Last eines jahrhundertelangen Lebens deutlich anzusehen war. Sie zog eine Phiole mit Blut aus den Falten ihres Rocks und stürzte es in einem Zug hinunter.

»Dorothy geht es gut«, sagte sie endlich und sah zu Cedric hinauf. »Sie erholt sich noch einen Moment. Aber dann können Sie sie mit nach Hause nehmen, wie es geplant war.«

Cedric antwortete nicht darauf. Es gab keine Worte, die beschrieben, wie sehr ihn ihre Aussage erleichterte. Und doch blieb die Sorge wie eine Klaue um seinen Magen geschlossen. Was ihm heute mit Dorothy passiert war, konnte jederzeit wieder geschehen. Beim nächsten Mal womöglich mit einer Person, die weitaus schutzloser dagegen war.

»Sie haben so ein hübsches Gesicht«, sagte Tariqa unvermittelt und mit einer eigentümlichen Sanftheit in der Stimme. »Wie schade, dass wir uns irgendwann davon verabschieden müssen.« Ein mattes Lächeln kräuselte ihre Lippen. »Die Unsterblichkeit geht mit niemandem auf Dauer freundlich um.«

Cedric blinzelte überrascht. Er begriff nicht, woher dieser Kommentar kam, ausgerechnet in diesem Moment auch noch – und doch hatte er das bestimmte Gefühl, dass mehr dahintersteckte, als es auf den ersten Blick schien. Mehr als ein unpassender Versuch, die Stimmung aufzulockern.

»Ich habe noch nie viel auf Äußerlichkeiten gegeben«, murmelte er deshalb bloß abwehrend. »Ein geringer Preis für ein endloses Leben, wenn Sie mich fragen. Obwohl mir ein Leben in Frieden deutlich lieber wäre.«

Tariqa lachte leise. »Da haben Sie natürlich recht. Und die Darstellung war auch viel zu plakativ, entschuldigen Sie. Rein äußerlich werden Sie sich in Wahrheit auch in zweihundert Jahren kaum verändern.« Sie fixierte ihn eindringlich. »Was ich meinte, war, dass die Unsterblichkeit an der Intensität unserer Gefühle frisst. Lachen und Freude, Trauer und Ärger. Angst. Selbst simple Überraschung. Sie kommen uns über die Jahrhunderte immer mehr abhanden, wenn wir nicht aufpassen. Dabei sind sie es doch, die ein Gesicht so lebendig und – wenn Sie erlauben – wunderschön machen.«

Er konnte sich in ihren Augen sehen. Cedric hatte sich noch nie in den Augen einer anderen Person gespiegelt. Und doch konnte er in diesem Moment das Gefühl nicht abschütteln, dass er eine andere, sehr fremde Version von sich selbst betrachtete, als er Tariqa ins Gesicht sah. Kühl, fokussiert und entschlossen unter dem Schatten dieses Lächelns, das nicht aus Freundlichkeit entstand, sondern aus dem rationalen Kalkül, dass dies der Weg war, um zu erreichen, was nötig war.

Der einzige Weg.

War es an dieser Stelle überhaupt möglich zu erfassen, was das wirklich bedeutete?

»Endloses Leben ist möglich, Cedric«, sagte Tariqa leise und mit einer Spur eigentümlichen Bedauerns. »Endloser Frieden ist es nicht.«

Eine ganze Weile war es sehr still zwischen ihnen, während ihre Worte mit jedem Herzschlag in Cedric einsickerten. Worte, an die er sich, das ahnte er schon jetzt, noch sehr lange erinnern würde.

»Ich habe es Ihnen schon einmal gesagt«, fuhr Tariqa schließlich fort, »und ich möchte es gern wiederholen: Sie – und auch Dorothy – sollten wirklich bald einen Weg finden, regelmäßig Ihre Blutgaben zu schulen und besser kennenzulernen. Zu welchem Zweck auch immer Sie sie dann einsetzen möchten oder eben auch nicht – die Entscheidung darüber können Sie nur dann wirklich treffen, wenn Sie auch die Kontrolle haben. Und dafür ist gewissenhafte Übung in Kombination mit regelmäßiger Ernährung der einzige Weg.«

Sie hatte recht. Cedric hatte das schon geahnt, aber spätestens nach allem, was er an diesem Abend gesehen und gehört hatte, stand es völlig außer Frage.

»Werden Sie uns helfen?«, fragte er deshalb. »Ich glaube, Ihre Anleitung würde uns beiden guttun.«

Tariqa senkte den Kopf, wie um ein Lachen zu verbergen. Ihre Stimme aber war ernst. »Natürlich. Mit Freude sogar. Mr Kapoor hat uns den Golfplatz bereits als Übungsfeld zugesichert. Wir können gleich in der nächsten Woche anfangen, wenn Sie wollen.«

Cedric kam nicht mehr dazu, zu antworten. Denn in diesem Moment öffnete sich die Tür zum Behandlungszimmer erneut, und Dr Shaw trat heraus. Hinter ihr erschien Dorothy auf der Schwelle. Sie trug wieder ihre Wollhosen und den Umhang mit der großen Kapuze, ihr Gang war aufrecht und sie lächelte, als sie Cedric sah.

»Wir sind so weit«, sagte Dr Shaw. »Du kannst jetzt gehen, Dorothy.« Auch ihren Mund umspielte jetzt ein schmales Lächeln. »Ich werde mich melden, sobald ich die Proben untersucht habe. Ich hoffe, wir sehen uns bald wieder.«

Kapitel Zwanzig

»Vocalise«; 14 Lieder, Nr. 14, Op. 34; Sergej Rachmaninov

In den Strassen von West End, London

Kurze Zeit später saß Dorothy gemeinsam mit Mr Edwards in Dr Shaws Kutsche. Es war dunkel im Inneren des Verschlags, und sie schwiegen beide, während draußen die spätabendliche Stadt vorbeizog. Die schwarzen Schemen der Häuser mit ihren hell erleuchteten Fenstern verschwammen vor Dorothys Blick, der immer wieder flackerte und sich trübte. Ihre Augen schmerzten, wie sowieso alles an ihr, aber das war ja nichts Neues. Sie war es gewohnt, sich in diesem Körper nicht mehr ganz zu Hause zu fühlen.

Nicht dass sie es nicht irgendwann sein wollte – zu Hause. In ihrem Körper, und in ihrem Leben, so wie es jetzt nun mal war. Sie würde und wollte sich das erkämpfen. Nach allem, was sie in dieser Nacht erlebt hatte, noch so viel mehr als zuvor.

Dorothy hatte sich schrecklich vor dieser Operation gefürchtet, mit der Dr Shaw, wie sie sagte, handfeste Beweise für unerlaubte Experimente an jungen Vampiren zu sichern versuchte. Die Ärztin hatte ihr zu genau erläutert, was sie vorhatte, um keine Angst davor zu haben. Erst recht nach allem, was Dorothy schon in Gregors Haus erlebt hatte. Sie hatte sich also darauf eingestellt, es einfach irgendwie durchzustehen. Dass sie es tun würde, stand immerhin außer Frage, weil es nun mal die einzige Möglichkeit war, wie Gregor durch die Vampirkonsulate seiner Machtposition enthoben werden konnte. Für die Freiheit, ihre eigene und die der Waldhauskinder, hätte Dorothy noch so viel mehr durchgestanden.

Aber als sie schließlich dort auf der Liege gelegen hatte, vollkommen bewegungsunfähig und doch bei vollem Bewusstsein … da war es gar nicht so schwer auszuhalten gewesen. Nein, so unwahrscheinlich es klang, sie hatte sich sogar sicher gefühlt. Sie hatte *vertraut*, selbst als sich Dr Shaws Hand mit der langen Nadel ihrem Auge genähert hatte. Auf sich. Auf die drei Vampire, in deren Hände sie sich begeben hatte, freiwillig. Nachdem sie erst akzeptiert hatte, dass sie sich durch Mr Edwards' unheimliche Lähmung für eine Weile nicht würde spüren können, war es geradezu leicht gewesen, auch alles andere als einen unangenehmen, aber nicht bedrohlichen und vor allem vorübergehenden Zustand hinzunehmen. Und als schließlich nach und nach das Gefühl in ihre Glieder zurückkehrte, hatte sie zum allerersten Mal eine Ahnung davon gespürt, wie es irgendwann sein könnte, mit diesem fremden Körper … einfach zu leben. Wieder sie selbst zu sein, auf eine neue Art und Weise. Und irgendwann, wenn sie nur hart genug an sich arbeitete, auch stark genug, um zurückzugehen. Und die anderen zu befreien.

Sie sah zu Mr Edwards, der auf der Kutschbank gegenüber saß und ebenfalls schweigend die nächtliche Stadt beobachtete.

»Danke. Dass Sie mich mitnehmen. Trotz … allem.«

Mr Edwards wandte sich vom Fenster ab und erwiderte durch die Schatten ihren Blick. Er brauchte einen Moment für die Antwort. Dorothy konnte förmlich sehen, wie er mehrere Formulierungen ausprobierte und wieder verwarf, als wollte er ganz sicher sein, dass er die passenden Worte wählte.

»Es ist das Richtige«, sagte er schließlich. »Dr Shaw hat es gesagt. Tariqa auch. Und sie haben recht, auf mehreren Ebenen. Ich habe keine Angst vor dir, Dorothy, und vor deiner Kraft auch nicht. Dafür … habe ich heute zu viel von dir gesehen.«

Dorothy ließ das einen Moment auf sich wirken. Es klang, als ob mehr dahintersteckte, als die Worte sagten. Und sie fragte sich unwillkürlich, *was* er alles von ihr gesehen hatte. Und welche Schlüsse er daraus zog.

»Wieso sind Sie sich so sicher? Dass ich keine Gefahr für Ihre Familie bin, meine ich.«

Mr Edwards zog leicht die Brauen zusammen und warf erneut einen Blick nach draußen. Auf die Lichter in den Häusern, die allmählich weniger wurden.

»*Du* warst dir sicher«, antwortete er schließlich. »Ich schätze, ich habe dir einfach geglaubt.«

Das brachte sie zum Lächeln. »Oh. Ich meine … danke. Nochmals. Für Ihr Vertrauen.«

Mr Edwards schob die Hände tiefer in die Taschen seines Mantels. »Was soll ich dazu sagen? Danke ebenso?« Er hob die Schultern. »Weißt du, Dorothy, ich denke … wir sind in einer entfernt ähnlichen Situation, und ich verstehe, was in dir vorgeht. Deshalb glaube ich nicht, dass du von meiner Familie trinken wirst, solange du es dir selbst nicht ausdrücklich erlaubst. Dazu bist du zu … na ja. Man muss es stur nennen, nehme ich an.«

Wieder war da dieses Lächeln. Selbstironisch und etwas schief. Und so seltsam es war, Dorothy hatte sich in all den Wochen, seit man sie in diesen Vampirkörper gezwängt hatte, noch nie so gesehen und verstanden gefühlt. Mit dem Blut. Mit dem Hunger. Der Gabe. Mit einfach allem.

Ein leises, trockenes Lachen drang an ihre Ohren, fast verschluckt vom Kragen seines Mantels. »Vielleicht sollte ich dich meinen Freunden vorstellen.«

Das entlockte auch Dorothy ein verblüfftes Lachen. Wie kam er jetzt wohl ausgerechnet darauf? »Meinen Sie?«

Mr Edwards strich sich die widerspenstigen Haare aus dem Gesicht. Sein Lächeln war jetzt viel weniger ironisch. »Ja, das meine ich«, sagte er, gerade als die Kutsche vor dem Haus in der Hanover Street hielt. Er öffnete die Tür des Kutschenverschlags und ließ Dorothy den Vortritt beim Hinausklettern. »Warte ab, bis du sie triffst. Dann wirst du es verstehen.«

Nebeneinander standen sie auf dem Gehsteig und sahen hinauf zu den einladenden, warm erleuchteten Fenstern, bis Mr Bernard Dorothys Koffer vom Gepäckträger der Kutsche gelöst hatte. Dann hielt Mr Edwards das schmiedeeiserne Tor auf, das zur Vortreppe führte.

»Also dann. Willkommen zu Hause, Dorothy.«

VIII. Agnus Dei

Es geht nicht darum, einfach nicht mehr zu sterben.
Am Leben zu sein, an jedem einzelnen neuen Tag –
das ist das Einzige, was wirklich zählt.

Kapitel Eins

»Ah, les crocodiles!«; französisches Traditional

In der Nähe von Mentana, latianisches Hügelland, Latium, Italien

Dorián strich den Bogen langsam über die zweite Saite des Cellos. Ein bisschen mehr Druck, nicht zu viel, sodass es sang und nicht kratzte. Das Holz des Korpus vibrierte an seiner Brust, füllte ihn mit dem Klang, der Wärme. Dem Licht. Es war ein kalter, verregneter Märztag, doch solange er spielte, spürte er das nicht. Die Musik war wie eine sanft brennende Lampe im trüben Grau.

Es hatte eine Weile gedauert, bis Dorián das, was er über das Spiel auf der Violine gelernt hatte, aufs Cello übertragen konnte. Das Prinzip war ähnlich, aber die Saiten sangen andere Töne. Gregor hatte ihm erklärt, welche. Er hatte ihm sogar eine Stimmgabel geschenkt, mit der er die höchste Saite auf ein A stimmen konnte, und mit deren Hilfe auch die anderen passend dazu. Aber selbst dann noch wurden die darauf zu spielenden Töne mit anderer Fingerhaltung an anderen Stellen gegriffen – manchmal so weit voneinander entfernt, dass die Größe von Doriáns Hand kaum dafür ausreichte. Der Klang selbst aber war so voll und berührte ihn so sehr, dass er nicht aufgab. Er übte, jeden Tag, stundenlang, wann immer er sich nicht gerade mit dem Lesen-, Schreiben- oder Rechnenlernen beschäftigte, und inzwischen konnte er das ungarische Lied von den Sternen so spielen, dass die Melodie eindeutig zu erkennen war. Ein Gruß an Bartosz und Dorothy, wo auch immer sie jetzt waren.

Dorián ließ den Bogen sinken und sah zum Fenster hinüber. Seit die Gitter verschwunden waren, hatte er es sich zur Gewohnheit gemacht, es jeden Morgen weit zu öffnen, egal bei welchem Wetter, und auf dem Cello zu spielen, während die Waldhauskinder draußen die Wagen vorbereiteten. Sie sollten wissen, dass er hier war. Dass er immer noch daran dachte, was sie getan hatten. Denn das tat er. Dieser Verrat ausgerechnet durch diejenigen, die er als seine selbst gewählte Familie gesehen hatte, war jeden Tag das Erste, was in seinem Kopf auftauchte. Er würde das nicht vergessen, solange er lebte. Und vergeben schon gar nicht.

Jetzt alleredings war es draußen schon seit einer Weile still, und das bedeutete, es war bald Zeit fürs Frühstück. Und für seine tägliche Lektion. Dorián hätte das noch vor wenigen Wochen nie für möglich gehalten, aber er genoss es, zu lernen. Lesen, Schreiben, Mathematik. Physik und Biologie. Er spürte, wie es ihn veränderte. Wie sein *Gehirn* sich veränderte, mit jedem Stück Wissen, jedem neuen Gedanken, den er zuvor gar nicht hätte denken können. Allein dass das Wort *Gehirn* jetzt in seinem Kopf existierte … Dorián hatte nicht mal gewusst, dass es so etwas wie ein Gehirn gab. Und er hatte nie darüber nachgedacht, was *denken* eigentlich bedeutete. Was es bewirken konnte. Jetzt spürte er es. Ganz tief in seiner Brust – und in seinem Kopf, wo das Gehirn saß wie ein faszinierendes fremdes Wesen, das ihm immer mehr neue Worte zuflüsterte. Gedanken. Begreifen.

Es öffnete ihm eine neue Welt.

Er stand auf und legte das Cello zurück in den Koffer. Dort lag es in seinem Bett aus rotem Samt und würde auf ihn warten, bis er zurückkehrte. Vielleicht wusste er dann schon mehr darüber, wohin die Reise als Nächstes gehen würde.

Heute war es endlich so weit. Gregor würde ihm die Memotechnik beibringen, mit der er sich an die Adresse auf dem Brief erinnern konnte. Am Tag zuvor hatte Dorián zehn Seiten aus Dante Alighieris *Göttliche Komödie* fehlerfrei vorgelesen, und danach hatte Gregor mit einem seltsam befriedigten Lächeln erklärt, er sei jetzt fortgeschritten genug, um alles Weitere zu lernen.

Dorián hasste Gregors Lächeln immer noch. Es ekelte ihn an, mindestens so sehr wie seine Stimme oder seine täglichen Berührungen, doch das spielte keine Rolle. Er nahm all das hin. Wenn es ihn nur zu seinem Ziel brachte.

Den Weg ins Studierzimmer fand er mittlerweile, ohne darüber nachzudenken. Er klopfte und wartete auf eine Antwort, bevor er eintrat; weniger aus Überzeugung, sondern weil Gregor darauf bestand, dass auch solche Dinge zum Lernen dazugehörten, und ihn immer wieder noch einmal nach draußen schickte, wenn er es vergaß oder er zu ungeduldig wurde. Dorián hatte viel darüber nachgedacht, ob es sich lohnte, sich dagegen aufzulehnen. Am Ende war er jedoch immer wieder zu dem Schluss gekommen, dass es ihn nur unnötig aufhalten würde. Also klopfte er, wartete und betrat das Zimmer, sobald Gregor ihn hereinrief.

Céleste war bereits dort. Sie nahm seit einer Weile täglich an ihren Unterrichtsstunden teil, und auch dagegen hätte Dorián sich gern aufgelehnt. Aber auch das war eine Lektion: freundlich zu denen zu sein, die er verabscheute. Mitleid mit denen, die ihn gequält hatten. Er rächte sich auf seine Art, indem er in allem besser war als sie. Jeden Tag. Scheinbar mühelos. Es demütigte sie, und das hatte sie verdient.

Ganz abgesehen davon, dass sie immer noch fürchtete, er könnte eines Tages wieder blutüberströmt vor ihr stehen. Die Angst vor diesem Szenario stand ihr förmlich ins Gesicht geschrieben, wann immer er den Raum betrat, und manchmal sang Dorián ganz leise das Lied von den *Strigoi*, während er seine Schreib- oder Rechenübungen erledigte, damit das auch so blieb. Es machte nichts, dass Gregor es ihm jedes Mal sofort wieder verbot. Céleste erkannte das Lied auch nach zwei Zeilen.

Auch heute spürte er mit einiger Genugtuung, wie viel Überwindung es sie kostete, nicht von ihm abzurücken, als er sich neben sie an das zweite der kleinen Schreibpulte setzte, die Gregor für ihren Unterricht in seinem Studierzimmer hatte aufstellen lassen. Er respektierte immerhin, dass sie sich zusammenriss. Für ihren *Herrn* Gregor, der wie jeden Tag hinter seinem Schreibtisch saß, die Fingerspitzen sacht gegeneinandergelegt, und nicht erkennen ließ, wie er über ihr stummes Zwischenspiel dachte. Jetzt stand er auf und kam um den Schreibtisch herum, um sich vor seine winzige Klasse zu stellen.

»Guten Morgen«, sagte er mit seiner sonoren Stimme, und wie immer stellte Dorián sich vor, wie er zur Antwort auf den feinen Teppich neben seinem Pult spuckte. Er hatte schon zweimal vor Gregor die Fassung verloren, und er wusste, dass das durchaus wieder passieren konnte. Aber er wollte es unbedingt so lange wie möglich verhindern, deshalb erinnerte er sich regelmäßig daran, dass Gregor an allem die Schuld trug, was Dorián in den letzten Wochen durchgemacht hatte. Er durfte nicht anfangen, dankbar zu werden. Auf gar keinen Fall durfte er ihn bewundern, wie Céleste es tat. Er wollte nur nehmen, was er brauchte. Und dann für immer gehen.

»Heute ist der große Tag«, fuhr Gregor inzwischen fort. »Heute werdet ihr die erste von vielen psychischen Techniken lernen, die ich euch beibringen möchte. Sie ist die Grundlage für etliche der anderen, darum hört genau zu und übt sie gewissenhaft. Ich werde euch heute zeigen, wie ihr in eure eigenen Erinnerungen zurückkehren könnt, um die vergessenen Details darin wiederzufinden.« Er fixierte erst Céleste und dann Dorián mit seinem Blick. »Der Schlüssel dazu sind eure Gefühle.«

Dorián erwiderte den Blick so unbewegt er konnte. Wie immer scheiterte er. Diese dunklen Augen waren einfach stärker als seine. Sie brachten ihn jedes Mal zum Zittern, und es fühlte sich furchtbar an. Er ballte unter dem Tisch die Fäuste. »Gefühle?«

Gregor nickte bedeutungsvoll und lehnte sich mit dem Gesäß gegen seine Schreibtischkante. »Eure Gefühle sind eng mit euren Sinnen verknüpft. Je intensiver die Emotionen waren, die ihr in einer bestimmten Situation empfunden habt, desto mehr Erinnerungen werdet ihr euch mit ihrer Hilfe wieder ins Bewusstsein rufen können. Das ist, möchte ich betonen, einer der vielen Gründe, warum ihr euch nie scheuen solltet zu fühlen. Eure Emotionen sind auf vielfältige Weise ein wahrer Schatz, das werdet ihr bald selbst erkennen. Also lebt, fühlt so viel ihr könnt.«

Dorián bemerkte kaum, dass er sich ein Stück aufgerichtet hatte. Gregors Worte berührten ihn an einem unerwarteten Punkt. Einem Gefühl. Und mit ihm eine Erinnerung, die ihm nach all den Ereignissen der letzten Monate uralt und sehr fern, und doch erstaunlich klar schien. Ein sonniger Nachmittag in Bukarest, als er mit dem Kater Mihai auf einer Mauer saß und einen halben Laib Brot in sich hineinstopfte, im Wechsel mit Bissen von einem großen Stück Schinken. Er hatte beides aus der Speisekammer eines Hauses in Lipscani gestohlen – sehr feines Essen aus einem sehr feinen Viertel, zumindest aus Doriáns Sicht, und er hatte entschieden, dass er die Prügel in Kauf nehmen und es selbst essen würde, statt es den Großeltern und dem Onkel zu überlassen. Trotz Mihais berechtigtem Hinweis, dass dann auch die anderen Kinder an diesem Abend weniger zu essen haben würden.

»Ist mir egal«, hatte Dorián gesagt. *»Die sind mir alle egal. Ich fühle gar nichts für die.«*

Darauf hatte Mihai eine Weile geschwiegen und Dorián bloß sehr langsam aus seinen Kateraugen angeblinzelt.

»Gefühle sind wichtig«, erklärte er dann, auf diese etwas rätselhaft gewichtige Art, die er manchmal an sich hatte. *»Du kannst Jahrhunderte vor dich hin existieren, aber du* lebst *nur, wenn du etwas fühlst. Wenn du also dein Leben in den Griff bekommen willst, musst du erst mal mit deinen Gefühlen fertigwerden. Merk dir das.«*

Dorián hatte damals wie so oft nicht im Geringsten verstanden, was der Kater damit gemeint hatte – wie sollte er Jahrhunderte leben, und was hatte das damit zu tun, Essen für sich selbst zu wollen? Aber er hatte einen Rest Brot und Schinken für Oana aufgespart. Und die Geschichte nie vergessen.

Jetzt allerdings, in Gregors Studierzimmer, so weit entfernt von jenem Ort und jenem Moment, bekamen Mihais Worte plötzlich eine ganz andere Bedeutung. Eine neue Perspektive tat sich auf; eine, die sich so groß und wichtig anfühlte, dass Dorián eine Gänsehaut bekam. Gefühle waren Leben? Hieß das also, wer Gefühle kontrollierte, kontrollierte auch das Leben? Und die Sinne? Dorián sah aus dem Augenwinkel zu Céleste. Ihre Angst kontrollierte er schon. Er hatte selbst gesehen, was er damit bei ihr erreichen konnte. Was wäre wohl möglich … wenn er auch alles andere an ihr kontrollieren könnte?

Ein leises Lachen riss ihn aus seinen Gedanken. Er sah rasch nach vorn und erkannte, dass Gregor ihn aufmerksam beobachtete.

Eines Tages, kleiner Engel. Jetzt konzentriere dich erst einmal auf deine Erinnerung.

Dorián konnte nicht anders, als perplex zu nicken. Er vergaß sogar, sich unwohl zu fühlen, weil Gregors Gedankenstimme stumm in seinen Kopf hineinkroch. War das gerade eine Bestätigung gewesen? War sein Gedanke also richtig? Würde er … konnte er …?

Babyschritte, Dorián. Du hast noch viel zu lernen.

Dorián schüttelte sich innerlich und zwang sich, die Vorstellung loszulassen. Gregor hatte recht: Als Erstes musste er diese Memotechnik begreifen. Also schloss er die Augen, verschränkte die Finger ineinander und dachte an den Moment zurück, als Dorothy ihnen den Brief gegeben hatte.

Die Gefühle kamen sofort zurück. Sie brachen förmlich über ihn herein und überschwemmten ihn – und mit ihnen die Erinnerung. An jenen Abend auf dem Stalldach. An die Nähe, die Vertrautheit. Eisige Kälte und der Sternenhimmel, der Geruch nach Pferdedecken und Wald. Dorothys Hand in seiner und Bartosz' darüber. Die überfließenden Gedanken, das seltsam wehmütige Glück. Die Wut. Auf Gregor und das, was er Dorothy antat. Der überwältigende Wunsch, ihr zu helfen und für sie da zu sein. Und Dorián begriff, Gregor hatte recht. Mit jedem Gefühl, an das er sich erinnerte, kamen auch die Gründe, warum er sie gespürt hatte. Das Problem war nur … er konnte es nicht steuern. Ausgerechnet der Moment, in dem Dorothy ihnen den Brief gegeben hatte, entglitt ihm immer wieder. Dorián wusste noch, dass er sich vage geärgert hatte, weil er nicht lesen konnte, was dort stand. Doch gegen all die anderen Empfindungen, die er in dieser Nacht gespürt hatte, war diese verschwindend winzig. Unbedeutend. Er bekam sie nicht zu fassen, und auch nicht die Erinnerungen, die sie trug. Dorián presste die Hände fest gegeneinander und versuchte es noch einmal. Vergeblich.

Mit einem frustrierten Schnaufen öffnete er die Augen. Seine Brust schmerzte. Sein Herz brannte. Die Gefühle trafen ihn mit einer Wucht, dass er darunter zerbrechen wollte. Aber er war nicht schlauer als vorher.

Gregor beobachtete ihn noch immer.

Wütend wischte Dorián die Tränen von seinen Wangen und erwiderte trotzig Gregors Blick. »Es geht nicht.«

Gregor lächelte bloß. »Du sollst doch nicht lügen, Dorián.«

Dorián verkrampfte die Finger in den Stoff seiner Hose. In diesem Moment hasste er sich selbst dafür, dass er sich so in die Erinnerung hatte fallen lassen. Jener Abend war einer der wertvollsten in seinem ganzen Leben, und nun hatte ausgerechnet Gregor vermutlich alles mit angesehen. Mit*gefühlt.* Dorián wurde schlecht. Das durfte nie wieder passieren. Nie wieder.

»Ich schlage vor«, sagte Gregor derweil, als hätte er Doriáns Wut gar nicht bemerkt, »dass du die Technik zunächst mit Erinnerungen übst, die nicht ganz so emotional aufgeladen sind. Das ist schwieriger im Zugriff, aber leichter zu meistern, wenn der Einstieg erst gelungen ist.« Endlich wandte er den Blick von Dorián ab und ließ ihn weiter zu Céleste gleiten. »Du hingegen solltest dich trauen, ein wenig mehr zu fühlen, mein Herz. Damit du überhaupt erst einmal begreifst, wie sich der Zugriff anfühlt. Es ist nicht zielführend, wenn du dich vor deinen eigenen Emotionen versteckst.«

Dorián sah zu Céleste. Sie war tomatenrot im Gesicht, bis in die Ohren, die zwischen den silberhellen Haaren herausschauten. Sie hatte es nicht geschafft. Er war wieder besser als sie gewesen. Kein Wunder, dass sie sich schämte und ärgerte.

Dorián hielt in seinen Gedanken inne. *Nein,* dachte er und wusste selbst nicht, warum er sich da plötzlich so sicher war. *Nein, warte. Das ist nicht das Problem. Oder?*

Bevor er den Gedanken richtig zu fassen bekam, richtete Gregor sich auf und schlug einmal die Hände zusammen. »Nun denn, dann soll es das für heute gewesen sein. Ich möchte, dass ihr diese Technik fleißig übt. Den Rest der Woche werden wir uns vorerst wieder mit eurem üblichen Studium befassen. In sieben Tagen werde ich dann eure Fortschritte kontrollieren. Wenn ihr in der Zwischenzeit Fragen habt, kommt jederzeit zu mir.«

Und damit waren sie entlassen. Dorián konnte nicht leugnen, dass er froh war, heute schon so bald aus dem Studienzimmer heraus zu sein. Die Tür hinter sich zu schließen war jeden Tag aufs Neue, als würde ein schwerer Druck von seiner Brust genommen, sodass er endlich wieder frei atmen konnte.

Auch Céleste entfernte sich wie immer mit raschen Schritten über den Flur in Richtung Treppenstiege. Sie sprach nach dem Unterricht nie mit ihm und flüchtete jedes Mal sofort, insofern war das nichts Neues. Anders als sonst, wenn Dorián sie üblicherweise einfach wegrennen ließ, folgte er ihr dieses Mal jedoch, auch wenn er zuerst selbst nicht recht wusste, was ihn dazu trieb. Es war schließlich nicht so, dass er ein großes Bedürfnis nach weiteren Gesprächen mit ihr gehabt hätte.

Céleste hatte ihr Zimmer im ersten Stock der Villa. Dorián stieg hinter ihr die Treppe hinauf und beobachtete dabei ihre kleinen, sichtbar wütenden Schritte. Auf halbem Weg schließlich drehte sie sich um und starrte ihm entgegen. Obwohl sie ihm zwei Stufen voraus war, waren sie immer noch annähernd auf Augenhöhe, und zum ersten Mal wurde Dorián bewusst, dass er wohl ein gutes Stück gewachsen war seit seiner Ankunft im Waldhaus.

»Warum läufst du mir nach?«, fauchte Céleste. Ihr Gesicht war immer noch rot, wenn auch nicht mehr ganz so tomatenfarben wie im Studierzimmer.

Dorián zuckte die Schultern. »Ich hab denselben Weg wie du. Das weißt du doch.«

Céleste stieß einen verächtlichen Laut aus. »Lass mich in Ruhe. Reicht es dir nicht, dass du mich schon wieder vor Herrn Gregor bloßgestellt hast?«

Dorián legte leicht den Kopf schief. Bloßgestellt. Hatte er das? Eigentlich hatte er doch vor allem sich selbst bloßgestellt und war darin sogar bei Weitem zu erfolgreich gewesen. Trotzdem bestand wohl kein Zweifel, dass Céleste es genau so empfand, wie sie gesagt hatte.

Dorián dachte zurück an all die Situationen, in denen er Céleste inzwischen mit ihrem Herrn Gregor gesehen hatte. Daran, wie sie über ihn und mit ihm sprach. Und nun endlich dämmerte ihm auch warum.

»Deine stärksten Gefühle haben alle mit ihm zu tun, stimmt's? Deswegen willst du sie nicht im Unterricht zeigen.«

Céleste riss die Augen auf. »Das geht dich überhaupt nichts an!«

Dorián lachte leise und schob die Hände in die Hosentaschen. Er konnte nicht anders, als sich über den Triumph zu freuen. So war das also. Ihre Angst hatte er bereits gehabt. Jetzt hatte er auch ihre Scham. Und die Fantasien, die sie sich selbst am liebsten verboten hätte.

»Ich würde es trotzdem mal damit versuchen, wenn ich du wäre«, sagte er und zwang sie, zur Seite zu treten, indem er sich auf der engen Treppe ein wenig zu dicht an ihr vorbeischob. Nun stand er zwei Stufen über ihr und sah auf sie herunter. »Jede Wette, dass es funktioniert.«

Céleste gab keine Antwort. Sie hatte die Fäuste geballt, und in ihren Augenwinkeln glitzerte es feucht.

»Na ja.« Dorián lächelte. »Ist nur ein Rat unter Freunden.« Er hob die Hand. »Ich gehe weiter üben. Bis morgen, Céleste! Viel Erfolg noch.«

Damit wandte er sich ab und machte sich auf den Weg, weiter die Treppen hinauf, bis hoch auf den Flur unter dem Dach. In seinem Zimmer angekommen, ließ er sich rücklings auf sein Bett fallen, starrte an den hellen Stoffhimmel und überdachte noch einmal, was er an diesem Tag gelernt und verstanden hatte. Es war so viel. So befriedigend und irgendwie frustrierend zugleich. Vor allem überwältigte es ihn, wie viele Möglichkeiten ihm all das öffnete – wenn es ihm nur gelang, es zu meistern. Aber er würde schon den Weg dahin finden. Er musste.

Er wandte den Kopf zum Fenster, wo der Cellokoffer stand. Ein kleines Lächeln schlich sich auf sein Gesicht, als ihm ein Gedanke kam. Warum eigentlich nicht? Es wäre interessant zu sehen, was es auslösen würde.

Dorián richtete sich auf, rutschte vom Bett und nahm Cello und Bogen aus dem Koffer. Dann schlug er die Stimmgabel an und korrigierte die Stimmung der Saiten.

Und begann, das Lied von den Krokodilen zu üben.

Kapitel Zwei

»Morgenstimmung«; Peer Gynt Suite I, Op. 46; Edvard Grieg

11 Hanover Street, West End, London

Dorothy!«

Mr Edwards' Stimme drang über die Treppe aus der Diele hinauf bis ins Spielzimmer. Dorothy hielt die Augen hinter der breiten Stoffbinde geschlossen und gönnte sich eine dramatische Pause, ehe sie das Kuscheltier in ihren Händen hochhielt. »Der einäugige Teddy!«

Jenseits der Augenbinde erklang zweistimmiges Stöhnen.

»Schon wieder richtig«, erklärte Erica missmutig. »Fünf zu eins.«

»Ja, aber weißt du auch, wie er *heißt*?« Ada gab sich nicht so leicht geschlagen. »Das musst du sagen, sonst zählt der Punkt nicht!«

Erica seufzte. »Die Regel hätten wir vorher aufstellen müssen, Ada. Nachträglich gilt es nicht.«

»Gar nicht wahr! Also?«

»Dorothy?« Das war wieder Mr Edwards.

»Tja … der Punkt geht dann wohl an euch. Ich habe keine Ahnung.« Dorothy lächelte bedauernd und zog sich den breiten Stoffstreifen vom Kopf. »Ich muss sowieso los, fürchte ich. Ihr könnt ja üben, bis ich wieder da bin.« Begleitet von zweistimmigem Protest stand sie vom Teppich auf und lief auf den Flur, dicht gefolgt von Ada und Erica. »Schon da, Mr Edwards.«

Mr Edwards stand unten am Fuß der Treppe und sah zu ihnen hinauf. Er trug schon seine Golfkleidung, und wie immer brachte das

Dorothy innerlich ein wenig zum Lachen, weil er sich so offensichtlich unwohl darin fühlte.

»Aber Papa!« Ada zog einen Flunsch. »Dorothy soll jetzt nicht gehen.«

»Wir spielen *Gegenstände ertasten*«, erklärte Erica nicht weniger unwillig. »Und wir haben erst einen einzigen Punkt!«

»Zwei.« Ada verschränkte trotzig die Arme vor der Brust. »Sie kannte Pippins Namen nicht.«

Dorothy verkniff sich ein Grinsen – vor allem, als sie sah, dass es Mr Edwards unten an der Treppe genauso ging. Dorothy hatte die Mädchen in den vier Wochen, die sie sich inzwischen um sie kümmerte, unfassbar gern gewonnen – genau wie Mrs Edwards und Martha. Aber ihn … ihn nun mal auch, mit seiner etwas sperrigen, griesgrämigen Art, die im Umgang mit seiner Familie so erstaunlich liebevoll sein konnte. Er konnte unnötig harsch sein und schien nie ganz mit irgendwas zufrieden, egal was es war; seine Scherze waren nur schwer als solche zu erkennen, und doch … war er da, wenn es darauf ankam. Und er vertraute ihr an, was ihm im Leben am meisten bedeutete. Kompromisslos.

»Die Kutsche ist da«, sagte er jetzt. »Wir müssen leider, sonst kommt Dorothy zu spät zu ihrem Unterricht bei Dr Shaw und ich zu spät in den Golfclub.«

Erica und Ada stöhnten im Chor, doch sie protestierten nicht weiter.

»Kann Frau Mutter nicht mit uns weiterspielen?«, bettelte Ada, während sich Dorothy auf den Weg die Stufen hinunter machte.

Als hätte sie nur auf ihr Zeichen gewartet, öffnete sich die Tür zum Salon und Mrs Edwards trat heraus. »Sie brechen schon auf?« Ihr Lächeln wirkte angestrengt, und Dorothy konnte nicht anders, als ihr einen besorgten Blick zuzuwerfen. Für Mrs Edwards war in diesen letzten Tagen ihrer Schwangerschaft alles furchtbar anstrengend, und oft dachte Dorothy, dass sie sogar regelrecht krank wirkte. Sie wusste wenig darüber, wie eine Schwangerschaft üblicherweise verlief, aber sie hatte trotzdem mitbekommen, dass sich das Kind mehr Zeit ließ als erwartet. Es konnte jetzt jeden Tag geboren werden, das hatte die Hebamme bereits vor mehr als einer Woche gesagt, und je mehr Tage verstrichen, ohne dass es tatsächlich geschah, desto deutlicher spürte Dorothy die Anspannung in der Luft. Auch Mr Edwards fühlte sich immer weniger wohl, das Haus zu lange zu verlassen, das war offensichtlich. Aber Dr Shaw riet ihnen beiden zu mindestens drei wöchentlichen Lektionen im Umgang mit ihrer Blutgabe. Und Mr Edwards, dessen war Dorothy sich sicher, wusste ebenso gut wie sie, wie wichtig das war.

»Wir sind zum Tee zurück«, versprach er an Mrs Edwards gewandt, und Dorothy ahnte, dass er damit vor allem sich selbst zu beruhigen versuchte.

Mrs Edwards verzog das Gesicht und stützte eine Hand in den unteren Rücken. »Hetzen Sie sich nicht. Wir kommen schon zurecht bis dahin.«

»Martha soll in Ihrer Nähe bleiben bitte.«

Mrs Edwards seufzte nachsichtig und schüttelte den Kopf. »Nun gehen Sie schon. Die Mädchen und ich üben solang das neue Spiel. Haben Sie viel Spaß beim Golf, und dir viel Erfolg bei deiner Lektion, Dorothy.«

Da erschien auf Mr Edwards' Gesicht eines jener seltenen Lächeln, die völlig frei von Zynismus oder Skepsis waren.

»Na schön, Sie haben ja recht.« Er sah zu Dorothy und nickte ihr zu. »Dann wollen wir mal, oder?«

Tatsächlich lenkte Mr Bernard das Gespann an diesem Morgen nicht in Richtung Westminster, ehe er Mr Edwards zum Blackheath Parcours brachte. Dorothy hatte sich in den letzten Wochen so sehr daran gewöhnt, den Weg vom Kutschenfenster aus zu beobachten, dass es ihr nur wenige Yard hinter der Abzweigung auffiel, die sie eigentlich hätten nehmen müssen. Sie sah zu Mr Edwards, doch der wirkte ebenso erstaunt wie sie. Dorothy öffnete das kleine Fenster des Kutschenverschlags und lehnte sich hinaus.

»Fahren wir heute nicht in die Praxis, Mr Bernard?«

Mr Bernard oben auf dem Kutschbock hielt seine Augen unbeirrt auf den dichten Morgenverkehr gerichtet. »Dr Shaw hat einen Notfalltermin einschieben müssen. Sie werden Ihre Lektion daher von Miss Tariqa erhalten. Sie erwartet Sie auf dem Golfplatz.«

»Oh.« Ein Lächeln bog Dorothys Mundwinkel nach oben. »Das ist eine schöne Überraschung!« Sie zog den Kopf wieder herein und ließ sich zurück auf die Bank fallen. »Scheint, als dürfte ich heute mit Ihnen Golf spielen, Mr Edwards.«

Ein schiefes Schmunzeln erschien auf Mr Edwards' Gesicht. »Dafür bist du doch gar nicht richtig angezogen. Ich denke nicht, dass sie dich lassen werden.«

Dorothy lachte. »Und ich denke nicht, dass Sie mich verraten werden.«

Darauf sagte Mr Edwards nichts. Bloß sein Schmunzeln vertiefte sich, als er den Kopf schüttelte und wieder aus dem Fenster sah. Dorothy wusste, dass er nicht begriff, wie jemand freiwillig Golf spielen wollen konnte. Er schimpfte schließlich oft genug darüber, wie vor allem ein gewisser Mr Kapoor ihn auf dem Parcours drangsalierte. Dorothy und Mrs Edwards hatten mindestens ebenso viel Spaß wie die Kinder, wenn er ihnen nach jeder Lektion ausführlich sein Leid beschrieb. Dorothy fand es insgeheim beeindruckend, wie gut ihm das gelang, ohne je den Verdacht zu erwecken, es könnte dabei um mehr als nur Golf gehen. Er hätte die Berichte auch sehr viel knapper halten können, das wäre sicher leichter gewesen. Aber Dorothy hatte den Eindruck, dass er diese Geschichten auch deshalb so bildreich erzählte, um Mrs Edwards eine Freude zu machen – und obwohl sie nicht ganz dahinterstieg, wie das alles zusammenhing, fand sie es schön zu sehen, wie das Thema die Eheleute miteinander verband. Dorothy gefiel die Vorstellung jedenfalls sehr, irgendwann mit der ganzen Familie Golfen zu gehen, wenn die Geburt und das Wochenbett überstanden waren und der Frühling ein bisschen mehr Kraft gewonnen hatte. Ein Tag, an dem es dann wirklich einfach nur um Golf gehen würde. Natürlich war heute noch nicht so ein Tag. Aber vielleicht einer, an dem sie sich schon einmal vorstellen konnte, wie es sein würde.

Am Clubhaus wurden sie bereits von Tariqa erwartet – und von einem schlanken Vampir mit lohbrauner Haut und schwarzem Kurzhaarschnitt, der wohl Mr Kapoor sein musste.

»Dorothy. Wie unerwartet und schön, dich zu sehen«, sagte Tariqa mit einem breiten Lächeln, als sie aus der Kutsche kletterten. »Sie natürlich auch, Cedric.« Sie zwinkerte. »Ich bin leider etwas unter

Termindruck, daher schlage ich vor, wir teilen uns auf. Shubham wollte heute ohnehin wieder das Clubhaus für den Unterricht nutzen, also haben wir den Parcours für uns, Dorothy. Haben Sie beide zu Hause getrunken?«

Dorothy wechselte einen Blick mit Mr Edwards und nickte.

»Das haben wir«, sagte Mr Edwards. »Ausreichend.«

»Das will ich hoffen.« Mr Kapoors Lächeln war so dünn, als wollte er Tariqas Herzlichkeit damit ausgleichen. Dorothy verstand schon, warum er in Mr Edwards' Golfgeschichten die Schurkenrolle übernahm. »Schließlich haben wir heute etwas Gewagtes vor, nicht wahr, Mr Edwards?« Er wartete gar nicht erst eine Antwort ab, sondern wandte sich in Richtung Clubhaus. »Kommen Sie. Ich kann es kaum erwarten.«

Mr Edwards sah ihm sichtlich irritiert nach. Tariqa hingegen schüttelte nur mit einem kleinen Seufzen den Kopf. »Er wird sich nie ändern, fürchte ich.« Sie bot Dorothy den Arm. »Also dann, wollen wir? Und Ihnen viel Erfolg für Ihr Vorhaben, Cedric. Wir stoßen wieder zu Ihnen, sobald wir fertig sind.«

»Oh, vielen Dank. Das werde ich brauchen, fürchte ich.« Selbst Mr Edwards' Ausatmen klang jetzt resigniert. »Ihnen beiden auch viel Erfolg. Bis später, Dorothy.«

»Bis später, Mr Edwards.«

Sie sahen ihm nach, wie er die Vortreppe zum Clubhaus hinaufstieg und hinter Mr Kapoor ins Gebäude verschwand.

Tariqa legte ihre Hand über Dorothys in ihrer Ellenbeuge und nickte mit dem Kopf hinüber zum Golfparcours, der an diesem Morgen in der Märzsonne geradezu strahlte. »So. Und jetzt zu dir, meine Liebe. Wie geht es dir? Wie gestaltet sich das Leben im Hause Edwards inzwischen?«

»Oh, ziemlich lustig meistens.« Dorothy erwiderte Tariqas Lächeln, während sie sich auf den Weg in Richtung des Aussichtshügels machten. Es war nicht das erste Mal, dass Tariqa sich an ihrem Unterricht beteiligte, aber sonst hatte sie sich Dorothy und Dr Shaw zu diesen Gelegenheiten in der Praxis angeschlossen. Diese Umgebung hier passte besser zu ihr. Sie war offener, freier, nicht so in sich geschlossen und aufgeräumt wie die Praxis. Dorothy mochte das sehr. Genauso wie sie es mochte, dass Tariqa ihre Gabe so gut wie nie benutzte, obwohl sie unfassbar stark sein musste. Von allen Personen, denen Dorothy seit ihrer Flucht aus dem Waldhaus begegnet war, ob Mensch oder Vampir, schien Tariqa ihr am ähnlichsten zu sein, das dachte sie oft. Sie beide lebten ihr Leben lang in einer Gesellschaft, die sie schon aufgrund ihres Äußeren als *anders* betrachtete. Bloß dass Tariqa ihr darin mehrere Hundert Jahre Erfahrung voraus hatte. Es fühlte sich an, als könnte Dorothy mit ihr über einfach alles reden und müsste vor nichts Angst haben, wenn sie in der Nähe war.

»Lustig?«, sagte Tariqa jetzt und hob amüsiert eine Braue. »Ja, das kann ich mir lebhaft vorstellen.« Sie lachte auf. Dann wurde ihre Miene wieder ernster. »Aber wie läuft es denn mit dem Blut? Seid ihr wirklich ausreichend versorgt? Ich meine, ich kenne die Geschichte vom Phlebotomus-Onkel, und ich weiß, dass Cedric einen beachtlichen Vorrat an Blutkonserven hinter seinen Partiturheften aufbewahrt – aber es fällt mir schwer zu glauben, dass dabei für zwei so junge Vampire auf Dauer genug zu holen ist.«

Ein Kichern gluckste Dorothys Kehle hinauf. »Ach, wenn Sie wüssten.«

Tariqa warf ihr einen ebenso verblüfften wie belustigten Blick zu. »Das klingt nach einer Geschichte, die sich lohnt. Erleuchte mich bitte.«

Dorothy schüttelte immer noch kichernd den Kopf. »Tut mir leid, das muss er selbst tun. Ich hab's versprochen.«

Tatsächlich hätte sie nur zu gern von Mr Edwards' Freund erzählt, mit dem er gelegentlich in den Club oder auf andere Partys ausging, seit Dorothy bei ihm lebte. Von Robert, dem jungen Baron, der neben seiner Schwester als Einziger über die Vampire im Hause Edwards Bescheid wusste, und der auf diesen Partys für sein angebliches *neues Hobby* der Blutmikroskopie um Spenden warb. Anscheinend, so hatte Mr Edwards mit einer Mischung aus Kopfschütteln, unangenehmer Berührtheit und Belustigung berichtet, standen die feinen Damen und Herren seither förmlich Schlange, um von ihm dafür zur Ader gelassen zu werden. Dorothy hätte sich ablegen mögen vor Lachen bei der Vorstellung, und allein das war einer der heilsamsten Momente der letzten Wochen für sie gewesen. Sie fand es sehr schade, dass sie auf diesen Partys nicht selbst dabei sein konnte, aber seitdem bediente sie sich immerhin mit sehr viel weniger schlechtem Gewissen an den Blutvorräten im Musikzimmer. Sie war sich sicher, dass Tariqa das zu schätzen gewusst hätte. Aber versprochen war nun mal versprochen, daher würde sie die Geschichte schweren Herzens für sich behalten müssen.

Tariqa seufzte ergeben. »Ich verstehe schon. Gegen deine moralische Integrität ist nicht anzukommen, und ich werde den Teufel tun und dir das aberziehen. Außerdem sind wir zum Arbeiten hier.«

Sie hatten die Anhöhe erreicht und setzten sich auf eine Bank mit Blick auf den menschenleeren Golfparcours und die Stadt, die sich am Fuß des Hügels weit in alle Richtungen ausbreitete. Tariqa atmete tief und genüsslich ein. »Ist diese Aussicht nicht fabelhaft? Sie macht den Kopf sofort wieder frei.«

Da musste Dorothy ihr allerdings recht geben. So weit in die Ferne sehen zu können, gab ihr ein Gefühl von Leichtigkeit, als wären ihre Sorgen und Probleme, wenn schon nicht verschwunden, dann doch zumindest ein gutes Stück weiter entfernt als sonst. Warum konnten sie nicht immer zum Üben hierherkommen? Sicher war es in so einem Umfeld einfacher, ihre Gabe zu kontrollieren.

Sie hatte den Gedanken kaum zu Ende gedacht, als Dr Shaws skeptische Miene vor ihrem inneren Auge erschien.

»Du hast leider noch einen langen Weg vor dir, ehe du dir wieder Sorglosigkeit erlauben kannst. Es hilft schließlich wenig, wenn du deine Gabe nur unter optimalen Umständen im Griff hast. Die Bedingungen sind gerade in kritischen Situationen doch sehr selten optimal.«

Das war natürlich richtig. Trotzdem war Dorothy froh um jedes Mal, wenn Tariqa bei ihren Lektionen auftauchte und zumindest etwas Leichtigkeit in all die Gravitas zurückbrachte. So wie heute. Besonders heute. Und hier.

»Also.« Tariqa lehnte sich zurück und sah über die Wiesen hinweg zum diesigen Horizont. »Was hast du seit dem letzten Mal gelernt? Und wobei kann ich dir helfen?«

Auch Dorothys Blick hing noch immer am Horizont. Ein wenig war es, als würde er ihre Gedanken ebenso in die Ferne ziehen, immer weiter, je länger sie hinsah. Irgendwo dort, hinter dieser verschwommen dunkelblauen Linie, musste das Meer liegen, über das sie mit Dr Shaw hierhergekommen war, und dahinter …

Italien. Rom. Das Waldhaus. Zu Hause.

Bartosz. Dorián. Was tut ihr? Denkt ihr auch gerade an mich?

Etwas zuckte in Dorothys Brust. Sie blinzelte, rasch und energisch, und holte ihre Gedanken zurück ins Hier und Jetzt. Solche Momente waren gefährlich, das wusste sie inzwischen leider zu gut.

»Ich habe gelernt, dass ich meine Emotionen besser kontrollieren muss.« Sie räusperte sich, um die Rauheit aus ihrer Stimme zu vertreiben. Schon jetzt fühlte sie, wie die Kraft ihrer Blutgabe in ihren Worten mitzuschwingen begann. Wie das Vermissen größer werden wollte als sie selbst, wie es aus ihr herausdrängte, um die Zeit zu zerdrücken, bis diese ersehnten Momente mit ihrer Familie, ob sie nun in der Vergangenheit oder der Zukunft lagen, in greifbare Nähe gelangten. Das war natürlich eine Illusion. Auch die stärkste Blutgabe konnte den Lauf der Zeit nicht verändern. Aber die Psyche, so hatte Dr Shaw erklärt, war mächtiger, als man gemeinhin vermutete, und wenn das Gehirn nur fest genug daran glaubte, von der Zeit zerquetscht zu werden, konnte das durchaus vernichtende Folgen haben. »Es fällt mir leicht, auf die Gabe zuzugreifen. Nur kann ich sie dann nicht mehr stoppen.« Sie riss endlich den Blick vom Horizont los, wo all die Gefühle lagen, und sah stattdessen auf ihre Hände, aber da waren genauso viele.

»Wie unterdrückt man Emotionen, Tariqa? Wie soll das gehen, wenn man sie nicht gleich ganz und für immer loswerden will?«

»Hmm.« Tariqa legte den Kopf schief. »Weißt du, ich glaube nicht, dass Unterdrückung der richtige Weg ist, Dorothy. Nicht in dir, nicht in uns, nicht in der Welt.«

Dorothy atmete so langsam wie möglich aus. Das half ein bisschen, aber nicht genug. Die Gabe war immer noch da, drängte aus ihr heraus, als wäre ihre Haut ein feinmaschiges Tuch, das all die Kraft niemals würde halten können.

»Du und ich«, fuhr Tariqa fort, »wissen doch nur zu gut, wie es ist, sich in einem Umfeld zu bewegen, das von uns verlangt, stets beherrschter und korrekter zu sein als alle anderen, damit man uns auch nur akzeptiert. Aber jetzt sag mir mal, meine Liebe: Hattest du je das Gefühl, stärker zu zu werden, indem du kleinhältst, wer oder was du wirklich bist? Hat dir das je irgendeine Art von Kontrolle gegeben?«

Dorothy presste die Lippen zusammen und knetete ihre Finger, bis sie schmerzten. Tariqas Fragen verlangten nicht wirklich eine Antwort. Die gaben sie sich selbst, und sie hatte so recht. Und doch …

»Wie?«, flüsterte sie. »Wie kontrolliere ich es dann?«

Tariqa beobachtete sie unverändert aufmerksam. »Du benutzt deine Stimme nicht bewusst genug. Stimme, Atem und Kraft. Das sind die drei Komponenten, die du beherrschen musst. Allerdings nicht zwingend in dieser Reihenfolge, wenn du mich fragst. Deine Stimme ist dein Atem, dein Atem ist deine Kraft und deine Kraft ist deine Stimme – es ist also mehr ein Kreislauf, und an welcher Stelle du den Zugang findest, entscheidest du selbst. Halten und Loslassen müssen im Gleichgewicht sein. Das ist wie beim Tanzen: Du musst den richtigen Rhythmus finden. Dann ist der Rest gar nicht mehr so wichtig.« Sie lachte, als Dorothy ein wenig hilflos die Stirn runzelte. »Ich weiß. Justine hat dir bestimmt sehr streng erklärt, dass du erst die Kraft selbst kontrollieren musst, ehe du deine Stimme benutzen darfst, um sie gezielt einzusetzen. Ich aber sage, Dorothy: Es gibt nie nur den einen Weg.«

Dorothy schloss den Mund. Ihr Widerspruch verlor sich in Tariqas Worten, schneller, als sie ihn aussprechen konnte. Worte, die sie selbst so oft gesagt hatte: *»Es gibt viele Wege. Finde deinen. Deine Augen sind unzuverlässig. Sag mir, was du siehst.«* Hatte sie schon jetzt begonnen, sich zu sehr auf ihre neuen Augen zu verlassen? Verlernte sie, die anderen Möglichkeiten zu sehen? Vielleicht. Vielleicht war es genau das, was ihr die ganze Zeit gefehlt hatte.

Dorothy schloss die Augen. Sperrte den Horizont aus. So lange hatte sie mit ihren Händen gesehen. Mit ihren Ohren. Mit der Haut. Wie hatte sie das so schnell vergessen können?

»Darf ich?«, fragte sie leise.

»Natürlich«, sagte Tariqa, und als Dorothy leicht die Fingerspitzen an ihre Wange legte, spürte sie ihr Lächeln.

»Siehst du?«, flüsterte Tariqa. »Es ist gar nicht so schwer. Gib der Kraft deine eigene Form. Dazu sind Worte da. Wenn du deine Sprache kontrollierst, wirst du auch deine Kraft kontrollieren. Das ist das ganze Geheimnis.« Wieder lächelte sie unter Dorothys Hand. »Na los, versuch es. Benutz deine Gabe und sag mir, woran du glaubst.«

Dorothy ließ Tariqas Worte durch sich hindurchfließen. Spürte dem nach, was sie in ihr weckten, Gedanken und Gefühle, und zum ersten Mal seit Beginn ihrer Ausbildung versuchte sie nicht, sie zurückzuhalten.

»Ich glaube«, flüsterte sie und spürte, wie die Worte die Kraft aufnahmen und zu einer Wahrheit formten, tief vibrierend wie ein Glockenschlag. »Ich glaube an mich selbst.«

Ein leises Lachen wehte an ihre Ohren. »Ich hab dich so gern, Dorothy. Weißt du das eigentlich?« Für einen Moment spürte sie Tariqas Fingerspitzen an ihrer eigenen Wange.

»Ich denke, du kannst die Augen wieder öffnen.«

Kapitel Drei

»La Campanella«; Grandes études de Paganini III, Op. 141;
Franz Liszt

Royal Blackheath Golf Club, Blackheath Grünland, Greenwich, Kent

Das Clubhaus des Royal Blackheath war Cedric inzwischen fast so vertraut wie seine eigene Wohnstube – so erstaunlich das schien, wo er doch vor gar nicht so langer Zeit entschlossen gewesen war, nie wieder einen Fuß dort hineinzusetzen. Nach inzwischen mehr als einem Monat, in dem er dreimal wöchentlich nach Blackheath gekommen war und seine Lektionen bei Mr Kapoor jedes Mal auf unerwartet gemütliche Weise im Clubhaus geendet hatten, fühlte es sich allerdings mehr und mehr wie ein geschützter Raum an, in dem er lernen konnte, was immer es über seine Gabe und ihre Beherrschung zu lernen gab. Außerdem musste er Tariqa recht geben: Shubham Kapoor hatte eine aufrechte, klare Haltung und ein im Grunde gutes Herz, wenn auch ein reizbares Temperament, das er die meiste Zeit hinter einem besonders förmlichen Auftreten versteckte. Er und Cedric würden vermutlich niemals Freunde werden. Aber sie respektierten einander, und das war womöglich sogar mehr wert. Davon unbeeinflusst war Mr Kapoor nämlich ein überraschend einfühlsamer Lehrer, der sich in dieser Aufgabe nicht von persönlichen Antipathien beeinflussen ließ.

Auch heute saß er bemerkenswert entspannt in seinem Sessel beim Kamin, die Hände auf den Armlehnen, den Kopf in die Polster zurückgelegt und die Augen geschlossen, während Cedric die Hand über seine legte und sich darauf vorbereitete, seine Gabe zu erspüren. Es gelang Cedric inzwischen relativ mühelos, jene körperliche Verbindung herzustellen, mit der er in Dr Shaws Praxis noch so gerungen hatte. Und ja: Das Golfspielen draußen auf dem Parcours hatte dabei eine nicht unerhebliche Rolle gespielt, das musste er vorbehaltlos zugeben. Seine Gabe auf diese spielerische Weise zu nutzen, hatte ihm geholfen, sie nach und nach als natürlichen Teil seiner Sinne zu begreifen, den er bewusst und gezielt einsetzen konnte. Seine Gabe konnte sehen, hören oder auch tasten wie ein zweites Paar Hände. Zumindest war es das, was der Empfindung am nächsten kam. Oder, im zweiten Teil ihrer Lektionen im Clubhaus, waren es vielleicht auch eher sehr feine Finger, die sich von dem körperlichen Kontakt – Hand auf Hand, Haut auf Haut – weiter vorantasteten. Erspürten, was unter der Oberfläche lag; jenseits von kühler Haut und pulsierendem Herzschlag, verborgen im gleichmäßigen Fluss von Mr Kapoors Blut. Wo er es dann auch *sah*.

Es hatte einige Versuche gekostet, bis es Cedric tatsächlich gelang. Doch nachdem er die Manifestation von Mr Kapoors Gabe zum ersten Mal entdeckt hatte, war es unmöglich, sie jemals wieder *nicht* mit den Augen seiner Gabe zu sehen: Energie. Sie zog sich durch Mr Kapoors Körper wie ein zweites Netz aus Adern und war zugleich so viel mehr als das. Dieses Netz konnte Energie jeder Art in sich aufnehmen, abgeben und sogar in ihrer Form verändern – ganz wie Mr Kapoor es wollte. Cedric hatte eine ganze Weile damit verbracht, diesen Vorgang lediglich zu beobachten, während er neben Mr Kapoors Sessel saß. Erst nach und nach hatte er in den letzten Sitzungen begonnen, das Netz hin und wieder auch mit seiner eigenen Gabe zu berühren, oder sich im Gegenzug von Mr Kapoors Gabe berühren zu lassen. Zuzulassen, dass seine Energie von dem Netz vereinnahmt wurde, und die Verbindung im richtigen Moment zu trennen, ehe sie Schaden anrichten konnte.

Heute, so hatte Mr Kapoor beim letzten Treffen vorgeschlagen, sollte er nun zum ersten Mal versuchen, den älteren Vampir aktiv am

Gebrauch seiner Fähigkeiten zu hindern. Und wie so oft in diesen Dingen hatte Cedric keine Ahnung, wie er es anstellen sollte. Von Tariqa war die Idee gekommen, er solle es auf ähnliche Weise versuchen, wie er die körperliche Lähmung bei Dorothy durchgeführt hatte. Cedric kannte Mr Kapoors Gabe allerdings inzwischen zu gut, um das für Erfolg versprechend zu halten. Bei der Lähmung hatte er die Energie in Dorothys Körper benutzt, um das Signal zum Erschlaffen in ihre Gliedmaßen zu senden. Ausgerechnet gegen Mr Kapoors energievereinnahmende Blutgabe würde diese Strategie ziemlich sicher nicht helfen. Es blieb also nur, verschiedene Taktiken zu testen und zu hoffen, dass irgendetwas davon zum Erfolg führen würde.

Cedric atmete einmal tief und bewusst durch, während er durch Mr Kapoors Silhouette hindurch auf das sacht wabernde Energiegeflecht starrte. Je länger er hinsah, desto deutlicher konnte er die einzelnen Fäden sehen. Die Verknüpfungspunkte, die großen und kleinen Knoten, die alles verbanden. Was wäre denn, zum Beispiel, dachte er, wenn er aus einer der größeren Verbindungsstellen einen Faden löste? An den losen Enden zog, damit das Netz daraufhin hoffentlich weiter und weiter zerfiel wie ein löchriger Wollpullover?

Vorsichtig griff er mit den Fingern seiner Gabe nach einem der Knoten. Augenblicklich spürte er, wie sich Mr Kapoors Herzschlag beschleunigte; wie die Energie zu glühen begann und in Richtung des Punktes strömte, den Cedric angriff. Keine Zeit mehr zu überlegen. Ein Ruck, schnell und entschlossen – und das Netz zerriss.

Was dann geschah, geschah so rasant, dass Cedric es kaum erfassen konnte. Die vielen feinen Energielinien leuchteten auf, kräuselten sich und schrumpften zusammen wie ein Büschel Haare oder Staub, das in eine Kerzenflamme geriet. Mr Kapoor stöhnte schmerzerfüllt auf und entriss Cedric seine Hand, presste sie über dem Herzen gegen seine Brust und krümmte sich vornüber, als müsste er selbst verbrennen, während er seine zweite Hand in die Armlehne des Sessels krallte. *»Aufhören!«*

Cedric fuhr zurück, unterbrach die Verbindung und alles, mit dem er Mr Kapoor noch irgendwie berührt hatte – Körper, Geist, Gabe.

Mr Kapoor japste nach Luft. Einmal. Zweimal.

Dann war es vorbei.

Mit einem gequälten Ächzen richtete Mr Kapoor sich wieder auf. Seine Haut wirkte seltsam fahl, und das Weiß seiner Augen war blutig gerötet. Sekundenlang starrten sie einander nur an, während sie beide auf ihre Art zu verarbeiten versuchten, was gerade geschehen war.

»Erschreckend, Mr Edwards«, krächzte Mr Kapoor schließlich. Seine Stimme war kaum wiederzuerkennen. »Wirklich zutiefst erschreckend.« Er griff nach einem Glöckchen, das neben dem Sessel auf einem Beistelltisch gestanden hatte, und läutete. Augenblicklich öffnete sich die Tür zum Hinterzimmer und Mildred Leaky und Tom Julesberg eilten in den Raum.

»Wir müssen trinken, ehe wir sprechen«, erklärte Mr Kapoor heiser. »Sofort. Keine Zeit, auf Tariqa und Dorothy zu warten.«

Cedric widersprach nicht. Er selbst hatte das Gefühl, Mr Julesbergs Blut in diesem Moment ganz besonders dringend zu brauchen, als hätte er bei seiner Aktion nicht nur Mr Kapoors Gabe empfindlich beschädigt, sondern dabei auch einen nicht unbeträchtlichen Teil seiner eigenen Kraft verloren – verbraucht oder entrissen bekommen, er konnte es nicht sagen. Er fühlte sich so geschwächt, dass es ihn nicht einmal besonders unangenehm berührte, mitanzusehen, wie Miss Leaky auf Mr Kapoors Schoß glitt. Er wandte sich bloß an Mr Julesberg, der sich bereits auf eines der Sofas gesetzt und seinen Arm entblößt hatte. Seit jenem ersten Tag auf dem Golfplatz hatte es keine Auseinandersetzung mehr deswegen gegeben. Cedric war sich wohl bewusst, dass Mr Kapoor seine Art zu trinken immer noch nicht gern sah, aber er nahm sie hin, und auch Mr Julesberg hatte sich noch kein einziges Mal beklagt. Er zuckte nicht einmal, wenn Cedric mit dem Skalpell in seinen Arm schnitt. Davon abgesehen war es eine nicht zu bestreitende Tatsache, dass Mr Julesbergs Blut ihm besser half als jede Ration, die er von Robs und Elaines Onkel oder bei seinen Aderlässen der feinen Clubbesucher bekam. Es war, was Dr Shaw ihm als *Wahres Blut* beschrieben hatte, und allmählich begann Cedric den Unterschied zu begreifen. Vor allem in Momenten wie diesem, wenn ihn ein einziger Schluck wieder zusammenzufügen schien, wo er sich zuvor wie in Einzelteile zerschmettert gefühlt hatte.

»Ich muss es noch einmal sagen: Ihre Gabe ist wirklich beängstigend.«

Cedric wandte sich zu Mr Kapoor um. Der Clubbesitzer hatte Miss Leaky von seinem Schoß geschoben und bemühte sich offenbar darum, eine würdevolle Haltung zurückzuerlangen. Er flüsterte Miss Leaky etwas ins Ohr, die ihm mitfühlend über die Wange strich und mit Mr Julesberg den Raum verließ. Mr Kapoor sah ihnen nach, bis die Tür hinter ihnen ins Schloss gefallen war. Dann erst wandte er sich erneut an Cedric.

»Wir sollten darüber dringend noch einmal reden.« Sein Tonfall war scharf, und er hob abwehrend die Hand, als Cedric zu einer Entschuldigung ansetzte. »Ist Ihnen klar, Mr Edwards, dass Sie gerade meine Gabe nicht reguliert, sondern beinahe zerstört hätten? Ich hatte verfluchtes Glück, dass ich rechtzeitig reagieren konnte. Oder hätten Sie gewusst, wie Sie es aufhalten können?«

Cedric fand nicht sofort eine Antwort darauf. Nein, das war ihm natürlich nicht klar gewesen, und er war sich absolut nicht sicher, ob er es hätte stoppen können. Vermutlich nicht. Er fröstelte unwillkürlich bei dem Gedanken, trotz der Wärme des Kaminfeuers in seinem Rücken.

Mr Kapoor stieß ein freudloses Lachen aus. »Das dachte ich mir.« Er schüttelte finster den Kopf. »Beängstigend, wie ich sagte. Aber wer weiß, ob Ihnen so eine zerstörerische Fähigkeit nicht noch zugutekommt, da Sie jetzt der Wächter dieser … Kreatur sind, zu der Mr Laurenti dieses Mädchen gemacht hat.«

Cedric zuckte unwillkürlich zusammen bei den Worten, die sich anfühlten wie ein Peitschenknall. Dabei trafen sie nicht einmal ihn.

»Reden Sie nicht so über Dorothy«, erwiderte er schroff. »Sie ist ein weitaus besserer Mensch als jeder von uns.«

Mr Kapoor schnaubte. »Das war kein Angriff gegen *Dorothy*, Mr Edwards. Ich weiß, dass sie nichts dafürkann.«

»Es geht hier nicht darum, ob sie irgendetwas für irgendetwas kann, sondern darum, wer sie ist, und das ist weder eine *Kreatur* noch sonst etwas, wofür irgendjemand sie verteidigen oder in Schutz nehmen müssen sollte. Oder die so etwas wie einen *Wächter* bräuchte. Dorothy hat Schreckliches erlebt, und zwar viel davon, das streite ich nicht ab. Aber es hat nichts aus ihr *gemacht*, Mr Kapoor. Sie ist kein Ungeheuer, sondern ein Mensch wie Sie und ich.«

Mr Kapoor musterte Cedric aus verengten Augen. Es war ihm deutlich anzusehen, dass ihm eine scharfe Erwiderung auf der Zunge lag. Doch er sprach sie nicht aus.

»Mag sein«, sagte er stattdessen. »Trotzdem sollten Sie in ihrer Nähe niemals unvorsichtig werden. Der Tag könnte kommen, an dem Ihnen nichts anderes übrig bleibt, als Ihre Kraft gegen Dorothy einzusetzen, wie Sie es gerade bei mir getan haben. Und ich kann nur für Sie und uns alle hoffen, dass Sie dann nicht zögern vor lauter Sorge um Dorothys *Menschlichkeit*. Denken Sie an meine Worte.«

Ärger und Empörung ballten sich in Cedrics Brust zu einem heißen Klumpen, und er war drauf und dran, Mr Kapoor eine weitere harsche Erwiderung entgegenzuschleudern. Doch er kam nicht dazu, denn in diesem Moment klopfte es mit Nachdruck an der Tür zum Clubhaus. Tariqa betrat den Raum, dicht gefolgt von Dorothy und resolut lächelnd wie immer. »So, meine Herren. Wir wären so weit. Wie ist es bei Ihnen?«

Cedric warf einen Blick zu Mr Kapoor und hoffte inständig, er würde nichts von dem, was er gerade gesagt hatte, auch Dorothy persönlich ins Gesicht schmettern.

Aber Mr Kapoor ließ nur ein weiteres abschätziges Schnauben hören und stand mit einer etwas steifen Bewegung auf. »Wir sind fertig. Und ich wäre dankbar, wenn wir die Nachbesprechung diesmal vertagen können. Die Arbeit mit Mr Edwards war heute sehr fordernd. Ich muss mich davon erst einmal erholen.«

Tariqa hob die Brauen, ohne die Aussage weiter zu kommentieren. *Ich kümmere mich schon um ihn*, sagte ihr Blick, und Cedric war ihr dankbar dafür. Er selbst wollte in diesem Moment nichts lieber, als schnellstmöglich von hier zu verschwinden und ganz in Ruhe darüber nachzudenken, was gerade passiert war. »Ist die Kutsche schon da?«

Tariqa lächelte mitfühlend, als hätte sie seine Gedanken gelesen. »Das ist sie. Lassen Sie es gut sein für heute, Mr Edwards. Wir reden ein andermal. Schließlich sehen wir uns schon bald wieder, nicht wahr?«

Cedric nickte und vermied es, zu Dorothy zu sehen. Er konnte ihrer Miene schon aus dem Augenwinkel ablesen, dass sie gern gefragt hätte, was hier eigentlich los war. Aber Cedric wusste noch nicht, wie er es ihr erklären sollte. Und vor allem nicht, was er wohl am besten ganz für sich behielt. Er hoffte bloß inständig, dass sie all die verletzenden Worte nicht ohnehin schon selbst gehört hatte.

»Ja«, murmelte er deshalb nur. »Dann also vielen Dank für die Lektion, Mr Kapoor. Das war mal wieder sehr aufschlussreich.« Er schüttelte den Kopf und wandte sich zur Tür. »Lass uns nach Hause gehen, Dorothy. Wir sollten dringend nach Ruth sehen.«

Sie schwiegen die ganze Fahrt über.

Kapitel Vier

»Le Cygne«; aus »Karneval der Tiere«; Camille Saint-Saëns

In der Nähe von Mentana, latianisches Hügelland, Latium, Italien

Dr Justine-Kate Shaw
99 Cambridge St
SW1V 4PY
London
REGNO UNITO

Dorián starrte auf den Zettel, der vor ihm auf dem Pult lag. Dann legte er rasch eine Hand darüber, um die noch trocknenden Buchstaben vor jenen dunklen Augen zu schützen, von denen er ganz bestimmt nicht wollte, dass sie auch nur einen einzigen von ihnen sahen.

Das war es. Er hatte es geschafft. Dies war die Adresse, die auf dem Brief gestanden hatte, er war sich absolut sicher.

Es hatte ihn im Verlauf der letzten Woche sehr viele Versuche und noch so viel mehr Frust gekostet, bis er endlich auf die Erinnerung zugreifen konnte – an diesen einen flüchtigen Moment, als Dorothy ihnen den Brief gereicht hatte. An die wenigen Sekunden, ehe Bartosz ihn unter seinem Umhang verschwinden ließ.

Ironischerweise war es am Ende ausgerechnet der Frust gewesen, der Dorián auf die richtige Spur gebracht hatte. Je besser er wusste, wie Frust sich anfühlte, desto einfacher gelang es ihm, den kurzen

Anflug von Ärger über die Unfähigkeit zu lesen zwischen all den anderen erschlagend starken Emotionen jenes Abends zu erkennen. Ihn als einen schwachen und doch klar umrissenen Punkt auszumachen, der eine Erinnerung trug, die ihm kein anderes Gefühl verraten konnte: Die Buchstaben, die er auf dem hellen Umschlag gesehen hatte. Einen nach dem anderen hatte er sie festgehalten und aufgeschrieben. Manches ergab inzwischen Sinn, anderes weniger, aber wenn Dorián eines begriff, dann dass er keinen Schimmer hatte, nach welchen Codes die Welt da draußen funktionierte. Was zählte, war, dass er gerade den letzten Buchstaben notiert hatte. Er wusste einen Namen. Er wusste ein Land und eine Stadt. Das war nah genug, um alles Übrige herauszufinden, wenn er erst dort war.

Dorián hob den Kopf und sah zu Gregor, der wie meistens während der Unterrichtsstunden gegen seinen Schreibtisch gelehnt dastand und ihn bei seinen Übungen beobachtete. Sie waren heute allein miteinander. Céleste fühlte sich nicht wohl, hatte Gregor erklärt, und vielleicht stimmte das – andererseits fühlte sie sich ja niemals wohl, wenn Dorián in der Nähe war. Vielleicht hatte Gregor auch bloß geahnt, dass Dorián heute den Rest seiner Erinnerung entschlüsseln würde. Es war Dorián eigentlich egal. Gerade jetzt kam es ihm jedenfalls gelegen, dass sie nicht da war. So konnte er ohne Umschweife die Verhandlungen beginnen.

»Es ist dir also gelungen«, sagte Gregor und lächelte dieses grässliche, Übelkeit erregende Lächeln.

Dorián zwang sich, seinen Blick zu erwidern. »Ich breche auf, sobald ich meine Sachen gepackt habe. Allein.«

Gregor musterte ihn etliche Sekunden mit nachdenklichem Blick. »So ein mutiger kleiner Engel.« Noch ein Lächeln. »Und so schmutzig inzwischen.«

Bevor Dorián zu genau darüber nachdenken konnte, was das nun schon wieder heißen sollte, und wie sehr es ihn abstieß, das zu hören, ging Gregor um seinen Schreibtisch herum, um eine der Schubladen aufzuziehen. »Glaub mir, ich verstehe, dass du nicht von mir begleitet werden willst. Ich kenne deine Furcht, wie du weißt. Aber allein, mein schmutziger kleiner Engel, wirst du scheitern.«

Dorián starrte ihn an, kämpfte gegen den Klang der Worte, die in ihn hineinsickern und ihn überzeugen wollten, dass er tatsächlich zum Versagen verurteilt war, wenn er nicht auf sie hörte. Er hatte keine Ahnung, wie man reiste. Wo lag *REGNO UNITO* überhaupt? Und würde er auf einem Schiff fahren müssen? In welcher Richtung gelangte man zum Hafen? Sie waren mehrere Tage mit der Kutsche vom Meer bis hierher gefahren – nur wusste er inzwischen auch, dass es mehr als ein Meer gab, und so viel mehr als einen Hafen. Würde das Geld, das er mit seiner Musik allein auf der Straße einnehmen konnte, im Zweifel für eine Überfahrt reichen? Er wusste nichts von alldem, und doch …

»Ich mache dir einen Vorschlag.« Es klimperte dumpf, als Gregor in die Schublade griff. »Mateo wird dich an meiner statt begleiten. Er weiß alles, was nötig ist. Er kann außerdem dafür sorgen, dass ihr euer Reisegeld nicht verliert.« Mit diesen Worten legte er ein Säckchen aus rotem Samt auf den Tisch.

Dorián musste seinen Mund mit aller Macht davon abhalten, offen stehen zu bleiben. Er ahnte, was dort drin war. Er hörte es am Klang. Silberhell. Die zwei Münzen in seiner Tasche hatten ganz ähnlich geklungen, wenn sie aneinanderklingelten. Silberlira. Es mussten mindestens zwanzig sein – ein Zahlwort, das Dorián vor gar nicht langer Zeit erst gelernt hatte.

»Das Geld nehme ich«, sagte er. »Aber auf Mateo kann ich gut verzichten.« Ausgerechnet Mateo! Dorián sah ihn hier drin so gut wie nie. Trotzdem war er gleich nach Céleste und Gregor die Person, die Dorián am meisten hasste … und irgendwie auch fürchtete, selbst wenn er das nie zugegeben hätte. Von Anfang an, seit sie sich im Hafen von Ancona begegnet waren, hatte Mateo ihn spüren lassen, wie sehr er ihn verachtete. Es war Mateo gewesen, der Bartosz am Tag der Adoption in den Dreck gestoßen hatte. Mateo, der Dorián bei der ersten Musterung den Arm aufgeschnitten hatte. Mateo, den er als Erstes mit blutverschmierten Zähnen gesehen hatte. Und Mateo, dem es fast gelungen wäre, Dorothy an der Flucht zu hindern. Nein, Dorián wollte *ganz sicher nicht* mit ihm reisen.

Da lachte Gregor nur, sanft und nachsichtig, und Dorián wusste, er hatte wieder einmal zu viel gefühlt, was er nicht hätte fühlen sollen. Nicht hier. Nicht vor *ihm*.

Er ballte in den Hosentaschen die Fäuste und stand auf. »Oder ist das eine Bedingung, damit ich das Geld bekomme? Dann verzichte ich auf beides. Ich komme schon selbst ans Ziel. Egal wie lange es dauert.«

»Ach Dorián. Wie wenig du noch über die Welt weißt. Und vielleicht hast du recht, vielleicht sollte ich dich ziehen und scheitern und diese Lektion selbst lernen lassen. Doch damit würde ich dich womöglich verlieren, und das ist nicht in meinem Interesse.« Gregor zog ein kleines Büchlein aus der Tasche und notierte etwas darin, ehe er sich wieder an Dorián wandte. »Hör dir mein Angebot zu Ende an. Du kennst den besten Teil noch nicht. Vielleicht überzeugt es dich ja doch.« Wie so oft legte er die Fingerspitzen gegeneinander, wobei die Zeigefinger seine Unterlippe berührten, und musterte Dorián mit eindringlichem Blick. »Nimm mein Geld und meine Hilfe. Reise mit Mateo. Findet Dorothy gemeinsam und bringt sie her, wenn ihr könnt. Dann werde ich in eurer Abwesenheit dafür sorgen, dass ihr von einer ganz bestimmten Person erwartet werdet, wenn ihr zurückkehrt.«

Dorián riss die Augen auf. Er wagte kaum zu denken, was ihm bei Gregors Andeutung sofort in den Kopf springen wollte. »Du … du meinst …?«

Gregors Gesicht blieb glatt und unbewegt, bis auf dieses furchtbare Lächeln. Endlose Sekunden war es sehr still im Raum. Dann aber sprach er die Worte aus, und Dorián wusste, er hatte verloren.

»Ja, Dorián. Das meine ich. Ich werde Bartosz zurückkaufen. Und ihm die Freiheit geben. Sobald du hierher zurückkommst.«

Dorián konnte nicht antworten. Seine Gedanken jagten, dass ihm schwindelig wurde, und er musste sich wieder setzen, ob er wollte oder nicht. Tränen drückten gegen seine Lider, und er blinzelte sie heftig fort.

Bartosz. O Bartosz.

Nur am Rande nahm er wahr, dass sich Gregor seinem Pult näherte. Das rote Samtsäckchen klirrte leise, als er es direkt vor Dorián ablegte.

»Also, was sagst du? Soll ich Mateo rufen?«

Kapitel Fünf

Air, 3. Orchestersuite, BVW 1068; Johann Sebastian Bach

11 Hanover Street, West End, London

Schon als Cedric und Dorothy vor dem Haus der Familie Edwards aus der Kutsche stiegen, beschlich Cedric das dumpfe Gefühl, dass etwas nicht stimmte. Es lag eine Spannung in der Luft wie ein stechender Schmerz – und spätestens als er Ruths gedämpften Schrei hörte, wusste er auch, was es war, das er da spürte: Die Niederkunft hatte begonnen.

Auch Dorothy schien es bemerkt zu haben, oder zumindest war der Schrei auch zu ihr gedrungen, denn sie drehte sich alarmiert zu Cedric um. »Das Baby, Mr Edwards!«

Cedric nickte angespannt. »Lauf. Ich komme nach.«

Dorothy nahm sich keine Zeit für eine Antwort. Stattdessen sprintete sie, ohne eine Sekunde zu zögern, die Vortreppe hinauf. Erst vor der Haustür drehte sie sich noch einmal um.

»Ich gehe noch schnell im Musikzimmer vorbei.«

Sie sagte das, um ihn zu beruhigen. Cedric wusste das, und es wäre aus seiner Sicht nicht einmal nötig gewesen. Trotzdem war er ihr dankbar, dass sie selbst jetzt daran dachte, ihm eine Rückversicherung zu geben.

»Danke, Dorothy.« Er drängte sich zu einem Lächeln. Dann folgte er ihr mit bewusst beherrschten Schritten. Er konnte jetzt nichts für Ruth tun, außer ihren Wunsch zu respektieren, sie während der

Geburt nicht durch seine bloße Anwesenheit noch mehr unter Stress zu setzen. Dorothy war bei ihr, der Arzt und die Hebamme. Das würde, es musste reichen. Er würde sich solange um Ada und Erica kümmern, die in dieser Situation doch ebenso Hilfe brauchten. Aber dafür musste er ruhig sein. Wenigstens äußerlich.

Er hatte kaum seine Golfjacke abgestreift, da öffnete sich die Tür zum Salon und seine Töchter kamen herausgeplatzt; Ada aufgelöst und tränenüberströmt, Erica bleich und so gefasst, wie sie sicher glaubte, dass eine große Schwester es zu sein hatte – allerdings nur so lange, bis sie ihn entdeckte. In der nächsten Sekunde schon warfen sich beide in seine Arme, und er hielt sie stumm fest, in der Hoffnung, ihnen dadurch wenigstens etwas Sicherheit zu geben. Bei jedem Schmerzensschrei, der aus dem Geburtszimmer herunterdrang, versteiften sich die beiden kleinen Körper in seinen Armen, nur um im nächsten Moment umso heftiger zu beben.

Hinter ihnen war Martha in der Tür zur Stube aufgetaucht. Auch sie war blass und nervös. Cedric rang sich ein Lächeln ab. »Geh nach oben und sieh nach, ob du helfen kannst. Ich kümmere mich um die beiden.«

Martha nickte und lächelte ebenso mühsam wie er. Dann huschte sie ohne ein Wort die Treppe hinauf.

Cedric strich Erica und Ada über die zerzausten Köpfe. Es war bald Teezeit, fiel ihm vage ein. Nicht dass sie jetzt irgendetwas hinunterbekommen würden.

»Kommt«, murmelte er und hatte sich vielleicht noch nie so unbeholfen dabei gefühlt, seine Kinder zu beruhigen. »Gehen wir ins Musikzimmer.« Denn Dorothy, das wusste er, war längst nicht mehr dort, er hatte sie bei seinem Eintreten bereits die Treppe hinaufrennen sehen, eine Blutration in jeder Hand. Das Musikzimmer war jetzt wieder nur das: ein Raum für Musik. Und Musik war es, was sie in diesem Haus jetzt alle brauchten. Musik hatte ihnen schon immer Kraft und Zusammenhalt gegeben, egal in welcher Lebenslage.

Er nahm sie jede an eine Hand, und gemeinsam gingen sie zum Flügel, quetschten sich zu dritt auf die Klavierbank, wie sie es schon so oft getan hatten, und starrten auf die vertrauten Tasten.

»Was sollen wir spielen?«, fragte Cedric ein wenig heiser und drückte Ada an sich, die wie immer auf seinem Schoß saß.

»Bach«, sagte Erica wie aus der Pistole geschossen. »Die Air aus der dritten Orchestersuite.« Ihre Wangen röteten sich. »Ich höre es schon die ganze Zeit in meinem Kopf.«

Ein Lächeln schlich sich in Cedrics Mundwinkel; winzig klein nur, aber es tat ihnen allen gut. »Verstehe. Dann spielen wir es.«

Sie spielten die Air ganze fünfmal. Dann Brahms' Wiegenlied. Solveigs Lied aus Griegs Peer Gynt Suite. Debussys Clair de Lune. Vor den Fenstern wurde es dunkel, während sie ein Stück nach dem anderen begannen, um nicht völlig untätig warten zu müssen, während Ruth und der Arzt, die Hebamme, Dorothy und Martha über ihnen darum rangen, das jüngste Mitglied der Familie Edwards auf die Welt zu bringen.

Cedric hatte gerade die letzten Töne von Schuberts Serenade angeschlagen, und der Nachklang hing noch ein wenig wehmütig in der Luft, als im Obergeschoss die Schmerzenslaute aufhörten. Eine geisterhafte Ruhe sank herab. Cedric, Ada und Erica saßen ganz still und hielten den Atem an.

Und dann, vier oder fünf bange Herzschläge später, drang das leise Weinen eines neugeborenen Kindes zu ihnen herunter.

Heiße, erleichterte Tränen sprangen Cedric in die Augen. Er drückte Erica und Ada an sich, spürte, wie das Gefühl in seinem ganzen Körper kribbelte. Oben, am anderen Ende des Flurs, schlug eine Tür auf. Rasche Schritte erklangen, und dann Dorothys Stimme. »Mr Edwards!«

Als hätten ihre Worte einen Bann gebrochen, sprangen sie alle drei auf die Füße und stürzten in die Diele hinaus. Dorothy stand oben an der Treppe. Sie sah erschöpft aus und wie durchgerüttelt, aber sie strahlte. »Es geht ihnen beiden gut! Sie können jetzt hochkommen.«

Das ließ Cedric sich nicht zweimal sagen. Er hielt seine Töchter weiter fest an den Händen, während sie die Stufen hinaufstiegen, spürte die Befangenheit, die Erleichterung und Aufregung, die in ihnen stritten, und erkannte sie in sich selbst. Der Beginn eines neuen Lebens.

So etwas Großes.

»Danke«, sagte er zu Dorothy, als sie sie erreichten, und hoffte, dass sie auch ohne weitere Worte wusste, wofür er ihr alles dankbar war. »Geh dich jetzt erholen, ja?«

Dorothy nickte. »Rufen Sie mich, wenn ich noch etwas helfen kann. Ich … kann jetzt sicher noch lange nicht schlafen.«

Cedric lächelte schief. »Das verstehe ich.«

Für einen Moment sah Dorothy aus, als wollte sie noch mehr sagen. Doch sie kam nicht dazu, denn nun öffnete sich die Tür erneut und der Arzt sah heraus. »Mr Edwards.« Er winkte ihn heran. »Kommen Sie. Ihr auch, Kinder.«

Cedric drückte Adas und Ericas Hände kurz ein wenig fester und wechselte einen letzten Blick mit Dorothy. Dann betrat er mit seinen Töchtern das Geburtszimmer.

Ruth lag im Bett, zugedeckt bis zu den Schultern. Ihr aufgelöstes Haar lockte sich verschwitzt um die fahlen Wangen, und um ihre Augen lagen tiefe Schatten. Ihr Blick aber leuchtete auf, als Cedric und die Mädchen eintraten, so hell wie seit Wochen nicht mehr. Neben ihr am Bett beugte sich die Hebamme zu ihr, um ihr ein in weiche Tücher gewickeltes Bündel von der Brust zu nehmen.

»Es ist ein kräftiger, gesunder Junge, Mr Edwards!«, sagte sie und drückte Cedric das Bündel in den Arm.

Cedric starrte auf das winzige, zerknitterte Gesicht zwischen den Falten des Tuchs. Die großen Augen, eines nur halb geöffnet, die mit verschleiertem Blick zu ihm aufsahen. Eine Hand an einem spindeldürren Ärmchen, die sich aus dem Tuch befreit hatte; so viel kleiner als sein Daumen, um den sie sich schloss.

Die Verbindung geschah augenblicklich. Ob es daran lag, dass er sich an diesem Tag schon einmal so verausgabt hatte, oder daran, dass er zu lange kein Blut getrunken hatte und seine Selbstbeherrschung ohnehin in den letzten Stunden auf eine Zerreißprobe gestellt worden war – sie durchfuhr Cedric wie ein Blitz. Im nächsten Augenblick stürzte ein wahres Chaos von Eindrücken über ihn herein, so schnell und heftig und überwältigend *viel*, dass er sich nur knapp davon abhalten konnte, überrascht nach Atem zu ringen. Stattdessen sank er mit weichen Knien auf den Hocker, der neben dem Bett stand, die Hand seines Kindes immer noch behutsam in seiner. Er bemerkte kaum, wie Erica und Ada ungewohnt schüchtern näher kamen, um ihrem Bruder das erste Mal ins Gesicht zu sehen. Vage, wie aus weiter Ferne drang die Stimme des Arztes zu ihm.

»Wie soll er denn heißen?«

»Sidney«, sagte Ruth, und er hörte das Lächeln in dem Namen. »Sidney Theodore Edwards.«

»Ein guter, starker Name.« Ein Federhalter kratzte, als der Arzt ihn in die Geburtsurkunde eintrug. »Für einen guten, starken Jungen. Sie können stolz sein, Mr Edwards.«

Jetzt endlich gelang es Cedric, den Kopf zu heben. »Das bin ich, Doktor«, sagte er mit rauer Stimme. »Glauben Sie mir, das bin ich.«

Doch er konnte nicht verhindern, dass sich ein leises Beben in seine Worte mischte – ein Beben, das aus der Erkenntnis wuchs, die ihm dieser erste Kontakt mit seinem Sohn entgegengeschleudert hatte.

Sidney lebte und war stark, das stimmte.

Gesund aber war er nicht.

Es würde noch einige Jahrzehnte dauern, bis es offensichtlich wurde. Jahrzehnte, in denen die Wissenschaft vielleicht mehr über die Krankheit herausfinden und andere Therapien entwickeln *würde als den Weg in den Vampirismus, den Cedric ausgerechnet seinem eigenen Sohn niemals, niemals* aufbürden würde.

Aber seit seine Gabe das Kind berührt hatte, bestand für ihn kein Zweifel mehr. Nur noch die eine, niederschmetternde Gewissheit:

Er hatte Sidney die Chorea Huntington vererbt.

Kapitel Sechs

»The Night Mail«; Benjamin Britten

ZWISCHEN BOLOGNA UND MAILAND, ITALIEN

Sie fuhren mit dem Zug in Richtung Frankreich. Dorián war noch nie mit dem Zug gefahren. Genau genommen hatte er einen Zug noch nie auch nur gesehen, aber er weigerte sich, in Mateos Anwesenheit zu sehr über die riesige, schnaufende und dampfende Maschine zu staunen. Als sie erst in ihrem Abteil saßen, war es auch nicht viel anders als eine sehr schnelle Kutschfahrt – nur angenehm warm. Und was ihm an Nervosität blieb, weil es doch wirklich *sehr schnell* war, oder weil ein Pfiff aus dem gewaltigen Kessel der Lok ihn doch beinahe zum Zusammenzucken gebracht hätte, bekämpfte er, indem er sich an den zwei Münzen festhielt, die endlich wieder in seinen Taschen steckten. Er hatte sie aus dem Beutel mit dem Reisegeld genommen, und natürlich waren es nicht dieselben, die er von Dorothy und Bartosz bekommen hatte. Aber das machte nichts. Sie fühlten sich immerhin fast genauso an. Und eines Tages würde er sich an die Unterschiede vielleicht nicht einmal mehr erinnern können.

Er und Mateo redeten nicht mehr als nötig miteinander. Zu Beginn der Reise hatte Dorián noch versucht, wenigstens ein paar Details aus seinem unerwünschten Begleiter herauszubekommen. Was genau eigentlich sein Auftrag war, wenn sie Dorothy erst gefunden hatten. Ob er etwas über Bartosz wusste – oder was in der ledernen Umhängetasche war, die er noch schärfer bewachte als ihr

Reisegeld. Mateo allerdings schwieg ebenso eisern wie verächtlich, und irgendwann gab Dorián es auf. Stattdessen ignorierten sie einander, so gut es nur ging, und es dauerte nicht lange, bis Dorián das sehr recht war. Mateo war ihm sowieso viel zu nah an Gregor mit seinen glänzenden dunkelbraunen Locken, den scharf geschnittenen und zugleich feinen Gesichtszügen und der glatten Haut, die weich schimmerte wie poliertes und geöltes Kirschholz. Er war hübsch, das musste Dorián zugeben, doch das machte es nicht angenehmer, von ihm vernichtend niedergestarrt zu werden. Oder sich von ihm küssen zu lassen.

Dorián hatte sich in seiner Zeit in der Villa erstaunlich schnell daran gewöhnt, dass Gregor täglich sein Blut trank. Es stimmte, es tat nicht weh, und Dorián begriff nun auch, dass es genau das war, was Gregor auch auf der Reise von Bukarest nach Mentana regelmäßig mit ihm getan hatte. Und Gregor hatte auch darin recht gehabt, dass sich Dorián zunehmend stärker und wacher fühlte, je länger seine Zeit als Quelle andauerte.

Mit Mateo war es allerdings anders. Bei ihm *tat* es weh. Und er hasste es ebenso wie Dorián, wenn sie einander so nah kommen mussten, das ließ er ihn jedes Mal deutlich spüren. Trotzdem weigerte er sich, seine Nahrung bei anderen Passagieren des Zuges zu holen, oder in den Herbergen, in denen sie für die Nacht unterkamen. Gregor hatte es so bestimmt, und so wurde es gemacht. Davor und danach ignorierten sie einander wieder.

Oder zumindest tat Dorián so, als würde er Mateo ignorieren. In Wahrheit nutzte er den Abstand, um ihn genau zu beobachten. Er hörte zu, wie Mateo Fahrkarten kaufte, Zimmer buchte oder Essen bestellte, wenn sie nicht gerade im Zug schliefen und aßen. In der übrigen Zeit las er. Bücher. Italienische Tageszeitungen und Magazine, die Mateo an den Bahnhöfen kaufte. Und er begann zu ahnen, wie groß die Welt wirklich war.

Eines Tages, dachte er oft, würde er all das brauchen. Er würde nie wieder in die erniedrigende Lage kommen, Hilfe zu benötigen, um seine Ziele zu erreichen. Und wenn er erst wieder mit Dorothy und Bartosz zusammen war … würden sie überhaupt niemand anderen mehr brauchen.

Am fünften Tag ihrer Reise schließlich erreichten sie den letzten Bahnhof auf dem Festland: eine französische Hafenstadt namens Calais. Von dort aus, erklärte Mateo, würden sie mit einem Schiff ins Vereinigte Königreich übersetzen, denn das lag auf einer Insel. Und dann war es nicht mehr weit bis London.

London.

Dorián überlief ein Schauer, wann immer er den Namen der Stadt nur dachte. London, wo Dr Justine-Kate Shaw wohnte, an die der Brief adressiert gewesen war. Jene Frau, die Dorothy zur Flucht verholfen und ihm aufgetragen hatte, um Mitternacht ein Pferd im Stall bereit zu machen.

In London würde er sie ein weiteres Mal treffen.

Und endlich, endlich Dorothy wiedersehen.

Kapitel Sieben

Tröstungen für Klavier Nr. 3; S. 172; Franz Liszt

11 Hanover Street, West End, London

Wissen konnte ein Fluch sein.

Es war dieser Satz, der Cedric verfolgte, seit er Sidney zum ersten Mal in den Armen gehalten und die schreckliche Wahrheit gespürt hatte. Natürlich wusste er rational, dass es in Sidneys Alter, zumindest was die Chorea Huntington betraf, noch keinen Anlass für diese Art von Überbesorgnis gab. Trotzdem konnte er nicht aufhören, jede noch so kleine Bewegung seines Sohnes mit Argusaugen zu verfolgen. Tag für Tag. Nacht für Nacht. Er konnte nicht anders. Wenn er Sidney auf dem Arm hielt, tastete er mit seiner Gabe nach jeder noch so winzigen Zuckung, die ihm verraten hätte, dass sich die Krankheit entgegen aller Wahrscheinlichkeit bereits regte. Und auch Ruths anhaltende Schwäche, von der ihm doch eigentlich klar war, dass sie so kurz nach der Geburt ganz normal war, rief ihm viel zu deutlich und viel zu regelmäßig verschiedenste Erinnerungen aus Adeles letzten Monaten ins Gedächtnis. Ja, Wissen konnte ein Fluch sein – und *dieses* Wissen machte Cedric so rastlos, dass er kaum noch wusste wohin mit sich.

Er versuchte es zu kompensieren, indem er im Haus so viele Aufgaben wie möglich übernahm. Dabei war er unnötig reizbar und ungeduldig, was sicher auch an dem zunehmenden Schlafmangel lag, weil er vor Sorge nicht mehr zur Ruhe kam. Einzig und allein das Klavierspielen, oder wenn er Zeit mit Ada und Erica verbrachte, brachte ihm noch kostbare Minuten wackeligen Friedens.

Ziemlich genau eine Woche nach der Geburt kam seine Mutter vorbei, um ihre Hilfe im Haushalt anzubieten. Cedric schickte sie schon in der Diele nach Hause, ohne sie das Kind auch nur sehen zu lassen, in dem wohl ungerechtesten, härtesten Streit seit vielen Jahren, und das wollte schon etwas heißen.

Danach stieg er wie so oft in den letzten Tagen die Treppe ins Geburtszimmer hinauf, mit schweren Beinen, als hätte jemand Steine daran gebunden. Er war so müde. Wie sollte er diese Angst noch jahre-, nein, *jahrzehnte*lang aushalten? Wie sollte er dabei ein Mensch bleiben?

An dieser Stelle hätte er beinahe gelacht.

Im Geburtszimmer saß Dorothy an Ruths Bett, mit dem schlafenden Sidney auf dem Arm. Die beiden Frauen hatten sich unterhalten, Cedric hatte ihr Lachen schon auf dem Flur gehört. Als er an den Türrahmen klopfte und eintrat, verstummten sie.

»Dorothy«, sagte er leise. Er hatte das Gefühl, seine Stimme in dem gerade vergangenen Streit verloren zu haben. »Würdest du mich kurz mit meiner Frau allein lassen?«

Eine kleine Falte erschien zwischen Dorothys Brauen, als sie aufstand und ihm den gefütterten Schlafsack reichte, in dem Sidney schlief. *Ist alles in Ordnung mit Ihnen?*, fragte ihr Blick, und Cedric schüttelte bloß den Kopf, weil sie es doch sowieso bemerkt hätte, wenn er log.

Schweigend verließ Dorothy das Zimmer.

Etwas verloren stand Cedric mitten im Raum, sein Kind auf dem Arm. Er sah auf Sidney hinunter, auf das friedlich schlafende Gesicht, und wo er doch glücklich und stolz hätte sein sollen, fühlte er sich so hilflos, dass es ihn zerriss.

Wissen konnte ein Fluch sein.

»Wer war das unten an der Tür?« Ruths Stimme riss ihn aus seinen Gedanken. Sie klang besorgt.

Cedric hob den Kopf. »Meine Mutter«, sagte er steif. »Ich habe ihr gesagt, sie soll gehen.«

Ruth schwieg eine Weile. Sie sah ihn nur an, immer noch so tief beunruhigt. Dann legte sie eine blasse Hand neben sich auf die Bettkante. »Setzen Sie sich einen Moment zu mir?«

Stumm tat Cedric, worum sie ihn gebeten hatte. Er fühlte sich innerlich spröde, als könnte allein ein falsches Wort ihn einfach zerbrechen lassen. Und immer noch müde. So schrecklich müde von all der Angst.

»Was ist los mit Ihnen?«, fragte Ruth leise. »Es geht Ihnen nicht gut. Seit … Tagen nicht.« Ihre Stimme war ebenfalls ein wenig dünn. Und Cedric begriff, auch sie wälzte seit der Geburt wachsende Befürchtungen, die sie niemanden sehen lassen wollte. Aber nicht um ihr Kind. Sondern weil er sich plötzlich wieder verhielt, wie er sich im ersten Jahr ihrer Ehe verhalten hatte. Vielleicht nicht so ausgeprägt. Ganz sicher auch nicht so grob gegen sie gerichtet, im Gegenteil, und doch … Er erkannte sich selbst aus dem vergangenen Jahr wieder. Und Ruth ohne Frage ebenso.

Es war dieser Moment, in dem ihm klar wurde, dass er es nicht mehr konnte. Er konnte, er durfte ihr nicht länger verheimlichen, was ihn umtrieb. Er konnte ihr natürlich nicht *alles* sagen, das war ihm klar, aber was blieb, war immer noch mehr als genug. Und so sah er Ruth in die Augen, drückte Sidney sanft an seine Brust … und sprach es aus.

»Ich habe Angst«, flüsterte er rau. »Um unser Kind.«

Ruths Augen weiteten sich kurz. Dann wurde der Schreck von Verwirrung abgelöst. »Angst …? Um Sidney? Aber warum? Der Arzt und die Hebamme sagen, es ist alles in Ordnung. Er ist kräftig und gesund. Er hat nach der Geburt nicht einmal Gewicht verloren.« Sie runzelte die Stirn. »Was sind Ihre Sorgen, Cedric? Sagen Sie es mir. Bitte.«

Cedric presste kurz die Lippen zusammen. Dann legte er Sidney behutsam in Ruths Arme.

»Wissen Sie noch, wie ich Ihnen von meiner Krankheit erzählt habe? Von der Chorea Huntington?«

Ein verhaltenes, ein wenig bitteres Lächeln umspielte ihre Mundwinkel. Natürlich wusste sie es noch. Wie hätte sie es vergessen können? Ob sie sich allerdings an den entscheidenden Punkt noch erinnerte, den, der ihn so sehr belastete, da war Cedric sich weniger sicher.

»Ich sagte Ihnen doch auch … dass die Krankheit erblich bedingt ist. Und ich fürchte …« Er holte tief und etwas zittrig Atem. »Ruth, ich fürchte, dass ich unserem Sohn meine Krankheit vererbt habe.

Und ich … ich kann Ihnen kaum beschreiben, was das in mir auslöst. Wenn ich mir vorstelle, dass er … eines Tages … dass wir …« Er schüttelte den Kopf und verstummte. Seine Finger hatten sich in die Laken verkrampft, so fest, dass es schmerzte. »Ich wollte Sie damit nicht belasten. Sie sollen diese Gedanken nicht auch denken müssen.«

Eine Weile war Ruth ganz still. Sie saß nur da, das Kind im Arm, und sah ihn an. Sah, vielleicht zum ersten Mal, seine ganze Verzweiflung, und dass nichts davon wirklich verschwunden war, wie sie beide geglaubt und gehofft hatten.

»Aber«, sagte sie endlich. »Wir wissen doch gar nicht, ob es wirklich so ist. Und selbst wenn … Sie haben die Krankheit doch besiegt. Sie sind geheilt. Heilung *ist* möglich. Warum … macht es Ihnen trotzdem solche Angst?«

»Das ist es ja.« Es war aus ihm heraus, ehe er noch einmal darüber nachdenken konnte, ob er ihr dieses Wissen wirklich aufbürden konnte. »Ich bin … ich bin *nicht* geheilt, Ruth. Diese Therapie … sie unterdrückt nur den Fortschritt der Krankheit, und sie schlägt bei Weitem nicht bei jedem Patienten an. Sie haben doch selbst gesehen, dass ich fast daran gestorben wäre.« Er ballte die Fäuste noch ein wenig fester um den Stoff der Laken. »Ich möchte so gern hoffen, Ruth. Ich möchte … einfach mit Ihnen und den Kindern leben. Als Familie. Aber da ist so viel, mit dem ich nicht umgehen kann, und jetzt verletze ich Sie wieder, weil ich *mit mir selbst* nicht umgehen kann. Es tut … mir schrecklich leid.«

Wieder war es eine Weile still zwischen ihnen. Nur Sidney machte leise Geräusche im Schlaf.

»Danke, dass Sie mir das erzählt haben«, sagte Ruth endlich. »Sie brauchen sich nicht zu entschuldigen. Ich bin … einfach erleichtert, dass Sie nicht wieder angefangen haben, mich zu hassen. Aus irgendeinem Grund, den ich nicht verstehe.«

Cedric sah auf. Ihre Stimme klang so fest und sanft, wie er es nach allem, was er gerade ausgesprochen hatte, nie erwartet hätte.

»Cedric, sehen Sie …« Sie unterbrach sich. Ein tiefer Atemzug weitete ihre Brust, und mit einem Mal erkannte Cedric eine Weichheit in ihrem Blick, die er dort noch nie gesehen hatte. Oder doch. Ein einziges Mal. Am Tag ihrer Hochzeit – jenem Tag, der so unendlich lange her schien. Der Tag, an dem sie Ja zu ihm gesagt hatte. Nur hatte er es damals nicht zu schätzen gewusst. Und sie nicht geahnt, worauf sie sich mit ihm einließ. Jetzt aber war dieser Blick zurück, und als Ruth sich einen sichtlichen Ruck gab, eine Hand von Sidneys Schlafsack löste und sie über seine auf der Bettdecke legte, spürte er dieselbe Weichheit auch in ihrer Berührung. »Siehst du denn nicht, wie weit wir schon gekommen sind?« Ihre Finger umschlossen seine mit sanftem Druck. »Glaubst du denn nicht, dass wir den Rest auch gemeinsam durchstehen? Was auch immer noch passiert? Weißt du, ich glaube inzwischen daran. Ich glaube, dass alles gut wird, selbst wenn es vielleicht noch etwas dauert, bis wir dort sind. Wir haben uns versprochen, füreinander da zu sein, weißt du noch?«

Cedric wusste nicht, wann zum letzten Mal Worte so tief in ihn hineingefallen waren. Wann zum letzten Mal ihn ein einzelner Satz so ausgefüllt hatte mit Gewissheit. Mit Vertrauen. Sie waren nicht machtlos, weil sie nicht allein waren. Weder sie noch er.

»Bis dass der Tod uns scheidet«, flüsterte Ruth, und Cedric hörte Tränen in ihrer Stimme.

Langsam, einen Finger nach dem anderen, löste er seine zweite Hand aus der Decke und legte sie über Ruths, sodass er ihre Finger mit beiden Händen umschloss.

»Bis dass der Tod uns scheidet«, erwiderte er rau. Und während in ihm eine neue, tiefe Entschlossenheit wuchs, gepaart mit einer Ahnung, die vielleicht eines Tages eine Erkenntnis werden konnte …

… wusste Cedric mit absoluter Gewissheit, dass er es diesmal ernst meinte.

Kapitel Acht

Ouvertüre zu »Egmont«; Op. 84; Ludwig van Beethoven

REGENT'S PARK, WESTMINSTER, LONDON

Etwa eine Stunde nach seinem Gespräch mit Ruth war Cedric erneut in Londons Straßen unterwegs. Zu Fuß diesmal, und er rannte. Was kümmerte es ihn schon, dass sich die Leute nach ihm umsahen? Was kümmerte es ihn, dass er nach einer Woche mit viel zu wenig Schlaf zu erschöpft hätte sein sollen, um bis nach Westminster zu rennen? Genau das war es doch, was ihn so sehr antrieb, dass er nicht mehr länger neben Ruth hatte sitzen bleiben können, die mit Sidney in den Armen eingeschlafen war. Er konnte seinem Körper befehlen, nicht müde zu sein. Er konnte seiner Krankheit befehlen, sein Hirn nicht weiter zu zerstören. Er bestimmte über sein Leben – nicht, weil er jetzt ein Vampir war. Sondern weil er eine selbst unter Vampiren besondere Blutgabe besaß. Und wenn er mit dieser Gabe über *sein* Leben bestimmte, dann …

Der Gedanke war zu groß. Er konnte ihn nicht allein denken. Er musste ihn mit jemandem teilen. Jener Person, mit der die großen Gedanken überhaupt erst angefangen hatten.

Keuchend klopfte Cedric an die Tür der Praxis Dr & Dr Shaw.

»Guten Tag, Miss Bonnet«, platzte er heraus, bevor die Praxisgehilfin irgendetwas sagen konnte. »Ich muss zu Frau Dr Shaw. Sofort, wenn es geht.«

Miss Bonnet blinzelte. Er hatte es geschafft, sie mit seinem Auftritt zu verblüffen. Das war ihm lange nicht mehr gelungen. »Sie ist gerade in der Mittagspause«, erklärte sie. »Ich kann fragen, ob …«

»Es ist in Ordnung, Miss Bonnet«, erklang von weiter hinten in der Praxis Dr Shaws Stimme. »Lassen Sie ihn durch und organisieren Sie uns einen Tee, bitte.«

Miss Bonnet blinzelte erneut. Dann erinnerte sie sich offenbar daran, dass in dieser Situation wohl ein Lächeln von ihr erwartet wurde. »Da hören Sie es, Mr Edwards.« Mit einem gefassten Lächeln trat sie beiseite. »Bitte sehr. Sie kennen ja den Weg.«

Dr Shaws Behandlungszimmer war genauso nüchtern und aufgeräumt wie zu den anderen Gelegenheiten, zu denen Cedric hier gewesen war. Es war jedoch das erste Mal, dass er es bei Sonnenschein sah. Und auch das erste Mal, dass Dr Shaw bei seinem Besuch völlig entspannt wirkte, wie sie dort in ihrem Schreibtischstuhl saß, ein aufgeschlagenes Buch im Schoß.

»Mr Edwards. Sie habe ich nicht erwartet.« Ein leises Schmunzeln umspielte ihre Lippen. »Heute zumindest nicht.«

Cedric schloss leise die Tür hinter sich und blieb zwei Schritte vom Schreibtisch entfernt stehen. »Guten Tag, Dr Shaw. Ich brauche Ihren Rat.«

Dr Shaw hob sichtlich amüsiert eine Braue. »Verstehe ich es etwa richtig, dass Sie heute ausnahmsweise nicht ärgerlich auf mich sind?«

Cedric schnaubte leise belustigt. »Ich nehme an, ich könnte es werden, wenn Sie sich dann wohler fühlen.« Er wusste selbst nicht, wie er ausgerechnet jetzt auf die Idee kam zu scherzen. Es tat ihm allerdings erstaunlich gut und bewirkte, dass sich der zum Zerreißen straff gezogene Gedankenknoten hinter seiner Stirn zumindest etwas entspannte.

»Ich möchte über meine Blutgabe sprechen. Ich glaube, ich habe etwas verstanden, was sie betrifft. Und ich wüsste gern, was Ihre Meinung dazu ist.«

Dr Shaw legte mit einer bedächtigen Bewegung ihr Buch beiseite. »Eigentlich wollte ich gerade Mr Bernard kommen lassen. Aber aus Respekt vor Ihren Vorlieben …« Sie zog eine ihrer Schreibtischschubladen auf und holte zwei Phiolen heraus. »Setzen Sie sich. Trinken Sie mit mir auf Zeit und Blut. Und dann erzählen Sie mir von Ihren Gedanken.«

Der Knoten entspannte sich noch ein wenig mehr. Und für einen seltsam klaren Moment hatte Cedric das Gefühl, dass er das durchaus öfter so tun und sich dabei wohlfühlen könnte. Mit ihr hier sitzen. Gemeinsam Blut trinken. Über Gedanken sprechen.

»Auf Zeit und Blut?« Er musterte Dr Shaw mit einem milde spöttischen Blick. »Das klingt ungewohnt pathetisch für Sie.«

Dr Shaw schmunzelte. »Alles eine Frage des Blickwinkels, Mr Edwards. Es klingt vielleicht nach Pathos, aber ganz pragmatisch betrachtet ist es doch genau das, was wir brauchen, wenn wir etwas erreichen wollen.«

Cedric dachte einen Moment darüber nach, während er den Stopfen aus der Phiole zog. »Ich denke, Sie haben recht. Also dann: Auf Zeit und Blut.«

Und vielleicht, dachte er, während das Blut beruhigend und inzwischen so vertraut seine Kehle hinunterfloss und seinen Magen und seine Brust wärmte, war es auch das, was Mr Oller gemeint hatte, als er von »Verbindungen für die Ewigkeit« sprach. Vielleicht würde er doch nicht fünfzig Jahre brauchen, um das zu akzeptieren. Nicht einmal fünfundvierzig.

»Und jetzt erzählen Sie.« Dr Shaw klang aufrichtig interessiert.

Cedric sah auf die nun leere Phiole in seiner Hand hinunter. »Ich habe nachgedacht. Über die Kategorien der Blutgaben, von denen Tariqa und Mr Oller mir erzählt haben. Sie sagten, dass Emotionen, Energie und Materie die bisher bekannten Kategorien sind. Ich denke, ich möchte für meine Blutgabe eine vierte Kategorie vorschlagen: Leben.«

Dr Shaw musterte ihn eine Weile aus verengten Augen. »Das ist eine spannende These, Mr Edwards. Wie kommen Sie darauf?«

Cedric hob die Schultern. »Nun ja, Sie waren es doch, die vermutet hat, dass sich mit meiner Gabe Körperfunktionen regulieren lassen. Ich habe mich selbst in den letzten Wochen daraufhin beobachtet, und ich glaube … es ist sogar mehr als das. Ich glaube, der Einfluss meiner Blutgabe betrifft alles, was die Naturwissenschaften als lebendig bezeichnen. Tiere. Pflanzen. Sogar Teile des Wassers und des Bodens.« Er schloss die Hand fest um die Phiole. »Ich erkläre Ihnen das gern noch genauer – so genau sich ein Gefühl erklären lässt zumindest. Aber zuerst möchte ich Sie um eine Einschätzung in einer bestimmten Sache bitten. Als Vampir – und als Ärztin.«

Dr Shaw hob eine Braue. Dann lehnte sie sich in ihrem Stuhl zurück und verschränkte die Hände in ihrem Schoß. »Schießen Sie los, Mr Edwards.«

»Glauben Sie, dass ich eines Tages mit meiner Blutgabe die Chorea Huntington heilen kann?«

Dr Shaw ließ sich einige lange Sekunden Zeit mit der Antwort. Sekunden, in denen nur Cedrics eigener Herzschlag in seinen Ohren wummerte.

»Wissen Sie, was *ich* glaube, Mr Edwards?«, sagte sie schließlich langsam – und vielleicht hatte Cedric sie noch nie mit so viel Bedacht sprechen hören. »Ich glaube, wenn Ihre Theorie stimmt … werden Sie eines Tages jede nur erdenkliche Krankheit heilen können.«

Da war, erkannte Cedric erstaunt, nichts von ihrer Blutgabe in ihrer Stimme – obwohl er, um ehrlich zu sein, fest damit gerechnet hatte. Nichts von ihrer Kraft, und nichts, was ihn Dinge hätte glauben machen wollen, die nicht aus seinen eigenen Gedanken gewachsen waren. Trotzdem rieselten ihre Worte wie ein Schauer durch ihn hindurch.

»Das ist ein großes Versprechen, Doktor.« Seine Stimme kratzte rau in seinem Hals.

Dr Shaw lächelte. Es wirkte eigentümlich zufrieden. »O ja, Mr Edwards, das ist es. Und ich hoffe für uns alle, dass Sie es halten werden.«

Kapitel Neun

»A London Symphony«; I: Lento – Allegro risoluto;
Ralph Vaughan Williams

London Bridge Railway Station, Southwark, London

Das Erste, was Dorián in London begrüßte, war Regen. Ein kalter Sprühregen, der in grauen Schwaden durch die Straßen trieb und ihm das Gesicht und die Haare benetzte, kaum dass er einen Schritt vor das Eingangsportal des Bahnhofs gesetzt hatte. Und das, obwohl er und Mateo sich dicht an der aus riesigen Steinblöcken gebauten Wand des Bahnhofsgebäudes hielten, wo sie von den vorspringenden Stuckverzierungen vor dem schlimmsten Wetter hätten geschützt sein sollen. Es half überhaupt nicht.

»Hier, nimm. Wir wollen ja nicht auffallen.« Mateo reichte ihm einen schwarzen Regenschirm und schlug den Kragen seines Mantels hoch. Er zog eine Grimasse dabei, vielleicht sollte es auch ein spöttisches Lächeln sein, wer wusste das schon so genau. Auch Dorián hatte für die Reise so einen Mantel bekommen, obwohl er nach wie vor seinen Wollumhang lieber mochte – meist trug er beides übereinander. Aber zumindest verstand er jetzt, da sie hier waren, endlich den Sinn dahinter. Hier in London, das war zumindest sein erster Eindruck, lebten ausschließlich feine Leute, und sie alle trugen Mäntel und schwarze Regenschirme.

»Zeig mir den Zettel mit der Adresse«, forderte Mateo. Er hatte seinen Regenschirm aufgespannt und streckte Dorián eine Hand im dunklen Lederhandschuh entgegen. Fast hätte Dorián gelacht. Jedes Mal, wenn Mateo etwas von ihm wollte, konnte er offenbar plötzlich doch reden.

»Ich würde lieber erst essen und ein bisschen ausruhen«, erklärte er freundlich. »Menschliche Bedürfnisse, du weißt schon. Ich verstehe, dass du die immer vergisst, aber Gregor sagte doch, du sollst dich besonders gut um mich kümmern. Auf dem Rest der Reise hat das ja auch funktioniert.«

Mateo stieß einen gereizten Laut aus. »Es ist gerade erst Mittag vorbei. Tee gibt es hier um fünf. Bis dahin haben wir mehr als genug Zeit, schon einmal herauszufinden, wo diese Adresse ist.« Er zog sein Reisenotizbuch aus der Innentasche seines Mantels und warf einen Blick hinein. »Na schön. Du hast recht.« Er steckte das Büchlein wieder zurück und sah sich um. Ein Stück die Straße hinunter standen mehrere zweirädrige Kutschen mit einem einzelnen vorgespannten Pferd. Daneben war ein Schild mit der Aufschrift *Hansom Cabs* aufgestellt. Mateo hielt direkt darauf zu. »Wir können uns den Stadtplan auch im Trockenen ansehen. Komm.«

Sie kamen im vermutlich teuersten Hotel unter, das Dorián je gesehen hatte – was nicht viel heißen wollte, aber zumindest im Lauf seiner beiden großen Reisen hatte er nun schon einige Unterkünfte besucht. Und natürlich war er aus seiner Zeit in Gregors Villa inzwischen einen gewissen verschwenderischen Luxus gewohnt. So etwas wie ihre Suite im *Tulip House London* hatte er trotzdem noch nicht betreten. Er und Mateo hatten eine Wohnung mit mehreren Zimmern ganz für sich; mit bodentiefen Fenstern, eleganten Möbeln, teuren Teppichen, Glasschränken voller Bücher, Wein und Spirituosen und einem riesigen Doppelbett, das auch fünf oder sechs Personen von Doriáns und Mateos Format nebeneinander Platz geboten hätte. Das Beste allerdings war der Balkon, von dem aus sie auf die verregnete Stadt mit ihren vielen Tausend Menschen, Regenschirmen, von Kutschen verstopften Straßen und erschlagenden Gebäuden herabsehen konnten. Alles war irgendwie grau, selbst der gewaltige Park, dessen noch kahle Baumwipfel Dorián in gar nicht allzu weiter Entfernung ausmachte, und hätte mit Leichtigkeit trostlos wirken können. Trotzdem spürte

Dorián ein seltsames Kribbeln, als er auf dem Balkon stand, als hätte die Stadt einen eigenen Herzschlag, der all die Menschen durch ihre Adern trieb. Einen Puls, dem auch er unbedingt folgen wollte, ohne selbst zu wissen, warum eigentlich. London stank nach Fabriken und Abwässern, nach schwerem Staub, menschlichen Ausdünstungen und dem braunen Schlick der Themse, und doch konnte Dorián kaum tief genug einatmen.

Mateo hatte derweil drinnen am Tisch eine Straßenkarte vor sich ausgebreitet und fuhr leise murmelnd mit seinen behandschuhten Fingern die einzelnen Stadtviertel ab. Er tat so, als würde er Dorián dabei keine Beachtung schenken, während er ihn zugleich brennend deutlich seine Ungeduld spüren ließ. Wie gut, dass Dorián auf der Reise so gewissenhaft geübt hatte, sich davon nicht aus der Ruhe bringen zu lassen.

»Ist es nicht wunderschön hier?« Er drehte sich mit einem besonders breiten Lächeln zu Mateo um. »Ich denke, ich könnte einfach bleiben und niemals nach Italien zurückgehen.«

Mateo lachte kurz und verächtlich auf, ohne von seiner Karte aufzusehen. »Du sprichst nicht mal Englisch.«

Dorián zuckte leichthin die Schultern. »Ich lerne schnell, wie du weißt.« Er schloss die Balkontür hinter sich und ließ sich samt Mantel, Stiefeln und Schal rücklings auf das riesige Bett fallen. »Also? Was ist der Plan?«

Mateos Gesicht blieb völlig unbewegt. »Der Plan ist, dass du mir endlich diesen Zettel gibst.«

Dorián setzte sich auf. »Du könntest mir auch beibringen, wie man die Karte liest. Dann finde ich die Adresse schon. Vielleicht frage ich auch einfach einen dieser Cab Drivers.« Er lächelte erneut. »Von hier aus brauche ich dich nicht mehr, Mateo. Das weißt du, oder?«

Er sah, wie Mateos Augen kurz zu seiner Ledertasche huschten. »Reiß dein Maul besser nicht so auf.« Er schnaubte verächtlich. »Denkst du wirklich, du kannst dort hinspazieren und sie werden Dorothy einfach gehen lassen?«

Dorián zuckte die Schultern und schlug die Beine übereinander. »Mit mir? Warum nicht? Dorothy weiß, dass ich immer auf ihrer Seite bin, und schließlich habe ich geholfen, sie zu be–«

Ein rumpelnder Knall unterbrach ihn, als Mateo aufsprang und beide Hände auf die Tischplatte schlug.

»Wie naiv kann ein einzelner Mensch eigentlich sein?« Er starrte Dorián zornfunkelnd an. »Denkst du wirklich, die Soul Society hat Dorothy aus lauter Gutherzigkeit hergebracht? Weißt du überhaupt, wer die sind und was sie tun?« Er wartete gar nicht erst auf eine Antwort, sondern lehnte sich noch ein Stück vor. Dorián hörte das Geräusch von reißendem Papier, als der Stadtplan unter Mateos fest aufgestützten Händen ein Stück nachgab. »Sie sind es, die die medizinischen Musterungen anordnen, die im Waisenhaus durchgeführt werden – und das nicht nur bei uns, sondern überall auf der Welt. Sie experimentieren an Hunderten von Kindern und schneiden Vampire bei lebendigem Leib auf. Für die *Wissenschaft!*« Er schlug erneut mit der Faust auf den Tisch. »Gregor führt unser Waisenhaus, um uns vor ihnen zu schützen! Damit es ein sicherer Ort für Kinder mit Wahrem Blut bleiben kann. Die Soul Society und deine saubere Frau Doktor wollen exakt das Gegenteil, und sie werden den Teufel tun und Dorothy wieder freilassen, nachdem du sie ihnen so gutgläubig ausgeliefert hast!«

Dorián starrte Mateo wortlos an, er wusste nicht wie lange. Sein Kopf versuchte zu verstehen, was er gerade so unerwartet erfahren hatte, und scheiterte wieder und wieder. Wo kam diese plötzliche Redseligkeit her? Und dieser Gefühlsausbruch? Das war nicht der Mateo, den er kannte.

»Das hat er dir ja schön eingeredet«, flüsterte er endlich. Aber er spürte bereits den Keim des Zweifels. Wie er in ihm zu wurzeln begann. Ja, woher nahm er eigentlich diese Gewissheit, dass diese Frau Doktor auch nur einen Deut besser war als Gregor und seine Gefolgschaft? Sie war immerhin sehr offensichtlich auch ein Vampir.

Mateo zischte verächtlich und setzte sich langsam wieder hin. »Du bist nur ein Mensch. Und ein halbes Kind. Du hast doch keine Ahnung.« Mit etwas fahrigen Bewegungen strich er den zerrissenen Stadtplan glatt, während er sichtbar darum kämpfte, seine außer Fassung geratenen Gesichtszüge wieder unter Kontrolle zu bringen. Erst dann sah er wieder zu Dorián, der selbst immer noch genug damit zu tun hatte, sich gegen die erdrückende Unsicherheit zu wehren, die

Mateos Worte ihm auferlegen wollten. Die alles, was er in den letzten Wochen an Selbstvertrauen und Entschlossenheit in sich gefunden hatte, in einem einzigen Moment wieder zerquetschten, bis nur staubfeiner Sand übrig blieb – und das verängstigte Kind, das sich kaum in der Nacht auf den Hof hinausgetraut hatte.

Das war er nicht mehr, verdammt!

Er war jetzt so viel mehr als das.

»Du hast keine Chance gegen die, wenn du dich irrst«, erklärte Mateo nüchtern, und Dorián wusste, er hatte leider recht damit. »Also zeig mir endlich den Zettel und lass mich mit dir gehen. Dort werden wir die Wahrheit schon herausfinden. Wenn du recht hast, solltest du gemeinsam mit ihnen und Dorothy keine Probleme haben, dich gegen mich durchzusetzen. Wenn du aber feststellst, dass *ich* recht habe … wirst du vielleicht ausnahmsweise froh sein, auf mich gehört zu haben.«

Es klang alles viel zu logisch. Dorián hatte keine Chance dagegen, und es fühlte sich niederschmetternd und furchtbar an. Trotzdem schob er widerstrebend die Hand in die Tasche, um den kostbaren Zettel mit der Adresse herauszuziehen. Seine Finger streiften dabei die Münzen. Dorothy und Bartosz. Er würde alles für sie geben. Er würde nicht naiv sein.

»Schön. Einverstanden«, murmelte er und legte den Zettel vor Mateo auf den Tisch. »Dann zeig mir wenigstens, wie man diese Karte liest.«

Kapitel Zehn

Gymnopédie No. 1; Erik Satie

11 Hanover Street, West End, London

Auf dem Weg die Treppe hinunter ins Erdgeschoss hielt sich Ruth fest an Cedrics Arm. Die drei Wochen andauernde Bettruhe seit Sidneys Geburt war erst seit wenigen Tagen vorüber, und Ruth noch sehr weit davon entfernt, wieder in ihren normalen Alltag zurückzukehren – so normal, wie er mit einem Neugeborenen in der Familie nun auf andere Art werden würde.

Heute jedoch stand die Tea Party an, die ihre Mutter und ihre Schwestern für sie und Sidney organisiert hatten. Ein traditionelles Fest nach dem Ende des Wochenbetts, nur für die weibliche Familie und Freundinnen der jungen Mutter, um in diesem geschützten Kreis zum ersten Mal ihr Kind der Öffentlichkeit zu zeigen. Cedric wusste es besser, als dass er auch nur versucht hätte, sie von der Teilnahme an diesem, *ihrem* gesellschaftlichen Ereignis abzubringen. Schon gar nicht nach der langen, harten Zeit, die sie durchgemacht hatte, um an diesen Punkt zu kommen.

Und es war auch nicht mehr so, dass er sich so schlimm um sie und Sidney gesorgt hätte wie zuvor. Seit ihrem Gespräch, und vor allem nach dem darauffolgenden mit Dr Shaw, hatte sich ein erleichternd großer Teil von Cedrics Ängsten in eine tiefe Entschlossenheit gewandelt. Er konnte und würde seine Blutgabe so weit schulen, dass er Sidney eines Tages heilen konnte, das stand völlig außer Frage.

Und was an Sorgen blieb, versuchte er im Stillen damit zu beruhigen, dass nicht nur Dorothy bei Ruth und den Kindern sein würde – denn auch Erica und Ada waren natürlich eingeladen. Sie warteten bereits fein angezogen und warm eingepackt in der Diele, ebenso wie Dorothy, die das Baby im Arm hielt, während Ruth sich die Treppe hinuntermühte. Darüber hinaus würde aber auch Elaine auf der Party sein, mit der sich Ruth in den Wochen vor der Geburt zunehmend angefreundet hatte, sowie Dr Shaw als Freundin der Familie. Elaine hatte sogar versprochen, Cedrics Familie mit der Kutsche der Rimbaurs abzuholen und später wieder nach Hause zu bringen. Es konnte nichts passieren. Ruth war bei dieser Gesellschaft vermutlich sicherer und umsorgter als in ihrem eigenen Haus, und niemand würde auf die Idee kommen, sie auch nur die winzigste Haushaltstätigkeit ausführen zu lassen. Und Elaine, das hatte sie versprochen, würde Cedric hinterher alles haargenau erzählen.

Als hätten seine Gedanken sie herbeibeschworen, läutete es in diesem Moment an der Haustür, und als Martha öffnete, stand Elaine auf der Schwelle, strahlend wie immer in ihrem Kleid und Hut in Goldbraun und Kupfer. »Guten Abend zusammen. Ich bin hier, um eine feine Damengesellschaft abzuholen.« Sie warf Cedric ein verschmitztes Lächeln zu. »Du bist ausnahmsweise nicht gemeint. Nimm's nicht persönlich.«

»Ich werde es verkraften, denke ich.« Cedric erwiderte das Lächeln etwas schief. Elaine wusste genau, dass er sich nicht viel aus Tea Partys machte. Bei dieser kam außerdem hinzu, dass er sich nach dem letzten großen Streit noch nicht mit seiner Mutter ausgesprochen hatte, die natürlich auch anwesend sein würde. Und obwohl er fest vorhatte, das diesmal gründlich nachzuholen, war heute nicht der Tag dafür. So oder so war er froh um jedes Augenpaar, das über seine Familie wachte, und Elaine vertraute er von ihnen allen vielleicht sogar am meisten.

Er half Ruth in ihren Mantel und brachte sie aus der Tür und die Vortreppe hinunter bis zur Kutsche, wo sie von Jamie, dem Kutschergehilfen der Rimbaurs, in Empfang genommen wurde. Dorothy folgte ihnen mit den Kindern.

»Wir werden deine Augen sein«, sagte Elaine, bevor sie als Letzte ebenfalls einstieg. »Nicht wahr, Dorothy?«

Dorothy lächelte Cedric aus der Kutsche heraus an und sah dann liebevoll auf das schlafende Kind in ihren Armen hinunter. »Natürlich. Sie können sich auf mich verlassen.«

»Das weiß ich«, murmelte Cedric. Trotzdem konnte er nicht verhindern, dass ihn erneut ein ungutes Gefühl beschlich, als er die Tür zum Verschlag schloss und der davonrollenden Kutsche hinterhersah.

Kapitel Elf

»A London Symphony«; II: Lento; Ralph Vaughan Williams

Tulip House Hotel, 13 Gloucester Terrace, Hyde Park, London

Sie brachen nach dem Tee auf – was, so stellte Dorián verblüfft fest, so viel mehr war als einfach nur ein Getränk, wie er zuerst befürchtet hatte. Das Tulip House servierte seinen Gästen eine schwindelerregend große Auswahl an kleinen Häppchen, süß und salzig, sauer und würzig, von denen man zwar einen ziemlichen Haufen brauchte, um satt zu werden – aber es gab auch keine Begrenzung, wie viel sich eine einzelne Person nehmen durfte. Ganz davon abgesehen, dass Dorián sowieso für Mateo mitaß. Zu Recht, wie er fand, da der *Strigoi* sich zuvor *seine* Mahlzeit von Dorián genommen hatte.

Als sie ihre Teestunde beendet hatten, begann es draußen bereits wieder dunkel zu werden. Die Tage waren jetzt, wo sich der März dem Ende zuneigte, schon wieder deutlich länger. Die schier endlosen Sommertage waren trotzdem noch weit entfernt, und der beständige Regen und der dicht bewölkte Himmel taten ihr Übriges, überraschend schnell zu schlucken, was vom Abendlicht geblieben war. Der Regen war es auch, der Dorián und Mateo dazu brachte, für die knapp dreieinhalb Meilen bis zu ihrer Zieladresse ein weiteres Mal ein Hansom Cab zu bemühen – zumindest bis sie nur noch wenige Straßenecken davon entfernt waren. Den Rest legten sie zu Fuß zurück; erneut mit Regenschirmen, erneut mit hochgeschlagenen

Mantelkragen. Dorián hätte zusätzlich gern die Wollkapuze seines Umhangs über den Kopf gezogen. Doch nach einem warnenden Blick von Mateo ließ er es bleiben.

Wir wollen ja niemandem auffallen.

Nein, das wollten sie nicht. Jetzt erst recht nicht.

Das Haus, das sich hinter der Adresse verbarg, war ein schmales, zweistöckiges Gebäude in einer langen Reihe ganz ähnlicher Häuser, die sich vor allem in der Farbe ihrer Türen und Fensterläden unterschieden. An der Tür zur Hausnummer 99 jedoch war zusätzlich ein Messingschild angebracht:

Dr Harold Shaw
Dr Justine-Kate Shaw
General Medical Practice

Dorián sah ein letztes Mal auf seinen Zettel, obwohl das überhaupt nicht nötig gewesen wäre. Kein Zweifel. Dies war die Adresse, an die Dorothy ihren Hilferuf geschickt hatte.

Nur um in eine noch viel schlimmere Hölle geholt zu werden, wenn Matteo recht hatte. Vielleicht.

War sie dort drin? Und wenn ja, wer war bei ihr?

Das feuchte Papier zerknitterte lautlos, als Dorián die Hand zur Faust ballte. Sein Herz klopfte ihm jetzt bis zum Hals. Das Haus, so wie es da vor ihnen lag, wirkte auffällig dunkel und still, geradezu verlassen. Die dicken Vorhänge waren zugezogen, und dahinter schien es nichts als Schatten zu geben. Nirgends war ein noch so kleiner Lichtschimmer zu sehen. Dabei war die Sonne zwar inzwischen vollständig untergegangen, aber es war definitiv noch zu früh, als dass die Bewohner des Hauses schon allesamt schlafen konnten. Wenn es überhaupt Bewohner gab.

»Vermutlich hat die Praxis schon geschlossen und sie haben ihren Wohnsitz woanders«, sagte Mateo. »Umso besser. Dann können wir erst mal ungestört Informationen sammeln und überlegen, wie wir weiter vorgehen.« Ein spöttisches Lächeln zuckte um seine Mundwinkel. »Lass uns auf die andere Seite gehen und sehen, ob es einen Hinterausgang gibt. Ich habe gehört, du kannst Schlösser ohne Schlüssel öffnen. Vielleicht bist du dann endlich mal zu etwas gut.«

Dorián sah ihn perplex an. Bedächtig schloss er nun auch die andere Hand in der Hosentasche zur Faust – um die Haarnadeln, die er seit dem Vorfall mit Céleste immer bei sich trug. Er fragte sich, ob Mateo wohl ahnte, wie viel Kraft er ihm mit seinen sicher höhnisch und verletzend gemeinten Worten zurückgegeben hatte. Schlösser öffnen, ja, das konnte er, und er konnte es gut. Er hatte diese Fähigkeit benutzt, um sich selbst zu befreien. Mehrmals. Jemand wie Mateo würde nie wissen, wie sich das anfühlte. Er hob das Kinn, um Mateo herausfordernd anzufunkeln.

»Das kann ich. Gib mir bloß eine Minute.«

Das Innere der Praxis war noch dunkler und stiller, als es von außen ausgesehen hatte. Mateo und Dorián waren durch eine schmale Seitengasse auf die Rückseite der Häuserreihe gelangt und, nachdem sie über eine niedrige Mauer in einen Hof voll Kräuterbeete und Hühnerställe geklettert waren, tatsächlich auf eine Hintertür gestoßen. Das Schloss hatte Dorián sogar sehr viel weniger als eine Minute gekostet, und sie waren rasch und – soweit Dorián das beurteilen konnte – unbemerkt hineingeschlüpft. Im Haus waren sie also. Doch alles, was sie hier drin erwartete, war zunächst einmal undurchdringliche Schwärze.

»Bleib stehen und rühr dich nicht vom Fleck!«, flüsterte Mateo. Kurz darauf hörte Dorián das Zischen eines Streichholzes, und ein Licht flackerte auf. Eine winzige Lampe erleuchtete einen ebenso kleinen Lichtkreis um sie herum. Gerade genug, um zu erkennen, dass sie sich in einer Art Küche befanden, mit einem Gasherd, aber ohne Backofen, und mit sehr wenigen Schränken, als sei sie vor allem dazu da, um Tee zu kochen, nicht um Essen zuzubereiten.

Eine zweite Lampe leuchtete auf, die Mateo Dorián in die Hand drückte. »Da vorn geht es vermutlich in die Praxis«, wisperte er und zeigte auf eine weitere Tür, die im Lichtkreis der zwei Lampen erschienen war. »Mach sie auf.«

Dorián verkniff sich den Kommentar, dass er nicht herumkommandiert werden wollte, und schlich zu der Tür hinüber. Der Boden der Küche war mit Fliesen ausgelegt, und es war leicht, leise zu sein. Vermutlich würden sie im Rest der Praxis nicht mehr so viel

Glück haben. Bevor er sich am Schloss der Tür zu schaffen machte, drückte er probehalber die Klinke herunter. Sie war gar nicht abgeschlossen. Fast hätte Dorián gelacht, als die Tür quietschend nach innen schwang und den Blick auf eine schmale Diele, eine Treppenstiege ins obere Stockwerk und zur Linken auf einen weitläufigen Raum freigab. »Bitte sehr, Monsignore.«

Selbst im Halbdunkel konnte er sehen, wie Mateo ihn finster musterte. Dann ging er wortlos an ihm vorbei.

In dem großen Zimmer war es etwas weniger tintenschwarz. Reste von Laternenlicht drangen durch die Spalte zwischen den Vorhängen und ließen schemenhaft einige Tische und Sessel erkennen. Ein Warteraum?

»Wir teilen uns auf. Das da drüben sind bestimmt die Behandlungszimmer. Vermutlich sind dort die wirklich interessanten Dinge. Wenn wir dort nichts finden, suchen wir oben weiter.«

Dorián nickte, obwohl Mateo das in der Dunkelheit vermutlich nicht sehen konnte. Mateo hatte auf zwei Türen gezeigt, die ihnen vom anderen Ende des Warteraums wie große leere Augen entgegenstarrten. Dorián wandte sich der linken zu. Ein weiteres Messingschild wies das Zimmer dahinter als *Examination Room – Dr Justine-Kate Shaw* aus.

Die Holzdielen unter Doriáns Füßen knarzten, als er eintrat. Für einen erschrockenen Moment hielt er inne wie erstarrt. War hier jemand, der das hätte bemerken können? Aber alles, was er hörte, war Mateo, der sich im Zimmer auf der anderen Seite bewegte. Schritte. Leises Rumpeln. Das Schaben einer Schublade, die herausgezogen wurde.

Dorián atmete tief durch. Mateo hatte offensichtlich noch weniger Talent für Heimlichkeit als er. Er hatte allerdings keine Zeit übrig für Angst, also schlich er weiter in den Raum hinein.

Das Zimmer machte einen schlichten, aufgeräumten Eindruck. Nur ein großer, fast leerer Schreibtisch, hinter dem eine weitere Tür aus dem Raum hinausführte. Eine Abstellkammer vielleicht? An der Wand entdeckte Dorián einen niedrigen, lang gestreckten Schrank mit vielen kleinen Schubladen und einige größere Vitrinen, in denen dicke Bücher, Aktenordner und kompliziert aussehende Instrumente lagen. Es roch nach altem Holz, Lampengas und scharfem Alkohol.

Und ein wenig auch nach Blut.

Langsam, um nicht noch mehr Lärm zu machen, trat Dorián auf den Schreibtisch zu. Es gab dort nicht viel zu sehen, bis auf einen Stiftehalter, einen Notizblock, dessen verbliebene Blätter allesamt leer waren, und einen verwaisten Ablagekorb. Alles andere schien in die Schränke geräumt worden zu sein. Oder in die Schreibtischschubladen? Dorián ging in die Hocke, um die Schubladen genauer in Augenschein zu nehmen. Es gab sechs davon, in verschiedenen Größen, und jede hatte ein eigenes Schloss, winzig und filigran und sicher nicht so leicht zu öffnen wie die Hintertür zur Küche. Bei näherem Hinsehen glaubte Dorián nicht mal, dass er die Haarnadeln ohne Weiteres hineinbekommen würde. Ob er nach den Schlüsseln suchen sollte? Oder …

Er wandte sich um. Die Tür hinter dem Schreibtisch war genau neben ihm. Und jetzt, wo er hier hockte, war er sich ziemlich sicher, dass der Blutgeruch von dort kam.

Die Antworten sind da drin.

Er wusste nicht, woher er diese plötzliche Gewissheit nahm. Sie zog ihn zu der Tür hin und stieß ihn gleichzeitig ab, sein ganzer Körper prickelte, und der Blutgeruch schien plötzlich so stark zu sein, dass ihm übel davon wurde. Es war ein ähnliches Gefühl wie das, was er gespürt hatte, kurz nachdem er aus dem Zimmer in der Villa geflohen war und vor der Tür zu jenem anderen Raum gestanden hatte. Dorothys altes Zimmer, in dem Anabella und die Leichen lagen. Dorián war nie wieder dort drin gewesen. Er hatte es sogar vermieden, auch nur zu der Tür hinzusehen, wenn er sein eigenes Zimmer verließ oder dorthin zurückkehrte. Aber jetzt … Jetzt war es, als würden sich zwei Puzzleteile zusammenfügen. Hier und dort. Damals und jetzt. Dorián richtete sich auf und streckte eine zitternde Hand nach der Klinke aus.

Dorothy? Bist du da drin?

Im gleichen Moment ertönte auf der anderen Seite der Wand ein scharfes Klirren, das Dorián durch Mark und Bein fuhr, gefolgt von einem unterdrückten Fluch.

Mateo!

Er ließ die Klinke los, packte seine Lampe und rannte hinüber in das andere Zimmer, wo Mateo vor einem Scherbenhaufen stand, in dem zwei glibbrige, irgendwie zermatschte Klumpen lagen. Ein stechender Geruch tränkte die Luft, und eine klare Flüssigkeit sickerte in den ausgetretenen Teppich und die alten Holzdielen.

»Alles in Ordnung?« Hastig ließ Dorián seinen Blick durch den Raum schweifen. Er war ganz anders als der, in dem er gewesen war, aber dann wieder auch sehr ähnlich. Es war dunkler, beengter und vollgestopfter. Doch auch hier gab es einen riesigen Schreibtisch, einen Schrank mit kleinen Schubladen und hohe Regale. Nur dass sie statt mit Büchern und Medizin mit Gläsern voller unheimlich wirkender Dinge gefüllt waren. Dorián glaubte, Augen zu erkennen. Ein Herz. Ein Gehirn. Verschiedene Insekten? Zwei der Gläser schienen aus den Regalen gefallen und zerbrochen zu sein.

»Was hast du gefunden?«

»Weiß ich nicht.« Mateo sah grimmig hinauf zu der Lücke auf dem Regalbrett, und dann auf die Scherben zu seinen Füßen. »Ich bin draufgetreten.«

Er klang so wütend auf sich selbst, dass Dorián sich entschied, lieber nicht weiter zu fragen. Diese Art Wut konnte sich nur auf ihn entladen, und das konnte er gerade wirklich nicht gebrauchen.

»Suchen wir weiter«, sagte Mateo schroff. »Hast du drüben schon etwas entdeckt?«

»Noch nicht, aber da ist eine …«

»Was stehst du dann noch hier rum? Wir sollten so schnell wie möglich von hier verschwinden.«

Dorián unterdrückte mit aller Kraft eine patzige Antwort. Schließlich war nicht er es gewesen, der die Gläser zerschmissen hatte. Aber er würde nicht hier und jetzt über so etwas streiten, also verdrehte er nur die Augen und huschte wieder aus dem Raum. Die Tür rief nach ihm. Er musste sehen, was dahinter lag, er musste wissen, ob Dorothy …

»Du da. Stehen bleiben.«

Die raue Stimme war kaum lauter als ein Flüstern. Sie fror Dorián auf der Stelle ein. Langsam drehte er sich um.

Auf der Schwelle zur Diele stand eine hagere Gestalt, die beide Arme in seine Richtung ausgestreckt hielt. Das Licht von Doriáns Lampe erreichte nur knapp ein scharfkantiges Gesicht – und fing sich im Lauf einer Feuerwaffe, die der Fremde in seinen Händen hielt.

Dorián brach der Schweiß aus. Wie war der hierhergekommen? So schnell und so absolut lautlos? Sein Blick huschte zu der anderen Tür. Was war mit Mateo? Hatte er bemerkt, dass sie erwischt worden waren?

»Komm hier rüber«, sagte der Fremde, noch immer nicht laut, aber deshalb nicht weniger eindringlich. »Ganz langsam. Hände hinter den Kopf.«

Was sollte er tun? Es *gab nichts*, was er tun konnte. Dorián kannte Feuerwaffen von den Sicherheitskräften in Rom. Die Carabinieri hatten keine Skrupel, Warnschüsse abzufeuern, wenn sie die Straßenkinder verfolgten. Die Polizia auch nicht. Er würde bestimmt nicht riskieren, so ein Geschoss abzubekommen.

Schritt für Schritt ging er durch den Raum auf den Mann zu – als mit einem Mal die Tür zum zweiten Behandlungszimmer gegen die Wand flog und Mateo herausgestürmt kam. Fauchend und mit gefletschten Zähnen sprang er auf den Fremden zu. Ein donnernder Knall erschütterte die staubige Luft, Mateo jaulte auf und stolperte zurück. Warme Spritzer trafen Doriáns Wange.

Blut. Er hat ihn getroffen.

Mateo ließ sich davon allerdings nicht aufhalten. Er schüttelte sich und stürmte erneut los. Dem nächsten Geschoss wich er aus, und mit einem letzten Satz war er bei dem Mann, sprang ihn so heftig an, dass beide zu Boden gingen – und verbiss sich in seinen Hals. Wie gelähmt beobachtete Dorián, was da direkt vor ihm geschah. Der Fremde röchelte. Keuchte. Er wehrte sich, und offenbar war er sehr stark, denn es gab ein heftiges Gerangel. Mateo aber ließ nicht los. Ein dritter Schuss zerfetzte die Dunkelheit.

Dann lagen sie beide still.

Kapitel Zwölf

»A London Symphony«; III: Scherzo(Nocturne); Ralph Vaughan Williams

99 Cambridge Street, Westminster, London

Dorián starrte auf Mateo und den Fremden, die beide reglos am Boden nahe der Dielentür lagen. Aus den Wunden, die Mateo in den Hals des Mannes gebissen hatte, rann noch ein dünnes Rinnsal. Davon abgesehen wirkte der Fremde erschreckend blutleer und ungesund. Dorián war sich nicht sicher, ob er überhaupt noch atmete, und er konnte sich nicht überwinden, näher heranzugehen, um es zu überprüfen. Für Mateo galt das allerdings genauso. Er war vermutlich von zwei Schüssen getroffen worden, einer davon aus nächster Nähe, und unter seiner Schulter hatte sich eine beachtliche Blutlache gebildet.

Zögernd trat Dorián nun doch näher heran. Zwischen den beiden lag der Revolver, mit dem der fremde Mann geschossen hatte. Es war sicher besser, wenn er den nicht einfach dort liegen ließ.

Er beugte sich über Mateo hinweg und griff nach der Waffe. Sie war viel schwerer, als sie aussah.

Gerade als er sich wieder aufrichtete, stieß Mateo ein schmerzvolles Zischen aus und schlug die Augen auf. Dorián erschrak sich so sehr, dass er zuckte, und für einen schrecklichen Moment glaubte er, ein Schuss müsste sich lösen. Aber nichts geschah. Nur Mateo setzte sich ächzend auf und rieb sich mit einem grimmigen Fluch die Schulter.

»Verdammt«, grollte er. »Wo ist meine Tasche?«

Dorián sah sich um. »Ich sehe sie nicht. Hast du sie vielleicht im anderen Raum ...?«

»Hol sie!«, fauchte Mateo. »Ich kann nicht aufstehen, siehst du das nicht?«

Das hatte Dorián nicht gesehen. Doch als er Mateo jetzt ins Gesicht blickte, bemerkte er etwas anderes: Er hatte Angst. Vermutlich hatte er nicht damit gerechnet, dass die Situation nur durch einen einzelnen Menschen mit einer Feuerwaffe so aus den Fugen geraten würde. Der Fremde war tot, da war sich Dorián inzwischen ziemlich sicher, aber auch Mateo war offenbar ziemlich außer Gefecht gesetzt, wenn er sich nicht mal seine Tasche selbst holte. Dabei wurde er sonst fuchsteufelswild, wenn Dorián auch nur in die Nähe seiner Sachen kam. Seine Anspannung sprang förmlich auf Dorián über, und zum ersten Mal kam ihm der Gedanke, dass er womöglich nicht nur *allein* gegen die Frau Doktor keine Chance hatte, sollte es nötig sein – sondern auch mit Mateo gemeinsam. Dorián erinnerte sich plötzlich wieder sehr gut daran, wie stark er ihre Kraft auf dem Hof beim Waldhaus gespürt hatte. Sie hatte Dorothy bei der Flucht geholfen, doch mit einem hatte Mateo recht: Gütig und harmlos war sie bestimmt nicht, schon gar nicht, wenn man sich ihr in den Weg stellte. Jetzt hatten sie einen ihrer mutmaßlichen Vertrauten getötet. Wie sollte er da noch glaubwürdig erklären, dass er bloß Dorothy wiedersehen und mit ihr zusammen frei sein wollte? Dorián wurde ein wenig schlecht, und deshalb sagte er auch nichts dazu, dass er Mateo inzwischen für womöglich nutzloser hielt als sich selbst, gemessen daran, dass er nicht einmal hatte verhindern können, dass Dorothy überhaupt aus der Villa floh. Stattdessen fasste er einen eigenen Entschluss.

»Hol sie dir selbst, wenn du sie so dringend brauchst. Ich will so schnell wie möglich von hier weg.«

Sobald ich weiß, ob Dorothy hinter dieser Tür ist.

»Was?! Du ...« Mateo stieß einen wüsten italienischen Fluch aus, als Dorián sich abwandte und loslief. Im letzten Moment bekam er sein Hosenbein zu fassen, aber es glitt ihm aus den Fingern, so schwach war sein Griff. »Bleib stehen, du schäbiges Aas!«

Doch auch der Befehl prallte viel zu leicht von Dorián ab. Er brauchte nicht mehr als ein kurzes Aufglühen seiner Schutzblase aus

Licht. Diese Art der Verteidigung benutzte er gegen Gregor ständig, und sie war ihm so sehr zur Gewohnheit geworden, dass er nicht mal mehr darüber nachdachte, warum es überhaupt funktionierte, wenn es das Licht doch nur in seiner Vorstellung gab. Er lief einfach weiter, die Gedanken längst auf die Tür im Behandlungszimmer gerichtet. Sollte Mateo doch allein erklären, was er hier tat, warum dieser Mensch tot war, und sich dann mit der Frau Doktor anlegen. Er und Dorothy, falls sie hinter dieser Tür war, wären dann längst weg. Hoffentlich.

Seine Hand zitterte, als er die Haarnadeln ins Schloss fädelte. Es war nicht schwierig. Er war nur zu nervös und der Blutgeruch so nah bei der verschlossenen Kammer dermaßen intensiv, dass ihm schwummerig wurde. Zweimal, dreimal fielen ihm die Nadeln aus den Fingern. Immer wieder lauschte er angespannt darauf, was im Vorraum geschah. Mateo bewegte sich, das war deutlich zu hören – offenbar versuchte er mehrmals auf die Beine zu kommen und polterte wieder zu Boden; er ächzte und fluchte, und Dorián war klar, dass das meiste davon an ihn gerichtet war. Er hoffte nur, Mateo würde nicht allzu bald wieder genug zu Kräften kommen, um ihm ins Zimmer zu folgen und seine Wut an ihm auszulassen.

Mit einem letzten leisen Klacken sprang das Schloss auf.

»Dorothy?« Doriáns Stimme krächzte in seiner Kehle, so trocken war sein Mund, und ihm wurde kurz schwarz vor Augen, als er sich aufrichtete. Hinter der Tür war es stockdunkel, und Dorián hob die Lampe, um etwas sehen zu können.

Sie war nicht da.

Es war bloß ein winziges Zimmer, fast komplett ausgefüllt von einer lederbezogenen Liege und einer Arbeitsfläche voller Gerätschaften, die Dorián allesamt überhaupt nichts sagten, aber viele von ihnen sahen unangenehm aus oder hatten scharfe Klingen. Auf der gegenüberliegenden Seite gab es eine weitere Tür – ob die in das andere Zimmer führte, in dem er mit Mateo gewesen war? Hatte er dort eine Tür gesehen? Er konnte nicht denken. Der Geruch nach Blut war hier drin überwältigend stark. Er schien direkt in Doriáns Kopf einzudringen, um all seine Sinne tiefrot, zäh und süßlich einzufärben. Fast hätte er das Licht fallen lassen. Er taumelte vorwärts, bis er sich an der Arbeitsplatte festhalten konnte. Ein Notizbuch lag dort, aufgeschlagen. Die Einträge darin waren auf Englisch, und Dorián verstand nicht, was sie bedeuteten. Trotzdem war er sich sicher, dass es mit Dorothy zu tun hatte. *Alles* hatte mit Dorothy zu tun. Was war hier bloß passiert? Als er sich erneut umdrehte, meinte er für einen Moment, sie auf der Liege zu sehen, umringt von anderen Gestalten. Ihr Körper krampfte, bäumte sich auf, ein lautloser Schrei gellte in Doriáns Ohren … und das Bild verschwand.

»Dorothy!«

Er bemerkte kaum, dass er laut gerufen hatte. Dorián stürzte vor zur Liege. Natürlich war sie nicht dort, genauso wenig wie zuvor, und trotzdem … hatte er für einen endlosen Moment das Gefühl, ihr direkt in die Augen zu sehen.

»Dorothy«, wisperte Dorián und hätte sich am liebsten auf die Knie sinken lassen, so wackelig fühlten sich seine Beine an. Wo war sie? Warum sah er sie hier, wenn sie doch nicht da war, und vor allem: Wie sollte er sie finden?

Er stemmte die Hände fest auf die Liege und versuchte sich zusammenzunehmen. Eines jedenfalls war klar, er musste jetzt erst recht so schnell wie möglich hier raus, und die Frau Doktor durfte niemals erfahren, dass er hier gewesen war, wenn er auch nur die kleinste Chance haben wollte, friedlich mit ihr über Dorothys Zukunft zu sprechen.

Entschlossen richtete er sich auf, kehrte zurück zur Arbeitsfläche und schob das Notizbuch in seinen Hosenbund. Aber als er nach seiner Lampe und dem Revolver griff, und als beinahe im selben Moment von der anderen Seite der Wand erneut ein scharfes Klirren ertönte, begleitet von einem bodenerschütternden Rumpeln – da wurde Dorián eiskalt bewusst, dass er viel zu lange nicht mehr darauf geachtet hatte, was im Rest der Praxis geschah.

Und dass es für eine unbemerkte Flucht in diesem Moment bereits viel zu spät war.

Kapitel Dreizehn

»London Bridge is falling down«; engl. Traditional

11 Hanover Street, West End, London

Die Stunden krochen unendlich langsam dahin, während Cedric wartete. Früher hatte es ihn nie gestört, allein zu Hause zu sein. Von Zeit zu Zeit war er es sogar ganz gern. Doch in der Stille, die jetzt über dem Haus lag, spürte er viel zu deutlich, wie viel von den Sorgen um Sidney und Ruth noch in ihm übrig war. Je weiter der Tag voranschritt, und je dunkler das Licht vor den Fenstern wurde, desto mehr schien die beklommene Unruhe über die Zuversicht hinauszuwachsen, die er sich in den letzten Wochen erarbeitet hatte. Es war, als flüsterte selbst der feuchte Abendwind, der sich durch die Fensterritzen ins Haus drängte, von einer diffusen Gefahr, die er nicht zu fassen bekam.

Dabei waren sie doch sicher. Sie waren sicher und würden schon bald heil nach Hause kommen.

Als es zum zweiten Mal an diesem Tag an der Tür läutete, war Cedric so angespannt, dass er wie von der Tarantel gestochen von der Klavierbank aufsprang. Er hörte, wie Martha über den Flur ging, und dann ihre überraschte Stimme. »Dorothy?«

Dorothy!

Er hatte doch recht gehabt mit seiner Ahnung. Das konnte nichts Gutes bedeuten. Cedric riss die Tür zum Musikzimmer auf, und tatsächlich, dort in der Diele stand sie. Allein.

»Mr Edwards.« Sie schob sich an der verblüfften Martha vorbei. Ihr Gesicht war leider genauso besorgt, wie Cedric befürchtet hatte. »Ich muss mit Ihnen reden.«

Cedric sah zu Martha und dann wieder zu Dorothy. Es war nicht die Zeit, sich über Etikette Gedanken zu machen.

»Komm rein.« Er trat beiseite, um sie durchzulassen. Dann schloss er die Tür des Musikzimmers hinter ihnen.

»Was machst du hier?« Es brach aus ihm heraus, kaum dass die Tür ins Schloss gefallen war. »Ist etwas mit Ruth oder den Kindern?«

Dorothy schüttelte den Kopf. »Nein. Nein, mit der Familie ist alles in Ordnung. Elaine ist bei ihnen, Mr Edwards, machen Sie sich keine Sorgen. Es geht um Dr Shaw.« Sie sah über die Schulter zur Tür und senkte die Stimme. Ihre schmalen Schultern unter dem Wollumhang waren angespannt, und es brauchte einen Moment, bis Cedric klar wurde, dass das Zittern, das er in seiner Magengegend spürte, in Wahrheit ihres war. »Sie hat eine mentale Nachricht von Mr Bernard bekommen. Jemand ist in die Praxis eingebrochen.« Cedric sah, wie Dorothy die Hände zu Fäusten ballte. »Den Leuten auf der Party hat sie gesagt, es hätte einen medizinischen Notfall gegeben, um den sie sich sofort kümmern muss, und sie bräuchte mich als Assistentin dabei. Aber wir haben uns auf der Straße direkt getrennt. Sie … sie sagte, ich soll hierher zurückgehen und unter allen Umständen bei Ihnen bleiben, weil wir … im Zweifel zusammen stärker sind.« Dorothys Stimme versagte kurz. »Sie vermutet, es ist Gregor.«

Cedric starrte sie an, während er zu fassen versuchte, was sie ihm da gerade mitteilte. Gregor. Gregor Laurenti. Der *besonders unangenehme Vampir*, von dem Dr Shaw Dorothy gestohlen … nein, gerettet hatte. In diesem Moment wurde Cedric klar, dass er sich all die Zeit keine wirkliche Vorstellung davon gemacht hatte, was geschehen würde, wenn ihre Befürchtungen wahr wurden und dieser Vampir nach London käme, um Dorothy zurückzuholen. Was er jetzt in Dorothys Augen sah, als sie den Namen aussprach, war … finsterer, als er mit seinen Sinnen oder selbst mit seiner Gabe fassen konnte.

»In Ordnung. Dann bleibst du mit mir hier, bis Dr Shaw uns etwas anderes sagt.« Er gab sich alle Mühe, so ruhig wie möglich zu bleiben. »Sie hat mehrmals versichert, dass dies der sicherste Ort für dich ist. Er wird dich hier nicht finden.«

Er hatte noch nicht ganz ausgesprochen, da wusste er, dass Dorothy andere Pläne hatte. Er sah es in ihrem Blick. Ihrer Haltung. Der Art, wie sie die Lippen zusammenkniff. Etwas hatte sie bis auf den Grund aufgewühlt, und es war nicht die Angst davor, vielleicht gegen ihren Willen zurück ins Waisenhaus gebracht zu werden.

»Nein«, sagte sie fest. »Das geht nicht. Wir müssen in die Praxis.«

Cedric zog die Brauen zu einem festen Strich zusammen. Aber Dorothy sprach schon weiter, ehe er ihr sagen konnte, dass die Praxis der allerletzte Ort sein sollte, an den sie jetzt ging.

»Es ist jemand dort, der ... Keine Ahnung wie, aber ich habe es gerade ganz deutlich gespürt. Ich war da draußen auf der Straße, und plötzlich habe ich ihn *gesehen*. Nicht hier, sondern in der Praxis. In dem kleinen Untersuchungsraum. Fragen Sie mich nicht, wie das sein kann, Mr Edwards, aber ich *weiß*, dass er dort ist. Ich ... verstehe bloß nicht, warum er mit Gregor zusammen sein sollte.«

Jetzt war Cedric restlos verwirrt. »Du meinst, Dr Shaw hat sich vielleicht geirrt?«

»Ich weiß es nicht.« Dorothy zuckte angespannt die Schultern, und für einen Moment richtete sich ihr Blick nach innen, als versuchte sie die Antwort dort zu finden. Dann schüttelte sie den Kopf. »Nein. Eigentlich glaube ich das nicht. Ich glaube ... vielleicht benutzt Gregor ihn, um mich zu zwingen, zu ihm zu kommen. Das sähe ihm jedenfalls ähnlich.« Ihr Blick kehrte zu Cedric zurück – und nun konnte er es in den Tiefen ihrer Augen glühen sehen. Ihre Gabe regte sich, sie prickelte auf seiner Haut wie Millionen feiner Nadelstiche. »Es ist nicht wichtig. Falls Dorián wirklich dort ist, kann ich ihn nicht allein lassen. Er hat Angst, es geht ihm nicht gut. Wir müssen ihm helfen!«

Cedric erwiderte wortlos ihren Blick. Sekunden, Minuten, Stunden. Oder nur Bruchteile eines Augenblicks? Er hätte einwenden können, dass es nicht sicher war. Dass er das Risiko für zu groß und unberechenbar hielt, oder dass sie diese Sache besser Dr Shaw überlassen sollten, und es wäre die Wahrheit gewesen. Er tat es nicht, weil er in diesem Moment ohne jeden Zweifel wusste, dass sie trotzdem gehen würde, und dass er sie nicht allein gehen lassen durfte.

»Ich kann es nicht ohne Sie«, flüsterte Dorothy. Wie zur Antwort trieb der Nachtwind eine steife Böe gegen das Fenster des Musikzimmers. Und mit einem Mal wusste Cedric mit untrüglicher Sicherheit, dass sie entgegen all seiner Hoffnungen seine Unterhaltung mit Mr Kapoor mitangehört hatte. Oder zumindest einen relevant großen Teil davon. Seit Wochen schleppte sie das nun mit sich herum, während er sich in seinen Sorgen vergraben hatte. Machte es mit sich aus, ganz allein. Und sie war sehr weit damit gekommen.

»Ich bin kein Monster. Aber es stimmt, dass ich mich vielleicht in einer kritischen Situation nicht selbst aufhalten kann. Und wenn Gregor wirklich dort ist … wenn ich gegen ihn kämpfen muss …« Dorothy zog zwei Blutrationen aus der Tasche und reichte ihm eine davon. »Bitte, Mr Edwards. Kommen Sie mit. Sorgen Sie dafür, dass Dorián entkommt. Was mit Gregor passiert, oder den anderen, die vielleicht noch dabei sind, ist mir egal. Aber lassen Sie nicht zu, dass … ich ihn verletze. Das könnte ich mir nie verzeihen.« Ihre Stimme bebte, aber sie hob das Kinn und sah ihm direkt in die Augen. »Ich vertraue Ihnen. Und mir, dass wir es schaffen können.«

Cedric nahm die Blutration von ihr entgegen. Sie lag ungewohnt schwer in seiner Hand, und seine Vernunft drängte ihn, dem allen zu widersprechen. Er sollte für Dorothys Schutz verantwortlich sein, und was sie von ihm wollte, war das genaue Gegenteil.

Aber er verstand auch, viel zu gut sogar, dass das keine Rolle spielte. Dorothy hatte seine Gabe bereits gespürt. Er selbst war von Mr Kapoor eindringlichst davor gewarnt worden, was sie womöglich anrichten konnte, und auch das hatte sie offenbar gehört. Trotzdem wollte sie es. Denn noch mehr als die Angst vor dem, was ihr selbst dabei zustoßen könnte, trieb Dorothy der Wunsch, diesen Menschen zu beschützen, der ihr so wichtig war. Sie würde nicht nachgeben, unter keinen Umständen, ganz gleich, was das für sie selbst für Konsequenzen haben würde.

So wie auch Cedric nie nachgegeben hatte. Deshalb war er jetzt hier. Genau wie sie.

Mit einem tiefen Atemzug entkorkte er das Medizinfläschchen. »Einverstanden. Ich gehe mit dir.«

Dorothy atmete sichtlich auf. »Danke, Mr Edwards.« Sie streckte ihm die Hand entgegen. »Versprechen Sie, dass Sie mich aufhalten, bevor ich Dorián verletzen kann?«

Cedric sah auf ihre Hand hinunter. Dann noch einmal auf das Blut in seiner eigenen. Und schließlich zurück in ihre so fest entschlossenen Augen. Seine Finger schlossen sich um ihre.

»Ich verspreche es.«

Kapitel Vierzehn

»A London Symphony«; IV: Finale – Andante con moto;
Ralph Vaughan Williams

99 CAMBRIDGE STREET, WESTMINSTER, LONDON

Als Dorián die Tür an der rückwärtigen Seite der Kammer aufstieß, drang ihm als erstes der stechende Geruch nach scharfem Alkohol entgegen. *Sehr viel* scharfem Alkohol. Das Zweite, was er wahrnahm, war eine schier erdrückende Kraft, weich wie das Fell einer Katze, aber so viel gewaltiger und mächtiger, und ebenso lebensbedrohlich atemraubend, als wenn diese Katze einem direkt auf dem Gesicht saß. Erst danach schaffte es sein Hirn, die Gestalt auszumachen, die sich vor der Tür zum Vorzimmer aufgebaut hatte, fast verschluckt von den Schatten außerhalb des Lichtkreises von Mateos Lampe. Trotzdem erkannte Dorián die Frau Doktor ohne jeden Zweifel. Und Mateo, der offenbar rücklings gegen das Regal mit all den Gläsern voller Präparate gefallen war, sodass etliche weitere der Gläser herabgestürzt und zersprungen waren – mindestens eines mit großer Sicherheit auf Mateos Kopf. Überall lagen Scherben, der Teppich war nass und übersät mit jämmerlich schlaffen, glitschigen Präparaten. Was Dorián jedoch vor allem ins Auge sprang, war die Tasche, die Mateo fest umklammert hielt. Er hatte es wohl gerade noch geschafft, sie zu greifen, ehe die Frau Doktor ihn erwischte. Jetzt war er gefangen in dieser Kraft, die ihn bewegungsunfähig machte mit ihrer Weichheit und ihn trotzdem immer wieder zucken ließ unter plötzlichen Entladungen von Energie.

»Signor Laurenti hält es also nicht mal für nötig, selbst herzukommen, und schickt einen seiner Handlanger.« Dorián konnte das Gesicht der Frau Doktor kaum sehen, aber das geringschätzige Schnauben in ihren Worten sprach für sich. »Na. Mir soll es recht sein. Ich schicke dich dorthin zurück, wo du hergekommen bist. Sag Signor Laurenti, er ist hier nicht willkommen. Dorothy steht unter dem Schutz der Soul Society, und wir werden nicht zulassen, dass er sie je wiederfindet.« Sie machte einen weiteren Schritt auf Mateo zu. »Was dein Signor da versucht, ist höchst gefährlich. Eine Kraft, die aus so vielen miteinander verschränkten Blutgaben entsteht, kann niemals vollständig kontrolliert werden. Eine Kraft wie diese kann die Welt buchstäblich in Stücke reißen, wenn sie sich voll entfaltet. Von Dorothy selbst ganz zu schweigen. Wir werden nicht erlauben, dass sie noch einmal in eure Hände fällt.«

Die Luft im Zimmer verdichtete sich weiter. Mateo griff sich an die Kehle und rang nach Atem, verdrehte die Augen, bis nur noch das Weiße zu sehen war, ehe er endgültig erschlaffte. Auch Dorián entwischte ein erstickter Laut, als er vergeblich nach Luft schnappte.

Nun endlich schien die Frau Doktor es für nötig zu halten, sich zu ihm umzudrehen. Sie schien allerdings keine große Eile damit zu haben, und als ihr Blick ihn traf, sah Dorián darin keinen Zorn oder Aggressivität. Nur Verwunderung.

»Du also. Mit dir hatte ich hier nicht gerechnet. Andererseits sollte es mich wohl nicht überraschen, dass er dich benutzt, nicht wahr? So stark, wie deine Verbindung zu Dorothy ist.«

Dorián konnte nicht wegsehen. Er war wie aufgespießt von diesem Blick, der ihn förmlich zu Boden drückte, ohne dass auch nur die kleinste Ahnung von Gewalt von ihr ausging.

Was verspricht er sich davon, zwei arme Kinder wie euch zu schicken? Ihre Stimme dröhnte jetzt in seinem Kopf, als ließe sie ihn absichtlich ihre Gedanken hören – lautlos und trotzdem so gewaltig, dass Dorián glaubte, sein Schädel müsste jeden Moment platzen. Er presste die Hände auf die Ohren, aber natürlich half das überhaupt nichts. *Du bist nicht mal ein Vampir. Du bist sogar noch zu jung, um in den nächs-*

ten zwei oder drei Jahren einer zu werden. Der andere ist auch nicht viel mehr als ein Welpe. Was ...

»Stopp!«

Die tonlose Stimme verstummte abrupt. Die Augen der Frau Doktor weiteten sich. Es war, als ob ihr ganzer Körper mitten im Herzschlag erstarrte. Fesseln aus schwarzem Feuer schlangen sich um ihre Arme und Beine, um ihren Rumpf und Hals – und dann war es, als ob die Zeit sich dehnte, als ob Licht und Raum zusammenschrumpften ...

Doriáns Gedanken stockten. Er *kannte* dieses Gefühl! Er hatte es schon einmal gespürt. In der Nacht, als Dorothy aus dem Fenster gesprungen war.

Dorothy?!

Mühsam setzte er einen Fuß nach vorn, taumelte voran, um an der Frau Doktor vorbeisehen zu können.

Doch dort war nicht Dorothy. Wie sollte sie auch, wo sollte sie so plötzlich herkommen? Es war Mateo. Er hatte sich auf den Bauch gewälzt, einen Arm nach vorn geschoben und unter den Röcken der Frau Doktor nach ihrem Fußgelenk gegriffen. Sein Gesicht war hassverzerrt. Und in seinen Augen sah Dorián das Glühen, das er auch in jenem Moment im Stall in Dorothys Blick gesehen hatte. Unbändige, wütende Kraft. Ein zerstörerischer Sog und wilde Entschlossenheit, die Mateo sonst niemals an sich hatte.

»Unterschätzen Sie mich nicht, Dr Shaw.« In seiner Stimme stürmte der Nachtwind, der nicht ihm gehörte. Sichtbar mühsam rappelte er sich auf die Füße. Seine Hand ließ die Frau Doktor dabei los. Seine schwarz flammende Kraft tat es nicht. »Wir können mehr, als Sie je ahnen werden. Dorián! Komm sofort hierher.«

Doriáns Füße bewegten sich. Auf Mateo zu, ob er es wollte oder nicht, und sosehr er sich auch wehrte, und sosehr er sich selbst dafür verabscheute, er konnte nichts dagegen tun, dass selbst das Nichtwollen mit jedem Schritt mehr und mehr zu Staub zerrieben wurde. Mit einem triumphierenden Schnaufen schloss Mateo den freien Arm wie eine Schraubzwinge von hinten um seinen Brustkorb.

»Jetzt schützt du uns beide«, zischte er dicht an Doriáns Ohr. »Gregor sagt, du kannst es.«

Dorián keuchte und wand sich in Mateos Griff. Aber es gab einfach nichts, was er gegen diese fremde Kraft ausrichten konnte, die ihn förmlich verbrannte. Kein Licht, kein Versteck. Sein Körper gehorchte ihm nicht, als wäre er bereits Teil dieses neuen Wesens, das Mateo so plötzlich und unerklärlich geworden war. Ein Wesen, das von einer Sekunde zur nächsten so mächtig war, dass es sogar die Frau Doktor in Schach halten konnte. Aus der Nähe bemerkte Dorián Blutreste in seinem Mundwinkel und auf seinen ausgetrockneten Lippen. Und als sein Blick kurz darauf auf die offene Ledertasche zu seinen Füßen fiel, und auf eine leere Glasphiole, in der ebenfalls noch einige dunkle Tropfen schimmerten – da begann Dorián zu ahnen, was Mateo die ganze Reise über so scharf bewacht hatte. Und was er getan hatte, als die Frau Doktor den Fehler beging, ihm eine Sekunde zu lange den Rücken zuzukehren:

Mateo hatte Dorothys Blut getrunken.

Nur half es ihnen nicht viel. Denn in diesem Moment sprengte die Frau Doktor mit einem wütenden Grollen die Fesseln aus schwarzem Feuer, die Mateo um sie geschlungen hatte, und drehte sich langsam wieder zu ihnen um.

Kapitel Fünfzehn

»A London Symphony«; IV: Finale – Andante con moto; Ralph Vaughan Williams

ZWISCHEN WEST END UND WESTMINSTER, LONDON

Londons Straßen waren Cedric schon lange nicht mehr so düster vorgekommen. Es war eine besondere Düsterkeit, mehr als der vertraute Nachtnebel, der sich mit den Abgasen der Fabriken mischte und diffus glühende Kugeln um die Straßenlaternen wabern ließ. Schon vor seiner Verwandlung zum Vampir hatte Cedric oft gedacht, dass die Stadt mehr ein lebendes Wesen war als ein Ding. Jetzt, wo er seine Blutgabe allmählich zu verstehen begann; seit er wusste, dass sie *Lebendes* erspürte und beeinflusste, fühlte er London noch viel mehr auf diese Art. Sie war ein gewaltiges, in sich ruhendes Ungetüm, mit Blut und Lärm in den Adern und giftigem Atem.

Neben ihm, die Kapuze wie so oft tief ins Gesicht gezogen, lief Dorothy. Ihre Absätze klapperten dumpf auf dem feuchten Kopfsteinpflaster. Es war ein eigenartiges Gefühl, nicht allein auf dem vertrauten Weg zu sein. Als würde durch Dorothys Anwesenheit alles, was er denken oder fühlen konnte, um ein Vielfaches intensiviert.

Die Tür zur Praxis stand offen.

Bis zu dem Zeitpunkt, an dem das Gebäude in Sicht kam, war Cedric gar nicht klar gewesen, dass er sich darum gesorgt hatte, wie sie überhaupt hineinkommen sollten. Jetzt aber, wo er den schwarzen Durchgang in die Diele sah, wo um diese Uhrzeit eine fest verschlossene Tür hätte sein sollen, schwankte er zwischen Erleichterung und einer noch viel größeren Sorge. Denn das konnte einfach nichts Gutes bedeuten.

Gemessen an Dorothys zielstrebigen Schritten machte sie sich solche Gedanken nicht oder ignorierte sie einfach. Sie war bereits an der Schwelle und betrat die Praxis, ohne nur eine Sekunde zu zögern. Cedric folgte ihr – und hatte das Gefühl, gegen eine Wand zu laufen.

Die Praxis war bis zur Decke gefüllt mit aggressiver Energie, die in düsteren Schlieren durch die Räume waberte. Cedric konnte sie förmlich sehen, wie sie um die Möbel kroch, lange Finger und Spiralen bildete, die gleich wieder zerflossen. Seine Gabe reagierte augenblicklich, signalisierte ihm mit dumpfem Pochen in seinem Hinterkopf, dass eine fremde Blutgabe ihn anzugreifen versuchte, und Cedric versuchte sich dagegen zu wappnen, wie er es mit Mr Kapoor geübt hatte.

Es war so gut wie unmöglich. Diese Kraft unterdrückte seine mit einer Leichtigkeit, als wäre er gar nicht da. Es blieb nicht viel übrig von seinen Gedanken, außer der Notwendigkeit, Dorothy zu folgen. Doch auch sie war jetzt stehen geblieben, schob die Kapuze zurück und drehte sich zu ihm um. »Mr Edwards!«, zischte sie. »Spüren Sie das?«

Cedric nickte angespannt. O ja, und wie er es spürte. Sie beide kannten diese Kraft sehr genau, wie auch immer das möglich sein sollte: es war Dorothys eigene. Jenes Wabern der Zeit, die sich dehnte und stauchte, Augenblicke zerriss und Sekunden zu zerklüfteten Gebirgen auftürmte, die alles unter sich begruben. Doch sie trug eine fremde Note. Eine schwarze Hitze, die immer wieder beißend aufloderte; und wo immer das geschah, schien ein Stück der Welt einfach zu verschwinden, als sei ein Loch hineingefressen worden. Das Gefühl war so stark, dass Cedric erst mit erheblicher Verspätung bemerkte, dass daneben noch eine weitere Blutgabe darum kämpfte, die Oberhand zu gewinnen. Weniger roh. Weniger brutal, sondern mit präziser, minutiös zielgerichtet eingesetzter Kraft, die umschlang und auflöste, was ihr im Weg stand. Und schließlich eine dritte, sehr schwache, wie ein matt glimmendes Licht. *Das ist …!*

»Mr Bernard!« Dorothys Stimme unterbrach seine Gedanken, ehe er sie in Worte fassen konnte. Sie war erneut einige Schritte voraus, durch die Tür zum Vorzimmer, wo unweit der Schwelle eine reglose Gestalt in einer Blutlache lag.

Cedric folgte ihr rasch und blieb neben ihr stehen, um auf die Gestalt hinunterzustarren. Ja, es war Mr Bernard. Und er war eindeutig tot. Cedric wusste es auch ohne eine Berührung oder einen zweiten Blick. Da war kein Leben mehr. Nicht mal eine Spur.

Dorothys Augen glühten in den Schatten, als sie sich ihm zuwandte. Auch ihre Gabe spürte Cedric jetzt, rein und stark und schier überwältigend. Er *sah* sie. Dieses Geflecht, das er auch bei Mr Kapoor beobachtet hatte, wie ein zweites Netz aus Adern, und doch so ganz anders. Cedric bemerkte kaum, dass sich seine eigene Gabe nach ihrer ausstreckte, bis sie sich wie von selbst an sie knüpfte und in ihr verankerte, sodass sie verbunden waren, ohne sich zu berühren. Und als Dorothy aussprach, was auch ihm durch den Kopf schoss, glaubte er für einen verwirrenden Moment, seine eigenen Worte aus ihrem Mund zu hören.

»Dr Shaw ist in Schwierigkeiten.«

Kapitel Sechzehn

»A London Symphony«; IV: Finale – Maestoso alla marcia;
Ralph Vaughan Williams

99 CAMBRIDGE STREET, WESTMINSTER, LONDON

Es brauchte keine weitere Absprache, was zu tun war. Wie auch die Haustür, standen die Türen zu beiden Behandlungszimmern weit offen. Doch nur hinter einer brannte Licht. Nur hinter einer ertönten Stimmen. Und nur aus einer drang diese unfassbare Kraft, die Dorothys eigener so verwirrend und beängstigend ähnelte.

Den Vorraum zu durchqueren, war wie durch tiefes Wasser zu waten. Selbst die Luft war dick und klebrig wie Sirup. Jede Bewegung schien eine Ewigkeit zu dauern, während zugleich die Sekunden an Dorothy vorbeijagten und sie immer wieder in diese plötzlich aufflackernden, in die Zeit gebrannten Löcher zu drängen drohten. Dorothy kniff entschlossen die Lippen zusammen. Sie würde nicht fallen. Sie atmete aus und ein, wie sie es von Tariqa gelernt hatte, und stemmte ihre eigene Kraft gegen die andere, fremd-vertraute. Sie *würde nicht* fallen und erst recht nicht umkehren. Weil sie unter all dem eines jetzt ohne jeden Zweifel spürte:

Dorián. Er war hier. Und er war in Gefahr.

Genau wie Dr Shaw.

Je weiter sie sich der Tür näherte, desto größer wurden die Brandlöcher in der Zeit, und desto größer schien auch der Klang der Stimmen im Raum vor ihr zu werden. Wie ein alles übertönendes Dröhnen, ohne dass Dorothy irgendwelche Worte darin hätte verstehen können. Am Rande ihres Bewusstseins spürte sie die Verknüpfung ihrer Blutgabe zu der von Mr Edwards, ähnlich einem haarfeinen Kanal, durch den sie Kraft und Empfindungen austauschten, um sich gegenseitig nicht zu verlieren in dieser außer Kontrolle geratenen Zeit.

Und dann, von einem Herzschlag zum nächsten, standen sie plötzlich in Harold Shaws Behandlungszimmer. Der Druck verschwand, und auch das Dröhnen, als hätten sie mit diesem letzten Schritt das Auge des Sturms erreicht.

Quälend langsam verschob sich Dorothys Wahrnehmung wieder in Richtung Normalität, bis sie endlich die drei Personen im Raum vor ihnen erkennen konnte … und begriff, dass es in Wahrheit keineswegs Dr Shaw war, die in Schwierigkeiten steckte.

Sie stand dort, aufrecht wie immer, womöglich sogar noch respekteinflößender als üblich, und hielt zwei Jungen unter ihrer Kontrolle, die Dorothy nur zu vertraut waren. Haselnussbraun und honigblond. Mateo, der ihre Kraft gestohlen und mit seiner eigenen verbunden hatte. Und …

»Dorián«, flüsterte Dorothy – ein gebrochenes Wispern nur, weil ihre Stimme für mehr nicht reichte. Sie gehorchte ihr nicht, als wäre sie in ihr gefangen – oder gleich ganz aus dem Raum ausgesperrt. Niemand hörte sie. Niemand sah sie.

»Euch zurückzuschicken reicht offenbar nicht. Wisst ihr eigentlich, was ihr da tut?« Dr Shaws Stimme drückte Dorián und Mateo unerbittlich weiter zu Boden. Sie machte einen Schritt nach vorn, die Jungen kauerten sich noch weiter zusammen. Und erst auf den zweiten Blick erkannte Dorothy, wie sehr auch Dr Shaw in Wahrheit kämpfen musste. Da waren Schweißperlen auf ihrer Stirn, ihren Schläfen und der Oberlippe. Tiefe Schatten lagen um ihre Augen, und die Haut war blutleer und blass. Trotz aller Kraft in ihrer Stimme musste Dr Shaw um jedes Wort und jeden Schritt ringen.

Das Begreifen überlief Dorothy wie ein eisiger Schauer: Mateo hatte diese neue Gewalt nicht im Griff. Er kannte die Kraft nicht, wie Dorothy sie kannte, sie *überwältigte* ihn. In diesem Moment war es allein Dr Shaw, die jene Gewalt aus dem Raum fernhielt. Es war so still hier drin, weil sonst alles in Stücke gerissen worden wäre.

Mühsam rang Dorothy nach Atem. Dies war nicht, was sie erwartet hatte. Hier war niemand, gegen den sie kämpfen musste. Nur einer, den sie beschützen wollte. Aber vor wem? Vor Dr Shaw etwa? War es nicht vielmehr Dr Shaw, die sie gerade alle rettete?

»Fremdes Blut zu trinken, ohne zu wissen, welche Macht darin steckt. Fahrlässiger Leichtsinn!« Dr Shaw spreizte die Finger beider Hände und machte einen weiteren Schritt auf Dorián und Mateo zu; mit verzerrter Miene, als würde ihr jede Bewegung Schmerzen bereiten. »So lasst ihr mir keine Wahl. Ich muss euch … der Soul Society übergeben. Also … Haltet still. Es tut … nur kurz weh.« Sie streckte die Handflächen nach ihren Gesichtern aus.

Dorothy sah, wie sich Doriáns Augen entsetzt weiteten. Sie konnte seine Angst förmlich auf der Zunge schmecken, spürte seinen hastigen Herzschlag neben ihrem, immer schneller, immer lauter, je weiter Dr Shaw sich näherte. Und im gleichen Takt fand auch Dorothys eigene Kraft zu ihr zurück.

Schneller. Lauter. Stärker.

Zu stark.

Die Zeit dehnte sich. Füllte den leeren Raum, den Dr Shaw so mühsam erschaffen hatte.

Auf der anderen Seite des Zimmers rang Dorián unter Dr Shaws Kraft verzweifelt um Atem. Sein Blick flackerte.

Verlosch.

Erst als auch Mr Edwards neben ihr schmerzvoll nach Luft rang, fiel Dorothy wieder ein, dass sie miteinander verbunden waren. Aber da war es schon zu spät. Ihre Stimme war zurück und brach sich Bahn, mit all der Macht, die darin steckte.

»Dorián, nein! Dr Shaw! Hören Sie auf!!«

Mr Edwards fuhr mit entsetzt geweiteten Augen zu ihr herum. »Dorothy, NICHT!«

Da brach der Sturm bereits los.

Kapitel Siebzehn

»A London Symphony«; IV: Finale – Allegro;
Ralph Vaughan Williams

99 CAMBRIDGE STREET, WESTMINSTER, LONDON

Dorián!«

Die Dunkelheit explodierte vor Doriáns Augen. Milliarden winziger Lichtpunkte tanzten durch sein Sichtfeld. Er konnte nichts sehen und noch immer kaum fühlen, so dicht und schwer lag die Angst auf ihm, mit der die Frau Doktor ihn gelähmt hatte.

Jetzt war sie weg, genau wie alles andere. Aber diese Stimme, die nach ihm rief, hätte er immer erkannt. Egal wann, egal wo.

»Dorián, Vorsicht!«

Dorothy!

Diesmal war sie es wirklich.

Er folgte ihrem Befehl, ohne zu denken, kauerte sich zusammen und hoffte bloß, dass Gregor tatsächlich recht gehabt hatte. Dass er es konnte und es nicht die ganze Zeit nur Einbildung und Willensstärke gewesen war. Er hatte keinen anderen Schutz. Und wo war eigentlich Mateo?

Das Licht antwortete ihm sofort. Es leuchtete auf, golden und vertraut, und obwohl es immer noch gar nichts erhellte … schützte es ihn. Lange genug immerhin, um zu sehen, wie die Frau Doktor sich umwandte, nur Sekundenbruchteile ehe der lautlose Sturm sie von den Füßen riss. Die große Frau stürzte zu Boden und blieb nicht weit von Dorián liegen. Schlaff und reglos, einfach so, die Augen und der Mund geöffnet, und noch immer mit einem seltsam erstaunten Ausdruck auf dem Gesicht.

»Scheiße«, flüsterte eine Stimme dicht an seinem Ohr, und jetzt begriff Dorián, dass Mateo noch immer hinter ihm hockte und er ihn versehentlich mit geschützt hatte. Für einen Moment war Dorián fast erleichtert darüber.

Dann traf ihn die nächste Böe des Sturms, und als sein Licht für einen schrecklichen Moment verlosch, dachte Dorián gar nichts mehr.

Es stürzte ein. Der Raum stürzte ein, er konnte es sehen, obwohl kein Staubkorn seinen Platz veränderte. Doch wo vorher eine Insel der Ruhe um ihn, die Frau Doktor und Mateo gewesen war, stürzte jetzt Mateos fremde Kraft wie eine riesige Welle auf sie herunter und prallte gegen …

Dorothy.

Dorián konnte den Blick nicht von ihr losreißen. Sie stand mitten im Raum, eine finster glühende Aura um sich, die alles zu sich heranzog und verschluckte. Mateos schwarzes Feuer, seine neue Energie, die so stark und Dorothys so ähnlich und im Vergleich doch so … *nichts* war – aber auch, was immer von der Kraft der Frau Doktor in der Luft zurückgeblieben war. Doriáns schützendes Licht, seine Erleichterung, sie endlich zu sehen. Seine Gedanken, seine Sinne, selbst die Angst oder das Begreifen, dass das, was hier geschah, wirklich und ohne Zweifel lebensgefährlich war. Es blieb nichts übrig.

Nur noch sie.

Und die Verzweiflung in ihren Augen, als sie ihn durch all das hindurch direkt ansah.

»Ich halte sie auf, Dorián!« Ihre Stimme verlor sich beinahe in sich selbst, als sei auch sie bereits zu einem großen Teil geschluckt worden. »Die kriegen dich nicht! Renn weg! Schnell!«

Und Dorián wollte tun, was sie sagte, er wollte laufen, rennen so schnell er konnte … nur war inzwischen sogar das Wissen, wie man sich überhaupt bewegte, an diesen Sog verloren gegangen. Stattdessen verschwand er immer noch weiter darin, genau wie der Raum um ihn. Und vielleicht war das auch in Ordnung, vielleicht konnte er verschwinden und es würde gut sein. Hatte er das nicht sein ganzes Leben lang getan? Es war womöglich … einfach richtig so.

Dorián schloss die Augen. Er hatte Dorothy gefunden. Reichte das denn nicht?

Doch, das tat es. Es war genug. Er konnte jetzt gehen.

Als er zur Seite kippte, stieß sein Arm gegen etwas Hartes. Es polterte leise, aber Dorián sah nicht hin. Er wusste nicht mal mehr, wie das ging.

Das Licht kehrte zurück. Es flackerte rötlich hinter seinen Lidern, hüllte ihn ein, wärmer als sonst, aber nicht weniger schützend und vertraut. Warum flackerte es? Vielleicht löste es sich genauso auf wie er. Vage stieg ihm ein beißender Gestank in die Nase. Rauch … Rauch? Es brannte. Sein Licht … *brannte?!*

Dorián riss die Augen wieder auf. Dorothy war immer noch da, noch immer tobte ihr lautloser Sturm. Doch zwischen Dorián und ihr … war jetzt Feuer. Reales, gefräßiges Feuer, das mit Mateos Kraft nichts zu tun hatte. Die Lampe war umgefallen und hatte den Alkohol in Brand gesetzt, der den alten Teppich tränkte, sodass dieser nun ebenfalls rasch Feuer fing. Die Flammen breiteten sich bereits beängstigend schnell in Richtung der reglosen Frau Doktor aus – und zu Mateo, der schlaff am Regal hinter ihnen lehnte und offenbar ebenfalls das Bewusstsein verloren hatte.

Erschrocken schnappte Dorián nach Luft. Der Rauch drang ihm in Mund und Nase und ließ ihn husten, und für einen seltsam klaren Moment hatte er sogar Dorothy beinahe vergessen, so stark war der Gedanke, dass er hier sofort rausmusste. Und dass er, trotz allem, was er gerade beinahe innerlich aufgegeben hätte, anscheinend doch noch ziemlich dringend weiterleben wollte.

Verbrennen jedenfalls wollte er ganz sicher nicht.

Stolpernd kam er auf die Füße und wäre fast der Länge nach wieder hingefallen, so weich waren seine Knie. Im letzten Moment bekam er die Kante eines Regalbretts zu fassen, und es gelang ihm stehen zu bleiben, obwohl er dabei noch ein paar weitere Gläser zu Boden fegte, wo sie zerbrachen und das Feuer noch heller auflodern ließen. Die Flammen leckten an seinen Schuhen, versengten seine Hose und die Härchen an seinen Beinen, und Dorián fing an zu lachen – was nur deshalb einen Sinn ergab, weil das stumme Tosen des Sturms jetzt auch noch den letzten Rest Vernunft an sich riss, der ihm geblieben war.

Da hörte er erneut Dorothys Stimme. So verzweifelt und eindringlich, dass sie den Raum zum Schwingen brachte, und doch ohne ein einziges lautes Wort.

Ich kann nicht! Es hört nicht auf! Ich bringe uns alle um! Helfen Sie mir, Mr Edwards!!

Was dann geschah, geschah zu schnell für Doriáns benebelte Sinne. Vielleicht hätte er ohnehin niemals eine Chance gehabt, es zu begreifen. Er sah nur, wie ein Ruck durch Dorothy ging. Dann riss sie den Mund auf und schrie, der schrecklichste, qualvollste Schmerzensschrei, den Dorián je gehört hatte; lang gezogen, als wollte er niemals enden, während das Glühen im Raum zerfaserte und zerfiel, eins wurde mit dem Rauch, der in immer dickeren Schwaden durch die Luft trieb, je weiter das Feuer wuchs – bis Dorothy einfach auf der Stelle umfiel.

Stille.

Nur das Knistern der Flammen brannte sich in Doriáns Ohren.

Hinter Dorothy, die nun ebenso schlaff und reglos am Boden lag wie die Frau Doktor und Mateo, stand ein Mann. Er hielt den Arm ausgestreckt, als hätte er sie in diesem letzten Moment an der Schulter gepackt gehabt. Wirre schwarze Locken hingen weit in seine Stirn, und Dorián konnte sein Gesicht nicht erkennen, weil er auf Dorothy hinuntersah.

Dann aber hob er den Kopf, und über die Flammen hinweg trafen sich sein und Doriáns Blick. Sie sahen sich an, endlos, wie es schien, und obwohl Dorián wirklich keine Gedanken zu denken übrig geblieben waren – eines wusste er mit absoluter Gewissheit:

Dieser Mann, wer auch immer es war, war schuld.

Er hatte Dorothy das angetan.

Er hatte sie *umgebracht*.

Doriáns Hand griff zu seiner Hüfte, wie mechanisch, als erinnerte sich sein Körper an etwas, das sein Kopf längst vergessen gehabt hatte: Daran, dass er auf dem Weg aus der verbotenen Kammer hierher den Revolver in seinen Hosenbund gesteckt hatte. Und jetzt hätte er schon wieder beinahe gelacht, weil er sich ja die ganze Zeit ohne Weiteres selbst in die Weichteile hätte schießen können, wie erbärmlich wäre das gewesen? Aber er hatte es nicht getan, und statt eines Lachens kam nur ein trockenes, wütendes Röcheln heraus, und Dorián hob den Arm mit dem Revolver und schoss.

Dem Mann.

In den Kopf.

Glückstreffer. Ich kann doch gar nicht schießen.

Da lachte er doch noch, ganz kurz nur.

Bevor der erstickende Rauch sein Bewusstsein verschlang und es schwarz um ihn wurde.

Kapitel Achtzehn

»A London Symphony«; IV: Finale – Lento; Ralph Vaughan Williams

ROYAL BLACKHEATH GOLF CLUB, BLACKHEATH GRÜNLAND, GREENWICH, KENT

Das Erste, was Cedric spürte, als er quälend langsam wieder zu sich kam, war Feuer. Flackerndes Licht, unstete Wärme auf seiner Haut, Rauchgeruch in seiner Nase. Mit einem Keuchen fuhr er in die Höhe. Die Praxis! Sie brannte. Wo war Dorothy? Und Dr Shaw, sie mussten sofort …

Nein. Das ist nicht die Praxis.

Langsam klärte sich sein Blick. Sein Atem beruhigte sich widerstrebend, und er erkannte das Clubhaus des Royal Blackheath. Er saß auf einem der längeren Sofas ganz in der Nähe des Kamins, in dem ein kleines Feuer brannte. Über seinen nackten Beinen lag eine Wolldecke, und irgendjemand hatte ihn offenbar aus seinem Hemd befreit und ihm einen sauberen weiten Überwurf angezogen.

Cedric sah sich um. Außer ihm war niemand hier. Der Raum sah aus wie immer. An der Wand neben der Tür allerdings stand eine Kiste, die ihm dort noch nie aufgefallen war. Eine große Kiste. Groß genug, dass ein Mensch darin Platz hatte. Ein kalter Schauer rieselte über seinen Rücken, auch wenn er nicht sicher war, woran das lag. Stattdessen tauchten nach und nach die ersten Fragen und Erinnerungsfragmente in seinem Kopf auf, der sich anfühlte wie mit Filzwolle ausgestopft. Wer hatte ihn hergebracht, und wie? Und was war überhaupt …

Ach ja.

Seine Hand zuckte unwillkürlich zu seiner Stirn, als es ihm wieder einfiel. Dieser Junge mit den wütenden Augen hatte ihn erschossen. Ohne mit der Wimper zu zucken. Bis auf einen leichten Schmerz, oder vielleicht auch nur eine Erinnerung daran, war jedoch nichts mehr davon zu spüren. Falls er bisher noch daran gezweifelt hatte, unsterblich zu sein, dachte Cedric mit einem unangebrachten Anflug von Zynismus, konnte er sich das ab jetzt vermutlich endgültig sparen.

In diesem Moment öffnete sich die Tür zum Hinterzimmer des Clubhauses. Cedric war wenig überrascht, Tariqa zu sehen, nur kurz darauf gefolgt von Mr Kapoor. Als ihre Blicke sich trafen, ging ein Lächeln über Tariqas Gesicht.

»Sie sind wach. Das wurde aber auch Zeit.« Sie klang erleichterter über seinen Zustand, als es Cedric lieb war. Er sah zu Mr Kapoor, dessen Lächeln war schmal und nichtssagend war wie immer, als er sich in seinen gewohnten Platz im Sessel niederließ. Wie lange war er denn bewusstlos gewesen? Cedric sah zum Fenster. Die Vorhänge waren zugezogen, aber es schimmerte ein Streifen Morgendämmerung durch den Spalt. Der nächste Morgen? Oder …?

»Vier Tage«, sagte Tariqa, als hätte sie seine Gedanken von seiner Stirn abgelesen, und trat zum Fenster, um die Vorhänge beiseitezuziehen. »Und fünf Nächte.«

»Fünf!« Cedric starrte sie entgeistert an. Auf einen Schlag schossen so viele Fragen und Gedanken durch seinen Kopf, dass er kaum wusste, welche er zuerst formulieren sollte.

Glücklicherweise nahm ihm Mr Kapoor zumindest diese Entscheidung ab. »Wir haben uns um alles gekümmert. Machen Sie sich keine Sorgen. Ihre Familie ist informiert und erwartet Sie in den nächsten Tagen auch nicht zurück.«

Falls seine Worte beruhigend auf Cedric hatten wirken sollen, verfehlten sie leider völlig ihren Zweck. »Was haben Sie Ihnen denn erzählt?«

Tariqa seufzte leise, und Cedric sah, wie sie Mr Kapoor einen Wink gab, sich zurückzuhalten. »Dazu würde ich gern später kommen. Ich weiß, dass Ihre Familie immer Ihr wichtigstes Anliegen ist, Cedric. Aber hören Sie sich zuerst an, wie der Zusammenstoß in Dr Shaws Praxis ausgegangen ist. Dann werden Sie unsere Entscheidungen sicher besser verstehen.«

Cedric runzelte die Stirn. »Sie wissen schon, dass Sie meine Sorgen gerade eher schlimmer als besser machen?«

Tariqa sah ihm direkt in die Augen. Ihr Gesicht war ernst und ihr Blick völlig frei vom üblichen Schalk. »Ja, das weiß ich. Ich kann es nur leider nicht ändern. Wenn Sie meinen Rat wollen: Richten Sie sich besser darauf ein, dass Ihnen nichts von dem gefallen wird, was Sie gleich hören. Und glauben Sie mir, was wir Ihrer Familie erzählt haben, ist von alldem das geringste Übel.«

Es war, als würde mit jedem ihrer Worte ein weiterer Stein auf Cedrics Brust drücken, bis das Gewicht ihn schier erstickte. Er sah noch einmal zu Mr Kapoor, ohne wirklich zu hoffen, dass der eine weniger düstere Perspektive für ihn bereithielt. Natürlich war eher das Gegenteil der Fall.

»Ich nehme an, ich kann mich nicht einfach weigern, Ihnen zuzuhören.«

Tariqa lachte leise. »Ich wünschte, es wäre so einfach.« Sie lehnte die Arme auf das Fensterbrett und sah hinaus auf den Golfparcours, über dem an diesem Morgen endlich wieder ein blassgoldener Frühlingshimmel hing. Keine Spur vom beständigen Regen der vergangenen Tage. Trügerische Helligkeit.

»Die Soul Society hat an jenem Abend einen schweren Verlust erlitten.« Tariqa sah weiter nach draußen, als wäre es leichter, die Wahrheit auszusprechen, wenn sie Cedric dabei nicht ansah. »Justine ist tot. Sie ist in ihrer Praxis verbrannt. Wir mussten sie dort zurücklassen, um Sie und Dorothy zu retten. Und mit ihr all die Aufzeichnungen, die sie sich über Ihre und Dorothys Fähigkeiten und besonderen Bluteigenschaften gemacht hat.«

Es dauerte eine ganze Weile, bis es Cedric gelang zu verarbeiten, was er gerade gehört hatte. Wieder sah er zu Mr Kapoor und fand in dessen reglosem Gesicht auch diesmal nichts als unumstößliche Bestätigung.

Dr Shaw … war tot?

Ein Vampir?

Die Frau, die ihn unsterblich gemacht hatte?

Tot.

Es gab keine Zweifel daran. Sie ließen ihm keine. Und doch war es nahezu unmöglich zu fassen.

»Warum? … *Wie?*« Mehr brachte er nicht zustande, nicht so schnell, nicht jetzt. Er wusste, mindestens Tariqa würde ihn trotzdem verstehen.

Das Heben ihrer Schultern war so betont gleichmütig, dass Cedric es sofort durchschaute. Es war ihr nicht egal. Wenn Tariqa eines auf der Welt nicht egal war, dann das Schicksal von Dr Justine-Kate Shaw.

»Mr Kapoor und ich mussten diese Entscheidung treffen, und das haben wir getan. Mr Bernard hatte Miss Bonnet geschickt, uns zu Hilfe zu rufen, und wir sind so schnell wie möglich gekommen. Aber wir waren zu spät, um mehr zu retten als Ihr Leben, Cedric – und das von Dorothy.« Ihre Stimme verklang in einem Flüstern, und nun endlich sah sie Cedric wieder an, obwohl nun ganz unverhohlen Tränen in ihren Augen standen. »Sie hätte es so gewollt.«

Es gab vieles, das Cedric an dieser Stelle hätte sagen oder fragen können. Doch jedes einzelne Wort verblasste neben der Schuld, die er mit einem Mal empfand, also starrte er bloß stumm auf seine Hände, bleich auf der tannengrünen Wolldecke. Er lebte. Dr Shaw war fort. Wäre er an jenem Abend nicht dort hingegangen, hätte er Dorothy überzeugt, sich der Praxis fernzuhalten, wie es die vernünftige Entscheidung gewesen wäre … wäre es für sie alle anders ausgegangen? Unmöglich zu sagen, und doch …

Was, wenn? Was wäre nur, *wenn* …?

»Wo ist Dorothy?«, war das Einzige, was er endlich doch fragen konnte. »Geht es ihr gut? Ist sie … habe ich …?«

Wie zur Antwort glitt Tariqas Blick zu der Kiste, die Cedric schon zuvor aufgefallen war. Jene Kiste mit dem fest verschlossenen Deckel. Doch es war Mr Kapoor, der es nach einigen viel zu langen Sekunden des Schweigens endlich aussprach.

»Wir wissen es noch nicht. Ihre Körperfunktionen sind stabil, wie es so zynisch heißt. Davon abgesehen scheint sie derzeit eine leere Hülle zu sein.«

»Das wird sich sicher wieder ändern«, warf Tariqa rasch ein – ein wenig *zu* rasch, um Cedric zu überzeugen. »Sie wird sich erholen. Die

Frage ist nur wann. Und sie wird dabei Hilfe brauchen.« Sie räusperte sich. »Ihre Hilfe, Cedric.«

Es gelang Cedric nicht, den Blick von seinen Händen auf der grünen Decke zu lösen. Fast hätte er gelacht, so sehr klangen die Worte wie blanker Hohn in seinen Ohren. »Natürlich«, presste er rau hervor. »Wenn ich herausfinde, wie ich je wieder irgendjemanden berühren soll, ohne ihn in seine Einzelteile zu zerlegen, werde ich tun, was ich kann.«

Er hörte Mr Kapoor geringschätzig schnauben. »Sparen Sie sich Ihren Fatalismus, Mr Edwards. Sie werden später noch sehr viel mehr Grund dafür haben.«

»Shubham!« Tariqa richtete sich auf und wandte sich sichtlich verärgert zu Mr Kapoor um. »Das ist nicht hilfreich. Für niemanden hier.«

Aber so dankbar Cedric ihr auch war, dass sie in diesem Moment für ihn Partei ergriff – es war zu spät, um die alarmierenden Worte ungeschehen zu machen.

»Was wollen Sie damit sagen?« Er sah von Mr Kapoor zu Tariqa und wieder zurück. Sein Herz hatte heftiger zu klopfen begonnen, und seine Zunge fühlte sich plötzlich unangenehm trocken an. »Ich denke, jetzt wäre ein guter Zeitpunkt, mir zu erklären, was Sie beide für mich und meine Familie vorgesehen haben.«

Tariqa seufzte leise und warf Mr Kapoor einen eindeutig vorwurfsvollen Blick zu. Dann kam sie zu seinem Sofa hinüber und setzte sich auf einen Hocker daneben, um ihm aus der Nähe in die Augen sehen zu können. Ernst. Aufrichtig. Aber auch ebenso unerschütterlich.

»London ist nicht mehr sicher, Cedric. Weder für Sie noch für Dorothy. Die beiden Jungen sind aus der Praxis entkommen. Die *Familie* weiß jetzt, wo Dorothy ist – und dass Sie mit ihr verbunden sind. Außerdem hat Signor Laurenti mit seiner eigenen unautorisierten Forschung offenbar mindestens eine sehr mächtige Waffe entwickelt, wenn nicht mehr. Mr Kapoor und ich können Sie allein nicht vor all dem schützen. Daher müssen Sie beide die Stadt so bald wie möglich verlassen.«

»Nein.« Es war aus Cedric heraus, noch ehe er Tariqas Worte abschließend begriffen hatte. »Auf gar keinen Fall.«

Tariqas Miene blieb ungerührt ruhig und freundlich. »Das ist keine Bitte, Cedric. Es ist eine Notwendigkeit. Sie bringen Ihre Familie in größte Gefahr, wenn Sie sich entschließen, das zu ignorieren.«

Cedric starrte sie an. Sein Kopf war völlig blank, wie eine frisch gewischte Tafel, auf die jemand mit quietschender Kreide immer wieder das eine Wort schrieb, während die Wahrheit, die *Unausweichlichkeit* in sein Gehirn einsickerte.

Nein. Nein. Nein. Niemals. Nein.

»Wir schicken Sie und Dorothy nach Paris«, fuhr Tariqa fort. »Dort befindet sich die Hauptzentrale der Soul Society unter der Leitung von Josep Oller – Sie erinnern sich doch an ihn? Er erwartet Ihre Ankunft im Lauf der nächsten Wochen.«

Cedric biss die Zähne aufeinander, dass es knirschte. »Und für wie lange?«, zwang er sich zu fragen und verkrampfte die Finger fest in die Decke.

Tariqa seufzte mitfühlend. Doch sie schonte ihn nicht. »Für immer.«

NEIN.

»Sie müssen sterben, Mr Edwards«, warf Mr Kapoor mit seiner wie immer viel zu glatten Stimme ein. Noch mehr Wahrheit. Noch mehr Unausweichlichkeit.

NIEMALS!

»Und Sie dürfen mindestens hundert Jahre nicht nach London zurückkommen.«

Behutsam, wie fragend, legte Tariqa ihre Hand über Cedrics verkrampfte Faust. »Es tut mir leid. Wirklich sehr leid. Ich weiß, wie wichtig Ihnen Ihre Familie ist, und was Sie auf sich genommen haben, um noch einige Jahre bei Ihrer Frau und Ihren Kindern bleiben zu können. Aber wenn Sie sie wirklich auf lange Sicht in Sicherheit wissen wollen … dann finden Sie einen Weg, um sie gut versorgt zurückzulassen und ihnen ein friedliches restliches Leben zu ermöglichen.« Sie drückte sanft Cedrics Finger. »Niemand von uns hat das gewollt oder vorhergesehen. Aber Sie müssen akzeptieren, dass Ihre Nähe von jetzt an eine Gefahr für Ihre Liebsten ist.«

»Wir haben schon alles vorbereitet.« Das war wieder Mr Kapoor. Cedric wäre am liebsten aufgestanden und hätte ihn angeschrien. Er tat es nicht, weil er immer noch halb nackt war, und vermutlich war das besser für sie alle.

»Dr Harold Shaw hat Ihre Frau bereits darüber informiert, dass Sie einen schweren Rückfall in der Chorea Huntington hatten. Sie glaubt, dass Sie sich aktuell in einer geschlossenen Klinik befinden. Und dort werden Sie in den nächsten Tagen auch offiziell sterben. Dann steht Ihrer Abreise nach Frankreich nichts mehr im Weg.«

Cedric packte die Decke zwischen seinen Händen fester, spannte die Fäuste, als wollte er den Stoff zwischen seinen Fingern zerreißen. Dabei machte es ihm nur klar, wie schwach er sich in diesem Moment fühlte. Wann hatte er zuletzt so viel Endgültigkeit in sich gespürt? So viel Machtlosigkeit, weil sein Verstand entgegen aller Sturheit begriffen hatte, dass ein weiterer Kampf zu nichts mehr führen konnte?

Er erinnerte sich viel zu genau daran.

Am Tag, an dem Adele starb.

»Nein. Nein, das kann ich nicht«, flüsterte er rau. »Nicht ohne … wenigstens nicht ohne Abschied.«

Selbst das war eine Lüge. Ein Abschied, selbst zwei oder zehn, würde nichts besser machen. Es blieb noch so viel zu tun. Zu sagen. Zu geben. Für die Mädchen, die doch nur wenige Wochen älter waren als an dem Tag, an dem er zum letzten Mal entschieden hatte, dass er allein schon um ihretwillen noch nicht sterben konnte. Für Sidney, dem er nichts hinterließ als seine schreckliche Krankheit. Wie sollte er ihn heilen, wenn er nicht bleiben konnte? Und für Ruth …

»Bis dass der Tod uns scheidet.«

Ihre Worte. Und seine. Aber so war es nicht gemeint gewesen! Nicht so! Nicht so … bald. Nicht, wenn sie doch gerade erst herausfanden, wie ihr gemeinsamer Weg aussehen konnte.

Tariqas Blick war aufrichtig mitfühlend, und sie ließ seine Hand nicht los. »Es tut mir leid, Cedric. Aber ich sehe keine …«

»Dann überlassen Sie das gefälligst mir!«, fuhr er sie an – jetzt doch wieder wütend, doch widerständig, weil das die einzige Form von Kraft war, die er noch aufbringen konnte. »Ja, ich akzeptiere Ihre Argumente. Ich akzeptiere auch die Notwendigkeit. Und ja, ich werde sterben, wenn es am Ende das ist, was getan werden muss, damit meine Familie in Sicherheit ist. Aber lassen Sie … lassen Sie mich selbst entscheiden, wie es passiert. Geben Sie mir verflucht noch mal Gelegenheit, sie ein letztes Mal zu sehen!«

»Jetzt seien Sie doch vernünftig, Mr Edwards!«, polterte Mr Kapoor. »Wie stellen Sie sich das vor? Sie kehren scheinbar gesund nach Hause zurück, nur um Ihrer Familie ein paar Tage später dieselbe Geschichte nochmals aufzutischen? Sie dieselbe Verzweiflung und Angst nochmals durchmachen zu lassen, nur dass Sie diesmal tatsächlich nicht zurückkommen? So etwas Selbstsüchtiges habe ich schon lange nicht mehr gehört. Aber warum wundert mich das bei Ihnen überhaupt?«

Cedric biss die Zähne fest zusammen, um die Wut und Verzweiflung in sich zu behalten, die sich in seiner Kehle stauten. »Nein«, brachte er gepresst hervor, obwohl es sich gar nicht anfühlte, als könnte neben all dem noch Stimme hindurchpassen. »So habe ich mir das *nicht* vorgestellt. Ich will einfach nur …« Einfach nur. Jetzt wollte er lachen. *Einfach nur*, wie unfassbar absurd das klang. »Ich will zu Hause sterben. Ist das wirklich zu viel verlangt?«

Etliche Sekunden war es still im Raum. Sehr still. Zu still.

»Es tut mir leid, Mr Edwards.« Tariqas Stimme klang sanft. »Ich verstehe diesen Wunsch. Und ich würde es Ihnen so sehr gönnen. Aber Sie können nicht sterben. Das wissen Sie doch.«

Cedric schloss einen Moment die Augen. Jeder Atemzug schmerzte jetzt. Jeder Herzschlag auch. Und vor allem jeder Gedanke. »Ich kann es aber so aussehen lassen.«

Wieder war es etwas zu lange still. Cedric öffnete die Augen und sah Tariqa und Mr Kapoor einen beredten Blick wechseln. Schließlich erschien ein schwaches Lächeln in Tariqas Mundwinkeln.

»Das klingt, als wüssten Sie, wovon Sie da sprechen.«

Ein hohles Lachen fiel über Cedrics Lippen. Er ließ die Decke los und vergrub für einen Moment das Gesicht in beiden Händen, ehe er Tariqa wieder ansah. »Glauben Sie mir, das tue ich. Bringen Sie mich so bald wie möglich zu Robert Rimbaur. Wenn mich jemand töten soll … dann muss er es sein.«

Kapitel Neunzehn

»A London Symphony«; IV: Finale – Epilogue;
Ralph Vaughan Williams

AUF DEM MEER ZWISCHEN ENGLAND UND FRANKREICH

Der Blick aufs Meer war kein Trost.

Dorián stand neben Mateo an der Reling des Schiffs, das sie zurück aufs Festland brachte, und er hasste es aus tiefstem Herzen, wie die stürmische Weite ihn trotz allem und gegen seinen Willen im Innersten besänftigte und zumindest ein Stück weit zur Ruhe kommen ließ.

Dorián wollte keine Ruhe und keinen Frieden. Er wollte sich festhalten an der Wut und dem Hass, die er in sich gesammelt hatte, seit er in jenem Hotelzimmer im Tulip House wieder zu sich gekommen war. Er wollte sie großziehen und Kraft aus ihnen gewinnen, damit er werden konnte, was er sein musste, um Dorothy eines Tages noch einmal zu suchen. Zu finden. Und sie sich dann endgültig von niemandem mehr wegnehmen zu lassen.

Sie waren dem Feuer knapp entkommen, weil Mateo gerade noch rechtzeitig aufgewacht und mit Dorián auf den Armen durch ein von der Hitze geplatztes Fenster gesprungen war. Dorothy, die Frau Doktor und der fremde Mann, hatte Mateo berichtet, waren zu jenem Zeitpunkt ebenfalls noch bewusstlos, aber am Leben gewesen, und Hilfe bereits an der Tür, doch wer immer da kam, hatte sie nicht mehr aufhalten können.

Die einzige gute Nachricht in all dem, fand Dorián, war, dass Dorothy lebte. Es wurmte ihn allerdings, dass auch die anderen davongekommen waren, und fast noch mehr, dass Mateo ihm jetzt vermutlich nichts mehr schuldig war. Immerhin war es auch nicht umgekehrt. Sie waren quitt, hatten einander das Leben gerettet – und würden sich trotzdem bis in die Unendlichkeit hassen. So war das nun mal. Und Hass, dachte Dorián grimmig, war eigentlich auch nicht das Schlechteste, um sich lebendig zu fühlen. Ob er zu Hause in der Villa nach Angst und Scham wohl als Nächstes Célestes Hass bekommen konnte? Das würde sicher nicht zu schwer sein.

Zu Hause, na ja … oder zumindest etwas in der Art.

Ob Bartosz schon dort war, wie Gregor versprochen hatte?

Dorián verschränkte die Arme auf der Reling, schloss die Augen und ließ sich vom Seewind die Haare aus dem Gesicht treiben. Unter seinem Wollpullover, dem Umhang und dem Mantel spürte er den festen Einband des Notizbuchs der Frau Doktor, den der Handlauf gegen seinen Bauch drückte.

Er wollte immer noch nicht zurück. Er hasste die Villa mindestens so sehr wie vorher, und das Waldhaus und die Kinder darin inzwischen genauso. Aber es gab nun mal noch viel für ihn zu lernen. Englisch, zum Beispiel, und Französisch, und welche Sprachen auch immer Gregor ihm sonst beibringen konnte. Genug, um zu verstehen, was in dem Buch stand. Und es gab Bartosz, der hoffentlich schon auf ihn wartete. Grund genug, um es zumindest noch für eine Weile auszuhalten.

Der Plan war einfach, dachte Dorián, als das Schiff durch ein Wellental pflügte und eine weitere Schicht Gischt und Salz seine Wangen benetzte. Sehr einfach sogar, und das war gut, bei einfachen Plänen konnte weniger schiefgehen. Er würde unauffällig sein und so viel mitspielen wie gerade eben nötig, und dabei so viel wie nur irgendwie möglich über die Welt lernen. Er würde unsterblich werden, eines Tages, auch das hatte er inzwischen fest beschlossen. Und dann, endlich, niemals wieder jemanden brauchen – außer diejenigen, für die er sich selbst entschied.

Das würde der beste Tag von allen werden.

Kapitel Zwanzig

»Sturmsonate«; Klaviersonate Nr. 17 in d-moll, Op. 31; Ludwig van Beethoven

Havencourt Stadtresidenz, 23 Oxford Street, West End, London

Tariqa wartete bis weit in den späten Abend, ehe sie Cedric in ihrer privaten Kutsche bis vor die Tür von Havencourt House brachte. Cedric wäre lieber allein gefahren. Noch besser gelaufen. Aber Tariqa bestand darauf, persönlich dafür zu sorgen, dass auch wirklich niemand sah, wie er sich durch die Stadt bewegte, während er doch offiziell schwer krank in der Klinik lag. Cedric hatte schließlich zugestimmt, um zu verhindern, dass Tariqa noch mehr drastische Maßnahmen ergriff, damit niemand den Hergang der Dinge in den kommenden und vergangenen Tagen infrage stellte. Maßnahmen wie die viel zu nüchtern vorgetragene Tatsache, dass sie Cedrics Familie einfach hatte vergessen lassen, dass Dorothy jemals in ihrem Leben existiert hatte. Er war damit nicht einverstanden gewesen – *natürlich* war er nicht einverstanden gewesen –, aber es war ohnehin längst geschehen und nicht ohne einen weiteren, nicht weniger drastischen Eingriff wieder rückgängig zu machen.

Er hatte auch keine Kraft, darum zu streiten. Was ihm bevorstand, lag zu schwer auf seinen Schultern. Er hätte bloß lieber gar nicht erst gewusst, dass so etwas möglich war. Dann hätte er auch nicht darüber grübeln müssen, ob sie auch dafür sorgen konnte, dass sie *ihn* vergaßen.

Und ob das nicht besser für sie alle *wäre.*

Auch seine Schritte fühlten sich schwer an, als er die Stufen zur Eingangstür von Havencourt House hinaufstieg und läutete. Immerhin musste er sich heute keine Gedanken darum machen, wie er Robert erklären sollte, was passiert war. Zumindest über die gröbsten Zusammenhänge hatte Tariqa ihn bereits vorgewarnt. Für Cedric blieb, seinem alten Freund zu erläutern, was er sich jetzt von ihm erhoffte, und das allein war mehr als genug.

»So etwas Selbstsüchtiges habe ich schon lange nicht mehr gehört«, hatte Mr Kapoor gesagt. Und nun, da er vor Roberts Tür stand, musste Cedric ihm darin recht geben. Er war selbstsüchtig. Ungeheuer selbstsüchtig sogar. Hoffentlich zum letzten Mal in seinem Leben.

»Wann soll ich Sie abholen?«, rief Tariqa ihm aus dem Inneren der Kutsche nach.

Cedric sah sich noch einmal zu ihr um, gerade als Mr Zusak ihm die Tür öffnete. »Morgen früh«, gab er zurück, weil er plötzlich mit erdrückender Gewissheit wusste, dass er mindestens diese Zeit brauchen würde, um sich angemessen zu verabschieden. »Kurz vor Sonnenaufgang.«

Er wartete nicht auf ihre Bestätigung. Stattdessen betrat er rasch das Haus und hörte mit seltsamer Erleichterung, wie Mr Zusak die Tür hinter ihm schloss.

»Kommen Sie, Mr Edwards«, sagte der Butler und nahm ihm den Mantel ab, ebenso wie den Hut und den Schirm, die Mr Kapoor ihm aufgedrängt hatte, damit ihn auch wirklich niemand erkannte. »Sir Robert erwartet Sie bereits.«

Sie trafen sich wie so oft im Studierzimmer zwischen all den Büchern und Landkarten, den Spirituosen und Giften und – seit Neuestem – der inzwischen recht ansehnlichen Sammlung von kistenweise gläsernen Objektträgern mit Blutpräparaten für das nagelneue Mikroskop auf dem Tisch in der Ecke. Robert saß in seinem Sessel und Cedric im zweiten, zwischen ihnen stand ein Tischchen mit Tee und Branntwein. Cedric hatte es abgelehnt, an diesem Abend Robs Blut zu trinken – oder das von jemand anderem. Nicht nur, weil er im Golfclub schon bestens versorgt worden war. Der Tee und die Spirituosen schmeckten ihm auch genauso wenig wie an jedem anderen Tag. Aber der vertraute Geruch des Schnapses und das Gefühl einer warmen Tasse zwischen seinen Fingern war etwas, woran er sich halten konnte, während er Rob erklärte, wie sein Leben zu Ende gehen sollte. Zu Ende gehen musste. Für alle anderen außer ihm selbst.

Er hatte Rob seine Version der Geschichte erzählt, weil der sie hatte hören wollen – von dem Moment, in dem Dorothy allein vor seiner Tür gestanden hatte, bis hin zu dem fremden Jungen, der eine Blutgabe besaß, obwohl er ein Mensch war, und der ihm ohne eine Spur von Reue oder Zögern in den Kopf geschossen hatte. Cedric hatte selbst noch nicht gewagt, die einzelnen Puzzleteile zu einem vollständigen Bild zusammenzusetzen, weil ein nicht zu geringer Teil von ihm davor zurückschreckte, was er dann vielleicht begreifen würde. Auch jetzt tat er es nicht. Eines Tages vielleicht. Er hatte ja nun offenbar sehr viel Zeit, um auf den richtigen Moment zu warten.

»Und was genau«, sagte Robert und schwenkte mit düster nachdenklicher Miene das Brandyglas in seiner Hand, »möchtest du jetzt von mir, Cedward?«

Sie hatten bereits eine Weile geschwiegen, und es fiel Cedric immer noch schwer zu antworten. Auszusprechen, was getan werden musste, egal wie sehr alles in ihm dagegen kämpfte. Auch ihm gelang es nicht, seinen Blick von dem Lichtspiel in der bernsteinfarbenen Flüssigkeit zu nehmen, von der Rob seit Beginn ihres Gesprächs sicher schon vier oder fünf Gläser getrunken hatte. Genug, dass Cedric selbst allmählich das Gefühl bekam, Glieder und Zunge müssten ihm dumpf und schwer werden, obwohl er absolut nüchtern war.

»Ich möchte, dass du Ruth heiratest, sobald die Trauerzeit es erlaubt«, sagte er so sachlich wie möglich. »Ich wünsche mir, dass du für meine Kinder da bist. Aber zuallererst brauche ich ein Gift, das mich innerhalb von ein paar Tagen langsam tötet oder es zumindest so aussehen lässt.«

Robs Finger schlossen sich fester um das feine Glas, drückten zu, immer stärker, und Cedric öffnete den Mund, um ihn zu warnen – da wurde ihm klar, dass Rob keine Warnung brauchte oder wollte. Also schwieg er, während Robert das Glas zerbrach und Blut und Alkohol über seine Finger liefen.

»Was habe ich dir getan?« Seine Stimme war rau vor Schmerz, und er ließ die Scherben einfach auf den dichten Teppich fallen. Jetzt endlich sah er Cedric wieder ins Gesicht, und wieder stieg in Cedric die Befürchtung auf, dass er heute, in dieser Sache, vielleicht am Ende doch zu viel verlangte.

»Was habe ich dir getan, dass du das von mir wollen musst?« Robert lachte hohl. »Meinen besten Freund zu vergiften, der mir mehr ein Bruder ist als meine eigenen, und dann seine Frau zu heiraten. Hörst du eigentlich, wie das klingt?«

Natürlich hörte Cedric das. Er wusste allerdings auch, dass Robert genau wie er die wahre Bedeutung hinter all dem kannte, deswegen spielte es keine Rolle. »Ich weiß nicht, an wen ich mich sonst wenden soll. Du bist der Einzige, dem ich sie anvertrauen würde.«

Rob schwieg jetzt. Seine Augen glänzten verdächtig. Und Cedric wurde bewusst, er hatte Robert seit sehr langer Zeit nicht mehr weinen sehen.

»Sidney hat die Chorea Huntington«, brachte er heiser hervor. Es war das letzte Argument. Das einzige, das er noch vorbringen konnte. Wenn das nicht reichte, um Rob zu überzeugen … musste er aufgeben. »Er wird eines Tages deine Hilfe brauchen. Und Ruth … noch so viel mehr. Bitte.«

Robert sah ihn etliche Sekunden wortlos an. Dann stand er mit einem steifen Ruck auf, ging hinüber zum Fenster und zog die Vorhänge auseinander, um mit auf die Fensterbank gestemmten Händen in die Nacht hinauszustarren.

»Wohin wirst du gehen?«, sagte er endlich. »Kannst du mir wenigstens das sagen?«

Cedric schüttelte den Kopf, obwohl er doch wusste, dass Rob das nicht sehen konnte. »Es ist besser, wenn du das nicht weißt.«

Tatsächlich gab es bereits einen Plan für seinen Aufenthalt in Paris. Einen sehr detaillierten sogar. Aber wenn er seine Familie wirklich schützen wollte, auch das hatten Tariqa und Mr Kapoor immer wieder betont, musste er ihn unter allen Umständen für sich behalten. Selbst denen gegenüber, denen er sonst alles sagte.

Wieder schwieg Rob eine Weile, ehe er sich mit einem Seufzer zu Cedric umwandte, der nun hörbar ungeduldig klang. »Wirst du wenigstens schreiben? Und wird es eine Adresse geben, an die ich dir berichten kann? Bitte, Cedward. Gib mir wenigstens das.«

Da spürte Cedric, dass sich trotz allem ein schiefes Lächeln auf sein Gesicht schlich. Es gab keine Worte für die Dankbarkeit und Erleichterung, die er empfand, weil er diesen Menschen seinen Freund nennen durfte. »Das werde ich. Ich finde eine Möglichkeit.«

Noch einmal atmete Robert tief ein und wieder aus. »Na schön. Dann werde ich jetzt meinen Bestand durchgehen und«, wieder dieses etwas hohle Lachen, »dir ein passendes Todesgift aussuchen.« Er schüttelte den Kopf, als könne er noch immer nicht glauben, was er da sagte. »Vielleicht möchtest du solange zu Elaine gehen?«

Cedric nickte ein wenig zögernd und stand auf. »Du hast sie eingeweiht, nehme ich an?«

Rob schnaubte leise. »Wie solltest du dich wohl sonst von ihr verabschieden?«

Dagegen war wenig einzuwenden. Obwohl Cedric das ohnehin nicht vorgehabt hatte.

»Sie wartet im Salon auf dich.« Robs Lächeln wirkte sehr viel mühsamer als sonst, als er zu seinem Bücherregal ging und einen der Bände mit Aufzeichnungen über die vielen Gifte seiner Sammlung herauszog. »Geh nur. Ich meine … geh *bitte*. Ich brauche jetzt erst mal einen Moment für mich.«

»Einverstanden«, murmelte Cedric und hatte dennoch das Gefühl, noch irgendetwas sagen zu müssen. Irgendetwas, das alles … weniger schrecklich machte. Weniger endgültig.

Aber Rob schüttelte nur den Kopf. »Ich komme zu euch, sobald ich etwas gefunden habe. Bis dahin … lass mir bitte Zeit.«

Kapitel Einundzwanzig

Fantasie in f-Moll für Klavier zu vier Händen, D 940 (Op. 103); Franz Schubert

HAVENCOURT STADTRESIDENZ, 23 OXFORD STREET, WEST END, LONDON

Elaine saß am Klavier, als Cedric den Raum betrat. Sie saß dort, spielte aber nicht, wer wusste, wie lange schon.

Als sie ihn hereinkommen hörte, drehte sie sich zu ihm um, und Cedric sah sofort, dass auch sie geweint hatte. Ihre Augen verrieten es, obwohl es vermutlich schon eine Weile her war.

»Kommst du, um Klavier zu spielen, oder um dich zu verabschieden?« Zum ersten Mal in all der Zeit, die sie sich inzwischen kannten, war nicht einmal die Spur eines Lächelns auf ihrem Gesicht zu sehen. »Ich hoffe für dich, dass es Klavierspielen ist. Denn sonst kannst du gleich wieder gehen.« Ihre Brust hob und senkte sich unter einem angestrengten Atemzug. »Du kannst von mir aus verschwinden, wenn es das ist, was du tun musst. Aber ich werde mich nicht in Tränen aufgelöst von dir verabschieden, Cedric Edwards.« Sie sah ihm gerade ins Gesicht. Und jetzt, endlich, lächelte sie, obwohl gleichzeitig neue Tränen in ihre Augen stiegen. »Aber noch einmal mit dir Klavier spielen würde ich gern.«

Schweigend setzte Cedric sich neben sie auf die Klavierbank. Was konnte er jetzt noch tun, außer ihren Wunsch zu respektieren?

Ihre Oberarme berührten sich leicht, so dicht saßen sie nebeneinander. Cedric sah auf Elaines Hände auf den Tasten, ungewöhnlich große Hände für eine Frau, Pianistinnenhände.

»Was spielen wir?«, fragte er nur und spürte die Worte in seinem Rachen kratzen.

»Das weißt du doch«, sagte Elaine ebenso leise. »Schuberts Fantasie in f-Moll. Ich bin sehr viel weitergekommen damit.«

Cedric nickte nur. Mehr Worte hatte er nicht für sie. Aber vermutlich brauchte er auch keine, wenn sie die Musik für sich sprechen lassen konnten. Also legte er seine eigenen Hände neben ihre auf die Klaviatur. Und sie spielten.

Als sie das Stück beendet hatten, saßen sie noch eine ganze Weile stumm nebeneinander und lauschten den bereits verklungenen Tönen. Sie beide wussten, dass sie dieses Stück nie wieder auf diese Art hören, nie wieder auf diese Art spielen würden, und auch deshalb, wenngleich nicht nur, war es so kostbar, dass es ihnen dieses eine Mal so perfekt gelungen war.

»Ich fühle sie jetzt«, flüsterte Elaine schließlich. »Jede einzelne Note.«

Cedric antwortete nicht. Er konnte es nicht. Sie war ihm immer noch so nah. Näher, als sie es vermutlich hätte sein sollen. Überdeutlich spürte er die Wärme, die ihr Körper verströmte; noch deutlicher sogar als den Geruch nach ihrem Blut. Er sah, wie sich ihre Schultern leise hoben und senkten, fühlte ihren Herzschlag in ihrem Atem vibrieren.

»Also … Denkst du, dein Beethoven wäre endlich zufrieden mit mir?«

Eine Locke hatte sich beim Spielen aus ihrer Frisur gelöst und schmiegte sich an ihren Hals, und Cedric spürte mit einem Mal den überwältigenden Drang, die Hand auszustrecken und sie beiseitezuschieben. Als könnte er durch diese kleine Berührung etwas von ihr mitnehmen; etwas, das ihm in Erinnerung blieb, auch ohne Abschied.

Als seine kühle Haut auf ihre traf, schauderte sie, und er hielt inne. Elaines Puls pochte unter seinen Fingern wie ein lautloser Ruf. Eine Melodie in sich selbst.

»Wusstest du eigentlich«, murmelte er rau, ohne den Blick von seinen Fingern an ihrem Puls losreißen zu können, »dass Beethoven ein Meister der Improvisation war? Er war berühmt dafür.«

»Was?« Elaine lachte ein verblüfftes Lachen, das Cedric bis tief unter die Haut drang. »Oh, du …«

Sie verstummte. Und als Cedric endlich aufsah, sah er ein Funkeln in ihren Augen, das er dort noch nie zuvor auf diese Art wahrgenommen hatte. Diese Wärme. Dieses Leben. Es prickelte auf seiner Haut, unter seinen Fingern. Und in ihm keimte ein unerwarteter Gedanke, so fein, dass er fast zerbrechlich schien. Er hätte … er könnte … mit ihr, vielleicht …

Er spürte ihre Lippen an seinen, noch ehe er wusste, dass er sich zu ihr geneigt hatte – oder sie sich zu ihm? Spürte, wie sie sich unter dem Kuss öffneten, weich und einladend, als hätten sie schon lange, so lange auf ihn gewartet.

Elaines Finger verkrampften sich in den Stoff seines Ärmels, als sie an seinen Lippen seufzte. Ihre widerstreitenden Gefühle kribbelten hinter Cedrics Stirn, als würde jedes einzelne wie ein feiner Ton an den Saiten seines Verstandes angeschlagen.

»Wir … ich …«

»Ich weiß.«

Es ist zu spät. Oder vielleicht gerade noch rechtzeitig?

Nur vage nahm Cedric wahr, wie sich die Tür am Ende des Raums einen Spaltbreit öffnete und gleich darauf leise wieder schloss, und es war ihm erstaunlich gleichgültig, dass Robert sie in diesem so unerwartet innigen Moment gesehen hatte. War jetzt nicht ohnehin alles gleichgültig?

Nein. Es war nie so bedeutsam wie jetzt.

Cedric hörte mit dem Denken auf. Er zog Elaine an sich und küsste sie wieder, umschloss sie mit beiden Armen und drückte ihren Oberkörper fest an seinen, fuhr mit den Fingern durch ihr Haar und ihren Hals entlang, als könnte er allein dadurch dieses Leben in sich aufnehmen, nach dem er so sehr hungerte.

So.

Sehr.

Hungerte.

Etwas in seiner Brust zuckte.

»Es ist möglich, dass Ihnen Ihr Leid erhalten bleibt, Mr Edwards. Und Sie werden mit diesem Leid dann womöglich sehr lange leben müssen.«

Ein tiefes Knurren rollte seine Kehle hinauf. Er erstickte es mit einem tiefen Atemzug.

»Was können Sie mir schon von Leid erzählen, Doktor?«

Mit einem weiteren Atemzug zwang er sich zur Ruhe.

»Elaine ...« Als er sich von ihr zurückzog, begegnete er ihrem Blick, der noch wie verhangen war von dem, was gerade zwischen ihnen passiert war. Cedric versuchte nicht einmal zu lächeln. Er wusste, dass es nur misslingen konnte.

Sie wollte keinen Abschied.

»Ich weiß«, sagte diesmal sie, und in ihrem Blick sah er, dass sie verstand. Dass sie *fühlte*, was er dachte. »Ich weiß. Du musst nichts sagen. Lass mich ... nur dieses eine Mal für dich da sein. Bitte.«

Er sah sie an, einen Herzschlag, zwei. Und in diesem Schweigen zwischen ihnen, so gewaltig und gleichzeitig übervoll von einer ganz eigenen Musik, wurde ihm klar, dass er es tatsächlich konnte. Mit ihr. Hier und jetzt. Vielleicht mit niemandem sonst, und vielleicht niemals wieder. Aber hier, mit ihr, war es nicht nur möglich. Er wollte es.

»Dann sei für einen Augenblick ganz still«, flüsterte er. »Kannst du das für mich tun?«

Elaine nickte stumm, und als er noch einmal ihre Haare zur Seite strich, sich noch einmal zu ihr neigte und seine Lippen die Haut über ihrem Puls berührten, fühlte Cedric etwas in sich brechen.

Das ist es also. Jetzt. Und immer.

Es brauchte keinen weiteren Gedanken. Sanft, wie selbstverständlich, glitten seine Zähne in das weiche Fleisch. Behutsam. Nicht mal ein Kuss.

»Vertrauliche Zweckmäßigkeit«, hatte Tariqa gesagt. *»Vielleicht ist das Ihr Stil.«*

Aber war es das wirklich? Wie hätte er ahnen können, dass etwas so Rationales so bedeutsam und kostbar sein würde?

Ein warmer Tropfen quoll hervor, legte sich wie ein süßlicher Film auf Cedrics Zunge, gefolgt von einem weiteren, immer mehr. Wärmte ihn, nährte ihn wie nichts, was er je zuvor gespürt hatte; ein sanfter Trost, der nichts forderte.

Elaine aber blieb still.

Bis es vorbei war und Cedric sie stumm ein weiteres Mal in die Arme schloss. So saßen sie dort, während seine letzte Nacht in Havencourt House langsam weiter vorankroch und die Kerzen im Salon mehr und mehr herunterbrannten.

Und sie am Ende, auf leise, behutsame Art und ohne große Worte, doch noch Abschied voneinander nahmen.

Kapitel Zweiundzwanzig

»Auld lang syne«; schottisches Tradtional;
Piano Arrangement für vier Hände

BROMPTON CEMETERY, CHELSEA, LONDON

Es regnete am Tag seiner Beerdigung.

Rational betrachtet war das wenig verwunderlich. Im April in London regnete es beinahe jeden Tag. Aber als Cedric von einem Hügel ein Stück außerhalb des Brompton Cemetery die Prozession beobachtete, die seinen leeren Sarg zur letzten Ruhe begleitete, da fühlte es sich an, als wäre jeder einzelne schwere Tropfen allein für diesen Tag und diesen Moment bestimmt.

Es waren erstaunlich viele Menschen, die neben seiner Familie und seinen engsten Freunden Anteil an seinem Abschied nahmen. Menschen, die Cedric kaum kannte. Etliche seiner Schüler vom Konservatorium. Musiker. Künstler. Menschen, die seine Musik gekannt hatten, aber nicht ihn. Menschen, auf deren Beerdigung er selbst vermutlich nicht gegangen wäre. Und trotzdem bewegte es ihn auf seltsam tiefe Art, sie alle dort zu sehen. Vielleicht, weil ein gewisser Trost in dem Gedanken lag, dass seine Familie mit diesem Abschied nicht allein war.

Er hatte lange nicht gewusst, ob er die Kraft aufbringen würde, die Beisetzung auch nur aus der Ferne zu beobachten. Die Versuchung war groß gewesen, nachdem er innerhalb von nicht einmal zwei Wochen zum zweiten Mal von einem vermeintlichen Totenbett aufgestanden war, bei der nächsten Gelegenheit einfach liegen zu bleiben. Vermutlich hätte nicht einmal er selbst sich deswegen einen Vorwurf machen können, da sein Körper sich immer noch von den Nachwirkungen des Giftes erholte. Er war tot gewesen, oder so nah dran, wie es ihm als Vampir möglich war – und doch bei viel zu klarem Verstand, während er bewegungsunfähig dalag und das Leben auch für seine Familie zum Stillstand kam. Er lag dort, während Martha die Jalousien im Haus schloss, die erst heute, bei der Heimkehr von der Beisetzung, wieder geöffnet werden würden. Er lag dort, während Ruth bei ihm saß und mit stummen Tränen je eine Locke ihres Haars und von den Haaren der Kinder in seine Hand legte, und es zerriss ihn förmlich, sich nicht rühren zu können, als Ada und Erica sich heftig schluchzend auf ihn warfen. Selbst als der Sarg schließlich geschlossen und vernagelt und ins Musikzimmer hinuntergetragen wurde, wo er bis zur Beerdigung stehen sollte, blieb er liegen.

Sechs Tage und Nächte lang verbrachte er in der stickigen Dunkelheit und lauschte auf die Stimmen seiner Töchter, wie sie ihm von ihren Spielen berichteten, stritten, weinten, aber auch beruhigend oft kicherten und lachten, trotz allem. Er hörte Ruth zu, die ihm erzählte, wie Sidney bei Ericas und Adas Klavierspiel zum ersten Mal gelächelt hatte. Und er weinte und lachte zugleich über die perfekte Ironie, als sie ihm einen Auszug aus *Innewerden der Unsterblichkeit* vorlas, den sie für die Erinnerungskarten ausgesucht hatte, die auf der Beerdigung verteilt werden würden. Erst gestern Nacht hatten ihn Tariqa und Mr Kapoor schließlich in aller Stille aus dem Sarg geholt. Cedric würde diese Tage nie vergessen, und er hatte danach wirklich nie wieder aufstehen wollen.

Und nun hatte er sich doch hierhergeschleppt.

Er wusste längst nicht mehr, was auf seinem Gesicht Tränennässe war und was der Regen. Erica. Ada. Und Ruth, die Sidney fest im Arm hielt. Dort unten waren sie, so nah und zugleich unendlich weit weg, mit ihren schwarzen Kleidern und ebenso schwarzen Schirmen, und dies war der letzte Moment, in dem er sie jemals sehen würde.

Das Rauschen des Regens schluckte die Worte des Priesters, ehe sie zu ihm dringen konnten. Cedric wollte sie sowieso nicht hören.

So stand er dort, während der Sarg in sein Loch gesenkt wurde. Er blieb stehen, während die Mädchen und Ruth Blumen in sein Grab warfen und Rob die erste Schaufel Erde auf den Deckel prasseln ließ.

Mehr Blumen. Mehr Erde. Mehr Abschiedswünsche.

Mehr Regen und mehr Tränen, schwer wie Blei.

Lebt wohl, ihr alle.

Und er stand dort immer noch, selbst nachdem die Trauergäste ihre Beileidswünsche kundgetan und ihre Erinnerungskarten erhalten hatten und die Prozession sich langsam wieder in Richtung Kapelle bewegte.

Nur zwei einsame Gestalten blieben zurück.

Zwei, die vielleicht die ganze Zeit über gewusst hatten, dass er da war und alles beobachtete, weil er nicht anders konnte, egal wie sehr es ihn innerlich zerbrach. Jetzt sahen sie zu ihm hinauf und hoben die Hände zu einem letzten stummen Gruß. Auch Cedric hob die Hand, obwohl es ihn schier unendlich viel Kraft kostete. Lächelte, was noch viel schwerer war, und obwohl sie es auf die Entfernung doch ohnehin nicht sehen konnten.

Der Regen war zu einem matten Tröpfeln geworden. In der Ferne brachen vereinzelte Sonnenstrahlen wie lange Finger durch die Wolken, während im Süden bereits die nächste dunkle Regenfront aufzog.

Auch Rob und Elaine waren jetzt fort. Nur noch die Bestattungsgehilfen schaufelten mehr und mehr Erde in das Grab. Stille Erde, ohne Gedanken oder Wünsche, die sie begleitete.

Cedric vergrub die Hände tief in den Manteltaschen und wandte sich endgültig ab. Fort von den letzten Resten seines menschlichen Lebens und hin zu der Kutsche am Fuß des Hügels, in der Tariqa und Mr Kapoor auf ihn warteten. Jener Kutsche, auf deren Dach eine große Kiste festgezurrt war – groß genug, dass eine bewusstlose junge Frau darin Platz fand. Jener Kutsche, die ihn gemeinsam mit ihr für mindestens hundert Jahre von hier fortbringen würde. Nach Frankreich. Und wer wusste, wohin danach.

Er sah nicht noch einmal zurück.

Lebt wohl, ihr alle.

Nein, lebt. Vor allem, lebt.

IX. Communio: Lux aeterna

Natürlich sehen wir uns morgen wieder. Und danach. Jede Nacht.
Ich bin da, solange du mich brauchst.

März 1999
In den verlassenen Industrievierteln, Detroit, Michigan

»Was ist aus Dorothy geworden?« Sids Stimme und sein Blick sind unruhig, als er aus dem Sarg zu Cedric aufschaut. Die Nacht ist wieder einmal fast vorüber, und er spürt, dass das diesmal auch für die Geschichte gilt. »Haben Sie in Paris zusammengelebt? Wo ist sie jetzt? Ist sie mitgekommen in die USA? … Warum sind *Sie* überhaupt in die USA gezogen?«

Cedric seufzt leise. Er versteht diese Unruhe. Er versteht sie nur zu gut, weil er weiß, woher sie kommt. Nur ist, nachdem er all das erzählt hat, in ihm selbst nicht mehr viel Kraft übrig, um geduldig darauf einzugehen.

»Das ist eine andere Geschichte, Sid.« *Und doch,* denkt er, *im Grunde immer noch dieselbe. Bis heute.* »Mein Leben ist inzwischen sehr lang, wie du weißt.«

»Aber …«

»Nichts aber. Ich fange heute keine neue Geschichte mehr an.« Er kann nicht verhindern, dass seine Miene weicher wird, als er die Enttäuschung auf Sids Gesicht sieht. »Keine Sorge. Auch du hast noch so einige Nächte vor dir. Wir werden viel Zeit haben, um Geschichten zu erzählen.«

Und irgendwann, bald … wirst du deine eigenen schreiben.

Sid schweigt jetzt eine Weile, aber Cedric sieht, wie es hinter der kleinen Stirn arbeitet. Und er ahnt bereits, was Sid ihn fragen wird, noch ehe er es wirklich tut.

»Haben Sie mich nach ihm benannt? Nach Sidney?« *Nach Ihrem Sohn?* Sids Stimme zittert ein bisschen, und er spricht die letzte Frage nicht aus. Vielleicht weil er nicht weiß, ob er auf die Antwort hoffen oder sie fürchten soll.

Da geht Cedric neben dem Sarg auf die Knie, legt dem Vampirkind eine Hand aufs wild zerzauste Haar und sieht ihm ernst in die Augen. »Ja, Sid. Das habe ich.«

Er sieht Sid ein wenig mühsam schlucken, und wie sich die ersten Tränen an seinem Wimpernkranz sammeln. Aber noch bevor sie überfließen und über seine Wangen laufen können, schließt er Cedric mit einem Ruck in die dünnen Arme und presst das Gesicht gegen seine Brust.

»Und Sie lassen mich nicht zurück?« Die Worte sind kaum zu verstehen, so undeutlich in den Stoff genuschelt.

Cedric drückt Sid fest an sich. Sein Kind, seinen Sohn. Neu gefunden. Wieder gefunden. Vermächtnis und gewählte Aufgabe zugleich. »Nein«, sagt er und meint es bitterernst. »Niemals.«

Ein tiefer Atemzug, und sein Blick gleitet zum Fenster, vor dem jetzt, wieder einmal, die Sonne aufgeht. Und mit ihr die Frage, mit der er diese lange Geschichte begonnen hat:

Kann er sich selbst Absolution erteilen, nachdem er sich zum ersten Mal seit Jahrhunderten dieser Erinnerung gestellt hat? Kann er sich jemals vergeben, seine Familie zurückgelassen zu haben? Er weiß jetzt: Er kann es nicht. Er wird es auch nie können, weil er erkannt hat, dass er die Entscheidung von damals auch heute wieder genauso treffen würde – und es trotzdem nichts daran ändert, dass er sie im Stich gelassen hat.

Aber er hat auch noch etwas anderes begriffen, und das ist hier und heute sehr viel wichtiger: Nämlich, dass seine Zeit mit Sid zwar immer noch dieselbe Geschichte ist – doch zugleich auch ein ganz neuer Teil des Wegs. Eine neue Entscheidung. Und dieses Mal trifft er sie anders. Wird sie immer anders treffen, von jetzt an.

»Wo wir auch hingehen, wir gehen zusammen.« Ein letztes Mal drückt er Sid behutsam an sich und spürt das kleine, zerbrechliche Herz dicht an seinem schlagen.

»Ich verspreche es dir.«

ENDE

Dank

Die Danksagung zu schreiben ist jedes Mal einer der gewichtigsten Momente im Werdegang eines Buchs für mich. Sie markiert den Punkt, kurz bevor ich den Text endgültig loslassen muss; nach dem gefühlt eintausendsten Durchgang, wenn der Kopf noch schwindelig ist vom letzten Füllwörter-Herauspicken, Kürzen, Straffen, Schleifen, und trotzdem überhellwach, weil ich weiß, spätestens jetzt bleibt mir nicht mehr viel, außer zu sagen: »Mach's gut, liebes Buch, ich hab mein Bestes gegeben – gute Reise von hier aus!« Da tut es sehr gut, ein letztes Mal innezuhalten und an die zu denken, die dieses Buch zu dem wunderhübschen Dickerchen gemacht haben und noch machen werden, das ihr in der Hand haltet, während ihr das hier lest.

Zuallererst, wie seit inzwischen so vielen Büchern, ist da Miriam. Niemand kennt mich und meine Geschichten so wie du. Ich wüsste nicht, wo meine Bücher wären ohne deinen klaren Blick und all die klugen Gedanken; die Entschlossenheit, Kritik auszusprechen, die ausgesprochen werden muss (und mich danach durch mein Drama zu begleiten, wenn nötig); und nicht zuletzt dein Verständnis und die Liebe für all die wilden Dinge, die in meinem Kopf so vor sich gehen. Nein, ich wüsste nicht, wo wir wären ohne all das, aber es kann kein besserer Ort sein als der, an dem wir jetzt sind.

Astrid, auch dir hab ich so sehr zu danken. Für deine Offenheit, deine Begeisterung, deine Risikobereitschaft und deine Geduld mit meinem Perfektionismus. Dir und dem ganzen Verlagsteam großen Dank und Respekt, was ihr alles plant, stemmt und auf die Beine stellt.

Tausend Dank auch an Kati, für die professionelle und detailverliebte Hilfe dabei, das viktorianische London zum Leben zu erwecken. Du hast das Buch unfassbar bereichert!

Ich danke Jade, Inka, Nora und Rabia für Sensitivity Beratung, offene und geduldige Ohren und superschnelle Soforthilfe. Ohne euch hätte ich meine Figuren nicht so authentisch schreiben können.

Wenn es um Dankbarkeit geht, darf außerdem eine weitere treue und so gute Seele nicht fehlen, und das ist Carina Schnell, die mir im oft stürmischen Literaturbranchen-Alltag ein unverzichtbarer, sicherer Fels in der Brandung geworden ist. Dream-Team FTW – ich danke dir für einfach alles, was wir bis hierher zusammen gerockt haben und noch rocken werden!

Wie immer danke ich natürlich meiner Familie, blutsverwandt oder nicht: Christa und Thomas, Fred und Colette, Joh und Gerrit, Sophie, Ingo – wie sehr es mich erdet und mir guttut, dass ihr immer da seid und sein werdet, könnte ich nie wirklich in Worte fassen. Und Erik, ganz besonders Erik: Du hattest recht. Natürlich ist Sid eine Hauptfigur. Ich hätte niemals etwas anderes sagen dürfen.

Und weil das Wichtigste immer zum Schluss kommt, danke ich an dieser Stelle euch, liebe Lesende. Ob ihr erst jetzt auf meine Vampire gestoßen seid, oder ob ihr Cedric, Dorian, Céleste und Sid schon aus der Blutgabe-Trilogie kennt – ich bin glücklich über jede einzelne Person, die ihre Geschichte bis hierher begleitet hat. Mein Vampireverse ist eine der ältesten, wichtigsten und komplexesten Welten in meinem Kopf, die immer noch weiter und weiter wächst. Es macht mich unfassbar froh, dass ihr mich auf diesem Teil der Reise begleitet habt, und ich hoffe, ich sehe euch eines Tages in Kenneth!

Roukeiya Peters

Seelenverrat

ISBN: 978-3-95991-791-9, Softcover mit Farbschnitt

Hexenseelen sterben nicht

Die junge Hexe Felicity tritt als Seelentransporteurin in die Fußstapfen ihrer Mutter. Neben der Herstellung von Elixieren, die in ihrem Café verkauft werden, kümmert sie sich darum, dass die verstorbenen Hexen und Hexer ihren Platz im Jenseits einnehmen. Dies ermöglichen besondere Bücher, die Felicity herstellt, um die Seelen der Verstorbenen zum Wunschort zu transportieren.

Als der Hexer Niclas auftaucht und Felicity beschuldigt, die Seele seines Onkels ohne seine Zustimmung in den Tod befördert zu haben, kann die Hexe dies nicht auf sich sitzen lassen. Doch das Buch von Kaspar Eisenmann ist unauffindbar und Felicity ahnt, dass sie in ein böses Spiel verwickelt wurde …

Isabel Clivia

Schattensiegel

ISBN: 978-3-95991-404-8, Klappenbroschur

Wenn die letzte Hoffnung in den Schatten liegt …

Alienors Leben ist von Dunkelheit geprägt. Nachdem verbotene Experimente ihr gefährliche Schattenkräfte beschert und sie in eine unberechenbare Waffe verwandelt haben, fristet sie ihr Dasein in einem Verlies. Bis ausgerechnet der Mann, der sie dorthin gebracht hat, sie um Hilfe bittet. Ihre Magie soll der Schlüssel zur Zerstörung eines uralten Fluchs sein. Mit dem Zauberweber Thierry zusammenzuarbeiten ist das Letzte, was sie will. Allerdings ist da dieses verräterische Herzklopfen, das alles so verdammt kompliziert macht.

Im Kampf gegen einen schier übermächtigen Feind muss Alienor sich entscheiden, wer sie sein will: das Ungeheuer, für das die Leute sie halten, oder die Hoffnung eines ganzen Landes.

Maya Shepherd

Jack the Ripper's Sammlung der Herzen

ISBN: 978-3-95991-750-6, exklusive Schmuckausgabe
ISBN: 978-3-95991-751-3, Softcover mit Farbschnitt

Mein Name ist Mary Jane Kelly, den meisten dürfte ich jedoch besser bekannt sein als das fünfte Opfer des berüchtigten Serienmörders Jack the Ripper. Nach meinem Tod fand meine Seele keinen Frieden, sondern wurde von meinem Mörder mit dunkler Magie festgehalten. Er will mir und all seinen anderen Opfern die Möglichkeit geben, für Gerechtigkeit zu sorgen und Rache an all jenen zu nehmen, die uns im Leben unrecht taten.

Doch schon bald muss ich erkennen, dass meine vermeintliche Freiheit nichts als eine Illusion ist, solang Jack the Ripper im Besitz meines Herzens ist. Für ihn bin ich nicht mehr als eine Schachfigur, die er nach Belieben lenken kann, um seinem Ziel näher zu kommen, die Königin zu stürzen. Zusammen mit Inspektor Abberline versuche ich hinter die Identität des Rippers zu kommen, um weiteres Blutvergießen zu verhindern. Jemand, der bereits tot ist, hat schließlich nichts mehr zu verlieren, oder?

Magali Volkmann

Die Republik der Knochen

ISBN: 978-3-95991-963-0, Softcover mit Farbschnitt

Eines Tages soll Riora über die Republik Anamoya regieren – zumindest, wenn es nach ihrem Onkel geht, der sie neben der Politik auch die geheime Kunst der Nekromantie lehrt. Doch als ihre Mutter ermordet wird, scheitert ihre Magie, und Rioras Welt bricht in sich zusammen. Warum musste ihre Mutter sterben? Welche Geheimnisse verbirgt die Republik, die von Intrigen und Korruption durchzogen ist?

Riora schwört sich, den Schuldigen zu finden, wobei sie unerwartete Hilfe von dem Künstler Arias erhält. Obwohl sie sofort mit ihm aneinandergerät, muss sie ihm vertrauen. Denn ihre Familie ist nicht die einzige, die verbotene Magie beherrscht – und der Mörder hat weitaus mehr vor, als Blut in Anamoya zu vergießen …